Lucy Irvine

Eva und Mister Robinson

SERIE PIPER

Zu diesem Buch

Alles fing damit an, daß Lucy Irvine eine Anzeige las: »Schriftsteller sucht Frau für ein Jahr auf tropischer Insel.« Ihr alter Traum vom paradiesischen Leben zu zweit auf einer Südsee-Insel scheint Wirklichkeit zu werden. Bevor nun Eva und ihr Mister Robinson »ihre« Insel betreten dürfen, zwingt allerdings die Ordnungsliebe der australischen Behörden die beiden Abenteurer zur Heirat. Dann lassen sie sich auf Tuin aussetzen, nur mit dem Allernotwendigsten zum Überleben ausgestattet. Und damit beginnt die dramatische Geschichte des täglichen Kampfes um Wasser und Brot, das Auf und Ab atemberaubender Freuden und Glücksmomente. Aber es stellt sich mehr und mehr auch die Verzweiflung ein, immerhin leben die beiden völlig isoliert auf einer einsamen Insel im pazifischen Ozean...

Lucy Irvine, geboren 1956, arbeitete als Putzfrau, Affenwärterin, Fotomodell und Angestellte der britischen Steuerbehörden, bevor sie sich auf das Inselabenteuer einließ. »Eva und Mister Robinson« wurde von Nicholas Roeg verfilmt.

Lucy Irvine

Eva und Mister Robinson

Ein Jahr auf einer tropischen Insel

Aus dem Englischen von
Werner Waldhoff

Mit sechs Farbfotos und dreizehn Zeichnungen

Piper München Zürich

Zeichnungen: Ley Kenyon
Karten: Ted Hatch
Karte Insel Tuin: Ian Newham

Ungekürzte Taschenbuchausgabe
Piper Verlag GmbH, München
1. Auflage Juli 1991
2. Auflage Januar 1998

Titel der amerikanischen Originalausgabe:
»Castaway«, Victor Gollancz Ltd., London 1983

Umschlag: Büro Hamburg
Simone Leitenberger, Susanne Schmitt, Annette Hartwig
Umschlagfoto: Lucy Irvine
Satz: Meyer Druck Jona, Jona
Druck und Bindung: Clausen & Bosse, Leck
Printed in Germany ISBN 3-492-21274-3

Inhaltsverzeichnis

Dank und Anerkennung

Dieses Buch beschreibt Ereignisse, die sich zwischen Mai 1981 und Juni 1982 auf der Insel Tuin vor der nördlichsten Küste Australiens zugetragen haben.

Es gibt eine Anzahl von Personen, ohne die es nicht zu diesem Buch gekommen wäre. Vor allen anderen ist da G. W. Kingsland zu nennen, dem ich trotz allem, was geschehen ist — oder vielleicht gerade deswegen — dieses Buch widme.

Weiter möchte ich, hauptsächlich nach dem Grad ihrer Beteiligung an dem Abenteuer, meinen Dank abstatten: dem *Sunday Telegraph Magazine* für grundlegende finanzielle Unterstützung und die großzügig zur Verfügung gestellten Fotos. Alan, Ross und Christine Gynther für ihre Freundschaft und Gastfreundlichkeit; Tim Baker; Kevin Robertson und Familie aus Townsville; dem Queensland Government Tourist Board für die Hilfe beim Flug von Brisbane nach Horn Island; dem Department of Aboriginal and Islander Advancement (der Abteilung zur Förderung der Eingeborenen und Inselbewohner) für die Unterstützung, die sie uns bei der Suche nach einer Insel zukommen ließen; Angehörigen und Familien der O.T.C. Station auf Thursday Island; Captain Bert und der Mannschaft des Frachtschiffs *Torres Strait Islander;* Peter Close und Derek Hamilton; Gary Steer und Miriam Kin Yee; Mary Delahunty und Jock Rankin.

Und tiefsten Dank meinem Vater für die unschätzbare Hilfe während der Entstehung dieses Buches; er gab mir zwei Dinge, die ich am nötigsten brauchte: Ruhe und Abgeschiedenheit, um zu schreiben, und nicht endenwollende Ermutigung; Ley Kenyon für seine verläßliche moralische Unterstützung; Dank meinen Verlegern für ihre Geduld und Rücksicht im Umgang mit einer flatterhaften Erstlings-Autorin; Hilary Rubinstein, nicht nur für ihre unfehlbare professionelle Hilfe, sondern auch für ihre Freundlichkeit und ihr Verständnis; außerdem danke

ich Sir Basil Bartlett Bt., meinem geliebten angenommenen Paten, daß er mich während der letzten schriftstellerischen Geburtswehen mit solcher Zuvorkommenheit ertragen hat, und der Rosenblum-Familie aus Sydney, deren großzügige Gastfreundschaft ich nie wieder gutmachen kann.
Es gibt viele andere, die ich noch erwähnen möchte, vor allem unter meinen persönlichen Freunden in Großbritannien und Australien, aber ich hege nicht den geringsten Zweifel, wem ich den größten Dank schulde: den Inselbewohnern der Torres-Straße, den Torres Strait Islanders. Ohne die Lui-Familie, die Nomoas, die Nonas und den Präsidenten und die First Lady von Badu, Crossfield und Teliai Ahmat, würde es nicht nur dieses Buch nicht geben, es würde auch keine Lucy und keinen G. mehr geben ...

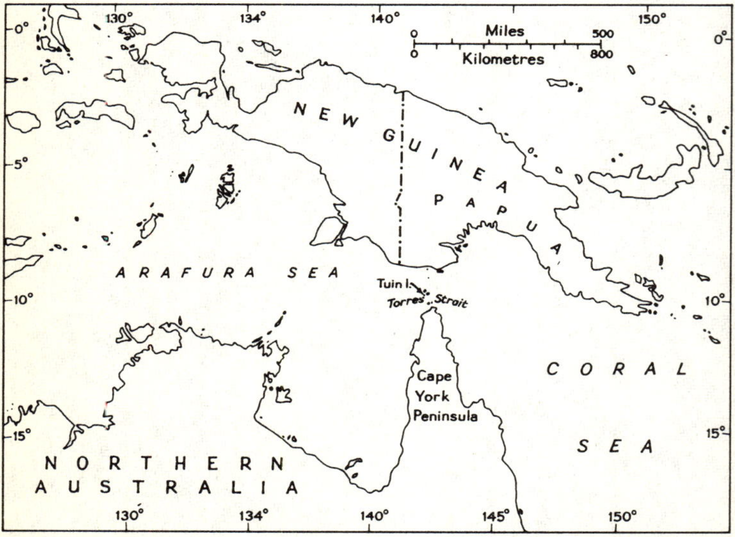

Die Torres-Straße

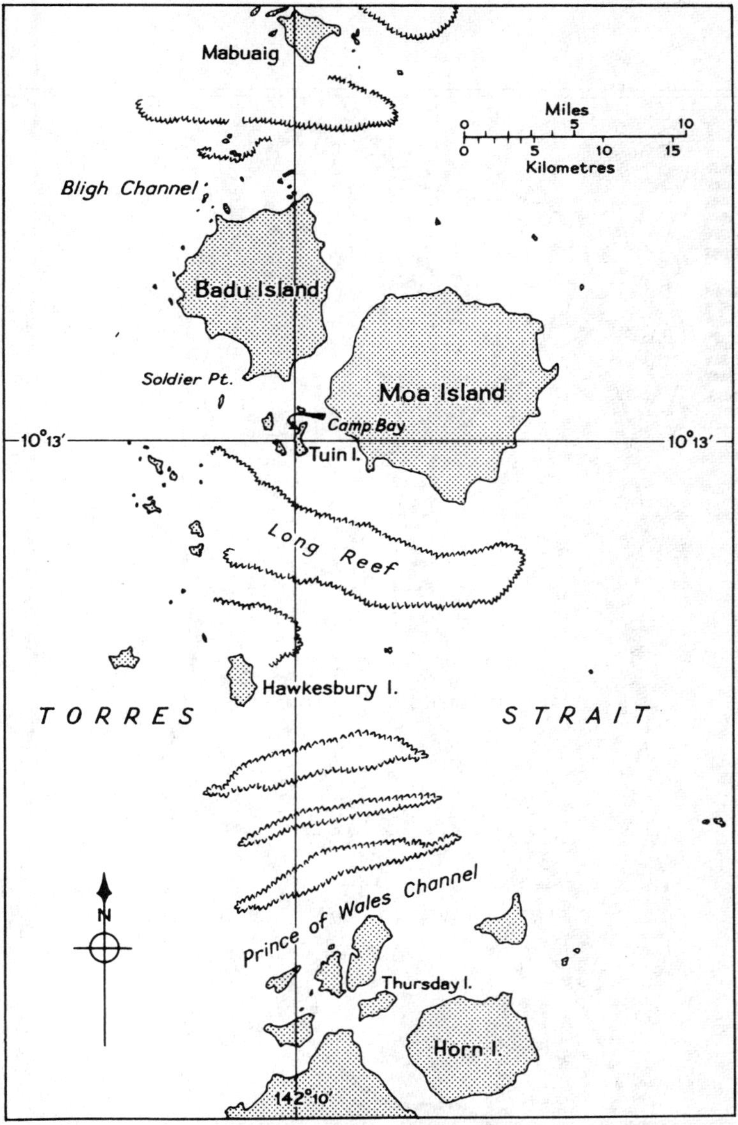

Ausschnitt aus dem Gebiet der westlichen Inseln der Torres-Straße

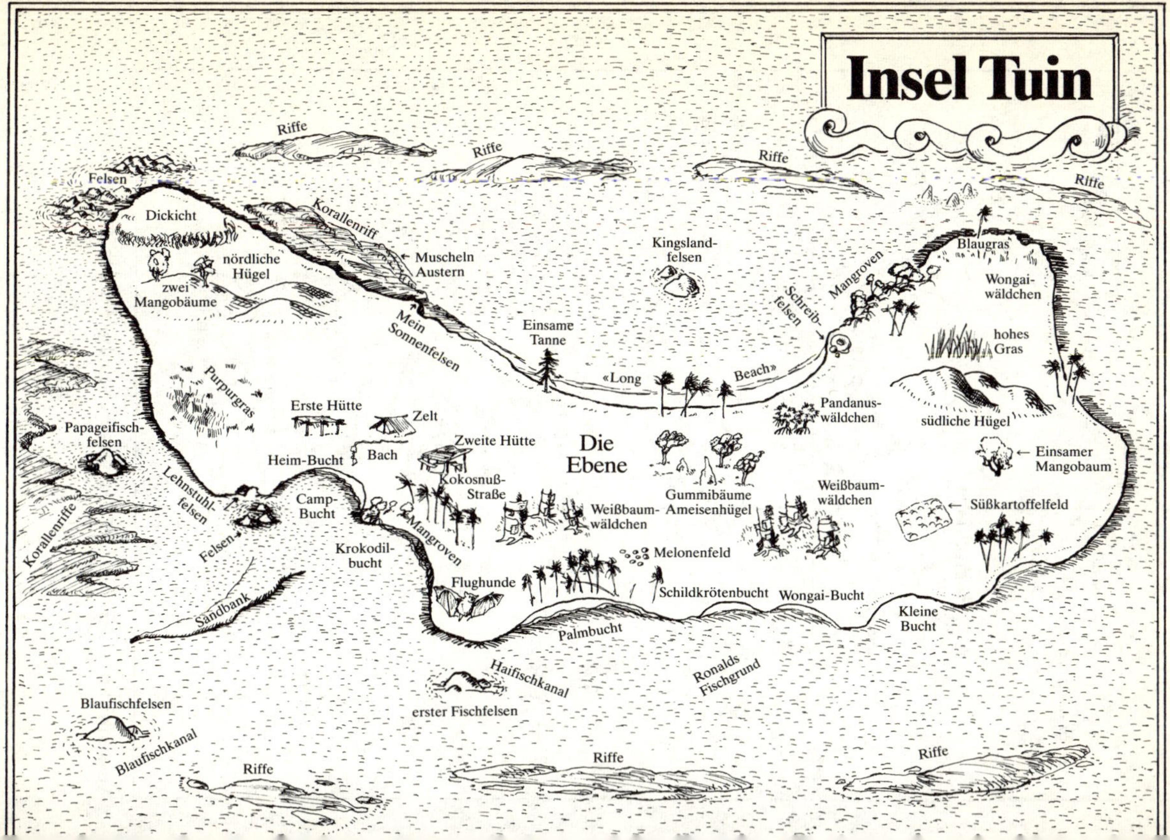
Insel Tuin
Riffe
Riffe
Riffe
Riffe
Felsen
Dickicht
Korallenriff
nördliche Hügel
zwei Mangobäume
Muscheln Austern
Kingsland-felsen
Mein Sonnenfelsen
Einsame Tanne
«Long Beach»
Schreib-felsen
Mangroven
Blaugras
Wongai-wäldchen
hohes Gras
südliche Hügel
Pandanus-wäldchen
Purpurgras
Erste Hütte
Zelt
Zweite Hütte
Die Ebene
Papageifisch-felsen
Heim-Bucht
Bach
Kokosnuß-Straße
Gummibäume
Ameisenhügel
Weißbaum-wäldchen
Weißbaum-wäldchen
Einsamer Mangobaum
Süßkartoffelfeld
Lehnstuhl-felsen
Camp-Bucht
Korallenriffe
Felsen
Krokodil-bucht
Mangroven
Melonenfeld
Flughunde
Schildkrötenbucht
Wongai-Bucht
Kleine Bucht
Sandbank
Palmbucht
Haifischkanal
Ronalds Fischgrund
Blaufischfelsen
erster Fischfelsen
Blaufischkanal
Riffe
Riffe
Riffe

Erster Teil

Aufbruch

Schaufelnase und violetter Stachelrochen

1. Kapitel
Landung

Die Unendlichkeit des Meeres, und der Himmel blauer und strahlender als in jedem Traum. Unser Kielwasser schnitt einen weißen Blitz durch das Blau, so flirrend vor Licht, daß es dem Auge weh tat. Rechts und links von uns blieben Inseln zurück, flaschengrüne, bauchige Hügel, von geriffeltem weißem Sand umgeben, die aus dieser elektrisierenden blauen Welt aufstiegen.

Welche von ihnen würde für das nächste Jahr unser Zuhause sein? Wir wußten nicht mehr von unserer Insel als den Namen und die Tatsache, daß sie irgendwo in der Torres-Straße liegt, wo das Arafura- und Coral-Meer zusammentreffen, zwischen dem nördlichsten Punkt Australiens und Papua Neu-Guinea.

Wir waren in einem Aluminium-Dingi unterwegs, das unter dem Gewicht von fünf Personen und dem Gepäck von uns beiden, die wir die Schiffbrüchigen spielen würden, tief im Wasser lag. Unsere momentanen Begleiter waren eine junge Fotografin und die beiden schweigsamen Inselbewohner der Torres-Straße, die das Boot bemannten. G. und ich saßen eng zusammengequetscht und doch weit getrennt voneinander, jeder für sich gefangen in seiner eigenen Welt der Erwartung. Das Gefühl des Wartens und die Weite von Meer und Himmel schienen die Fahrt zeitlos zu machen. Endlos lag die offene See vor uns, während wir am Rande eines Riffs entlangfuhren; dann machte das Dingi eine entschlossene Wendung, und der Junge am Steuer deutete nach vorn.

«Tuin», sagte er schlicht; das «u» klang wie «oo».

Der erste Eindruck war eine langgestreckte, schmale Insel mit kleinen, dumpfgrünen Hügeln im Norden und Süden. Gewaltige Felsblöcke ragten in der Mitte der weiten, offenen Bay wie gigantische Backenzähne auf. Es gab einen langen, geraden Strand mit hellfarbigem Sand. Und Palmen. Aber wir würden nicht auf dieser Seite der Insel landen; die Jungs hatten Anweisung, uns dort abzusetzen, wo es Wasser gab. Wir knatterten um das Nordende, das wie ein kleiner Knöchel vorstand. Aus der Nähe wirkten die Hügel höher, und wo die dichte Vegetation ihrer Hänge endete, begann ein Gewirr dunkler Felsen. Weißer Schaum vom flachen Riff spritzte gelegentlich über die zackige Uferlinie.

Auf der geschützten Westseite wurde das Wasser ruhiger. Wir befanden uns am Rand einer weiteren offenen Bucht, aber hier hatte die Ebbe eine Menge glatter Sandhügel freigelegt, die es dem Boot unmöglich machten, uns bis zu den Palmen am Strand zu bringen. Unsere Fahrt würde hier in dem seichten Wasser enden, das die verwirrende Mondlandschaft der Sandhügel blank wusch, in die ein paar zackige Brocken salz- und sonnengebleichter Felsen eingestreut waren. Obwohl wir uns sicherlich gerade in verschiedenen Welten befanden, riefen G. und ich fast gleichzeitig: «Ziemlich groß, was?»

Niemand hatte uns verläßliche Informationen über die Ausmaße der Insel geben können. Beiden war uns durch den Kopf gegangen, daß man uns auch auf einem winzigen Atoll mit einer einzigen Palme, einer Handvoll Sand und wunderbarerweise einer Frischwasserquelle hätte absetzen können. Nun, als das Boot Fahrt verlor und die fächelnde Brise aufhörte, traf uns die brutale Hitze der Sonne mit aller Gewalt, und es schien unglaublich weit bis zu den Sandhügeln, wo nach Angaben der Jungs Wasser zu finden war. Wir kletterten alle aus dem Dingi, damit es so weit wie möglich an den Strand treiben konnte.

Ich bemerkte, wie vorsichtig die Jungs durch das seichte Wasser wateten, und fragte mich, welche der zahlreichen giftigen Seekreaturen, vor denen man uns gewarnt hatte, der Anlaß für diese Vorsicht war. Plötzlich sprang einer von ihnen mit einem Satz in die Höhe und rasselte etwas in seiner Sprache herunter. Aus einer sich ausbreitenden Wolke aufgewirbelten Sandes schoß ein blauer Stachelrochen mit roten Flecken und einem langen, schwarzen, peitschengleichen Schwanz.

«Iiiihh!» kreischte ich.

«Ee-agh!» schrie Jackie, die Fotografin.

«Verdammte Scheiße», das kam von G., und wir alle, einschließlich der Insel-Jungs, flüchteten eilig auf den nächsten trockenen Sandhügel. Unser Lärm und das Schaben des Dingi-Bodens über den Sand schreckte noch einige weitere Rochen hoch, die raketengleich davonschossen.

Die Jungs halfen uns dabei, unsere Koffer, Schreibmaschine, Seesack, Kartons auf einem Felsen zu stapeln, wo sie vorläufig in Sicherheit waren, dann verabschiedeten wir uns ziemlich schüchtern und formell voneinander, und schon waren sie verschwunden. Einen Moment lang blieben wir neben unseren Habseligkeiten stehen. Die blendende Spiegelung des Meeres ließ uns die Augen senken, nachdem wir dem Boot nachgesehen hatten. Dann wandten wir unsere Aufmerksamkeit dem Innern der Insel zu und betrachteten das endlose, vollkommen schattenlose Wegstück, das uns von dem nächsten schattigen Plätzchen trennte. G. und ich packten jeder eine Ladung Gepäck, und Jackie lud sich tapfer ihr Stativ und ihre Kameras auf. Die Hitze schien uns von den Sandhügeln entgegenzustrahlen, eine atemraubende, sengende Hitze, die einem den Mund austrocknete und in der Ferne alles verschwimmen ließ.
Oben am Strand wuchs aus der sandigen Bank einer langen Rinne ein großer, knochiger Baum, dessen graugrünes Blätterwerk sich wie ein Faltendach vorschob. Das Flußbett war fast trocken, doch weiter oben gab es zwei winzige Wassertümpel, jeder ungefähr von der Größe einer Waschschüssel; ein dritter war etwas größer, aber sehr seicht, umgeben von Kämmen sandigen Abfalls, offensichtlich erst in letzter Zeit hier zusammengetrocknet. Ein in jeden Tümpel eingetauchter Finger bestätigte, daß sie alle Süßwasser enthielten; ein dünnes Rinnsal von einem zum anderen zeigte an, daß sie sich selbst durch langsames Nachsickern vom Inselinneren auffüllten.
G. und Jackie lagen unter dem spärlichen Schatten des Baumes und erholten sich. Eine zarte, teilweise von G.s Beinen zerquetschte Ranke eines Windengewächses schlängelte sich über die sandige Bank. Vernünftigerweise trug G. einen Strohhut, einen «Queenslander-Anti-Hautkrebs»-Hut. Wir hatten beide einen in Brisbane von gutmeinenden Freunden bekommen. Ich muß zugeben, daß ich mich absichtlich auf meinen Hut gesetzt und ihn dann heimlich verloren habe; seine Karnevalsfröhlichkeit störte mich, vor allem zu einem Zeitpunkt, als es mehr und mehr danach aussah, als würden wir nie unsere Insel erreichen. Jetzt, wo ich wieder in die Sonne hinausging, um die nächste Ladung vom Felsen zu holen, band ich mir ein Halstuch um den Kopf und zog es straff, um zu verhindern, daß mir der Schweiß aus den Haaren in die Augen lief.
«Sie ist verrückt», kommentierte G.

«Verrückt», stimmte Jackie schwach zu.
Aber verrückt oder nicht, die Flut stand bevor, und wenn wir unsere Ausrüstung nicht bald reinholten, würde sie naß werden. Endlich hatten wir den Haufen vom Felsen unter den Baum geschleppt. Während Jackie ihre Ausrüstung aufbaute, wühlte ich nach einem Feldkessel, eine Tasse Tee vor meinem geistigen Auge. Ich fand ein Benzinfaß, an einem Ende eingebeult, das erst mal eine gute Feuerstelle abgeben würde; dann machte ich mich daran, trockene Zweige zu sammeln, wobei ich erfreut feststellte, daß davon reichlich vorhanden war. Als ich zu unseren Besitztümern zurückkehrte, um eine Tasse zum Wasserschöpfen zu holen, hatte sich bereits das schönste Chaos breitgemacht. Geöffnete Kartons verstreuten ihren Inhalt, die Schreibmaschine hatte sich im Sand eingegraben, und die zwölf Flaschen Wasser, die wir für den Notfall mitgebracht hatten, kochten in der Hitze. Egal, dachte ich. Massenhaft Zeit, später alles richtig zu organisieren. Jackie war bereit, ihre Fotos zu machen. G. sah sehr rosig und verschwitzt aus. Bei mir würde es wohl nicht anders sein, stellte ich mir vor.
In diesem Augenblick ließ uns das Rotorgeräusch eines Hubschraubers aufblicken. Er setzte zur Landung an. G. und ich erkannten, daß er von Thursday Island kam, dem letzten Außenposten dessen, was man noch als Zivilisation bezeichnen konnte, an der äußersten Spitze der Cape York Halbinsel. Nach unserer Abreise von Brisbane hatten wir uns dort eine Woche aufgehalten und dabei Bill, den Hubschrauberpiloten, kennengelernt, der von unserem abenteuerlichen Unternehmen derart fasziniert war, daß er nun «bloß so zum Spaß» mal vorbeischaute, ehe wir endgültig in totaler Isolation zurückblieben. Mit der Chance vor Augen, bald zu einem gekühlten Orangensaft auf Thursday Island zurückkehren zu können, schoß Jackie so rasch wie möglich ihre Fotos, während Bill, an dessen Helikopter die Rotorblätter weiterwirbelten, erklärte, daß er nur einen Moment bleiben könne, da es sich um einen unprogrammierten Stopp handle. Sofort packte Jackie ihre Kameraausrüstung zusammen und war bereit. Es paßte recht gut, daß sie mit ihm zurückfliegen konnte, da die Vereinbarungen, wie und wann sie abgeholt werden sollte, recht vage geblieben waren. (Das für sie gedachte Boot tauchte übrigens nie auf.)
Ganz plötzlich wurde ich von dem Drang überwältigt, meinen Leuten eine letzte Nachricht zukommen zu lassen. Ich fand

einen zerknitterten, unbeschriebenen Luftpostbrief und kritzelte ein paar liebevolle Worte hinein, dann klebte ich ihn zu und gab ihn Bill, umarmte ihn und sagte Jackie Goodbye. Ich drehte mich zu G. um, der dastand und ganz unschuldig eine letzte Zigarette rauchte, die er Bill abgeluchst hatte. Seine Schultern waren nach vorn gesackt, und Schweiß hatte sich in seinen Nackenfalten angesammelt. Unter seinem linken Ohr hatte sich eine rote Strieme vom Hutband eingeschnitten. Meine Augen musterten ihn, und schockartig ging mir der Gedanke durch den Kopf, mein Gott, was hat dieser Mann mit meinem Leben zu tun? Einem plötzlichen Impuls folgend, entriß ich Bill noch mal den Brief und schmierte einen ohnmächtigen Protestschrei auf die Hinterseite des Umschlags:
«Es war *unfair* von den Einwanderungsbehörden, auf diese Ehe zu drängen! Kaum zwei Menschen könnten weniger zueinander passen.»
Sechzig Sekunden später war der Hubschrauber verschwunden, und wir befanden uns allein auf der Insel.

Vielleicht fragte ich mich jetzt zum erstenmal, was dieser Mann mit meinem Leben zu tun hatte, was ich mit seinem zu tun hatte und was wir, gemeinsam auf einer Insel gestrandet, in einer der abgeschiedensten Ecken der Welt verloren hatten. Noch vor knapp einem Monat hatte ich einem Freund einen ziemlich flüssigen Brief geschrieben, in dem ich erklärte, wie ich als vollkommenen Gegensatz zu meiner Arbeit bei der Steuerbehörde mein nächstes Lebensjahr auf einer Insel in der Sonne verbringen würde, zusammen mit einem bärtigen Crusoe-Typ, den ich durch eine ungewöhnliche Annonce im Reiseteil eines Londoner Magazins kennengelernt hatte:
«Schriftsteller sucht ‹Frau› für ein Jahr auf tropischer Insel.»
Ich erinnere mich, daß ich damals die Anführungszeichen um das Wort «Frau» mit Erleichterung notierte. Der einzige Jammer dabei war, daß wir tatsächlich heiraten mußten: Aus unerfindlichen Gründen wollten die australischen Einwanderungsbehörden uns nicht als «Schiffbrüchige» auf einer unbewohnten Insel leben lassen, die unter ihre Zuständigkeit fiel, wenn wir kein Dokument vorweisen konnten, mit dem unsere Beziehung legalisiert wurde. Zu der Zeit war ich bereits so in die Idee des Insellebens vernarrt, daß ich fast alles getan hätte, um sie zu

verwirklichen. Wir hatten entdeckt, daß verlassene, jedoch potentiell bewohnbare Inseln rund um den Globus recht selten sind. Die meisten von ihnen befinden sich entweder im Privatbesitz oder werden als Marinebasen oder als Beobachtungsstützpunkte für Satelliten benützt. Australien schien unsere letzte Hoffnung. Es war reines Pech, daß ich gerade ein paar Wochen zuvor G.s Vorschlag, wir sollten doch heiraten, abgelehnt hatte, weil ich nach den ersten paar gemeinsam verbrachten Wochenenden erst einmal sehen wollte, wie sich die Dinge entwickelten. Ich zögerte die Entscheidung einen Monat hinaus, dann gab ich meine Einwilligung, verkaufte das Klavier und meine Bücher und verschenkte bis auf zwei gefüllte Koffer meine restlichen Habseligkeiten. Wir kauften Tickets nach Australien, ohne Rückfahrkarte, standen die Formalitäten einer Eheschließung durch, und erwarteten, innerhalb von vierzehn Tagen auf unserer Insel zu sein. Bei unserer Ankunft in Brisbane entdeckten wir, daß noch keine passende Insel gefunden worden war, was uns ziemlich belastete und auch mit Sorge erfüllte, da nun die ganze Suche von neuem begann — und das in einem fremden Land und ohne finanziellen Rückhalt. Beide hatten wir einen großen Schritt getan, nicht nur geographisch, sondern auch in den Bereichen des Geistes und der Gefühle.

Die Macht der Gewohnheit läßt sich nicht schlagartig aufheben, und die jüngste Vergangenheit, wie bedeutungslos sie auch immer für die Gegenwart sein mag, neigt dazu, die Richtlinien im Verhalten zweier Individuen weiterhin zu bestimmen. Im ersten Augenblick des Alleinseins in einem ansonsten unbewohnten Gebiet stand uns eine geradezu unerschöpfliche Auswahl an Reaktionsmöglichkeiten zur Verfügung. Die jüngste Vergangenheit, bestehend aus Wochen angespannten Wartens auf genau diesen Moment, hing zwischen uns wie eine dritte Person und unterdrückte fast jede Spontaneität. In diesen Wochen war ein ganzer Schwarm von Zweifeln an G.s Charakter in mir aufgestiegen. Er reagierte verwirrt und verletzt auf die brüske, ablehnende Art und Weise, in der ich ihn behandelte, als sich meine Befürchtungen verstärkten, was die ohnehin wakkelige Basis unserer Beziehung ziemlich erschütterte. Als Folge davon entfremdeten wir uns unter der Oberfläche völlig. Aber der Traum, der uns zusammengebracht hatte, war nun eine feste, massive Sache. Er existierte, war unter unseren Füßen in dem warmen Knirschen des Korallensandes zu spüren, in dem blaßblättrigen Baum über uns und im Schweiß unserer Handflächen. Weniger greifbar war der plötzliche Schock der Freiheit, die nun unser war, wir brauchten sie bloß in Besitz zu nehmen; ein ganz persönlicher Raum, fern vom Rest der Welt, wo alles, wirklich alles passieren konnte.

Kaum war der Hubschrauber außer Sicht, zog ich meine Kleider aus. Mit weißem Körper und krebsrotem Gesicht stand ich G. gegenüber, die Brustnippel aufgerichtet vor lauter Überraschung über diese plötzliche Entblößung.

«Tee?» fragte ich und hielt das Wort wie einen Schutzschirm vor mich. Ein paar Sekunden lang antwortete G. nicht. Er schwang seinen Hut am Band herum und rieb sich gemächlich den Nacken, der von der Sonne schon wundgebrannt war. «Gut», sagte er schließlich. «Ich fang schon mal mit dem Zelt an.»

In einer Situation, wo die ganze Struktur des Lebens oder zumindest die Form, die es an der Oberfläche annimmt, vollkommen von den eigenen, freiwilligen Aktionen abhängt, haben Kleinigkeiten gewaltige Auswirkungen. «Fang so an, wie du weitermachen willst» bekommt eine schwerwiegende Bedeutung. Ich war mir bewußt, daß allein wohl keiner von uns so schnell Schutz gesucht hätte hinter der Banalität von Alltagsverrichtungen, die noch von der alten, vertrauten Welt herüberschwappten.

Ich wußte genau, an welcher Stelle der Tee lag, hatte ich doch die Proviantkiste mehrmals gepackt und umgepackt. Angesichts der 365 Tage, die vor uns lagen, schienen die Vorräte geradezu absurd mager, aber sie sollten uns ja lediglich über Wasser halten, bis uns das Gemüse, das wir anzubauen gedachten, zur Verfügung stand. Wir besaßen:

1 Päckchen Teeblätter
200 Teebeutel
1 Kilo Porridge-Hafer
2 Pakete Trockenfrüchte
1 Paket Weizengrießmehl
6 Pakete brauner Reis
(ungefähr 4 Kilo)
2 Kilo getrocknete Bohnen
1 Paket Spaghetti
1 große Flasche Öl
zum Kochen und Braten
2 Liter Essig
1 Kilo Salz
Schwarzer Pfeffer

Diese Mini-Auswahl war praktisch mit dem letzten Geld gekauft worden, nachdem die lange, nicht eingeplante Wartezeit in Brisbane mehr als nur Geduld und Nerven dahingerafft hatte. Ich atmete auf, als wir in letzter Minute noch Gelegenheit bekamen, ein paar Sachen hinzuzufügen. Jemand auf Thursday Island hatte G. eine Schachtel mit Patronen vom Kaliber Zwölf geschenkt, die uns an sich wenig nützten, da wir keine Schrotflinte besaßen, aber vielleicht konnten wir sie gegen etwas anderes eintauschen. Von Thursday Island aus waren wir mit einem Frachtboot zu einer Insel namens Badu weitergereist, wo wir in das Dingi umstiegen, das uns das letzte Stück bis zum Ziel beförderte. Während G. auf Badu unsere Wasserflaschen für den Notfall auffüllte, hatte ich mich auf die Suche nach dem Insel-Kaufmann begeben, der nur zu gern die Patronen akzeptierte. Als Gegenleistung gab er mir ein Glas Vegemite, Chili und Sojasaucen, eine Dose Butter, ungefähr ein halbes Kilo weißen Reis, ein paar Angelhaken und eine Rolle Toilettenpapier.

Das kleine Feuer, das ich in dem Benzinfaß gemacht hatte, brachte das Wasser schnell zum Kochen. Ich streute Tee hinein und beförderte die Blätter auf den Boden des Kessels, indem ich kräftig mit einem Stock an den Kesselrand schlug. G. war damit beschäftigt, Zeltpflöcke auszusortieren. Der Tee, obwohl ziemlich stark, tat uns gut. Schweigend schlürften wir eine Weile, dann sagte G.: «Wie wär's mit dem Platz für das Zelt?» und zeigte auf einen Fleck losen, trockenen Sandes ganz oben am Strand.

«Sieht gut aus, finde ich.»

Wir waren übereingekommen, das Zelt nicht im unbekannten grünen Inneren der Insel aufzubauen, bevor wir nicht wenigstens eine vage Ahnung hatten, was dort alles lauern mochte. Der Gedanke an unwillkommene Besucher, die nachts zu uns hereingeglitten kamen, entzückte uns keineswegs. Ich erinnerte mich an einen vernünftigen Rat, den ich vor einigen Jahren erhalten hatte, als ich versehentlich in der Negev-Wüste gestrandet war: Da Schlangen sich mit Vorliebe in der obersten Schicht des warmen Sandes aufzuhalten pflegen, kriechen sie mit größerer Wahrscheinlichkeit nicht in die Schlafregion, wenn man ein Stück von der Oberfläche abträgt und so eine Art versenkte Matratze baut. Ich erwähnte das G. gegenüber.

«Damit brauchen wir uns nicht abzumühen», sagte er zuversichtlich. «Du hast das Zelt noch nicht gesehen.»

Mit großer Geste schüttelte er ein kleines Bündel ockerfarbenen und schlammigbraunen Tuches in den Sand und breitete es aus. Nach G.s Anweisungen fand ich den Eingang und kroch hinein, um die Stangen zusammenzustecken. Von außen reichte er mir jedes Teilstück hinein. Als das Zelt aufgebaut war, schien es, bloß mit mir im Inneren, überraschend geräumig. Aber plötzlich wirkte alles schrecklich eng, als G. den Kopf hereinstreckte und sagte:
«Okay?»
«Wunderbar», erwiderte ich, «einfach großartig». Und kroch hastig raus. Es war ein kleines Zweimannzelt, das ungefähr die Grundfläche eines bequemen Doppelbettes bedeckte. Ich wünschte, ich hätte etwas mehr Erfahrung darin gehabt, mit jemandem auf engstem Raum zusammenzuleben. Tagsüber jedoch würde massenhaft Platz sein.
Die Sonne sank bereits, deshalb kochte ich etwas Reis, damit wir wenigstens noch einen Bissen zu essen bekamen, ehe wir zu Bett gingen. Inzwischen brachte G. ein paar Wasserflaschen in den Schatten einer Buschgruppe, die anderen Flaschen zum tiefergelegenen Teil des Bachlaufs. Mit einer kleinen inneren Pirouette der Erregung wurde mir klar, auf wieviel man sich hier jeden Tag freuen konnte. Der Gedanke, den ganzen Tag nackt an der Sonne sein zu dürfen, war an sich schon köstlich genug, aber da gab es auch noch eine ganze neue Welt zu erforschen.
Wir aßen unseren Reis im Schatten eines dickstämmigen Baumes, der vom oberen Rand des Strandes etwas zurückversetzt in der dem Meer zugeneigten Kurve der L-förmigen Rinne stand. Die Büsche hinter dem Baum und der freie Platz davor machten diesen Ort zu einem natürlichen Camp, und obwohl wir jetzt zweifellos die einzigen Menschen auf der Insel waren, ließ sich ziemlich deutlich erkennen, daß wir nicht die ersten waren, die sich hier niedergelassen hatten. Aus einem kurzen Gespräch mit dem Insel-Präsidenten von Badu wußten wir, daß Tuin in der Vergangenheit gelegentlich von anderen Inselbewohnern besucht worden war. Wir hatten aber niemals daran gedacht, daß sie irgendwelche Spuren hinterlassen haben könnten. Ganz in unserer Nähe stand ein schiefer Tisch aus Bambussplittern, von einem groben Holzunterbau gestützt. Ein schräges, rissiges Brett auf vier rostigen Benzinfässern ergab einen weiteren niedrigen Tisch. Der deutlichste Beweis jedoch war ein kleiner, wie ein Würfel geformter Schuppen, ausschließlich aus Wellblech

erbaut. Er sah aus wie eine dieser drittklassigen Badehütten, in die Teenager-Liebespaare Samstag nachts in Margate einbrechen.
Ich hatte mich gefragt, was wir mit dem Haufen Gepäck anfangen würden, der noch auf der anderen Seite des Bachlaufs lag. G. hatte bereits in den Schuppen geschaut und ihn praktisch leer gefunden. «Bloß für heute nacht», sagte er, als wir unsere Sachen hineinschoben. Ich mußte zugeben, daß es so vernünftig war, konnte mich aber eines leichten Gefühls der Enttäuschung nicht erwehren. Auf unserer Insel hatte ich mir so was wie Wellblech nicht vorgestellt. Aber es würde unser Gepäck trocken halten, bis unsere eigene Unterkunft stand. Ich hoffte, wir könnten morgen damit anfangen. Informationen zum Thema Regen waren genauso vage wie alles andere gewesen. Vater Macsweeny, der irische Priester auf Thursday Island, hatte uns kaum erzählt, daß wir nun bis November (da hatten wir gerade Mai) keinen Regen mehr zu sehen bekommen würden, als ein schrecklicher Platzregen niederging. Ganz klar, das Wetter war hier unberechenbar.
Nachdem wir den Reis gegessen hatten, spülte ich die Blechteller im Meer, das sich mittlerweile unserem Camp bis auf dreißig Meter genähert hatte. Falls man nach der dünnen Gezeitenmarke der angespülten Muscheln gehen durfte, so würde das Meer heute nacht kaum noch höher steigen. Die Sonne war eine blasse Scheibe über der dunklen Masse einer Insel, ungefähr eine Meile vor Tuin gelegen. Es würde keiner dieser herrlichen tropischen Sonnenuntergänge werden, eher vertiefte sich das Blau des Meeres, wobei gelegentlich ein immer noch heißer, weißer Sonnenstrahl einen Felsen in hartem, metallischem Glanz aufleuchten ließ. Über allem lag eine fremdartige, rauhe Schönheit, die mich faszinierte.
G. nahm das große braunweiße Laken, das uns in letzter Minute als «nützliche Ausrüstung» von einer freundlichen Frau auf Thursday Island geschenkt worden war, und verkündete, daß er sich ins Zelt verziehen würde. Ich folgte ihm, im Arm den blaßblauen Umstandskittel (ein weiterer «nützlicher Ausrüstungsgegenstand») und das Musselinkleid, das wir als Zudecke benützen würden. G. hatte irgendwo ein Baumwollaken, aber es war schon zu dunkel, um sich noch die Mühe zu machen, danach zu suchen. Zusammengefaltete Kleidung konnte als Aushilfskissen verwendet werden. Während G. das untere Laken ausbrei-

tete, konnte ich der Versuchung nicht widerstehen, noch einmal zum Meer hinunter zu spazieren. Ich bückte mich und schöpfte mit beiden Händen Wasser. Phosphoreszierende Sterne blitzten auf und rannen mir wie schimmernde Ketten durch die Finger.
«Zu der Zeit würde ich nicht da runter gehen», ertönte G.s warnende Stimme. «Ein altes Krokodil könnte vorbeikommen und dir ein Stück von deinem Allerwertesten abbeißen.»
«Du meine Güte, ja.»
Doch ich war zu verzaubert, um mich von dieser Möglichkeit erschrecken zu lassen, zog mich aber trotzdem langsam vom Wasser zurück. Ich ging zu dem Baum, wo ich zuvor meine Sachen hingeworfen hatte, und trocknete mein Gesicht an den Shorts ab, die ich dann zusammen mit Bluse, BH und Höschen an den niedrigen Zweigen aufhängte. Morgen würde ich sie ganz unten in meinen Koffer packen; viel Zeit würde vergehen, bis sie wieder gebraucht wurden. Ich spähte in das finstere Landinnere von Tuin und überlegte, wie es dort wohl aussehen und wie weit es bis zur anderen Seite sein mochte.
«Was machst du, Lu?»
G.s Stimme kam vom Zelt.
«Mal für kleine Mädchen.»
Genau das tat ich auch, neben einem Gewirr von Ranken hokkend, die in der Dunkelheit grau und geheimnisvoll wirkten. Kein Schimmer Sonnenlicht war mehr übriggeblieben, und der erste Hauch der Kühle der Nacht traf meine Haut. Langsam tastete ich mich zum Zelt zurück.
G. hatte es sich bereits unter dem Umstandskittel gemütlich gemacht. Ich legte mich hin und deckte mich mit dem Musselinkleid zu. Ich hatte es aus verschiedenen Gründen mitgebracht: man konnte damit Wasser filtern, Bandagen für Verbände abreißen und Nahrungsmittel abdecken, um die Fliegen fernzuhalten.
«Fischen wir morgen?» sagte ich voller Begeisterung. «Ich kann's kaum erwarten, den Ort zu erforschen. Und wie wunderbar wird erst alles, wenn wir ein Floß gebaut haben, dann können wir überall hin — mein Gott, es gibt soviel zu tun. Meinst du, wir fangen morgen mit der Schutzhütte an?»
«Alles zu seiner Zeit, wie's kommt. Bist du nicht müde?»
«Kein bißchen. Wenn's jetzt nicht dunkel wäre, würde ich den ganzen Strand auskundschaften — und schwimmen gehn.»
Er war müde. Es war ein langer Tag gewesen. Außerdem gab es

da das schmerzliche, unausgesprochene Fehlen einer körperlichen Beziehung. Er konnte meine Hochstimmung nicht teilen und war innerhalb einiger Minuten eingeschlafen.
Meine Gedanken machten wilde Sprünge, über die ganze Insel hinweg, eine Unmenge Fragen ohne Antworten. Lange Zeit lag ich wach auf dem Rücken und genoß die feste Unterlage des Sandes unter dem dünnen Tuch. Dann wollte ich schlafen, konnte aber nicht, weil ich schon wieder pinkeln mußte. Der schwarze Tee und die Aufregung. Leise, um G. nicht zu stören, setzte ich mich auf und schlug die Zeltklappe auf meiner Seite zurück. Ich streckte den Kopf hinaus; es war nicht kälter geworden, und der Hauch der Nachtluft auf meinem Gesicht gab mir ein sanftes und unaussprechlich schönes Gefühl. Ich kroch raus und ging ein paar Meter, bevor ich mich hinkauerte. Weit weg in der Schwärze der Nacht standen kleine Gruppen von Sternen. Die See streichelte den Sand mit kaum hörbaren kleinen Wellen. Der Baum in meiner Nähe sah wie eine sehr junge Pinie aus. Ein Windhauch strich sanft über die zarten Wedel der Zweige. Ich weiß nicht, wie lange ich draußen blieb.
Ganz plötzlich wurde meine Verzückung grob gestört:
«Jesus Christus, Lu, irgendwelche verdammten Viecher beißen uns! Lu? Wo zum Teufel steckst du?»
Es hörte sich so zornig an, daß ich lachen mußte.
«Ich bin hier draußen. Das müssen Moskitos sein. Mach das Zelt nicht zu, ich komm' wieder rein.»
Inzwischen war G. hellwach. Im Sitzen schlug er wild mit einem Paar Unterhosen um sich. «Verfluchte kleine Bastarde, seit Stunden müssen die schon reinkriechen. Wir müssen die ganze Zeit über das Netz richtig dicht machen.»
Nach ein paar Minuten legten wir uns wieder nieder, aber nicht für lange.
«Die verdammten Bestien sind immer noch hier, Lu. Eben bin ich wieder gebissen worden!»
«Bist du sicher?» Seit wir das Netz geschlossen hatten, hatte ich nichts mehr gespürt.
«Verflucht sicher sogar. Ich sag' dir doch, ich werd' gebissen!»
Er tauchte mit der Hand unter die Decke, kratzte heftig seine Schienbeine und murmelte mörderische Verwünschungen.
«So ist's besser», seufzte er ein paar Augenblicke später und wischte sich die blutigen Nägel am Hemd ab. «Hab' die Bisse oben alle abgekratzt.»

Angesichts all der Warnungen vor Wundinfektionen in den Tropen fürchtete ich, daß das vielleicht nicht unbedingt das Klügste gewesen war. Ich konnte jedoch G. nachfühlen: Es war unmöglich, dem Juckreiz zu widerstehen. Wo es mich juckte, rubbelte ich heftig, kratzte mich aber nicht blutig. Erst ein paar Tage später merkten wir, daß es sich bei unseren nächtlichen Plagegeistern gar nicht um Moskitos gehandelt hatte. Es waren Sandfliegen, winzige Kreaturen, die sich an sandigen Plätzen nahe beim Meer heimisch fühlen. Sie fliegen weniger, sondern bewegen sich blitzartig in einer Reihe von Hüpfern vorwärts, als hätten sie eine Sprungfeder im Hinterteil. Sie sind so winzig, daß wir nie richtig feststellen konnten, ob sie nun mehr einer Fliege oder einem Floh ähneln; zumindest die Beweglichkeit und Hartnäckigkeit haben sie von beiden. Außerdem besitzt ihr Stich eine Doppelwirkung. Als wäre die Reizung eines Stiches noch nicht genug, wiederholt sich ein paar Minuten später das gleiche, quälende Juckgefühl noch einmal. Wir gaben diesem Phänomen den Namen «Après-Biß». Das war die Ursache für G.s Annahme, er sei erneut gestochen worden, nachdem wir das Zelt dicht gemacht hatten.
Es dauerte nicht lange, da waren G.s gleichmäßige Atemzüge und das sanfte Plätschern der See wieder die einzigen Geräusche der Nacht. Eingelullt von diesem Rhythmus schlief ich schließlich auch ein.

Tagebuch

Mit der ersten zarten Morgendämmerung beginnt die Freude. Eben noch schlaff im Schlaf, und im nächsten Augenblick ist jeder Muskel prickelnd lebendig. Auf und hinaus, um alles mitzuerleben — das erste bleiche Aufbrechen der Nacht hinter dunklen Hügeln. Hinunter zum Meer, wo es sich über den Sand kräuselt, über meine Zehen und in meine Hände. Ich liebe es, der Ebbe zu folgen, während zur gleichen Zeit die Sonne hochsteigt, mache Tee beim Warten und beobachte das kleine Feuerwerk der Flammen, während Meer, Sand und Bäume noch grau sind.
Ich knie am Flüßchen, um Wasser in den Feldkessel zu füllen, und sehe, wie sich das Lichtband ausbreitet. Dahinter sticht etwas Blendendweißes durch, das die erste Blässe vertreibt

und wie eine weiße Flamme über den Baumspitzen brennt. Schließlich löst sich ein einzelner heißer Silberblitz und schiebt sachte das erste Blau in den Himmel. Dahinter folgt ein gelbes Aufflammen, das sich von einer Seite zur anderen bis jenseits der Hügel von Tuin ausbreitet.
Bis das Wasser kocht, bleibt noch genug Zeit, um zu schwimmen oder, falls das Wasser zu seicht ist, einfach nur ein Bad in der Morgenluft zu nehmen.
Vor Tuin streckt sich eine schmale Sandbank weit ins Meer. Eine Landzunge aus Sand. Während der Wasserpegel fällt, taucht allmählich der glatte, runde Buckel auf, und die glitzernden Wellen schlagen zusammen und teilen sich wieder, schlagen zusammen und teilen sich, bis das weiße Schaumband sich endgültig trennt und hinter der Sandbank einen See zurückläßt. Jetzt ist der richtige Moment gekommen, die Sandhügel zu überqueren und in das Blau hineinzuschlendern.
Das immer stärker werdende Lodern der Sonne, die nun langsam die Aufwärtskurve ihres Tagesbogens zu erklimmen beginnt, wäscht die Bäume, den Sand, die Felsen, die See mit ihren blendend hellen Tagesfarben. Das morgendliche Tuin ist ganz Grün und Gelb und Grau und Blau, erleuchtet vom Weiß und überhaucht von Silber.
Da draußen auf der Landzunge, zwischen den beiden Seen, gehe ich manchmal bis zum Ende und biege meinen Körper nach hinten durch, bis meine Hände den Sand berühren, bloß um den auf dem Kopf stehenden Tag zu begrüßen. Weil ich so glücklich bin.

2. Kapitel
Ouvertüre mit Mißtönen

«Ich krieg' ihn nicht hoch.»
«Oh, gib bloß nicht auf! Wart, ich helfe dir.»
«Ah, schon besser. Komm, Lu, pack das verdammte Ding richtig.»
«Ich tu', was ich kann. O Gott, es biegt sich schon wieder.»
G.s Bauch zittert unkontrolliert. Mit beiden Händen packt er den Pfahl für einen letzten Vorstoß, holt mächtig aus, stolpert, stöhnt. Die Stange schwankt, biegt sich stark durch, fällt dann sperrig ins Unterholz.
«Verfluchtes beschissenes Mistding.»
Er reibt sich noch mehr Schweiß in die Augen und schwankt in den Schatten, um sich auszuruhen.
«Setzen wir uns für einen Moment, Lu. Wenn ich lache, schaff' ich's erst recht nicht.»
Wir keuchen beide.
«Also, noch ein Versuch.»
Ich wate durch Haufen von zerquetschten Palmwedeln, um die verschiedenen Teile unseres Peepa-Pfahls, unserer Kokosnuß-Stange, zu bergen. In letzter Zeit ist die Flut während der Nacht bis zu diesen Palmen gestiegen. Kein Wunder, daß sie nicht so groß werden wie die weiter oben am Palmenstrand. G. zerrt sich auf die Füße zum nächsten anstrengenden Versuch. Die Hitze drückt nieder, scheint uns schwergewichtiger zu machen.
Ich habe festgestellt, daß die Stange vollkommen neu zusammengebunden werden muß; eine der Verschnürungen, ein abgenagtes Stück Verpackungsschnur, ist dermaßen zerfasert, daß man sie überhaupt nicht mehr verwenden kann. Womit kann man sie ersetzen? Auf diesem Teil der Insel gibt es keine handlichen Ranken, und ich trage nichts weiter als mein Messer und den Gürtel mit der Messerscheide. Aber von G.s Rücken hängen die Reste eines Baumwollhemdes. Einige Streifen sind davon bereits abgerissen worden; er hat damit die Riemen seiner

Ledersandalen geflickt. Nun reißen wir zwei weitere Streifen ab, und G. macht sich an die Reparatur der lebenswichtigen Peepa-Stange. Sein Gesicht, eben noch vom Lachen gefurcht, wirkt nun gefaßt und müde. Wir sind zu sehr auf die Flüssigkeit im Inneren der Nüsse angewiesen, als daß wir einen weiteren Fehlschlag amüsant finden könnten.

Die Peepas, große, junge, grüne Kokosnüsse, hängen in schweren Trauben direkt in der Baumspitze. Sie sitzen fest an orangegrünen Stengeln, von denen sie sich nicht lösen wollen. Es macht mich ganz verrückt, daß ich nicht einfach hochklettern und die verdammten Dinger mit einer Machete abhacken kann. Bevor unsere Kraft zu schwinden begann, unternahmen wir beide einen Versuch. Unglücklicherweise gab es keine passend schrägen Palmen, an denen wir unsere verweichlichten Stadtkörper hätten trainieren können. Ich schaffte es, einen senkrechten Stamm ein Stück hochzuklettern, indem ich ihn leidenschaftlich mit Füßen, Knien, Ellbogen und verschränkten Händen umklammerte, wie ein übergroßer Baumfrosch, doch dann begann ich trotz aller Willensanstrengung wieder runterzurutschen. Recht ansehnliche Hautfetzen blieben am Baum hängen, der Rest von mir kehrte schmählich wieder zur Erde zurück, ohne Kokosnüsse, versteht sich. G. hatte eine bessere Vorstellung vom richtigen Klettern, wobei er hauptsächlich die Kraft der Füße und Hände einsetzte, um sich hochzuziehen, letzten Endes aber genausowenig wie ich die Baumspitze erreichte. Und so kam er eines Tages auf die Idee mit der Peepa-Stange. Wir benötigten nichts weiter als eine lange Stange mit einer Gabelung am Ende und eine Schnur, doppelt so lang wie die Stange. Wir hatten ein ordentliches Stück gedrehtes Hanfseil mitgebracht, das vielen Zwecken diente. Zur Zeit der Schöpfung der Peepa-Stange erfüllte es gerade eine Doppelfunktion als Leine zum Trocknen von Wäsche und Fischen. Egal, bald schon beförderte ich Handtücher, Lumpen und Haifischscheiben auf die Zweige eines Baumes. Mittlerweile war der Hai zu trocken, als daß sich die Ameisen damit abgegeben hätten. Eine Stange, lang genug, um die Spitze einer unserer Palmen zu erreichen, stellte ein größeres Problem dar.

Zuerst spazierten wir unsere Kokosnuß-Straße entlang, um den kleinsten Baum mit der größten Anzahl Peepas drauf zu finden. Er war immer noch doppelt so hoch wie die jungen Bäumchen, die wir fällen und für unsere Zwecke verwenden konnten. Die offensichtliche Antwort darauf war, zwei junge Stämme zusammenzubinden. Das taten wir dann auch, mußten aber feststellen, daß die Sache immer noch zu kurz war, weil das Gewicht des oberen Stämmchens, trotz der Tatsache, daß wir es extra wegen seiner Leichtigkeit und Widerstandsfähigkeit ausgesucht hatten, das ganze Gebilde durchbog. G. schnitt ein Drittel ab und band das ebenfalls fest. Es besaß keine geeignete Gabel an der Spitze, also wurde ein kleiner, zinkenartiger «Anbau» hinzugefügt. Dazu kam noch die Mitte des Seils als Schlaufe, und das Gerät war einsatzbereit.

Der Grundgedanke war, die Stange so weit hochzuschieben, daß die Gabel oben an der Spitze gerade über einem Bündel Kokosnüsse zu liegen kam. Das war G.s Aufgabe. Er schaffte das, indem er sie vor sich aufrichtete, dann hochhievte und das untere Ende des Stämmchens auf seinen Bauch plazierte. Mein Anteil an der Operation war, theoretisch gesehen, ganz simpel. Ich mußte lediglich rechts und links um den Baum herumrennen, jeweils mit einem der baumelnden Seilenden. Dann, genau in dem Augenblick, wenn G. es schaffte, die geradezu nervtötend träge Spitze der Stange in Position zu bringen, mußte ich zurückflitzen und das Seil aus der Gabelung schnellen lassen, um die Stengel der Peepas herum. Natürlich ruckte ich bei jedem Fehlversuch gnadenlos an der Spitze von G.s behutsam ausbalanciertem Apparat. Eine Flut farbigster Schimpfwörter quoll jedesmal, wenn das passierte, aus seinem Mund. Fatalerweise fing er dann auch noch an zu lachen. Die Stange schwankte gemächlich aus ihrer Position, und das sanft nikkende, lange Ende trieb ziellos zwischen den Baumspitzen umher, bis G. schließlich ganz die Kontrolle verlor und das Ding zu Boden krachte. Zu dem Zeitpunkt war ich jedesmal ganz schwach vor Lachen, ich schwitzte und kicherte und suchte nach passenden Antworten auf die phantastischen Namen, mit denen ich belegt worden war. Allein schon dieser Versuch von mir und die Tatsache, daß ich die ganze Angelegenheit auf der beabsichtigten Ebene hielt, zeigten einen gewissen Fortschritt in unserer Beziehung. Ein gemeinsames Ziel fegt oft genug den angesammelten Schutt beiseite, vor allem, wenn es etwas für beide sehr Erstrebenswertes ist. In unserem Fall waren es Kokosnüsse.

Sobald G. erneut Herr über seine Muskeln war, versuchten wir es wieder — und wieder und wieder, bis er plötzlich, entweder

durch Zufall oder Vorsehung, das Ding am richtigen Platz hatte und ich das Seil über die Nüsse hakte und die beiden Enden strammzog. Jetzt mußte ich das Seil hin und her ziehen, eine Art Säge an den Stengeln, und sobald G.s führende Hand nicht länger an der Stange benötigt wurde, kam er zu mir rüber und zog am anderen Seilende, so als würden wir die Kirchenglocken läuten. Es war ein freudiger Moment. Wir hatten das Ziel unserer Wünsche im Griff, jetzt noch ein letzter kräftiger Ruck, und es würde uns gehören.
«Paß auf, da kommen sie!»
«Yippee!»
Hui ... die großen, grünen Fußbälle flogen aus dem Bündel, einer, zwei, fünf auf einmal. Frenetisches Klatschen, als sie um uns herum auf den Boden knallten.
Und nun endlich, der Zweck der ganzen Übung, der Saft. G. ist erschöpft. Er hockt sich hin und schließt müde die Augen, während ich herumrenne und die Peepas einsammle. An manchen hängt noch ein Stück vom Stengel, und ich binde sie damit paarweise zusammen, damit man sie besser tragen kann. Ich sehne mich nach einem Drink. Die Sonne stand noch lange nicht im Zenit, als wir den letzten Schluck Flüssigkeit zu uns nahmen, und nun berührt sie fast den Rand der Stratuswolken, die über Tukupai Island, westlich von Tuin, hängen. Auch G. muß durstig sein, aber ich weiß, wenn ich meine Karten nicht richtig ausspiele, läßt er mich warten, bis wir wieder im Camp sind. Er öffnet ein Auge.
«Ich nehm' an, ich soll das für dich aufmachen, du Nachttopf.»
Ich weiß, daß er es diesmal tun wird, denn er hat auch das andere Auge geöffnet und die Machete in die Hand genommen. Mit der rostigen Klinge schlägt er sanft auf den Boden. Ich lächle gewinnend, scheußlich kriecherisch, weil ich diesen Drink so sehr will.
«Okay, okay, du wirst deinen Peepa-Saft kriegen, aber ich bin müde, Lu, und du weißt, man braucht Kraft dazu.»
Mein Gott, ich wünschte, ich hätte die nötige Kraft. Wie oft habe ich mich mit einer Machete und einer grünen Kokosnuß heimlich in die Büsche geschlagen und auf sie eingehämmert und geschuftet und geflucht, bis das verdammte Ding schließlich platzte und ich nur noch den Saft von den Grashalmen lekken konnte. Ich weiß, daß G. es am Ende doch tut, aber zu seiner Zeit. Ich wünschte bloß, ich müßte ihn nicht darum bitten.

Ich schaue immer sehr genau zu, wenn er es macht, in der Hoffnung, endlich zu lernen, wie man die Schläge plaziert, ohne die zarte Nuß im Inneren der dicken, faserigen Außenhülle zu verletzen. Endlich ist es soweit. G. gibt die Nuß an mich weiter und ich steche mit meinem Messer in das offen daliegende Ende der inneren Nuß. Der Saft dieser jungen Peepas ist so sauber und klar wie ein milder, süßer Wein. Manchmal wirkt er sogar leicht berauschend.
«Das zischt wie Bier, dieses Zeug. Glaubst du, daß es in Ordnung ist, Lu?»
«Es ist wunderbar. Ich könnte noch eine trinken, aber ich denke, wir sollten sparsam damit umgehen.»
«Du würdest alles trinken, du kleines Schweinchen. Wahrscheinlich kriegen wir furchtbare Scheißerei davon.»
Wir bekamen keine. Zumindest nicht von dieser Nuß.

Die Kokosnuß-Straße führte hinter der Krokodilbucht an einem falschen Strand vorbei, vom Meer durch einen dichten Mangrovenwald getrennt. Die Reste des sandigen Strandteils bildeten einen schmalen Pfad zwischen Palmen und Mangroven. Jenseits der Palmen lag ein dicht bewaldetes, stellenweise undurchdringliches Gebiet, das von Wurzeln und holzigen, unverrückbaren Ranken nur so überquoll. Noch weiter dahinter lag der Teil des Inselinneren, den wir «Die Ebene» nannten. Als unsere Trinkwassersituation Anlaß zu ernster Sorge gab, gingen wir der grünen Kokosnüsse wegen gemeinsam zur Straße. Zusätzlich ging ich noch jeden Tag allein hin, um die abgefallenen braunen Kokosnüsse zu sammeln, und weil der Dschungel des Mangrovensumpfes auf der einen und der dunkle, schattige Wald auf der anderen Seite mich faszinierten. G. hatte das Pech, beim allerersten Mal, als wir dorthin gingen, gleichzeitig von vier Wespen gestochen zu werden. Das reichte zur Abschrekkung.

Tagebuch

G. hat sich heute wieder nicht danach gefühlt, mit dem Bau der Schutzhütte zu beginnen. Kaum überraschend, er sieht nicht gut aus. Heute nachmittag, als ich ihm seinen Tee gab,

bemerkte ich, wie gelblich verfärbt das Weiß seiner Augen war. Ich muß aber gestehen, daß ich enttäuscht war. Irgend etwas sackte in mir durch, als ich sah, daß er sich schon kurz nach dem Frühstück in seine Tagesschlafposition rollte. Er muß sich sehr elend fühlen.
Ich wanderte langsam über die Ebene, auf die Weißbäume zu. Ich versuche, jeden Tag ein ordentliches Bündel Holz zu sammeln, damit wir durch die Monsunzeit kommen. Beim Gehen suchte ich das hohe Gras nach den halbverborgenen Ranken der Passionsfrucht ab. Ich liebe diese zerbrechlichen Stränge, die sich zwischen zwei Bäumen schlingen. Die winzige, blaßorange Frucht wirkt so zart gegen die grobe Borke der Schraubenpalme. Wie dünne Eierschalen gegen dunkles Holz. Jetzt im Augenblick würde ich viel für ein gekochtes Ei geben. Oder besser zwei, mit Toast. Vielleicht entdecke ich ein Ei eines Buschhuhns. Ein paar blühende Ranken zu meiner Rechten sahen vielversprechend aus, aber die Frucht war noch zu grün, um gut zu sein. Vorsichtig, um nichts zu zertreten, machte ich einen Schritt darüber und bahnte mir einen Weg zu einer Lichtung, wo die Sonne leichter den Schirm des Laubdaches durchdringen konnte. Einige Früchte waren hier schon reif zum Essen, und ich saugte den süßen Samen aus, während ich mich zwischen den Reben hindurchschob. Wie bewundere ich doch diese winzigen orangefarbenen Explosionen der süßen Frische. Zuerst suche ich mir die am kräftigsten gefärbten, schönsten Exemplare aus, schiebe die weichen, schalenförmigen Wedel beiseite, die jede einzelne Frucht umgeben, dann halte ich sie genau vor meine Lippen, zwischen Daumen und Zeigefinger, laße die Haut aufplatzen, so daß nur der nach Honig duftende Samen in meinen Mund strömt. Wo nur zwei Früchte sind, esse ich eine und hebe die andere für G. auf; bei acht Früchten eße ich vier, hebe vier auf.

Bei fünf Früchten aß ich drei und hob zwei auf. Die Passionsfrucht begann gerade zu reifen, als wir im Mai auf der Insel ankamen. Sie waren die ersten wilden Früchte, die ich probierte, und als klar war, daß damit keine unangenehmen Nebenwirkungen verbunden waren, genoß auch G. sie. Er begegnete wildwachsenden Dingen mit größerer Vorsicht als ich, und obwohl in den meisten Fällen meine etwas unbesonnenen Ex-

perimente keine Strafe nach sich zogen, sollte ich später einen hohen Preis für meine Gier bezahlen.
Das Sammeln von Passionsfrüchten wurde zu meiner ersten größeren Aufgabe auf Tuin, die ich mit Freude erfüllte. Ich konnte allein auf Kundschaft gehen, immer mit der Rechtfertigung, daß ich mich auf Nahrungssuche befand. Schnell entdeckte ich, wo die Früchte am üppigsten wuchsen, und das bedeutete jedesmal einen Marsch durch Tuins innere Welt. Das Wunder, auf leisen Sohlen durch eine vollkommen unbewohnte Umgebung zu schreiten, erregte und beruhigte mich gleichzeitig. Ich wurde zu einem Sammelgefäß für Impressionen. Der Anblick und die Geräusche und Strukturen von Tuin betäubten die analytische Seite meines Verstandes. Ich dachte nicht bewußt in Worten oder gab den Dingen um mich herum Namen. Nichtsdestoweniger rüttelte mich irgendein innerer Mechanismus wach, sobald ich etwas potentiell Eßbares oder Nützliches entdeckte, und ich machte mir eine geistige Notiz, wie ich den Ort wiederfinden konnte. Das Bewußtsein möglicher Gefahren war bei mir nicht sonderlich ausgeprägt. Ich überließ es meinem Körper, automatische Vorsichtsmaßnahmen zu treffen, zum Beispiel statt mit einem Finger zuerst mit einem Stock in neugiererweckenden Insektennestern oder Bodenlöchern herumzustochern. Aber das ist eine ganz andere Geschichte, als G. und ich zum erstenmal in das Geheimnis des Inselinneren eindrangen.
Ich hatte immer vorausgesetzt, daß G. als Senior des Teams und mit seinen bereits erworbenen Inselerfahrungen das Kommando in solchen Dingen wie Erkundungsexpeditionen übernehmen würde. Tatsächlich war es gar nicht notwendig, daß einer die Führung übernahm: Was immer zuvor gewesen war, auf Tuin waren wir beide Neuankömmlinge.
Wir hatten so gut wie keine Ahnung, was uns im Inneren erwartete, und so wurde unsere Begeisterung von einem gewissen Maß an Vorsicht gedämpft. Auch wenn es mir jetzt ungewöhnlich erscheint, wir trugen Kleidung am ganzen Leib. Das war wohl auch vernünftig, da wir nicht wußten, ob wir auf Schlangen, Giftspinnen oder sonst etwas treffen würden, und eine Schicht Stoff, wie dünn auch immer, konnte lebenswichtigen Schutz bieten. Wir beschlossen, hinter der dem Camp am nächsten stehenden Palme ins Innere vorzudringen. Das würde einen guten Markierungspunkt abgeben, falls wir Schwierigkei-

ten mit dem Rückweg haben sollten. Der Baum stand südlich vom Camp; um ihn zu erreichen, mußten wir eine kurze Strecke lockeren weißen Sandes überqueren und uns durch eine Reihe von tannenähnlichen Bäumen hindurchzwängen, deren kleinere Versionen auch den Strand vor unserem Camp zierten. Es war kurz nach Sonnenaufgang, eine vernünftige Zeit zum Kundschaften, ehe die Hitze zu drückend wurde.
Mit unseren Sandalen tappten wir recht ungeschickt über den noch kühlen Sand und hielten zwischen Tannen und Palme einen Moment an, damit G. das Band um seinen Knöchel richten konnte. Wir hatten es beide für klug gehalten, unsere offenen Hosenbeine wie mit Fahrradklammern zu verschnüren, um es irgendwelchen unbekannten Kreaturen unmöglich zu machen, unsere Beine hochzukriechen.
G. äußerte eine nüchterne Warnung:
«Du solltest nicht zu lange unter irgendeinem Baum stehenbleiben, Lu. Könnte sein, daß 'ne alte Schlange da oben sitzt.»
«Ja, niemand hat anscheinend irgendwas über die Schlangensituation hier gewußt.»
«Lauter Idioten, die nicht mal ihren Arsch vom Ellbogen unterscheiden können. Von nun an sind wir auf uns selbst gestellt. Also los, gehst du voran?»
Ich war leicht überrascht und fühlte mich geschmeichelt. «Okay. Bleib dran, ich werd' den Stock nehmen.»
«Vorwärts, Carruthers!»
Und so, G. mit der schlagbereiten Machete und ich mit Messer und Stock bewaffnet, taten wir die ersten vorsichtigen Schritte in das Grün. Ich schlug die Richtung ein, wo die Vegetation am wenigsten dicht zu sein schien, und G., knapp hinter mir, ermahnte mich, darauf zu achten, wohin ich trat. Er fegte ein paar Schlinggewächse und Zweige beiseite, die uns am Vorwärtskommen hinderten, und markierte unseren Weg mit ein paar tiefen Kerben in den Baumstämmen. Jedes Geräusch, das wir erzeugten, während wir tiefer in unbekanntes Land vordrangen, schien durch die Stille um uns herum noch verstärkt zu werden. So weit, so gut. In diesem Teil der Insel war der Boden fast vollkommen eben; hier wuchsen in erster Linie dicht zusammenstehende kleine Gummibäume, deren graugrüne Blätter in die Höhe ragten und reichlich Licht durchfiltern ließen. Wir umkurvten ein Dickicht von Schraubenpalmen mit dunklen, schuppigen Borken und Baumkronen, die aus verdrehten Schwertern

zu bestehen schienen. Riesige, holzige Zapfen, deren Ende in einem schwachen Rot erglühte, hingen von ihren Zweigen.
Es ist nicht leicht, die Atmosphäre dieses ersten Trecks zu beschreiben. Sowohl G. als auch ich gaben uns übertrieben lässig und kommentierten die verschiedenen Dinge in nüchternem Tonfall. Doch unter dieser Oberfläche lauerte ein kurz vor der Explosion stehendes Gefühl der zitternden Erwartung und der Spannung. All unsere Sinne waren angespannt. Wir hatten vor, zu erkunden, wie weit es bis zur anderen Seite der Insel war — falls wir so weit kommen würden.
«Mein Gott, was glaubst du, wer das gebaut hat?»
Ich stoppte vor einem großen, sandfarbigen, phantastisch geformten Bauwerk. Es muß mindestens eine Breite von drei Fuß, eine Tiefe von zwei Fuß und eine Höhe von sechs Fuß gehabt haben. Anscheinend war es im Augenblick unbewohnt.
Wir kamen zu dem Schluß, daß es sich dabei um eine Art Ameisen- oder Termitenhaufen handeln mußte, und als wir weitergingen, sahen wir sie überall: kleine, spitze gelbe und geduckte, quadratische graue Dinger, weitläufige granitähnliche Strukturen mit zerfallenden «Türmchen», aber kein Anzeichen von den Erbauern. G. schlug einmal mit der Machete in einen Haufen und löste einen kleineren Erdrutsch aus. Ein anderer Haufen war so solide wie Fels und er verstauchte sich beinahe das Handgelenk, als er ihm einen Hieb versetzte. Sie waren ungewöhnlich. Ich beschloß, irgendwann mal herauszufinden, wie sie entstanden waren.
Das Gras war hier nur hüfthoch und kam in allen Formen und Stärken vor: dünne, hohle Stengel wie Stroh, andere wieder mit breiten, flachen Halmen, die wie hartes Papier schnitten. Farnkrautähnliche Pflanzen mit seltsamen Schwimmhautblättern wuchsen zwischen Felsen in den «Steingärten», die in diese Ebene eingestreut waren. Ich bemerkte, daß die gleichen Farne oben in Bäumen wuchsen, in den Gabeln, wo die Äste aus dem Stamm ragten. Knotige schwarze Wucherungen an Gummibaumästen wölbten sich bauchig über unseren Köpfen wie gewaltige Teertropfen.
Das Gehen war nicht sonderlich beschwerlich, und wir entspannten uns ein bißchen und marschierten weniger zögernd drauflos, als plötzlich etwas geschah, was uns innerhalb einer Sekunde einander idiotisch schnatternd in die Arme trieb. Es war ein Schock, nach dem langen Schweigen plötzlich Galop-

pieren, lautes Galoppieren zu hören. Etwas offensichtlich Großes und Schnelles raste durch das Unterholz, nicht weit von uns.

«Jesus Christus, Lu, was zum Teufel war das?»

«Weiß Gott. Ich dachte, auf der Insel gibt's keine wilden Schweine oder so was.»

«Wir haben keine Ahnung, was hier alles rumläuft.»

Was immer es war, es verschwand, ohne sich uns zu zeigen. Die Nerven angespannt wie Stahlfedern rückten wir weiter vor. G. fluchte mörderisch, als sich ihm der scharfe Stachel einer jungen Schraubenpalme in die Ferse bohrte, und ich sprang ungefähr einen Meter in die Luft, als mir ein Blatt von oben in die Hemdbluse fiel.

Das Landschaftsmuster änderte sich, als wir uns dem Ostufer näherten. Reihen niedriger Buschbäume, die Zweige vom Wind in eine Richtung gezwungen, waren zu zerzausten Hecken zusammengewachsen. Ein Band dickstengeligen Schilfrohrs teilte die Ebene vom Strand. Nicht ohne Schwierigkeiten schlugen wir einen schmalen Pfad durch das Dickicht. Ohne Vorwarnung brach die Stimme des Meeres, von den Bäumen gedämpft, über uns herein.

Das Ostufer von Tuin war eine Offenbarung für mich, so ganz anders als der «Heimatstrand», wo wir unser Camp aufgebaut hatten. Hier lag der ursprüngliche, unberührte, verlassene Inselstrand: ein langgezogenes, sichelförmiges goldenes Sandband, auf einer Seite von einem Korallenriff und auf der anderen von schwarzen, von Brandung umtosten Felsen begrenzt. Die statuengleichen Palmen schwankten selig im Wind. Die Sonne war heiß, vom Meer her blitzten grelle Lichtpunkte, aber der Südostwind, hier viel stärker als auf der Westseite, blies eine köstliche Frische in die warme Luft. Ich hätte tanzen und springen können. Den Strand entlang schlenderten wir zur Bucht am Südende. In meinem Gang lag ein deutliches Hüpfen, aber ich unterdrückte den Wunsch, kindisch herumzuspringen, da trotz seiner Bemerkung: «Ja, es ist hübsch hier», als Antwort auf meine Begeisterungsrufe ziemlich klar zu erkennen war, daß G. nicht auf die gleiche spontane Weise berührt war wie ich. Aber uns blieb ja genügend Zeit, uns der Insel anzupassen, jeder auf seine Art.

Wir wollten eine zweite Wasserquelle irgendwo im Süden suchen. Der Präsident von Badu Island hatte angedeutet, daß durchaus mehr als nur eine ständige Frischwasserquelle auf Tuin vorhanden sein mochte. Der ungemein begrenzte Wasservorrat in dem Flüßchen neben dem Camp hatte uns ganz schön erschreckt, und so gaben wir der Suche nach einer zweiten Quelle Vorrang. Nach der Hälfte des Strandes, dem wir bald schon den Namen Long Beach, langer Strand, verpaßten, stießen wir auf eine tiefe Rinne, die sich durch dichtes Unterholz mit Wurzelgewirr und Zweiggeflecht schlängelte. Vor ihrer Mündung hatte sich ein größerer, zwei oder drei Fuß tiefer Teich ausgebreitet, durch eine hohe Sandbank vom Meer getrennt. Das Wasser in dem Teich war grünlich und stand offenbar schon seit langer Zeit hier.

«Sollen wir's versuchen?» fragte ich.

«Yeah, tauch einen Finger rein, Lu.»

Das tat ich und stellte fest, daß es zwar Salzwasser, aber nicht hundertprozentig salzig war. Wir beschlossen, am nächsten Tag mit einem Spaten zurückzukommen; mal sehen, was geschah, wenn wir einen Graben schaufelten, um den Teich zu säubern. Es bestand die Chance, daß gutes frisches Wasser aus dem Inselinneren nachsickerte; vielleicht konnten wir es irgendwie abfangen, bevor es sich mit dem Salzwasser vermischte. Das war der Moment, wo G. meinte, es wäre ganz gut, wenn wir uns jetzt auf den Rückweg machen würden. Die Sonne stand nun hoch, und trotz der fächelnden Wirkung des Windes konnten wir spüren, wie intensiv die Hitze des Tages werden würde. Es wäre unklug, sich von ihr weit weg von jeder bekannten Wasserquelle überraschen zu lassen.

Wir drangen an der gleichen Stelle wieder ins Innere vor, an der wir herausgekommen waren, neben einem Baum, den ich später «Lone Pine», einsame Tanne, taufte. Bald schon verloren wir die genaue Route unserer früheren Fußspuren aus den Augen, konnten uns aber an den größeren Marksteinen wie Ameisenhügeln und speziell eingeprägten Bäumen orientieren. Einer von G.s Sohlenriemen riß, und er bekam Schwierigkeiten mit Dornen und Bodenunebenheiten. Er reagierte gereizt, als ich zu weit vorausging, fortgerissen von meinem Eifer, jeden neuen Baum und jede Pflanze genau zu inspizieren. Wir setzten unsere Füße immer noch mit großer Vorsicht auf. Bloß weil wir keine Schlangen gesehen hatten, mußte noch lange nicht bedeuten, daß es auch keine gab. Als wir die Gegend erreichten, wo wir das geheimnisvolle Hufgetrappel gehört hatten, hielten wir an.

«Dieses Ding», sagte ich nervös und spähte zwischen den Bäumen hindurch.
«Na ja, wir wissen nicht, was es war, also spazier nicht allein meilenweit voraus. Höchstwahrscheinlich war es bloß eine große Eidechse, aber es könnte auch ein Krokodil gewesen sein, und was glaubst du wohl, welche Chancen du mit diesem Messerchen hast?»
Wir suchten das Unterholz nach Spuren ab, in der Hoffnung, irgendeinen Hinweis zu finden. Keinerlei Anzeichen waren zu entdecken, und so setzten wir schließlich genauso klug wie zuvor unseren Weg fort. G. bestand darauf, daß wir dicht zusammenblieben. Er hinkte nun, nach einem besonders schmerzhaften Stich in den Fuß, sein Hut hing schief, er sah erhitzt und erschöpft aus. Der Riß, der sich seit Brisbane zwischen uns aufgetan hatte, existierte immer noch, tief und häßlich, aber ich erkannte bereits Anzeichen dafür, daß G. sich auf der Insel tatsächlich anders benehmen würde, wie er es stets behauptet hatte. Hier zeigte er sich um meine Sicherheit besorgt. Ich war gerührt. Er grummelte weiter: «Würd' dir ähnlich sehn, loszurennen und dich gleich zu Beginn des Jahres umbringen zu lassen. Und was sollte ich dann anfangen? Daß du doch immer so ein ungestümes kleines Biest sein mußt.»
Ich verlangsamte mein Tempo, und wir gingen eine Weile schweigend. «Tasse Tee, wenn wir zurückkommen?»
«Darauf kannst du wetten.»
«Und dann fischen?»
«Oh, Lu, fängst du schon wieder an! Machen wir doch eins nach dem anderen. Wozu die verdammte Eile? Du hast ein ganzes Jahr Zeit.»
«Wir brauchen Fisch zum Abendessen.»
«Wir können jederzeit ein bißchen Reis von den Vorräten nehmen.»
«Die Vorräte müssen so lang wie möglich gestreckt werden. Wenn wir jeden Tag Reis nehmen, dann reicht das gerade einen Monat.»
«Zu Befehl, Sergeant-major, wir besorgen dir ein Stück Fisch für dein Abendessen. Ich hatte sowieso die Absicht, später fischen zu gehen, es ist bloß die Art, wie du antreibst. Immer deine verdammte Hetze.»
Genügend Zeit war vorhanden, um ein ruhigeres Tempo zu erlernen und die eigene Ungeduld zu dämpfen oder zu verbergen.

Alles lag ja noch vor uns. Vielleicht war es ganz gut, daß wir nicht genau wußten, was uns noch alles erwartete. Momentan gingen Ambitionen und Gedanken an die Zukunft nicht weiter, als daß wir einen Fisch zum Abendessen hatten und genügend Holz, um ihn zu kochen.
Und damit zum Fischfang.

Tagebuch

Hurra! Heute meinen ersten Hai gefangen, ein Haibaby, genau die richtige Größe für einen Anfänger. Kurz nach dem Frühstück brach ich allein zum Fischen auf und fand einen neuen Platz, nicht weit vom Camp entfernt. G. hatte den Morgen für Gartenarbeiten verplant. Als ich ihn verließ, trampelte er auf einem flachen Stück Boden nahe beim Flüßchen herum, in der Hand den Spaten und im Auge ein unternehmungslustiges Glitzern.
Der Tag war so wunderschön, daß man davon ganz benommen werden konnte, aber ich hatte für poetische Trödeleien keine Zeit. Die Flut war vorüber, und das Wasser würde erst am späten Abend wieder steigen. Jetzt war die richtige Zeit zum Fischen. Gestern war der Tisch nur sehr spärlich gedeckt gewesen, und ich konnte es kaum erwarten, so bald wie möglich eine richtige Mahlzeit zu fangen. Als Köder benützte ich den Kopf eines kleinen Papageifisches, der vom gestrigen Abendessen übriggeblieben war. Er roch alles andere als gut, aber im Augenblick war nichts anderes da. Die Flut hatte sich noch nicht so weit zurückgezogen, daß man «Cucaracias» hätte sammeln können, und für den Krabbenfang war das Wasser schon zu tief gefallen. Wenn mein stinkendes Stückchen Papageifisch auf absolut keine Gegenliebe stieß, dann konnte ich immer noch ein paar von den großen Meerschnekken knacken.
Der neue Fischfelsen, den ich ausprobiere, ist erstaunlich bequem, so bequem, daß er der «Lehnstuhlfelsen» genannt wird. Unglücklicherweise ist das Wasser um ihn herum bei Ebbe sehr seicht, und beim Höchststand der Flut kann man ihn gar nicht erreichen, aber an diesem Morgen hatte ich genau den richtigen Zeitpunkt abgepaßt. Beim ersten Wurf spürte ich fast augenblicklich das vertraute Rucken eines Pa-

pageifisches, der aber wohl so klein war, daß er seine Zähne nicht richtig um den Köder schlagen konnte. Entweder das — oder er hatte sich angewidert abgewandt. Ich zog die Leine ein und säuberte den Köder. Als nachträglichen Einfall fügte ich noch ein saftiges Stückchen Schnecke hinzu, um die Lokkung zu verstärken. Es funktionierte. Der gleiche kleine Papageifisch spießte sich auf den Haken, und diesmal gab es für ihn kein Entrinnen. Aber er war wirklich geradezu peinlich klein. Ich konnte mir G.s mitleidsvollen Ausdruck vorstellen, wenn ich ins Camp zurückkam und nichts weiter vorzuweisen hatte. Wahrscheinlich würde er, vollkommen aufrichtig, sagen: «Gut gemacht, wenigstens hast du überhaupt was erwischt.» Zur Hölle damit! Ich setzte auf die vage Chance, daß ein großer Fisch auf der Suche nach einem kleineren Opfer vorbeikam, nahm den ganzen Kopf als Köder und warf ihn so weit wie möglich hinaus. Nichts. Dann wurde die Leine plötzlich schlaff. Ich wußte nicht, was passiert war, und begann sie gemächlich einzuziehen. Urplötzlich schoß die dünne Schnur durch meine Finger, brannte sich in die Gelenke ein, und ich stieß einen unfreiwilligen Schrei aus. Zum Glück hatte ich den Schnurstock zwischen zwei Felsen verkeilt, sonst wäre das ganze Bündel verloren gewesen. Die straffe Leine zischte kreuz und quer durch das Wasser. Ich nahm sie auf und zog probeweise daran. Ich wußte, gar so groß konnte der Fisch nicht sein, sonst wäre die Leine sofort gerissen. Nach und nach fing ich an sie einzuholen. Eine schmale, schwarze Rückenflosse durchbrach die Wasseroberfläche und bestätigte meinen Verdacht, daß es ein Hai sein mußte. Alarmiert von meinem ersten Schrei kam G. den Strand entlang auf den Felsen zu. Er traf genau im richtigen Moment ein, um mir zu helfen, dem Fisch den Rest zu geben. Ich hatte ihn problemlos an Land gezogen, hatte nun aber Schwierigkeiten, das Messer durch seine dicke Haut zu stoßen, da er wie wild um sich schlug. «Lieg still, bis ich dich umgebracht habe, du Mistkerl», sagte G. und stach den kleinen Hai durchs Genick. Gebratene Steaks zum Lunch, pochierte «Filets» zum Abendessen. Ich freute mich ungemein; G. ebenfalls.

Ich muß lächeln, wenn ich diesen Teil meines Tagebuchs nochmals lese. Was für ein Theater wegen eines kleinen Babyhais.

Nach einiger Zeit standen wir hoch über solchen Dingen. Aber der Anlaß meines Jubelns ging über das bloße Fangen eines Hais hinaus. Ich hatte gezeigt, daß ich als Jägerin was taugte und fähig war, uns mit Nahrungsmitteln zu versorgen. Was immer ich von unserer Heirat halten mochte, ich besaß immer noch meinen Stolz als Frau, und keine Frau möchte mit einer leeren Speisekammer erwischt werden. Als Mrs. Robinson Crusoe besaß ich keinen Kühlschrank und konnte nicht einkaufen gehen. Geld existierte auf Tuin nicht, und falls doch, so hätten wir mit den Münzen höchstens unsere Angelschnüre beschweren können. Die Vorräte, die wir mitgebracht hatten, konnten nur zur Neige gehen, sonst nichts. Aber vor uns lag das ganze weite Meer, ein unendliches Reservoir von ausgezeichnetem, nahrhaftem Essen.

Bis jetzt hatten G. und ich stets zusammen gefischt. Mir gefiel die Art, wie er mich unterrichtete, mehr durch Demonstration als durch Theorie. «Nun», sagte er, «ich hab' meinen drei Jungs das Fischen beigebracht, nicht wahr?» Richtig; und ich fühlte mich eindeutig geehrt, als er zugab, daß ich «keine üble Auffassungsgabe» besitze. Zu meinem Entzücken und seiner Überraschung entdeckte ich, daß Fischen eine Beschäftigung war, die ich in vollen Zügen genoß. Das Jagdfieber packte mich schon in dem Augenblick, in dem wir zum erstenmal unsere selbstgebastelten Angeln in die Hand nahmen, er mit einem eleganten, stromlinienförmigen, wie ein «Y» geformten Stecken mit eingeschnittenen Kerben für die Schnur, meine Angel eine grobe aber nicht weniger effektive Kopie davon. Zusammen mit G. zu fischen, das bedeutete höchstes Glück für mich, und doch wollte ich es einmal allein versuchen. Die beste Gelegenheit dazu ergab sich, als er mit seinem Garten anfing; ja mehr als das, es war sogar notwendig. Fing ich an diesem Morgen keinen Fisch, dann würde die Speisekammer leer bleiben. Die Tatsache, daß auch G. arbeitete, verstärkte noch meinen Wunsch zu beweisen, daß ich uns ernähren konnte. Als das Feuer brannte und ich den Fisch gekocht hatte und der Augenblick gekommen war, G. von seiner Arbeit zu unserem Lagerbaum zu rufen, wo ich die Mahlzeit serviert hatte, da war irgendein schlummernder weiblicher Instinkt vorübergehend befriedigt.

Fischen war ein lebenswichtiger Teil unserer Existenz; es gab kaum Tage vor Beginn der Monsunzeit, an denen nicht einer von uns oder beide zusammen fischen gingen. Weil wir von

Ebbe und Flut abhängig waren, mußten all unsere anderen Aktivitäten den Fischzeiten angepaßt werden. Aber es war keineswegs nur Spaß und Spielerei. Fingen wir nichts, weil die Flut zu schwach, die Mondposition nicht die richtige oder unsere Planung schlecht gewesen war, so war das nicht nur enttäuschend: es bedeutete kein Abendessen. Und wenn es irgend etwas gab, das einem Tag auf Tuin alle Freude nahm, so war es die Aussicht, uns ohne Abendbrot in unsere Schlafsäcke zu wickeln. Reis, streng rationiert, gab es nur einmal am Tag, gewöhnlich zum Frühstück.
Vernünftigerweise hätten wir wesentlich mehr Angelausrüstung mitbringen sollen; doch leider haben Schiffbrüchige nicht immer die Chance, vernünftig zu sein. Wir brauchten keine komplizierten Geräte, sondern lediglich viel mehr Haken und Leinen. Offensichtlich hatten wir damit gerechnet, improvisieren zu müssen, und das taten wir auch, in immer stärkerem Ausmaß, je mehr die beiden Garnrollen und die zwei Dutzend Haken, mit denen wir anfingen, dahinschwanden. Wir versuchten jedoch so lange wie möglich damit auszukommen.

Tagebuch

Gestern verloren wir zwei Angelschnüre an den entgegengesetzten Enden unseres langen Fischstrandes. Beide verfingen sich in Korallen, die eine war ein Stück von G.s bester Leine mit einer Belastbarkeit von 100 Pfund. Das passiert häufig und ist recht ärgerlich, um es milde auszudrücken, wenn die Fische gerade gut beißen und man nichts mehr in der Hand hat, um sie einzuholen. Wir haben festgestellt, daß es verhängnisvoll ist, zuviel Ersatzleine mitzubringen; das gleiche passiert unweigerlich wieder, und es endet damit, daß man eine traurige kleine Spur an Stöcken hinterläßt, die die Stelle markieren, wo man vielleicht mit etwas Glück die Leine am nächsten Tag bei Ebbe wieder aufspüren kann. Zum Flicken müssen wir bereits Notbehelfsleinen verwenden; Drachenschnüre von einem von G.s Söhnen, komische Bindfadenreste und Seilknäuel. Das Seil hat die schreckliche Angewohnheit zu knicken und verfängt sich mit wahnsinniger Geschicklichkeit in jeder Unebenheit des Meeresbodens.
Heute ging ich zu den Felsen rechts vom Camp (Lehnstuhl-

felsen) und fand mehr oder weniger auf Anhieb eine Leine. Die andere befand sich in der Gegend des ersten Fischfelsens, ein gutes Stück entfernt, jenseits der nun schon vertrauten Mondlandschaft, die sich bei Ebbe bis zur Wasserlinie hinzog. Hier war es schon schwieriger, die verlorene Leine aufzuspüren. Felsen schauen natürlich anders aus, wenn sie zu drei Vierteln unter Wasser liegen. Ich verglich die Spitzen der Formationen, so wie sie meinem Gedächtnis zufolge bei Flut über die Wasseroberfläche geragt hatten, mit den nun entblößten, mit grünem und grauem Schleim bedeckten Gebirge. Nach langer, fruchtloser Suche entdeckte ich die Leine schließlich, sicher verkeilt in einer Spalte und mit Muscheln verklebt. Na ja, der Haken war verschwunden.

Um einen Fisch zu fangen, braucht man logischerweise einen Köder oder ein Lockmittel oder irgendeine Falle. Anfangs konzentrierten wir uns auf Köder. Auf Cocos Island, wo G. einen seiner beiden vorausgegangenen Versuche für das Robinson-Crusoe-Jahr unternommen hatte, hatte man ihm eine nützliche kleine Molluske namens «Cucaracia» gezeigt. Die Tatsache, daß andere ihm erst die Entdeckung dieser Kreatur ermöglichten, weist auf einen der Gründe hin, warum er das Insel-Projekt auf Cocos nicht ordnungsgemäß fortsetzen konnte. Im Falle der nächsten Insel, die er probierte, Juan Fernandez, vor der Küste von Chile gelegen, waren ständig andere Menschen anwesend, was die ehrliche «Schiffbrüchigen»-Idee, die hinter dem Abenteuer steckte, untergrub. Tuin besaß kein Sicherheitsnetz in Form einer freundlichen Küstenwache, die regelmäßig Vorräte anlieferte und Verbindung zum Festland hielt; es war eine vollkommen andersgeartete Situation hier, aber einige der Dinge, die er auf den anderen Inseln gelernt hatte, konnten auch hier von Nutzen sein. Zum Beispiel die Cucaracia.
Die «Cuckoo», wie wir sie nannten, ist eine seltsame, nicht unbedingt abstoßende Kreatur, die eher wie eine riesige Drückerfischmade aussieht. Die Außenschale, länglich geformt und zwischen zwei und zehn Zentimeter lang, ist in Segmente unterteilt, was es dem muskulösen Tier ermöglicht, sich im Inneren zu einem Ball zusammenzurollen, wie ein erschrecktes Stachelschwein. Die Schale ist schwärzlichgrün und hat um den Rand herum einen kräuseligen, moosigen Pelz in blasserer Schattierung. Der lebende Teil darunter ist eine hellorange Knorpel-

zunge, umgeben von einem dicken Saugpolster, mit dem es sich fest an Felsen klebt. Sie sind schwer zu fassen, verstecken sich gern in großer Zahl in Rissen und Spalten und schauen mit ihren schildförmigen Rücken wie feige Kämpfer einer verirrten römischen Phalanx aus. Es war ein glücklicher Zufall, daß G. bei unserem ersten Fischtrip auf Tuin eine auf einem flachen Felsblock gestrandete «Cuckoo» sah und identifizierte.
Das Zungenzentrum herauszulösen, erfordert einige Praxis. Eine Klinge wird unter die Schale geschoben, um sie vom Felsen abzuheben, und sobald sie sich löst, muß sofort die Messerspitze in den Muskel gestoßen werden, bevor er sich zu einem Ball zusammenrollen kann. Einer der größten Vorteile der «Cuckoo» besteht darin, daß sie fest auf dem Angelhaken bleibt. Der Nachteil ist, daß sie nur einen bestimmten Fischtyp anzulocken scheint, während andere Köder, wenn auch weniger bequem in der Anwendung, fast alles anlocken, was zufällig in der Nähe herumschwimmt. Wir benutzten große Meeresschnekken, Miesmuscheln, Austern und andere Schalentiere, deren Namen wir nicht kannten, und Fischbrocken, nachdem wir den ersten Fisch gefangen hatten. Aber es besteht nicht der geringste Zweifel daran, daß Krabben den besten Köder abgeben.
Die Krokodilbucht war der richtige Ort für Krabben. Diese große, kreisförmige Bucht, eingerahmt von dunkelgrünen Mangroven, erinnerte mich immer an ein wohlgeformtes Gebiß mit Spinat zwischen den Zähnen; es hatte den gleichen sauberen, gekrümmten Biß, benötigte aber bei Ebbe eindeutig ein bißchen Zahnpasta. Schlammig rann das Wasser zwischen den reifenförmigen Wurzeln der Mangroven heraus und hinterließ einen dünnen, blasigen Schleim, in den grüne und schwarze Meeresschnecken und kleine Krabben, die der Flut nachtrauerten, eingestreut waren. Ich sollte hier vielleicht erwähnen, wie die Krokodilbucht zu ihrem Namen kam. Es muß noch nicht ganz vierzehn Tage nach unserer Ankunft gewesen sein. Eines Nachmittags, als die Sonne ihren Zenit schon weit genug überschritten hatte, um den Marsch zu unserem Fischfelsen erträglich zu machen, ging G. schon zum Strand voraus, während ich noch für ein paar Minuten im Camp blieb und ein Messer an einem Stück Schleifstein schärfte. Als ich ihn einholte, meiner Gewohnheit entsprechend von Sandhügel zu Sandhügel springend, sagte er ruhig: «Ich will dich nicht erschrecken, Lu, aber ich glaube, ich habe eben ein Krokodil gesehn.»

«Iiih! Wo?»
«Es kam hinter diesen Felsen dort drüben hervor, rannte die ganze Strecke da rüber und verschwand dann in den Mangroven. Ich mach' keine Witze, Lu, es war ungefähr acht Fuß lang.»
Es war recht wahrscheinlich, daß Tuin von Krokodilen heimgesucht wurde. Auf Thursday Island hatte man uns gewarnt, daß Salzwasserkrokodile, bis zu zwanzig Fuß lang und von berüchtigter Aggressivität, in der Torres-Straße häufig vorkamen. Berücksichtigte man die relativ kleinen Ausmaße des Tieres, das G. gesehen hatte, so schien es durchaus möglich, daß Tuin als Kindergarten für junge Krokodile diente. Wir hatten nicht viel Ahnung von den Brutgewohnheiten der Meereskrokodile, eines aber wußten wir: Wenn das Weibchen die Eier gelegt hat, dann bleibt es nicht in der Nähe, um sich darum zu kümmern. Wenn die Kleinen ungefähr drei Monate später schlüpfen, dann können sie bereits für sich selber sorgen. Für Mami oder Papi besteht kein Grund zurückzukommen. G. und ich hofften aufrichtig, daß unsere Kenntnisse auch den Tatsachen entsprachen, denn wenn wir auch gern Krokodile beobachtet und fotografiert hätten, am liebsten von einem sicheren Baum aus, so konnte sich unser Leben doch recht ungemütlich gestalten, wenn wir die Insel mit voll ausgewachsenen Exemplaren teilen mußten. Außerdem durften wir nicht vergessen, daß sich unser Fluß vielleicht doch als die einzige leicht erreichbare Frischwasserquelle erweisen mochte, und in diesem Fall wären wir nicht die einzigen Kreaturen, die davon trinken wollten. Und unsere Situation ließ keine Höflichkeit zu, bloß weil sie vor uns hier gewesen waren.
Durch die Art und Weise, wie G. das Ding, das er gesehen hatte, beschrieb, wurde die Sache leicht geheimnisvoll und ließ Zweifel bei mir aufkommen: «Es hielt den Kopf hoch und hob richtig die Beine. Wie ein trabendes Pony.»
Irgendwie konnte ich mir nicht vorstellen, daß sich ein Krokodil so bewegte. Am nächsten Tag erhaschte ich an der gleichen Stelle einen Blick auf das Vieh. Eine ungewöhnliche Form oben auf einem Felsen erregte meine Aufmerksamkeit. Es war schon spät am Tag, und meine Augen waren noch geblendet, weil ich ein paar Sekunden zuvor in das letzte grellweiße Licht der Sonne geblickt hatte, bevor sie flammend unterging. Aber als sich das Tier bewegte, konnte ich ganz deutlich die Umrisse eines Reptils erkennen. Es war bestimmt eine Art Saurier, aber

was für eine Art wußte ich nicht. Wieder flüchtete es, ein fremdes Wesen witternd, in die Mangroven. Da war der elegante, hohe Schritt; der Kopf, klein für ein Krokodil, wie mir schien, blieb steif hochgereckt und wachsam. Dies war sicherlich die Antwort auf das galoppierende Geheimnis im Inselinnern, und so lange es von uns wegrannte, anstatt auf uns zu, konnten wir der Sache mehr mit Interesse als mit Besorgnis entgegensehen. Trotzdem bat mich G., als Vorsichtsmaßnahme, nicht allein in die Nähe der Mangroven zu gehen. Im weiteren Verlauf des Jahres festigten zusätzliche Hinweise auf Leben in dem Mangrovensumpf den Namen Krokodilbucht – obwohl «Krabbenbucht» sicherlich passender gewesen wäre, was ihren Verwendungszweck anbelangte.

Bei Gezeitenwechsel begann nämlich ein großer Exodus der Krabben aus ihren Verstecken im kühlen Seichtwasser unter den Mangroven, wo sie es sich gemütlich gemacht hatten. Sie flitzten heraus, kaum daß sich das Wasser zurückzuziehen begann, und wir lernten schnell, daß jetzt die beste Zeit war, sie aufzuspießen. Fast immer schafften es aus irgendeinem Grund einige nicht, mit dem Rest mitzuhalten. Zuerst verkrochen sie sich vor der Hitze in den Pfützen neben den wenigen Felsen der Bucht, aber wenn die ausgetrocknet waren und der Schatten sich weiterschob, dann waren sie verloren. Alle Feuchtigkeit schwand aus ihren Körpern, und vermutlich wurden sie bei Flut von den Fischen gefressen, denn bei der nächsten Ebbe war von ihnen nichts weiter übrig als die leere, saubere Außenschale und die merkwürdige Schere, der Schild und das Schwert. Natürlich jagten wir diese Bummler, sobald wir einen in seinem Versteck erspähten, aber unsere Haupternte holten wir aus dem Wasser. Diese Krabben hatten irgend etwas Tapferes und Rührendes an sich. Wenn wir uns gnadenlos mit einem Dreizackspeer an sie heranpirschten, rannten sie selten weg. Winzige Kerlchen von vier Zentimetern warfen furchtlos den Fehdehandschuh hin und reckten steife Zangen in empörter Herausforderung hoch. Auch mit allen drei Zacken des Speers im Körper waren sie immer noch in der Lage, ungemein fest zuzuzwicken, wenn man die Scheren abbrechen wollte. Wir hatten eine grüne Krabbe als Dauerbewohner am ersten Fischfelsen, die weder Verlockungen noch Gewalt erlag. Sie hatte sich ihr Heim in einer gut geschützten Felsenzitadelle geschaffen und kroch heraus, um uns zu beobachten und auf Fischabfälle zu warten. Waren wir knapp an

Ködern und wollten sie verwenden, dann zog sie sich prompt außer Reichweite zurück und knallte drohend ihre Scheren zusammen, wie ein Boxer, der vor dem Kampf in seinen Handschuh schlägt.

Ich bin sicher, ich stattete diese Krabben aus dem gleichen Grund mit menschlichen Eigenschaften aus oder entdeckte in Fischen und Vögeln bestimmte Charakterzüge, aus dem Leute ihre Haustiere vermenschlichen. Der menschliche Geist muß sich überall aufdrängen. Aber wenn dadurch das Aufspießen von Krabben weniger langweilig wird oder eine alte Lady durch ihren Wellensittich mehr Freude am Leben hat, dann ist das ein recht harmloser Zeitvertreib. Erst wenn der verspielte menschliche Erfindungsgeist sich auf seine eigene Gattung erstreckt, geschieht das, was wir vereinfachend als «Mißverständnisse» bezeichnen. G. und ich sollten beide sowohl Opfer als auch Täter auf diesem Gebiet werden.

Wir rissen den Krabben immer die Scheren aus; durch die entstandenen Löcher ließ sich der Rumpf gut auf den Angelhaken fädeln. Wäre es möglich gewesen, dann hätten wir zum Fischen jedesmal Krabbenköder genommen, aber wir konnten nicht immer genau in dem Moment mit Speeren bereitstehen, in dem sie herausgeflitzt kamen. Wir würden uns schwer hüten, mitten in der Nacht ohne Fackeln herumzustolpern, wenn in den Mangroven außer Krokodilen weiß Gott noch was lauerte. Außerdem besaß die Krabbe als idealer Köder einen Nachteil: Trotz äußerster Sorgfalt beim Auffädeln löste sie sich viel zu leicht vom Haken. Als wir noch die konventionellen stachelartigen Angelhaken von vernünftiger Größe hatten, war es nicht so schlimm, doch als wir dann zu Sicherheitsnadeln und zugefeilten Stücken von Kleiderbügeln übergingen, wurde das gelegentliche Übel zu einem ständigen Ärgernis. Die listige, verschlagene Aufmerksamkeit von ganzen Schwärmen von kleinen Zebrafischen machte die Sache noch schlimmer; sie ließen uns glauben, ein Papageifisch interessiere sich für unseren Köder, knabberten inzwischen alle eßbaren Teile ab und ließen nur eine leere Beinhöhle am Haken zurück.

Eines Tages passierte uns das wieder und wieder, und die Krabben gingen uns langsam aus; wir waren erschöpft, erhitzt und vor allem müde. G. entschied, daß er genug herumgepfuscht hatte. Er raffte sich aus der hitzeverseuchten Apathie eines mißglückten Fischfangtrips auf und konzentrierte sich darauf, eine

hundertprozentig sichere Methode zu entwickeln, wie man eine Krabbe an einem selbstgebastelten Haken befestigen konnte, ohne daß die Zebrafische alles wegfraßen. Das hieß, den ganzen Weg zurück ins Camp und dann wieder zum Felsen zu traben, aber wenn uns das etwas Eßbares einbrachte, dann war es die Anstrengung wert. G. nahm eine kleine, orangefarbene, ganze Krabbe, riß ihr die Beine aus und stieß den Haken der Sicherheitsnadel durch zwei Höhlen. Mit den Nylonfasern eines um eine Flasche geschlungenen Netzes, das wir an der Long Beach treibend entdeckt hatten, band er das Ganze in eine Zehe eines meiner Dior-Strümpfe. Die Strümpfe, ein «Geschenk» zu meinem Hochzeitstag, hätten eigentlich zur Herstellung von selbstgemachtem Ziegenkäse dienen sollen. Leider verbot uns eine der Klauseln der Regierungsgenehmigung, die uns das Leben auf einer unbewohnten Insel in der Torres-Straße erlaubte, die Mitnahme von lebenden Tieren. Was wahrscheinlich ganz gut war, da wir es uns ohnehin nicht hätten leisten können, unser spärliches Frischwasser mit einer Ziege zu teilen.
Die Sache mit der Krabbe in meinem Strumpf habe ich noch so deutlich vor Augen, als wäre es erst gestern geschehen. Allerdings waren die Umstände, die diese Episode so einprägsam machten, absolut einmalig. Es ist G.s Gesicht, das ich vor mir sehe. Er ist aufgeregt wie ein Junge, weil er etwas erfunden hat; er ist verschlagen wie ein Jäger, weil sein Blut in Wallung ist; er ist entschlossen wie ein Mann, weil er und seine Frau sehr hungrig sind. Wenn er müde oder gekränkt ist, wenn er Angst hat oder sich in die Defensive gedrängt sieht, dann sind seine Augen kalte, kleine, unerreichbare Murmeln, jetzt strahlen sie vor Lebensfreude und Erwartung. Fast liegt in seinem Schritt ein Anflug von Munterkeit, als wir wieder zu dem Felsen hinausgehen. Aber die Flut steigt schnell, uns bleibt nur noch wenig Zeit, bis der Felsen von unserem «Heimatstrand» abgeschnitten ist. Wir sitzen nebeneinander auf dem Felsen, während G. letzte Hand an seine Leine legt. Ich bin bei dieser Gelegenheit lediglich Beobachterin, nachdem mein Selbstbewußtsein zuvor schon durchlöchert worden war, als ich nicht nur eine, sondern gleich zwei Angelleinen verlor. Mein ganzer Enthusiasmus gehört G.; ich wünsche so sehr, er möge Erfolg haben.
Er steht auf, um den seltsamen Köder in einem weiten Bogen über das Wasser zu schwingen. Er wirft verdammt gut. Der Kö-

der landet genau vor dem tiefen Korallenriff, wo die meisten Fische sind.
«Damit kriegen wir die Kerle.»
Wir warten. Das Meer, das mit jeder Woge höher steigt, rauscht um uns herum, aber die Spannung des Wartens schafft ein Gefühl des Schweigens. G.s Augen und der Himmel und die blitzende See sind blau, blau, blau. Die verblaßte Angelschnur hängt unter der Wasseroberfläche. Der Köder ist abgesunken und nicht mehr zu sehen. Die Finger von G.s rechter Hand, die widersinnigerweise immer noch Nikotinspuren aufweisen, zukken an der Leine. Warten.
«Paß auf, Lu, in einer Minute ist er da.»
G. hat stets eine sehr persönliche Beziehung zu dem Fisch, den er fangen will. Klaut der Fisch den Köder, weigert er sich, richtig anzubeißen oder spielt er listig und qualvoll mit seiner Geduld, dann wird er wütend und sehr entschlossen.
Plötzlich bewegt sich die Leine. Das Holz, auf das sie gewickelt ist, klappert auf dem Felsen. Schnell schießt G. Leine nach.
«Er ist groß, Lu, verdammt groß.»
Ich ziehe mich ein Stück zurück, damit er genug Platz hat, um den Fisch an Land zu ziehen. Er packt die Leine mit beiden Händen und tritt mit einem Fuß auf die Holzspindel, während er sich mit dem Rücken gegen den abfallenden Felsen stemmt.
«Scheiße!»
Irgend etwas ist passiert. Die Leine ist straff, bewegt sich aber nicht mehr.
«Der Bastard hat sie um einen verdammten Felsbrocken gewikkelt. Wart mal, er ist wieder frei — *Scheiße!* Er ist weg, Lu, der Bastard ist abgehauen.»
Ein «Oh . . .» von mir.
Langes, düsteres Schweigen, während die See gleichgültig weitersteigt. Von G.s Händen baumelt die schlaffe Leine.
«Ich nehme an, er hat alles mitgenommen, was?» frage ich.
G. zieht den Haken hoch; wenigstens ist der noch dran. Die Krabbe ist restlos verschwunden, bloß ein paar Dior-Fäden sind übrig geblieben.
«Was gibt's zum Abendessen, wenn wir keinen Fisch kriegen?»
«Tee.»
«Und ein bißchen Reis?»
«Ich fürchte, nein.»
Ich hab' noch ein kleines As im Ärmel. Wenn es beim Tee allein

bleibt, werde ich eine kleine Überraschung in G.s Tasse schieben. Vor ein paar Tagen habe ich eine wundervolle Entdeckung gemacht. Zwei Zuckerstückchen der Fluggesellschaft waren die ganze Zeit über in der Tragtasche herumgepurzelt, in der ich meine Filme hatte. Allein die Vorstellung, sie hätten von Eidechsen aufgefressen werden können! Ich hatte nichts gesagt, weil ich sein Gesicht sehen wollte, wenn er den süßen Tee kostete. Aber noch hat er nicht aufgegeben.

«Okay, her mit der Machete.»

Er klettert hinunter auf einen tiefergelegenen Felsen, schon halb überströmt von den Wellen. Drei kleine, schlammige Austern bieten eine letzte Chance. Sie lassen sich nicht vom Felsen ablösen, also zerschmettert er sie an Ort und Stelle und gräbt das glitschige Fleisch mit den Fingern heraus. Er klatscht alle drei auf die Nadel. Als er die Leine wirft, fliegen zwei weg. Flüche. An der dritten beißt was an.

«Schnell, hol noch welche, Lu.»

Da müssen noch welche sein. Schwungvoll klettere ich den Felsen hinunter und spähe ins Wasser. Da ist eine. Ich zerschmettere sie mit der Machete, als für eine Sekunde das Wasser zurückschwappt, und schlage mir die Fingerkuppen beim Rauszerren des Körpers auf.

«Ist das alles?»

Ist es.

«Gut. Ich krieg' ihn.»

Ich komme wieder hoch. Ich drehe mich zurück zum Meer, und Licht funkelt auf silbergrünen Spritzern, als ein Fisch die Wasseroberfläche durchbricht. G. hat's geschafft.

«Gut gemacht, oh, gut gemacht!»

«Na ja, schau dir mal seine Größe an.»

«Egal! Es ist was zum Abendessen.»

Es ist ein Papageifisch, ein kleiner zwar, aber immer noch viel besser als gar nichts. Ich weiß, daß G. gerne noch bleiben und den hier zu Köder zerhacken möchte, aber wir müssen los. Auf dem Rückweg reicht uns das Wasser schon bis zum Hals, und wir bewegen uns vorsichtig der Innenseite eines bereits überfluteten Steinwalls entlang, immer die Gefahr im Auge, von der Strömung fortgerissen zu werden.

Als wir schließlich wieder daheim — und trocken — sind, gibt G. seinen Kommentar ab: «Das war verdammt noch mal das erste Bad seit Monaten». Ich säuberte inzwischen den kleinen

Fisch im Meerwasser. Wir hatten jeder eine Hälfte, aber ich schwindelte. Als G. nicht hersah, schob ich ihm ein bißchen was von mir auf seinen Teller. Von Frau zu Mann.

Während der ersten drei Monate lernte ich jeden Tag etwas, erforschte und machte ständig neue Entdeckungen. Auf praktischer Ebene erfuhr ich, was Tuin anzubieten hatte, wie groß es in manchen Dingen, wie klein es andererseits wieder war und was für Anforderungen es an uns stellte. Auch G. lernte, doch für ihn waren die Freuden des Neuen geringer. Er war schon zuvor an heißen Orten mit Palmen und goldenem Sand gewesen. Er hatte Haie gefangen, Lagerfeuer gemacht, in einem Zelt gelebt und auf anderen Inseln Gemüsegärten angelegt. Er gelangte schnell zu dem Schluß, daß Tuin sicherlich als Basis für ein Überlebenstraining angemessen war, ansonsten aber nicht viel zu bieten hatte. Ich war in meiner Einschätzung nicht so forsch, tastete mich immer noch vorsichtig voran und fühlte insgeheim, daß Tuin mir bereits etwas gegeben hatte, das ich nicht benennen und auch nicht mit G. teilen konnte. Die einzige echte Neuigkeit für G. bestand darin, daß erstens diese Insel wirklich isoliert und unbewohnt war und über weniger natürliche Ressourcen verfügte als jeder andere Ort, an dem er zuvor gewesen war, und daß zweitens seine Begleitung aus der neuen Frau in seinem Leben bestand.

Einige Dinge lernten wir gemeinsam, beispielsweise, wo die besten Fischplätze waren und was die Torres-Straße an Meeresfrüchten anzubieten hatte. Es war nicht immer einfach, die Fische, die wir fingen, durch Vergleich mit den Zeichnungen in unserem Nachschlagewerk zu identifizieren, aber allein der Versuch machte Spaß, und jeder neue Fisch bedeutete eine mögliche Variation unseres Speisezettels. Unsere Hauptsorge galt der Aussonderung der giftigen Gattungen, von denen es beruhigend wenige zu geben schien, obwohl einige Exemplare, die wir fingen, nirgendwo im Buch auftauchten. Wir warfen sie wieder ins Wasser oder gingen, je nachdem, wie abstoßend sie aussahen, das Risiko ein. Wir waren ständig hungrig, und wenn uns der Anblick eines speziellen Fisches abstieß, dann mußte er schon was Unheimliches an sich haben.

In dieser Zeit fingen wir vor allem Papageifische und Haie. Ursprünglich identifizierten wir den Papageifisch fälschlich als

Korallendorsch; erst als wir einen echten Korallendorsch fingen, erkannten wir unseren Irrtum. Papageifische erreichen eine Länge von über dreißig Zentimeter, aber es gibt viele Abweichungen. Sie sind von grün bis oliv gefärbt mit silbernen Schattierungen, haben große Schuppen und nadelscharfe Stacheln auf ihrer Rückenflosse. G. erteilte mir meine erste Lektion, wie man sie richtig ausnimmt und schuppt. Beide bekamen wir schmerzhafte kleine Stiche ab, die am nächsten Tag eiterten. Eine Warnung vor dem, was noch kommen sollte. Andere Fische, die wir mit der Angel fingen, waren: Schnapp- oder Felsenbarsch, Korallendorsch und Korallenforelle, ein Mitglied der Gattung Thunfisch, den gelegentlichen Umberfisch oder «Wahoo», wie er in unserem Buch bezeichnet wurde, Blaufisch und Barracuda. Wenn wir hinter Haien her waren, biß manchmal einer ihrer Saugfische, der keine Freifahrt bei seinem Wirt abbekommen hatte, aber sie gaben nicht viel her, und meistens warfen wir sie wieder zurück.
Gerade einige Tage nach unserer Ankunft feierte G. einen beachtlichen Erfolg mit einem selbstgebastelten Speer. Ich hatte ein langes, schlankes Bambusrohr gefunden, das am Ostufer angespült worden war. An das eine Ende band G. drei alte, fünfzehn Zentimeter lange Nägel, die er aus diesem Grund mitgebracht hatte. Später erfuhr ich, daß die Bewohner anderer Inseln in der Torres-Straße schon seit Anfang des neunzehnten Jahrhunderts die verschiedensten Waren gegen Eisen eintauschten, um ihre Speere zu fertigen. Davor hatten sie soviel wie möglich von den zahlreichen Schiffswracks dieses Gebietes zusammengeklaubt, aber die Frage bleibt, wie sie vor Ankunft der ersten Schiffe zurechtkamen. Es scheint, daß die östlichen Inselbewohner ganz aus Holz gefertigte Harpunen für die Seekuh-Jagd benutzten, was erklärt, weshalb sie wesentlich weniger Beute machten als ihre westlichen Nachbarn, die sich die Vorteile des Eisens schon früher zunutze gemacht hatten und für ihre wirkungsvollen Harpunen mit Eisenspitzen berühmt geworden waren. Aber wie auch immer, im zwanzigsten Jahrhundert waren die Bewohner von Tuin jedenfalls sehr froh über drei rostige Nägel.
Sowohl G. als auch ich hatten bemerkt, daß es neben den blaufleckigen Stachelrochen, die sich im Seichtwasser herumtrieben, auch noch kleine braune Sandhaie gab, die ebenfalls unter dem Namen Löffelrochen bekannt sind. Diese, so lasen wir in

unserem Fischbuch nach, waren «ausgezeichnet zum Verzehr geeignet». Als ich an diesem Tag das Frühstück machte, begann die Flut gerade, die sandige Landzunge vor dem Camp zu bedecken. Das schien der richtige Augenblick zu sein, den Speer auszuprobieren, da bei diesem Flutstand an der Spitze der Landzunge stets einige Löffelrochen zu finden waren. Der Morgen war kühl, und so hatte G. noch nichts als Schutz gegen die Sonne angezogen. Ich sah ihn zum Strand hinuntergehen, den langen Speer locker auf der Schulter balancierend. Er schritt ganz unbefangen dahin. Ich erinnere mich mit absoluter Klarheit, welcher Gedanke mir durch den Kopf ging: «Der alte Bursche ist noch kein hoffnungsloser Fall.»

Langsam bewegte er sich die Sandbank hinaus und suchte dabei geduldig das Wasser nach der verräterischen Wolke aufgewirbelten Sandes ab, die von einem Rochen stammen könnte. Wo einer war, da waren die anderen gewöhnlich nicht weit. Einmal hob er den Speer, als wollte er ihn werfen, änderte dann aber offensichtlich seine Absicht und hielt ihn stoßbereit, wobei er ihn wie einen langen, witternden Fühler aufs Wasser richtete. Plötzlich machte er einen schnellen Schritt nach vorn, stieß den Speer nach unten und zog ihn sofort wieder aus dem Wasser heraus, dem Opfer keine Chance lassend, sich vom Dreizack loszukämpfen. Er sah, daß ich ihn beobachtete, und schwenkte triumphierend den Speer, an dessen Ende ein kleiner Löffelrochen zappelte. Er schmeckte gut, und wir glaubten, wir hätten eine relativ leichte Möglichkeit gefunden, uns eine Mahlzeit zu sichern, aber ironischerweise erwischten wir, wie sehr wir uns auch anstrengen mochten, auf Monate hinaus keinen Löffelrochen mehr.

Als nächste gemeinsame Erfahrung lernten wir, daß es ein schwerwiegender Fehler gewesen war, das Zelt auf dem Sand aufzubauen. Natürlich hatten wir am Tag unserer Ankunft keine Ahnung, was für Gefahren uns am Rande des unerforschten Inneren erwarteten. Hätten wir gewußt, welches Elend unser erster Fehler nach sich ziehen würde, dann wären wir womöglich das Risiko eingegangen. Es stellte sich nämlich heraus, daß diese lästigen kleinen Sandfliegen, die uns in unserer ersten Nacht auf Tuin störten, weit mehr als nur eine Unannehmlichkeit waren. Sie waren die Ursache für ein Leiden, das sich für G. bald einmal zu einer mittleren Katastrophe auswachsen sollte. Die Nächte verstrichen, und wir dachten uns lediglich, daß die

Sandfliegen das Schlafen am Strand zu einer ungemütlichen Angelegenheit werden ließen. Kaum hatten wir uns davon überzeugt, daß es im Inselinneren nicht von Schlangen und anderen unerwünschten Tierchen wimmelte, machten wir uns ein ebenes Stück Boden unter einem schattigen Baum zurecht und bauten das Zelt dort wieder auf. G. vergoß einigen Schweiß, riß das Gras aus und hackte mit dem Spaten die zähen, knorrigen Wurzeln heraus. Dann ebnete er den Boden ein und entfernte alle Zweige und Steine. Inzwischen schnitt ich büschelweise weiches Gras für eine Matratze. Drei Lagen kreuz und quer, zusammengehalten von einem Laken, ergaben eine erstaunlich weiche Unterlage nach der harten Unnachgiebigkeit des Sandes. Gar nicht so erstaunlich war allerdings, daß unsere Körper die Grasmatratze in den Boden preßten und unser Bett nach kurzer Zeit genauso hart war wie zuvor. Die Sandfliegen jedoch belästigten uns hier weniger. Wir hatten allerdings keine Ahnung, daß der Schaden bereits angerichtet war und die Auswirkungen sich bald von ganz allein bemerkbar machen würden.

Zur gleichen Zeit, als ich herausfand, wo ich nach Passionsfrüchten oder Fleischkokosnüssen suchen mußte, wie man mit einem Hai fertig wird und mit einer Machete umgeht, begriff ich auch allmählich etwas von der Unterschiedlichkeit unserer Charaktere. Es kostete mich einiges, bis ich verstand, daß G.s Ankündigung, er würde nun etwas in Angriff nehmen, beispielsweise den Bau eines Floßes oder der Schutzhütte oder eines Abflußgrabens für den Teich bei der Long Beach, nicht unbedingt auch bedeuten mußte, daß diese Absicht in seinem Kopf bereits das Stadium eines Entschlusses erreicht hatte. Ich erinnere mich, daß mich die Sache mit dem Graben ganz schön geschockt hatte. Als wir den Teich entdeckten, sagte er, wir würden am nächsten Tag mit einem Spaten wiederkommen. Der nächste Tag kam, und wir gingen nicht. Ich brachte das Thema auf den Tisch und wurde zum Schweigen gebracht mit einem: «Ach komm, nicht heute, Lu, ich fühl' mich nicht danach.» Fühl' mich nicht danach? Seit wann hatten Gefühle irgendwas mit einem gefaßten Entschluß zu tun, eine Arbeit zu erledigen? Ich sagte nichts und ging nur deshalb nicht allein, weil mir klar war, daß dadurch die Atmosphäre vergiftet würde. Außerdem konnten wir die Sache gemeinsam viel besser anpacken. Was wir dann auch ein paar Tage später taten, als sich G. mehr danach fühlte.

Meine streng disziplinarische Haltung mußte sich um einiges lockern, soweit es ihn betraf.
Es war von Anfang an klar, daß ich nicht ungeschoren davonkommen würde, nachdem ich die Sünde begangen hatte, mich in die Vorstellung einer Insel und nicht in G. zu verlieben. Obwohl ich mich in vielen Dingen wie in meinen früheren Junggesellenzeiten benahm, meine eigene Routine entwickelte und mir verschiedene Aufgaben zur Pflicht machte, kam ich nicht an der Tatsache vorbei, daß G. es keineswegs ergeben hinnahm, der eine Teilnehmer eines Zweimannteams zu sein. Aus was für Gründen auch immer, wir waren verheiratet, und G. beschuldigte mich, bei einem «Handel zu bescheißen», eine Formulierung, die ich ausgesprochen widerlich fand. Die ehelichen Pflichten im Zelt gehörten nicht zu den Aufgaben, die ich für das Überleben als wesentlich einstufte, und wenn schon meine Wertvorstellungen auf anderen Gebieten revidiert wurden, so war dies die eine empfindsame Stelle, die nicht verletzt werden durfte. Sex war zu wertvoll, um mißbraucht zu werden. Aber Schmerz und Groll, verursacht durch meine Kälte, hatten eine erbärmliche Wirkung auf die Qualität unseres täglichen Lebens. Während der Anfangsmonate versteckte G. seine Betroffenheit und seinen Ärger hinter Verständnislosigkeit und gereizter Resignation — anscheinend stimmte mit mir als Frau etwas nicht. Außerdem schlief er viel, vielleicht als Flucht vor der unangenehmen Realität. Ich für meinen Teil entdeckte gerade erst, daß es für mich zwei vollkommen voneinander getrennte Leben auf Tuin gab, und G. kam nur in einem davon vor. Doch es dauerte noch eine Weile, bis mir richtig bewußt wurde, welche Bedeutung dieses «andere Leben» für mich hatte. Momentan beherrschte die tägliche Aufgabe des Überlebens unser beider Alltag.
Bevor wir mit dem Zelt vom Strand umgezogen waren, lag ich nachts gewöhnlich stundenlang wach, Hände hinter dem Kopf, die Augen offen, und lauschte den fremdartigen Geräuschen, die vom Meer hochdrangen. G. schlief abgewandt von mir auf seiner Seite. Stieg die Flut, dann lief das Wasser in den unteren Tümpel des Flüßchens, gurgelnd und spritzend, mit merkwürdig dumpfem Klatschen und plötzlichem Zischen, als würde eine große Bestie ein Bad nehmen. Ich dachte an die langen, schweren Körper der Salzwasserkrokodile, die von der Sandbank zur Tränke glitten oder die sich von der Flut hereintreiben

ließen, direkt in den Tümpel; das zischende Geräusch konnte ein gewaltiger Schwanz sein, der das Wasser peitschte.
Es erscheint mir jetzt seltsam, mich an die nüchterne Sachlichkeit meiner Ängste zu erinnern: Wenn ein Krokodil vorn ins Zelt spazierte, dann würde ich versuchen, mich hinten hinauszuschneiden und das Zelt über der Bestie zusammenklappen lassen, um sie zu verwirren. Mein Messer lag stets dicht an meiner Seite. G. schlief tief, es konnte schwierig werden, ihn rechtzeitig aufzurütteln. Vielleicht würde ich ihn an den Haaren rauszerren müssen. Hatte ich sämtliche Möglichkeiten einer Krokodil-Invasion erschöpfend abgehandelt, dann wandten sich für gewöhnlich meine Gedanken solch banalen Themen zu wie Essen oder wie lange es wohl dauern würde, bis sich genügend Frischwasser für eine Haarwäsche angesammelt hatte oder ob es eine Möglichkeit gab, Papageifische zu kochen, ohne dabei Öl, frisches Wasser oder irgendwelche anderen Zutaten zu verwenden.

Korallenforelle und Papageifisch

3. Kapitel
Tempo und Strukturen

«Wie würde dir ein schöner, kühler Gurkensalat zu deinem geräucherten Hai schmecken, Lu?»
«Gute Idee. Ich vermute, grüner Salat wird nicht sonderlich gut in den Tropen gedeihen, nicht wahr?»
«Lies die Packungsbeilagen. Wir könnten eine dieser robusten orientalischen Sorten ausprobieren.»
Wir befanden uns in der Garten- und Haushaltwarenabteilung von Woolworth in Townsville, einer unserer Haltestationen auf unserem Weg zur Halbinsel Cape York im Nordosten Australiens. Das Regal mit Yates-Samen bot eine reiche Auswahl an Gemüsesorten, von denen nur wenige, wie es auf dem Pakkungstext hieß, in heißem Klima gedeihen würden. Wir hielten uns weder für zu ehrgeizig noch für zu konservativ, als wir schließlich unsere endgültige Wahl trafen: zwei Sorten Tomaten, Zuckermais, Melone, blauer Queensland-Kürbis, Chinakohl und Spinat, Gurke, Zucchini, Spanischer Pfeffer, Kohlrabi und verschiedene Bohnensorten.
Dann wanderte ich zwischen Stößen von Picknickbechern und Camping-Blechtellern herum. In England hatte ich beachtliche Probleme gehabt, für G. einen Blechteller von guter Qualität aufzutreiben. Ich wollte ihm zum Geburtstag einen Teller mit seinen Initialen schenken. Ein forscher Verkäufer in der Camping-Abteilung bei Bentalls versicherte mir, daß er genau das Richtige für mich hätte. «Sehen Sie, solide wie Eisen», sagte er und klopfte mit den Fingerknöcheln gegen den Teller. Drei deutliche Dellen wurden sichtbar, als er die Hand wegnahm. Ziemlich einfallslos kaufte ich G. zum Schluß einen rostfreien Stahlkelch, in den ich seine Initialen prägen ließ. Aber wir wünschten uns jeder noch immer einen Teller. Schließlich suchten wir uns metallene Suppenteller aus, die für Porridge ebenso wie für Fisch geeignet waren, für jeden eine große Blechtasse und einen strahlend grünen Plastikeimer. Wir besaßen bereits

jeder ein Messer, eine Gabel und einen Löffel, Teil eines Bestecks, das meine Mutter mir geschenkt hatte, als sie glaubte, ich würde mich endlich als Beamtin im öffentlichen Dienst häuslich niederlassen. Den Rest des Bestecks überließ ich einer älteren, behinderten Freundin in Kew; sie sagte, sie würde daran denken, wie ich tropische Früchte aß, während sie ihre Fertiggerichte verspeiste. Ich brachte meine alte Fischkelle mit, und G. tat zwei gute Küchenmesser dazu.
Den Inhalt unserer Vorratskiste kauften wir in einem großen Supermarkt und den Rest der *Batterie de cuisine* und der Werkzeuge in einem grauen, verstaubten Laden in Cairns, vollgestopft mit Fischkesseln, die nach übriggebliebenen Heeresbeständen aussahen. Hier fügten wir unserem Gepäck noch eine metallene Waschschüssel hinzu, eine große Bratpfanne, einen mittelgroßen und einen kleinen Feldkessel und einen nützlichen, Schöpfer genannten Gegenstand, so ähnlich wie eine Blechtasse, groß genug, um notfalls etwas darin kochen zu können. Im gleichen Laden fanden wir die wunderbare Allzweck-Machete, Angelschnur und Haken und wasserfeste Streichhölzer. Ein Spaten, eine Axt und 1000 Blatt Schreibpapier vervollständigten unsere Einkäufe.
Die weiße Bevölkerung von Thursday Island brachte unserem Projekt gemischte Gefühle entgegen. Neugier vermischte sich mit Skepsis. Nach zwei Nächten in dem berüchtigten «Grand Hotel», wo unter einem Dach Bettwanzen und die letzten Reste eines zerfallenen Kolonialismus unter quietschenden elektrischen Zimmerfächern nebeneinander existieren, zusammen mit einer die ganze Nacht hindurch geöffneten Kaschemme für Eingeborene, nahm uns ein junges Paar bei sich auf, das wegen fernmeldetechnischer Arbeiten nach Thursday Island versetzt worden war. Sie brachten uns beim Tee mit anderen Paaren zusammen, und Ratschläge und Meinungen ergossen sich von allen Seiten über uns. Eine holländische Dame mit Sinn fürs Praktische, die bei den Japanern in Kriegsgefangenschaft gewesen war, drängte mir Mungobohnen, Zitronengraswurzeln und getrocknete Guava auf. In einer Werkstatt der O.T.C. Station erwischten wir ein bißchen Verpackungsschaumstoff und Schnur, um unser CB-Radio zu verpacken, und der Manager schenkte uns freundlicherweise eine Antenne. Leider sollte dieses Ausrüstungsstück nie benutzt werden. Während der Überfahrt von Thursday Island nach Badu Island packte zufällig ein

aufgeregtes Mannschaftsmitglied der Besatzung die Antenne, die zwischen einem Haufen von Speeren verstaut worden war, und schleuderte sie nach einem Fisch. Außerhalb der O.T.C. Station entdeckte ich einen alten Kühlschrank und betrachtete mit lüsternen Blicken die metallenen Einlegegitter, als die Frau des Managers sagte: «Ja, die eignen sich großartig zum Grillen», und mir zwei davon in die Hand drückte. Ein junger Mann vom Postamt gab uns vier uralte Leuchtsignale für Notfälle — «na ja, vielleicht funktioniert eins davon» —, und mehrere leere Weinflaschen zur Aufnahme von Trinkwasser. Erst später entdeckten wir, daß man untereinander Wetten abschloß, wie lange wir es wohl auf der Insel aushalten würden. Niemand gab uns mehr als ein paar Monate; die meisten beträchtlich weniger. Ich weiß nicht, wer die Gewinne einstrich, da kein Mensch glaubte, wir würden es ein Jahr aushalten — miteinander, unabhängig von den Bedingungen auf der Insel.

Auf der Liste unserer Überlebensnotwendigkeiten nahm der Gemüsegarten einen Spitzenplatz ein. Wenn wir mehr oder weniger auf der Stelle anpflanzten, dann sollten wir vor Ablauf der drei Monate irgendwas ernten können. Wir wußten, daß bis dann unsere Vorräte zur Neige gegangen sein würden; von da an mußten wir uns in erster Linie auf Zuckermais und Bohnen stützen können. Meine Gartenkenntnisse waren beschränkt. In englischen Landgärten hatte ich Kräuter gepflanzt und gepflückt, und ich wußte, wie man im Norden Schottlands Rüben anbaute. Außerdem besaß ich eine recht geschickte Hand für den Anbau von Senf und Kresse in Wohnschlafzimmern. G. war nicht ganz so unwissend. Er war auf Bauernhöfen aufgewachsen und hatte auf dem Land gearbeitet. Nach einem kurzen Ausflug in den Journalismus und anschließendem Erfolg im Verlagsgeschäft hatte er seine landwirtschaftlichen Neigungen noch nicht verloren. Er bewohnte ein Bauernhaus in Wales und später eine Villa auf einem Grundstück in Italien. An beiden Orten baute er mit Erfolg Gemüse an. Wären die Trauben seines Weinberges ebensogut gediehen wie die Tomaten in seinem Hinterhof, dann wäre er möglicherweise immer noch dort. Doch die Idee, auf eine Insel zu gehen, überkam G. zum erstenmal in Italien. Zweimal hatte es ihm die Weinernte verregnet, sein Geschäft in London war pleite gegangen, und seine Beziehung zu der Mutter seiner drei Söhne war am Auseinanderbrechen. Er saß da, blickte über die Hügel von Lucca, seinen eige-

nen Worten zufolge «sauer wie ein Furz», und dachte: Es muß noch was besseres als das hier geben. Irgendwo muß es was geben, wo ich hingehen kann, irgendwo ... eine Insel ...
Achttausend Pfund hatte er im Laufe von drei Jahren in die vorhin erwähnten zwei Insel-Abenteuer investiert und verloren. Als Investition für Tuin blieben nur noch einige wenige Päckchen Woolworth-Samen und eine Menge Hoffnungen übrig.

Im Camp sinnierte G. über den Samenpäckchen. Er blickte landeinwärts zu der grau-grünen Ebene und hoch zu dem nördlichen Hügel, wo Bäume und Unterholz jeden Blick auf den Boden verwehrten. «Ich genieße es immer, meinen Garten richtig zu planen», sagte er. «Ich denke, ich werde zuerst ein paar Tomaten anpflanzen, du weißt ja, in einer Tomate steckt 'ne Menge drin ...»
Oft genug pries er die Tugenden der Tomate. Ich hatte Visionen einer Rekordernte und hoffte, sie würden sich auch ohne Essig gut machen. Wir planten, von der ersten Ernte Samen für den weiteren Anbau zu trocknen.
G. begann auf jeder Seite des Flüßchens an drei oder vier Stellen zu graben. Im tiefergelegenen Teil war nur Wasser. Weiter oben wuchs langes Gras in steifen Büscheln in dem ausgetrockneten Bachbett. An jedem Fleck, an dem G. grub, war der Boden anders. An den Ufern des Flüßchens war er sandig und trocken, ein Stück davon entfernt wurde er grauer, war aber immer noch locker und trocken wie Sand. Nach reichlichen Experimenten beschlossen wir, uns auf ein Gebiet zu konzentrieren, wo das Gras verhältnismäßig wohlgenährt aussah. Frühmorgens machten wir uns an die Arbeit. So gut es ging, riß ich alles mit den Händen aus, während G. sich mit dem Spaten an die hartnäckigen Wurzeln machte. Die Erde war hier ziemlich dunkel und fühlte sich sogar ganz leicht feucht an.
Als wir anfingen, schien es angenehm warm zu sein, doch schon nach kurzer Zeit lief uns beiden der Schweiß in schmutzigen Bächen herunter. «Komm rüber, Lu, und vergieß hier ein paar Tropfen, der Boden kann ein bißchen Feuchtigkeit gebrauchen.» Mit dem Handrücken rieb ich mir über das Gesicht, und G. lachte. In allen Einzelheiten beschrieb er die Ansammlung von Schmierern, die ich auf Wangen, Nase und Stirn hinterlassen hatte. Für ein paar Minuten setzten wir uns an den Rand des

Fleckchens, an dem wir gearbeitet hatten. Eine übergroße, graue Ameise kletterte über die Erdklumpen. «Wir müssen ein Auge auf diese Kerle haben, die sind alle hinter unseren Samen her.» Wieder begannen wir zu zerren und zu graben, doch die Hitze schien uns wie ein riesiger Mühlstein niederzudrücken.

Als die Sonne hoch über uns stand, blieb uns keine andere Wahl als aufzuhören. Die «Kühle des Morgens» hatte nicht länger als eine Stunde angehalten. Wir hatten es geschafft, eine Bodenfläche von Badetuchgröße zu säubern und zu ebnen, nicht viel mehr als ein Quadratmeter.

«Heute abend streue ich ein paar Samen rein», sagte G., als wir erschöpft unter unserem Lagerbaum zusammensackten. Es war nicht sehr bequem, aber G. brachte es fertig einzudösen.

Kurz darauf trottete ich zum Strand runter, um unseren Frühstückskessel auszuwaschen. Kleine Fische mit fast durchsichtigen Leibern jagten hinter ein paar verkrusteten Porridgeresten am Kesselrand her. Die Sonne griff mit langen Lichtfingern nach der weiten, gekräuselten See. Ich fühlte mich klein und glücklich, während ich am Strande dieses gewaltigen Meeres kauerte und mit einer Kokosnußschale schrubbte. Danach fühlte ich mich zu einem Spaziergang aufgelegt.

Gegen das Nordende der Insel zu hatte ich einige lange, purpurne Gräser bemerkt. Ich dachte, sie würden vielleicht ein weicheres Bodenpolster abgeben als das stachelige grüne Zeug beim Camp. Wenn man sich langsam bewegte, war die Hitze erträglich. Ich dachte an Rennpferde, die man am Sattelplatz herumführt, nachdem sie vollkommen durchschwitzt von einem Rennen hereingekommen sind, und fragte mich, ob unsere Körper sich nach und nach akklimatisieren und es uns ermöglichen würden, auch bei hochstehender Sonne weiterzuarbeiten, was ich allerdings bezweifelte. Selbst die kleinen, flitzenden Eidechsen verlangsamten zur Tagesmitte hin ihr Tempo. Ich döste in einem verschwommenen Tagtraum dahin, meine Gedanken bei den Eidechsen, als mir plötzlich ein dicker, brauner Baumklotz, quer vor meinen Füßen liegend, zuzwinkerte. Ich erstarrte. Mein Fuß blieb mitten in der Luft hängen. Dann ein plötzliches Knirschen, als Steinchen und Erde in huschender Bewegung hochgeschleudert wurden. Meine Augen folgten der Spur plattgedrückten Grases, die zu einer dichten Gruppe von Gummibäumen führte. Ich hatte eine große Agame aus ihrem Mittagsschlaf hochgeschreckt. Bevor sie verschwand, bemerkte ich

gerade noch, daß der dunkle Körper von Kopf bis Schwanz mit gelben Flecken gesprenkelt war.
Es dauerte einige Zeit, bis ich das Purpurgras wiedergefunden hatte. Es war in einem dichten Gestrüpp hinter einem Baumwall versteckt. Es war sehr heiß und still hier. Mit gekreuzten Beinen setzte ich mich neben ein Büschel Gras und holte mein Messer hervor. Es war eins von den Küchenmessern, die G. mitgebracht hatte, bei weitem strapazierfähiger als das Anglerspezialmesser, das man uns gegeben hatte, und das beim erstenmal, als ich damit eine Auster aufzustemmen versuchte, abbrach. Ich packte ein reichliches Büschel Gras unten an den Stengeln und hackte probeweise drauflos. Ein ziemlich zähes Zeug, dieses Gras. Mit bloßen Händen konnte ich es weder ausreißen noch abbrechen. Es würde eine lange Schufterei geben. Geduldig machte ich mich an die Arbeit und nahm nicht mehr als vier oder fünf Halme auf einmal in Angriff. Die Hitze lullte mich ein, und ich versank vollkommen in meiner Aufgabe. Ich war fest entschlossen, eine Ruhestätte für G. zu bauen.
Mit einem großen Büschel Gras im Arm machte ich mich auf den Rückweg. Zum Laufen war der Sand oben am Strand unangenehm heiß. G. hatte weitergegraben. Diesmal hatte er ein anderes quadratisches Fleckchen vorbereitet, ein bißchen näher am Camp gelegen. «Die Erde schaut hier gar nicht übel aus, Lu. Ich werd' ein bißchen Zuckermais anbauen. Wenn nur meine verdammten Beine nicht so weh täten.»
Seine Beine entwickelten sich zu einem Problem. In diesem Stadium war nicht viel zu sehen, bloß kleine rote Flecken, wo er die Bisse der Sandfliegen aufgekratzt hatte, aber sie schwollen erschreckend an, sobald er länger in der Sonne blieb oder irgend etwas Anstrengendes unternahm. Außerdem war ihm ziemlich häufig schlecht, was kaum mit unserem Essen zusammenhängen konnte. Unter unserem Lagerbaum häufte ich das Gras für ihn auf.
Am Nachmittag fischten wir, und kurz vor Sonnenuntergang, während ich das Essen kochte, begann G. zu säen. Der Länge nach lag er auf dem Boden, um seine Beine zu entlasten, und bohrte vorsichtig für jedes Samenkorn ein kleines Loch. Zuvor hatte er den Boden etwas angefeuchtet. Ich steuerte ein paar Melonensamen bei, aber in erster Linie kümmerte sich G. um den Garten. Für ihn wurde das zu einem richtigen Ritual. Jeden Morgen vor dem Frühstück, während ich nach dem Feuer sah,

drehte G. seine Inspektionsrunden. Als sich die ersten grünen Sprossen zeigten, wurden das für ihn lauter Einzelpersönlichkeiten. Sie waren seine kleinen grünen Soldaten, und jeder Soldat, der dem Sonnenstich erlag oder Opfer einer grauen Ameise wurde, gab Anlaß zu Klage und Trauer. Dem Garten gehörte seine ganze Aufmerksamkeit, und er arbeitete jeden Morgen und Abend dort und gelegentlich sogar mitten am Tag, was möglicherweise nicht sehr vernünftig war. In allen Richtungen grub er weitere kleine Beete, um die Erde zu testen, und pflanzte eine Reihe Samen aus jedem Päckchen. Für die Kürbisse und Melonen machte er ordentliche, kreisrunde Hügel, ungefähr einen Schritt voneinander getrennt, und für die Gurken grub er einen sauberen, rechteckigen Graben, in der Hoffnung, der tiefergelegene Boden würde etwas mehr Feuchtigkeit enthalten.

Schon von Anfang an war der Gebrauch von frischem Wasser streng rationiert. Jeden Tag spülte G. nach dem Frühstück seine Teetasse aus und füllte sie sorgfältig mit Wasser aus dem schlammigeren Bachtümpel. Den unteren Teich hielten wir so sauber und ungestört wie nur möglich und schöpften das Wasser mit einer Tasse vorsichtig von der Oberfläche; nie tauchten wir einen Kessel oder fischverschmierte Hände hinein. Als der Teich langsam zu einer Pfütze schrumpfte, benützten wir den flachen Deckel des Kessels zum Wasserschöpfen. Anfangs wässerte G. jeden Sproß einzeln mit einem Löffel, um die größte Wirkung zu erzielen. Dann ergab sich die Möglichkeit für eine kleine Gießkanne praktisch von selbst. Einer der Kessel, die ich gekauft hatte, rostete, nachdem ich zum erstenmal Wasser darin gekocht hatte. Anders als die großen Töpfe, die ständig für alles benützt wurden — mit Ausnahme der Meeresschnecken, deren Gestank sich festsetzte —, schien der kleine Kessel offensichtlich nicht für das Leben in freier Natur gedacht gewesen zu sein. Mit einer flachen Ahle, die ich in letzter Minute in Kew mitgenommen hatte, bohrte G. kleine Löcher in den Boden, was dann eine wirkungsvolle Gießkanne ergab, die er priesterlich über das Flickwerk von Gemüsebeeten schwenkte.

Die Art, wie G. sich in seine Gartenarbeit versenkte, begeisterte und beeindruckte mich. Als sich der Zustand seiner Beine verschlimmerte und ihn, von lebenswichtigen Fischfangausflügen abgesehen, ans Lager fesselte, wurde das Gemüse mehr und mehr zu seiner Aufgabe. Wir hatten uns vorgenommen, alle Ar-

beiten zu teilen, aber im Lauf der Zeit fielen bestimmte Aufgaben dem einen oder anderen zu.
Die Aufgabe, Feuerholz zu sammeln, kleinzumachen und zu lagern, ging auf mich über. Meist sammelte ich entlang der Kokosnuß-Straße oder am Strand nördlich vom Camp, wo es genügend Kleinholz gab. Ich brach oder drehte die dünnen Zweige dicht beim Stamm ab, legte sie am Boden zu Haufen zusammen, die ich handhaben konnte, und zerrte sie zum Camp. Trockene, silbrige Mangrovenstöcke gaben gutes Brennholz ab, aber beim Sammeln erhielt man unweigerlich Risse und Kratzer. Obwohl spröde, waren die Äste an manchen Stellen überraschend elastisch. Beim Abbrechen eines Astes bog ich oft genug einen anderen durch, der dann zurückschnellte und mir die nackte Haut aufriß.
Noch besseres Holz als die silberne Mangrove lieferten die Melaleucagewächse. Ihr Stamm, voller Saft und nach dem Trocknen viel zu schwammig, war ein hoffnungsloser Fall, aber das Holz war ausgezeichnet, wenn man nur die dünnsten Zweige benützte. Die wuchsen ganz oben, und um an sie heranzukommen, mußte man den ganzen Baum herunterziehen. Entwurzeln und Ausreißen war Arbeit und Spiel zugleich, und ich ging ganz darin auf. Als ich noch genügend Kraft hatte und meine Armmuskeln beständig wuchsen, machte ich fast ein Ritual daraus, mindestens einmal täglich einen Baum runterzureißen. Zuerst suchte ich mir ein hochgewachsenes Exemplar aus, oben mit reichlich Brennmaterial und mit keinem zu kräftigen Stamm. Stand der Baum in einer dichten Gruppe, so kletterte ich daneben einen Baum hoch und suchte mir die Stelle am Stamm, wo er gerade biegsam zu werden begann. Dann beugte ich mich hinüber und stieß ihn mit aller Kraft vor und zurück, bis unten bei den Wurzeln irgendwas nachgab. Der Lärm dabei, das Ächzen und Knarren in der Stille von Tuin, beeindruckte mich tief. Stand der Baum allein in einer Lichtung, dann mußte ich ihn so angehen, um den Lockerungseffekt zu erzielen. Gelegentlich funktionierte das bemerkenswert gut, oft genug aber zeigte mein Angriff nicht die geringste Wirkung, und ich mußte mit wundem Arm und hochrotem Gesicht aufgeben. Einmal warf ich ein Seil aus Lianen, die ich für unzerreißbar hielt, über einen hohen Ast und zerrte mit ganzer Kraft. Der Stamm bog sich durch, und der ganze Baum ächzte und raschelte, als hätte ihn ein Sturm getroffen. Ich dachte, gleich hast du's geschafft, da

riß urplötzlich die Liane, und ich knallte mit Wucht und ohne jede Würde auf den Rücken. Als ich G. davon erzählte, lachte er und meinte, ich verschwende meine Energie. Sobald es so weit sei, würde er massenhaft Bäume fällen. Zu ungeduldig, um darauf zu warten, machte ich auf meine Weise weiter.
Schnell bekam ich heraus, welche Holzsorten sich am besten für die verschiedenen Zubereitungsarten eigneten. Ging es lediglich um kochendes Wasser für eine Tasse Tee, dann war eine Handvoll hell brennender Pflaumenbaumzweige geradezu ideal. Unser Lagerbaum lieferte pro Tag bloß eine kleine, purpurfarbene Frucht, deshalb nannten wir ihn «Eine-Pflaume-pro-Tag». Manchmal schnitt ich diese Pflaume mittendurch und dekorierte damit das morgendliche Porridge, aber für gewöhnlich aßen wir sie auf der Stelle. Lieferte der Baum einmal nicht seinen vorgeschriebenen Ertrag, dann schaute mich G. mißtrauisch an, aber ich schwöre, niemals habe ich heimlich unsere tägliche Pflaume verschlungen.
Mangrovenholz und die Bäume an der Kokosnuß-Straße waren gut zum Kochen von Reis, gespaltene rote Mangroven am besten zum Rösten von Fisch geeignet. Alle Feuer brachte ich mit Weißbaum und einem Streichholz in Gang. G. und ich hatten die Möglichkeiten von Stöcken, die man aneinander rieb, von Feuersteinen, Zunderbüchsen und ähnlichem diskutiert. Als moderne Schiffbrüchige, so entschieden wir, hätten wir durchaus Streichhölzer vom Wrack retten können. Robinson Crusoe hatte Schießpulver, Rum, Ziegenherden und Käseräder. Uns konnte man wenigstens den Luxus eines Streichholzes zugestehen. Allerdings kommt man mit zwölf Schachteln Streichhölzern mit je siebenundvierzig Hölzchen nicht sehr weit; außerdem wollte ich unbedingt die meisten davon für die Regenzeit aufheben. So bemühten wir uns, nur einmal am Tag ein Feuer anzuzünden. Die Mühe, das Feuer am Glimmen zu halten, war leichter zu verschmerzen als der Verlust eines weiteren Streichholzes.
Die lockere, fast papierähnliche Borke des Weißbaums war ideal zum Anzünden. Selbst bei starkem Wind entzündete sich ein richtig aufgebauter Trichter aus den dünnen Außenschichten fast immer. Ich hatte zwei größere «Plantagen» dieser Bäume entdeckt, nahe genug beim Camp, um mit gefüllten Armen zurückkehren zu können. Von diesen Bäumen löste sich das «Papier» in langen Streifen. Damit band ich die kleineren

Stücke zusammen, um kompakte Pakete daraus zu machen. War vom Tau oder Regen noch ein bißchen Feuchtigkeit in der Borke zurückgeblieben, so breitete ich sie auf einem Astrost in der Sonne zum Trocknen aus. Ich konnte ja nicht wissen, daß später im Jahr die «Plantagen» zu schwarzen Sümpfen werden und die Borkenschichten Feuchtigkeit wie ein Schwamm aufsaugen sollten.

Weil es mich ungeduldiger machte, G.s Anstrengungen beim Feueranzünden zu beobachten, als wenn ich mich selbst abmühte, schien es einfacher, wenn das Feuer zusammen mit dem Holzsammeln zu meiner Aufgabe wurde. Davor hatte es ein paar unerfreuliche kleinere Zwischenfälle gegeben, vor allem, was das Holzhacken anbelangte. Während des ersten Monats hatte ich hoffnungsvoll einen großen Haufen schweren Holzes herangeschleppt und die Axt daneben gelegt, ein zarter Hinweis, wie ich glaubte. Das irritierte G. zu einem gewissen Grad. Ich hatte sogar einen großen, glatten Stein entdeckt, den ich als Hackklotz sehr geeignet fand, und ihn zu einem ebenen, freien Stück Boden neben dem Holzstoß geschleppt. Nichts geschah. Er thronte da zwischen uns, ein unbenagter Zankapfel. Ich marschierte munter los, um Holz zu sammeln, sagte lässig über die Schulter hinweg: «Wenn ich ein paar Mangroven anschleppe, dann zerhackst du sie für mich, ja? Ich denke, wir sollten anfangen, uns einen Holzvorrat zuzulegen.» Ich hätte G.s Schweigen als Warnung für die Dinge, die meiner harrten, werten sollen. Als ich einige Zeit später drei ordentliche Stämmchen anschleppte, ruhte er in genau der gleichen Lage, in der ich ihn zurückgelassen hatte, im Schatten unseres Eine-Pflaume-pro-Tag. «Darling», zirpte ich im Näherkommen, «schau nur, was ich hab! Und an der gleichen Stelle gibt's noch viel mehr. Wenn wir jeden Tag ein halbes Dutzend herschleppen und zerhacken, dann haben wir bald einen hübschen Vorrat. Dort wachsen auch noch ein paar herrlich gerade Stämme, genau das richtige für die Schutzhütte. Wir sollten recht bald damit anfangen.»

«Daar-ling», antwortete er und äffte sowohl den zärtlichen Tonfall als auch meinen Akzent nach, «das ist eine schreckliche Angewohnheit von dir. Du fängst an zu rufen, wenn du noch halb unten an dem verdammten Strand bist, und ich versteh' nicht, was zum Teufel du da quatschst. Und noch was, hör in Zukunft auf mit diesem ewigen ‹Wir›. Wenn du was tun willst, dann geh los und tu's. Wenn ich Holz hacken will, dann werd'

ich das, verdammt noch mal, tun, aber wann ich will. Du bist so verflucht diktatorisch, Lu.»
Das war gefährliches Terrain. Und meine Position war nicht die beste, weil ich genau wußte, aus welchem Grund G. so sauer war.
«Tut mir leid, wenn's so aussieht. Das will ich wirklich nicht. Wie wär's mit einem Tee?»
«In Ordnung», sagte er herausfordernd. «Ich mach' welchen. Von deinem verräucherten Scheiß hab' ich genug.»
Mir schwoll der Kamm. Es stimmte, es hatte ein paar eindeutig «verräucherte» Tassen Tee gegeben. Nicht die geringste Ähnlichkeit mit Lapsang Souchong. Allerdings war das manchmal kaum zu vermeiden. Der Deckel des Kessels paßte nicht richtig, und wenn der Wind ihn manchmal anhob und gleichzeitig ins Feuer blies, dann war die Folge davon eben verräucherter Tee. Wegwerfen und neuen Tee machen kam wegen des Wassermangels nicht in Frage.
G. erhob sich und trottete zum Feuer hinüber. Ich hätte aus der vorhandenen Hitze noch einen Funken herausgeholt, doch G. baute ein hübsches kleines Nest aus Borke und Zweigen und benützte ein Streichholz. Ich gab keinen Kommentar ab und kam mir tugendhaft und tolerant vor. G. türmte die kleinen Mangrovenstücke drauf, die ich mit Händen und Füßen hatte zerbrechen können. Das reizte mich. Er hatte noch nicht mal den Kessel gefüllt und verschwendete so mein schwer errungenes Holz für nichts.
«Soll ich Wasser in den Kessel füllen?» fragte ich.
«Du bleibst sitzen und tust zur Abwechslung mal gar nichts. Diesmal mach' *ich* den Tee. Also, wo hast du die Tassen?»
«Die hängen genau vor dir im Baum.»
«Ah.»
Er schob weitere vier Holzscheite ins Feuer und schlenderte mit Kessel und Schöpftasse zum Bach. Er hatte nur ein schmutziges, altes Baumwollhemd an und sonst nichts. Der Hemdzipfel pendelte zwischen seinen Pobacken, als er sich bewegte. Ich konnte nicht mehr still sitzen und ging hinunter zum Strand. Wenn ich schon da war, dann konnte ich genausogut ein Bad nehmen. Wahrscheinlich wird G. drei Tage für den Tee brauchen, dachte ich tückisch. Als ich ins Camp zurückkam, hatte G. den Kessel auf dem Feuer, in das er noch weiteres unnötiges Holz geschoben hatte — das Bad hatte meine Stimmung nicht

gehoben — und kauerte mit dem Päckchen Tee in der Hand darüber, bereit, den Tee in den Kessel zu schütten. Das war zuviel für mich. Ich sah schon deutlich vor mir, wie er alles auf den Boden streute.
«Warte», sagte ich, «nimm einen Löffel.»
«Oh, Madame ist wieder da, ja? Wo ist der Löffel?»
Ich gab ihm den Löffel, er benutzte ihn und stellte dann den Tee, immer noch aufgedeckt, neben das Feuer.
In meiner Kameratasche hatte ich einen Plastikbehälter mit Salica-Gel-Kissen. Ich legte sie sorgfältig zwischen die einzelnen Teile der Kamera und ging mit dem leeren Behälter zu G. hinüber. Ich stopfte das Päckchen Tee hinein und schloß den Dekkel fest.
«So, da ist er gut aufgehoben.»
«Tee ist fertig», sagte G. und brachte den Kessel zu unserem schattigen Plätzchen.
«Na, das ist mal eine anständige Tasse Tee. Kein mieses Gebräu, wie's die alte Kuh macht.»
Ich spürte, wie mein Gesicht starr wurde.
«Wundert mich nicht, daß er gut geworden ist, wenn man berücksichtigt, daß du das ganze gute Holz dafür verbraucht hast.»
«Oh, nicht schon wieder das. Ich hack' dir das ganze verdammte Holz.»
«Großartig. Wann?»
«Jesus Christus, Lu, ich sagte, ich hack' dir Holz. Und jetzt sitz auf dein Maul.»
Irgendwas zieht sich jetzt noch in mir zusammen, wenn ich mich an mein damaliges Verhalten erinnere.
G. hackte tatsächlich ein bißchen Holz. Er wartete, bis wir einen Fisch gefangen hatten und ihn kochen wollten. Dann nahm er die Axt und hackte gerade genug für ein Feuer. Oft war es schon spät und wir hatten es eilig, die Mahlzeit hinter uns zu bringen, ehe die Moskitos kamen. Er beschwerte sich, daß eine ganze Menge von dem Holz, das ich herbeigeschleppt hatte, zu hart zum Hacken war. Nach einer Woche reichte es mir. Eines Morgens packte ich die Axt und lernte selbst mit ihr umzugehen. Mit dem Holz hatte G. recht, das meiste war unglaublich hart. Bald hatte ich begriffen, welche Äste gut waren und brachte in Zukunft nur noch die angeschleppt. Nachdem sich G. ein paar Tage lang meine Ungeschicklichkeiten angesehen hatte, lehrte

er mich, wie man eine Axt richtig handhabte, und zwar sehr freundlich und liebevoll.
Ich hatte die Axt hoch in die Luft geschwungen und sie dann in einem nutzlosen Hieb auf den Ast gedonnert, der quer über dem Stein lag, den wir als Hackklotz benutzten. Blind von Schweiß und wütender Entschlossenheit schlug ich häufig daneben. G. lag eines Tags da und beobachtete mich dabei. Sehr sanft drang seine Stimme plötzlich unter dem Baum hervor:
«Lu, du wirst dir gleich deinen verdammten Fuß abhacken. Komm, ich zeig's dir.»
Er brachte mir bei, wie man das Gewicht der Axt ausnutzt, die Sache ruhig angeht und keine Energie dabei verschwendet. Und so fiel der Holzstoß in meinen Zuständigkeitsbereich. Jeden Tag vergrößerte ich ihn ein kleines bißchen, und er wuchs stetig an. Es war eine erfreuliche Übung und schenkte mir Befriedigung. Fingen wir mal einen besonders großen Fisch und wollten ihn ganz grillen, dann hackte G. genügend zähes Mangrovenholz für ein Kochfeuer. Ohne daß ich auf ihm herumzuhacken brauchte.

Viele Monate später, als sich einige der Spannungen zwischen uns entweder aufgelöst hatten oder als permanente Sackgassen akzeptiert waren, unterhielten wir uns über G.s anfänglichen Widerstand, bei der Holzversorgung zu helfen. Eine Kombination verschiedener Faktoren hatte in ihm einen Widerwillen gegen jegliche Routinearbeit, die nicht frei gewählt war, aufkommen lassen. Zuerst glaubte ich, er wäre einfach nur faul. Dann wurde es immer deutlicher, daß er, wie beispielsweise im Garten, mit großem Fleiß arbeitete, wenn er sich auf eine Aufgabe konzentrierte, die ihn interessierte. Aber die alltägliche Bürde des Holzhackens begeisterte ihn kein bißchen. Außerdem mochte er es nicht, wenn man ihm sagte, was er zu tun hatte. Bei der Armee hatte er lange genug Befehle ausführen müssen. Und vor allem wollte er sich von keiner Frau Befehle geben lassen, die sechsundzwanzig Jahre jünger war als er und im Bett die Unnahbare spielte. Meine Herumkommandiererei war für G. ein rotes Tuch. Seine gleichgültige Haltung, was die Organisation unseres Alltagslebens auf Tuin anbelangte, erschreckte mich. Das Gesetz, daß sich Gegensätze anziehen, funktionierte bei uns nicht. Unsere Differenzen brachten häufig unsere unerfreulichsten Charakterzüge zum Vorschein, und doch gab es

Dinge, wo wir uns wortlos verstanden. Eines Nachmittags, als sich seine Beine auf dem Weg zur Besserung zu befinden schienen, kam G. mit mir, um eine Ladung Holz einzusammeln, die ich im Inselinneren gestapelt hatte. Es muß ein schrecklicher Schock für ihn gewesen sein zu erkennen, daß er körperlich nicht mehr in der Lage war, einen Holzstoß zu heben und zu tragen, den er in besseren Tagen leicht mit einem Arm bewältigt hätte. Mittlerweile hatte er an Gewicht verloren, beide hatten wir das, aber keiner von uns hatte richtig erkannt, wieviel Kraft ihn die Probleme mit seinen Beinen und seine Depressionen gekostet hatten.
Ich entsinne mich, wie er sich bemühte, das Holz auf seiner Schulter zu balancieren; kleine Stücke fielen herunter, gerieten ihm zwischen die Beine. Er marschierte ein Stück, dann hielt er an und ließ die Äste zu Boden fallen. «Ich glaube, ich hab' heute ein bißchen zuviel Sonne erwischt, Lulu», sagte er schwankend und wischte sich die Stirn mit borkenverschmiertem Handgelenk. In seiner Stimme lag etwas Weiches, ich hätte am liebsten meine Arme um ihn gelegt. Ich wünschte, ich hätte es getan. Beide wußten wir, daß er eine kleine Ladung auf einmal hätte bewältigen können, aber darum ging's ja gar nicht. Ich bat ihn nie wieder, mir beim Holzsammeln zu helfen.

Essen stand auf der Insel an allererster Stelle und bildete unsere größte, gemeinsame Beschäftigung. Da unsere Mahlzeiten uns jeden Tag verschönern oder verderben konnten, versuchte ich, soviel wie möglich zu variieren und das Essen abwechslungsreich zu gestalten:

Riff Pilaw

Man nehme das Fleisch einer großen Muschel. Fein zerhakken und mit den Gelenkmuskeln von einem Dutzend Schlammaustern mischen.
Man lasse das Ganze im Schatten im eigenen Saft marinieren. 2 Teelöffel braunen Reis in einer Tasse mit Süß- und Meerwasser kochen. Schnell abgießen, ehe der Reis das Salz aufsaugt. Mit einem halben Teelöffel Öl den Boden der Pfanne einfetten. Marinade über gleichmäßiger Mangrovenflamme

erhitzen, bis ein Stück Muschellippe bei Berührung mit der Pfanne zusammenschrumpft.
Pfanne vom Feuer nehmen und leicht schütteln.
Reis hinzufügen und die Flamme mit Kokosnußschalen dämpfen. Sanft erhitzen.
Lassen Sie in der Zwischenzeit von Ihrem Mann 12 kleine purpurne Felsenaustern als Garnitur öffnen.
Je nach Saison auf gehackten Blättern servieren.

Barracuda Vinaigrette

2 große Barracuda-Steaks kurz in Seewasser einlegen, dünsten.
Gut abtropfen lassen. In noch warmem Zustand eine Mischung von 1 Teelöffel Öl und Essig und Pfeffer darübergeben.
Nach Abkühlung eine halbe Tasse 3 Tage alte Mungo-Sprößlinge zurühren. Falls notwendig, eine Prise Salz hinzufügen.

Gegrillter Blaufisch

Man nehme einen mittelgroßen Blaufisch. Nicht abschuppen.
Über der Glut rösten, bis er vollständig schwarz ist.
Einmal wenden. Probeweise mit einem Stock auf den dicksten Teil des Fisches drücken. Das Fleisch sollte sich fest anfühlen; ist der Fisch gar, so muß ein Strom kochender Bläschen herausschießen.
Die geschwärzten Schuppen sauber abschlagen.
Pro Person eine Fischseite servieren.
Den Kopf als kleine Zwischenmahlzeit aufheben.

Papageienpastetchen

2 große Maniok schälen und zerkleinern.
In frischem Wasser weichkochen. Zerquetschen.
Einen Papageifisch schuppen und ausnehmen.
Gut kochen. Das Fleisch von den Knochen lösen.

Mit Maniok vermischen.
Falls vorhanden, Pfeffer hinzufügen.
Zu Bällchen formen. Leicht flachdrücken.
In einem Teelöffel Öl herausbraten.
Sofort servieren.
NB. Als Ersatz für Maniok kann Süßkartoffel (oder Yamswurzel) genommen werden. Falls keines von beiden vorhanden, nehme man 2 Papageifische und eine halbe Tasse gekochten weißen Reis.

Schwarzer Hai und Bohnen-Stew

¼ Tasse rote Feuerbohnen über Nacht einweichen.
4 windgetrocknete Streifen Schwarzspitzenhai (Riffhai) in Würfel schneiden.
In Süßwasser mit einem Schuß Meerwasser mit Bohnen zusammen kochen.
Nach der halben Kochzeit 2 Teelöffel weißen Reis hinzufügen. Abgießen und servieren.

Kokosnuß-Blaufisch

Einen großen Blaufisch ausnehmen, schuppen und filetieren.
In einem Kessel mit dem Saft und dem geriebenen Fruchtfleisch einer Kokosnuß dünsten, vorzugsweise der Long-Beach-Sorte.
Falls notwendig, den Saft einer zweiten Kokosnuß zugeben und das geriebene Fruchtfleisch für den Morgenreis aufheben.

Palmbucht-Pâté

8 kleine oder 4 große Schildkröteneier kochen.
5 gelbe Süßkartoffeln (oder Yamswurzeln) kochen und zerquetschen.
Zu einer vollkommen glatten Pâté verrühren.
Mit gedünsteten kalten Haifischscheiben oder allein servieren.

Eine ideale Ergänzung zu den angeführten Gerichten gibt junger Passionsfruchtnektar ab, erhitzt in Wasser aus dem oberen Teich und durch drei Lagen von Lucys Sari gefiltert. Mit Felsenteich-Temperatur servieren.

Die Reihenfolge der Rezepte richtet sich hier mehr oder weniger nach der Verfügbarkeit der Zutaten während der ersten sechs Monate. Der tägliche Verbrauch der Sachen aus der Vorratskiste beschränkte sich für uns beide auf eine halbe Tasse Haferflocken zum Frühstück und, als die zu Ende gingen, auf eine fünftel Tasse Reis, der wie Porridge gekocht wurde. War eine Mahlzeit mit Reis, Bohnen oder Gewürzen zubereitet, so kam das schon dicht an ein Fest heran oder aber unser Fang war so mager gewesen, daß er ein bißchen aufgebessert werden mußte. Unsere Standardkost bestand aus schlichtem Fisch, gedünstet oder gegrillt, da für diese Methoden keine weiteren Zutaten notwendig waren.
In den Anfangstagen wechselten G. und ich uns mit Kochen ab. Auf Cocos Island hatte er die meisten Mahlzeiten für seine drei Jungs zubereitet, die dort einige Monate bei ihm wohnten. Aber wie viele Männer, die zur Extravaganz neigen, wenn man ihnen in der Küche freie Hand läßt, fiel es G. schwer, seinen Eifer zu zügeln, etwas Gutes zu produzieren und darauf zu verzichten, für jede Mahlzeit tief in die Vorratskiste zu greifen. Obwohl sein Lebensstil in den letzten fünf Jahren alles andere als üppig gewesen war, hatte er aus seinen verschwenderischen Zeiten die Angewohnheit beibehalten, alles Verfügbare zu benützen, ohne dabei groß an die Zukunft zu denken. Sparsamkeit war nie seine starke Seite gewesen. Als dann unsere Karriere als Schiffbrüchige begann und ich die Notwendigkeit betonte, unsere Vorräte so lange wie nur möglich zu strecken, fing er an, meinen Hang zu Disziplin und Selbstverleugnung, durch den er sich ansonsten unterdrückt fühlte, zu würdigen. Nach kurzer Zeit auf Tuin fiel die Verwaltung und Rationierung der Vorräte automatisch in meine Hände. Die Folge davon war, daß ich später das Kochen ganz übernahm. Diese Einteilung paßte uns beiden, obwohl ich später den gleichen Druck spürte, den Captain Bligh empfunden haben mußte, als er gezwungen war, im Laufe der Zeit immer kleinere Portionen an seine Leute auszugeben.
Ich arbeitete nach einem System, das im Grunde ungemein flexibel war, aber doch von einigen festen Prinzipien geleitet

wurde. Ich glaubte daran, daß wir was im Magen haben mußten, wenn wir den Tag durchstehen wollten, deshalb gab es mit absoluter Regelmäßigkeit Frühstück, ganz gleich, wie winzig die Portionen allmählich wurden. Gelegentlich machte der Zeitpunkt der Flut es notwendig, daß wir schon beim ersten Licht des Tages zum Fischen gingen. Wir fanden beide, daß bei diesen Ausflügen in der Morgendämmerung unsere Energie und Begeisterung schnell dahinschwanden, wenn wir mit vollkommen leerem Magen losmarschierten, und als wir magerer und magerer wurden, schien die sanfte Morgenkühle uns bis auf die Knochen zu durchdringen; sie schwächte und demoralisierte uns. So sorgte ich dafür, auch wenn ich deswegen in der Dunkelheit herumstolpern mußte, daß wir wenigstens eine heiße Tasse Tee intus hatten, bevor wir losgingen. Die reine Wärme und das Ritual des Trinkens schien unsere Stimmung zu heben, denn in schwarzem Tee ohne Zucker kann wohl nicht viel Energie stecken.

Zeitpunkt und Beschaffenheit der nächsten Mahlzeit des Tages hingen vollkommen von unserem Angelglück ab. Fingen wir beispielsweise morgens einen Hai oder einen großen Umberfisch oder einen Thunfisch, dann hatten wir genug für ein Mittag- und Abendessen. Ich dünstete dann mittags ein paar Steaks und konservierte zwei weitere Steaks, indem ich Salz und Essig über die Fischstücke rieb, die dann im Schatten blieben, bis sie später gekocht wurden. Als das Wetter heißer wurde, konnten wir nicht mehr riskieren, den Fisch auch nur für ein paar Stunden aufzuheben; entweder trockneten wir die Reste oder benützten sie als Köder. Hatten wir beim Fischen überhaupt kein Glück, so kehrten wir ins Camp zurück, legten im Schatten eine Pause ein, tranken Tee und widmeten uns dann der Aufgabe, die Hauptzutaten für eine Mahlzeit an den Stränden zu sammeln.

Es dauerte nicht lange, bis uns der frustrierende Luxus von einem Dutzend Austern täglich für jeden zum Hals heraus hing. Unsere Mägen verbrachten viel Zeit damit, uns davon in Kenntnis zu setzen, daß sie etwas Handfestes wollten. Wie köstlich eine Auster auch sein mag — und manche waren wirklich ganz ausgezeichnet —, so kann man sie doch nicht als magenfüllend bezeichnen. Deshalb tendierte ich nach einer Weile dazu, die Austern mit anderen Dingen zu mischen, sobald sie den Hauptbestandteil der Mahlzeit bildeten; ich kochte sie sogar, damit

sie kompakter erschienen. Ein Beispiel für die Sachen, mit denen ich herumexperimentierte, habe ich im ersten angeführten Rezept gegeben. Dieses spezielle Gericht brachte mir ein gewaltiges Kompliment von G. ein. Er sagte:
«Du zauberst aus einem geschwärzten Kessel bessere Sachen als die meisten Frauen aus einer volleingerichteten Küche.»
Das mag die dankbare Stimme eines ungemein hungrigen Mannes gewesen sein, die da aus ihm sprach, aber jedenfalls war ich sehr erfreut und stolz. Die Herstellung dieser Art Mahlzeit nahm einen ganzen Morgen oder Nachmittag in Anspruch. Das lag daran, daß es die besten Austern und Muscheln auf der anderen Seite von Tuin gab. Als G. noch in der Lage war, mich zu begleiten, waren diese Expeditionen recht erfreulich.
In erster Linie kümmerten wir uns darum, daß G.s Beine keine weiteren Stiche oder Risse auf dem Weg zur anderen Seite abbekamen. Er zog seine «Robinson-Crusoe»-Hosen an, die kaum noch zusammenhielten und unten am Rand ganz authentisch ausgefranst waren, wo er sie ein Stück abgeschnitten hatte, um Ofenhandschuhe daraus zu machen; den Rest seiner Ledersohlen band er mit Bandagen an seine Füße. Ich war froh, daß ich in unseren Arztkoffer so viele Binden getan hatte; Material zum Verschnüren und Festbinden hatten wir immer nötig. Ich experimentierte mit verschiedenen Ranken, ich flocht, kaute, tränkte und trocknete sie, aber keine Sorte erwies sich als brauchbar. Eine Ranke, die ich in der Nähe des Purpurgrases im Norden fand, war zumindest stark und kräftig, wenn auch nicht sehr biegsam. Ich entdeckte, daß man sie als Wäscheleine oder auch zum Fischtrocknen nehmen konnte; unser wertvolles Seil konnten wir so für andere Zwecke verwenden.
Durch die ungefährlichste Gegend gingen wir zur Long Beach. Mittlerweile hatten wir uns einen ordentlichen Pfad durch das dichte Schilf auf der anderen Seite gebahnt. Mehrmals hatte ich einen kleinen Baumstamm hinter mir hergeschleppt, um das Schilfrohr ganz niederzudrücken. Traten wir an den windigen Strand hinaus, so wandten wir uns nach links und suchten uns einen Weg durch die schwarzen Felsen zu dem bräunlichen Korallenschleim, den die Ebbe bloßlegte. Hier hielt G. an und machte es sich mit Eimer und Messer auf einem Felsen bequem. Ich nahm die Machete und arbeitete mich langsam, Schlammaustern abschlagend, nach Norden vor. Für ein halbwegs vernünftiges Essen brauchten wir zwei Dutzend oder mehr; weni-

ger, wenn ich dazu eine Muschel oder ein paar flache schwarzbärtige Austern finden konnte. Kleine, purpurne Felsenaustern waren überall zu finden. Davon konnten wir leicht ein Dutzend oder so auf dem Rückweg einsammeln. Es dauerte seine Zeit, bis man die Schlammaustern entdeckte, denn sie waren sehr gut getarnt unter einer gleichmäßigen Schicht Korallenschleim. Ich identifizierte sie anhand der kleinen Ausbuchtung, die sie oben auf einem Stein oder einem Korallenstück bildeten. Hatte ich vier oder fünf zusammen, dann legte ich sie in einer Reihe auf die Schneide der Machete und trug sie vorsichtig zu G. Er zerschmetterte sie und säuberte die Innereien, während ich die nächste Ladung holen ging. Solch gemeinsame Bemühungen schenkten uns beiden Befriedigung. Später, als G. mit dem Garten beschäftigt war oder sich wegen seiner Beine nur im Campgebiet bewegen konnte, holte ich allein die Austern und brachte sie zum Säubern ins Camp. Obwohl ich gern allein spazierte, vermißte ich doch G.s Anwesenheit beim Austernsammeln.

Nach und nach, innerhalb und außerhalb der Banalitäten der Routinearbeiten, übernahm der Rhythmus von Tuin selbst die Führung. Sonne, Mond und Gezeiten führten ein unerbittliches Regiment, dirigierten jede unserer Bewegungen und schrieben uns vor, wann Zeit zu fischen, zu arbeiten und zu ruhen war. Und doch waren wir innerhalb dieser metronomischen Einschränkungen frei zu schuften oder zu faulenzen und das Leben zu genießen. Um zu überleben, muß man sich anpassen. Zeichnet sich erst einmal das Muster der Anpassung ab, dann kann man erkunden, wo die Freiheiten liegen.

Tagebuch

Ich habe Monate gebraucht, um mich dem Tempo anzupassen, das einem von Tuin aufgezwungen wird. Ich meine das äußerliche Tempo, die Geschwindigkeit, mit der man einen Fuß anhebt und wieder senkt, um einen Schritt zu machen. Die komplexen emotionalen Gangwechsel kommen erst danach. Tuin ist kein gesäuberter Grund und Boden, der für die Bequemlichkeit des menschlichen Fußes besänftigt worden ist und den man ignorieren oder über den man einfach hinwegtrampeln kann. Das zwischen A und B gelegene Land ist eine greifbare Realität von ebenso großer Bedeutung wie das Ziel selbst. Das noch nicht niedergewalzte Land fordert eine gewisse Ehrerbietung. Betrete mich, sagt Tuin, ich bin lediglich der Auswuchs eines Korallenriffs in einem fast vergessenen Winkel der Welt, aber wenn du dich weigerst, meine Natur anzuerkennen, dann wirst du leiden.

Diese Anerkennung war eine Notwendigkeit und erweckte tierhafte Reaktionen und tierhaftes Anpassungsverhalten. Bis zur Wertschätzung war es noch — typisch menschlich — ein sehr, sehr weiter Schritt.
Der Marsch vom Camp zum ersten Fischfelsen gab einen ausgezeichneten Lehrboden für Anfänger in der Kunst der Tuin-Zeit ab. Je nach Stand der Sonne waren die ersten hundert Meter ein unkomplizierter Trott über lockeren Korallensand. Stand die Sonne hoch und der Sand verbrannte einem die Fußsohlen, dann ging der Trott in Rutschen und Gleiten über. Zum Strand hinunter war kein Problem, wieder hoch oder am Strand entlang schon eine andere Sache. Die Tiefe des Sandes machte es unmöglich, lockeren Schrittes dahinzuschlendern. Sowohl G. als auch ich bemerkten die seltsam watschelnden Bewegungen, zu denen wir gezwungen wurden. Es wirkte sehr ältlich und gesetzt.
Die Krokodilbucht bei Ebbe zu durchqueren war einfach genug, man mußte nur über die Pfützen von einem Hügel zum anderen springen. Erst danach fängt der Lehrer wirklich an, einem das richtige Tempo beizubringen. Über eine feste Sandbrüstung hinweg, dann die Felsen. Auf einer Seite die «Kokosnuß-Straße», die Kronen der größeren Palmen überragten in elegantem Kontrast das Gewirr der zudringlichen Mangroven, die sie vom Strand trennten. Auf der anderen Seite nur Bläue und Hitzeflirrer, die alles überdeckende Brillanz der Sonne und die endlos gekräuselte See. Aber man kann weder nach rechts noch nach links schauen. Die gesamte Aufmerksamkeit muß sich auf jeden Schritt konzentrieren. Die zersplitterten, zerbröckelnden Felsen sind mit glitschigem, moosigem Schleim überzogen. Er hat die Farbe von Grünspan und bildet auf den glatteren Felsen einen weichen Flaum wie Schlehdorn. Der erhobene Fuß saugt Fäden davon hoch und hinterläßt im Fußabdruck Kringel und Spitzen. Zwischen den Felsen verliert der Koral-

lenschleim seine wollige Qualität und wird einfach nur zu grauem Schlamm. Aber die weiche Schlickdecke täuscht. Darunter verstecken sich Tausende von rasiermesserscharfen Muscheln und Korallenfragmenten. Man lernt schnell, jeden Schritt zu testen und erst allmählich sein Gewicht auf den Fuß zu verlagern. Es braucht nur Zeit. Auf Ungeduld folgt sofortige Strafe: Ein in eine verborgene Muschel gestoßener Zeh, vorn aufgerissen; ein empfindlicher Rist, gequetscht und aufgeschnitten; angehaltener Atem, Flüche, Halsschmerzen. Felsen, Palmen und das Meer bleiben gleichgültig. Beruhige dich und geh vorsichtig weiter. Langsam.

Ich erinnere mich lebhaft an einen kleinen Unfall, verursacht durch unkluge Hast. G. und ich gingen zum Papageienfelsen fischen. Ich vorneweg mit Eimer und Angelschnüren. Es hatte geregnet, und die Felsen waren kalt und schlüpfrig. Es war sehr früh am Morgen, und wir waren scharf auf einen guten Fang, da wir am Tag zuvor lediglich Kokosnuß und Meeresschnecken gegessen hatten. Ich sah eine Krabbe und schlug hastig mit der Machete danach. Mit dem rechten Fußknöchel stieß ich dabei gegen den scharfen Rand einer mit Korallen verkrusteten Auster. Ich zuckte zurück, verlor den Stand, taumelte, keuchte; in jeder Richtung schienen meine Knochen gegen Felsen zu prallen. Wohin ich auch meine Hand streckte, um meinen Sturz zu mildern, wurde ich geschnitten. Schließlich landete ich, Hüftknochen zuerst, in einem mit zackigen Graten versehenen Graben zwischen zwei Felsen. Ellbogen, Schultern und Nacken waren zerschrammt. Keine der Verletzungen war ernsthafter Natur. Es war einfach nur eine scheußliche Erinnerung an die eigene Gebrechlichkeit in einer unnachgiebigen Umgebung.

Aber nicht nur die möglichen Verletzungsgefahren der Insel bestimmten das eigene Tempo. Die Sonne selbst machte sich über jede Eile lustig. Auf Tuin lernte ich das Gehen. Innerhalb von Wochen verlor ich den raschen, spröden Stadtschritt, den harten, steifbeinigen Gang, mit dem man eine Straße überquert. Die Sonne schmolz den Widerstand in meinen Gliedern und in meinem ganzen Körper, von den Sohlen meiner nackten Füße, die jeden Schritt spürten, bis zu meinem unbedeckten Kopf, der von einem zusammengedrehten Haarkranz vor dem Verbrennen geschützt wurde, während lose Strähnen die empfindlichen Ohren mit Schatten versorgten.

Long Beach. Den größten Teil des Jahres über bricht hier das Meer in flachen, langen weißen Brandungswellen über sanft geneigten Sand. Wechselt der Wind auf Nordwest, dann ist das Wasser hier plötzlich ruhig, stiller als ein See an einem Sommertag. Geduckte Buschbäume am Rande des Inselinneren, ihre langen, dämonenhaften Arme dem Land zugestreckt, wirken erstarrt in der bewegungslosen Hitze. Ich stehe neben der einsamen Tanne, deren schlanke Zweige ein dünnes Spinnennetz an Schatten schaffen, und biege meine Zehen im warmen Sand. Eine durchsichtige Spinnenkrabbe, die Beine so zerbrechlich wie chinesische Waffelrollen, huscht hastig aus dem Schatten ihres kühlen Loches. Das Geräusch ihrer zarten Bewegungen ist erschreckend laut in der Stille. Soll ich mich nach rechts oder nach links wenden? Meine Füße tragen mich nach rechts. In beide Richtungen führen ganze Bahnen von Fußabdrücken. Die Flut ist noch nicht hoch genug gestiegen, um sie für länger zu bedecken. Jeder dieser Fußabdrücke gehört mir. Was für lange, große Zehen. Ich scheine nicht sehr gerade zu laufen. Vielleicht hat mich die Sonne trunken gemacht.

Tage und Tage, die ich diesen Strand entlangmarschierte. Jede Zelle in mir reagierte auf die Sonne, die langsam die Trennung zwischen Geist und Körper wegbrannte und mich in ein sonnendurchströmtes Wesen verwandelte. Die Ferse senkte sich in den weichen Sand, die Bewegung setzte sich über Wade und Oberschenkel zum Becken fort, das Rückgrat hoch zum Schädel, durch die Höhlen des Schlüsselbeins hinunter zu den Fingerspitzen und wieder zurück. Geist folgt Fuß folgt Fuß folgt Geist, bis man nur noch läuft.

Ich ging für gewöhnlich zu einem bestimmten Felsen unter den hohen Mangroven von Long Beach, um in mein Tagebuch zu kritzeln. Am Ende des Strandes mußte ich mir einen Weg über Hunderte von knochigen roten Mangrovenwurzeln bahnen, die sich übereinanderschlängelten wie unordentliche Krocketringe, die man wahllos in den feuchten Sand gestoßen hatte. Der Felsen selbst lag direkt am Rande des Inselinneren, seine runde Masse eingerahmt von langen, hängenden Zweigen. Ehe ich zu der couchförmigen Vertiefung ganz oben auf dem Felsen hochkletterte, band ich den orangefarbenen Streifen *Crêpe-de-chine* von meinen Hüften und warf ihn hoch zu meinem Ruheplatz. Messer und Gürtel mit Scheide folgten, und schließlich kam die kleine Tasche mit Stift, Papier und einem Band *Griechische Mythen* von Robert Graves. Diese paar Sekunden des vorbereitenden Rituals machten mir ungemein Spaß. Geeignete Einbuchtungen als Stufen benützend, kletterte ich hoch und legte sorgfältig meinen Sari-Streifen an, den ich genau am Ende meines Rückgrats knotete. Das tatsächliche Hinsetzen, das war dann vielleicht der köstlichste Augenblick.

Es ist erstaunlich, wie bequem es sich ein Körper auf einem harten Felsen machen kann. Das Geheimnis liegt in vollkommener geistiger und körperlicher Hinnahme und Unterwerfung. Hält man den Körper angespannt und stößt den Felsen wegen seiner Unnachgiebigkeit zurück, dann wird es nie bequem werden. Als Polsterung war der Sari überflüssig, nur eine Spitzfindigkeit, die der Geist forderte, so wie man beispielsweise zu einem Picknick Papierteller mitnimmt, anstatt von Blättern zu essen. Es dauerte nicht lange, dann verzichtete ich auch darauf, ebenso wie auf das Messer. Buch und Schreibzeug ließen sich nicht so leicht beiseiteschieben, da sie eine der wichtigsten und verführerischsten Mächte des Menschen repräsentierten, aber schließlich mußten auch sie weichen.

Irgendwann im August, September oder Oktober verloren wir das Datum vollkommen aus den Augen. Eine ganze Weile hatte keiner von uns Eintragungen in die kleinen, vorgedruckten Kalenderblätter gemacht. Aus heiterem Himmel fragte mich G., was für einen Tag wir hätten. Ich hatte keine Ahnung.

«Nun, und welchen Monat haben wir?»

«August?»

«Nein, nein, später. Wahrscheinlich fast Oktober.»

«Kann nicht sein, bestimmt nicht, es kommt mir nicht so lang vor...»

Tuin-Zeit hatte stillschweigend das Kommando übernommen: Morgendämmerung, Morgenkühle, Hitze des Tages, Sonne über Tukupai, Sonnenuntergang und Nacht — die ausschwärmenden Sandfliegen, Mond, Buschvogelgeräusche — und dann wieder die Morgendämmerung. Wir hatten die größte Wasseruhr der Welt, die ganze Campbucht, um uns zu sagen, wann es

Zeit zum Fischen war. Fiel das Wasser unter einen bestimmten Felsen, dann mußten wir los oder warten, bis die Ebbe vorbei war und die Flut wiederkam.
Wir lernten, daß auch Fische «Perioden» zu haben schienen. Sie beißen gut, wenn Viertelmond ist, verschwinden bei Vollmond und tauchen im zweiten Viertel wieder auf. Fischt man zu anderen Zeiten, so kann man zwar Glück haben, aber es bleibt eine recht unzuverlässige Sache. Die Gezeiten blieben uns ein Rätsel. Wir waren beide ziemlich sicher, daß die Flut jeden Tag ungefähr eine Stunde später kommen müßte. Ihre Unregelmäßigkeit verblüffte uns und nach vielen Monaten der Beobachtung mußten wir widerstrebend eingestehen, daß sie ebensowenig Rücksicht darauf nahm, was sie eigentlich tun müßte, wie wir. Über ein Jahr später sollte ich eine Antwort auf die Geheimnisse von Ebbe und Flut in der Herbarium-Bibliothek von Kew finden. Nach den Aufzeichnungen von J. N. Jennings liegt der Grund für diese Unbeständigkeit darin: Die Gezeiten im Indischen Ozean sind vorherrschend im Ganztages-Rhythmus, im Pazifik dagegen im Halbtages-Rhythmus, was zu gemischten Gezeiten in der Torres-Straße führt. Obwohl die täglichen Gezeiten zeitmäßig und was die Reichweite anbelangt zusammenpassen, sind die halbtäglichen phasenungleich. Das bringt Niveauunterschiede, verstärkt die normalen Effekte der Gezeitenbereiche in gewissen Meereskanälen und führt zu starken Gezeitenströmungen. Mit anderen Worten: Es ist ein ziemlich wirres, kleines Meeresgebiet. Im weiteren Verlauf des Tuin-Jahres sollten wir noch einiges über Strömungen in Erfahrung bringen.

Und so zog die Sonne weiterhin ihre Bahn über uns mit der Regelmäßigkeit eines Einwegpendels. Die grob geschnittenen Stücke, die unsere Leben überlappten und teilten, setzten sich zu einer vagen Form zusammen. Ich war ziemlich mit dem Sammeln von Holz, Früchten und Kokosnüssen beschäftigt; G. kümmerte sich um den Garten. Großprojekte, wie der Bau der Schutzhütte, türmten sich einigermaßen drohend vor uns hoch. G. wußte, wie sehr ich damit anfangen wollte, und reagierte, wie zu erwarten war, negativ auf jede Quengelei. Mir war nicht klar, bis zu welchem Grad sein Widerstreben, mit dem Bau anzufangen, mit dem Zustand seiner Beine oder einer allgemeinen Trägheit zu tun hatte. Zuerst beharrte ich auf «Prinzipien», weil er gesagt hatte, wir würden innerhalb von drei Wochen aus dem Zelt draußen sein und in einer Art Haus leben. Aber das war Gerede vor Ankunft auf Tuin, theoretisch und archaisch wie meine «Prinzipien».

Schließlich kam der Tag, an dem ich von einem Spaziergang zurückkehrte und G. dabei überraschte, wie er mit dem Seil ein Stück Boden vermaß.

«Zuerst müssen die Stützpfosten rein, Lu.»

«In Ordnung. Kann ich was tun?»

«Ich dachte, ich geh' mal rüber und schau, ob's drüben in der Nähe des Hügels ein paar gerade Stämme gibt. Nimmst du die Axt, ja?»

Er deutete in Richtung des nördlichen Hügels. Als ich über den Bach sprang, um mich ihm anzuschließen, konnte ich ein kleines «Yippee!» nicht unterdrücken.

«Meinst du, wir kriegen dort drüben unangenehme Gesellschaft?»

Ich wußte nur zu gut, daß der Ort von Grünen Ameisen nur so wimmelte, aber ich würde ihn keinesfalls abschrecken.

«Na ja, könnt' schon mal 'ne Ameise sein. Weißt du was, ich hol' dir deine Hosen.»

Unterwegs umriß G. seinen Plan für die Schutzhütte. Er erklärte, daß wir für den Anfang sechs kräftige Stützpfosten brauchten. Seine Vorstellung ging dahin, daß ein schlichtes Schrägdach von einem Gerüst aus Balken und Sparren gestützt werden sollte. Die Front der Hütte wäre dem Meer zugewandt, die Hinterseite zum Wind und auf drei Seiten geschlossen. Jetzt hatten wir ja noch keine Ahnung, welch dramatische Richtungswechsel der Wind während der dreimonatigen Regenzeit einschlagen würde.

Wir markierten zwei gute, gerade Gummibäume, die für die kürzesten Pfosten hinten an der Hütte reichen würden. Die nächsten beiden und das größte Paar für die Front zu finden, stellte schon eine größere Herausforderung dar. Wir sahen vor uns einen wunderbar proportionierten, masthohen Baum, und im Näherkommen merkten wir dann, daß er durch einen Knoten oder gewaltigen Auswuchs in halber Höhe verdorben wurde. Wir erreichten den Fuß einer kleinen Erhebung, die vor dem nördlichen Hügel lag.

«Massenhaft gute Balken hier», sagte G., «aber nichts, was groß genug ist . . .» Einen Augenblick lang stand er da, kraulte sich nachdenklich den drahtigen Bart, dann begann er plötzlich zu schreien: «Verfluchte Hölle, schaff sie mir vom Hals, Lu! Verdammte Scheiße, sie sind überall . . .» Und das waren sie. Unabsichtlich hatte sich G. genau unter einen Ast gestellt, auf dem eine Legion Grüner Ameisen gerade eine ihrer Blattfallen baute. Geistesabwesend hatte er eine Hand an den Baumstamm gelegt, und sofort waren ganze Ameisenkolonnen seinen Arm hochgerannt. Grüne Ameisen haben einen bösartigen Biß, der sich wie ein scharfer Stich, kombiniert mit einer schnellen Injektion, anfühlt. G. wurde an der Hand, an Arm, Nacken und Ohr gebissen, und nun krabbelten sie über seinen Kopf und fielen vorn und hinten in sein Hemd. Er tanzte eine Art verrückten schottischen Reel, eine Einmannvorstellung. Ich eilte zu Hilfe, riß sein Hemd herunter und wischte die Ameisen mit den Händen beiseite.

«Feg sie nicht weg, töte die Kerle, bring so viele von den kleinen Mistviechern um, wie du kannst!»

Ein Schlag brachte sie nicht um, sondern versetzte sie lediglich in Panik, worauf sie sofort zubissen. Sie mußten einzeln weggenommen oder zu Tode gequetscht werden. Einige hatten sich vor meinen Wischbewegungen in G.s Hosen geflüchtet, die er sich prompt vom Leib riß und in die Büsche schleuderte. Die zu Boden gefallenen Ameisen krabbelten nun meine Beine hoch. Ich vollführte eine Reihe blitzartiger *Pas de Chats*. G. harkte sich die letzten Plagegeister von Kopf und Nacken. Dann waren sie, ebenso plötzlich wie sie aufgetaucht waren, auch wieder verschwunden. So als hätte ein General das Kommando zum Rückzug gegeben. Wir streiften tote Ameisen ab, und ich holte G.s Hose wieder her. Auch sie war von allen Ameisen verlassen worden.

«Verfluchte Hölle, Lu», sagte G. schwach. «Ich möcht' wetten, diese Wälder sind voll von den Bastarden.»

Er hatte recht, aber wir brauchten immer noch unsere Pfosten. Bei diesem ersten Versuch fanden wir insgesamt vier, genug für den Anfang.

In der morgendlichen Kühle des nächsten Tages gingen wir auf unseren Spuren zurück, wobei wir nur einmal den Pfad verließen und einen weiten Bogen um den Baum mit den Grünen Ameisen machten. Ich bemerkte, daß sie sehr emsig ihre Blattfalle vollendet hatten, die nun wie eine vergessene Weihnachtsdekoration im Baum hing, umsponnen von klebrig wirkenden

weißen Fäden. All das beobachtete ich durch das Zoom-Objektiv meiner Kamera; auf eine Wiederholung der gestrigen Vorstellung war ich nicht unbedingt scharf.
G. spuckte in die Hände und griff zur Axt. Die Gummibäume waren hart und das Axtblatt war nicht besonders scharf, aber er brachte mit ein paar Schlägen auf jeder Seite eine tiefe Kerbe zustande.
«Jetzt geh mal aus dem Weg, Lu, der fällt in deine Richtung.»
Ein weiterer Axthieb, und der Baum stürzte glatt in eine Lichtung.
Als er den vierten Baum gefällt hatte, tropfte G. der Schweiß nur so herunter, und seine Füße begannen anzuschwellen. Ich sammelte ein bißchen leichtes Holz von den Spitzen der gefällten Bäume, und wir machten uns auf den Rückweg zum Camp; die Arbeit, die Stämme reinzuschleppen, sparten wir uns für die Abendkühle auf. Später am Tag markierte G. die Stellen, wo die Löcher für die Stützpfosten gegraben werden sollten.
Gut ausgerüstet mit Schulterpolstern und Zugseil gingen wir zurück, um die Stämme zu holen. Ich erinnere mich, was für ein merkwürdiges Gefühl es war, für ein Foto BH und Höschen anzuziehen und wie fremdartig G. doch in Badehosen aussah. Für uns beide war es eine Erleichterung, als ich die Kamera an einen Ast hängte, wir die Kleider wieder auszogen und mit der Arbeit weitermachten. Es war komisch, wie natürlich einem das alte Hemd und die dreckigen Hosen von G., als Schutz gegen Sonne und Bisse getragen, vorkamen, während die Badehosen und meine Unterwäsche seltsam peinlich wirkten. In den ersten Wochen hatte ich gelegentlich morgens, bevor die Sonne hochstieg, Kleidung getragen, aber bald schon gab ich diese Angewohnheit auf und trug nichts anderes mehr als den Streifen Sarituch um meine Hüften, der sich sehr praktisch in einen Beutel verwandeln ließ, wenn ich auf Spaziergängen Kokosnüsse sammelte. Aus irgendeinem obskuren Grund, hinter den ich nie gekommen bin, hatte G. einen blaßrosa Satin- und Chiffon-Jumpsuit mitgebracht, ein Relikt von den Vorführmodellen seiner Verlegerzeiten. Für Angelausflüge, wenn die Sandfliegen draußen waren, war es gerade recht, obwohl das tiefe Dekolleté seine Brust nicht schützte. Zuletzt wurde es in Richtung Papua-Neuguinea treibend gesichtet, bestimmt ein interessanter Fang für einen Fischer aus dieser Gegend.
G. schlug die obersten Äste der Bäume ab und stutzte die Enden

zurecht. Er ließ ausreichende Gabelungen stehen, an denen sich Querbalken sicher festzurren ließen. Die schwersten Stämme schleppten wir gemeinsam, jeder an einem Ende, unsere Schultern gut gepolstert mit Hosen und Sari. Ich gab's G. gegenüber nicht zu, aber einmal glaubte ich wirklich, das Holz würde mir glatt das Schlüsselbein zerquetschen. Trotz seines Gewichtsverlustes hatte G. zu der Zeit noch reichlich Kraft in seinen Muskeln. Als wir die nächste Ladung holen gingen, half ich ihm, einen Stamm auf seiner Schulter zu balancieren, und spannte mich dann mit einem Seil vor den anderen und zerrte ihn hinter mir nach. Die Löcher zu graben machte Spaß. Wir wollten sichergehen, daß die Schutzhütte eine solide Sache wurde, und so planten wir, mindestens ein Drittel eines jeden Stützpfostens im Boden zu versenken. Die beiden Mittelpfosten waren ungefähr zwölf Fuß lang, das bedeutete also vier Fuß tiefe Löcher. Der Boden, mit dem wir es zu tun hatten, war nicht eben ideal zum Löcher graben. Ich hatte schon Probleme gehabt, als ich das erstemal eine Abfallgrube graben wollte. Wir brauchten einen Platz, wo wir die auseinandergefallenen «Öfen» und die völlig durchgerosteten Samenbehälter loswerden konnten. Es war eine Sisyphus-Arbeit: Jedesmal, wenn ich es geschafft hatte, eine ordentliche Grube auszuschaufeln, brach plötzlich eine Seitenwand ein und füllte das Loch wieder auf. Nach zwei oder drei Versuchen meldete sich mein gesunder Menschenverstand. Ich schlug eine korkige Schraubenpalme um, zerhackte sie in passende Stücke und stützte die Grube ab. Dieser Trick ließ sich bei den Löchern für die Stützpfosten, die tief und schmal sein mußten, nicht so einfach anwenden. Zum Glück bestand der Boden, auf dem unser Haus stehen sollte, mehr aus Erde als aus Sand.

G. begann damit, das Ende des Pfostens anzuspitzen und es so tief er konnte in den Boden zu treiben. Dann riß er den Pfosten wieder raus und fing an, wie wild zu graben. War er so tief wie möglich mit dem Spaten gekommen, war ich an der Reihe. Ich legte mich flach auf den Bauch, streckte Kopf und Arme in das Loch und warf, den Feldkessel als Schöpfkelle benutzend, Klumpen sandiger Erde in alle Richtungen. Als ich den Grund nicht mehr erreichen konnte, ohne hineinzufallen, hielt mich G. an den Knöcheln fest. Schließlich tauchte ich wieder auf, schweißglänzend, das Haar mattschwarz, wie eine gewaltige Wühlmaus.

Dann ging ich mit unserem grünen Eimer zum Strand und füllte ihn mit kleinen Felsbrocken auf. Die schüttete ich um den Stützpfosten, den G. festhielt. Aus einem Stein und einem Stück Packschnur hatte er ein Senkblei gebastelt. Wir waren erstaunt, wie krumm unsere angeblich geraden Stämme in Wirklichkeit waren. Es war ein erhebender Augenblick, als das Loch schließlich ganz aufgefüllt und die Erde festgetrampelt war und der Pfosten senkrecht zu stehen schien. Noch schöner war es, als sich alle sechs senkrechten Pfosten in Position befanden, mit stützenden Pfählen dazwischen, aber bis dahin war es noch lang; zwischen dem jetzigen und dem nächsten Arbeitsanfall sollte viel Zeit vergehen.

4. Kapitel
Ausflüge

Als der obere Tümpel des Baches austrocknete, verlor meine routinemäßige Schönheitspflege ihre Hauptstütze. Ich hatte mir angewöhnt, mir jeden Morgen mit der Handfläche, angefeuchtet mit frischem Wasser, über das Gesicht zu fahren. Da ich den Luxus des morgendlichen Waschens nicht ganz aufgeben wollte, zuckte ich mit den Schultern und wechselte zu Meerwasser über. Falls die Sonne meine Haut austrocknete, so war mir das jedenfalls nicht bewußt. Ich verbrannte nicht so leicht. Schmerzten mir nach langem Fischen mal Gesicht und Schultern, so rieb ich mit der öligen Innenseite einer Fleischkokosnuß über meine Haut. Aber schließlich besitzen wir ja alle unsere kleinen Eitelkeiten. In den ersten paar Monaten, wenn ich nicht gerade mit unserem Überleben beschäftigt war oder mich dem Rhythmus von Tuin hingab, machte ich mir gelegentlich leichte Sorgen über den Zustand meines Haares und über meine schnell schrumpfenden Brüste. Verschiedene Leute hatten vorgeschlagen, ich sollte mir vor Verlassen der Zivilisation die Haare kurz schneiden lassen. Vidal Sassoon in London, wo man mir großzügigerweise das Haar für unsere Hochzeit gemacht hatte, bot mir an, es zu schneiden, aber ich zog das Risiko vor, es lang zu lassen. Für den Notfall nahm ich eine Schere auf die Insel mit. Bei Sassoon versorgte man mich außerdem freundlicherweise mit einem reichlichen Vorrat an Haarpflegemitteln: elegante braune Zylinder mit Shampoo, Spülungen, Proteinpakkungen und Tuben für sonnenstrapaziertes Haar. Das Ganze wog eine Tonne und jedes Mittel erforderte massenhaft frisches Wasser, da es mit Meerwasser nicht schäumte. Ich wußte, daß Salzwasser nicht gut fürs Haar ist, aber ich wollte nicht vorsichtig im Bruststil um unsere verlassene Inselbucht schwimmen wie die Dauerwellenköpfe auf Mallorca, und so war mein Haar schon bald salzig, sonnengebleicht, ausgetrocknet und gespalten. Trotzdem war ich froh, daß ich es lang gelassen hatte, da es meinen Kopf recht gut vor der Sonne schützte; ich machte mir kaum Sorgen um seinen Zustand, bis die schlechte Ernährung sich unangenehm auswirkte. G.s Mutter, die seinen Erzählungen nach eine reizende Person voll alter Volksweisheiten sein mußte, hatte auf die segensreichen Auswirkungen von Tee aufs Haar geschworen. Nachdem ich das gehört hatte, stupfte ich jeden Abend gläubig das Ende meines Zopfes in meine Teetasse und saugte dann daran, «um die Restfeuchtigkeit zu entfernen» ...

Gegen das zusammengeschrumpfte kleine Paar Mandarinen auf meiner Brust konnte ich nichts tun. Ihr Ableben geschah allmählich. Eine Zeitlang, als ich noch schlank und fit war, fühlte ich mich rundum in bester Verfassung, und meine Brüste, auch wenn sie sich nach und nach verkleinerten, blieben fest und am richtigen Platz. Erst später dann, als meine Haut wie bei einer alten Frau lockere Falten schlug, wo zuvor Muskeln und Fett gewesen waren, wurden meine Brüste schlaff und verschwanden beinahe ganz. Mich wundert, wie sich in diesem Stadium ein Spiegel auf unsere Moral ausgewirkt hätte.

Männer sind genauso eitel wie Frauen, was ihr Äußeres anbelangt, und G. bildete da keine Ausnahme. Er hatte einen kleinen Handspiegel auf die Expedition mitgenommen, und wenn er sich sehr elend fühlte, dann holte er ihn hervor und betrachtete düster den kleinen Ausschnitt seines Gesichts, den er sehen konnte.

«Die Leute haben immer gemeint, für mein Alter sehe ich jung aus. Was glaubst du, Lu?»

Je nach Laune gab ich entweder besänftigende, unverbindliche Laute von mir oder ich antwortete:

«Ich glaub', du schaust aus wie vierhundertfünfundneunzig, vielleicht sogar sechsundneunzig, und ich bin bloß knappe hundertzwei. Laß mich mal einen Blick in dieses Ding werfen.»

Ich glaube, im Verlauf der ersten elf Monate auf Tuin habe ich die paar Zentimeter meines Gesichts, die der Spiegel zeigte, gerade vier- oder fünfmal gesehen. Doch bei jeder dieser Gelegenheiten legte ich ihn schnell beiseite. Die Person, die ich im Spiegel entdeckte, war eine Fremde, jemand, den anzuschauen mir schwerer fiel als in ihm zu leben. Die Tatsache, daß sich wegen der Spiegelgröße immer nur ein neugieriges Auge oder ein Teil einer braunen Wange oder der Nase genauer untersuchen ließ, verzerrte die Sache vielleicht noch zusätzlich.

Die sich verschlimmernde Wassersituation gab uns reichlich Anlaß zur Besorgnis. Eine Zeitlang, ungefähr sechs Wochen, segelten täglich große, graue Wolken über die Insel. Das aufschießende Gemüse im Garten war in einem Stadium, in dem regelmäßige Wässerung lebensnotwendig war. Von meinem Platz am Feuer aus sah ich G. jeden Morgen aus dem Zelt auftauchen und sofort zum Himmel hochschaun.
«Eine Große dort drüben», rief er und deutete über Tuins Hügel hinweg. «Könnte heut' einen Schauer geben.»
Jetzt, wo er nicht länger in der Lage war, die grünen Soldaten zu gießen, schaute er den ganzen Tag hindurch zum Himmel hoch und hoffte. Beide stimmten wir darin überein, daß überhaupt keine Wolken besser wären als die quälende Lockung dieser nicht zu fassenden grauen Phantome, die über uns durch den Himmel huschten.
Falls man von einem Winter in diesem Teil der Welt sprechen konnte, so fanden wir ihn bei unserer Ankunft auf Tuin vor. Obwohl es tagsüber heiß war, wurde es nachts doch so kalt, daß G. stets den Umstandskittel als Decke benutzte und ich mich in das Musselinkleid wickelte. Immer hofften wir, daß der Temperatursturz, falls er zufällig mit einer sich nähernden Wolke zusammenfiel, bedeutete, daß Regen im Anzug war.

Tagebuch

> In den langen Nächten lagen wir manchmal stundenlang wach, dicht nebeneinander und doch jeder in seinen eigenen privaten Gedankenkokon gehüllt; auf eine Art und Weise eng verbunden, wie sie bestimmt nur von zwei Individuen erfahren werden kann, die von ganzem Herzen in dem Schweigen nur ein Geräusch hören möchten: Regen.

Das ist vielleicht ziemlich romantisch ausgedrückt, obwohl es im wesentlichen der Wahrheit entspricht. Es bemäntelt die Tatsache, daß es während dieser Periode die einzige Art war, in der wir «eng verbunden» waren. Die Tage waren kurz und die Nächte lang; zwölf Stunden Dunkelheit, Moskitos, Sandfliegen — und zwei Menschen in einem kleinen Zelt, die einander weder vertrauten noch sich besonders mochten. Die Sehnsucht nach Regen wurde kostbar, weil sie in die anderen Spannungen

einschnitt und uns zumindest auf einer Ebene zusammenbrachte.
Davor hatte es ein paar Nächte voller Streit gegeben, in denen wir uns stundenlang angeknurrt und beschimpft hatten; mit einer letzten ätzenden Bemerkung rollte sich G. dann zusammen, während ich starr und kochend vor Abscheu und Verwirrung dalag. Verirrte sich irgendein Teil seiner Anatomie zufällig oder in der Unschuld des Schlafes auf meine Seite des Zeltes und berührte mich, so zuckte ich augenblicklich wie eine aufgespießte Schlange zurück.
Nach einer solchen Nacht beging ich eine unverzeihliche Sünde. Im Supermarkt von Townsville hatte ich geschwankt, ob ich das letzte Geld für Proviant für einen Extrabeutel Reis oder für Trockenfrüchte ausgeben sollte. Schließlich hatte ich mich für die Früchte entschieden, da ich nicht wußte, was wild auf der Insel wachsen würde und sich ansonsten nichts unter unseren Vorräten befand, was uns mit Vitamin C versorgen konnte, bis unser Gemüse soweit war. Ich kaufte zwei Halbkilopakete. Jeden Morgen streuten G. und ich ein paar genau bemessene Früchte über unser Porridge oder unseren Reis. Noch immer unter der Erbärmlichkeit eines üblen, sinnlosen Streites leidend, stand ich wie gewöhnlich im ersten Morgengrauen auf, machte das Frühstücksfeuer, das Porridge und wartete darauf, daß G. erscheinen würde. Gewohnheitsmäßig Trost und Vergessen in der Zuflucht des Schlafes suchend, ließ er lange auf sich warten.
Ich beschloß zu frühstücken und dann sofort Holzsammeln zu gehen. Ich schüttelte meinen mir zustehenden kleinen Anteil aus dem Früchtepaket und dann, in einem blinden Augenblick rücksichtslosen Elends, stieß ich meine Hand tief in das Paket, grub einen gewaltigen Klumpen Früchte aus und stopfte ihn schamlos in meinen Mund. Ein Stück einer grünen Glacé-Frucht und eine Rosine fielen in den Sand. Eine kleine Eidechse, die mein Verbrechen mit flachen Augen beobachtete, machte eine Bewegung, als wollte sie sich auf diese zu Boden gefallenen Kostbarkeiten stürzen. Ich schleuderte eine Ladung Sand über sie, klaubte die Früchte selbst aus dem Dreck und fügte sie dem torfähnlichen Klumpen in meinem Mund hinzu. Wieder fuhr meine Hand in das Paket und schaufelte eine weitere Portion heraus. Auf dem Boden waren jetzt nur noch ein paar Fruchtstücke für G.s Frühstück übrig. Ich hörte Geräusche

vom Zelt und hätte mich beinahe übergeben, als ich die ganze noch in meinem Mund befindliche Masse runterwürgte.
Die folgenden Momente waren so mit Spannung angefüllt, daß ich zu platzen glaubte. Die volle Bedeutung meiner Tat traf mich, und ich wartete darauf, G. alles gestehen zu können. Wie konnte ich? Wie konnte ich, ausgerechnet *ich,* etwas Derartiges tun? Ich, die so strikt, so diszipliniert, so asketisch war? Ich brauchte G. nichts mit Worten zu gestehen. Anscheinend verriet mein Gesicht alles — und als ich dann schließlich den Mund öffnete, um etwas zu sagen, breitete sich ein schreckliches Lächeln über seine Züge aus: «So, so», sagte er. «Wie ich sehe, hast du bereits gefrühstückt.» Natürlich waren meine Zähne eine einzige Ansammlung schwarzer Fruchtschalen.
Die Schuldgefühle wegen dieser Episode verließen mich das ganze Jahr über nicht. Die Tatsache, daß ich mich strafte und geradezu absurd überkompensierte, indem ich G. das gesamte zweite Paket gab und mich weigerte, auch nur eine Frucht anzurühren, war ohne Belang. Hätte ich das Kommando über eine Gruppe von Leuten gehabt, die von zugeteilten Notrationen lebten, und einer von ihnen hätte das getan, was ich getan habe, ich hätte ihn erschießen lassen.

Nach anfänglich schmerzhaftem Flickwerk begannen die Nächte im Zelt auf Tuin ihre eigene kleine Welt zu formen. In der Sicherheit dieses winzigen Terylene-Rechtecks begaben wir uns miteinander mit geschlossenen Augen auf Reisen der Erinnerung oder träumten verschwommene Zukunftsträume. Ich hörte gern Geschichten aus G.s Kinderzeit. Er erzählte mir, daß sein Leben als Sohn eines Chauffeurs auf dem Landsitz von Lord und Lady Duthie in vieler Hinsicht idyllisch gewesen war. Als kleiner Junge spielte er auf dem Hof und durchstreifte den Landsitz, als würde er ihm gehören. Mit seiner Mutter ging er gelegentlich hoch zum «großen Haus» zum Kochen, wenn der Koch seinen freien Abend hatte; in der Küche machten all die Dienstmädchen ein großes Getue um ihn. Wenn sich das Personal zum Essen an den Küchentisch setzte, suchte er sich still und ruhig die richtige Position aus, beiläufig mit einem kleinen Auto spielend, von wo aus er faszinierende Blicke auf weiße Schenkel und Strumpfhalter über den schwarzen Strümpfen der Mädchen erhaschen konnte. Daheim, wenn er sicher war, allein zu sein, blätterte er den Versandkatalog seiner Mutter durch und hielt gefesselt inne, wenn er zu der Seite mit der Damenunterwäsche kam. Unterhielt er sich nicht auf diese Weise, so war er mit seinem Bruder unterwegs und schoß Tauben mit einer selbstgebastelten Schleuder; später dann verbesserte er sich zu einem Luftgewehr, mit dem er Hasen und jagdbare Vögel schoß. Er besaß eine zahme Elster, die so an ihm hing, daß sie den Unterricht in der Dorfschule störte, indem sie an das Fenster hackte und darauf wartete, daß er herauskam. Außerdem hatte er ein Frettchen namens Charlie, das seine warmherzige Mutter in Angst und Schrecken versetzte, als es einem kleinen Jungen, der zum Tee gekommen war, glatt die Backe durchbiß. G. sagte, der Junge hätte selbst Schuld gehabt, denn er hätte ihm befohlen, mucksmäuschenstill zu bleiben, als er ihm Charlie ins Genick setzte.

Es war die warme, ländliche Häuslichkeit in all dem, die mich faszinierte. «Weiter», pflegte ich zu sagen, während wir im Zelt, so fern jeder anderen Welt, lagen. «Erzähl mir mehr, sag mir, was du an den Wochenenden gemacht hast.» Er beschrieb die sonntäglichen Familienversammlungen: zuerst der große, traditionelle Lunch nach der Kirche, den er haßte und vor dem er sich so bald wie möglich drückte, und dann kam die Institution der Woche, der Sonntagstee. Entweder erschienen alle Onkel und Tanten in seinem Haus, oder die gesamte Familie trabte zu einem der ihren hinüber. Da wurde stets gewaltig aufgetischt; jede Schwester oder Schwägerin versuchte die anderen zu übertrumpfen. Schinken, Gurken und Tomaten aus dem Garten, selbstgebackene Kuchen, Konfitüren und Biskuitaufläufe und noch viel mehr. G. beschrieb das Essen bis ins letzte Detail und in meiner Phantasie nahm ich mir von jedem doppelte Portionen.

Sein älterer Bruder wurde zum Held der Familie, als er direkt nach Schulabschluß zum Militär ging. Kam er von irgendeinem fernen, romantisch klingenden Land auf Urlaub, dann wurde er wie ein Held empfangen. G. dachte ernsthaft daran, sofort nach der Schule ebenfalls einzutreten, arbeitete aber erst noch eine Weile auf dem Land, bevor er schließlich seine Entscheidung traf. Zu der Zeit waren die Duthies schon verstorben und G.s Familie war in die Stadt Aylesbury gezogen. Er sagte, nach Schließung des Landsitzes wäre sein Vater nicht mehr derselbe gewesen, doch seine Mutter, stets emsig, widmete sich ihrem

Haushalt und der Bequemlichkeit ihrer drei Söhne, wann immer sie anwesend waren.
G. erzählte mir, daß es zu jener Zeit immer noch viel Aberglauben und Ängste vor dunklen und unbekannten Mächten in den kleinen Dörfern gab. Messer wurden über Türschwellen gelegt, die Schneide nach außen gerichtet, um das Böse abzuwehren, wenn eine fremde Zigeunerin durch das Dorf kam; ein Vogel im Haus bedeutete den sofortigen Tod eines Familienmitglieds. G. bekam schrecklichen Ärger, als er eines Tages zwei junge Eulen in die Küche seiner Mutter schleppte, möglicherweise aber mehr wegen der vielen herumfliegenden Federn als aus Angst vor böser Vergeltung. Außerdem fiel eine ungeheure Beschäftigung mit dem Tod und den ihn umgebenden Ritualen auf. Anders als in der «upper class», wo man die Toten, kaum daß sie ihren letzten Schnaufer getan hatten, in die Familiengruft beförderte, war es Sitte bei Leuten wie G.s Eltern, die Leichen im Wohnzimmer aufzubahren. Dort lagen sie dann, die Gesichter häufig unbedeckt, damit alle Verwandten noch einen letzten Blick auf sie werfen konnten. Als kleiner Junge grauste G. vor diesen «letzten Ehrerweisungen» mehr als vor allem anderen, und weil fast alles, was mit dem Tod zu tun hatte, über die Kirche abgehandelt wurde, bekam er bald eine anhaltende Abneigung gegen sämtliche religiösen Rituale.
Am stärksten aber vermittelte G.s Beschreibung seiner Kindheit und Jugend die Fülle und Schlichtheit eines Lebens, dessen Grundfesten sicher im Klassensystem verwurzelt waren. Niemand wurde von G.s Mutter und ihren Freundinnen mehr verachtet als jemand, der sich «über seine Klasse» zu erheben versuchte.
Das alles schien sehr weit entfernt von meinen Kindheitserinnerungen an Klavierstunden, Käsetoast oder Sardinen nach der Schule, Reitstunden am Samstagmorgen im Bushy Park und Bildern von Daddy, wie er «interessante» Fotos des Au-pair-Mädchens machte. Zu meiner Zeit schien niemand seinen Platz genau zu kennen.
G.s Kindheitsgeschichten erweckten in mir wunderbare Vorstellungen, und ich wurde nie müde, sie zu hören. Genauso unterhaltend und interessant war die Welt des Armeelebens mit Anekdoten aus fünf Jahren Militärdienst, die G. vor mir ausbreitete. Einen beträchtlichen Teil dieser Zeit war er in Korea stationiert. Er war zum erstenmal im Ausland, ein muskulöser

junger Bauernbursche mit deutlichem Buckinghamshire-Schnarrton und einer Vorliebe für Seidenunterwäsche, die er nie mehr verlor.

In der Armee begann G. zu lesen und sich für Dinge zu interessieren, die über den Horizont seiner Dorfherkunft hinausgingen. Er wurde auf einen technischen Lehrgang geschickt und qualifizierte sich als Ausbilder für elektronische Geräte. Universitätsabsolventen und andere gehörten zu den Kumpeln, mit denen er in Singapur und Tokio herumhurte. Er berichtete mir von endlosen Nächten, in denen er in der kalten Finsternis Drähten nachspürte, als er beim vorgeschobenen Beobachtungsposten Dienst tat und von seiner Zeit in Deutschland beim Fallschirmjägerregiment. Als er die Armee verließ, belegte er einen Kurs für Steno und Schreibmaschine am Slough College, und danach machte er den ersten Schritt in die Welt des Journalismus; er fing bei kleinen Regionalblättchen an und arbeitete sich allmählich bis zu einem Job in der Fleet Street hoch.

Weit weniger interessierten mich die Geschichten, die mit dem Satz begannen: «Als ich Geld hatte ...» oder «Als ich meinen Jaguar hatte».

Alle unsere Unterhaltungen und Erinnerungen waren Reisen weg von der Insel. Fluchten von unserer Zuflucht. Manchmal spielten wir ein Wortspiel, «Botticelli», ehe wir einschliefen, bei dem man sich eine bekannte Persönlichkeit ausdachte, und der andere mußte dann raten, wer man war, indem er durch eine Reihe von Fragen andere Berühmtheiten, die mit dem gleichen Anfangsbuchstaben begannen, eliminierte. Trotzdem blieben aber immer noch viele, viele Stunden in jenen Nächten, in denen ich einfach keinen Schlaf finden konnte, selbst wenn keine Feindseligkeit zwischen uns herrschte:

Tagebuch

Fast Vollmond in diesen letzten Nächten, hinter windgepeitschten Wolken, die die blassen Sterne, eingebettet in das Samtschwarz dahinter, verdunkeln. Das seltsame Licht, das schnelle, zerklüftete Schatten wirft, macht mich rastlos. Ich krieche hinaus und hocke mich unter einen Baum. Silhouetten zotteliger Schraubenpalmen peitschen ihre spitzen Wedel wie Speichen zerbrochener Regenschirme durch die Luft.

Moskitos stechen. Es ist zu dunkel zum Lesen. Ich kann nur ins Zelt zurückgehen, mich hinlegen und warten und auf Schlaf und Regen hoffen.

Bei Tag hatten wir noch ein paar andere Zerstreuungen, die nicht direkt mit physischem Überleben zu tun hatten. Da war meine Flöte. Von Zeit zu Zeit erklangen die zarten Töne von Saties *Trois Gymnopédies,* zögernd in die Stille des Inselinneren geatmet, ein sehnsüchtiger Ruf zurück zu alten Zeiten und anderen Menschen. Angestrengt übte ich im Camp *Frère Jacques* und *The Christmas Tree,* aber die Hingabe schwand, als mein magerer Körper darum kämpfte, die Atmung zu kontrollieren, was ich ohnehin nie richtig beherrscht hatte; grüner Schimmel und die Feuchtigkeit rafften meine arme Flöte schließlich dahin. Ich hatte gehofft, mir selbst soviel beizubringen, daß ich ein paar Tuin-Melodien zustandebringen konnte, aber soweit kam es nie. Nach ein paar Monaten hörte ich ganz auf zu spielen, aber manchmal sang ich, eine einsame Wanderin, vor mich hin. G. sang gern. Schnell schluckte ich meine frühere Abneigung gegen «volkstümliche» Melodien herunter und lernte bald die Texte aller Songs, die man ihm bei der Armee beigebracht hatte, zusammen mit der zuckersüßen Traurigkeit einiger Country- und Western-Balladen. Ein moderner Captain Bligh, ausgesetzt in dieser Wasserstraße, wäre vielleicht durch lebhafte Wiedergaben von *Lili Marlen* und *The Lavender Cowboy* unterhalten worden, während er an unserer Insel vorbei in die tropische Nacht trieb.
Wir besaßen eine Bücherkiste. In England hatte ich die Bücherborde meines Zimmers geräumt und meine sämtlichen Bücher zu den örtlichen Ramschläden gebracht, bis ich sie alle für mindestens 10 Pennies pro Exemplar los war. Das war eine ziemlich herzlose Art, sich so vieler guter alter Freunde zu entledigen, aber sollte ich sie je unbedingt wiederhaben wollen, so ließ sich das ja bewerkstelligen. Ich behielt lediglich ein kleines Wörterbuch Französisch—Englisch und die beiden Bände *Griechische Mythen* von Graves. Unerwartet bekamen wir in Brisbane ungefähr zwanzig Bücher geschenkt, eine ziemlich beliebige Auswahl, die vom *Wörterbuch der physikalischen Wissenschaft* bis zur Gedichtanthologie reichte. Es gab einige Bücher zur Identifizierung von Fischen, Vögeln und Pflanzen, aber insgesamt fanden wir sie enttäuschend; stets blieben Zweifel, ob

die Zeichnungen und farbigen Darstellungen wirklich den Kreaturen oder Pflanzen ähnelten, die wir zu identifizieren suchten. Die paar Romane verschlang ich an Tagen, an denen allgemeine Apathie die Atmosphäre von Tuin vergiftete. Sie schenkten mir vorübergehende Flucht, weg von G. und der Insel, aber nach ihrer Lektüre stellte ich fest, daß meine Wünsche nicht größer geworden waren. Wir besaßen eine Bibel, aber keiner von uns wurde ein Opfer der Bibelsitzungen, die Defoe seinem Helden verpaßte.

An den Tagen, an denen G.s Beine ihn daran hinderten, etwas anderes als ein bißchen Gärtnerei zu betreiben und er stundenlang zusammengerollt im Schatten lag, versuchte er ab und zu die Langeweile der Unbeweglichkeit erträglich zu machen, indem er zu einem Buch griff, aber er konnte sich, wie allgemein üblich in so einem Zustand der Apathie, nicht lange konzentrieren. Manchmal munterte ich ihn auf, indem ich ihm die Storys, die ich in Becketts *More Pricks Than Kicks* gelesen hatte, in meinen eigenen Worten nacherzählte, ebenso wie die Geschichten von Maupassant wie *Boule de Suif.*

Als Gegenleistung schilderte er mir in allen gräßlichen Einzelheiten die Handlung des Films *Jaws* und Ira Levins *The Stepford Wives*.

Im Laufe der Wochen verlor die Bücherkiste für mich ihre Anziehungskraft, obwohl ich von Zeit zu Zeit immer noch glaubte, ein bißchen «Flucht» nötig zu haben:

Tagebuch

Nach unserem Lunch aus Kokosnußfleisch und Peepa-Saft hatte ich vorgehabt, eine Weile «fern» der Insel zu verbringen und mich vorübergehend durch die Seiten eines Buches in eine Welt mit anderen Menschen zu versetzen. Für so was habe ich ein schattiges Lieblingsplätzchen. Ich wählte ein futuristisches Werk, das auf wissenschaftlichen Fakten basierte. Einer dieser dicken Paperbackbände, wo jede Seite eine Botschaft für die Menschheit verkündet. Voller Interesse las ich die Einleitung; es war alles andere als Quatsch, aber die diskutierten Probleme existierten nicht auf Tuin. Überbevölkerung, Waffensysteme, Medien ... Bald schon vereinnahmte mich die Insel erneut, körperlich und geistig, und beanspruchte meine gesamte Aufmerksamkeit. Ich mußte erkunden, wandern, nackt und zeitlos und warm sein, mußte den Himmel nach Anzeichen von Regen absuchen, den Boden und die Bäume nach Sachen, mit denen sich unsere Mägen füllen ließen, ich hatte keine Zeit, darüber hinaus zu sehen, ich mußte mich um meine unmittelbare Umgebung kümmern.

Ich marschierte in ein Gebiet von Tuin, das noch nicht gründlich erforscht war. Hier drängten sich die Bäume dicht und hoch zusammen, auf rauhem, felsigem Terrain, mit struppigem Unterholz bewachsen, das einem die Haut aufriß. Ich stieß auf drei Kapokbäume, mit leuchtend gelben Blumen bedeckt. Ich mußte schieben und kriechen, bis ich nah genug heran war, um an den Blüten riechen zu können, ein unglaublich flüchtiges Parfüm, das sich fast in der salzigen Luft verlor. Ein Stück weiter blockierte ein gewaltiger, vom Sturm gefällter Baum meinen Weg. Er reckte seine kräftigen Wurzeln in alle Richtungen, das Leben in diesem hingestreckten Riesen weigerte sich aufzugeben. Obwohl von Hunderten von Ranken gefesselt und gewürgt, von Eidechsen bevölkert, von Wespen, Ameisen und allen möglichen zerstörerischen Parasiten angefressen und als Heimstatt benutzt, lebt der Baum und treibt neue Blätter an zarten Zweigen, die sich dem Licht entgegenkämpfen.

Aus den Wäldern stieg ich zum Strand hinunter. Die Geräusche des Meeres, inzwischen so vertraut wie der Wind, die Sonne und der Anblick anderer ferner Inseln, sangen in mir, hielten Körper, Geist, alles eine Einheit, auf Tuin fest. Heute werde ich nicht noch einmal zu «flüchten» versuchen.

Irgendwann suchte sich G. eine Hauptzerstreuung. Vor Jahren hatte er in Italien das Exposé für einen Science-fiction-Roman geschrieben. Das holte er nun hervor, schleppte seine alte Schreibmaschine in den Schatten und fing an. Ich hatte nie das geringste Interesse für Science-fiction gehabt, aber da ich guten Willen zeigen und ihn ermutigen wollte, gewöhnte ich mir an, jedes fertige Kapitel durchzusehen und kleine Vorschläge zu machen. Er wußte das zu schätzen, und für eine Weile wurde es abendliche Routine, daß er mir seine Tagesproduktion zeigte. Ich war zwar erfreut, G. glücklicher und mit etwas beschäftigt zu sehen, es beunruhigte mich aber gleichzeitig auch, daß er so viel Zeit «fern» von unserer Insel verbrachte. Dadurch schien die Möglichkeit, daß er eines Tages genauso tief wie ich in der Welt von Tuin versinken würde, immer weiter zurückzuweichen. Aber wenn eine Frau ihren Körper nicht mit einem Mann teilen will, wie kann sie dann erwarten, daß er ihre Begeisterung für ein paar Gramm Sand und eine Menge Meer und Himmel teilt?

Tagebuch

Die Farbpalette reicht heute von einem üppigen Meerestürkis bis zu einem lebhaften Purpur nahe am Horizont, wo die Tiefenströmungen der Arafura- und der Korallen-See aufeinandertreffen. Der Himmel ein strahlendes Vergißmeinnichtblau, das zwischen riesigen, schneeigen Wolken zu einem zarten Violett verschmilzt. Die Luft ist warm mit aufkommendem Südostwind.

Auf dem Weg hierher zu meinem Schreibfelsen stoppte ich, um den rührenden Kampf eines Einsiedlerkrebses zu beobachten, der versuchte, sein zu großes Haus in die schnell zurückweichende Flut zu schleppen, ehe er an dem heißen, tödlichen Strand zurückblieb. Er schien so verzweifelt und entschlossen, und doch war seine Aufgabe völlig hoffnungslos. Die öden Korallenstrände sind das Totenbett für viele kleine Meereskreaturen; für andere Geburtsort und Kindergarten.

In der Biegung von Long Beach, wo der goldene Sand endet und die Korallenebenen beginnen, gibt es eine kammartige Bank kleiner Muscheln. Meine Füße stören hier mit weichem, scharrendem Geräusch. Manchmal sitze ich in einer runden Ausbuchtung von Muscheln und vergrabe meine Hände in den blaßfleckigen Massen überall um mich herum. Die Krümmung im Ufer liegt geschützt. Ich könnte einfach so sitzenbleiben und darauf warten, daß die Geräusche, die ich erzeuge, verklingen und nur Hitze und Stille zurückbleiben. Gelegentlich ist ein scharfes Knacken oder Ploppen von den Korallen zu hören, oder eine Molluske schnappt zusammen, oder ein vorbeifliegender Vogel läßt eine Muschel fallen. Diese Vögel kreischen ihre Anwesenheit nicht heraus, sie sind keine lärmende Menge und oft für sich allein. Ich habe

festgestellt, daß vollkommene Stille das Leben der Insel besser enthüllt als irgendein Streifzug.
Auf den ersten Blick scheint Tuin auf dieser Seite windgepeitscht, trocken, schalenartig und schroff bei Ebbe. Die Korallengärten sind nicht schön. Ihre grauen, knochigen Flächen breiten sich in flachen, kräuseligen Falten aus, bis hinunter, wo eine gelbliche Schaummarkierung den Beginn der Unterwasserriffs anzeigt. Aber überall ist Leben und Tod. Weit entfernt am Rande des Wassers erkenne ich gerade noch die zierlichen, emsigen Bewegungen von kleinen beigefarbenen Vögeln mit langen, schmalen Schnäbeln, die kreuz und quer durch die Gegend picken. Was wie ein weißer Klecks auf einem Felsen ausschaut, löst sich plötzlich und steigt langsam mit schlanken Flügeln in den Himmel, die Beine baumelnd, den Hals vorgereckt.
Ich kann mich nun entspannen, weil der wichtigste Teil der Tagesarbeit getan ist: die Sicherstellung einer Abendmahlzeit. Heute morgen direkt nach dem Frühstück habe ich zwei Papageifische gefangen, und G. benützte einen der Köpfe als Köder für die Haileine. Das Biest, das er fing, war entweder ein Grauhai oder ein Zitronenhai.

Ich erinnere mich an diesen Hai. Er brauchte eine Ewigkeit zum Sterben. G.s Haileine war eine bunte Angelegenheit aus grellgelber Plastikwäscheschnur, einem Geschenk in letzter Minute von Freunden in Brisbane, und einem blaugestrichenen Metallkleiderbügel. Die Plastikhülle um die Wäscheleine war ein Vorteil, weil man sich damit die Hände nicht so schlimm wie bei einem Seil verbrannte.
G. fing diesen speziellen Hai am Strand direkt vor dem Camp. Er watete ein paar Meter ins Wasser und warf die Leine mit dem Köder aus. Innerhalb von zwei Minuten hing der Hai dran. Ich hatte erwähnt, daß sich hier einer herumtrieb, als ich vor dem Frühstück schwimmen gegangen war.
Als der Hai schließlich geruhte, seinen Geist aufzugeben, standen wir dem Problem gegenüber, was wir mit ihm anfangen sollten. Der Leib war zu schwer, als daß wir ihn den ganzen Weg bis zum Camp hätten zerren können, also hackte G. auf der Stelle sechs gute Steaks heraus. Es schien eine Sünde, den Rest des Fleisches zu verschwenden; wir kamen überein, es im Winde trocknen zu lassen. Mit Hilfe der Machete hackte, drehte

und riß G. den Kopf ab, während ich mit den Steaks zum Camp zurückging, um sie für ein paar Stunden in Essig und Salz und Pfeffer zu konservieren. Diese Gebrauchsartikel neigten sich schnell dem Ende zu, deshalb war es wichtig, daß sich das Windtrocknen als Erfolg erwies. Den Haikopf wollte ich der Zähne wegen; vergrub ich ihn für eine Weile im Sand, so dachte ich, dann würden die Insekten das gesamte Fleisch abfressen. Aber die Ameisen von Tuin, so hartnäckig und aufdringlich, wenn es um unsere eigenen Nahrungsmittel ging, bekundeten nicht das geringste Interesse an dem Haikopf. Als ich ihn ein paar Wochen später wieder ausgrub, schien er überhaupt nicht angerührt worden zu sein. Der Verwesungsprozeß, der eingesetzt hatte, brachte mich von der Idee ab, ein Halsband oder ein Armband daraus zu machen.

Das Haifleisch zu zerschneiden und aufzuhängen war eine erfreuliche gemeinsame Anstrengung. Die Überreste des Hais warfen wir ins Meer zurück, damit sie von seinen Brüdern gefressen werden konnten, und schleppten große Fleischklumpen in den Schatten des Eine-Pflaume-pro-Tag-Baumes, wo wir es uns mit Messern, Schnüren und bereitstehendem kaltem Tee gemütlich machten. Mit den Haisteaks, die nur darauf warteten, gebraten zu werden, und all dem Fleisch, das als Notration aufbewahrt werden sollte, kamen wir uns reich vor.

G. besorgte das Schneiden, während ich Löcher in die Fleischfetzen bohrte, die aus Versuchsgründen verschieden dick waren, und schlang um jeden einen alten Lappen oder ein Stück Schnur. Dann knüpfte ich sie an der Wäscheleine auf und trat einen Schritt zurück, um die Wirkung zu bewundern. Aus Fehlern lernt man, und Übung macht den Meister. Die erste Leine war nicht unbedingt ein überzeugender Erfolg. Zuerst mußten wir feststellen, daß trotz unserer Vorsichtsmaßnahme, die Stützpfosten der Wäscheleine in Salzwasser zu tränken, die Ameisen immer noch einen Weg zu den Fleischstreifen fanden. Ich begriff nicht, wie sie das schafften, bis ich einen dünnen Zweig bemerkte, der von einem Baum in der Nähe bis zur Leine herunterhing. Die raffinierten kleinen Ameisen waren den ganzen Baum hochgeklettert und standen am Ende des Zweiges Schlange, bis sie sich auf die Trockenfischleine fallen lassen konnten. Wir bereiteten dem ein Ende, indem wir mit der ganzen Leine zum Strand zogen, wo die Fischstreifen ungestört hängen konnten und von Sonne und Wind gleichzeitig getrock-

net wurden. Das andere Problem, dem wir uns gegenübersahen, ließ sich nicht so leicht lösen.
Ungefähr zur gleichen Zeit, als wir anfingen, Hai in großen Mengen zu fangen und zu essen, bekam G. einen unangenehmen Ausschlag an den Händen. Auf Cocos Island hatte er das schon einmal gehabt; ein Doktor hatte Haifleisch als mögliche Ursache dieser Allergie diagnostiziert und ihm empfohlen, die Hände trocken zu halten und jeden Hautkontakt mit rohem Fleisch oder Fisch zu meiden. Das brachte uns doppelte Schwierigkeiten ein. Zum einen waren unsere Anstrengungen, das Haifleisch zu trocknen, ziemlich überflüssig, wenn G. das Endergebnis nicht essen konnte, und zum anderen kam das gewöhnliche Fischen mit der Angelschnur für ihn nicht mehr in Frage, bis der Ausschlag geheilt war. Nach langen Mühen und vielen Irrtümern sollten wir schließlich entdecken, das lediglich das Fleisch des Zitronenhais den Ausschlag auszulösen schien; der Hai mit der schwarzen Rückenflosse, der ebenfalls häufig an unserer Küste vorkam, löste keinerlei Beschwerden bei ihm aus. In der Zwischenzeit aber mußten wir andere Nahrung suchen.
Eine der Geschichten, die G. mir aus seiner Kindheit erzählt hatte, drehte sich um den jährlichen Familienausflug ans Meer. Stets wurde dabei im Auto ein großer Beutel mit frisch gesammelten großen Meeresschnecken zurückgebracht. Es war Vaters Aufgabe, die Schnecken mit einer gebogenen Nadel herauszupicken, nachdem Mutter sie gründlich auf dem Ofen gekocht hatte. Und so warf Margate seine Schatten sogar noch auf Tuin. Nördlich vom Camp, in der Gegend des Lehnstuhlfelsens, gab es jede Menge winziger grauer und schwarzer Schnecken. Wir sammelten fürs erste einen Feldkessel voll. Ich machte den Fehler, diese Ladung im Allzweckkessel zu kochen. Danach mußte ich ihn stundenlang einweichen und mit körnigem Sand schrubben, um den Gestank loszuwerden. Bei zukünftigen Gelegenheiten benützte ich den tassenförmigen Schöpfer zum Kochen von Meeresschnecken. G. saß an dem aus Brettern und Fässern gebauten Tisch, der mittlerweile zu einem festen Bestandteil unseres Lagers geworden war, und kratzte die winzigen Fleischstückchen mit einer Sicherheitsnadel heraus. Es war ein mühseliger Job. Er ließ die Schnecken in eine Essigpfütze am Boden seines rostfreien Geburtstagskelches fallen, den wir stets dann benutzten, wenn wir die weniger schmackhaften Austernsorten

eine Weile aufbewahren wollten, da die schmale Form des Kelches dafür sorgte, daß kein wertvoller Essig verschwendet wurde.
Während ich die Schnecken herauspickte, kochte ich eine Fünftel Tasse Reis, fügte eine Handvoll Mungobohnensprößlinge hinzu, wenn er fast fertig war. Die Bohnen waren ein voller Erfolg; wir weichten sie ein und kochten sie dann ganz, oder wir ließen sie mit einem Tropfen Trinkwasser in einer Muschelschale ein paar Tage treiben. Als Experiment pflanzte ich mehrere Reihen davon, und sie schienen angesichts der trockenen Verhältnisse prächtig zu gedeihen.
Genügend Schnecken für eine Hauptmahlzeit herauszuklauben dauerte einen ganzen Nachmittag. Dabei redete G. unaufhörlich. Die Antipathie, die uns seit Brisbane beharrlich begleitet hatte, kam nun weit weniger deutlich zum Ausdruck. Es hatte ein paar harte Meinungsverschiedenheiten gegeben, Elend auf beiden Seiten, aber nun waren wir schon lang genug unter dem Himmel von Tuin zusammen, so daß sich auf beiden Seiten eine Art Verständnis für den anderen entwickelt hatte. G. war in meiner Gegenwart nun entspannt genug, um über Sachen zu sprechen, die ihm viel bedeuteten. Tut das jemand, der nach außen hin so «rauh» wie G. ist, erscheint das wie ein Geschenk. Er faßte seine Gefühle recht gut in einem Satz zusammen: «Na ja, Lu, du bist ein verdammtes Miststück, weil du nicht vögeln willst, aber ich denke, in allen anderen Punkten bist du o.k.»
Schon bei mehreren Gelegenheiten hatte er gemeint, er hätte nie jemand getroffen, der so darauf aus war, ihm eine Freude zu machen. Er bezog sich damit auf die kleinen alltäglichen Dinge: Wie ich beispielsweise keine Anstrengung scheute, um sicherzugehen, daß sein Tee nicht verräuchert war, oder daß ich ihm ein Kopfkissen aus Gras schnitt, wenn er mich auf einem Spaziergang begleitete und unterwegs eine Ruhepause brauchte, und daß ich ihn daran erinnerte, beim Fischen seinen Hut zu tragen, weil ich wußte, daß ihm von zuviel Sonne schlecht wurde. Diese Dinge waren für mich selbstverständlich, und trotzdem schienen sie ihn zu rühren und zu überraschen. Wir hatten sogar ein Stadium erreicht, wo wir Witze über Annäherungsversuche machen konnten, ohne daß die alte Bitterkeit aufbrach.
Ein Thema, das G. sehr am Herzen lag, waren seine drei Söhne. Mit gesenktem Kopf, so daß ich seine Augen nicht sehen konnte, über den Schnecken sitzend, erzählte er von dem Bau-

ernhaus, das er in Wales gehabt hatte, und den glücklichen Zeiten, die er dort mit den Jungs und ihrer Mutter verlebt hatte, bevor die Dinge sich in die falsche Richtung entwickelten. Seine Beschreibungen des Lebens in Wales erzeugten in mir nostalgische Gefühle über Schottland, wo ich aufgewachsen war. Irgendwo in den Kammern meines Gedächtnisses fand ich die Worte einer weisen schottischen Ballade, in der es um das Sammeln von wildem Bergthymian ging. Die sehnsuchtsvolle Schlichtheit dieser Melodie, auch wenn sie mit zitternder, untrainierter Stimme gesungen wurde, schien unsere Stimmung ziemlich gut zusammenzufassen. G. bat mich, sie noch einmal zu singen, was ich auch tat, dabei auf das glitzernde, endlose Meer hinausstarrend. Dann aßen wir unsere Schnecken.

Zu der Mahlzeit hatte ich ein erfrischendes Getränk aus getrocknetem Zitronengras bereitet. Am Tag nach unserer Ankunft auf Tuin hatte ich die Garbe duftenden Grases gepflanzt, die man mir auf Thursday Island geschenkt hatte; ich hatte die Wurzeln in den sandigen Boden direkt neben dem Bach geschoben, wo es eine Weile recht gut zu gedeihen schien. Als das Wasser im Teich immer weniger wurde, begann das Zitronengras unheilverkündend zu hängen, also schnitt ich es bis dicht auf die Wurzeln runter und breitete die langen Gräser in der Sonne zum Trocknen aus. Als sie braun und spröde waren, band ich sie zu einer Garbe zusammen und hängte sie unter ein flachgehämmertes Stück eines Benzinfasses. War uns mal nach einer Abwechslung vom gewöhnlichen Tee — und um unser einziges Paket zu strecken —, so schnippte ich zwei oder drei Teelöffel Zitronengras ab und machte aus der Ecke meines orangenen Sari-Streifens eine Art Teebeutel. Ließ man die Blätter eine Weile im heißen Wasser baumeln, so gaben sie ihr köstliches Aroma an das Wasser ab. Auch kalt schmeckte es ausgezeichnet.

Um für Abwechslung zu sorgen, während G.s Hände heilten, sammelte ich einige der grünlich-schwarzen, schneckenförmigen Muscheln, die in den Mangroven der Krokodilbucht vorkamen. Allerdings hatten wir damit kein Glück. Im kochenden Wasser sickerte das Fleisch, normalerweise schmutziggelb, häßlich grün heraus.

«Ich ess' diese gräßlichen Rotzklumpen nicht», sagte G. In Zukunft hielten wir uns weiter an die gewöhnlichen kleinen Schnecken.

Ein Fisch, der uns getrocknet recht gut schmeckte, war der Umberfisch oder «Wahoo». Wenn wir mal einen davon einholten, was selten genug vorkam, schnitt G. das Fleisch, das wir nicht sofort verbrauchten, in dünne Streifen, und ich hängte es auf die Leine. Nach ungefähr einem Tag in der heißen Sonne war es fertig zum Essen. Es gab eine köstliche, nahrhafte Zwischenmahlzeit ab und schmeckte auch noch, wenn man es wieder mit etwas frischem Wasser versetzte und mit ein paar zerhackten Spaghettifäden zu einem Stew verarbeitete. Unsere Vorräte waren so gering, daß ich im wahrsten Sinne des Wortes manchmal Fäden oder einzelne Körner benutzte, um eine ansonsten nur aus Fisch bestehende Mahlzeit zu strecken.
Nach einer Woche hatte sich der Zustand von G.s Händen stark gebessert, nachdem er sie vom Wasser ferngehalten hatte. Für eine Weile konnte er seinen normalen Fischfang wieder aufnehmen. Mittlerweile wußten wir haargenau, wie zu jedem Zeitpunkt von Ebbe und Flut der Wasserstand am ersten Fischfelsen war und wo sich die Fische befanden. Auf meinen Wanderungen ins Innere hatte ich einen Zugang zu unserem Felsen gefunden, selbst wenn die Krokodilbucht unter Wasser lag. Stand die Flut sehr hoch, so mußten wir einen langen Umweg durch einen grünen, ameisenverseuchten Inselteil machen. Das nahm soviel Zeit in Anspruch, daß wir nicht ins Camp zurückkehrten, wenn wir morgens nichts fingen, sondern in der Nähe des Felsens blieben, bis ein Gezeitenwechsel die Fische wieder zum Felsen brachte. Den heißesten Teil des Tages verdöste G., und ich vertrieb mir die Zeit damit, unter den hohen Palmen der Palmbucht zum Himmel hochzuschauen oder ein Stück weiter zu schlendern, wo sich gut schwimmen ließ.
Verständlicherweise hatte G. es nicht gern, wenn ich weit hinausschwamm. Er hatte seine eigene Art, mich wissen zu lassen, daß er sich um mich sorgte: Er nannte mich eine verdammte Idiotin, die sich träumerisch in Gewässern treiben ließ, in denen sich nicht nur Haie und Stachelrochen, sondern auch Seeschlangen und giftige Kugelfische tummelten. Für mich war das Wasser jedoch unwiderstehlich, und nur manchmal wurde mir bewußt, daß ich vielleicht weiter hinausschwamm als klug war. Irgendwie hatte ich aber das Gefühl, daß wir allein schon durch unsere Anwesenheit auf der Insel eine Menge Risiken eingegangen waren. Aufgrund möglicher Gefahren auf das Schwimmen zu verzichten kam mir ungefähr so vor, als würde man sich ein

schnelles Auto kaufen und nie damit fahren, weil man einen Unfall haben könnte. Weit mehr beunruhigte mich der Gedanke, einer von uns könnte eine Blinddarmreizung bekommen oder eine schwerere Verletzung erleiden, ohne jede Möglichkeit, von außen Hilfe zu holen. Das CB-Radio war ohne Antenne nutzlos, und daß eine der Leuchtkugeln, die man uns gegeben hatte, Aufmerksamkeit erregen würde — falls sie überhaupt funktionierten —, war äußerst unwahrscheinlich. Niemand war nahe genug, um sie zu sehen.

Spekulationen über Dinge, die vielleicht passieren konnten, beschäftigten uns nie lange in Gedanken oder Gesprächen. Die tägliche Wirklichkeit, mit der wir konfrontiert wurden, gab genügend Anlaß zur Sorge. Es kam die Zeit, wo die Wassersituation auf Tuin unser Leben bedrohte; uns blieben nur noch ein paar Wochen, falls wir nicht durch Regen gerettet wurden. Ohne Wasser besaßen wir nicht die geringste Überlebenschance. Im letzten Monat hatte sich unser täglicher gemeinsamer Wasserverbrauch auf weniger als einen Feldkessel beschränkt. Das Frischwasser zum Kochen war darin bereits enthalten. Wir stellten fest, daß vier Tassen, zu zwei Dritteln gefüllt und in langen Abständen über den Tag hinweg getrunken, ausreichend waren; rechnete man noch den Peepa-Saft hinzu, so waren wir noch ein gutes Stück von der Gefahr der Dehydrierung entfernt. Aber wer konnte uns garantieren, daß der Bach, jetzt nur noch halb so groß wie bei unserer Ankunft, nicht vor dem nächsten Regen ganz austrocknete? Diese Furcht verließ uns nie, doch abgesehen von G.s bereits erwähnten hoffnungsvollen Kommentaren und der Sehnsucht nach dem Geräusch des Regens, die wir jede Nacht im Zelt miteinander teilten, sprachen wir kein Wort über unsere Ängste.

Wir wußten, unser Leben würde nicht in dem Augenblick enden, in dem der Bach austrocknete. Notfalls gab es Überlebensmethoden zur Wassergewinnung, auch wenn das nur eine halbe Tasse für uns beide erbrachte. Falls notwendig, würden wir «Arizona Stills», eine Art Destillierapparat, bauen, indem wir Furchen in den trockenen Boden gruben, sie mit Wurzeln auffüllten und das Ganze mit einem Stück Plastikhülle, in der Mitte niedergedrückt, bedeckten. Ein darunter gestellter Behälter würde nach und nach die von der Hitze der Sonne von oben und der Saugkraft der Wurzeln unten erzeugten Kondensationstropfen auffangen. Diese Einrichtung konnte uns vielleicht eine

Weile vor dem Verdursten bewahren, aber für die Monate, die uns noch von der erwarteten Monsunzeit trennten, würde es keinesfalls ausreichen. Wir waren darauf vorbereitet, den Tau mit um die Fußknöchel gebundenen Grasbüscheln zu sammeln oder die Feuchtigkeit aus Pflanzen zu saugen, aber keines dieser Notprogramme würde uns angesichts der langen Zeitspanne, die wir noch überleben mußten, viel nützen. Grüne, trinkbare Kokosnüsse waren auf der Insel auch nicht in genügend großen Mengen vorhanden. Unsere ganze Existenz würde sich nur noch auf den nächsten Tropfen Wasser konzentrieren. Alle Aktivitäten, die dursterregend waren, würden auf ein Minimum zurückgeschraubt und schließlich ganz eingestellt werden müssen. Lange bevor wir verhungerten, weil wir nicht mehr die Kraft zum Fischen besaßen, würde der Wassermangel uns ein Ende bereiten.

Nun aber, wo wir in der heißen Sonne von unserem Fischfelsen unsere Leinen baumeln ließen, mager, aber nicht zum Skelett abgemagert, durstig, aber nicht wahnsinnig durstig, sexuell an einem toten Punkt angekommen, aber nicht mehr ständig deswegen streitend, da hatten wir das Gefühl, daß wir uns recht ordentlich hielten. Wir spielten «Botticelli», bis wir alle Berühmtheiten kannten, die der andere kannte, Barmusiker und Maler auf meiner Seite und von G.s Seite obskure Erfinder. Wir gaben uns einigen ungemein extravaganten Essensphantasien hin, machten oberflächliche oder sonstige Bemerkungen zum Fischen, plauderten gelegentlich oder saßen schlicht und einfach in geselligem Schweigen zusammen. Im Laufe der Monate schlichen sich immer seltener andere Leute in unsere Unterhaltungen, außer wenn G. sich an seine Jungs erinnerte, und es kam die Zeit, als er auch sie nicht mehr erwähnte.

Anspielungen auf Ex-Geliebte oder Bettpartner wurden selten gemacht; wie nahe sie einem auch in anderer Umgebung gestanden haben mochten, sie standen in keinem Zusammenhang mit Tuin. Was immer auch unsere Differenzen waren, wir beide hatten nur einander, was menschlichen Kontakt auf der Insel anbelangte, und als die Bedeutung der persönlichen Maßstäbe und das Konzept der vorausgesetzten «Rechte» dahinschwand, schafften wir einen mehr als annehmbaren emotionalen *Modus vivendi.* In der Nacht, in der es nach wochenlanger Trockenheit regnete, umarmten wir uns tatsächlich und tauschten aus purem Überschwang einen herzlichen, ungeschickten Kuß.

Tagebuch

Regen! Herrlich gurgelnder, gesegneter, reichlicher, bitte-hör-nicht-auf-Regen! Geliebter Jesus Christus und Herr im Himmel und all Ihr anderen Götter dieser Welt und der Mächte, die da sein mögen — ich danke Euch. O wunderbarster, wunderbarster, herrlicher Laut, nichts wie raus, damit es mir direkt ins Ohr tröpfeln kann!

Genau so war es. Die ganze Nacht hindurch fegte ein ungestümer Wind über Tuin und brachte ausnahmsweise fette, schwarze Wolken mit, die nicht vorübersegelten, ohne ihren Inhalt abzuladen. G. und ich erwachten im gleichen Augenblick, blieben eine Sekunde lang stocksteif liegen, und dann kam uns gleichzeitig das Zauberwort über die Lippen. Wir lagen in zufriedener Behaglichkeit da und dachten glücklich an die vielen, vielen Tassen Tee, die wir morgens trinken konnten und an den dankbaren Boden, der die Feuchtigkeit aufsaugte und unser Gemüse tränkte. Ich wollte einen Blick auf G.s Auffangsystem werfen: Ein gebogenes Stück Wellblech, von wo aus das Wasser in ein Faß lief. So schlich ich mich kurz aus dem schützenden Zelt und ließ meinen nackten Körper von Wind und Regen peitschen. Jetzt schon war ein Zwanzigliterfaß halb gefüllt. Die dunklen Wolken flogen schnell dahin, trieben den kostbaren Regen über das Meer. Ich stolperte zur Küche und vergewisserte mich, daß alle Behälter offen dastanden, um Wasser aufzufangen, einschließlich all der halben Kokosnußschalen, die ich fürs Feuer bereitgestellt hatte. Der Regen dauerte nur kurz; wieder im Zelt, hörte das gleichmäßige Tack-tack, das uns geweckt hatte, schon bald auf, aber dieser Schauer war der erste eines halben Dutzends, die in den nächsten Tagen niedergingen. Die Hoffnung für den Garten, den wir insgeheim, wie wir uns nun eingestanden, fast schon aufgegeben hatten, lebte wieder auf. Das bedeutete gleichzeitig Hoffnung für unsere Existenz auf der Insel. Bis jetzt hatten wir recht gut überlebt, auch wenn wir Gewicht verloren, Probleme mit den Beinen und emotionale Spannungen zwischen uns gehabt hatten. Alles würde gut werden.

Zweiter Teil

Fern von zu Hause

Australische Brillenpelikane

5. Kapitel
Risse

Tagebuch

Sanft streicht das Morgenlicht über die Baumspitzen. Ich gehe weit hinunter zum Strand, um einen Eimer Meerwasser zu holen. Ich bin noch nicht richtig wach und könnte noch weit weg im Reich der nächtlichen Phantasie weilen, so traumgleich ist meine Umgebung. Ich bin schon einige Zeit auf, aber das Gefühl, in einen Schlafkokon gehüllt zu sein, ist noch nicht von mir gewichen.
Ich bin damit beschäftigt, meine Füße richtig auf die sich weit vor mir erstreckenden Sandhügel zu setzen. Es wird zu einem Spiel, von einem Hügel zum anderen zu springen; ein befriedigendes Spiel, weil ich gezwungen werde, immer längere Schritte zu machen, um nicht in die Pfützen zu treten. Befriedigend, weil dieser Schritt ein Ziehen in meinem Schoß auslöst, das mir sagt, die Frau in mir ist noch nicht tot. Es gibt eine Geschichte über einen Jungen, der jedesmal, wenn er übers Pflaster ging, ein Spiel für sich allein spielte. Er durfte nicht auf die Risse oder Spalten treten, sonst würden ihn die Bären kriegen. In meinem Fall sind Krebse das Schreckgespenst. Meine Blicke sind gesenkt, konzentrieren sich auf die Schrittfolge. Weder links noch rechts noch vor mir sehe ich etwas anderes als diese Mondlandschaft gelbgrauer Hügel. Zuoberst auf einigen Hügeln sind die gespitzten Lippen des Verstecks einer muschelähnlichen Kreatur. Diese Löcher reichen tief, tief hinunter. Ich habe versucht, ihren Pfaden mit den Händen zu folgen. Fast immer sind die weißen, wie Wellhornschnecken geformten Gehäuse verschwunden. Wohin?

Mit meinen Füßen wanderte mein Geist. Als ich fünfzehn Jahre jung und endlich den wohlmeinenden Fängen der Erziehungsautoritäten entronnen war, schaffte ich es, einen Job als Affenpflegerin zu kriegen. Ich wollte damit meine eigene Ausbildung auf einem Gebiet vorantreiben, das mich besonders interessierte: tierisches und menschliches Verhalten. Unglücklicherweise zeigte sich nirgendwo das Licht, das mich leiten und mir den Weg weisen sollte. Grundsätzlich bestand mein Job darin, die Affen zu füttern und bei ihnen sauber zu machen. In meiner Mittagspause warf ich den Seehunden Fische zu und mußte als Baum herhalten, über den der Mann vom Reptilienhaus seine Zöglinge drapierte, wenn er die Käfige säuberte. Aber da ich die Affen jeden Tag sah, prägten sich mir unweigerlich gewisse Verhaltensmuster ein. Am interessantesten waren die verwirrten kleinen Exemplare, die man gerade aus ihrer natürlichen Umgebung herausgerissen und eingeflogen hatte. Nachdem sie einige Wochen lang, wie zu erwarten war, hauptsächlich Angst und Aggression gezeigt hatten, beruhigten sie sich und nahmen individuelle Muster von neurotischem Verhalten an: Muskelzucken, endloses Masturbieren, unruhiges Hin- und Herlaufen in der Zelle. Doch ein winziger Klammeraffe gab niemals auf; er entwickelte ein Verhaltensmuster, das sowohl ihm als auch mir viel Erheiterung brachte. An Wochenenden stand der Zoo dem Publikum offen. Scharenweise kamen gurrende Amerikaner und Birminghamer. Das Haupthaus der Affen war recht klein, deshalb führte ich immer nur ein oder zwei Gruppen auf einmal hinein. Wenn sie an den hübschen Diana-Affen vorbeiwanderten und die anderen niedlichen Tierchen bestaunten, begann mein kleiner Klammeraffe mit seinem Spiel. Er schob sich scheu an die Frontstäbe seines Käfigs, plapperte leise vor sich hin und winkte dem nächststehenden, größten Mann zu, der, falls ihn nicht schon diese Gesten verführten, unweigerlich bei den schmollenden Küssen dahinschmolz, die ihm mein Held nun zuwarf. Stand der Mann dicht vor dem Gitter und die ganze restliche Gruppe hatte ihm ihre Aufmerksamkeit zugewandt, so brachte sich der Affe sorgfältig in Positur und pinkelte dem Opfer genau ins Auge. Dann furzte er, machte einen Satz und tobte kreischend vor Entzücken im ganzen Käfig herum.

Ich fragte mich, ob man meine Beschäftigung mit meinen Schritten mit einem neurotischen Tick vergleichen konnte, zog es aber vor, es als Rückkehr zur kindlichen Faszination von einfachen Dingen einzustufen.

> Der komische, halb klagende Ruf des «Oh-dear»-Vogels klingt wie eine ferne Stimmgabel irgendwo im Inneren der Insel. Zum erstenmal hörten wir diesen Ruf eines Abends ungefähr eine Stunde nach Einbruch der Dunkelheit. Es fing *pianissimo* an, eine klare, deutliche Klage aus zwei Tönen. Fast augenblicklich folgte der zweite Ruf, viel lauter. Der dritte Ruf stieg in schmerzlichem Crescendo empor, ein lächerlicher *Cri de cœur,* der erste der beiden Töne ein durchdringend langgezogenes «Oooh dear»! Ich mag diesen Vogel. Am Rande des fernen Meeres füllt sich mit sanftem Plätschern mein gekippter Eimer. Das Flüstern der kleinen Wellen, hinein, hinaus. Der erwachende Tag hat sich an der stillen Morgendämmerung vorbeigeschoben. Ich möchte ganze Ozeane dieses Friedens schlucken und sie für immer in mir behalten.

Die Insel hielt mich wie ein Liebhaber in ihrem Bann. Ich war total gefangen von der Gleichgültigkeit ihres Zaubers, mir stets bewußt, daß mein weicher Körper hier der Fremdkörper war, doch als er zäher wurde und sich natürlicher im Rhythmus von Tuin bewegte, fühlte ich, daß ich allmählich mit meiner Umgebung verschmolz. Je weniger bewußt ich beobachtete, desto seltener erinnerte ich mich an die Tatsache, daß der Aufenthalt auf Tuin etwas mit einem Plan, einem Projekt, zu tun hatte, und je mehr ich einfach nur existierte, die wenigen Regeln beachtend, die Existenz erst möglich machten, desto mehr fühlte ich mich «zu Hause». Dieses Gefühl bedeutete, daß ich nicht länger ausgiebig und mit offenem Mund die Schönheiten der Insel bestaunte oder vor ihren Rauhheiten zurückzuckte. Es bedeutete, daß ich, ausgesprochen oder in Gedanken, immer weniger Vergleiche zwischen den Bedingungen auf Tuin und jenen in der «Zivilisation» zog.
Doch verschiedene, unangenehme Tatsachen ließen ein Gefühl vollkommener Versenkung nicht zu. Die offenen Wunden an unseren Beinen konnten wir nicht ignorieren. Ich hatte mehr oder weniger hingenommen, daß meine Glieder höchstwahrscheinlich nie frei von kleinen Verletzungen sein würden, solange ich auf Tuin weilte, das gehörte zum täglichen Leben wie Wasserrationierung und der Sonnenuntergang hinter Tukupai.

Aber die Wunden an meinen Beinen machten mir das Leben bei weitem nicht so zur Hölle, wie das bei G. der Fall war. Die Schwellungen seiner Fußknöchel, manchmal sogar seiner Unterschenkel, zeigten, daß sich das Gift von den tieferen Wunden auszubreiten trachtete, obwohl auch die Hitze die Schwellungen zu verursachen schien. Und nicht nur unsere Beine waren betroffen. Jedesmal, wenn ein Papageifischrücken eine Handfläche zerstach oder eine Austernschale einen Finger schrammte, wußten wir, daß eine Infektion folgen würde. Am nächsten Morgen spannte dann ein dicker, gelber Eitertropfen die Haut dort, wo die Verletzung gewesen war. Jede Tätigkeit setzte uns dem Risiko weiterer Wunden aus. G., der sich vernünftigerweise von den Korallenbänken fernhielt, die die schlimmsten Wunden verursachten, mochte sich bloß ein Stück ins Innere wagen, um nach passenden jungen Bäumchen zu suchen; unweigerlich würde dabei das eben geheilte Gewebe einer seiner Beinwunden von rauhem Gras aufgerissen, oder ein spitzer Pandanuswedel auf dem Boden zerkratzte ihn, und erneut würde die Infektion einsetzen.
Die Behandlung der Wunden wurde allein durch die Tatsache fast schon unmöglich gemacht, daß das Meer mit Korallengift förmlich getränkt war. Sonstwo in der Welt wäre ein Salzwasserbad für unsere Beine vielleicht ganz gut gewesen; hier bildete es lediglich eine Einladung für tiefe Geschwüre. Hitze und zunehmende Feuchtigkeit verschlimmerten die Verhältnisse noch, und wenn auch eine Wunde geheilt schien, war es gar nicht selten, daß ein paar Wochen später frische Eiterpusteln durch das neue Gewebe stießen. Am gefährlichsten waren die Wunden, die sich zu tropischen Geschwüren auswuchsen. Unser Arzneikoffer stand ihnen ziemlich hilflos gegenüber. Antibiotische Crèmes und Puder waren nutzlos; die Sache war bereits zu weit fortgeschritten und mußte von innen bekämpft werden. Die Packung antibiotischer Kapseln, die ich in England gekauft hatte, war schon längst dahin: trotz Silicagel und versiegelter Flasche war ihr Inhalt zu einer klebrigen Masse geschmolzen.
Es kam die Zeit, da wurden G.s Beine so schlimm, daß wir einen Weg finden mußten, wie er zum Fischfelsen gelangen konnte, ohne mit Salzwasser in Berührung zu kommen. Gleichzeitig hatte ich auch noch ein Geschwür am Knöchel, deshalb benötigten wir beide eine Brücke. Unser einziges langes, massives, wenigstens einigermaßen handhabbares Stück Holz war der un-

tere Teil der Peepa-Stange. Wir befreiten sie von ihren Verschnürungen und zerrten sie mühsam den ganzen Weg von der Krokodilbucht zum ersten Fischfelsen. Ungefähr drei Meter Wasser trennten uns von unserem Ziel. Bei Ebbe war dieser Spalt trocken; ein grobes Bett aus muschelbesetztem Felsen und zackigen Korallenbrocken. Bei Flut machten sich kreuzende Strömungen diesen schmalen Spalt zwischen Felsspitzen zu einem tiefen, wirbelnden Kanal, in dem sich Haie tummelten, die hinter Papagei- und Blaufisch her waren. G. und ich versuchten es so einzurichten, daß wir diesen Kanal bei halber Flut überquerten; auf diese Weise wäre auf der anderen Seite des Fischfelsens genügend Wasser zum Fischen, auf dieser Seite aber nicht so viel, daß wir einen gefährlichen Sturz riskierten. Vor Errichtung der Stangenbrücke mußten wir ein paarmal von unserem Felsen ins Wasser springen, um wieder ans Ufer zu gelangen. Einer von uns stand da und paßte auf, während der andere sich hinüberschaufelte. So richtig kamen wir nie dahinter, was die Haie an diesem Fleck so anzog; vielleicht mochten sie die Wasserturbulenzen.

Die Stange war rund und im Durchmesser nicht breiter als eine Kinderhand. Wir änderten ihre Lage einige Male, ehe wir mit ihrer Stabilität zufrieden waren und einen Überquerungsversuch starteten. Da es nur darum ging, Füße und Beine aus dem Wasser zu halten, setzten wir uns rittlings auf die Stange, die Beine hochgezogen, und benützten unsere Hände, um uns in sitzender Stellung über die Stange zu schieben. Jede Vorwärtsbewegung mußte so sanft wie möglich erfolgen, da die Stange sich erschreckend leicht drehte. Einmal ließ ich sie ganz herumrollen und beendete den Trip wie ein Faultier, mit dem Kopf nach unten hängend. Am besten wäre es gewesen, ich hätte einen langen Greifschwanz besessen.

Der Zustand von G.s Beinen schränkte nicht nur das Fischen und seine allgemeine Beweglichkeit ein, er spielte auch eine große Rolle dabei, daß er kaum noch den Wunsch verspürte, überhaupt etwas zu tun. Nach ermutigendem Beginn war der Bau der Schutzhütte nun zum Stillstand gekommen. An der Palmbucht hatten wir gerade genügend verrostetes Wellblech gefunden, um einen Sonnenschutz für den Platz zu bauen, wo G. an seinem Roman arbeitete. Der Ort, wo die fertige Hütte stehen sollte, war mit Sparren von schlanken Mangroven- und Gummibaumstämmchen bedeckt, die ich mit der Machete ge-

schlagen und vom Ameisenhügel und der Kokosnuß-Straße hergeschleppt hatte.
Für G. war es eine Qual, die wenigen notwendigen Schnüre für einen das Blech tragenden Unterbau festzuzurren. Als er auf einem Benzinfaß stand und die Arme über den Kopf streckte, um eine Querstange an die Gabel eines Stützpfostens zu binden, schoß ihm der Schmerz die Beine hoch. So gut es ging, versuchte ich ihm die Schmerzen zu ersparen, konnte aber die Verschnürungen nicht so fest ziehen, wie es hätte sein müssen. Anfangs war mir der Anblick des Wellblechs verhaßt, aber es würde eine Weile dauern, bis wir das Dach mit Palmwedeln gedeckt hatten. Wenigstens lenkte das Schreiben G. von seinen Beinen ab.

Ein heißer Mittag von vielen. Die Sonne brannte mit voller Kraft herunter. Ein Tag, ganz in Blau, Silber und Beige. Wolkenlos. Ein schmales, weißes Schaumband umbrandete den fernen Rand der sandigen Landzunge. Ebbe.
Ich unterhielt ein heißes, kleines Grillfeuer im kärglichen Mittagsschatten des mit allerlei Utensilien behängten Busches. Versuchsweise hatte ich das zarte, rötliche Fleisch einer reifenden Peepa ausgeschabt und grillte es nun. Der Duft, den es verströmte, war nicht sonderlich ermutigend und es sah aus wie ein Stück Schweinebacke, aber ich war sicher, es mußte gut sein, und fest entschlossen, es irgendwie appetitlich wirken zu lassen. G. war unter dem Blechdach und arbeitete an seinem Sciencefiction-Roman, sporadisch hörte ich das Ticktack seiner Schreibmaschine.
Sieben große, schwarzweiße Australische Pelikane hatten es sich angewöhnt, jeden Tag am Ende der Landzunge zu patrouillieren. Auf dem Boden verloren sie ihre Eleganz, aber wenn sie sich wie auf Kommando in die Luft schwangen, waren sie wunderbar. Jeden Tag wartete ich auf diesen Moment. Ich ließ sie nicht aus den Augen, dabei mit dem abgehackten Rückgrat eines Palmwedels die Peepa wendend. Die vor mir liegende Landschaft war mir so vertraut wie das Muster der Adern auf meinem Handrücken, und jede ungewöhnliche Veränderung der Wolkenformationen oder der weißen Linien, die das Strömungsmuster anzeigten, fiel mir sofort auf. Zwei entfernte, unbekannte weiße Formen erregten meine Aufmerksamkeit. Sie

schienen sich schnell und gleichmäßig zu bewegen, an Wia Island vorbei auf Tukupai zu.
Ich schob die Peepa aus der größten Hitze und packte den grünen Eimer. Was die Gezeiten anbelangte, war es lächerlich, jetzt Wasser holen zu gehen, aber wenn ich schon den weiten Weg machte, um mir diese weißen Objekte etwas näher anzuschauen, konnte ich genausogut ein bißchen Wasser mitbringen, um den Camptisch abzuwaschen. Ich ging langsam, genoß dabei die Festigkeit der Sandhügel. Als ich stoppte und den Blick wieder hob, sah ich gerade noch den Flug der Pelikane. Auf und davon, großartige, schwarze und weiße Schwingen, schräg geneigt, um die Aufwinde einzufangen, in perfekter Flugformation. Während sie in der Ferne entschwanden, schoben sich diese beiden anderen fliegenden Formen näher in mein Blickfeld. Mit überwältigendem Erstaunen erkannte ich im Bruchteil einer Sekunde, was das war. Sie flogen nicht, keine gewaltigen, weißen, prähistorischen Vögel, was für mich irgendwie weniger überraschend gewesen wäre; es waren *Segel.* Das waren Menschen.
Die Banalitäten des Haushalts waren vergessen; ich ließ den Eimer fallen und rannte mit jener gleitenden, tanzenden Bewegung, die mir nun so leicht und selbstverständlich erschien, über die Sandhügel, im Kopf nur den einen Gedanken: nah genug an sie heranzukommen, um ihnen zuzuwinken. Die Schönheit der geblähten weißen Segel, die durch das leuchtend blaue Wasser glitten, bewegte mich wie wunderbare Musik. Eine passendere Beschreibung fällt mir nicht ein. Ich mußte anhalten, um besser schauen zu können. Sie änderten den Kurs, hielten auf Tuin, auf die Krokodilbucht zu.
Bis zum Wasser war es für mich immer noch ein ordentliches Stück Weg. Die Boote waren nun nahe genug, daß ich in jedem eine einzelne Gestalt erkennen konnte. Es war nicht überraschend, daß ich die Boote für große, weiße Vögel gehalten hatte; sie schienen fast nur aus Segeln und keinem Rumpf zu bestehen. Tatsächlich handelte es sich um Katamarane, so leicht und schlank, daß sie wahrhaftig mehr zu fliegen als zu schwimmen schienen. Die Gestalten in den Katamaranen, von denen eine stand, waren eindeutig keine Inselbewohner. Andere Figur und kein Kraushaar. Einer von ihnen winkte. Meine beiden Arme schossen hoch über meinen Kopf, und ich erwiderte den Gruß. Wieder schwangen die Mastbäume herum, und

sie wendeten erneut. Ich dachte, das war's, sie fahren vorbei, weiter auf ihr Ziel zu, wo immer das auch sein mochte. Aber nein, sie waren lediglich wieder ein Stück hinausgefahren, nur um noch einmal zu wenden, und durch einen tieferen Kanal hereinzukommen. Sie waren dabei zu landen.
Der führende Katamaran schob sich sanft auf den Sand und blieb mit mächtig gebauschten Segeln liegen. Sein Insasse sprang heraus, sicherte sein Fahrzeug flüchtig und kam auf mich zu. Der andere war dicht hinter ihm. Ich bewegte mich jetzt langsamer, ging ihnen aber immer noch entgegen. Ein Gruß wurde gerufen, ehe der Abstand zwischen uns auf einen Meter zusammenschrumpfte, aber ich erinnere mich nicht mehr an die Worte; der Eindruck ihrer physischen Gegenwart nahm mich zu sehr gefangen. Zwei junge, gebräunte weiße Männer, die Gesundheit und Energie ausstrahlten. Sie redeten mit mir. Ich sagte irgend etwas über wunderschöne Vögel. Der größere von beiden hielt einen blaßgelben Umschlag in seiner schmalen, braunen Hand. Ich bemerkte, wie weiß und makellos ihre Füße waren und wurde mir plötzlich des schmierigen Fetzens bewußt, den ich um die wunde Stelle an meinem Knöchel gebunden hatte. Daneben trug ich nur noch meinen Messergürtel und den fadenscheinigen *Crêpe-de-chine*-Streifen um meine Hüften, in den ich meinen Palmblattlöffel gesteckt hatte, während ich Feuerholz nachlegte. Ich war so daran gewöhnt, nackt zu sein, daß mir diese Bekleidung durchaus schicklich vorkam; meine Denkweise hatte sich mittlerweile den Maßstäben von Tuin angepaßt.
Ich nahm den angebotenen Umschlag entgegen, in dem wunderbaren Glauben, er müßte Post aus England enthalten. Die Augen des jungen Mannes schauten an mir vorbei zum Camp; ich drehte mich herum und sah, wie G. anfing, den weiten Weg über die Sandhügel zu machen. Wir gingen ihm entgegen, und unterwegs stellten sie sich noch einmal vor. Ich hatte nichts von dem, was sie bei der ersten Begrüßung gesagt hatten, mitbekommen. Sie waren auf dem Weg von Cairns, an der Küste von Cape York, nach Manila. Für diese kleinen Katamarane schien das eine sehr weite Strecke. Ich sagte etwas in dieser Richtung, und sie lachten und erklärten mir, es handle sich hier um ein besonderes Wagnis, das von verschiedenen Leuten gesponsert würde. Ich entsinne mich, daß ich ihnen ganz mechanisch meinen Namen nannte. Wieder gab es Gelächter, das wüßten sie

bereits, und der Umschlag, den ich in der Hand hielt, beinhaltete auch keine Post aus England: Es war ein Volkszählungsformular! Man hatte sie gebeten, einen kleinen Abstecher zu unserer Insel zu machen, die ja fast auf ihrer Route lag, und uns das Schriftstück zuzustellen. Jetzt war es an mir zu lachen: Einfach großartig, der lange Arm der Bürokratie hatte uns sogar hier erreicht!

G. hinkte. Als wir drei über die Hügel auf ihn zu marschierten, durchzuckte mich jäh und unerwartet Besorgnis und Unruhe. Einen Moment lang hatte ich ihn mit den Augen einer Außenstehenden gesehen, eine sich langsam bewegende, gebeugte Gestalt, mit einem zögernden Ausdruck der Begrüßung auf dem Gesicht unter dem Hut. Es wirkte richtig förmlich, als wir aufeinandertrafen. Aufgeregt rannte ich voraus, um einen Kessel mit Wasser aufzusetzen, während sie mit G. langsamer nachkamen. Ich zitterte und warf tollkühn Holz aufs Feuer und füllte den Kessel mit unserer gesamten Tagesration Wasser, um genügend Tee für alle zu machen. Kaum waren sie im Camp angekommen, da hatte ich den Tee auch schon bereit; sie machten es sich bequem, einer auf einem großen Stein, der andere rittlings auf einem Benzinfaß, und erzählten uns mehr von ihrem Trip. G. erwähnte, daß ihm vorhin Peter, der Größere, gesagt hatte, er müßte eine Reparatur an seinem Katamaran vornehmen; konnten sie den Nachmittag bleiben, um das zu erledigen, dann die Nacht hier verbringen und morgens mit der ersten Flut wieder auslaufen? Das schienen außergewöhnliche Aussichten. Sowohl G. als auch ich reagierten anfangs zögernd. Es war uns bis jetzt noch nicht in den Sinn gekommen, daß sich außer uns noch jemand auf Tuin aufhalten könnte.

Ich schenkte Tee ein und erklärte, daß G. und ich später Tee trinken würden, da nur zwei Tassen vorhanden waren. Nein, nein, sagten sie, sie hätten ihre eigenen Tassen in den Kats. Peter nahm einen höflichen Schluck von seinem schwarzen Tee und ließ dann beiläufig einfließen, daß sie auch Milch und Zukker hätten. Damit war jegliches Zögern auf seiten der Tuin-Gastgeber vorbei. Sie waren mehr als willkommen, die Nacht über hier zu bleiben.

Gerade eben hatte die Flut eingesetzt. Die Sandhügel, wo jetzt die beiden Boote ankerten, würden bald schon tief unter Wasser liegen. Sie mußten nach und nach mit steigender Flut eingeholt werden. Die Jungs gingen hinunter, um sie das erste Stück hochzuziehen und gleich ein bißchen Milch und Zucker zu holen. Während sie weg waren, plapperte ich aufgeregt drauflos, daß wir ihnen Fisch zum Abendbrot besorgen mußten und ein paar Peepas zum Feiern. Als Vorbereitung machte ich schon Holz klein und säuberte das Feuer von den verbruzzelten, vergessenen Peepa-Stücken.

«Ich denke, du solltest was drüber tun, Lu.»

«Drüber tun?» Ich glaubte, er meinte, ich sollte was aufs Feuer legen.

«Deine Titten bedecken und Hosen anziehn.»

«Oh, ja, ich glaub' auch. Verdammt.»

Ich wühlte herum und fand mein altes Bikinioberteil. Das Unterteil war mittlerweile viel zu groß. Ein kleines Unterhöschen unter dem Sari-Tuch mußte genügen. Damit das Oberteil paßte, mußte ich hinten einen Knoten machen. Ich kam mir vor, als trüge ich eine Rüstung. Ich spähte in G.s kleinen Spiegel. Ich konnte nichts weiter sehen als ein Stück von einem braunen Gesicht mit Augenbrauen wie Fragezeichen. Ich zerrte einen halben Kamm durch mein Haar, das mir in einem Zopf über die Schulter hing.

Die Jungs kehrten vollbepackt ins Camp zurück. Die Zwillingsrümpfe der Katamarane waren anscheinend nur als Vorratskammern gedacht. Unsere Blicke strichen gierig über den Reichtum, den sie auf unserem Tisch abstellten. Da gab es Wasserflaschen mit Wasser darin; Plastikbehälter mit Aufschriften wie: «Tee», «Reis», «Gemüse», «Honig», alles sichtbar gefüllt mit diesen Schätzen. Da gab es ein großes, orangefarbenes Plastiktuch mit einem «V» darauf, ein anderes Tuch war mit einem silbernen, reflektierenden Material auf einer Seite beschichtet; Angelausrüstung, Sonnenschutz-Lotion und ein sehr professionell wirkender Arzneikoffer, den der blonde Derek bereits in der Absicht öffnete, unsere Entzündungen zu behandeln. Zuerst aber holte Peter wie ein Zauberer etwas hinter seinem Rücken hervor, das mich vor lauter Entzücken nach Luft schnappen ließ: eine Orange. Ich stürzte mich drauf und begann sofort, die Schale abzureißen. Ganz erstaunt und gerührt, daß die kleine Gabe solch eine Begeisterung auslöste, sahen die Jungs zu. Peter rollte sich aus einem Tabaksbeutel mit schottischem Stoffmuster eine Zigarette. Ich sah, wie G.s Zähne seine Unterlippe benagten.

«Äh, könnte ich, hättest du was dagegen ...?»

Peter reichte ihm Beutel und Zigarettenpapier.
«Nur zu, Lu», sagte G. und genoß das Ritual des Drehens. «Du kannst die ganze Orange essen, ich bin damit zufrieden.»
Ich bestand darauf, daß er wegen der Vitamine ein paar Scheiben aß und sabberte und würgte dann den Rest in mich hinein; den Saft, der mir am Kinn runterlief, fing ich mit einer Hand auf.
«Vitamine?» sagte einer von den Jungs und holte ein Glas mit bunten Kapseln hervor. Auf der Stelle schluckten G. und ich je zwei.
«Ist da wirklich Honig drin?» fragte ich.
«Ja.» Ihr Akzent war ziemlich deutlich: Sie waren Australier.
Alles war real, aber man hätte mir leicht einreden können, daß es sich um einen Tagtraum handle.
Derek plazierte mich auf den Rand des Tisches und wickelte den Lumpen von meinem Knöchel ab. Er nahm meine schwielige Ferse in eine Hand und ging vorsichtig mit einem Skalpell an die schmerzhafteste Entzündung heran. Er verkündete, daß es sich um ein tiefes Geschwür handelte, das aufgeschnitten und trockengelegt werden mußte. Das zusätzliche Wasser, das sie mitgebracht hatten, und der kürzliche Regen gaben uns das Gefühl, daß wir durchaus ein bißchen für medizinische Zwecke abzweigen konnten. Ich zeigte den Jungs unseren Bach und schöpfte aus dem oberen Teich ein paar Zentimeter in unsere Metallschale. Derek wiederholte unermüdlich, daß ich Sand und Salzwasser von meinen Wunden fernhalten mußte, bis sie ausgeheilt waren. Bei seiner Besorgnis wurde mir warm ums Herz.
Am Tisch beobachtete jeder voller Interesse die Operation. Als mich zusammen mit dem Schmerz eine Woge der Übelkeit überschwemmte, streichelte Derek besänftigend meinen Knöchel. G. erklärte Peter die ganze Zeit über, wie problematisch unser Leben durch die Entzündungen geworden war, und ich vertraute Derek an, daß ich mir wegen G.s geschwollenen Beinen Sorgen machte. Das konnte ein Symptom einer anderen Krankheit sein, die in keinem Zusammenhang mit den Entzündungen stand. Er stimmte mir zu, aber wir konnten beide bloß laienhafte Vermutungen anstellen. Derek hatte leuchtend blaue Augen, eingebettet in ein makelloses Weiß, und wunderbare, kräftige weiße Zähne, die in seinem gebräunten Gesicht aufblitzten, als er zu mir hochlächelte, während er fachmännisch

meinen Fuß bandagierte. Beide umgab eine Aura der Gesundheit, die sich fast mit Händen greifen ließ. Als ich meine Hand auf Dereks Schulter legte, um meinen verletzten Fuß zu entlasten, schien der Muskel unter der glatten Haut vor vibrierender Spannkraft nur so zu pulsieren.

Während G.s Beine versorgt wurden, zählte Peter sorgfältig aus ihrem eigenen Vorrat zehn antibiotische Kapseln ab. Er trug mir auf, zwei gleich zu nehmen und dann drei pro Tag. G.s Beine waren mit schmerzhaften Entzündungen übersät, aber zu der Zeit hatte er noch keine tiefen Geschwüre. Derek reinigte alle Entzündungen gründlich mit Hydrogenperoxid, trug dann eine Heilsalbe auf und betupfte die Wundränder mit einem rosafarbenen antiseptischen Präparat, das vor Koralleninfektionen schützen sollte.

Ich schlug vor, daß wir alle angeln gehen sollten, um was fürs Abendbrot zu haben. Peter konnte seinen Kat am Morgen reparieren; erst lange nach Sonnenaufgang würde die Flut hoch stehen. Alle waren einverstanden, nur G. meinte, er würde wohl besser bloß zuschauen, da er so kurz nach der Behandlung nicht schon wieder seine Beine naß machen wollte. Ich wußte, ich mußte über kurz oder lang sowieso wieder ins Wasser, also konnte es genausogut auch gleich jetzt sein. Doch die Jungs hatten andere Pläne für mich.

Zuvor am gleichen Tag hatten wir zwei kleine Papageifische gefangen. Einen davon verwendeten wir als Köder und Derek brachte einen handlichen, kleinen Speer mit Gummiband am Griff an, mit dem er eine Krabbe oder sogar einen Fisch aufspießen konnte. Er besaß zusätzlich noch eine Tauchermaske. Die Jungs gingen runter, um die Kats noch ein Stück hochzuziehen, während G. und ich unsere verdrehten und verknoteten Leinen und das komische Sammelsurium an Haken zusammenklaubten. Krampfhaft bemühte ich mich, mir ein Tauschobjekt für ein paar Angelhaken von Peter und Derek einfallen zu lassen. Eine Flasche von Vidal Sassoon war da, aber irgendwie schien das nicht ganz passend.

«Ich weiß», sagte ich, «ich werde ihnen ein paar Filmrollen geben.»

Die Jungs hatten Fotoapparat und Filmkameras dabei; sie machten einen Film über den Verlauf ihrer Reise. Ihr Unternehmen war offensichtlich gut organisiert; Sponsorfirmen hatten sie ebenso mit Kleidung und Uhren wie mit den Katamaranen selbst ausgerüstet. Unser Abenteuer wurde lediglich durch einen von einem Zeitungsmagazin gespendeten Freiflug unterstützt, plus mögliche spätere Bezahlung für einen während unserer Zeit auf der Insel geschriebenen Artikel; dazu kam noch der gute alte Vidal und ein zerbrochenes Pumamesser. Dafür besaß ich noch achtzig Rollen Kodachrome und Ektachrome. Von dem kleinen Vorrat in meiner Kameratasche abgesehen lag die Hauptmasse der Filme in einer alten Armeerationsbüchse drei Fuß tief im Sand vergraben, wo es ausreichend kühl sein sollte.

Ich nahm den Spaten und fing an zu graben.

Ich schwitzte reichlich, während ich den trockenen Sand hinausschaufelte, der gleich wieder in das Loch nachrutschte; hinter mir erkundigte sich Derek mit seiner ruhigen Stimme, was ich da tat. Ich sagte es ihm, und er übernahm sofort den Spaten und machte kurzen Prozeß. Ganz plötzlich fühlte ich mich auf herrliche Art und Weise weiblich. Derek fragte, wieso G. nicht so was für mich erledigte. Ich erklärte ihm, daß ich die Filme vergraben hatte und es folglich meine Aufgabe war, sie wieder auszugraben.

Die Jungs freuten sich über den Tausch von Filmen gegen Angelhaken und gaben uns reichlich. Was die Sachen ursprünglich gekostet hatten, war hier ohne Belang; Angelhaken bedeuteten Nahrung. Filme waren lediglich ein Luxus, auf den man verzichten konnte. Wir vier wanderten in Richtung unseres Fischfelsens. Als wir uns dem Wasser näherten, ging Derek voraus und marschierte mit erhobenem Speer durch das seichte Wasser. «Paß auf diese blauen Stachelrochen mit den roten Flecken auf», rief ich. Er nickte. G., Peter und ich diskutierten die zahlreichen Gefahren des Meeres und stimmten darin überein, daß zwar Hai, Rochen und Teufelsfisch eine unmittelbare Bedrohung darstellten, daß aber das giftige Wasser selbst im Grunde am entmutigendsten war.

Ich sammelte einige Cucaracias, als wir uns dem Felsen näherten. G. machte es sich in dem vorhandenen bißchen Schatten bequem. Ich zeigte Peter die besten Fischplätze und wollte gerade zu dem entferntesten Felsen hinauswaten, als Derek mir zurief, ich sollte warten. Er ließ Speer und Maske auf einem Felsen zurück, kam herüber und hob mich hoch. Ich stimmte ein mildes Protestgeschrei an, aber er sagte bloß, ich sollte mich festhalten. Peter lächelte. G. beobachtete uns. Derek watete den ganzen Weg hinaus zu dem Felsen, auf den ich es abgesehen hatte, und setzte mich unbeschädigt dort ab. Ich dankte ihm, und er zog wieder mit seinem Speer los, um sein Glück an einer tiefen Stelle zu probieren, ganz in der Nähe, wo Peter angelte. Eine ganze Weile hatte keiner von uns Glück. Die Jungs versuchten es ein Stück weiter, und ich zog mein Bikinioberteil aus, weil ich mich mit den ungewohnten Bändern so unbehaglich fühlte. Ich bemerkte, daß auch Peter die überflüssige Kleidung abgelegt hatte. Ein frisches Stück Muschel brachte endlich einen mittelgroßen Papageifisch an meine Leine. Ich wedelte damit den anderen zu und reckte den Daumen nach oben. Dann wieder langes Warten. Wie heißes Silber tanzten die Sonnenstrahlen auf dem Wasser. Gedämpftes Gurgeln und Gespritze, wo die nahende Flut die Felsentümpel füllte. Dann fing Peter einen weiteren Papageifisch. Jubelschreie.

Es war ein bißchen enttäuschend, daß wir keinen großen Fang mit einem wohlschmeckenden Fisch machten, aber das war immer noch besser als gar nichts. Einige Zeit später sagte G., daß er langsam zum Camp zurückmarschieren würde. Er und ich wußten, daß wir jetzt kaum noch einen guten Fang machen würden, aber ich wollte es zumindest noch ein bißchen versuchen; man konnte ja nie wissen. Ich sagte, ich würde bald mit den Jungs nachkommen. Er meinte, er könnte genausogut auch warten.

Als die Sonne an dem Punkt angekommen war, wo es Zeit für das Kochfeuer wurde und die Flut die Krokodilbucht zu füllen begann, wußte ich, daß wir mit unserem kleinen Fang zufrieden sein mußten und gab den Jungs das Zeichen zum Aufbruch. Das Wasser zwischen meinem Felsen und der Insel war jetzt tiefer. Derek bahnte sich vorsichtig seinen Weg zu mir, hielt scharf nach Rochen und spitzen Korallen Ausschau. Ich erkannte, daß er mich nur schlecht auf die gleiche Weise zurücktragen konnte, wie er mich hergebracht hatte. Aber er ließ es nicht zu, daß mein Geschwür naß wurde. Schließlich saß ich rittlings auf seinen Schultern, was sowohl bequem war als auch Spaß machte. Ich vertraute völlig seiner Stärke und seinem sicheren Gang und kreuzte meine Füße hinter seinem Rücken, um das Gleichgewicht besser halten zu können; mit den Händen umklammerte ich Eimer, Fisch und Angelschnur. Fast widerstrebend trennten wir uns, als er mich auf dem trockenen Sand bei Peter und G. absetzte. Peter hatte wieder seine Bade-

hosen an; ich hatte mir nicht die Mühe gemacht, mein Bikinioberteil anzulegen.
Als wir uns dem Camp näherten, hielt ich bei einem Tümpel an und begann die beiden Papageifische zu schuppen. Derek hockte sich neben mich, um mir zuzuschauen und behilflich zu sein. Die Flut stand nun hoch genug, um die Boote für die Nacht sichern zu können. Während ich das Feuer in Gang brachte und die Jungs sich um ihre Boote kümmerten, tupfte G. weitere rosa Flüssigkeit auf seine Beine und untersuchte die verschiedenen Medikamente, die sie uns gegeben hatten. Als sie zurückkamen, ermutigten sie mich, Reis und Trockenbohnen aus ihren Vorräten zu verwenden. Beide boten sie jede nur denkbare Hilfe an, aber ich lehnte ab. Sie hatten Teller, Bestecke und Gewürze mitgebracht, außerdem einen Ersatztopf und einen hübschen Strohhut. Ich war so richtig in meinem Element, kochte und kümmerte mich um die Feuerstellen, schwelgte in dem Luxus, den Reis nicht nach Löffeln bemessen zu müssen, und kochte einen Topf Tee, den Peter und Derek in unseren Tassen verschwenderisch mit Milch und Honig versahen. Für uns war es ein herrliches, extravagantes Festmahl. Als kleine Gegenleistung verlangte ich, daß ich ihnen am Morgen unser letztes Porridge kochen und sie wohlgenährt auf ihre Reise schicken durfte. Sie konterten, sie dürften es keinesfalls zulassen, daß wir unser ganzes Hafermehl verbrauchten, ohne uns nicht wenigstens etwas Müsli dazulassen. Mein Gott, diese Jungs hatten alles. Das Angebot wurde angenommen.
Wir waren es gewohnt, kurz nach Sonnenuntergang, wenn die Moskitos kamen, im Zelt zu verschwinden; sobald ich das Geschirr gespült hatte, zogen G. und ich uns zurück. Wieder hatten die Jungs ihre Hilfe angeboten, aber ich war aufrichtig glücklich, die paar Sachen selbst zu besorgen; immerhin war es das erstemal, daß ich als verheiratete Frau in meinem eigenen Heim Gäste empfing. Und weil ich eine verheiratete Frau war, ging ich schnurstracks mit G. ins Zelt, anstatt noch eine Weile bei Peter und Derek zu bleiben, die Licht auf ihren Katamaranen hatten und über ausreichend Insektenmittel verfügten. Selbst wenn ich nicht im wahrsten Sinne des Wortes mit G. verheiratet war, so war ich doch mit der Insel verheiratet und wußte nur zu gut, daß es sehr unklug von mir wäre, wenn ich in meiner gegenwärtigen ziemlich euphorischen Stimmung mit diesen beiden jungen, gesunden, sympathischen Burschen in der seidigen

Wärme der Nacht plaudern würde, während G. in sich selbst zurückgezogen im Zelt lag. Sie würden morgen weiterfahren, G. war eine Dauereinrichtung für ein Jahr auf Tuin.
Im Zelt redeten wir nicht mehr viel; G. erhob ein paar zarte Einwände, daß ich mein Bikinioberteil wieder abgelegt hatte. Ich sagte, falls es ihm lieber wäre, würde ich es am Morgen wieder anziehen.
Lange vor Anbruch der Morgendämmerung war ich schon wach und wartete ungeduldig darauf, aufstehen zu können. Im Zelt kämmte ich mein Haar und machte es zurecht. Ich kroch hinaus, um zu pinkeln, und sah das fahle, sich untertassenförmig ausbreitende Licht, das dem Sonnenaufgang vorausging. Die Flut stieg, schaukelte sanft die grauen Formen der Katamarane, die schlank und geheimnisvoll in der Camp-Bucht lagen. Gestern abend hatte ich meinen Sari-Streifen und die Höschen im Meer gespült. Nackt ging ich hinunter, wo sie in den Zweigen des silberblättrigen Baumes neben dem Bach hingen. Unter der schläfrigen Sinnlichkeit ausgiebigen Streckens und Dehnens von Kopf bis Fuß spürte ich das starke, eindeutige Verlangen meines Blutes. Ich schlang die Arme um mich und beobachtete durch halbgeschlossene Lider, wie das graue Licht der Morgendämmerung wich, dann holte ich die Fetzen herunter, die nichts weiter als ein Zugeständnis an gängige Anstandsnormen waren, zog sie an und schnallte den Messergürtel um meine Hüften.
Auf einem der Katamarane schien sich etwas zu regen. Einer der Jungs pinkelte über Bord. Ich erkannte Peters nacktes Profil, groß und locker, ohne ein Gramm überflüssiges Fett. Lautlos sprang ich in das Bachbett, landete in weichem Sand, eilte dann zur Campküche hoch und machte mich an die Morgenarbeiten. Gestern hatte ich eine Menge Holz verfeuert; um es wieder gutzumachen, würde ich heute eine Extraladung sammeln müssen. Ich benützte den neuen Kessel für Tee und den alten, geschwärzten für Porridge. Ich schaute zum Strand hinunter, und mir ging durch den Kopf, daß sich die Jungs mit ihren Reparaturen beeilen mußten, wenn sie noch mit der Flut auslaufen wollten. Ich wollte meinen Körper ins Meer tauchen, wie ich es stets vor dem Frühstück tat, aber die Anwesenheit der Boote hemmte mich. Peter schlenderte zum Camp hoch. Er grüßte leise, in Einklang mit dem gerade erwachten Tag, und setzte sich lächelnd und gähnend an den Tisch. Obwohl Derek nach

außen hin der herzlichere, körperbewußtere Typ von den beiden war, strahlte Peter eine männlichere Note aus, was ich jetzt sehr stark empfand. Ich beschäftigte mich mit der Teezubereitung.

Derek schloß sich uns an. Er sagte, er hätte lange wach gelegen und die Sterne angeschaut. In dem immer noch schläfrigen Gesicht waren die Augen hell und rastlos. G. war nun ebenfalls auf und inspizierte gemächlich auf seinem Weg zur Campbucht den Gemüsegarten.

«Porridge fertig», rief ich. Er winkte.

«Bist schon lange auf, nicht wahr, Lu?» fragte er nach der allgemeinen Begrüßung.

«Eigentlich nicht, bin noch nicht mal geschwommen.»

Womit ich ihm klarmachen wollte, daß ich mich vor den Jungs nicht nackt gezeigt hatte.

«Na ja, wäre ja auch dumm, den Fuß naß zu machen, nicht wahr?»

«Ist schon wieder viel besser.»

Die Feinheiten meines Beruhigungsspielchens gingen in einer Diskussion über den Heilungsprozeß unserer Entzündungen unter. Sofort nach dem Frühstück versorgte Derek sie noch einmal mit äußerster Sorgfalt. Er schimpfte mit mir, weil Feuchtigkeit unter meinen Verband geraten war, wahrscheinlich gestern abend, als ich meine Wäsche besorgt hatte. Er ermahnte mich, besser aufzupassen. Die Versorgung der vielen kleinen Wunden an G.s Beinen nahm einige Zeit in Anspruch. Peter ging los, um seinen Kat noch ein Stück hochzuziehen und das Ruder abzunehmen, das von einem Riff einen Schlag abbekommen hatte. Ich ging Holz sammeln. Der Anblick eines ganzen Bündels Trink-Peepas in der Kokosnuß-Straße ließ mich ins Camp zurückeilen. Die Jungs konnten unmöglich losfahren, ohne ein paar Tuin-Peepas mitzunehmen, um ihren Durst auf dem Weg nach Merauke zu löschen, ihrem nächsten, größeren Anlaufhafen an der Küste von Irian Jaya.

Es war nicht weit bis zum nächsten Baum mit reichlich Peepas. Derek flitzte hoch wie ein anmutiger, goldener Affe und hackte ein ganzes Bündel herunter, ein Wochenvorrat für G. und mich und genug für sie zum Mitnehmen. Die Jungs hatten den Ausdruck «Peepa» zuvor noch nie gehört. Das Wort wurde von den

Bewohnern der Cocos-Inseln benutzt. Genau wie «Cucaracia» war es nun zu einem Tuin-Wort geworden. Als wir zum Lager zurückkamen, betrachtete Peter sein Ruder mit einigem Abscheu. Es sah so aus, als würde die Arbeit länger dauern, als er ursprünglich gedacht hatte; einige Ausbesserungen mit Fiberglas kamen dazu, wofür er glücklicherweise die nötige Ausrüstung mitführte. Wir mußten abwarten, wie die Flut nach Beendigung der Arbeiten stand. Niemand sprach es laut aus, aber uns allen war klar, daß dies eine zweite Übernachtung bedeutete. Für sie war das wahrscheinlich ohne Belang; bei ihrer peinlich genauen Planung hatten sie auch großzügig ein paar Tage für unvorhergesehene Aufenthalte mitgerechnet. Für G. und mich war das was anderes. Am gestrigen Nachmittag und Abend hatten wir ihre Gesellschaft genossen. Für das zusätzliche Essen und die großzügige medizinische Hilfe waren wir mehr als dankbar gewesen, aber der Schock ihrer überraschenden Ankunft und die Aufregung, sich wieder mit anderen Menschen zu unterhalten, zeigte bereits deutliche Auswirkungen auf uns beide.

G. war sehr ruhig und schien in seiner Haltung fast gleichgültig. Es schien ihm sogar eine Art perverse Freude zu bereiten, allen klarzumachen, daß er den Tag unter dem Motto «Zum Teufel mit allem» verbringen würde. Nachdem er Peter und Derek kurz den Garten gezeigt hatte, legte er sich auf seine Grasmatte, sein «Tagesbett», rollte sich eine von Peters Zigaretten und war bald darauf eingedöst.

Meine Reaktionen waren ganz anders. Von der erfreulichen, wenn auch irrationalen Aufregung angespannt, kam ich mir nun ziemlich überdreht vor. Ich war total ungeübt, was das normale gesellschaftliche Verhalten anbelangte, und mir durchaus bewußt, daß die Gegenwart der Jungs eine Anzahl von Fragen in meinem Kopf ausgelöst hatte, was es mir unmöglich machte, mich in G.s Gesellschaft locker zu bewegen und mit den Jungs mein entspanntes «Tuin-Ich» zu sein. Wilde Aktivität würde diese Hemmungen zurückdrängen, also stürzte ich mich voller Energie aufs Holzsammeln. Derek begleitete mich mit der Axt und hackte eine Anzahl guter Feuerholzbäume um, auf die ich schon immer scharf gewesen war. Während Peters Fiberglas trocknete, half er dabei, das schwerere Holz ins Lager zu schleppen. Im Verlauf des Morgens bauten wir gemeinsam einen Stapel auf, für den ich allein Wochen gebraucht hätte. Ich freute

mich über die geleistete Arbeit, aber jedesmal, wenn wir ein weiteres Stück zu dem Stoß hinzufügten, löste G.s in der Nähe liegender, ruhender Körper ein unbehagliches Gefühl in mir aus. Ich wußte, daß er nicht schlief.
Nachdem wir uns alle zu Mittag mit Peepa-Saft erfrischt und entspannt im Schatten des Eine-Pflaume-pro-Tag-Baumes saßen, wurde meine Rastlosigkeit offensichtlich. Es war wahnsinnig heiß, aber ich sehnte mich nach nichts mehr als nach einem langen Spaziergang. Ich wollte wieder Fühlung mit Tuin aufnehmen, wollte mir von Sonne und Himmel und Meer die Mannigfaltigkeiten menschlicher Beziehungen aus dem Kopf treiben lassen. Ich verkündete meinen Aufbruch.
«Oh, Lu, in dieser Hitze? Du spinnst.» Zu den Jungs gewandt: «So ist sie dauernd, kann keine Minute ruhig sitzen. Macht mich verrückt mit ihrem Herumgehetze. Ich sag' ihr ständig, sie soll endlich mal lernen, still zu sitzen und nichts zu tun.» Jemand meinte, er selbst wäre darin sicherlich Experte. Es war kein richtiger Witz.
«Ihr jungen Hüpfer, ihr seid doch alle gleich . . .»
Damit hatte er das offengelegt, was seit dem Moment ihrer Ankunft an ihm genagt hatte. Jugend. Obwohl ich mich in seiner Gegenwart den Jungs gegenüber fast mütterlich benahm, mich auf meine Hausfrauen- und Gastgeberinnenrolle konzentrierte, war für jedermann offensichtlich, daß ich sie willkommen hieß und auf ihre Jugend wie auf einen lang verschollenen Freund reagierte. Sie erinnerten mich daran, daß auch ich noch jung war.
Derek sagte, er würde sehr gern einige Orte sehen, die ich ihm geschildert hatte, und Peter wollte einige Fotos von der Insel machen. Nun war klar, daß sie heute nicht mehr lossegeln würden. Ich murmelte was von Angeln, aber sie meinten, wir könnten jederzeit noch was von ihren Vorräten nehmen. G. ließ sich deutlich anmerken, daß er nicht mitgehen würde, aber ich mußte ihn zumindest fragen.
«Nein, geh nur, Lu. Amüsier dich. Mir geht's hier bestens.»
Wir gingen am Strand lang Richtung Palmbucht, ohne viel zu reden. Ich fühlte mich zwar nicht ganz wohl in meiner Haut, weil ich G. zurückließ und mit den Jungs spazierenging, doch es schien geradezu absurd, unbegründeter Schuldgefühle wegen auf das Vergnügen eines Spaziergangs zu verzichten. Bald schon war ich wieder froh und zuversichtlich, führte Peter und

Derek über die Felsen, die ich so gut kannte, zeigte ihnen die Stellen, wo ich Schildkrötenspuren gefunden hatte und hielt an, um ein Loch näher zu betrachten, wo eine große Eidechse nach Eiern gegraben hatte. Zwischen den Buchten der Küste gab es unwegsame Gegenden mit losen Gesteinsbrocken unter schwarzen, plateauartigen Felsschichten. Wo ich für gewöhnlich krabbelte und kroch, reichten mir Peter und Derek starke, stützende Hände. Ich mochte die Art, wie sie sich voller Leichtigkeit bewegten. Sie machten Bemerkungen darüber, wie fit ich war, wie energiegeladen.

Endlich näherten wir uns der kleinen Bucht, hinter der ich einige späte Passionsfrüchte zu finden hoffte. Hier wuchsen hohe Palmen, deren gelbe Köpfe frei über dem erstickenden Unterholz, das den unteren Teil der Stämme umgab, hin und her wogten. Wir sammelten ein paar zu Boden gefallene Nüsse, und die Jungs lachten, als ich ihnen meine Probleme beschrieb, die ich gehabt hatte, als ich selbst an die Milch einer Nuß herankommen wollte. Derek bat um mein Messer. Er brach ungefähr einen halben Meter über dem Boden ein starkes Stämmchen ab und spitzte das aus dem Boden ragende Stück an. Mit beiden Händen knallte er eine Kokosnuß auf die Spitze und pellte Teile der zähen Außenhülle ab. Als die Nuß sauber abgeschält war, stach ich ein Loch in die weiche, zum Trinken vorgesehene Stelle und Peter steckte einen abgeschnittenen hohlen Halm hinein. Wir reichten die Nuß herum und genossen die Rast im Schatten.

Plötzlich begannen die Jungs mir zu erzählen, wie sie leben würden, wenn sie für ein Jahr auf Tuin gestrandet wären, wie sie eine gute Unterkunft, Hängematten, ein Floß oder Kanu bauen würden; wie sie im grünsten Inselteil eine große Fläche als Garten roden, Matten flechten, Wandabdeckungen für das Haus aus Schraubenpalmen und Kokosnußwedeln machen würden, dazu noch Möbel aus Felsen und Holz. Die Campgegend würde durch Dekoration mit Muscheln und Blumen oder schönen Farnen hübscher und wohnlicher. «Jawohl!» warf ich ein, sofort ihren Enthusiasmus teilend: «Ja, ja, ja!» Selbst wenn sie bloß irgendwo ein Lager für eine Nacht aufschlugen, sagten sie, dann achteten sie stets darauf, es sich so bequem wie möglich zu machen. Bei allem, was sie taten, arbeiteten sie als Team. Falls sie in einem Punkt nicht übereinstimmten, dann diskutierten sie darüber, bis sie einen befriedigenden Kompromiß gefunden hatten. Der offensichtliche Mangel an Kommunikation zwischen G. und mir erstaunte sie; übrigens schien ich alle schwere Arbeit zu besorgen, während G. herumlag und nichts tat. Sie hielten das für verrückt.

Mittlerweile marschierte ich auf und ab, jederzeit bereit, meinen Kopf gegen die nächste Palme zu knallen. Sie hatten alle Punkte angesprochen, die mich an G. während unseres Aufenthaltes auf der Insel am meisten störten. Die Tatsache, daß ich mich im Geiste auf G.s Seite schlagen mußte, machte mich fast wahnsinnig. Seine langsame, unorganisierte Art und Weise, an die Dinge heranzugehen, war nicht mein Stil. Ich machte um des lieben Friedens willen mit — und weil es ihm nicht besonders gut ging. Ich sagte ihnen das, aber sie wischten den Einwand über den Zustand seiner Beine als Ausrede beiseite; auch wenn die Beine schlimm waren, so entschuldigten sie doch nicht alles. Sie fanden seine allgemeine Einstellung dem Inselleben gegenüber schwer verständlich. Am meisten mißfiel ihnen, wie er mich behandelte. Und wie steht's damit, dachte ich bei mir, wie ich ihn behandle?

Es war ein böser Fehler, die Diskussion so weit vorangetrieben zu haben. Jetzt strömte alles wie ein Sturzbach aus mir heraus: «Ja, ja, ich kann ihn nicht ertragen, ich liebe diese Insel, aber ich hasse es, mit ihm hier festzusitzen. Nie begeistert er sich dafür, irgendwas Konstruktives zu tun, er schläft den halben Tag, er löst Schuldgefühle bei mir aus, weil ich nicht mit ihm schlafe, aber ich ertrag' einfach den Gedanken nicht, daß sein Körper auf meinem liegt, er wirkt sofort deprimierend auf mich, kaum daß ich nach einem herrlichen Spaziergang ins Camp zurückkomme, er ist ein fauler, ignoranter, langweiliger alter Narr und warum in Gottes Namen» — Jammer und Wut ließen meine Stimme schrill werden — «muß ich von allen Leuten ausgerechnet mit *ihm* auf dieser Insel sitzen, in einer von den Möglichkeiten her wunderbaren Situation, und schlimmer noch, warum muß ich mit ihm verheiratet sein . . .?»

«Warum bist du mit ihm verheiratet, Lucy?»

«Glaubt ihr, ich wär' mit ihm verheiratet, wenn es anders gegangen wär'? Eure verdammte Regierung mit ihren steinzeitlichen Vorstellungen über Sitte und Anstand ist schuld daran. Hätten wir keinen Trauschein vorzeigen können, dann wären wir nicht hier. Das widert mich mehr an, als ich sagen kann, und ich hab' schon viel zu viel gesagt. Es ist nicht fair. G. hat seine Gründe, warum er so ist, wie er ist. Reden wir nicht mehr darüber. Ich fühl' mich schrecklich, daß ich hinter seinem Rücken über ihn gesprochen hab'.»

Aber dieses schreckliche Gefühl nützte nichts mehr. Der Schaden war angerichtet, die Katze war aus dem Sack und schlug mit bösartigen Krallen nach allem und jedem.

«Aber so kannst du nicht hierbleiben. Das ist eine gräßliche Situation. Wir können dich mit nach Merauke nehmen oder dich auf einer anderen Insel absetzen.»

«Nein, nein, das nützt nichts, wir müssen auf Tuin bleiben. Ich *will* auf Tuin bleiben. Mir geht es gut. Ich geb' soviel, wie ich nehme.»

«Na, so kommt's uns nicht vor. Ich glaub', wir sollten uns mal ein bißchen mit G. unterhalten und dafür sorgen, daß er auch ein bißchen Einsatz zeigt und aufhört, dich als selbstverständlich hinzunehmen.»

«Nein!»

Ich war entsetzt. Ich hatte alle stillschweigenden Gesetze der Loyalität gebrochen, hatte mich als mieses, dümmliches, klatschsüchtiges Weibchen von der Sorte gezeigt, die ich am meisten verachtete. Und die Sache ging noch tiefer; höchstpersönlich hatte ich die mühsam errungene Harmonie des letzten Monats zertrampelt. Nie wieder würde ich in der Lage sein, mich davon zu überzeugen, daß ich mit G. bis auf einige wenige isolierte Augenblicke glücklich war. Unheil lag in der Luft.

Den restlichen Spaziergang über wurde dieses beunruhigende Gespräch nicht mehr erwähnt. Ich zeigte Peter und Derek die Passionsfrucht, die Ebene, und führte sie durch das Innere den ganzen Weg bis zur Long Beach. Die mit weichem, dichtem Gras ausgelegte Schattenlaube am anderen Ende des Strandes gefiel ihnen ganz besonders. Wir setzten uns kurz hin, aber aus Angst vor einer Wiederholung des Gesprächs stand ich bald auf, machte mich bereit. Obwohl meine Loyalität zu G. wechselhaft war, bestand an meiner Liebe und Hingabe der Insel gegenüber nicht der geringste Zweifel. Ich rannte voraus, über den heißen Sand meines geliebten Strandes. Einer von ihnen rief mir in freundlichem Tonfall was nach, aber ich achtete nicht darauf. Allein für mich versuchte ich meine aufrührerischen Gefühle unter Kontrolle zu bringen. Als sie mich wieder eingeholt hatten, war ich ruhiger. Derek, der gemerkt hatte, daß mich unser Gespräch verärgert haben mußte, hatte einige lange, schwarze und bronzefarbene Federn gesammelt. Liebevoll flocht er sie in meinen Zopf. Ich trug sie, bis wir uns dem Camp näherten, dann nahm ich sie heraus und steckte sie in meinen Gürtel. Ich fühlte mich zwar nicht wie G.s Frau, aber auch nicht wie Dereks Minihaha.

G. lag immer noch unterm Eine-Pflaume-pro-Tag-Baum, aber es gab Anzeichen dafür, daß er sich erhoben und Tee gemacht hatte. Es war schon spät, wir waren den ganzen Nachmittag weg gewesen.

«Schönen Spaziergang gemacht, ja?»

«Ja, sehr nett.» Schuldgefühle und Verwirrung ließen mich gespreizt und unnatürlich sprechen. Für G. muß es mehr als deutlich gewesen sein, daß während des Spaziergangs etwas passiert war. Ich konnte mir nicht vorstellen, daß seine Vermutungen schlimmer als die Wahrheit sein konnten.

Ich flüchtete mich in hektische Aktivität und brachte die Feuer für das Abendessen in Gang. Einige Zeit zuvor hatte Derek den Wunsch geäußert, mich zu filmen, wie ich auf die Landzunge hinausging. Um diese Landzunge zu erreichen, mußte er mich wieder auf seinen Schultern durch einen Wasserkanal tragen. Jede seiner Berührungen war ein Streicheln. Er sagte sanfte Dinge. Es wurde später und später. Der ganze übliche Zeitplan war durcheinandergewirbelt. Ich war viel zu spät mit dem Essen dran. Wir schmierten uns alle mit Insektenmittel ein; eine winzige Hurrikanlampe spendete Licht.

Als ich schließlich die fast vollständig aus ihren Vorräten zusammengestellte Mahlzeit auftischte, herrschte ein falsches Schweigen, bei dem ich am liebsten laut aufgeschrien hätte. All meine Bewegungen waren ruckartig und nervös. Während des Essens fand ich dauernd Gründe, um aufspringen und mit dem Tee oder am Feuer herumhantieren zu können. Einer der Jungs fragte G. beiläufig, warum er nicht mal heute den Abwasch besorgte. Ich ging weg, konnte es nicht ertragen zuzuhören. Ich wollte nicht, daß G. den verdammten Abwasch erledigte. Das war einer meiner Vorwände, um mich ans Meer fortstehlen zu können. Die Finsternis war mir schnurzegal.

Als ich zurückkam, unterhielten sich Peter und G. ruhig bei einer Zigarette. Ich hörte von G. die Worte «Als ich Geld hatte . . .» Ich blieb bei der Wäscheleine stehen. Derek kam herüber und erklärte mir, ich müßte lernen, mich zu entspannen. Er begann besänftigend meinen Rücken zu massieren. Die Flam-

men des sterbenden Feuers erzitterten unter der Nachtbrise. Der kleine Lichtteich der Lampe erhellte kaum den Tisch, an dem G. und Peter saßen. Ich wußte, es war verrückt. Ich wußte, dadurch konnte nichts besser werden, aber ich ließ es zu, daß er mein Rückgrat und meine Schultern mit langen, kräftigen Fingern massierte und die Verkrampfung und Anspannung mit den Handflächen fortstrich. Es tat so gut.
«Ich geh' zu Bett, Lu. Kommst du? Was habt ihr beide vor?» Sein Ton war spöttisch und leicht, aber ich konnte die Müdigkeit in seiner Stimme hören. Ich stach ein Messer in jemand, der bereits am Boden lag.
Verkrampft munter sagte ich «Gute Nacht» zu Peter und Derek und ging mit G. zum Zelt. Es war furchtbar unangenehm und peinlich, als wir uns in dem schmalen Rechteck plötzlich so nah waren. Kein vertrautes Gerede verband uns in dieser Nacht. Einmal sagte G., bevor er sich in einen tiefen, bewegungslosen Schlaf flüchtete, der die ganze Nacht andauerte: «Ich versteh' dich nicht, Lu. Du bist ein ausgesprochen merkwürdiger Mensch.»
Für mich schien es unmöglich, eine Schlafstellung zu finden. Mein halb erregter Körper reagierte geradezu lächerlich empfindlich auf den rauhen, alten Musselinstoff, auf dem ich lag. Mein Gehirn schien eine einzige Wunde: Jeder Gedanke traf auf einen schmerzhaften Punkt. Wie konnte ich weiter mit G. zusammenleben, jetzt, wo das, was ich wirklich für ihn empfand, ausgesprochen worden war? Und doch war keine Härte oder Bitterkeit in meiner Seele, wie ich so dalag und seine einsame schlafende Gestalt betrachtete. Nur Verwirrung. Ich sehnte mich danach, meinen Kopf an eine Brust zu legen und umarmt zu werden, ich wollte von jemand hören, daß ich nicht mit dem schlimmsten Fehler meines Lebens lebte.
Endlich dämmerte der Morgen. Am Abend zuvor hatten die Jungs alles für einen frühzeitigen Aufbruch zurechtgemacht. Zum letztenmal versammelten wir vier uns im Camp. Derek häufte Müsli auf einen Teller und schob ihn mir zu. In dem Moment setzte sich G. hin und ich erhob mich, um den Tee aufzugießen. Er fing an, das Müsli zu essen.
«He, das war für . . .»
«Derek! Hier ist Tee.»
Peter erkundigte sich beiläufig bei G., wann er damit rechnete, die Schutzhütte fertigzustellen.

«Oh, wird schon werden. Noch bevor die Regenzeit kommt. Gehört ja nicht viel dazu. Sobald die Sparren drauf sind, muß nur noch das Dach gemacht werden.»
Die Spannung unter der künstlichen Geselligkeit bedrückte mich von allen Seiten. Ich ging zum Bach hinunter und füllte zusammengekauert den Kessel. Kurz darauf ließ sich jemand ruhig neben mir nieder. Ich blickte nicht auf, wußte aber, daß es Peter war.
«Was wirst du tun, Lucy?»
«Ich weiß nicht. Ich weiß nicht. Mit mir ist schon alles in Ordnung.»
Er hätte noch mehr gesagt, aber ich konnte über nichts reden. Ich wandte mich ab. Derek kam von seinem Katamaran den Strand hoch. Er sah mich und kam auf den Bach zu, verlangsamte aber den Schritt, als er Peter entdeckte. Ich stand auf und setzte mich zu G. an den Camptisch. Unsere Beine sollten ein letztesmal versorgt werden, aber ich sagte, meine wären schon wieder in Ordnung, die Antibiotika hätten wunderbar gewirkt. Peter packte die letzten Kleinigkeiten in die Boote. Er ließ uns die Plane mit dem Reflektor und dem orangefarbenen «V» da. Derek sprach mit G., während er die Behandlung der Beine abschloß. Ich konnte nicht zuhören und wanderte zum Meer hinunter, unter dem Vorwand, die Bandagen auszuspülen.
«Alles fertig?» rief ich zu Peter, der an seinem Kat arbeitete. Ja, er glaubte, alles wäre bereit. Er hatte die untere Hälfte seines Tauchanzugs an. Sonne und Salz hatten seine Haare genauso ausgebleicht wie meine; die wenigen hellen Haare auf seiner jungen Brust glänzten. Als er auf mich zukam, stand ich auf. Schmierige Bandagenstreifen rollten kreuz und quer in die sandigen Hohlräume. Die Sonne stand bereits über dem Nordhügel. Ich spürte sie wärmend auf meinem nackten Fleisch. Peter breitete seine Arme weit aus, und unsere hageren Körper preßten sich in intensiver Umarmung aneinander. Ich hatte meine Augen fest geschlossen, mein Kinn in der Mulde seines Schlüsselbeins vergraben, als G.s Stimme über den Strand dröhnte.
«Ich wäre Ihnen dankbar, Sir, wenn Sie meine Frau freigeben würden.»
Zusammen mit Derek stand er oben am Strand. Beide lächelten, aber G.s Lächeln reichte nur bis zum Mund. Für die Jungs war es Zeit zu gehen.
Gemeinsam sagten wir ihnen auf Wiedersehn. Höfliche, bedeu-

tungslose Dinge wurden ausgesprochen. Absurderweise schüttelten Derek und ich uns die Hände. Kaum waren die Segel gesetzt, ging G. ins Camp zurück, aber ich blieb da und sah ihnen nach, bis sie verschwanden. Als schließlich die weißen Schwingen außer Sicht waren und nur noch Meilen und Meilen blaue See und Himmel zurückblieben, stand ich immer noch da; das Chaos in meinem Kopf erstickte mich fast.

6. Kapitel
Verluste und Gewinne

Tagebuch

Obwohl die Besucher uns Spaß machten und gewaltige Abwechslung boten, stellten wir doch fest, daß dieses Erlebnis uns ein klein bißchen verwirrt zurückließ.

Dies ist die Untertreibung des Tuin-Jahres. Als ich fertig damit war, aufs Meer hinauszustarren, ging ich ins Camp zurück, wo G. gerade damit beschäftigt war, ein Loch auf der anderen Seite des Baches zu graben. Der Sturm der Gefühle in mir ignorierte die Tatsache, daß er wirklich was für unsere Zukunft tat. Ich stürmte zu ihm hinüber und packte ihn nervös am Ärmel. «Ich mußte dich verteidigen», plapperte ich los. «Dich verteidigen. Es war schrecklich. Ich hab' mich geschämt. Ich schäme mich jetzt.»
«Was zum Teufel soll das heißen, mich verteidigen? Was ist los mit dir? So wie du dich mit diesen beiden Jungs benommen hast, so was hab' ich überhaupt noch nie erlebt. Wie eine läufige Hündin.»
Ich ließ seinen Ärmel los, als hätte er nach mir geschnappt, und trat einen Schritt zurück.
«Gestern . . .», fing ich an.
«Ja, was ist zwischen euch drei gestern passiert? Würd' ich gern erfahren. Ich nehm' an, du hast verdammt gut gevögelt. Hoffentlich hast du's genossen. Welcher war's denn, oder hattest du beide? Ich weiß nicht, Lu, du verblüffst mich, wirklich . . .» Geistesabwesend stocherte er mit dem Spaten im Boden herum. Seine Stimme war fast tonlos, seine Haltung steif, aber die Schultern sackten nach unten. Er schaute mich nicht an.
«Um Himmels willen, du verstehst ja nicht das geringste.»
«Verstehen? Nenn mir einen vernünftigen Grund, warum ich dich verstehen sollte, Lu. Du kommst hierher, um mit mir auf

einer Insel zu leben. Aus irgendeinem Grund, den du mir nie genannt hast, wendest du dich in Brisbane gegen mich, und das ist auch schon das Ende unseres Sexlebens, soweit es dich betrifft. Zwei junge Hengste kommen her, und du stellst dich überall zur Schau und bietest dich an. Ich frag' mich nur, was du diesen beiden Jungs gestern alles erzählt hast.»

«Ich hab' ihnen gesagt, sie sollen aufhören, über dich zu sprechen. Ich hab' dir erklärt, ich mußte dich verteidigen. Ich haßte das.»

«Du bist eine lausige Lügnerin, Lu. Ich weiß immer, wenn du lügst. Ich möcht' wetten, in Wirklichkeit hast du den beiden was vorgejammert. War das bevor oder nachdem du gefickt worden bist?»

Ohne zu antworten sprang ich wieder auf die andere Bachseite. Dann sagte ich, ich würde eine Tasse Tee machen gehen. Ich hantierte herum, zerbrach kleine Zweige, versuchte mich wieder unter Kontrolle zu bringen, indem ich etwas ganz Normales tat. Aber meine Hände zitterten, und mein Nacken war steif und pochte vor Anspannung. All die halb erwachten Lustgefühle in mir waren zu einem soliden Gallenklumpen zusammengeschrumpft, den ich nicht runterwürgen konnte. Als ich am ganzen Leib zitternd den Mund aufriß, um G. diesen Gallenklumpen über den Bach hinweg entgegenzuschleudern, tropfte mir Speichel aufs Kinn. Deutlich konnte ich meine eigene Stimme explodieren hören, ein Mittelding zwischen Schnarren und Kreischen:

«Nie, nie, *nie»* — sabbernd — «wieder werde ich mit dir schlafen!»

G.s Mund stand offen; er starrte mich wortlos an. Als er schließlich sprach, schwang in seinen Worten mehr Verwunderung als Anschuldigung mit:

«Lu, ich glaub', du hast einen kleinen Dachschaden weg.»

Ich spuckte und schäumte. Jetzt, wo der Hauptteil meines Giftes verspritzt war, hörte ich allmählich auf zu zittern. Die Steifheit verschwand aus meinem Körper, und ich machte mich wieder an die Teezubereitung.

G. kam und setzte sich in den Schatten. Er nahm seinen Hut ab und kratzte sich am Kopf. Der Hut, den Derek mir geschenkt hatte, hing am Eine-Pflaume-pro-Tag-Baum. G. ergriff ihn und drehte ihn in seinen Händen.

«Weißt du, Lu», sagte er, «wenn du dich damals, als ich noch meinen Jaguar hatte, so benommen hättest, hätte ich dich in den Arsch getreten, daß du zur Tür rausgeflogen wärst. Manchmal frag' ich mich, ob dir nicht bloß eine tüchtige Tracht Prügel fehlt.»

«Ich glaub' nicht, daß du damit was erreichen würdest», sagte ich und goß den Tee in unsere Tassen. In den neuen Kessel gab ich zwei Portionen von dem weißen Reis, den uns die Jungs geschenkt hatten, und stellte ihn aufs Feuer. Während er kochte, packte ich mein Tagebuch, einen Bleistift, ein Buch und einen frischen Sari-Streifen in die fleckigen Überreste einer Umhängetasche. In einem Schluck stürzte ich meinen Tee hinunter und aß zwei Löffel Reis.

«Was machst du, Lu? Frühstück war doch erst.»

«Ich bin den ganzen Tag fort. Dein Teil ist im Kessel. Bis später.»

Und damit marschierte ich ins Inselinnere und blieb dort bis zum Anbruch der Nacht.

Als ich zurückkam, lag G. bereits im Bett. Morgens kochte ich wieder Reis, ließ ihn zusammen mit Tee für G. stehen und machte mich erneut auf den Weg. Ich suchte nicht meine Lieblingsplätze auf, sondern blieb tief im Inneren und verbrachte den größten Teil des Tages auf einer kleinen Lichtung, wo man auf weichem Gras liegen konnte. Ich schrieb nicht, sondern las mein Buch zu Ende und beobachtete dann einfach nur den Himmel und die Bahn der Sonne.

Diesen Ablauf behielt ich vier Tage lang bei. Manchmal wanderte ich bis zu Dereks spitzem Kokosnußpfahl und machte mir eine Nuß auf, wenn ich durstig war. Besonders hungrig fühlte ich mich nicht. Anscheinend ging es G. genauso, denn es gab keinerlei Anzeichen dafür, daß er während meiner Abwesenheit fischen ging, und die letzten Vorräte blieben unberührt. Er aß den Reis, den ich ihm stehen ließ, und einige der Fleischkokosnüsse, die ich mitbrachte. Keine Feindseligkeit lag in der Luft, wenn wir uns abends oder kurz am Morgen sahen. Da war einfach nichts.

Am Vormittag des fünften Tages kehrte ich ins Camp zurück, um Bleistift und Papier zu holen, die ich zuvor nicht gewollt hatte. G. schlief eingerollt in sein grünes Handtuch, das er auf alle Inseln mitgeschleppt hatte. Sein kleiner Bart ragte gen Himmel, seine ungebräunten Hände, seine Finger, deren Rücken Sommersprossen oder Altersflecken hatten, lagen nach beiden

Seiten nackt und bloß im trockenen Gras. Ich ließ mich ganz in der Nähe unter einem Busch nieder. Und schrieb:

Tagebuch

Einflüsse, Meinungen und Vergleiche, die von der «Außenwelt» eindringen, können zu unserem Projekt nichts beitragen. Wir sind hier als Schiffbrüchige im 20. Jahrhundert, und unser Hauptziel ist zu überleben, nicht irgendwas zu vollbringen. Menschen gehen auf unterschiedliche Art und Weise an die Dinge heran. Wir sind nicht nach Tuin gekommen, um ein Buch zu schreiben, wie man fachmännisch im Busch lebt oder wie man den Dschungel zähmt. Wir behaupten nicht, große Kenntnisse auf irgendeinem Gebiet zu besitzen, das uns hier am nützlichsten wäre: Anbau unter trockenen, tropischen Bedingungen; Aufspüren und Sicherstellen eines ständigen Frischwasservorrats; Wettervorhersage und Gezeitenbestimmung — aber wir kommen zurecht. Wir sind am Leben und unter Berücksichtigung aller Umstände sogar recht munter!

Wenn wir einen Blick über unser Camp werfen, dann gibt es kaum Anzeichen für geleistete Arbeit. Unsere Schutzhütte ist noch nicht gebaut; wir benützen immer noch die verlassene Hütte eines Insulaners als Lagerraum. Aber wenn wir die hier verbrachte Zeit mit den Augen von zwei Menschen betrachten, die nur überleben wollen, unserem angeblichen Ziel, und die uns eingehämmerten Ansichten einer Wettbewerbsgesellschaft vergessen, dann haben wir uns nicht schlecht gehalten. Unsere Angelbemühungen haben uns mit einem reichlichen Proteinvorrat versorgt, und wir haben eine ausreichende Vitaminquelle entdeckt, hübsch verpackt in den wilden Früchten der Insel — Kokosnüsse und Passionsfrüchte und dazu noch zu dieser Jahreszeit wilde, einheimische Pflaumen. Wir sehen sauber und gesund aus. Der Gemüsegarten hat viel Zeit und Arbeit beansprucht, weil jetzt die ungeeignetste Zeit zum Pflanzen ist, aber in unserer Situation sind wir gezwungen, auch den aussichtslosesten Versuch zu wagen; selbst wenn nur die zähen Bohnen, Felsenmelonen und Kürbisse einen Ertrag bringen, wird sich unser Speiseplan wesentlich verbessern.

Unsere entzündeten Beine haben all unseren kleinen Inselplänen, vor allem dem Hausbauprojekt, den schlimmsten Rückschlag versetzt. G. hat sehr gelitten und mußte den Bau des Fundaments von einem Tag zum anderen verschieben. Das hat ihn ungemein frustriert und einen hohen Preis an Beherrschung und Optimismus gefordert. Er war gezwungen gewesen, wie ein Invalider tagelang im Camp zu liegen und wütende Betrachtungen über den Verlust seiner Stärke und Vitalität anzustellen. Aber wir sind von keinem Zeitplan abhängig, und geduldige Hinnahme unserer eigenen Beschränkungen ist eine vernünftigere Haltung als endloses Gejammer, daß wir nicht auf der Stelle dieses oder jenes tun können.

Ich habe ein paar Blätter aus G.s Buch der Geduld gerissen. Meine Energie und mein Enthusiasmus müssen ihn manchmal schrecklich erbittert haben.

Es ist problematisch, an einem Meer zu leben, das auf offene Wunden giftig wirkt. Seit die vielen kleinen Wunden an unseren Armen und Beinen zu eitern begannen, hatten wir jeden Kontakt mit Meerwasser zu meiden gesucht, nicht gerade leicht, wenn man gezwungen ist, den größten Teil der Nahrung aus dem Meer zu angeln. Ein sorgloser Schritt, ein Spritzer korallenverseuchtes Wasser, und der Heilungsprozeß der Beine wird um zwei Tage zurückgeworfen. Aber wir haben mehr getan als nur zu überleben. Wir haben gelernt, diese Insel zu lieben, ihre Geräusche, ihre vielfältigen Launen und Stimmungen, den Rhythmus von Gezeiten und Sonne. Jeden Tag lehrt die Insel uns etwas, wir entdecken eine neue Pflanze oder hören ein anderes Vogellied, spüren, wie der Wind aus anderer Richtung die Bäume von Tuin bewegt, fühlen neue Regungen in uns selbst . . .

Wir sind nicht hier, um die Insel zu bekämpfen, ihr ein für Menschen geeignetes Heim abzuzwingen, sondern um zufrieden innerhalb ihrer Grenzen zu leben, um uns einer einzigartigen Umgebung anzupassen. Vielleicht werden wir inneren Gewinn ziehen aus der seltenen Freiheit, die sie uns anbietet — wenn wir nur in der Lage sind, auf andere, unerhebliche Maßstäbe zu verzichten.

Das eben Geschriebene war für G. gedacht; er sollte es lesen. Wieviel davon der Wahrheit entspricht und was Phrasen der

Selbstrechtfertigung um des lieben Friedens willen sind, möchte ich der Phantasie überlassen.
Es war kurz vor Mittag, als ich mit meinem Friedensangebot zurück ins Lager marschierte. Bald darauf fing G. an, ein Loch zu graben. «Ich schau' mal, ob ich heut' nachmittag einen Fisch an die Angel kriege. Kommst du mit, Lu?»
«Ja. Hast du jetzt Hunger?»
«Kurz vorm Verhungern.»
«Okay.»
Schnell brühte ich Tee auf und kochte Reis mit zwei Löffeln Trockenmilch als Zugabe. G. riß die Augen auf, als er diesen Luxus sah.
«He, Reispudding!»
«Kommt der Sache sehr nahe. Ich habe die Extramilch von diesen beiden Jungs bekommen.»
Absichtlich schnitt ich das gefährliche Thema der Jungs an und tat es mit einem leicht verächtlichen Schulterzucken ab. Sie mußten nachdrücklich in die Vergangenheit verbannt werden und durften keine Rolle mehr in der Geschichte von Tuin spielen.
«Das ist verdammt gut, Lu. Hast du noch mehr?»
«Das war alles. Wir sind jetzt wieder bei unseren normalen Hungerrationen angekommen.»
«Ah, mach dir deswegen keine Sorgen. Zum Abendessen fangen wir uns einen wunderschönen großen Korallendorsch und ein paar Blaufische. Okay?»
«Okay!»
Wir waren wieder auf uns selbst angewiesen, auf unsere eigene spezielle Art und Weise zusammen.

Die folgenden Wochen waren erbarmungslos heiß und trocken. Eine neue Wetterphase schien eingetreten zu sein. Es gab keine vorbeigleitenden grauen Wolken mehr, die uns mit unzuverlässigen Regenversprechungen verhöhnten. Die grelle Magnesiumfackel der Sonne hing in dem stechenden Blau des Himmels und versengte alles mit ihrem brennenden Atem. Die kühlen Stunden nach der Morgendämmerung und vor dem Sonnenuntergang schienen immer kürzer zu werden. Die trockene Hitze trug ihre eigenen Geräusche in das stille Inselinnere. Spröde Zweige bröselten von den Bäumen, wenn man sie nur ganz zart mit der Schulter streifte, und fielen in puderigen Klumpen in das papiertrockene Gras. Fußtritte hallten laut durch das raschelnde, sterbende Unterholz. Mit jedem Tag wurde es leichter, die blaue Ferne auf der anderen Inselseite zu sehen, je stärker die Bäume ihr ausgebleichtes Laubwerk abwarfen. Die Farben, rostbraun, ocker, bronze, erinnerten mich an den Herbst, aber hier schickte die Sonne den Tod, und kein üppiger, dunkler Winter stand vor der Tür.

G. kämpfte mit dem leblosen Boden. Tiefer und tiefer grub er, übersäte die Oberfläche mit den Pockennarben wasserloser Brunnenlöcher. Die spindeligen Gemüsesprossen, die so eifrig hochgeschossen waren, fielen wie Strohhalme um; ihre Wurzeln fanden keinen Halt in der Erde. Die älteren Pflanzen wie Tomaten und Zuckermais blieben stehen; sie zogen es vor, aufrecht zu sterben. Ein kürzlich gepflanztes Kohlrabibeet, winzige, soeben geformte Purpurblättchen, blieben wochenlang ein paar Zentimeter groß und gingen dann allesamt ein. Es war ein Kampf ohne Hoffnung, und doch hofften wir die ganze Zeit über.

An der Long Beach sammelte ich alle angeschwemmten Benzinfässer, die ich nur finden konnte, und schleppte sie quer durch die Insel; manche fielen unterwegs vor lauter Rost auseinander. Daraus baute G. Schattenspender für die Gemüsebeete. Die Fässer, aus Gründen der Beweglichkeit besser als in den Boden gesteckte Stangen geeignet, wurden an je ein Beetende gestellt; dann legten wir Stangen darüber und häuften kühle Palmwedel auf. So wie die Sonne ihre Bahn zog, so verrückte G. seine Schattenspender und schützte seine verdorrten Pflanzen vor den vernichtenden Strahlen. Aber ohne Wasser nützte das alles nichts. Eine Weile setzten wir unsere Hoffnung auf einige Samen, die ich versuchsweise in einer Gegend auf der anderen Inselseite ausgestreut hatte, wo das Gras noch grün und üppig war. Aber innerhalb weniger Wochen wurden all diese Pflanzen, die sehr schnell hochgeschossen waren, plötzlich braun und verdorrten.

Trinkwasser war jetzt noch viel strenger rationiert. Wir waren bei zwei Tassen täglich für jeden angelangt, und zum Kochen wurde nur noch die kleine Pfütze benützt, in der ich den Reis kochte. Beim Graben nach einer Quelle traf G. einmal auf Süßwasser, nicht weit entfernt vom Bach. Aber unser Jubel war nur von kurzer Dauer; das Wasser stammte vom oberen Teich unse-

res Baches, der langsam wegsickerte und durch Sand gefiltert an anderer Stelle wieder austrat. Die hochsteigenden Fluten versetzten uns in größere Aufregung. Wenn das Meer direkt in unseren Bach brandete, dann befürchteten wir, daß unser kostbares Frischwasser auf Dauer salzig werden könnte. Aber nach vierundzwanzig Stunden war es immer wieder rein und der gleiche, kleine Tümpel blieb zurück. Wußten wir, daß die Flut nachts hoch steigen würde, so entnahm ich schon am Abend zuvor das Frischwasser für den nächsten Tag; auf die Weise mußten wir uns nie einen ganzen Tag lang nur mit Kokosnußsaft begnügen. Weil die Wasserration über einen längeren Zeitraum hinweg immer kleiner geworden war, empfanden wir es nicht als plötzlichen Verlust. Wir urinierten weniger, und selbst unser Schweiß schien auszutrocknen, als würden unsere Körper jeden Tropfen Flüssigkeit konservieren, aber wir litten keinen übermäßigen Durst, so lange wir noch die Peepas hatten.
Eine mittlerweile fast ausschließlich aus Proteinen bestehende Ernährung hatte uns bis auf die Knochen abmagern lassen. Meiner Meinung nach besaß ich immer noch genügend Energie, aber Kraft und Ausdauer schwanden dahin. Die Eimer mit Wasser, die ich vom Meer hochschleppte, kamen mir immer schwerer vor; manchmal mußte ich anhalten und mich auf halbem Wege ausruhen. Unsere Entzündungen hatten gut auf die Behandlung angesprochen, und unsere Beine befanden sich in recht ordentlichem Zustand. Der Fehlschlag des Gartens und der entsetzliche und nie ausgesprochene Gedanke, daß es vielleicht nie wieder regnen würde, waren es, die unsere Zukunft bedrohten und uns belasteten. Tag um Tag tauchte keine einzige Wolke am Himmel auf.
Merkwürdig: Wir hatten keine Skrupel gehabt, uns mit allen Feinheiten verbaler Grausamkeit gegenseitig zu zerreißen, als die Lage noch nicht so verzweifelt war. Jetzt, angesichts einer Bedrohung, die wesentlich größer war als die Summe unserer beiden Egos, spendeten wir uns gegenseitig Aufmunterung und Trost, so gut es nur ging.
Meine einsamen Wanderungen wurden zu einer ständigen Suche nach Nahrung und möglichen Wasserquellen. G. konzentrierte all seine Kraft darauf, wenigstens den Zuckermais und die Tomaten zu retten. Manchmal goß er ein paar Tropfen von seiner eigenen Wasserration um die Wurzeln einer Tomatenpflanze, für die noch Hoffnung bestand. Vor dieser totalen

Dürre hatte sich der Mais gut gehalten. Jetzt stand er knappe zwei Fuß hoch und begann gelb und welk zu werden. Mit ihm starb unsere Hoffnung auf eine größere Menge Nahrung, die den zu Ende gehenden Reis hätte ersetzen können. Und dann lenkte Gott oder das Glück meine Füße in Richtung einer wunderbaren Entdeckung.
Ich war weit um die Südspitze der Long Beach marschiert, so weit, daß ich mich schon fast wieder auf der Westseite von Tuin befand. Die Sonne hatte noch ein Stück vor sich, ehe sie die Gipfel von Tukupai berührte, aber ich wußte, wie lange ich für den Rückweg brauchen würde. Ich beschloß, das Risiko einzugehen, mich durch das in diesem Teil der Insel unbekannte Innere zu kämpfen und direkt auf das Camp zuzuhalten.

Tagebuch

Noch nie bin ich an der schmalsten Stelle von Tuin auf so lange Gräser gestoßen wie hier. Manchmal wühlte ich mich durch eine Vegetation, die mir über den Kopf reichte und mir den Blick auf die Hügel verstellte, die ich anpeilte. Aber das Rauschen des Meeres, hinter mir und links von mir, ließ mich die ungefähre Richtung halten. Während ich mich vorwärts kämpfte, zerkratzten mir die hohen Gräser die Arme und peitschten gelegentlich mein Gesicht, aber ihre Höhe beschützte mich auch vor der immer noch heißen Sonne. Ich fragte mich, ob an diesem Ende der Insel vielleicht eine Schlangenkolonie hauste und hoffte, daß der Lärm meiner Anwesenheit sie in die Flucht schlagen würde.
Im Sonnenlicht wirkten die hochgewachsenen Grashalme blaß. Manchmal trat ich auf weiche, elastische Farne, strähnig wie Frauenhaar. Plötzliche Bodensenken erschreckten mich ab und zu ein bißchen, aber ansonsten fühlte ich mich wie ein Kind in einem hohen Weizenfeld an einem wunderschönen Sommernachmittag.
Einmal kletterte ich auf einen massiven Felsblock, der mir den Weg versperrte. Von oben konnte ich deutlich die vertrauten Umrisse des Hügels sehen. Zwischen mir und diesem Hügel lag eine Senke, flach und breit, mit zufällig verstreuten Felsblöcken übersät, die fast so groß waren wie der, auf dem ich stand. Nahe am Fuß des Hügels schien sich ein rechtecki-

ges Fleckchen ungewöhnlich dunklen Bodens auszudehnen. Neugier und aufkeimende Hoffnung trieben mich in diese Richtung. Diese Form war von Menschenhand gemacht worden. Es war so bearbeitet worden, wie man Erde für einen Garten herrichtet. Und wenn dort ein Garten gewesen war, dann gab es in der Nähe sicherlich auch Wasser. Als ich blindlings loskletterte, rutschte ich in einen tiefen Bodenspalt. Ein Flußbett! Ich bückte mich und betastete den Boden. Er war knochentrocken und mit senkrechten Splittern gezahnt. Ich schob mich auf dem Pfad, den der Bach gebahnt hatte, vorwärts. Er führte mich nahe an den verlassenen Garten. Nun war es nur zu offensichtlich, warum man ihn aufgegeben hatte.

Anscheinend hatte man hier einst mühsam die Erde zu ordentlichen Häufchen geformt. Jetzt bröselte der krümelige graue Boden in staubigen Klumpen von den kleinen Hügeln. Sie sahen aus wie Aschenhaufen. Aber ganz oben sproßten gelbliche Ranken wie Skelettfinger, schlängelten sich in knotigen Linien und vergruben sich unter Spinngeweben rötlicher Farne, so dünn wie das Haar auf dem Kopf einer alten Frau. Ich setzte mich mittendrin auf einen der Haufen und stieß meine Finger tief unter zwei der toten Ranken. Zuerst fühlte ich nichts als trockene, warme Erde, dann trafen meine Hände auf etwas Hartes, Rundes. Es ließ sich nicht leicht rauszerren. Mit einem letzten Ruck brachen die langen Wurzeln und der Schatz war gehoben. Lange Zeit saß ich da und starrte darauf. Er besaß ungefähr die Größe einer kleinen Rübe oder großen Kartoffel, blaßfarben, glatt und knollig. Ich roch daran, ein Geruch nach Wurzeln und Erde und Gemüse. Ich stieß das harte Fleisch gegen meine Zähne und biß tiefer hinein, ohne mich um den Dreck zu kümmern. Es schmeckte süß und gut und kräftig. Ich ließ die angebissene Frucht in meinen Sari-Streifen fallen, bückte mich tief und wühlte, die Arme bis zu den Schultern mit grauem Staub bedeckt, zwischen den Haufen herum. Es gab viele von diesen Dingern. Manche waren verschrumpelt und weich an den Enden, aber ich nahm sie alle.

Ich wünschte, ich könnte mit einem Zauberteppich sofort und auf der Stelle an G.s Seite fliegen, doch ich hatte noch einen weiten Weg vor mir. Um die «Yams» leichter tragen zu können, öffnete ich meinen Sari-Streifen, häufte sie in der

Mitte auf und verknotete dann die Ecken, wie das Bündel eines Landstreichers. Das warf ich mir über die Schulter. Jedesmal, wenn es mir auf dem Weg zum Camp auf den Rücken klatschte, dachte ich voller Freude an die kommenden Mahlzeiten.

Die Entdeckung der Süßkartoffeln oder Yams — wir waren nicht sicher, was es wirklich war — war ein gewaltiger Segen. Anstatt lediglich Kokosnuß zum Lunch, hatten wir nun gedünstete, geröstete oder gekochte «Yams». Zusammen mit geschnetzeltem Papagei- oder Blaufisch ließen sich herrliche Fischkuchen daraus machen. Manchmal bereitete ich schlichte «Yamburgers», die immer gut schmeckten, aber wir besaßen so wenig Öl, daß dieses Gericht nur selten serviert wurde. Obwohl wir zum Abendessen stets eine Prise Salz nahmen, um Krämpfen vorzubeugen, brauchten wir insgesamt nicht viel davon, da das Essen meistens mit etwas Salzwasser zubereitet wurde. Außerdem achteten wir darauf, nicht zu großen Durst zu bekommen. Nach einigen guten Mahlzeiten stieg unsere Moral beträchtlich. Als uns die «Yams» allmählich ausgingen, freute ich mich darüber, daß G. mich zu dem Garten begleiten wollte. Wir beschlossen, einen Tagesausflug daraus zu machen. Anstatt quer durchs Innere der Insel zu gehen, was für seine frisch geheilten Beine böse Folgen hätte haben können, marschierten wir um die ganze Küste herum via Palm Beach, bis wir uns der Stelle näherten, wo ich beim erstenmal ins Innere eingedrungen war. Ich brauchte Stunden, um den Garten wiederzufinden. Nirgendwo konnte ich den Felsblock entdecken, auf dem ich gestanden hatte. Schließlich erklärte ich G., ich müßte auf den nächsten Hügel klettern, um einen Überblick über die Gegend zu bekommen. Geduldig ließ er sich auf einer erhöhten Bodenstelle nieder und wartete, während ich schwitzend den Hügel hochkeuchte, recht unzufrieden mit mir selbst, weil ich so wenig Orientierungssinn besaß. Als ich schließlich den Gipfel erreichte und hinunterschaute, mußte ich lachen. Von hier oben war der Pfad, den ich eingeschlagen hatte, deutlich zu sehen; ich hatte den Garten höchstens um ein paar Meter verpaßt. G.s erhöhter Platz befand sich direkt darüber. Von hier konnte ich außerdem einen unbehinderten Weg zum Strand sehen.
Ich ging schnurstracks zurück zu G.s Hügelchen und sprang von dort direkt in den Garten. Wir füllten den Rucksack bis

obenhin mit «Yams». Wir nahmen den Weg, den ich vom Hügel oben gesehen hatte, und gelangten in eine hübsche, schattige Gegend, nur ein kleines Stück vom Strand entfernt. Hier machten wir Feuer und bereiteten uns gleich ein Picknick: Yam, gekocht in Meerwasser. Wir hatten entdeckt, daß das Salz den Geschmack nicht verdarb, wenn man die Früchte nicht aufschnitt. Wir beschlossen die Mahlzeit mit dem Saft und Fleisch einer Kokosnuß und blieben angenehm gesättigt liegen.

Auf dem Heimweg bemerkten wir einige weitere alte Wellbleche, die verstreut um ein paar zerbrochene Pfähle lagen. Vielleicht hatten die Gartenbauer hier für sich selbst einen Schattenplatz errichtet. Sobald wir uns noch weiter gestärkt hatten, würden wir zurückkommen und diese Bleche für unser eigenes Dach holen. Mittlerweile hatte sich meine Antipathie, Abfall aus einer anderen Welt zu verwenden, abgeschwächt. Falls es etwas Nützliches auf dieser Insel gab, dann würden wir es verwenden, egal ob «natürlich» oder sonstwie entstanden.

Der gebesserte Zustand unserer Beine fügte unserem Tagesablauf ein neues Ritual hinzu. Ich gewöhnte mir an, jeden Morgen und Abend ein Bad im Meer zu nehmen. Morgens schloß sich mir oft ein neugieriger kleiner Hai an, den ich Sammy taufte. Bei Ebbe marschierte ich den ganzen Weg bis zum Ende der sandigen Landzunge und tauchte in eine der tiefen Mulden zwischen den Sandhügeln. Ich liebte es, lange Zeit so zu liegen; bloß mein Kopf ragte aus dem Wasser. Die Vorstellung fiel mir leicht, daß ich das letzte noch übriggebliebene Landlebewesen dieser Welt war; eine Vorstellung, die ein Gefühl gewaltiger Selbstschätzung auslöste, ebenso wie das Bewußtsein, daß man kein bißchen bedeutsamer war als eines der Myriaden winzigster Lebewesen im Meer um einen herum.

Eines Tages, als die Flut das Wasser näherbrachte, sah mich G. wie einen Seehund im warmen Wasser schwelgen. Schwappte das Wasser zwischen meinen Brüsten hoch, während ich auf dem Rücken lag, dann drehte ich mich auf den Bauch und ließ die kleine Welle über meine Schultern rollen; anschließend legte ich mich wieder auf den Rücken und wartete auf die nächste Welle. Ein Spiel, das ich stundenlang spielen konnte.

«Weißt du was?» sagte er zu unser beider Überraschung. «Ich glaub', ich leiste dir ein bißchen Gesellschaft.»

Wenn die Flut da ist und die Sonne zu sinken beginnt, gehen wir manchmal hinunter ans Wasser und baden gemeinsam. Die Flachstellen, die sich Hunderte von Metern über die Spitze der Landzunge hinaus bis in dunkelblaue Tiefen erstrecken, sind warm und angenehm und schlagen besänftigend über schmutziger, schweißfleckiger Haut zusammen. Scharf nach den ovalen Schatten der blauen Stachelrochen Ausschau haltend, lassen wir uns nebeneinander in bequeme hüfttiefe Mulden sinken, bis nur noch unsere Köpfe aus dem Wasser ragen. Wir räkeln uns ausgiebig, von Sonnenlicht und kleinen Wellen besprenkelt. Unsere auf den Ellbogen ruhenden Körper, langgestreckt und golden, nehmen die Wellenbewegung auf und wogen auf und ab; zwei fremde, rührend ungeschickte Landkreaturen, für einen kurzen Augenblick vom Meer schön und stromlinienförmig gemacht.
Das tatsächliche Waschen ist weniger romantisch. In dem vergeblichen Versuch, uns gründlich von tief eingefressenem Schmutz zu säubern, reiben wir Arme und Beine kräftig mit Sand ein. Ich unterwerfe mein schmutziges Hinterteil derselben heftigen Behandlung, die ich dem verkrusteten Inneren eines Kessels angedeihen lasse. Erfrischt und glänzend tauchen wir wieder auf und sind trocken, noch ehe wir das Handtuch erreichen.

Die Strafe, die G. für dieses harmlose Vergnügen bezahlen mußte, war grausam. Ob die Krankheit seiner Beine wieder aufgeflammt wäre, wenn er sich vom Wasser ferngehalten hätte, werden wir nie erfahren. Seine Fußknöchel schwollen an wie blasse, pockennarbige Würste, und in seiner Leistengegend wuchs ein unheilverkündender Knoten heran. Ich ermunterte ihn, seine Beine so oft es ging hochzulegen, um die Schwellung abklingen zu lassen. Gleichzeitig sorgte ich mich, daß sich durch diese Haltung das Gift schneller ausbreitete. Es war erschreckend, so unwissend zu sein.
Ruhe tat seinen Beinen stets gut, aber durch diesen Rückschlag lebten all seine früheren Depressionen wieder auf. Ich gab mir nun bewußt Mühe, mehr Zeit im Camp zu verbringen. Jetzt trieb mich G. mit seiner Apathie und Gereiztheit nicht davon. Er war einer Sache zum Opfer gefallen, über die er keine Kon-

trolle besaß, und ich wollte es ihm nicht noch schwerer machen, indem ich den Anschein erweckte, ihn im Stich zu lassen, wenn er Trost am nötigsten brauchte.
Ich holte meine Flöte hervor, auf der ich lange nicht mehr gespielt hatte, und fragte ihn, ob er was dagegen hätte, wenn ich hier in der Nähe übte. Er schien sogar erfreut darüber, und so steckte ich mein Notenblatt an einen Baum und mühte mich keuchend ab, ein paar entfernt vertraute Töne zu produzieren. Um mich in Lagernähe zu beschäftigen, begann ich ein Büchergestell zu basteln. Die blitzblanken, hellen Knochen der abgeschälten, schlanken Mangroven gefielen mir so sehr, daß ich dafür kein anderes Material zu verwenden suchte. Unglücklicherweise versagten die Bindemittel kläglich. Zuerst versuchte ich die Stöcke mit Kordeln gedrehter Ranken zusammenzuknoten, fest in ins Holz geschnittene Kerben gewunden, aber sie spleißten auf, wenn sie frisch waren, und brachen in trockenem Zustand. Alles gute Bindematerial mußte für die Schutzhütte aufgehoben werden, und so blieben mir lediglich von meinem Sari-Tuch abgerissene Fetzen oder Stücke schmutziger Bandagen. Ihr Anblick verdarb die Wirkung des Holzes dermaßen, daß ich den Gedanken an ein Büchergestell ganz fallen ließ und mit den glatten, polierten Stöcken lieber eine Art Mikado spielte, beobachtet von Reihen kleiner, glitzernder Eidechsenaugen.
Unsere Camp-Eidechsen waren uns ans Herz gewachsen. Wenn G. eine Kokosnuß für den Morgenreis rieb, dann tauchte eine langgestreckte, silbergraue Eidechse, die wir Oscar (nach Oscar Wilde) nannten, ganz beiläufig aus dem Nichts heraus auf, saugte die Krümel auf und zog sich dann in die Sicherheit eines Holzstoßes zurück, von wo aus er die Welt mit hellen, verächtlichen Augen musterte. Mein spezieller Liebling war Bronzey, ein hübscher kleiner Kerl mit einem leuchtenden, bronzenen Rükken und einem strahlend orangefarbenen Bauch. Er besaß eine große Nachkommenschaft, die ständig in Gefahr schwebte, ertränkt oder verbrannt zu werden, da sie sich an den Orten herumtrieb, wo ich gebrauchtes Meerwasser hinschüttete oder die Asche für den Garten hinwarf. Wenn wir am Tisch saßen, rannten sie kühn über unsere Füße, manchmal mitten im Lauf erstarrend, ihre kleinen kühlen Klauen federgewichtig auf unserer Haut. Als wir sehr hungrig waren, erwog ich, Bronzey und Oscar zu verspeisen, aber es sah nicht so aus, als hätten sie viel Fleisch auf den Rippen.

Die Geckos im Schuppen waren seltsame, gummiartige Kreaturen mit riesigen runden Eulenaugen. Sie waren blaß, kompakt, mit dicken, gekrümmten Gliedern und flachen Köpfen. Ihre Schwänze lösten sich leicht, wenn man sie erschreckte, und der neu nachwachsende Schwanz paßte oft farblich nicht zum restlichen Körper. Einer, der das Pech hatte, für eine Woche zufällig in meinem Flötenkasten eingeschlossen zu werden, bekam einen neuen, vollkommen schwarzen Schwanz.

Ein Neuankömmling im Camp war der Poo-poo-Vogel. Eines Morgens verkündete er seine Anwesenheit durch ein fürchterliches Rascheln im Gras hinter dem Garten. G. und ich standen da und schauten interessiert zu, wie dieser ungewöhnliche Vogel eine Anzahl unerklärlicher Mätzchen vorführte. Er sprang mit schräg geneigten Flügeln hoch in die Luft und landete mit dem Kopf voran auf dem Boden. Zuerst dachten wir, er wäre krank, doch als diese Darbietung regelmäßig wiederholt wurde, erkannten wir, daß es sich um eine Art Ritual handelte, eine Eigentümlichkeit entweder dieser Gattung oder dieses speziellen Exemplars. Wir nannten ihn Poo-poo wegen des Geräusches, das er gelegentlich von sich gab, aber laut unserem Vogelbuch gehörte er zur Gattung der Fasane. Ganz sicher besaß er einen Schwanz wie jeder andere Fasan, aber sein Kopf war für den Körper viel zu groß und wie der eines Adlers geformt. Mit der Zeit betrachtete er unser Camp als sein Territorium, und wir mochten ihn sehr gern. Mit großer Anstrengung und vielen würdelosen Fehlversuchen schaffte er es gerade noch, in den mit unseren Geräten behängten Baum zu springen. Von dort aus konnte er problemlos losfliegen, aber er schien nicht in der Lage, sich direkt vom Boden aus in die Luft zu schrauben. Später fanden wir heraus, was für ein nützlicher Wetterprophet er sein konnte.

Während G.s Beine sich erholten, aßen wir massenhaft Yams. Die momentane Mondposition war zum Fischen ohnehin denkbar ungeeignet, und um ehrlich zu sein, die Abwechslung von dem ewigen weißen Fischfleisch war eine Erleichterung. Der Yamsgarten war jedoch keineswegs eine unerschöpfliche Fundgrube, und als der Mond in seiner Viertelphase stand und G.s Beine deutliche Anzeichen der Besserung zeigten, angelten wir wieder täglich und aßen Yams nur jeden zweiten Tag.

Die ganze Zeit über konnte ich es kaum erwarten, den Trip zum anderen Inselende zu machen, um die Bleche für unser Dach zu holen. Ich hütete mich jedoch davor, das auch nur mit einem Wort zu erwähnen, solange sich G.s Beine in schlimmem Zustand befanden, da er sich dadurch nur hilflos und bedrängt gefühlt hätte. Als es ihm besser ging, schnitt ich das Thema vorsichtig an; er lächelte und meinte, er hätte darauf gewartet, daß ich damit anfinge.

«Na schön, ich denke, wir holen lieber das verdammte Ding rüber, sonst wird Madame nie zufrieden sein.»

«Das ist richtig», sagte ich und zwinkerte ihm zu.

Die Kühle des Morgens, an dem wir aufbrachen, um die Bleche zu holen, täuschte uns. Anfangs fühlten wir uns stark und zuversichtlich und vergaßen dabei ganz, daß wir trotz der Stärke in den Yams seit Monaten von weniger als tausend Kalorien täglich lebten. Als wir die Plateaufelsen erreichten, hatte längst schon jedes Geplauder aufgehört, und G. sah überanstrengt aus. Ich fragte, ob ihn seine Beine schmerzten, und er sagte, nein, das wäre es nicht, er fühle sich einfach nur sehr müde. Die Sonne zermalmte all unsere Sinne, saugte sämtliche Feuchtigkeit aus unseren Kehlen, stach uns mit trockener Hitze in die Nasenflügel, schien wie ein totes Gewicht auf unseren Schultern zu hängen. Als wir endlich die Bleche erreichten, rasteten wir lange Zeit, ich in einem tiefen Felsloch, G. im Schatten, wo wir zuvor unser Picknick gegessen hatten. Während er döste, ging ich los und fand ein paar Kokosnüsse, damit wir was Stärkendes im Magen hatten, bevor wir uns die Bleche für den Rückweg aufpackten.

Die unzerbrochenen Bleche waren ungefähr zweieinhalb Meter lang und siebzig Zentimeter breit. Ein einzelnes Blech war nicht schwer, aber unhandlich. Wir hatten fünf ganze und drei halbe Bleche, die wir ins Camp schleppen mußten. Aus starken Stämmchen baute G. eine Art Bahre, auf die wir die Bleche legten und mit einem Strick festzurrten. An jedem Ende der Bahre ragten Stöcke als Handgriffe hervor.

«Fertig, Lu?»

«Fertig.»

«Okay, du packst das hintere Ende. Ist vielleicht leichter für dich. Eins, zwei, drei, hoch!»

Und ab ging die Post. Zu Anfang schien es, wie bei jedem mühsamen Schleppen einer Last, nicht so schlimm zu sein. Dann kam das felsige Gelände. G. hob vorne an, während er über die unebenen Felsblöcke schwankte, und sofort rutschte mir die

ganze Ladung mit ihren zackigen Enden gegen den Bauch. Zum Glück fing mein Ledergürtel mit der Messerscheide den Hauptstoß ab, aber trotzdem bellte ich G. ein «Stop» zu. Vorsichtig senkte er sein Ende ab; nichtsdestoweniger löste sich ein lockeres Blech mitten aus dem Bündel und knallte ihm von hinten in die Knie. Ausgiebiges Gefluche und ein Halt, um die Sache fester zu binden. Es war ein Segen, daß die schlimmsten Felsen gleich zu Anfang kamen, sonst hätten wir es nie geschafft. Meine Schultergelenke knirschten und kreischten, als wir die Bucht auf der anderen Seite erreichten. Meine Schenkel waren vorn und die von G. hinten zerkratzt. Eine Kiefer mit langen, kühl wedelnden Zweigen stand auf halbem Weg am Strand der Bucht entlang.
«Sollen wir unsere erste Rast unter dem Baum machen?» fragte ich.
«Was, du wirst schon müde?»
«Nicht gerade müde, aber nach einer Rast geht's besser.»
Also hielten wir unter dem Baum an. G. sackte zusammen und schloß die Augen. Ich wirbelte meine Arme herum, um das Blut wieder dorthin zu bekommen, wo es hingehörte, dann legte ich mich auf den Rücken und schlenkerte die Beine in der Luft. Ich war so erleichtert, von meiner Last befreit zu sein.
«Lu, ich dachte, du wolltest eine Rast einlegen.»
«Mach' ich doch, mach' ich doch. Eine Rast vom Tragen. Ich bin nicht *müde!*»
«Also bereit zum Aufbruch, ja?»
«Wenn du's bist.»
Wir tauschten die Plätze. Nun bekam ich die Schläge auf mein mageres Hinterteil und G. vorn auf seine Beine. Am Ende dieser Bucht mußten wir mit weiteren Felsblöcken fertig werden. Die nächste Rast wollten wir einlegen, wenn wir das überwunden hatten. Ich glaubte nicht, daß ich es durchhalten würde, aber ich hätte nur dann um eine frühere Pause gebeten, wenn mir tatsächlich die Arme abgefallen wären. G. war eindeutig ebenso erleichtert wie ich, als die nächste Bucht in Sicht kam. Auf diesem Abschnitt hatte es weniger Flüche gegeben, dafür war der Schweiß um so reichlicher geflossen.
Kaum lagen die Bleche sicher auf dem Boden, tanzte ich wieder herum, genoß die Freiheit und lud meine Batterien auf. G. sank auf den Sand, als hätte ihm jemand die Sehnen entzweigeschnitten.

«Mein Gott, Lu», sagte er. «Für eine Frau besitzt du ganz schön Kraft.»
«Erzähl mir bloß nicht, du spürst die Anstrengung!»
«Ich bin lediglich verdammt müde, das ist alles.»
Ein Hauch von Gereiztheit in seiner Stimme ließ mich alle weiteren neckenden Bemerkungen hinunterschlucken.
Auf dem nächsten Teilstück schleppte sich G. in vorderer Position voran, ohne ein Wort zu sagen. Ich spürte dieselbe Anstrengung wie zuvor und sehnte mich danach, die Ladung abwerfen zu können; mittlerweile aber kannte ich das Schlimmste und lernte mein Ende etwas besser auszubalancieren. Jede einzelne vertraute Falte in G.s Nacken war mit Schweiß gefüllt, und ich spürte, wie die Tropfen sich aus meinen Haaren lösten, mir in die Augen rannen und hinter meinen Ohren hinabflossen. Ich wünschte mir einen dritten Arm, um mir das Gesicht zu wischen. Dies hier war eine weite Bucht, ohne Palmen, mit lockerem weißem Sand. Gegen Ende der Bucht zu bedeckte der Sand unsere Füße bei jedem Schritt, was unser Fortkommen qualvoll langsam machte. G. grunzte eine einzige, alles umfassende Obszönität. Ich nickte, ohne nachzudenken, aus dem Gefühl heraus, daß er die Situation sehr treffend zusammengefaßt hatte.
«Danach kommt die Palmbucht, nicht wahr, Lu?»
«Nein. Zuerst kommt noch diese kleine Bucht mit dem breiten Kanal.»
«Verdammter Mist. Setzen wir uns eine Minute.»
«Können wir vielleicht nicht erst noch die Felsen hinter uns bringen?»
«Zum Teufel mit den Felsen. Setz dich hin und halt für eine Minute die Klappe, Lu.»
Rauh und kratzig schwankte seine Stimme, als wäre er völlig ausgepumpt. Mit geschlossenen Augen lag er auf dem Rücken. Ich setzte mich neben ihn und untersuchte die Schwielen an meinen Füßen. Wir befanden uns in einem Schattenwürfel neben den Felsen.
«Was ist los mit mir, Lu?»
«Du meinst, du bist erschöpft?»
«Wenn du die Wahrheit wissen willst, ich fühl' mich so schwach wie ein neugeborenes Kätzchen. Ich bin erledigt. Kein bißchen Saft mehr in den Knochen.»
«Na ja, ist ja auch ganz schön schwer, dieses Ding.»
«Schwer? Du weißt wohl nicht, wovon du redest. Als junger

Mann hätt' ich mir das auf den Buckel laden und ein Wettrennen damit machen können. Meine Jungs würden das wie ein Stück Papier tragen. Du hast keine Ahnung, was das für einen Mann bedeutet, Lu. Du hättest mal meinen Körper sehen sollen, als ich in die Armee eintrat. Sie sagten, ich wär' muskelbepackt wie sonstwas. Und schau mich jetzt mal an!»
«Ist doch nicht überraschend. Während der letzten Monate sind deinem Körper alle möglichen Sachen entzogen worden, an die er gewöhnt war. Bei der Menge, die wir essen, kannst du nicht erwarten, dich in Höchstform zu fühlen.»
«Du scheinst ganz in Ordnung zu sein. Ich weiß, du bist dürr, aber mir scheint, du besitzt immer noch genug Energie.»
«Mach mir deswegen keine Vorwürfe!»
«Oh, das tu ich nicht. Du weißt, daß ich das nicht tu, Lulu. In gewisser Weise ist es verdammt großartig, dich hier zu haben. Ich habe noch nie eine Frau wie dich gekannt. Du bist wie eine dieser Pionierfrauen.»
Nie hatte ich G. so erledigt gesehen. Sein Zustand schockierte ihn und drückte seine Moral nieder. Zu solchen Zeiten wünschte ich, wir hätten irgendeine Möglichkeit, die Berührungsbarriere zu überwinden. Ich wollte ihm Zuneigung zeigen. Um ihn aufzumuntern, setzte ich die Art von Überredungskunst ein, die zu unserem Code für Wärme geworden war.
«Komm schon, du schwacher alter Furz, wir schaffen es.»
«Verfluchte alte Kuh. Meckern, meckern, meckern.»
«Heb den Arsch hoch, Kingsland.»
«Dreckige kleine Hündin.»
Auf diese Weise schafften wir es, in immer kleineren Abschnitten die Bleche ins Camp zu befördern. Einmal lebte G. derart wieder auf, daß er versuchte, sich das gesamte Bündel auf den Rücken zu laden. Er taumelte ungefähr zehn Schritte vorwärts, dann brüllte er:
«Lulu, hilf!» und brachte es sogar fertig, für einen Augenblick über seine eigene Schwäche zu lachen. Beim letzten Halt vor dem Lager sagte er, als ich tropfend nach einem erfrischenden Sprung ins Meer wieder auftauchte: «Weißt du, Lu, dich hier zu haben, das ist fast so gut, als wenn man einen Kerl bei sich hätte.»

Gemeinsame Anstrengungen brachten uns einander näher, als es je durch lange Gespräche möglich gewesen wäre. Zwei Pferde in getrennten Geschirren, die aber beide in gleicher Richtung zogen. Andererseits wirkte sich Untätigkeit verheerend auf die Harmonie aus. Wäre ich damit zufrieden gewesen, gemeinsam mit G. im Camp zu bleiben und außer Fischen, Kochen und Holzsammeln nichts zu tun, dann wären unsere unterschiedlichen Charaktere nicht so deutlich zum Vorschein gekommen. Aber es dauerte nie lange, bis die andere Seite von Tuin mir zuwinkte und mich lockte und ich ihr nicht fernbleiben konnte. Dort drüben war ich ein anderes Wesen, und wenn ich ins Camp zurückkam, brachte ich etwas von diesem anderen Wesen mit, eine Fremde an unserem Tisch.

Tagebuch

Wieso ist das Gras von einem Fleck zum anderen so unterschiedlich? In der Nähe des Lagers ist es jetzt wie plattgedrücktes Stroh, jenseits von Long Beach ist es dicht und ausgebleicht und wird nicht gelblich, sondern blau. Hier ist es trocken, aber so fein, daß es ganz weich ist. Ich liebe es, ausgestreckt auf der Seite zu liegen und von der Hitze alle inneren und äußeren Spannungen wegschmelzen zu lassen, so daß ich nicht mal zucke, wenn mir eine Ameise ins Ohr krabbelt. Sie wird auch wieder rauskrabbeln. Manchmal, wenn ich hier ganz still liege, beobachte ich aus halbgeschlossenen, schläfrigen Augen, wie ein ganzer Busch lebendig wird. Hunderte von winzigen Flügeln erheben sich in flüsterndem Rascheln. Zuerst hielt ich sie für Schmetterlinge oder glaubte, ein leichter Wind wäre in einen dicht mit braunen und gelben Blättern belaubten Busch gefahren, aber es sind Vögel, Unmengen von winzigen, behenden, rehäugigen Vögelchen, alle mit hübschen, schokoladefarbenen Westen bekleidet. Ihr Flügelrascheln vor dem Abflug ist wie ein gewaltiger Atem, der den Busch durchweht. Und dann — husch — bläst es sie davon, und der ganze Schwarm hängt wie kleine Tupfer am Himmel.

Vermutlich sollte ich pflichtgemäß hinter meiner Kamera kauern, aber irgendwie kümmert mich das nicht mehr, es reicht mir einfach, hier zu sein.

Habe ich Long Beach ein paar Tage lang nicht mehr besucht, dann eile ich hinunter, springe in einem Ausbruch physischer Energie auf und ab, renne, hüpfe, tanze mit meinem Schatten, mache aus purer Freude Handstände und Purzelbäume. Bin ich schließlich außer Atem, dann bade ich und überlasse mich danach dem sinnlichen Delirium der Sonne.
Mein Körper ist zu einem Instrument der Sonne geworden. Die gigantische Hand der Sonne holt mich aus meiner Meereszuflucht und wirft mich auf einen flachen Felsen, alle viere von mir gestreckt und wollüstig wie eine Flamme. Die Hitze der verbrannten Felsoberfläche lodert durch meine Glieder, stößt an den ersten Berührungspunkten tief in die Knochen vor, Ellbogen, Schulterblätter, Steißbein, Fersen. Weiter oben am Strand schmilzt eine zitternde, heiße Luftspiegelung den Sand. Würde ich dort stehen und in diese Richtung schauen, dann wäre die Luftspiegelung hier.
Worte. Strandgut der Erinnerung. Ein Hoch auf «Lepanto». Nach dem dritten Vers drehe ich mich um, und die Sonne kriecht unter meine Brüste und zwischen meine Zehen. Sie hat die Enden meiner Schamhaare verbrannt und die Fransen und die kurzen Haare an meinem Nacken ausgebleicht. Mein zusammengedrehter Zopf wird oben blond. Ich bin eine goldene Gazelle mit dem Kopf eines gestreiften Tigers. Ich werde Ehebruch mit einem Sonnenstrahl begehen. Hoppla, das werde ich G. nicht laut vorlesen. Man muß einen konkaven Nabel haben, um Liebe mit einem Sonnenstrahl machen zu können. Ich habe den wunderschönsten Nabel von Tuin. Die Strahlen fallen direkt von oben ein, wenn die Sonne senkrecht über der Erde steht. Erwischen sie einen zu dieser Tageszeit allein auf einem Felsen, dann wird man fast mit Sicherheit vergewaltigt. Der Sonne kann man sich nicht verweigern. Ihre Verführung ist absolut: Invasion, Eroberung, Besetzung.
G. vermutet, daß ich Sex mit Leguanen habe. Das stimmt nicht. Die Sonne ist mein Geliebter.

In dieser Verfassung, Zufriedenheit ausstrahlend und vom Nachglühen der Sonne in mir vibrierend, kehrte ich für gewöhnlich zu G. zurück, der im Camp lag. Es war nicht verwunderlich, daß er den Verdacht hegte, ich hätte auf der anderen Seite der Insel einen Liebhaber versteckt, aber zu der Zeit hatte ich ja keine Ahnung, daß er das ganz ernsthaft annahm. Da die durch die Anwesenheit anderer menschlicher Wesen mit ihren üblichen Maßstäben erzeugte stabilisierende Ordnung fehlte, vermischte sich die Phantasie nur zu leicht mit der Realität, und die Ränder von beiden begannen zu verschwimmen.

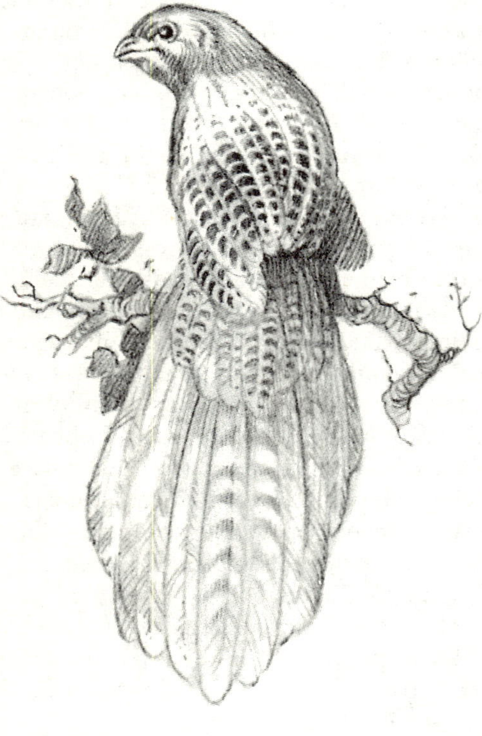

Poo-poo-Vogel

7. Kapitel
Macht und Gift

Wie anders, so frage ich mich, wäre mein Tagebuch ausgefallen, hätte ich meinen Gedanken freien Lauf gelassen. Es scheint merkwürdig, solch einen Betrug mit einem beschriebenen Blatt Papier abzuheften. In den Geheimkammern des Geistes aufbewahrt, ist der Gedanke sicher, weil er bis zum Schluß veränderbar ist, man besitzt unbeschränkte Kontrolle über seine Darbietung, aber das macht ihn nicht weniger existent, als hätte man ihn schriftlich festgehalten. Nur kann es einem niemand vor Augen halten.

G. neigte mehr zur Nachdenklichkeit als ich. Auf Tuin stellte ich fest, daß fern von der Welt der Worte und Verhaltensweisen mein Geist in meinem Körper aufzugehen schien und immer weniger eine getrennte, organisierte Einheit darstellte. Die eingehenden Impressionen boten sich als Formen, Strukturen, Farben, Temperaturen und Geräusche dar; wie ein Beobachtungsinstrument, so fungierte ich als Empfänger für Gefühle. Nur in meinem Tagebuch betrachtete ich die Insel gelegentlich mit Worten in meinem Kopf, und im Verlauf der Monate schrieb und grübelte ich immer weniger. G. aber sinnierte. Der Schmerz in seinen Beinen und der Zorn eines hintergangenen Herzens verdarb ihm jede Möglichkeit, in der dürren, kleinen Welt von Tuin sein Vergnügen zu finden, und so lag er auf seinem «Tagesbett» und dachte über alle möglichen Dinge nach. Doch das Thema, das ihm ständig im Kopf herumging, war das unserer Beziehung.

Nachdem ich mich langsam durch das Labyrinth der Büsche und Bäume quer durch die Insel gewunden hatte, hier ein Blatt berührt oder dort einen Kringel abblätternder Borke gestreichelt hatte, kehrte ich zurück, nur um bei G. unwillkommene Erinnerungen an andere Realitäten vorzufinden. Es gab Zeiten, da kam das Camp in Sicht, und kaum erblickte ich die vertraute, auf dem alten, grünen Handtuch hingestreckte Gestalt, da drehte ich mich auf dem Absatz um und zog mich noch ein bißchen in die einfachere Welt des trockenen Inselinneren zurück. Wenn ich schließlich doch zurückkam und Tee machte, ging möglicherweise alles gut. Wir brachen zum Angeln auf oder plauderten ein bißchen, bis es an der Zeit war, das Feuer fürs Abendessen in Gang zu bringen. Manchmal aber sagte G. auch: «Weißt du, Lu, ich hab' nachgedacht ...», und ich erkannte an seinem Tonfall, daß es sich nicht um Garten, Wasser oder Fische drehte.

Es geht selten gerecht zu, wenn zwei Individuen aus bestimmten Gründen nur zum Schein heiraten und der eine das Pech hat, sich in den anderen zu verlieben, und aus dieser Papierverbindung eine richtige Ehe machen zu wollen. G. empfand Zorn, fühlte sich ausgenutzt und erniedrigt. Ich fühlte mich gefangen, schuldig und hatte Angst; und wenn ich darüber nachdachte, was nicht oft der Fall war, spürte ich Erbitterung gegen die Vorschriften einer anderen Welt, die uns diese Ehe aufgezwungen hatten, in mir aufsteigen. Auf Tuin schien diese Art von Moral ein phantastischer, irrelevanter Schwindel zu sein. Wenn G., der sich allein im Schatten des Eine-Pflaume-pro-Tag-Baumes bereits von den Schmerzen in seinen Beinen und seiner schwindenden Kraft krank und gereizt fühlte, im Geiste noch einmal die kalte, abweisende Art durchging, die ich ihm gegenüber seit unserer Hochzeit gezeigt hatte, dann war er verwirrt und angewidert. In solch einem Geisteszustand versuchte er von Zeit zu Zeit, das herumwandernde Wesen, das seine einzige menschliche Gesellschaft auf der Insel darstellte, zur Rede zu stellen. Meine Reaktionen waren für gewöhnlich vage und ausweichend, aber wenn er darauf beharrte, schlug ich schließlich zurück. Streitereien mit gegenseitigen Beschuldigungen sind immer häßlich und häufig pathetisch; bei uns traf beides zu — und natürlich führte es zu nichts. Aber unsere Differenzen waren unverfälscht und pur, und das machte sie gefährlich. Es gab niemand sonst, mit dem man reden konnte, kein bequemes Ventil, um Dampf abzulassen, und keine anerkannten gesellschaftlichen Maßstäbe, an denen wir die Bösartigkeit unserer Stiche hätten messen können.

Auch für unsere physische Verfassung gab es keine Maßstäbe. Dünn zu sein war der Normalzustand geworden, genauso wie die fehlende Ausdauer und die ewigen Entzündungen. Es war ein fester Bestandteil unseres Lebens, daß wir immer mehr trinken wollten, als wir durften, genauso, wie wir im Zelt nicht mehr auf der Seite liegen konnten, weil wir wegen unserer vorstehenden Knochen so leicht Abschürfungen bekamen. Geist und Körper trieben in einem nur von den Elementen regierten Land dahin, und Proportionen und Abmessungen spielten in unserem Leben nur dann eine Rolle, wenn man sich bewußt an sie zu erinnern versuchte. In diesem Zustand konnten Gedanken leicht die anerkannten Grenzen der anderen Welt überschreiten, ohne sich dabei falsch oder unausgewogen vorzukommen. Es gab niemanden, der uns beurteilte oder richtete. Wir hätten ungestraft einen Mord begehen können.

Von einem Viertelmond zum anderen, wenn die Fischerträge ausgesprochen armselig waren, galt es eine lange Hungerstrecke zu überwinden. Nichts außer dem ewigen Papageifisch und Zitronenhai, von dem G. schlecht wurde. Obwohl ich auf ein zweites kleines Yams-Fleckchen gestolpert war, gut versteckt unter verfilztem Unterholz, hatten wir beide mittlerweile vollkommen abgeerntet. Selbst Fleischkokosnüsse ließen sich inzwischen nur noch schwer auftreiben, und wilde Früchte gab es gar keine mehr. Der Boden der Kokosnuß-Straße, bei unserer Ankunft von abgefallenen braunen Fleischnüssen übersät, war nun leergefegt bis auf ein paar verkümmerte oder gesplitterte Exemplare, die beim Öffnen einen fauligen Geruch verströmten. Ich erntete all die winzigen, vorzeitig abgefallenen Babynüsse, selbst jene, die bereits eine Wurzel in den Boden gebohrt hatten, und stapelte sie im Camp auf. Im Inneren der sprießenden Nüsse befand sich ein schwammiger, weißer, faseriger Samen, ungefähr von der Größe eines Tennisballs. Er war federleicht, fast substanzlos, schmeckte aber roh oder mit dem immer weniger werdenden Reis gedünstet köstlich.
In der Hoffnung, einige gute, übriggebliebene Nüsse unter den Bäumen der Palmbucht zu finden, kletterte ich an einem heißen, stillen Morgen, als die Flut hochstand, hinüber. Ich war enttäuscht, nur zwei sehr kleine Kokosnüsse zu finden. Ich knotete sie in meinen Sari-Streifen und ließ sie auf einem Felsen liegen, während ich badete. An diesem Morgen aber weigerte sich mein Geist, zusammen mit meinem Körper dahinzutreiben; irgendwas war eingeklemmt, wie eine Fischgräte in der Kehle. Eine Weile trieb ich langsam auf dem Rücken, starrte

zum blauen Hitzedom des Himmels empor. Die Flut schob mich sanft ans Ufer, stieß meine Fersen gegen das steile Sandbord. Ich ließ mich an Land stoßen und rollte mich herum, bis der trockene Sand überall an meinem nassen Körper klebte. Dann streckte und dehnte ich mich, beugte mich nach hinten, betrachtete verkehrt herum Himmel und Meer, aber immer noch steckte der Knochen in meinem Geist.
Ungeduldig warf ich mich wieder ins Meer, um den Sand abzuspülen, dann kletterte ich tropfend hinaus und hinter die Palmen. Dort kroch ich auf einen Felsen, von dem aus man den Strand überblicken konnte; ganz sacht schaukelte ich auf meinen Fersen vor und zurück, die Arme um die Knie geschlungen, das Kinn daraufgestützt. Etwas Dunkles, Brütendes lag über meinem Geist, das zu der funkelnden Helligkeit des Tages in vollkommenem Gegensatz stand. Es schien im Rhythmus der pochenden Hitze in meinem Nacken zu ticken.
Ganz sicher war es unmöglich, daß ich schwanger war. Nun ja, vielleicht nicht absolut unmöglich.
Es gab keine Rundung, aber schließlich war ich sehr dünn. Seit meine Haare angefangen hatten auszufallen, fühlte ich mich nicht mehr schön, und dann waren da die Adern. G. hatte mich darauf aufmerksam gemacht. Vor einigen Tagen hatte ich ihn dabei erwischt, wie er mich mit einem ungewöhnlichen Gesichtsausdruck anstarrte.
«Was ist?» fragte ich.
«Dreht sich um dich, Lu. Deine Adern — sie ragen auf deinem ganzen Körper hervor wie bei einer Landkarte. Schau, man sieht sie sogar auf deinem Bauch und deiner Brust.»
«Muß an der Hitze liegen. Meine Beine haben in letzter Zeit geschmerzt. Hast du diese Knoten gesehen?»
«Ja. Ich wollt' bloß nichts sagen. Du wirst es ein bißchen lockerer angehen müssen, Lu.»
«Hältst du das für Krampfadern?»
«Ich weiß, daß es welche sind. Diese Purpurknoten werden als ‹Trauben› bezeichnet.»
«Geht das wieder weg?»
«Heutzutage kann man das operieren.»
«Oh.»
Schwangere Frauen bekommen manchmal Krampfadern. Ach was, es kann nicht sein! Man müßte ja mittlerweile was sehen. Aber wegen des hohen Gewichtsverlusts ließ sich das nur

schwer feststellen. Spannten meine Brüste? Ich betastete sie. Wieder konnte ich es nicht sagen, weil sich mein ganzer Körper so verändert hatte. Manchmal war mir schlecht, aber das konnte an dem ewigen Fisch liegen, vielleicht auch an dem ziemlich dreckigen Wasser des seichten Bachtümpels. Und wenn doch? Ich hatte Visionen von einem toten, zerquetschten, verkümmerten Dingelchen, dem ein schrumpfender Bauch das Leben abwürgte. Ich mußte mehr zu essen finden. Nur für den Fall der Fälle. Es mußte gesund sein, mußte genährt werden. Ich würde es «Tuin» nennen.

«Lucy, hör auf.»

Ich sprach es laut aus, hingekauert auf meinem Felsen.

«Dir fehlt nichts weiter als ein ordentlicher, kräftiger Tritt in den Bauch.»

Diese Worte, an die ich mich erinnerte und an denen ich nun herumnagte, stammten aus der Tiefe von G.s gekränktem Herzen, aber in meiner momentanen Stimmung fehlte mir jedes Verständnis dafür. Ich schlief immer noch jede Nacht mit dem Messer neben mir.

Ich schaute zum ersten Fischfelsen hinüber. Jetzt stießen die derben Leiber der Haie durch das Hochwasser. Ich dachte daran, wie ein blutiger Papageifischkopf ihre trägen Schatten explosionsartig in angreifende Geschosse verwandelte, wie sauber das Wasser wieder war, wenn sie mit den Resten eines Hais, den wir gefangen hatten, fertig waren. G. und sein ordentlicher, kräftiger Tritt, sein Gerede von Prügeln. Wenn er mich auch nur einmal gewaltsam mit einem Finger anrührte, würde ich explodieren, das wußte ich, und dann würde er mich erledigen, weil ihm gar keine andere Wahl blieb. Junge Ehefrau von Haifischen zerfetzt. Oder: Keine Spur von der Leiche des Mannes. Schwangere Frau verstört. Aber hier gab es keine Schlagzeilen. Nur die Morgendämmerung eines weiteren regenlosen Tages, eine heiße, kosende Sonne hoch über den kleinen Dramen unseres Lebens.

Ich krallte meine Finger in meine schnell trocknenden Haarbüschel, kratzte lange und kräftig über meine Kopfhaut und preßte die Handflächen gegen die Ohren. Einst hatte ich einen Geliebten, der das zu tun pflegte, dessen Körper so perfekt zu meinem paßte wie der Kern zur Frucht.

«Lucy, reiß dich zusammen.»

Ich lachte laut über diese uralte Ermahnung zu geistiger Gesundheit und sprang vom Felsen herunter. Ich wollte noch nicht zu G. zurückkehren, andererseits fehlte mir momentan die Energie für lange Spaziergänge, und so schlenderte ich bis zum Ende der hohen Palmen, eine alberne kleine Melodie vor mich hinsummend. Vor dem letzten Stamm warf ich mich hin und streckte apathisch alle viere von mir. Eine dunkelgrüne Ranke schlängelte sich vor mir über den Boden, gleichmäßig mit Dreiergruppen ovaler Blätter besetzt. An manchen Stellen wuchsen purpurne Blumen heraus. Es war eine Ranke, die mir zuvor noch nicht aufgefallen war. Neugierig nahm ich das nächste Stück in die Hand, um es näher zu betrachten. Als ich mich vorbeugte, entdeckte ich auf dem Boden Dutzende von seltsam gleichartigen braunen Kügelchen. Kaffeebohnen, dachte ich unlogischerweise; in der Gegend wuchsen keine Büsche. Ranke in der einen Hand, «Kaffeebohne» in der anderen, begann es mir allmählich zu dämmern. Auf Händen und Knien folgte ich der Ranke und stieß sofort auf eine Schote und noch eine und noch eine.

«Keine Kaffeebohnen», schrie ich in den Himmel. *«Bohnen,* Bohnen! *Grüne* Bohnen, Bohnen!»

Die Schoten waren fett und voll. Einige waren aufgeplatzt und hatten ihren Inhalt über den Boden verstreut, wo die Sonne die Bohnen bräunlich ausgetrocknet hatte, aber die Ranken hingen noch voll von Hunderten reifer Schoten; die Ranken überkreuzten sich zu einem Netz, das sich direkt am Strand entlang bis zu den Felsen im Inneren zu erstrecken schien. Die getrockneten Bohnen sahen genauso aus wie die Dinger, die man in gut versorgten Küchen in Gläsern sieht. «Absolut perfekt, mit Proteinen vollgepackte Hülsenfrüchte», jubelte ich, während ich ein paar Handvoll zusammenraffte. Doch die dicken, grünen Schoten zogen mich am meisten an. Ich nahm eine und biß das Ende ab. Drinnen lagen die Bohnen, eingebettet in weiche, weiße, klebrige Fäden. Ich schnippte eine heraus und zerbiß sie. Die Hälfte auf meiner Zunge schmeckte wie eine große, alte Erbse. Ich zermalmte sie, und kräftiger Erbsengeschmack füllte meine Mundhöhle. Probeweise knabberte ich vorsichtig an der Hülse. Gut. Ich steckte Bohne und Hülse in den Mund und kaute hungrig. Zwei weitere als Wegzehrung mitnehmend, rannte ich los, um das Sarituch zu holen, damit ich es mit Bohnen gefüllt ins Camp zurückbringen konnte. G., du altes Känguruh, schau, was ich hab'!

Als ich ins Camp zurückkam, war ich vollgestopft. Ich mußte mindestens zwei Dutzend Bohnen roh gegessen haben. Von G. war nichts zu sehen. Dann fiel mir ein, wie schlecht es um ihn gestanden hatte, als ich zum Kokosnußsammeln aufgebrochen war. Vielleicht lag er zusammengerollt im Zelt. Das würde ihn aufmuntern. Er war ein bißchen benommen, als ich ihn aufweckte, und begriff zuerst gar nicht, weshalb ich so aufgeregt war. Dann warf ich ihm eine Ladung Bohnen in den Schoß, und er verstand.

«Sie sind wunderbar», erklärte ich ihm. «Köstlich!»

«Moment mal, Lu, du hast doch keine roh gegessen, oder? Hat's so ausgesehen, als wären sie angebaut worden, wie die Yams?»

«Nicht unbedingt, schon eher wild.»

«Du verdammte Idiotin, du weißt ja nicht, was das sein kann! Los, hol das Pflanzenbuch.»

Ich flitzte los, fand das Buch und blätterte es durch, als ich zum Zelt zurückging. Da war meine Bohne, klar und unmißverständlich, mit einer absolut zutreffenden Beschreibung. Laut las ich es G. vor.

«Leichhardt- oder Mackenzie-Bohne. Zuerst erwähnt von L. in seinen Aufzeichnungen von bla bla bla . . . entdeckte, daß sie getrocknet, geröstet und gemahlen als Kaffee-Ersatz dienen konnte. Gekocht eßbar, aber . . . O mein Gott . . .! In rohem Zustand giftig.»

«Da hast du's, was hab' ich dir gesagt? Möglicherweise fällst du jede Minute tot um.»

«Keineswegs. Ich fühl' mich großartig.»

«Würde dir vollkommen recht geschehen, Lu. Warum zum Teufel mußt du so verdammt impulsiv sein? Mit diesen gelben Pflaumen hast du dich schon mal krank gemacht. Genau wie meine Jungs, die essen auch jeden Dreck.»

«Ich war nicht krank, mir war bloß schlecht.»

«Okay, du hast Glück gehabt. Und jetzt raus mit der Wahrheit, wie viele dieser Bohnen hast du gegessen?»

«Bloß ein paar — na ja, mehr als nur ein paar.»

«Wie viele, Lu?»

«Ungefähr fünf — fünfundzwanzig.»

«Was? Na, da haben wir's. Du wirst krank werden.»

«Ich fühl' mich vollkommen einwandfrei. Ich werd' ein paar zum Abendessen kochen. Du probierst sie doch, oder?»

«Ich probier', aber paß auf, daß du sie auch wirklich gründlich kochst.»
Ich ging runter zum Küchengelände des Camps und holte die letzten getrockneten Haistücke, um ein Stew mit Bohnen zu machen. Als ich die Bohnen einsammeln kam, die G. aufgeschnitten hatte, erkundigte er sich beiläufig nach meinem Befinden.
«Ganz wunderbar, hab' mich schon ewig nicht mehr so gut gefühlt», erwiderte ich trotzig. Das Stew sah nicht sehr appetitlich aus, aber G. war hungrig genug, um einen Versuch zu wagen. Eine tintige Purpurflüssigkeit schien aus den gekochten Bohnen herauszusickern. Der Geruch nach sehr alten Erbsen war überwältigend. Ohne jede Vorwarnung packte plötzlich eine lähmende Übelkeit meine sämtlichen Eingeweide und meinen Bauch. Ich fühlte mich auf einmal furchtbar schwindlig.
«Gerald», sagte ich schwankend, «du hattest recht.»
«Lulu? Was ist?»
Aber ich war schon verschwunden.
Hinter dem Eine-Pflaume-pro-Tag-Baum zog sich ein breiter Streifen niedriger Bäume hin, die unser «Speisezimmer» von dem flachen Sandstück trennten, wo wir unsere Abfallgruben hatten. Ich schaffte es gerade noch bis dorthin, ehe ich zusammenbrach. Mit einer Hand begann ich wie rasend ein Loch zu buddeln, und dann hörten alle bewußten Bemühungen auf, als mein ganzer Körper sich explosionsartig entleerte. Nach der ersten Eruption, die den Sand überall mit Pfützen und Tümpeln überflutet hatte, besaß ich gerade noch die Kraft, mich seitlich zu einem sauberen Fleck zu schieben, bevor der nächste Sturm meine Gedärme durcheinanderwirbelte. Unfreiwillige Tränen schossen mir aus den Augen und vermischten sich mit den fauligen Speichelfäden, die mir aus Mund und Nase hingen. Durch die schwarzen und roten Nebel, die überall um meine Augen und Ohren zu sein schienen, näherte sich G. und sagte Dinge, die ich nicht richtig verstehen konnte.
«Mist», grunzte ich mühsam mit dem nächsten stoßweisen Strom.
G. legte ein paar Tuchfetzen neben meinen Kopf. Ich schwankte, als ich einen aufhob und mir die Lippen wischte. Nach dem nächsten Anfall war ich nicht mehr in der Lage, mich zu bewegen oder auf G.s besorgte Worte zu antworten. Mein Kopf, der eine Tonne zu wiegen schien, hing zwischen meinen Armen herunter; ich konnte nichts weiter sehen als schlaffe,

von meinem Bauch hängende Haut. Langsam kippte ich zur Seite.

An die folgenden Ereignisse kann ich mich nicht klar erinnern, aber ich weiß, daß ich irgendwann mal dachte, das Schlimmste wäre vorüber; zitternd erhob ich mich und schaffte irgendwie die Entfernung zwischen Küchencamp und Zelt. In der Dämmerung grub G. einen Graben zu einer Seite des Zeltes. Ich mußte ihn benutzen, noch ehe er den Spaten ganz draußen hatte und vorn einen neuen ausheben konnte. Stechende Insekten schwirrten herum. G. rückte sich auf seiner Seite des Zeltes zurecht, und ich legte mich verkehrt herum, meine Füße bei seinem Kopf, neben ihn, damit ich schneller hinaus konnte. Bald schon verlor ich den Überblick, wie oft ich raus mußte. Nach einer Weile war ich zu schwach, um stehen zu können, und so kroch ich auf allen vieren. Nach jedem Übergeben verstärkte sich der Schmerz in meinem Magen. Beim Kotzen schien mein Magen am Rückgrat zu kleben. Ich erinnere mich, daß in dieser Nacht ein kräftiger Wind wehte. Einmal lag ich draußen, nicht in der Lage, den Graben zu erreichen, nicht in der Lage, ins Zelt zurückzukriechen. Im Geiste verfluchte ich den Wind, weil er mein dünnes Stimmchen davontrug, das selbst in meinen eigenen Ohren sehr schwach klang. Ich wußte, wie tief G. schlief. Ich versuchte seinen Namen zu rufen, brachte aber nur ein klägliches Stöhnen hervor. Es war wie in einem dieser schrecklichen Alpträume, wenn man um Hilfe ruft, und kein Ton kommt heraus.

Dann hörte ich G.s Stimme.

«Lulu, wo bist du? Komm zurück, Liebling, komm wieder rein und leg dich hin. War dir wieder schlecht?»

Ich gab mir verzweifelt Mühe zu antworten, aber er hörte es nicht. Und dann war er neben mir.

«O mein Gott, du armes, altes Scheißhaus. Na komm, bringen wir dich rein. Nur keine Sorge, alles wird gut.»

Er versuchte mich aufzuheben, war aber selbst zu schwach dazu. Ich hörte ihn erbittert murmeln: «Jesus Christus, und dabei wiegst du bloß soviel wie eine Feder.»

Schließlich mußte er mich an Händen und Füßen reinzerren. Er machte es so sanft wie möglich.

Ich war bewußtlos, noch ehe er mich zurechtgerückt hatte, und kam erst wieder in den stillen Stunden vor der Morgendämmerung zu mir; erwärmt von dem Wissen, daß er sich um mich sorgte, lag ich da. Egal, was für verrückte, schlimme Gedanken wir beide von Zeit zu Zeit in unserer gesetzlosen Welt gehabt haben mochten, wenn es darauf ankam, ließen wir uns nicht im Stich. Ich tastete nach dem Messer neben mir, zog es lautlos aus der Scheide und legte es vor das Zelt. Eine kleine symbolische Geste für mich selbst. Ich mußte wieder zum Graben, wußte aber, daß ich es allein nicht schaffen würde. Ich schüttelte G.s Fuß, und er bewegte sich. Diesmal manövrierte er mich hinaus und wieder hinein, als hätte er sein Leben lang mit Invaliden zu tun gehabt. Die ganze Zeit über setzte er mich sehr nachdrücklich davon in Kenntnis, daß ich von nun an ausruhen und viel besser auf mich aufpassen mußte; er würde jetzt manchmal für mich sorgen. Mit groben Worten beschimpfte er mich als ungestüme Närrin, aber Freundlichkeit und Sorge schimmerten durch.

Am Morgen blieb ich im Zelt liegen, solange es sich noch im Schatten befand, und dann half mir G. hinunter zum Tagesbett. Es schien seltsam, da zu liegen, eingewickelt in den riesigen, blauen Mutterschaftskittel, und zuzusehen, wie G. am Feuer herumhantierte und Tee für mich aufgoß. Am meisten sehnte ich mich nach einer gründlichen Wäsche, traute aber meinem geschwächten Körper nicht zu, aufrecht im Meer stehen zu können. G. brachte mir einen feuchten Lumpen und mein Stück Kamm, und ich versuchte, mich ein bißchen zurechtzumachen.

«Kommen Gnädigste dann zum Tee, ja?»

«Dummkopf, ich fühl' mich danach einfach besser, zumindest menschlich, wenn schon nicht unbedingt weiblich.»

Dann erzählte mir G., wie sehr ihn in den letzten Wochen Zweifel und ein schreckliches Verantwortungsgefühl geplagt hatten. Er hatte gesehen, wie sich ein goldenes, energisches Mädchen in eine steckengleiche, ältliche Kreatur verwandelt hatte, mit tiefen Linien und Falten im Gesicht und erschreckend angeschwollenen Adern überall. Er wußte, daß auch er sich in schlechtem Zustand befand, aber bei ihm war der Wandel allmählicher vor sich gegangen. Genährt von nervöser Energie und unserer proteinreichen Nahrung hatte es lange Zeit so ausgesehen, als würde ich blühen und gedeihen. Jetzt schien keiner unserer Körper mehr den Nährwert von Fisch in sich aufzunehmen. Wir aßen, aber das Essen ging einfach durch uns hindurch. Als er mich einmal am Feuer hatte arbeiten sehen, sagte G., da hätte er gedacht: «Mein Gott, das Mädchen wird sterben,

und sie ist nur wegen mir an diesem gottverlassenen Ort.» Ich machte ihn darauf aufmerksam, daß ich schon vorher gewußt hatte, daß es kein Zuckerlecken sein würde. Das Risiko und unbekannte Abenteuer waren Bestandteil des ganzen Unternehmens.
«Das weiß ich alles, Lulu, aber du hast doch nicht damit gerechnet, daß du den Geist aufgibst, oder?»
«Jetzt hör mal zu, Carruthers, hier gibt niemand den Geist auf, kapiert? Und jetzt schlepp mich runter ans Meer und bleib bei mir, damit du mich rausholen kannst.»
«Hallo, ich merke, Madame befindet sich auf dem Wege der Besserung, sie gibt bereits wieder Befehle.»
Gegen Abend stand ich wieder auf eigenen Füßen und konnte vorsichtig herumhantieren. Mittlerweile ging es mit G. bergab. Er hatte einen neuen Brunnenschacht gegraben, der recht hoffnungsvoll aussah, hatte aber aufhören und sich hinlegen müssen, weil er sich vor Übelkeit und Schwäche nicht mehr auf den Beinen halten konnte. So lagen wir eine Weile beide da, zwei klägliche Häufchen, und warteten darauf, daß unsere Kraft zurückkehrte. Aber ich wußte, einfach nur herumliegen nützte nichts, und so raffte ich mich auf, bevor es zu dunkel wurde, machte mit langsamen, vorsichtigen Bewegungen ein Feuer und kochte den allerletzten Löffel Grieß, machte eine dünne, beruhigende Suppe daraus; beide schafften wir es, sie im Magen zu behalten.
Eingehüllt in diese warme und tröstliche Atmosphäre erzählte ich G., wieviel Sorgen ich mir auch um ihn gemacht hatte und sagte reuig, daß es mir leid täte, daß ich ihm als Frau nicht gerade Freude bereitet hatte.
«Das spielt doch jetzt keine Rolle, Lulu. Ich könnte es ja jetzt nicht mal tun, selbst wenn ich das Verlangen verspürte.»
Nun, da es einzig und allein nur noch darum ging, das letzte bißchen Leben in unseren Körpern zu erhalten, spielten so viele Dinge keine Rolle mehr. Sex wurde irrelevant. Unflätige Ausdrucksweise konnte nicht mehr beleidigend wirken. Mein Akzent ging G. nicht mehr auf die Nerven. In dem Maße, in dem unsere gemeinsamen Bedürfnisse wuchsen, schwanden unsere Differenzen dahin; in unseren Wünschen waren wir Gefährten.

Als unser letzter Reis dahin war, blieb uns nichts anderes als Fisch, Kokosnüsse und Wurzeln. Wir verspeisten jetzt nur noch sehr wenige Austern und andere Muscheltiere, weil wir festgestellt hatten, daß sie uns ohne Zutaten nicht bekamen. Um auch wirklich jede Möglichkeit zum Fischfang auszunutzen, bauten wir «George», einen vollautomatischen Angler, der seine Leine draußen hatte, während wir nachts schliefen. Das nächtliche Angeln hatten wir zuvor schon aufgegeben; abgesehen von den ärgerlichen Aufmerksamkeiten der Moskitos und dem Risiko der Sandfliegen, die haufenweise neue Entzündungen brachten, schien es sinnlos, freiwillig Unfälle heraufzubeschwören, indem wir in der Finsternis zwischen scharfen Korallen herumkletterten und blindlings durch Seichtwasser wateten, wo mit Sicherheit Rochen lauerten.

«George» war ein Benzinfaß, das am Ende einer langen Leine schwamm und mit leichten Köderhaken versehen war. Er konnte in den tiefen, dunklen Kanälen angeln, die für unsere geworfenen Handleinen unerreichbar waren. Am zweiten Tag seiner Erprobung erfreute uns George mit einem ausgewachsenen Korallendorsch. Außerdem hatten wir es George zu verdanken, daß wir eine natürliche Fischfalle entdeckten. Eines Morgens ging G. hinunter, um Georges Haken zu inspizieren. Es hing nichts dran, aber auf dem Rückweg zum Camp erregten merkwürdig klatschende Geräusche hinter einer Reihe von Felsen G.s Aufmerksamkeit. Vorsichtig näherte er sich und spähte hinüber. Anscheinend bei zurückweichender Flut in einem Felsengewirr mit nur einer Öffnung zur Landseite hin gefangen, peitschten zwei große Fische heftig das nur noch zentimetertiefe Wasser. Triumphierend kam G. den Strand hochmarschiert, in der einen Hand das Mittagessen, in der anderen das Abendessen. Kein Fisch dieser Art hatte je an unseren Angelhaken angebissen; sie stellten nicht nur eine Ergänzung, sondern auch eine Abwechslung unserer Speisekarte dar.

Mit einigen ums Camp herum ausgegrabenen Maniokwurzeln hatten wir weitere Beweise für vergangene Gärtnereibemühungen entdeckt. Sie waren dünn und strähnig, und unter anderen Umständen hätte ich gezögert, sie an die Schweine zu verfüttern, aber für mich und G. bedeuteten sie zu dieser Zeit einen wunderbaren Fund; wir wünschten uns nur, es wären mehr gewesen. Nachdem wir eine Knolle abgerissen hatten, steckten wir die Wurzeln sorgfältig wieder in den Boden, in der Hoffnung, die Pflanze würde erneut zu wachsen beginnen, wenn der Regen kam.

Das Wasser von der Quelle, die G. ausgegraben hat, ist seltsam weißlich und verströmt einen unangenehmen Geruch. Der daraus gemachte Tee wäre ungenießbar, hätte man die Wahl. Der Bachtümpel scheint mit jedem Tag seichter zu werden, und doch ist immer genug da, um für jeden von uns eine Tasse zu füllen, die wir aufteilen und morgens und abends mit dem Fisch zu uns nehmen. Mittags teilen wir uns eine Peepa.

An diesem Morgen war ich untröstlich und wanderte ziellos hinter der Kokosnuß-Straße herum. Mein letzter Sari-Streifen ist schmierig vom fettigen Rauch; mit Meerwasser läßt sich das nicht mehr auswaschen. Steif und kratzig hängt er an meinen Kleiderbügelhüften, so daß ich ihn locker diagonal über meinen Körper binde, teilweise auch deshalb, um meine Brüste zu verbergen, die mich traurig stimmen. Sie sind schlaff und verschrumpelt, wie bei einer alten Frau, und so winzig, daß sie genausogut gar nicht vorhanden sein könnten. Was für eine Närrin ich doch war, mir einzubilden, dieses Knochengestell könnte ein zweites Leben in sich tragen! Ganz offensichtlich hat meine Periode wegen des Gewichtsverlusts ausgesetzt, wie es bei Magersüchtigen der Fall ist. Komme mir geschlechtslos vor, wie ein Eunuch. Auf seine Art ist G. sehr nett zu mir. Wir machen Witze über unsere Gebrechen.

Es ist nun schon eine Weile her, daß einer von uns extravagante Essensphantasien hatte, aber gelegentlich werden wir Opfer eines wilden Verlangens. Zuvor schon ist G. mitten in der Nacht verärgert aufgewacht, weil er nicht wußte, wo ich eine nicht existierende Tafel Cadbury-Schokolade versteckt hatte. Das hat sich zu einem melancholischen kleinen Scherz zwischen uns entwickelt, und wenn wir angeln gehen, schimpft er mich zum Schein aus, weil ich vergessen habe, die Schokolade einzupacken. Heute überkam mich die Gier nach einem Apfel, eine so klare Vision des Zermalmens und des Geschmacks, daß mir der Speichel im Mund zusammenlief. Ich stöhnte laut und mußte über den Klang meiner eigenen Stimme lachen, die sich in so unangebrachtem Jammern erhob. Ein Buschvogel, den ich in seinem Morgenschlaf gestört hatte, wackelte plump davon.

Diese Buschvögel sind ungemein linkisch und komisch, auf absurde Weise kühn und gleichzeitig leicht zu erschrecken. Ich wünschte, ich könnte einen fangen und braten, auch wenn sie sehr dürr aussehen. Ein Ei von ihnen habe ich immer noch nicht gefunden.

Durch einen außergewöhnlichen Anblick, keine acht oder neun Fuß von mir entfernt, wurde ich aus meinen Gedanken geschreckt. Was meine Blicke gefangennahm, waren Erdklumpen, die über ein kleines Hügelchen geworfen wurden und mit weichem Klatschen in zwei sauberen Häufchen landeten. Aha, dachte ich, endlich habe ich entdeckt, wo die Buschhennen ihre Eier legen. Aber keine Buschhenne besitzt einen drei Fuß langen Schwanz und so schuppige Beine wie jene, die ich plötzlich vor mir sah und die für den Erdaushub verantwortlich waren. Der restliche Körper war offensichtlich weiter unten im Loch beschäftigt.

Ohne mir wirklich zu überlegen, was ich tat, band ich den Sari ab und breitete ihn wie ein Netz vor meinem Körper aus. Lautlos vorwärts schleichend, näherte ich mich dem beschäftigten Tier. Mein Opfer mußte eine Art Reptil sein. Als ich fast über ihm war, mußte es meine Gegenwart gespürt haben, denn es versuchte sich schnell rückwärts aus dem Loch zu schieben. Es besaß einen dicken, dunklen, röhrenförmigen Körper und kräftige Klauen an seinen handähnlichen Füßen. Ich schlug zu, warf das Sarituch über das Biest und deckte den Eingang zum Loch, in dem noch sein Kopf steckte, ab, so daß es sich nur hinein- und sich nicht hinausschlängeln konnte. Ich legte mich mit dem ganzen Körper auf das um sich schlagende Tier und versuchte es durch das Tuch um die Schultern herum zu packen, aber seine Bewegungen waren wild und entschlossen, und ich mußte mich auf mein Opfer pressen, so fest ich konnte, um es nicht entwischen zu lassen. Seine wie Dreschflegel wirbelnden Vorderbeine schleuderten Dreck über meinen Nacken und Rücken, seine Hinterbeine pumpten unter meinem Bauch.

In diesem Stadium, in erster Linie immer noch die Steaks fürs Abendessen in meinem Kopf, wurde mir klar, daß ich seinen Kopf noch nicht gesehen hatte. Vermutlich hatte ich angenommen, daß es sich um einen großen Leguan handelte. Es schien sehr stark und hatte eine zähe Haut wie altes, trockenes Leder. Besaß dieser Bursche, so überlegte ich mir, auch

große Zähne? Als mir dieser Gedanke durch den Kopf ging, wurden die Bewegungen des Reptils noch rasender, und es quetschte sich seitlich unter mir hervor und flitzte über den Hügel, ohne mir Zeit zu lassen, es näher in Augenschein zu nehmen. Ich sah nichts weiter als einen Blitz heller Markierungen auf schwarzem Untergrund. Der Kopf war ziemlich groß, aber das Gebiß bekam ich nicht zu sehen.
Dieses Ereignis änderte meine Stimmung vollständig. Auch wenn ich das Tier nicht erwischt hatte, so hatte mich der Kampf doch in bessere geistige Verfassung gebracht. Wieder im Camp, lachten G. und ich gemeinsam über mein albernes Abenteuer.

Lachen, dieser kostbare Gebrauchsartikel. Ein geteilter Scherz war fast ebensogut wie ein kleiner Imbiß bei einem ermüdenden Angeltrip oder in der lähmenden Hitze des Tages.
Ich besaß einen Plastikbeutel, den ich ausspülte und wieder und wieder benützte, vor allem als Schutz, um die Geckos daran zu hindern, in die Vorratskiste zu scheißen. Jetzt, wo alle Trockenvorräte verschwunden und uns nur noch ein winziger Tropfen Öl, eine Prise Salz und als einzige Notfallration eine Büchse Butter geblieben waren, brauchten wir den Schutz kaum noch. Ich hängte den Beutel auf die Wäscheleine. Als ich ihn später holen wollte, merkte ich, daß er geschmolzen war und an der Leine klebte. Aus irgendeinem Grund fand ich das wahnsinnig komisch. Ich begann zu kichern, und der Klang steckte G. an. Wir lachten völlig idiotisch, bis uns übel wurde. Selbst als wir wollten, konnten wir nicht aufhören. Danach fühlten wir uns beide stundenlang deprimiert.
Diese Art Stimmungswechsel wurden immer häufiger. Es war, als würden mit der Leichtigkeit unserer Körper auch unsere Gehirne immer schwächer und weicher werden. Manchmal fühlte ich mich fast euphorisch, gewöhnlich wenn ich allein war, und im Camp dann wieder, neben dem toten Garten und G.s verwüsteter Gestalt sitzend, vollkommen niedergeschlagen. Manchmal steckte auch G. voller positiver Gedanken; da war er überzeugt davon, daß bald Regen kommen und alles gut werden würde. In vorausschauender Stimmung sprach er sogar von der Zukunft.
«Wenn das hier vorbei ist, Lu ...»
Es war ein Thema, für das ich merkwürdig wenig Interesse auf-

brachte. In Wirklichkeit wollte ich nichts weiter, als meine Energie und Stärke zurückgewinnen — und Regen. G. sprach davon, sich in Australien niederzulassen, vielleicht wieder ins Verlagsgeschäft einzusteigen, ein gemütliches Zuhause zu haben, einen Keller voller Wein. Nichts davon bedeutete mir besonders viel. Ich konnte mir kein Leben außerhalb von Tuin vorstellen — und doch, wenn es nicht bald regnete, dann würde es dieses Leben auf Tuin nicht mehr lange geben.
Seit der Episode mit den Mackenzie-Bohnen hatten sich all meine heftigen, gewalttätigen Gefühle gegen G. in Luft aufgelöst. Ich hatte erfahren, daß er ein Mann war, der seine Gefühle offen aussprach, manchmal bösartig, ohne Abstufungen. Er belegte mich mit häßlichen Namen, stieß unangenehme Drohungen aus, benützte abscheuliche Ausdrücke, aber wenn's ums Ganze ging, war er auf eine Weise solide und zuverlässig, auf die es auf einer unfruchtbaren, tropischen Insel ankommt. Nannte er mich «verdammte alte Kuh», so war das eben seine Art, Zuneigung auszudrücken, und wenn ich ihn anmeckerte, weil er an seinen Wunden kratzte oder seinen Hut in der Sonne nicht trug, dann wußte er, das war meine Art. Er plante sein Buch während der Regenzeit zu beginnen, jetzt war es zu heiß, um sich konzentrieren zu können. Mittlerweile ermutigte er mich, mit den kleinen Tagebuchfetzen weiterzumachen, die ich produzierte, obwohl keiner von uns die geringste Neigung zeigte, irgendwelche Aufzeichnungen über unsere Existenz zu machen, wenn wir uns schwach und niedergeschlagen fühlten. Während der schlimmsten Momente dachten wir nicht mal an Fotos, und das einzige Wort, das mir einfiel und das ich hätte niederschreiben können, lautete «heiß», in endloser Wiederholung wie ein Vogelsingsang, heißheißheißheißheiß . . . heiß heißheiß . . .

Nur sehr selten stellte ich mir die verschwommene Frage, was zum Teufel ich eigentlich auf dieser Insel verloren hatte, was mich getrieben hatte, unbedingt hierher zu kommen und die andere Welt vorübergehend zu verlassen. Es ist nicht notwendig, ein intensives Studium der Sozialgeschichte der letzten Jahre zu betreiben, um zu erkennen, was beim Niedergang der etablierten Welt geschah. Im Gegensatz zur Nachkriegsgeneration, die — zumindest oberflächlich — immer noch, einer verhältnismäßig klaren Wertskala verbunden blieb, war meine Generation sowohl Opfer als auch Verursacher einer chaotischen Pendelbewegung, die von all dem wegschwang. Zu meiner Schulzeit wurde immer noch Respekt für die ältere Generation gefordert, aber das schwand rasch dahin. Steigende Scheidungsraten zerstörten das Konzept einer intakten Familie. Gott war aus der Mode gekommen, und es gab immer weniger Argumente, die gegen das «Aussteigen» sprachen; es gab keine Garantie mehr dafür, daß einen nach Absolvierung des gesamten Bildungssystems am Ende ein guter Job erwartete. In gewisser Weise jedoch war es das goldene Zeitalter der Möglichkeiten. Theoretisch waren die Möglichkeiten für junge Leute, egal welcher Klasse, Rasse oder Religionszugehörigkeit, unbegrenzt. Mauern und Barrieren fielen in alle Richtungen, und man konnte entweder selbst helfen, sie umzustoßen, oder man stand bloß dabei und sah zu.

All das mag in keinem Bezug zu Tuin stehen, ist aber wichtig, weil es dazu beitrug, daß wir hier sind. Außerdem war es geradezu unvermeidlich, daß die sich auf der Insel ergebenden Probleme, die nicht nur das schlichte physische Überleben betrafen, in unmittelbarem Zusammenhang mit unserer früheren Existenz in jener anderen Welt standen und mit unserer Annahme, daß jene Welt jenseits der endlosen blauen Fläche weiterlebte. Tatsächlich hätten wir es gar nicht mitbekommen, wenn die Supermächte plötzlich damit begonnen hätten, sich gegenseitig auszulöschen. Möglicherweise hätten wir Jahre mit dem Warten auf Rettung verschwendet, anstatt uns darum zu kümmern, nur noch Adam und Eva Crusoe zu sein.

G. und ich waren weit von der Tradition der großen britischen Abenteurer entfernt. Unsere Operation gehörte mehr in die Reihen der Kleinen Internationalen Eskapisten, Flüchtlinge vor der Wirklichkeit. Bevor wir uns begegneten, bewegten wir uns beide von entgegengesetzten Enden des sozialen Dilemmas auf eine Tuin-Situation zu. G. hatte alles mitgemacht; er hatte sich vom Farmerjungen zum Verleger hochgearbeitet, war verheiratet gewesen, hatte Kinder, war geschieden, hatte sich ein zweites Zuhause mit weiteren Kindern geschaffen, war pleite gegangen und hatte Arbeitslosenunterstützung empfangen, hatte in einem Krieg gekämpft, war viel gereist und hatte sich mit allen möglichen Leuten rumgetrieben. Im Vergleich dazu hatte ich sehr wenig vom Leben mitbekommen, an der Peripherie aber doch genügend Erfahrungen gesammelt, um eine Abwechslung und eine Pause für notwendig zu halten, bevor ich entschied, ob ich mein Leben auf andere Weise gestalten oder oder ob ich den Tuin-Stil beibehalten sollte. Für zwei so unterschiedliche Charaktere, wie wir es waren, gab es nur einen Weg, um zusammenzufinden: Wir brauchten ein gemeinsames Ziel. Weil das Insel-Jahr in unseren Köpfen schon eine feststehende Tatsache war, noch ehe wir uns überhaupt kennengelernt hatten, klammerten wir uns mit solch grimmiger Entschlossenheit aneinander. Mir war es im Grunde egal, was ich für das, was ich mittlerweile als mein «Jahr draußen» bezeichnete, tun mußte, so lange es mich nur in Gebiete geistiger und physischer Erfahrungen führte, die ich nie zuvor besucht hatte.

Wie viele meiner Zeitgenossen befand ich mich in einem Zustand gründlicher Verwirrung. Ich sehnte mich nach Richtlinien, bezweifelte aber die Solidität der Überzeugungen meiner eigenen Generation; doch diese Umgebung hatte ich zu spät verlassen, um wieder bequem in die sicheren Arme des alten Establishments gleiten zu können, die mit der Zeit immer weniger sicher wirkten. Tuin würde für eine Gefangenschaft sorgen, in der ich nicht mehr den üblichen Einflüssen unterworfen war. Vor allem begrüßte ich die Vorstellung, genau zu wissen, wo meine Grenzen lagen.

Auf vollkommen unterschiedliche Arten waren sowohl G. als auch ich sehr eigenständig; G. vielleicht mit seiner Kenntnis seiner eigenen Person und ich mit meiner fehlenden Kenntnis. Es existieren viele Ebenen individueller Abgeschlossenheit; bei zwei isolierten Wesen verschmelzen manche dieser Ebenen sehr angenehm, während andere schmerzhaft zusammenprallen. Bei uns existierte auf einer Ebene die stärkste gegenseitige Abhängigkeit, doch beide verfügten wir über geheime Kammern, die sich nie berührten.

In vieler Beziehung nahmen wir gegenseitige Treue und Vertrauen einfach als selbstverständlich hin. Wie sehr wir einander auch kritisieren oder geißeln mochten, nie hegten wir Zweifel oder Furcht, mitten im Jahr verlassen zu werden — und das nicht nur aus dem Grund, weil es viel zu weit war, um zur Zivilisation zurückzuschwimmen. Wir standen loyal zu unserem Abenteuer und wurden somit von der gemeinsamen Sache gestärkt. Trotz all meiner einsiedlerischen Tendenzen und G.s gerechtfertigten Abneigungen mir gegenüber war G. in gewisser

Weise für mich die Insel, und umgekehrt war ich sie für G. Nichtsdestoweniger wußten wir beide, daß der andere das Jahr auf der Insel fortsetzen würde, falls einen von uns ein Unfall ereilen sollte. So lange wir Tuin hatten — und so lange Tuin Wasser hatte.

Agame

8. Kapitel
Besucher

Tagebuch

Ich hatte es mir auf dem Lehnstuhlfelsen bequem gemacht, ließ ziemlich träge eine Leine in das langsam steigende Wasser baumeln, als ein ungewohnter Laut das Schweigen des Meeres zerstörte. Zuerst dachte ich an einen Hubschrauber, aber dafür war der Klang viel zu hell. Also ein Boot. Ab und zu hatten sowohl G. als auch ich geglaubt, das Echo von Motoren schwach über das Wasser schallen zu hören. Da wir nie wirklich ein Fahrzeug sahen, bezeichneten wir sie als «Geisterboote». Einmal dachte G. sogar, er hätte gehört, wie auf der anderen Seite etwas landete, als ich gerade dort war, aber ich versicherte ihm, ich hätte nichts gesehen und merkwürdigerweise auch nichts gehört.
Aber dies hier war kein körperloses Geräusch. Ich stand auf, um einen besseren Überblick zu gewinnen, und sah ein kleines, silberfarbenes Dingi an unserem Nordende vorbeisummen. Um sich so nahe an das Riff heranzuwagen, mußte der Steuermann entweder keine Ahnung von der Gefahr haben oder mit den Gewässern sehr vertraut sein. Als das Boot deutlich sichtbar war, merkte ich, daß letzeres zutraf. Zwei Männer befanden sich im Boot. Insulaner der Torres-Straße.

Unser bis jetzt einziger Kontakt mit den Eingeborenen der Torres-Straße hatte gleich zu Jahresbeginn stattgefunden, als wir auf dem Weg nach Tuin auf Badu Island haltgemacht hatten. Wir hatten uns dort kurz mit dem Häuptling unterhalten, der recht gut Englisch sprach, mit nur einem Hauch des schwer verständlichen Pidgin. Die Mannschaft der *Torres Strait Islander,* dem Boot, das uns von Thursday Island hergebracht hatte, bestand nur aus Insulanern, die allerdings vergleichsweise «gebildet» waren, da sie auf Thursday Island, wenn schon nicht unter

Weißen, so doch unter deren Einfluß lebten. Über die Bewohner der äußeren Inseln wußten wir wenig, von der Tatsache abgesehen, daß ihnen einst in der bekannten Welt als Kopfjäger und Kannibalen niemand gleichgekommen war. Außerdem wußten wir, daß es drei Hauptinselgruppen in der Straße gab: die westliche Gruppe, die östliche Gruppe und die Zentralinseln. Von uns aus lag die westliche Gruppe am nächsten.

Tagebuch (Fortsetzung)

Als das Boot näher kam, war mein erster Gedanke Fisch. Ich hatte kein Angelglück, und wir brauchten was zum Abendessen. Der arme G. hatte wieder Kummer mit seinen Beinen und lag unter dem Baum. Ich fragte mich, ob sie nicht vielleicht einen guten Köder in ihrem Boot hatten. Ich winkte.
Sie reagierten nicht sofort, und ich nahm an, sie würden bloß vorbeifahren, also warf ich entschlossen meine Leine wieder aus. Als sie sahen, daß ich angelte, drehten sie ihr Boot auf meinen Felsen zu. Plötzlich wurde mir klar, daß es vielleicht gar keine so gute Idee war, nackt zu bleiben; hastig breitete ich mein Sarituch über meine Vorderfront — nicht daß da sehr viel zu bedecken gewesen wäre —, und hielt es mit einer Hand zusammen, in der anderen Hand die Angelschnur.
«Hallo!» zirpte ich, als die Maschine zu einem leisen Puffen gedrosselt wurde. Der eine Mann hob seine Hand, und das Boot stoppte. Beide schauten mich schweigend an. Ich schwenkte die Leine auf und nieder und sagte:
«Kein Fisch!»
Schweigend wurde die intensive Betrachtung fortgesetzt. Ihre Gesichter waren vollkommen ausdruckslos, obwohl der Jüngere der beiden sehr dicke Augenbrauen besaß, was ihn leicht grimmig dreinblicken ließ. Jetzt rief er:
«Hat Pfiirsch?»
Ob ich einen Pfirsich hatte? Nein, Fisch.
«Nein, keinen Fisch.»
«Du willst Pfiirsch?»
Ich wußte nicht, was er meinte, aber ich sagte: «Ja, ja! Wir sind hungrig.»
«Wir holen Pfiirsch.»
Erneutes Schweigen.

«Kann ich mitkommen?»

Langes Warten ohne jede Reaktion.

«Hokay.»

«Oh, gut, großartig! Ich sag' nur meinem Mann Bescheid. Geht nicht weg.»

Mit einer Hand zog ich ungeschickt meine Leine ein und rannte den Strand hoch, um G. zu berichten. Offensichtlich ging es ihm ziemlich schlecht, denn er fühlte sich außerstande, selbst mitzukommen, aber er lächelte über meine Aufregung und sagte, ich sollte nur gehen. Ich band mein Bikinihöschen am Messergürtel fest und verknotete das Oberteil. Mit der Angelschnur und einigen im Sari verstauten Haken war ich bereit.

«Keine Sorge, ich komm' mit Fisch zum Abendessen zurück. Sie werden schon wissen, wo's am besten ist.»

Und ich rannte runter zum Strand. Es ist einfach unglaublich, wie das Adrenalin des Abenteuers die Energie wieder aufleben läßt.

Manchmal passieren die Dinge so plötzlich, daß man keine Zeit hat, auf das Unerwartete zu reagieren. So ging es mir, als die Fischer mich auf dem Felsen fanden. Es blieb keine Zeit, das Für und Wider abzuwägen oder sich zu überlegen, ob es klug war, kaum bekleidet in ein Boot zu vollkommen Fremden zu steigen, die vielleicht nach einem mir völlig unbekannten Code lebten. Es war eine Chance, an gute Fanggründe heranzukommen, und nichts anderes zählte.

Kaum an Bord des kleinen Fahrzeugs, unsicher zwischen Benzinkanistern, Tauchermasken und Eingeborenenspeer sitzend, überfiel mich für einen Moment ein leichtes Angstgefühl. Würde ich in der endlosen Weite zweier Meere verschwinden, auf einer der verstreuten Inseln landen oder vom Ozean selbst verschluckt werden, so würde außer G. niemand etwas davon wissen, und er hätte keine Möglichkeit, mich zu suchen. Es war ein eigenartiges Gefühl, Tuin immer kleiner werden zu sehen. Seit unserer Ankunft verließ ich zum erstenmal die Insel und sah sie zum erstenmal wieder aus der Ferne.

Der jüngere Mann mit den wirren Haaren ließ den Motor aufheulen, sobald wir uns in sicherer Entfernung vom Riff befanden. Kein Wort wurde gesprochen, während das Boot aufs Meer hinausflitzte und mit wuchtigen Schlägen, die meinen knochigen Hintern über die Benzinkanister scharren ließen, gegen immer größere Wellen knallte. Unser Vorankommen schien unberechenbar zu sein; wir rasten mit Höchstgeschwindigkeit vorwärts und knallten dann urplötzlich fast in unser eigenes Kielwasser zurück. Erst allmählich begriff ich, daß der Mann am Steuer in Wirklichkeit meisterliche Arbeit leistete, indem er die hochragenden Riffs vermied, die lediglich anhand der unterschiedlichen, nur für das erfahrene Auge sichtbaren Wasserwirbel kenntlich waren. Die Zickzacklinie wurde weiter, und Tuin verschwand hinter anderen kleinen Inseln.
Eine Woge puren Geschwindigkeitsrausches schlug über mir zusammen. Man vergißt, was für schnelle Transportmöglichkeiten es gibt, wenn einem nur die eigenen Beine zur Verfügung stehen. Die Sonne schleuderte stechende Lichtlanzen und Laken gleißenden Silbers auf das Meer um uns herum, und das neue Erlebnis anderer Inselküstenstriche hielt meinen Blick gefangen. Ich spürte, wie sich unfreiwillig ein vergnügtes Strahlen über mein Gesicht legte. Als Antwort kam vom Steuermann ein vorsichtiges Lippenzucken. Schande über mich wegen der lüsternen Besorgnis der weißen Frau; war es das Tier in ihnen oder in mir, vor dem ich mich fürchtete?
Schließlich wirbelten wir in der Nähe einiger kleiner Inseln in einen engen Kreis und kamen zum Stillstand. Ein Wort in der Eingeborenensprache und der Ältere der beiden Männer streifte sich eine Tauchermaske über und sprang ins Wasser; in der Hand hielt er einen kurzen, selbstgebastelten Speer, mit einem Gummiband locker an seinem Handgelenk befestigt. Ich beobachtete die Stelle, wo er untergetaucht war, genau, aber das Wasser war zu turbulent, um viel sehen zu können. Sekunden dehnten sich zu langen Minuten, und ich staunte über seine Fähigkeit, so lange den Atem anzuhalten. Plötzliches Spritzen und ein Ruf, als der Taucher auf der anderen Seite des Bootes an die Oberfläche kam, eine große,

vielfarbige Kreatur wie eine gewaltige, bemalte Garnele am Ende seines Speers schwingend. Er warf sie ins Boot und tauchte sofort wieder weg. Ich wagte ein paar Fragen.
«Ist das ein Panzerkrebs?»
Der junge Mann hielt seinen Blick auf das Wasser gerichtet.
«Krebs.» Bestätigend.
«Woher weißt du, wie man sie findet?»
Keine sofortige Antwort. Über die Seite des Bootes spähte ich ins Wasser.
«Kerl dort weiß.»
Jetzt, wo das Eis gebrochen war, gingen wir zu persönlichen Themen über. Beim Sprechen schien er scheu und schroff, aber sein Körper war arrogant und locker. Beim Sprechen war ich ganz locker, aber physisch fühlte ich mich linkisch und war mir meiner Knochen und Adern und meines überbeweglichen Gesichts nur zu bewußt. Er nannte mir seinen Namen: Titom Nona. Ich sagte ihm meinen.
«Welche Art dein Mann?»
«Gerald.»
«‹Deral›. Welche Art er?»
Ich begriff nichts. Ich wußte nicht, was Titom über G. wissen wollte. Vielleicht erkundigte er sich, weshalb G. nicht mitgekommen war.
«Er hat schlimme Beine. Entzündete Beine.»
«Sind krank?»
«Ja, klein bißchen krank.»
Dann begann ich ihn über den Krebsfang auszufragen. Offensichtlich war er sehr stolz auf das Boot, aber als ich mich erkundigte, ob es ihm gehörte, gab er keine Antwort. Auf meine Frage, ob er Geld für die Krebse bekam, wurde er jedoch ausgesprochen redselig.
«Viel Dollar», sagte er. «Kein Sorge, taus'nd Dollar», und er schenkte mir ein glückliches Grinsen, das augenblicklich verschwand, als sein Partner mit einem weiteren Krebs auftauchte. Ich begriff allmählich, daß ein Gesicht bar jeden Ausdrucks als korrektes Verhalten gewertet wurde. Ich erfuhr, daß beide Männer von Badu Island stammten.
Nachdem Ubia, der ältere Mann, eine Weile getaucht war und der bereits knappe Platz auf dem Boden des Dingi sich mit Krebsen zu füllen begann, sagte Titom etwas zu ihm, und er kletterte zurück ins Boot, zog sich mit kraftvollen Armen

mühelos über die Seite. Titom warf den Motor wieder an, und wir machten uns auf die Suche nach einem neuen Platz. Als wir das nächstemal hielten, blieb Ubia bei mir im Boot, während sich Titom mit seinen leuchtend roten Baumwollunterhosen ins Wasser stürzte. Ubia war entweder sehr scheu oder konnte kaum Englisch, jedenfalls saßen wir still da und beobachteten Titoms Bemühungen.
Es war eine tolle Vorführung. Im Wasser verlor sein Gesicht seine Starre und wurde ebenso ausdrucksvoll wie sein die Bewegung genießender Körper. Jedesmal, wenn sein bronzefarbener Krauskopf die Wasseroberfläche durchbrach, schüttelte er ihn und grinste, wobei die Tropfen in einem tanzenden Sprühregen aufblitzten. Ich fragte mich, ob Insulaner häufig dichtes, schwarzes Kraushaar mit einem kräftigen Bronzeton an den Enden hatten. Ubias Haar war kürzer, aber ich konnte nicht erkennen, ob es geschnitten worden war oder sich von Natur aus so dicht am Kopf ringelte. Beide Männer waren muskelbepackt mit breiten Brustkörben. Ihre Körperbehaarung war nur gering, und ihre Gesichtszüge zeigten keinerlei Ähnlichkeit mit denen der australischen Aboriginals.
Mir fiel der Grund ein, weshalb ich mitgekommen war, und ich warf meine Leine auf der Seite aus, wo Titom nicht tauchte. Als er wieder hochkam und das sah, tauchte er unter dem Boot durch und schwamm unter Wasser zu der Leine. Im nächsten Augenblick stieß er zur Oberfläche hoch und schwenkte diesmal keinen Krebs am Ende seines Speers, sondern einen fetten, schwarzen Fisch. Er tauchte noch ein halbes dutzendmal, was zwei weitere Krebse und zwei weitere Fische einbrachte, dann nahm Titom seinen Platz im Boot wieder ein. Als er den Motor startete, zog ich meinen Angelhaken ein, an dem nichts angebissen hatte. Ich machte eine Bemerkung darüber, und er sagte:
«Speer viel besser.»
Ich fragte, ob sie je Leinen benutzten, und als Antwort kam ein abfälliges Schulterzucken:
«Frauen.»
Noch zweimal tauschten sie die Rollen. Sie versuchten es an einer Stelle, wo es überhaupt keine Krebse zu geben schien; an einer anderen gab es nur einen einzigen. So einfach war es offenbar doch nicht. Ich merkte, daß die Sonne nicht mehr

hoch stand. Sie tauchten schon seit Stunden. Nun steuerte Titom geradewegs den Strand einer kleinen runden Insel an, die nur aus einem einzigen Hügel bestand. Ganz kurz vor dem Strand stellte er den Motor ab, und das Boot glitt sanft auf den Sand. Offensichtlich kannte er diese Gewässer sehr gut. Ubia nahm einen langen Speer mit nur einer Spitze und marschierte um den Strand herum. Titom erklärte mir, daß er nach Schildkröteneiern suchte, und wir folgten ihm mit einer großen Lattenkiste. Ubia arbeitete sich langsam am oberen Rand des Strandes vor, ein Gebiet, das mit Schildkrötenspuren übersät war; ab und zu hielt er an und bohrte seinen Speer probeweise in den Sand. An einer Stelle steckte er ihn mehrmals tief hinein und befühlte dann die Speerspitze mit seinem Finger. Titom kniete nieder und begann vorsichtig den Sand fortzuscharren, in einem weiten Loch bis auf anderthalb Fuß Tiefe. Er griff nach meinem Handgelenk und zog meine Hand zu der Stelle, wo er eben mit dem Graben aufgehört hatte. Vorsichtig tastete ich mit den Fingerspitzen und holte ein weiches, halb durchsichtiges Ei hervor, unter dem andere zum Vorschein kamen. Die ansonsten perfekte Rundung des Eies war an manchen Stellen eingedellt.
«Ist es gut?» fragte ich.
«Viel gut. Los», und mit einer Geste deutete er mir an, den Rest auszugraben. Als dreiundvierzig sandbestäubte Eier neben dem Loch lagen und ich unten keine weiteren mehr spürte, langte Titom hinein und schlug eine kleine Sandbank beiseite, hinter der sich ein weiteres Dutzend verbarg. Wir stapelten sie in die Kiste und gingen weiter den Strand entlang, wo Ubia noch zwei Nester entdeckt hatte. Das erste lehnte Titom ab und deutete auf Spuren von Leguanen ganz in der Nähe. Die kühlenden Sandschichten waren abgegraben worden, und die nach dem Festmahl des Reptils offen daliegenden Eier waren vertrocknet und stumpf. Das letzte Nest war eine Goldgrube: einundsiebzig perfekte Eier. Sie waren halb so groß wie die vom allerersten Nest, die die Größe eines Tennisballs erreichten.
Ich fragte Titom, ob sie von verschiedenen Schildkrötenarten gelegt worden waren.
Er zuckte die Schultern und sagte:
«Vielleicht eine Schildkrötenfrau größer.»
Wir hatten die Kiste beim ersten Nest gelassen, deshalb be-

nützten wir meinen Saristreifen als Korb. Die kleinen Eier sahen haargenau wie Tischtennisbälle ohne jede Nahtstelle aus, mit Ausnahme des einen, das von Ubias Speerspitze punktiert worden war. Titom verkündete nun, daß er hungrig war.

«Ich auch», sagte ich aus tiefstem Herzen.

«Du versuchen Wongai?»

Ich sagte, ich hätte es noch nie versucht, und fragte, was das wäre.

«Wir gehn.»

Ubia blieb beim Boot und rollte sich eine Zigarette. Ich folgte Titom, der in entgegengesetzter Richtung der Schildkrötenspuren um die Insel lief. Ich erkundigte mich, wie man die Schildkröteneier zubereitete, und bekam zur Antwort, «kochen».

«Wie lange?»

«Klein bißchen Zeit.»

«Wie ein gewöhnliches Ei?»

«Klein bißchen lang Zeit.»

Und wie viele Eier aß man zu einer Mahlzeit? Er sah mich nicht an, und erst nach einer merkwürdigen Pause antwortete er. Dann sagte er leichthin:

«Ich essen zwanzig, essen alle Eier.»

Ich war entgeistert. Kein Wunder, daß sie ganze Nester zu ihren Familien zurückbringen mußten.

«Große oder kleine?»

«Alle Eier.»

Wir kletterten über ein paar Felsen zu einem weiteren kleinen Strand. Hier standen drei oder vier hohe Palmen, schwer mit riesigen, grünen Peepas beladen. Ich rannte voraus und hob die wenigen auf, die am Boden lagen; Titom erklärte ich, ich würde sie zum Trinken mit nach Tuin nehmen.

«Hab' gut Wasser Tuin?»

Ich berichtete, wie schlecht wir mit Wasser dran wären, und erkundigte mich nach der Wassersituation auf seiner Insel.

«Badu», sagte er großartig, «haben alles.»

Wir näherten uns einigen Bäumen, die dem silberblättrigen Baum neben dem Bach auf Tuin ähnelten. Aber diese Bäume hier trugen Früchte. Der Boden unter ihnen war bedeckt mit ovalen Kernen und zerquetschten Purpurschalen. Titom war bereits oben im ersten Baum und rüttelte an den Zweigen.

«Wongai!» rief er glücklich. «Hab' hier gut Baum.»
«Gib mir eine», bettelte ich, unter dem Ast stehend, wo er sie träge aus einer dicht vor seiner Nase hängenden Traube pflückte und sie sich in den Mund stopfte.
«Nein, ich essen alle.»
«O nein, das wirst du nicht!» und damit krabbelte ich den Baum hoch. Der Geschmack der Frucht berauschte mich, ich konnte mir gar nicht vorstellen, je zuviel davon zu bekommen. Tatsächlich waren die reifen Früchte eher selten, die Mehrzahl war klein, hart und dunkelgrün. Danach wechselten sie in ein leuchtendrotes Stadium über, wobei aus den Enden eine bitter schmeckende, weißliche Flüssigkeit drang. Die richtig reifen Früchte waren üppig purpurfarben. Mit vollem Mund sagte ich, ich müßte G. welche mitbringen.
«Tuin hat viele — kommen bald.»
Wunderbar! Tuin bringt also doch noch eine weitere Frucht für uns hervor. Als Antwort auf meine Frage, weshalb die Wongai auf dieser Insel schon reif waren und jene auf Tuin noch nicht einmal das grüne Stadium erreicht hatten, sagte er bloß:
«Kleine Insel komisch Ort.»
In mehr als einer Hinsicht, dachte ich.
Als keine einzige reife Frucht mehr übrig war, stiegen wir wieder hinunter, und Titom strebte dem Schatten einer mit Ranken bedeckten Laube zu. Hier setzte er sich auf einen gestürzten Baumstamm und teilte das Unterholz vorsichtig mit den Händen, offensichtlich auf der Suche nach etwas Bestimmtem. Als ich ihn danach fragte, murmelte er etwas von «Stachelbeeren».
Ein paar Augenblicke später zog er eine zarte, mit erbsengroßen Früchten besetzte Ranke hervor. Jede «Stachelbeere» ruhte in einer papierartigen, grünen Schutzhülle. Die Frucht drinnen schmeckte mild und angenehm.
«In England», wagte ich mich unbesonnen vor, «haben wir Stachelbeeren — so groß!» Mit Daumen und Zeigefinger deutete ich die Größe an.
«Du lügen», sagte er mit lächelnder Überzeugung. «Ich dich auch gelogen.»
«Schildkröteneier?» fragte ich, seine mutwillige Prahlerei nun durchschauend.
«Ja. Wir essen zwei, vielleicht drei.»

Nachdem wir uns noch einige Stachelbeeren einverleibt hatten, stand Titom auf und streckte sich.
«Wir gehn jetzt Kokosnuß.»
Unter den Palmen nahm er mein Messer zwischen die Zähne. Ich war froh, daß er meinen Gürtel mit der Messerscheide nicht auch noch wollte, da sonst nichts meine Höschen gehalten hätte. Im Nu war er hochgeklettert und schnitt ein Dutzend fette Peepas ab. Ich rannte beiseite, als sie überall niederprasselten. Mit Peepas beladen machten wir uns auf den Rückweg zum Boot, wo Ubia gerade einen großen, mit roten Wongai gefüllten Beutel zusammenband. Anscheinend hatte er einen guten Baum gefunden, den Titom nicht kannte, der nun eine Flut leichtherziger Flüche von sich gab, von denen ich nur «verflucht Bastard» erkannte, was mehrmals wiederholt wurde und offensichtlich keine Beleidigung darstellte. Ubia hatte wohl vor, das klebrige weiße Zeug von den Früchten abzuwaschen und sie in der Sonne reifen zu lassen. Ich merkte mir das für zukünftige Verwendung auf Tuin.
Es wurde spät. Das dem Sonnenuntergang vorausgehende Aufflammen breitete schon einen gleichförmigen Glanz über die Wellen, wo zuvor blitzende Strahlen gefunkelt hatten. Ich stellte mir G. vor, wie er das Moskitonetz vor dem Zelt niederließ und sich fragte, ob ich jemals zurückkehren würde. Das Dingi war reichlich beladen mit Krebsen, Schildkröteneiern und Peepas und lag tief im Wasser, aber Titom fuhr immer noch mit Höchstgeschwindigkeit, wo immer es keine flachen Riffs zu umschiffen gab. Als der Glanz ins Orangefarbene wechselte und das Licht von der Wasseroberfläche verschwand, mußte ich mir meine totale Orientierungslosigkeit eingestehen. Ich konnte keine der Umrisse der Inseln, an denen wir vorbeifuhren, mehr erkennen. Als wir durch rauhere Gewässer kreuzten, stellte ich überrascht fest, wie kühl der über uns niedergehende Gischtregen geworden war. Es war lange her, daß ich nach Sonnenuntergang noch draußen gewesen war.
Endlich tauchten aus einem langen, dunklen Kamm drei unverkennbare Palmen direkt vor uns auf. Ich deutete und rief freudig:
«Tuin!»
Das Boot konnte nirgendwo in der Nähe des Camps anlegen, weil wir Ebbe hatten. Das bedeutete einen langen, düsteren,

von Stachelrochen gefährdeten Spaziergang durch die Seichtstellen der Sandhügel, beladen mit kostbarer Flüssigkeit in Form von zwölf Kokosnüssen. Titom brachte das Boot so weit herein, wie er nur konnte, ohne den Propeller in den Sand zu bohren. Als ich, mich vielmals bedankend, hinauskletterte, suchte er zwei Krebse aus und reichte sie mir, zusammen mit einer Anzahl Schildkröteneier. Dann warfen sie die Peepas ungefähr in Richtung des trockenen Sandes und waren mit einem gebrüllten «Yahvoh!» verschwunden. In der grauen Dunkelheit verfolgte ich die treibenden Fußbälle und trug so viele wie möglich zu einem Haufen auf einem hochgelegenen Sandhügel zusammen. Mit den in den Sari eingewickelten Krebsen und Eiern konnte ich nur drei Stück auf einmal tragen. Dann setzte mein gesunder Menschenverstand wieder ein, ich zog meinen Bikini aus und machte Bänder daraus. Mit dem Oberteil schnürte ich das Saribündel zusammen und hängte es mir um den Hals. Jetzt schaffte ich mit jeder freien Hand drei mit ihren Stielen und dem Bikinihöschen zusammengeknotete Peepas. Ich eilte mit der ersten Ladung den halben Strand hoch und rannte zurück, bevor der andere Haufen ins Meer hinaustreiben konnte. Als ich endlich im Camp ankam, war ich erledigt, aber unglaublich glücklich.

G. lag im Zelt, aber das Feuer glimmte noch. Schnell brachte ich einen Kessel mit Meerwasser zum Kochen und warf die Schwänze der beiden Krebse hinein. Während sie brodelten, legte ich die Schildkröteneier in den Strohhut, den ich nie trug, und hängte sie in einen Baum. Ich konnte es kaum erwarten, G. zum Frühstück Eier zu servieren.

Ausnahmsweise durchbrach ich meine eigene Regel, kein Essen ins Zelt zu bringen, und nahm die üppigen, fetten weißen Schwänze mit hinein zu G.

«Du bist also wieder zurück. He! Ich rieche was Eßbares.»

«Krebse.»

«Du cleveres altes Scheißhaus.»

«Na ja, eigentlich hab' ich sie nicht selbst gefangen.»

«Mir egal, wie du drangekommen bist. Verdammt, ist das gut! Und jetzt erzähl mir alles über deinen Ausflug, ich weiß ja, daß du fast platzt.»

Das tat ich dann auch. Glücklich quatschte ich stundenlang drauflos, bis aus G.s anfeuerndem Grunzen plötzlich friedliche Schnarchtöne wurden — allerdings nicht, bevor nicht das letzte Bröselchen von den Tellern verschwunden war; sie leuchteten in der Dunkelheit, so sauber hatten wir sie geleckt.

In dem oben angeführten Tagebuchauszug gibt es ein paar diplomatische Auslassungen. Von wenigen Ausnahmen abgesehen las ich G. mein Tagebuch stets laut vor, und ich sah in diesem Fall keinen Grund, die Sorge noch zu verschärfen, die durch die Hinfälligkeit seines Körpers ständig in ihm wuchs und ihm die Mimik eines ältlichen Mannes verlieh. Titom hatte sich wegen unseres offensichtlichen Altersunterschiedes recht überrascht gezeigt. «Ist alter Bursche», hatte er ausgerufen. «Wie ist Sex-Sache?»
Unverbindlich hatte ich geantwortet: «Er ist mein Mann. Bist du verheiratet?»
«Nein.»
«Hast du eine Freundin?»
«Viele!»
Obwohl Titoms Frage bezüglich Sex in keiner Weise einen Annäherungsversuch dargestellt hatte, wurde mir zum erstenmal bewußt, daß ich meine Ehe als Schutzschild benutzte, hinter dem ich mich, falls notwendig, scheinheilig verstecken konnte. Zu der Zeit war mir noch nicht klar, daß eine magere Frau von den Insulanern als armseliger Fang betrachtet wurde. Wenn ich alles war, was G. zu erwischen in der Lage war, dann konnte er nicht viel taugen.

Der Besuch der Krebsfischer fiel zufällig mit einer bemerkenswerten Wetteränderung zusammen. Wie immer waren die Tage heiß, aber nun wurden die Nächte noch heißer. Es lag nicht nur am Temperaturanstieg, auch die Luftfeuchtigkeit schoß nach oben. Was ich in der Nacht einmal irrtümlich für lautlosen Regen hielt, der das Zelt durchtränkte, stellte sich bei näherer Betrachtung als Kondensationsniederschlag heraus.
Anstatt es als Zufluchtstätte anzusehen, einen Ort, wo man bequem Vergessen suchen konnte, graute es uns nun davor, nachts ins Zelt zu kriechen. Selbst G., der von sich behauptete, überall zu jeder Zeit und in jeder Lage schlafen zu können, litt nun unter schwitzender Schlaflosigkeit. Unsere Kopfkissen — die ursprünglichen Kleiderbündel hatten wir durch die mit Lumpen bedeckten Schaumkügelchen ersetzt, in denen das CB-Radio

verpackt gewesen war — wurden jede Nacht vom Schweiß unserer Köpfe durchtränkt und mußten tagsüber getrocknet werden. Das Laken wurde jeden Morgen ganz selbstverständlich hinausgehängt. Wir hätten es als ungemein schlampig betrachtet, es auf dem Bett zu lassen, genauso wie uns die Vorstellung, Papier zu benutzen statt uns ordentlich im Meer zu waschen, reichlich primitiv und ziemlich widerlich vorkam. Auf unsere ganz spezielle Art waren wir durchaus zivilisiert.
Diese neue, feuchte Hitze saugte uns wesentlich mehr Energie ab, als der trockene, sengende Grill in den Monaten zuvor. Wir urinierten immer weniger, da wir all unsere Körperflüssigkeit durch die Hautporen verloren. Man fühlte sich dabei jedoch keineswegs schmutzig, weil jede Schweißschicht sofort von der nächsten fortgespült wurde, und der anhaftende Achselhöhlengeruch, unter dem man leidet, wenn man Kleidungsstücke trägt, existierte auch nicht. Aber diese Hitze quetschte uns von morgens bis abends und dann die ganze Nacht hindurch aus. Nirgendwo gab es ein Entrinnen. Das Meer war warm und träge, und der Schatten bot keinen Schutz vor der Feuchtigkeit.
Seitdem meine Beinadern thrombotisch geworden waren und schmerzten, wenn ich etwas länger stand, mußte ich notgedrungen G.s Ratschlag folgen und die Dinge etwas langsamer angehen. In der Praxis bedeutete das, nur zwei oder drei Äste anstatt ganzer Bäume heranzuschleppen. Die Glieder bewegten sich in der schweren, erstickenden Luft automatisch langsamer. Ich schleppte mich hin und zurück, vom Inneren zurück ins Camp, zur Kokosnuß-Straße, wieder zum Camp, machte ein Spiel aus den schlappen Bewegungen meiner hitzebenebelten Glieder. G. lag entweder flach auf dem Rücken auf dem Tisch unter dem Eine-Pflaume-pro-Tag-Baum, Arme und Beine weit gestreckt, um auch die leiseste Brise einzufangen, oder er stand schlaff und tropfend da, nachdem er mannhaft ein weiteres Fleckchen störrischen Bodens in der Hoffnung attackiert hatte, auf Wasser zu stoßen. In endloser Wiederholung tröpfelte der ewig gleiche, hoffnungs- und ratlose, erschöpfte Protest über seine Lippen:
«Jesus Christus, Lu, es ist so *verdammt* heiß!»
Wir erreichten ein Stadium, wo selbst Lachen zu große Anstrengung bedeutete.
«Lu, bring mich nicht zum Lachen. Ich schwitz' dann noch mehr.»
Ich wußte, was er meinte.

Für den Fall, daß sich diese Wetteränderung als Vorläufer der Regenzeit erweisen sollte, beschlossen wir, das Zelt näher zur geplanten Campstelle zu rücken und es so gut wie möglich mit den Blechen zu bedecken, die wir vom Südende der Insel herangeschleppt hatten. Vor und hinter dem Zelt pflanzte G. einen kräftigen Pfosten in den Boden, vorn weit genug entfernt, daß es für eine geschützte Veranda reichte, und band den Hauptpfosten von der nun demontierten Leine zum Fischetrocknen oben darüber. Bei diesem Wetter hatten wir das Fischetrocknen aufgeben müssen, da die Fische zu stinken begannen, noch bevor sie richtig trocknen konnten. Wir lehnten die ungleich langen Bleche gegen den Querbalken, und G. hämmerte sie mit dem stumpfen Teil der Axt oben krumm, so daß sie an dem stützenden Balken eng anlagen und durch Löcher zusätzlich noch angebunden und gesichert werden konnten. Die Blechenden bohrten wir so tief wie möglich in den trockenen Boden, aber ich hatte immer noch Visionen, wie der Sturm die beiden Seiten des Blechzeltes packte und die ganze Struktur wie ein gigantisches Flügelpaar klatschend zusammenschlug, wobei wir im Terylene-Zelt darunter von peitschenden, rostigen Blechenden durchbohrt wurden. Um den Außenschild noch weiter zu sichern, häuften wir Sand und Steine auf die vergrabenen Ränder.

Um das nach Osten gerichtete Zeltende wasserdicht zu machen, benützten wir die bis jetzt verschmähte Reflektorplane, die uns die Katamaran-Jungs geschenkt hatten. Wir hofften, die Verandadachbleche würden uns vorn ausreichend schützen. Hinten ließen wir einen Spalt offen, um Durchzug zu ermöglichen, aber die zwischen den Blechen und dem Zeltdach gefangene heiße Luft hatte die Wirkung, als würde man in einer solargeheizten Thermosflasche schlafen. Jede Falte und Runzel unserer Körper war vom Schweiß durchweicht. Nur ungefähr eine gesegnete halbe Stunde gegen Morgendämmerung zu schien die Luft kurz leichter zu werden, und die mit einem Lappen abgewischte Haut blieb für mehr als nur ein paar Sekunden trocken.

Unvermeidlich wirkten sich diese feuchten Verhältnisse negativ auf unsere bereits angegriffene Gesundheit aus. Der arme G. bekam eine ungemein bösartige Pilzinfektion an den Füßen. Zwischen den Zehen fing es an und zog sich dann in tückischen kleinen roten Linien unter der Haut nach oben. Wir versuchten es mit jeder im Arzneikoffer vorhandenen Salbe, beginnend mit noch halbwegs vernünftigen Sachen wie Anti-Pilz-Creme, aber dann arbeiteten wir uns vor bis zu einem Cocktail aus Brand- und Augensalbe mit einer Zinkschicht drüber. Wegen des Juckreizes konnte G. seine Füße nicht in Ruhe lassen; zu jeder Stunde, bei Tag und bei Nacht, kratzte und drückte und beschmierte er sie, alles ohne Erfolg. Eines Tages verschwand die Infektion fast genauso plötzlich, wie sie aufgetreten war, aber das geschah erst, als das Wetter erneut umschlug.

Seit dem Ausflug mit Titom und Ubia gab es in meinem Leben eine neue Mission. Buchstäblich jeden Tag durchquerte ich die Insel, wo im Süden die größten Wongai-Bäume wuchsen. Bald merkte ich, daß außer mir auch noch andere darauf warteten, daß die Früchte reif wurden. Hübsche weiße Tauben flatterten in den Baumspitzen herum. Sie gewöhnten sich so an mein tägliches Erscheinen, daß sie bald schon bei meiner Annäherung nicht mehr aufflogen. Von der Hitze ermattet, setzte ich mich keuchend hin, den Rücken gegen den Stamm des größen Baums gelehnt, und suchte mit meinen Blicken durch das Blattwerk hindurch die obersten Zweige, wo sich die grünen Wongai bereits scharlachrot färbten. Der friedliche Klang der sich putzenden Vögel schwebte kühl und beruhigend zu mir nieder. Das nahe Meer leckte mit seinen Salzlippen den Korallensand. Tag für Tag kam ich hierher, als könnten die Früchte über Nacht plötzlich reifen und in meine wartenden Hände fallen.

Tagebuch

Dies ist eine Seite des Tuin-Lebens, die ich nie aus den Augen verlieren möchte, ein Gefühl, das mich immer begleiten sollte; wie ein Tier, ein Kind unter einem Wongai-Baum herumzukriechen und zwischen Erde und Blättern nach reifen, gefallenen Früchten zu wühlen. Die hohen Zweige werfen zitternde Schatten über das Suchgebiet und recken ihre herrliche Last der Sonne und der Meeresbrise entgegen. Die Frucht fällt erst ab, wenn sie malvenfarbig und weich ist, wenn sie, schwer vom Saft, stürzt und sich wie ein sanft schimmerndes Geheimnis zwischen den trockenen Blättern unter dem Baum einnistet. Die weißen Tauben von Tuin schwingen sich

Erste Schritte (Foto: G. Kingsland/Sunday Telegraph)

Die meiste Zeit verbrachten wir mit der Suche nach etwas Essbarem
(Foto: Gary Steer)

Auf Krabbenjagd in der Krokodilbucht (Foto: Gary Steer)

Robinson Crusoe persönlich (Foto: L. Irvine/Sunday Telegraph)

«Kleine Insel komisch Ort» – Tuins Gesicht bei Ebbe
(Foto: L. Irvine/Sunday Telegraph)

Das Inselinnere nach dem Brand
(Foto: G. Kingsland/Sunday Telegraph)

schnell herunter und mästen sich. Ihre scharfen Schnäbel bohren sich in die glatte Haut der Wongai und überziehen sie mit Pockennarben, bequeme Einschlupflöcher für die alles verheerenden Ameisen. Innerhalb von Stunden läßt die Sonne die malvenfarbenen Früchte zusammenschrumpeln und macht in knapp zwei oder drei Tagen leckere Backpflaumen aus ihnen. Nackt unter dem Baum fühle ich mich vollkommen in meinem Element. Die Augen huschen von einer Seite zur anderen, die Hände wenden sanft die Blätter, so suche ich nach und nach das gesamte Gebiet ab, in das der Wind die Früchte hat fallen lassen.

Mancher Baum bringt nicht mehr als eine Handvoll reifer Früchte hervor. Fallen meine Blicke auf eine üppig schimmernde Frucht zwischen den abgefallenen Blättern, dann steigt eine kleine, köstliche Welle der Befriedigung in mir auf, und ich nehme die Frucht zwischen meine Finger. Die Handbewegung zum Mund ist unbewußt. Plötzlich ist die Frucht da, preßt sich zwischen meine Lippen, das Fleisch bricht unter meinen Zähnen auf, und ich spüre den Geschmack auf der Zunge. Ich rolle den birnenförmigen Kern im Mund, bis die nächste Wongai dran ist, dann spucke ich ihn auf den Boden, zu den vielen, von den Vögeln bereits abgefressenen Kernen. Und weiter geht's, von Baum zu Baum, wie ein großer, dankbarer menschlicher Staubsauger.

Sind reichlich Früchte vorhanden, dann arbeite ich nach einem vagen, sehr flexiblen System, eine in den Mund, eine in meinen Sari, der sich allmählich füllt. Die unreifen roten nehm' ich mit, um sie im Camp für G. reifen zu lassen, ausgebreitet auf einem Stück alten Fischernetzes, das ich in einem Baum hängend entdeckt hatte. Innerhalb von drei Tagen sind sie weich und eßfertig.

Unter einem reifen Wongaibaum besitze ich ungefähr soviel Selbstbeherrschung wie ein Kind allein in einem Süßwarenladen. Ich weiß, daß mein geschrumpfter Magen anschwellen wird, daß meine geschwächten Eingeweide um Gnade schreien, aber das ist mir egal. Ich stopfe weiter die Früchte in meinen Mund, mit beiden Händen schuftend, bis ich aufgequollen gegen einen Baumstamm sinke und glücklich vor mich hin lache, gieriges Tier-Kind, das ich geworden bin.

Der massenhafte Verzehr der Wongaifrucht schien mir neuen Lebensschwung zu geben. Meine sinkenden Energien lebten wieder auf, und ich bemühte mich ernsthaft, einen Holzvorrat für die vor uns liegenden nassen Tage anzulegen. Da ich jetzt nur noch ein oder zwei Äste auf einmal schaffte, ging es langsam voran, aber ich genoß es und wurde durch den Anblick des mit jedem Tag wachsenden Stapels belohnt. G. lächelte über meine Wongai-Anbetung; auch er mochte die Frucht, war aber von dem, was sie mit seinen Eingeweiden anstellte, nicht so begeistert. Sie besaßen die störende Angewohnheit, schneller heraus als hinein zu gelangen.

An einem Nachmittag, an dem ich unterwegs war und Rindenborke sammelte, hatte G. einen Besucher. Er beschrieb mir den Vorfall in allen Einzelheiten. G. hatte am Bach gegraben, als das Dingi eines Insulaners in der Camp Bay auftauchte. Ein großer Mann und ein kleiner Junge kletterten heraus und kamen den Strand hoch auf ihn zu. Der Mann trug einen Speer und vermittelte nicht gerade den Eindruck von Freundlichkeit. Das Kind hatte riesige, kuhähnliche Augen und aus seiner Nase lief grünlicher Rotz. Beide trugen sie Gingham-Shorts und der Mann hatte sich einen Stoffetzen um den Kopf gewunden. Seine Augen waren, wie G. bemerkte, wütend und rötlich, seine Haut dunkel und reichlich mit schwarzen Muttermalen gesprenkelt. Ohne jede Einleitung verkündete er, daß er gekommen sei, um sich den weißen Mann anzusehen, der seinen Gartenschuppen benutzte. Er hätte von uns vom Häuptling von Badu gehört. Er streckte seinen Kopf in den Schuppen und schien zufrieden, daß sich alles in bester Ordnung befand, der Sand, die Geckos und die paar alten Planken, so wie er sie wahrscheinlich zurückgelassen hatte. Dann setzte er sich an den Tisch und rollte sich eine fürchterlich dicke Zigarette. Er schien überrascht zu sein, daß G. nicht auch rauchte.
«Du nicht rauchen?»
G. sagte, er würde schon, aber er hätte keinen Tabak, woraufhin ihm sein Besucher allen Tabak gab, den er noch in seiner Blechbüchse hatte. Er stellte sich als Ronald Lui von Badu vor. Da der Mann offensichtlich Tuin recht gut zu kennen schien, fragte ihn G., wo der beste Platz für einen Brunnen wäre. Ronald marschierte geradewegs in eine dichte Gruppe Schraubenpalmen

und zeigte nach unten. Dann sagte er, er müßte nun gehen, würde aber ein andermal wiederkommen. Ehe er abfuhr, erklärte er G., er hätte nichts gegen die Benutzung seines Schuppens, er hätte bloß mal G. kennenlernen wollen. Ein Freund von Ronald auf Badu wollte anscheinend unbedingt wissen, ob der weiße Mann auf Tuin sein Missus dabei hatte. Als G. bejahte, sagte Ronald:

«Das in Ordnung. Nicht gut ohne Missus.»

Als ich zurückkam, fand ich einen inmitten der Schraubenpalmen begeisternd grabenden G. vor. Schon befeuchtete, tröpfelndes, trübes Wasser den Spatenrand.

«Jetzt sind wir aus dem Schneider, Lu, diese Jungs wissen, wovon sie reden. Paß auf, daß du da bist, wenn er das nächstemal kommt.»

Ich paßte auf.

Als Ronald zum zweitenmal auftauchte, war offensichtlich, daß er eine Entscheidung zu unseren Gunsten getroffen hatte. Wir wurden anerkannt. Jetzt sah ich genau, was G. mit den schrecklichen Augen gemeint hatte. Außerdem wirkte das Fehlen von Zähnen merkwürdig, wenn er seine malvenfarbenen Lippen öffnete, und ich fand die ursprüngliche Unbeweglichkeit seines Gesichtsausdruckes ziemlich furchteinflößend. Jedoch wurde bald klar, daß Ronald unter seinem teilnahmslosen Äußeren ein warmes, großzügiges Herz verbarg. Eine Truppe von fünf schweigsamen Kindern folgte ihm den Strand hoch, von denen jedes mit Ausnahme eines schwankenden Kleinkindes ganz am Schluß etwas Nahrung oder einen Wasserbehälter auf dem Kopf trug. Das Kind an der Spitze, der gleiche plumpe und sprachlose Junge, der seinen Vater zuvor schon begleitet hatte, schleppte einen großen Beutel mit Reis, den er auf dem Tisch ablud. Das zweite Kind, ein magerer, sehr dunkler Junge, hielt eine Trinkflasche, gefüllt mit einer hellen, rosigen Flüssigkeit. Diese beiden hießen Alfie und Mypele. Dann folgte Alice, ein nachdenkliches, launisches, wunderschönes Kind mit einer wilden, nach allen Seiten vom Kopf abstehenden Haarmähne. Sie knallte ein kleines, zusammengebundenes Tuchbündel, das eine Art Brötchen enthielt, auf den Tisch und blieb mit eingestemmten Armen, die kleinen geraden Hüften vorgeschoben, stehen und starrte ins Leere. Die letzten beiden Mitglieder der Mannschaft befanden sich noch unten am Strand.

«Ayey Patti-Pat, Victor. Ayey wal!» Ronald winkte sie grimmig voran, aber Patti-Pat war abgelenkt worden. Sie kauerte sich hin, einen Arm um ihren fetten, kleinen Baby-Bruder geschlungen, und stocherte zwischen den Abfällen einer unserer Muschelmahlzeiten herum. Endlich kam sie auf unglaublich dünnen, mit vernarbten Geschwüren bedeckten Beinen hochgetrottet und schenkte mir mit einem umfassenden, leuchtenden Lächeln der Liebe eine winzige grüne Krabbe. Sie hatte ihre Kleiderlumpen unten am Strand abgelegt und befreite nun Victor von seinen eleganten Hosen. Klugerweise band sie ihm die um den Kopf, da er in der Sonne spielte. Sein Beitrag zu den Geschenken auf dem Tisch war eine Plastikflasche mit Wasser gewesen.

G. und ich waren von den plötzlichen Ereignissen wie gelähmt. Auf dem Tisch lag ein Beutel mit Reis, der uns bei Beibehaltung unseres alten Rationierungssystems auf drei Jahre hinaus versorgt hätte. Noch wunderbarer aber war, was Ronald über das Wasser sagte. Er erklärte uns, daß er beabsichtigte, ein großes Benzinfaß zu streichen und es nach Tuin zu bringen, damit wir darin Wasser auffangen konnten. Auf Badu, so informierte er uns, besaß jeder Wasserfässer. Er hätte auch mit dem Häuptling über uns gesprochen, der ebenfalls daran dachte, ein Wasserfaß zu schicken.

Ich war so erfreut und aufgeregt, daß ich nur nach Luft schnappen und dazwischen Freudenrufe ausstoßen konnte, während ich herumflatterte, um ein Feuer für den Tee in Gang zu bringen; verzweifelt ging ich im Geiste unsere Besitztümer durch, auf der Suche nach etwas, das diesen Menschen gefallen würde. Ich durchwühlte meinen Koffer und entdeckte ein paar Spangen und Haarnadeln für die Mädchen und Bleistifte für Alfie und Victor. Victor steckte seinen dekorativ ins Haar, um nicht von den Mädchen ausgestochen zu werden, und Patti-Pat malte mit einer Haarnadel Bilder in den Sand.

Ohne nachzudenken flocht ich in fast jeden meiner Sätze die Worte «mein Mann» ein. G. warf mir ein paar recht merkwürdige Blicke zu. Es war das erstemal, daß ich stolz darauf war, verheiratet zu sein. Wir waren Mr. und Mrs. Tuin, und Ronald behandelte uns als Paar so freundlich. Mittlerweile war ich so dürr, daß es albern gewesen wäre, das Bikinioberteil zu tragen, und G. zog erst nachträglich eine Turnhose an. Ein Gefühl der Befangenheit existierte nicht. Trotzdem hatte das allgemeine Erscheinungsbild noch etwas zu bedeuten. Meine wiederholte

Verwendung des Titels «mein Mann» stellte eine unbeabsichtigte Präsentation einer geschlossenen Front dar. G.s Haltung bei Tisch, wo er eine Zigarette mit Ronald rauchte, war die eines «Mannes von Welt», den die kleinen Mätzchen von Frauen und Kindern erheiterten, der sich aber in männlicher Weise würdevoll davon fernhielt.

Als der Tee eingeschenkt war und Ronald die Tasse an seine Lippen führte, lautstark schlürfend, erlebte ich einen Augenblick gesellschaftlicher Peinlichkeit. Als die heiße Flüssigkeit in seinem Mund verschwand, zogen sich seine ohnehin schon faltigen Gesichtszüge vor lauter Ekel zusammen wie eine geballte Faust. Mit einer lockeren Bewegung schwang er die Tasse hinter sich und kippte den Inhalt in den Sand. Dann setzte er sie ordentlich vor seinen gekreuzten Beinen ab und ließ jeden Ausdruck aus seinem Gesicht verschwinden. Ich fühlte mich gräßlich; außer dem Tee hatten wir keinerlei zivilisierte Erfrischungen anzubieten, und er fand ihn eindeutig ungenießbar.

«Tut mir leid, daß wir keine Milch und keinen Zucker haben, Ronald.»

Sein ältester Sohn saß nahe beim Tisch. Mit sehr leiser, rauher Stimme sagte er:

«Mein Vaddah mag fünf Zuckah.»

In seiner eigenen Sprache wies Ronald ihn zurecht und zeigte dann auf G.s Teetasse.

«Hat Salz hier.»

Natürlich! Das war's. G. und ich hatten uns so an das halb salzige Wasser gewöhnt, welches wir von dem winzigen Bachtümpel abschöpften, daß wir es nicht mehr als unangenehm empfanden.

«Ich geh bring Wasser von Badu, wenn kein Regen.»

In diesem beiläufigen Angebot lag unsere Lebensader. Wir bedankten uns ausgiebig bei Ronald, und er akzeptierte unsere Überschwenglichkeit mit einem würdevollen Heben der Augenbrauen. Ich wiederholte ständig, wie sehr ich wünschte, wir könnten ihm etwas als Gegengeschenk geben.

«Yorrigh», sagte er. «Du lernen mein Kind reden Englisch richtig gut.»

Die drei jüngsten Kinder waren an den Strand geschlendert. Alice hatte sich heimlich in dem Moment, in dem ihr Vater nicht schaute, die Brötchen angeeignet und sie in einem Loch hinter dem Schuppen versteckt. Niemand gab einen Kommentar dazu

ab. Nun posierte sie im Sand mit einem kindergroßen Speer und bedrohte Patti-Pat, die sich mit einem kleinen Plastikeimer als Schild schützte. Gelegentlich brüllte Ronald ihnen eine Ermahnung zu, herzukommen, aber sie achteten kaum darauf, machten ein paar angedeutete Schritte in seine Richtung und trotteten dann wieder davon. Alfie flüsterte seinem Vater etwas zu.
«Sie gehen Krabben suchen», sagte Ronald.
«Wir kennen einen guten Platz für Krabben», sagte ich. «Ich geh' mit.»
Zum Angeln brauchten wir später sowieso Köder.
Ich nahm unseren großen Speer und zog los. Ronald rief mir nach:
«Wo du bekommen diesen Speer?»
«Mein Mann», sagte ich stolz, «hat ihn gemacht.»
Mit den fünf Kindern ging ich runter zur Krokodilbucht. Die Flut stand nicht günstig zum Krabbenspießen, aber wenn man angestrengt suchte, konnte man für gewöhnlich ein paar finden. Anfangs waren die Kinder in meiner Gegenwart scheu, obwohl Patti die ganze Zeit über meine Hand hielt. Alfie und Alice hielten ein Streitgespräch in Gang, in dem das vertraute «verflucht Bastard» häufig vorkam. Victor war wirklich zu klein, um so weit zu laufen, aber er zuckte vor mir zurück, wenn ich ihn aufheben wollte. Alfie erklärte, «hat Angst vor weiß Mann», und pflanzte Victor auf einen Felsen, wo ihm nichts passieren konnte.
Alice und Patti schienen genau zu wissen, wo Krabben zu finden waren. Eine erwischte Alice am kleinen Finger, und sie hüpfte kreischend vor Schmerz und Vergnügen herum. Als es ihr reichte, riß sie die Schere ab und aß sie, das Fleisch sauber aussaugend und die Schale nach Alfie werfend. Bald schon kauten alle Kinder vergnügt an dem Scherenfleisch wie an Kaugummi. Patti aß nur eine Hälfte und stopfte mir dann sanft den Rest in den Mund; die Schale hob sie auf und schmückte mir damit das Haar. Victor bellte und sein Mund klaffte wie bei einem Kuckuck auf, kaum daß er leer war.
Plötzlich traten Alices Augen hervor, und sie brachte die anderen Kinder zum Schweigen, aufgeregt in das Seichtwasser deutend. Ein kleiner Nadelfisch bewegte sich dort. Vollkommen lautlos schlich sie vor und durchbohrte ihn mit dem winzigen Speer. Zwei kleine Meeräschen folgten, und dann fing Patti, unfähig, Alice den Speer wegzunehmen, einen kleinen, runden, ge-

streiften Fisch mit bloßen Händen. Feierlich biß sie ihn ins Auge, und er hörte auf zu zappeln. Als wir auf dem Rückweg zur Camp Bay an den roten Mangroven vorbeikamen, brach Alice einen schlanken Zweig ab und fädelte die Fische sorgfältig an den Kiemen auf; eine saubere und vernünftige Art, sie zu tragen.

Ich fühlte mich zum Schwimmen aufgelegt und machte den Kindern den Vorschlag. «Wa wa swim mika!» Es war klar, daß «wa» soviel wie ja bedeutete. Ich legte meinen Sari-Streifen ab, und mit Ausnahme von Alfie gingen alle Kinder nackt ins Wasser. Keiner von ihnen hatte auch nur die geringste Angst vor dem Wasser, und Victor, der kaum mehr als ein Baby war, mußte ständig der Kopf aus den Wellen gezogen werden; er schien sich im Meer wohler zu fühlen als an Land. Als die Kinder sich ausgetobt hatten, setzten wir uns alle in den Sand. Den größten Teil ihrer Scheu hatten sie nun abgelegt, aber die kleinen Mädchen und Mypele reagierten immer noch widerstrebend auf meine Fragen in Englisch. Ich entdeckte, daß die Kinder jede meiner Bewegungen genau nachahmten. Das entwikkelte sich zu einem herrlichen Spiel. Mager wie ich war, konnte ich allerlei Verrenkungen vorführen, und es gab brüllendes Gelächter, als die Kleinen meine Manöver zu kopieren versuchten. G. und Ronald erschienen oben am Strand, um zu sehen, was hier so komisch war, und G. rief, daß Ronald aufbrechen müsse, weil die Flut zurückging.

Kurz bevor er ablegte, drückte ich Ronald eine an den Häuptling von Badu adressierte, schnell hingekritzelte Notiz in die Hand. Darin erkundigte ich mich, ob irgendeine Möglichkeit bestand, mit Ronald einige Antibiotika rüberzuschicken. Ich hatte keine Ahnung von der medizinischen Versorgung auf Badu, aber wenn man davon ausging, daß die Insulaner unter die Gerichtsbarkeit der australischen Regierung fielen, so waren bestimmt Gesundheitsvorkehrungen getroffen worden. Natürlich hatte man uns gewarnt, daß die Regierung keinerlei Verantwortung für unsere Gesundheit übernehmen würde, aber angesichts des ernsten Zustandes von G.s Beinen war es mir einen Versuch wert.

Nach dem Besuch blieben wir glücklich, ungläubig und vor lauter Erschöpfung ganz benommen zurück. Wir hatten vergessen, wie ermüdend und anstrengend Konversation und Gesellschaft sein konnte. Als G. eine Wasserflasche an einem Finger pendeln ließ und beobachtete, wie die Flüssigkeit innen schwappte, lächelten wir uns in stiller, verständnisvoller Komplizenschaft zu. «Weißt du, Lu», sagte er, «ich denke, daß wir verdammtes Glück haben. Vielleicht gibt's da oben doch irgendeinen alten Gott, der ein Auge auf uns hat.» Er brauchte nicht mehr zu sagen. Beide wußten wir, daß ohne solch ein Wunder unsere Tage bei dem lächerlichen Rest Wasser im Bach gezählt gewesen wären. Das gehörte zu den Dingen, über die wir, abgesehen von der Notwendigkeit zunehmend schärfer werdender Rationierung, nicht sprachen, weil es sinnlos war. Nun aber war uns von einer anderen Welt diese Rettungsleine zugeworfen worden, und wir wußten mit Sicherheit, daß wir überleben würden. Wie bei allen großen Änderungen im Leben paßten wir uns überraschend schnell der neuen Situation an und nahmen die fehlende Todesdrohung als selbstverständlich hin. Falls wir insgeheim über den außerordentlich passenden Zeitpunkt unserer Rettung nachdachten, sprachen wir nie miteinander darüber.

Während der nächsten paar Tage stopften wir uns mit gekochtem weißem Reis voll. Es war ein gewaltiger Luxus, sowohl Fisch als auch Reis auf dem Teller zu haben. Wir aßen Reis zum Frühstück, Reis zu Mittag und Reis mit Fisch zum Abendessen. G. schuftete schwer an dem Brunnen, den er an der Stelle grub, die Ronald ihm gezeigt hatte. Obwohl kein salziges Wasser durchsickerte, war es unglücklicherweise dickflüssig und trüb und roch genauso unangenehm wie das der anderen Brunnen, die er zu graben versucht hatte. Um einen der kleinen grünen Soldaten im Garten zu retten, war es zu spät, aber G. war nun fest entschlossen, mit allen Mitteln eine Tomatenpflanze aufzuziehen. Er nahm das mit Erde gefüllte Faß mit der letzten Tomate, die er vor Monaten nach ein paar Regentropfen gepflanzt hatte. Mit seiner eigenen Scheiße und reichlich Fischkopfasche vom Feuer nährte er diese einzelne Pflanze liebevoll; jeden Morgen und jeden Abend kippte er eine halbe Tasse des trüben Wassers darüber. Er pinkelte nicht drauf, weil er das bei den Kohlrabi schon mit tödlichen Folgen probiert hatte. Innerhalb einer Woche gab die Tomatenpflanze erste Lebenszeichen von sich. Als sie etwas über zehn Zentimeter groß war, band G. sie an einem langen, dünnen Stock fest und gab ihr den Ehrenplatz mitten im Camp. Eine Tomate würde uns mit genügend Samen

versorgen, um eine ganze Reihe anzulegen, sobald der Regen eingesetzt hatte.
Es dauerte nicht lang, da kehrte Ronald mit dem versprochenen Wasserfaß und einigen gefüllten Plastikflaschen zurück, Vorrat bis zum nächsten Regen, der, wie er vorhersagte, schon recht bald kommen würde. Er blieb gerade lang genug, um ein bißchen zu plaudern und eine Zigarette zu rauchen, ehe er mit der Flut wieder zurück nach Badu fuhr. Diesmal war er gesprächig und recht locker; G. hatte mir erzählt, daß die Unterhaltung zuvor ziemlich gespreizt gewesen war. Hochtrabend verkündete er, daß der Häuptling, ein Verwandter von ihm, es für eine gute Idee gehalten hätte, wenn er, Ronald, gelegentlich rüberkommen und nach uns sehen würde. Ronald war das anscheinend sehr recht, da es ihm ein Gefühl von Wichtigkeit und Bedeutung vermittelte. Er saß am Tisch und rollte großzügig eine seiner üppigen Zigaretten; sein runder Bauch quoll über seine Shorts, und Tabakkrümel bröselten reichlich über seine Knie. Voller Erheiterung beobachtete ich, wie G.s Blicke dem heruntergefallenen Tabak folgten. Als Ronald das letztemal gegangen war, hatte G. auf Händen und Knien jeden winzigen Tabakfaden aufgesammelt, den Ronald hatte fallen lassen. Teebeutel hatten wir jetzt keine mehr und Teeblätter taugten nicht zum Rauchen.
Gesprächsweise erkundigte ich mich bei Ronald nach seiner Familie. Er erzählte uns, daß eine seiner älteren Töchter, Daysy, sich im Augenblick um sein Haus kümmerte, da seine Frau gerade eine andere Tochter besuchte. Ich sagte, ich würde Daysy gern mal kennenlernen, und Ronald erwiderte, daß sie gern zum Fischen rüber nach Tuin gekommen wäre, aber daheim bleiben mußte, um Sachen für ihr Baby zu machen. Sie hatte damit Probleme, weil ihre Nähmaschine kaputt war. An der Stelle warf G. schnell ein:
«Vielleicht kann ich sie reparieren. Kannst du die Maschine beim nächsten Mal mitbringen?»
Ronald hielt das für eine großartige Idee.
Nebeneinander standen wir am Strand, um ihn zu verabschieden. Ehe er ablegte, schaute er aufs Meer hinaus und zeigte auf den Himmel hinter Tukupai: «Wenn Nordwest-Zeit ist, kann man dort nichts sehn. Alles schwarz.» Wir bedrängten ihn, wann es denn los ging mit der Nordwest-Zeit, aber er blieb vage und gab uns lediglich den Rat: «Besser, ihr baut bald Schutz.»
Als ich mich wegen der Nachricht erkundigte, die ich ihm mit-

gegeben hatte, sagte er, der Häuptling habe sie bekommen, aber momentan gebe es keine weißen Schwestern auf Badu: «War mal Ärger. Wenn Schwester kommt, ich sprechen für dich.»

Einige Zeit verging, ehe wir Ronald wiedersahen. Das Wetter wurde rauh, obwohl die hohe Luftfeuchtigkeit blieb und der Wind weiter aus Südost blies. G. war nun in weit besserer geistiger Verfassung. Obwohl ihn seine Beine weiterhin schmerzten, lag er nicht mehr tagelang auf dem grünen Handtuch herum, sondern machte sich daran, unsere Lebensbedingungen zu verbessern. Er war mit einer Zigarette pro Tag zufrieden und freute sich auf den Zeitpunkt, wenn Ronald wieder kommen und die Nähmaschine mitbringen würde.

«Ich wußte gar nicht, daß du was von Nähmaschinen verstehst.»

«Ich sag' dir, Lulu, von mir gibt's eine Menge Dinge, von denen du nichts weißt.»

Die Zukunft sollte zeigen, daß er recht hatte.

Nachdem er das Dachrinnensystem auf Ronalds Schuppen perfektioniert hatte und wir nur noch auf einen Regenguß warteten, der das Faß füllen sollte, entschied G., daß der Moment für den Bau einer dauerhaften Schutzhütte gekommen war.

«Wir sind ziemlich dämlich, Lu. Dort, wo die Hütte jetzt steht, reißt uns der Wind als erstes das Dach weg, wenn er von Nordwesten kommt.»

Das stimmte. Die Grundstruktur dieser unvollendeten Schutzhütte war im Hinblick auf die Südostwinde entworfen worden. Die hohe Front klaffte wie ein Tunnel für den auf dieser Seite der Insel vom Meer kommenden Wind. Die denkbar unglücklichste Lage.

«Jetzt bist du dran», sagte G. eines Morgens und warf mir Bleistift und Papier in den Schoß. «Du entwirfst ein Haus, und ich bau's für dich.»

«Donnerwetter», sagte ich. Wie viele Frauen erhalten von ihren Ehemännern schon solch ein Angebot?

«Werd jetzt bloß nicht zu ehrgeizig, denk dran, daß wir nur ein paar Bleche und ein Stück Segeltuch haben, mit dem wir die windgeschützte Wand bedecken können.»

«Wie wär's mit einem Palmwedeldach?»

«Du kriegst dein Palmwedeldach, das kommt zum Schluß, aber

diese Bleche sind besser als sonstwas. Diese Insulaner wissen schon, was sie tun.»

G. legte sich hin, um ein bißchen zu dösen und genügend Energie zu sammeln, um dem Schock meines Entwurfs gewachsen zu sein. Ich pirschte auf dem Gelände herum, auf dem die Schutzhütte stehen sollte. Es war auf unserer Seite des Baches, vor dem direkten Ansturm des Seewindes durch eine Buschreihe hinter dem Eine-Pflaume-pro-Tag-Baum geschützt. Der Boden war sandig, aber mit genügend Erde, um einem tief eingegrabenen Pfosten guten Halt zu geben. Ich entschied, daß genügend Platz war für drei Zimmer plus eine geschützte Kochecke. Wir wußten, es war unmöglich, das Ding insektensicher zu bauen, also mußte das Zelt insgesamt als Schlafzimmer hereingenommen werden. Für Garderobe brauchten wir nicht viel Raum. Mein gezeichneter Entwurf war T-förmig, aber der ganze Querteil wurde wieder gestrichen, weil man dafür zu viele Bleche benötigte. Unweigerlich endete es damit, daß G. mehr nach dem Diktat der vorhandenen Materialien als nach meinem Entwurf baute, aber ich freute mich doch darüber, daß er mich nach meinen Vorstellungen gefragt hatte. Ich mochte es, wenn wir etwas als Team anpackten, und obwohl der Bau der Schutzhütte längst schon kein grundsätzlicher Streitpunkt mehr zwischen uns war, bedeutete er mir immer noch viel, vor allem jetzt, wo wir vor den Nordwestern gewarnt worden waren.

Allerdings frage ich mich, ob je eine Schutzhütte gebaut worden wäre, hätte es keine Nordwestern gegeben. Es war ja nicht so, daß wir unser Territorium markieren mußten; auf einer kleinen, von nur zwei Leuten bewohnten Insel setzt die See die Grenzen. Sicherlich behandelte ich, je stärker mein Gefühl für die Insel wurde, Tuin so, als würde es mir ganz und nicht nur teilweise gehören. Allerdings würde es mehr als ein natürliches Blätterdach brauchen, um uns vor dem Monsun zu schützen.

Innerhalb weniger Tage waren die Pläne für die Hütte fertig. G. hatte genau ausgerechnet, wie viele Querbalken und Stützpfosten benötigt wurden; einige davon konnten aus dem Gerippe der alten, halb fertigen Hütte gezogen werden. Aber wir mußten feststellen, daß sich die großen Pfosten aus Gummibaumstämmen, die wir so ungeheuer sorgfältig eingegraben hatten, nicht von der Stelle rührten, und diejenigen, die sich bewegen ließen, waren von Termiten befallen worden, die den Kern der Stämme allmählich zu Sägemehl verwandelten; so beschlossen wir, für

die richtige Schutzhütte nur abgeschälte Mangrovenstämme zu verwenden.
Hatten wir uns bei der ersten Suche nach Stützpfosten schwach gefühlt, so war das gar nichts im Vergleich zu jetzt. Die Monate mit einem Minimum an Ernährung hatten ihren Preis gefordert. Vielleicht lag es auch an der bleiernen Hitze. Mit den besten Absichten, ein volles Tagwerk zu vollbringen, begann G. mit der Arbeit. Gegen Mittag, nachdem wir nicht mehr als ein halbes Dutzend Mangroven geschlagen und herbeigeschleppt hatten, waren wir beide ganz benommen vor lauter Erschöpfung und schafften es nur noch, unter einen Baum zu sinken und nach Luft zu schnappen. Nun, wo G. wirklich arbeiten wollte, brachte ihn das in Wut.
«Ich war nicht immer so, verstehst du: Schau mich an, ein mitleiderweckender, tattriger, alter Furz.»
«Du bist wirklich ein liebenswerter alter Furz.»
«Arme Lulu! Früher dachte ich immer, du würdest dich gut in der Mitte eines *Playboy*-Magazins machen; wenn sie dich jetzt rein täten, könntest du dich hinter den Heftklammern verstekken.»
«Paß bloß auf, was du sagst. Die alte Dame ist immer noch zu einem Tänzchen aufgelegt.»
Obwohl im großen und ganzen alles viel besser lief, machte ich mir insgeheim ziemliche Sorgen wegen eines besonders tiefen Geschwürs an einem von G.s Beinen. Das stickige Wetter schien den Heilungsprozeß ganz zu stoppen. Die Öffnung des Geschwürs hatte sich verbreitert und darunter waren kleine, sekundäre Krater entstanden, jeder mit einem tiefen Eiterauge. Stieß sich G. versehentlich das Schienbein an, wenn er ins Zelt kletterte oder herauskam, so wurde ihm vor lauter Schmerz übel. Er hatte das Stadium schon überschritten, wo noch äußerlich angewendete Arzneien helfen konnten. Das Problem mußte von innen angegangen werden; er brauchte Antibiotika. Ich begann zu fürchten, daß auch bei mir etwas nicht in Ordnung war. Nicht nur meine Adern quollen überall an meinem Körper grotesk hervor, jetzt schob sich auch mein Rektum ein paar Zentimeter heraus, sobald ich mich niederkauerte. Das störte mich, weil ich es nicht begriff. G. gefiel die Sache ganz und gar nicht. So standen die Dinge, als Ronald wieder auftauchte; diesmal brachte er als wunderbare Überraschung zwei weiße Krankenschwestern mit, die vorübergehend als medizinischer Versor-

gungsposten auf Badu stationiert worden waren. Ronald mußte ihnen erzählt haben, wie dünn und armselig wir ausschauten, denn sie brachten nicht nur Antibiotika mit, sondern auch noch einen ganzen Karton voll mit Bandagen, antiseptischen Cremen und Vitamintabletten; zusätzlich hatten sie auch noch daran gedacht, eine bunte Mischung von Behältern, alle mit klarem, frischem Wasser gefüllt, und eine riesige Büchse Mehl mitzubringen.

Es ist einfach, diese plötzliche Besuchsserie einfach nur so zu schildern, wie sie ablief. Nicht einfach ist es, die Intensität unserer Reaktionen darauf zu beschreiben. G. besaß weit mehr Selbstkontrolle über seine äußerlich sichtbaren Gefühle als ich, aber ich kannte ihn mittlerweile gut genug, um zu sehen, daß er hinter einer Fassade von *«que sera sera»* tief bewegt war. Als die Schwestern mit ihren Geschenken und ihrer Freundlichkeit, ihrer Besorgnis und Warmherzigkeit und Neugierde kamen, da war ich ohne jede Scham und von ganzem Herzen überwältigt. Ich wollte sie umarmen, als sie durch die Seichtstellen der Camp-Bucht wateten, beladen mit ihren Schachteln und Flaschen, eine hübsche, schlanke, blonde Frau mit einem süßen, zartknochigen Gesicht und ihre jüngere Gefährtin, ein lächelndes, dunkelhaariges Mädchen. Beide trugen elegant bestickte Hosenröcke und leichte Blusen. Als ich sie berührte, war ich verblüfft, wie sauber und weich und frisch sie sich anfühlten, in auffallendem Gegensatz zu uns und unserer Umgebung.

Ronald nahm unseren Dank dafür, daß er sie mitgebracht hatte, mit gewohnter Würde entgegen. Er saß still im Camp und rauchte, während die Mädchen uns wegen unserer körperlichen Verfassung schalten und ermahnten. «Ihr schaut beide schrecklich aus», konstatierten sie knapp. Während das dunkelhaarige Mädchen G.s Geschwür versorgte und eine siebentägige Antibiotika-Kur für uns beide abmaß, zwickte Janine, die ältere, die schlaffe Haut über den Knochen meines Armes, um zu sehen, ob noch Muskelfleisch vorhanden war. Ich war so aufgeregt, daß ich mich voller Energie und *joie de vivre* fühlte, aber als ich ein paar Filme ausgraben wollte, um die Mädchen zu fotografieren, konnte ich nicht verbergen, daß ich zu schwach war, um richtig mit dem Spaten umzugehen. Auf Janines Aufforderung hin legte ich mich nieder, und sie untersuchte mich; sie war der Meinung, sowohl G. als auch ich müßten ins Krankenhaus. Würden wir wenigstens mit nach Badu kommen, wo sie uns Vitamine und Antibiotika in hohen Dosierungen injizieren konnte? Ich erklärte ihr die Art unseres Projektes und sagte, ohne den unerwarteten Wassermangel auf Tuin würde es uns nicht an Vitaminen fehlen, weil uns dann der Garten mit allem Notwendigen versorgt hätte. Jetzt, wo wir eine lebensrettende Wasserversorgung bis zum nächsten Regen hatten, würde alles gut werden. Ich fragte sie leise, ob ihrer Meinung nach G.s Geschwür ohne Krankenhausbehandlung heilen würde. Das ließe sich schwer sagen, erwiderte sie; es sah aus, als wäre es bis zum Knochen vorgedrungen, und G. war sehr heruntergekommen, was eine wirkungsvolle Gewebeheilung behinderte, weshalb die Wunde stets offen lag und weiteren Infektionen zugänglich war. Heilte sie mit diesen Antibiotika und bei sorgfältiger Pflege nicht, so bliebe ihm keine andere Wahl, als sich von Badu aus ins Krankenhaus nach Thursday Island bringen zu lassen. Amputationen und Todesfälle durch vernachlässigte tropische Geschwüre waren bei den Insulanern alles andere als selten, warnte sie. Ich versprach, genau aufzupassen, ob sich G.s Zustand verschlimmerte, aber innerlich war ich fest entschlossen, daß er auf Tuin geheilt werden sollte. Im Rahmen meiner Restzivilisation wußte ich, daß G. gehen mußte, falls sein Leben in Gefahr war — ich selbst würde ihn dazu bringen, nun, da Hilfe sogar bis Tuin gekommen war —, aber ich hoffte, daß es nicht nötig sein würde. Wir hatten auf Tuin soviel vollbracht, hatten gemeinsam die Hitze und die Trockenheit und die öden Tage überlebt, als wir keinerlei Hoffnung auf Hilfe von außen hegten, als alle Schranken zwischen uns fielen und uns gemeinsame Bedürfnisse und Notwendigkeit verbanden. Wir konnten jetzt nicht schwach werden.

Aber all das konnte ich dieser netten, praktisch veranlagten Fremden nicht erklären. Statt dessen erzählte ich ihr, daß ich schon lange keine Periode mehr gehabt hatte. Sie lächelte und fragte, ob ich glaubte, schwanger zu sein.

«Könnte ich, in dem Zustand?»

Sanft tätschelte sie meinen eingefallenen Bauch und schüttelte ihren Kopf; die Perioden hätten wegen des Gewichtsverlustes ausgesetzt, meinte sie, die gleiche Diagnose, die ich mir auch schon gestellt hatte. Das und die Unterernährung erklärten das ausfallende Haar. Die Thromboseadern und das herausfallende Rektum würden höchstwahrscheinlich durch Hitze und Anstrengung noch verschlimmert werden. Bei weiterem Gewichts-

verlust riskierte ich, vielleicht mehr als nur mein Aussehen zu verlieren.
Diese düsteren Warnungen deprimierten mich nicht. Wir besaßen Wasser, einen Beutel Reis und eine Büchse Mehl, die Grundnahrungsmittel, mit denen wir uns wieder aufbauen konnten. Das Meer war immer noch voller Fische und an den Bäumen wuchsen neue Kokosnüsse heran. Jetzt, wo wir Trinkwasser besaßen, konnten wir die wenigen Büschel Peepas, die noch in den höchsten Palmen der Kokosnuß-Straße hingen, ruhig zu guten Fleischkokosnüssen heranwachsen lassen und dann darauf warten, daß sie von selbst herunterfielen. Mit Wongai-Früchten und Vitamintabletten zur Unterstützung besaßen wir alles, um gesund und munter auf Tuin überleben zu können.
Die Schwestern konnten nicht lange bleiben, da ihr Besuch inoffiziell war und sie es nicht riskieren konnten, bis zur nächsten Flut auf Tuin festzusitzen. Aber sie begleiteten mich noch kurz zum Papageifischfelsen, einem ausgezeichneten neuen Fischplatz, den uns Ronald gezeigt hatte. Sie wunderten sich über den Tuin-Lebensstil, der für uns so alltäglich und normal geworden war; Austern frisch vom Felsen weg zu essen, unsere blassen Körper der Sonne auszusetzen und von ihr grillen zu lassen. Ich plapperte und lachte über meine eigene Unfähigkeit, in zusammenhängenden, verständlichen Sätzen auf all ihre Fragen zu antworten. Sie erzählten mir ein bißchen was von den Problemen, denen sich Krankenschwestern gegenübersehen, die für kurze Zeit auf entlegenen Inseln stationiert werden. Ich erfuhr, daß der «Ärger», den Ronald in Verbindung mit weißen Schwestern erwähnt hatte, eine Doppelvergewaltigung von zwei vor einigen Jahren auf Badu stationierten Frauen gewesen war. Seit dieser Zeit war es keiner weißen Frau mehr erlaubt worden, allein auf irgendeiner Insel der Torres-Straße zu bleiben. Janine hielt diese Vorschrift für ebenso schützend wie destruktiv, da sie die Inselhäuptlinge beleidigte und die Unterschiede zwischen den Gesetzen für Weiße und den Gesetzen für Schwarze hervorhob. Ein Mitglied des Inselrates soll gesagt haben:
«Macht ein Mann solche Sachen mit Frauen unten im Süden» (Festland Australien), «wird dieser Mann allein bestraft — sie bestrafen nicht alle anderen Leute dazu.»
Auf Tuin schienen politische und rassistische Probleme fern und ohne Zusammenhang, aber Berichte vom Leben anderer

Menschen faszinierten mich. Es ist leicht, die Existenz von Millionen von anderen Zahnrädchen zu vergessen, die in einer anderen Welt Millionen von Rädern drehen, wenn man einige Zeit isoliert war.
Während die Schwestern und ich beim Felsen gewesen waren, hatte G. mit Ronald zusammengesessen und geraucht, froh über ein bißchen männliche Gesellschaft, wie er es formulierte. Ahnungslos hatte er mit Ronald etwas besprochen, was unseren bereits geänderten Lebensumständen eine völlig neue Dimension hinzufügen sollte. Auf dem Tisch zwischen ihnen stand Daysy Luis Singer-Nähmaschine.

Trotz all der Aufregung und Abwechslung, die die Besuche mit sich brachten, hatte ich keineswegs die Verbindung zur «anderen Seite» von Tuin verloren, ganz im Gegenteil. Sie war zu einer intimen, privaten Welt geworden, und für meine ganze Existenz war es lebenswichtig, sie so oft wie möglich zu besuchen, als würden die Tiefen der Insel mir etwas geben, das ich zum Leben so notwendig brauchte wie Blut und Knochenmark.

Tagebuch

Es gibt einen geheimen Platz im Herzen Tuins, zu dem ich immer wieder zurückkehre. Ich weiß nicht, warum ich geheim sage: Er ist nicht unbekannter als jedes andere nicht sofort sichtbare Dickicht im Inneren. Aber Geheimnis und Entdekkung bringen ihn mir näher. Vielleicht besitzt jede Insel ein Herz, entstanden durch die Gegenwart einer Person, die glaubt, es erkannt zu haben. Andererseits ist jede Insel schließlich bloß ein sichtbarer Auswuchs einer großen, von Wasser bedeckten Landmasse. Die ganze Welt ist eine einzige große, im Himmel treibende Insel, mit gewaltigen Wassertümpeln drauf, die man Ozeane nennt. Es gehört zu den Besonderheiten des Menschen, daß er unbelebten Objekten Herz und Macht zugesteht. Doch solche Gedanken nahmen mir nichts von der Faszination meines Phallusringes. Die Natur selbst hatte ihn geschaffen.
Als ich das erstemal herkam, wirkte es nicht so auf mich. Wie lange ist das schon her? Das war vor sieben Ameisenhaufen.

Wer hätte gedacht, daß dieser gewaltige, unregelmäßige Klumpen aus grauen und gelben Ablagerungen ursprünglich mal aus sieben winzigen Pilzen bestanden hatte, sauber angeordnet zu einem perfekten Ring? Ich bin froh, daß ich Zeuge dieser Entstehung wurde. Zuerst hatte ich hier nur auf dem Rücken gelegen, um biegsame Farne zu flechten, drei Stengel zwischen meinen Zähnen festhaltend, das Gesicht durch ein spinnenartiges Muster von Zweigen vor der grellen Sonne geschützt. Anfangs beachtete ich den Ring kaum. Neue Ameisenhaufen schieben sich ständig überall auf der Insel in die Höhe. Doch beim dritten oder vierten Mal machte mich die Regelmäßigkeit und Richtung des Wachstums neugierig. Die «Pilze», immer noch mit ihren Kappen, hatten dicke Stiele entwickelt, die unter den verlängerten Kappen hochstießen, genau wie die Schäfte von sieben beschnittenen männlichen Gliedern. Die Ockerfarbe, wie Elefantendung, verlieh der Gruppe ein steinartiges Aussehen. Als ich ein paar Tage später wieder vorbeikam, hatten die Dimensionen jedes einzelnen Phallus ungemein zugenommen. Einer hatte den Rest bei weitem übertroffen. Er ragte majestätisch über den anderen auf, ganz leicht dem Zentrum des Ringes zugeneigt. Natürlich war es eine Laune der Natur, aber warum folgte sie solch einem perfekten Muster?
Es dauerte über eine Woche, ehe ich zurückkehrte. Es war die Woche, in der Ronald kam; Reis mußte gekocht und Brotfladen mußten gemacht werden, und G. und ich aßen so lange Wongaibrötchen, bis uns schlecht wurde. Eine wunderbare Woche, in der ich zu sehr damit beschäftigt war, uns mit Nahrung und Ruhe und Vitaminen aufzubauen, um das Tuin jenseits des Camps stark zu vermissen. Aber selbstverständlich zog es mich über kurz oder lang wieder zurück.
Drei der Phalli, sich wie der erste große Phallus neigend, hatten phantastischerweise eine einen Meter hohe Monstrosität gebildet, die nur eine gewaltige, schiefe Kappe besaß. Die anderen vier hatten, ihre Form beibehaltend, eine Höhe von etwa einem halben Meter erreicht und waren im Vergleich zu ihrer Größe sehr kräftig. Vor dem heutigen Tag hatte ich nur noch einen Besuch gemacht. Und wie froh war ich gewesen, daß ich gekommen war. Die sieben Phalli waren zu einem geworden. Ich sah ihn schon, noch bevor ich die Zweige der Bäume teilte, um in das Dickicht einzudringen: sein gewalti-

ger Kopf durchstieß die Büsche und Farne, die den Hintergrund für diesen majestätischen Totempfahl bildeten. Eine Gruppe speichenblättriger Schraubenpalmen, darunter und dahinter, betonte nur noch seine massive, angeschwollene Pracht. War G. der Mann für Tuin West, so war dies der Mann für Tuin Ost.

Zitternd vor geheimer Erwartung besuchte ich heute wieder den Ort meines männlichen Idols, bereit, mich zu esoterischer Treue zu verpflichten. Doch welche Enttäuschung! Alles, was von dem heroischen Glied in Tuin Ost übrigblieb, ist ein fleckiger, pockiger, formloser Klumpen, als hätte er sich schließlich dem dickbäuchigen Schicksal, reserviert für alle zu ehrgeizigen Satyre, ergeben, nachdem er seiner Bestimmung gerecht geworden war. Es sieht so aus, als müßte meine Wahl schließlich doch auf den anderen Mann fallen.

Dritter Teil

Abkehr

Gecko und kleine Eidechse

9. Kapitel
Brandung

Bei dem Thema, das G. zufällig während seines Plauderns mit Ronald gestreift hatte, ging es um Maschinen. Sie hatten über Krebsfang gesprochen und wie sehr er sich seit Ronalds Jugendzeit verändert und weiterentwickelt hatte. Von einer kleinen Perlenkultur-Station auf Moa Island abgesehen, stellte Krebsfang den einzigen Industriezweig der West-Inseln der Torres-Straße dar. Erst in den letzten beiden Jahrzehnten hatten die Insulaner damit begonnen, Außenbordmotoren in großem Umfang zu benutzen. Sie bekamen gutes Geld für die Krebse, die sie mit dem Speer erlegten, bis zu zehn Dollar pro Kilo, und von dem Geld kauften sie sich größere und bessere Motoren für ihre Dingis, damit sie schneller zu den besten Fangplätzen gelangten. Von dem Augenblick an, wo der erste Insulaner einen Motor benutzte, war es für jeden auf eigene Kosten arbeitenden Fischer notwendig geworden, ebenfalls einen zu erwerben, sonst fiel er in dem Rennen nach dem Krebs hoffnungslos zurück. Der Nachteil dieser ansonsten erfolgreichen Modernisierung, durch die die Insulaner ihren Fang schneller in Dollars verwandeln konnten, bestand darin, daß beim geringsten Motorendefekt das ganze System auseinanderfiel. Die Insulaner besaßen keinerlei mechanische Kenntnisse, und falls sie sich, was äußerst unwahrscheinlich war, eine Reparatur auf Thursday Island leisten konnten, dauerte es in der Regel so lange, daß die Krebsfangsaison vorbei war, bis sie ihren Motor zurückbekamen.

Während des Krieges waren ein paar Hundert Eingeborene der Torres-Straße nach Thursday Island zur Armee eingezogen worden. Ihre Teilnahme als ursprünglich umworbene Freiwillige, da sie die gefährlichen Gewässer der Straße besser als sonst jemand kannten, verschaffte ihnen in wesentlich größerem Ausmaß Zutritt zu der Welt der Weißen. Seit der Besetzung durch die Europäer durften nun zum erstenmal eingeborene Familien auf Thursday Island leben. Ronald hatte zu den ersten gehört, die davon profitierten. In der Armee hatte er das recht fließende Englisch gelernt, das er mit uns sprach, und dort war auch sein Interesse für mechanische Dinge geweckt worden. Er gehörte nicht zu den Insulanern, versicherte er G., die glaubten, ihre Maschinen hätten endgültig den Geist aufgegeben, kaum daß ihnen zum erstenmal der Sprit ausgegangen war. Vor einigen Jahren hatte er eine Rückenverletzung erlitten, die ihn am Krebsfang hinderte. Er hatte sich nach etwas umsehen müssen, womit er sich beschäftigen und möglicherweise ein paar Dollars verdienen konnte. An Maschinen herumzubasteln, die ihn schon immer fasziniert hatten, wurde nun zu seiner großen Leidenschaft.

Indem er Einzelteile und alte Maschinen genau untersuchte und jede Gelegenheit wahrnahm, einen weißen Mann auf Thursday Island bei der Reparatur eines Motors zu beobachten, hatte Ronald gerade genügend Kenntnisse erworben, um für Freunde und Verwandte auf Badu kleine Reparaturen ausführen zu können. Sie bezahlten ihn mit Tabak und Geldversprechungen, die nur sehr selten tatsächlich eingelöst wurden. Eine Maschine wurde ihm gebracht, deren plötzliches Versagen für den Besitzer ein absolutes Geheimnis darstellte, und Ronald nahm sie mit größter Sorgfalt und Konzentration auseinander, damit er dann auch wußte, wie er sie wieder zusammenbauen mußte. Dann betrachtete er sie aus allen Ecken und Winkeln und untersuchte jede Schraubenmutter und jeden Bolzen, in der Hoffnung, irgendeinen Hinweis darauf zu finden, wo das Problem lag. Eine Anzahl von Maschinen hatte anscheinend nach dieser Behandlung die Arbeit wieder aufgenommen. Im Verlauf seiner weitschweifigen Reparaturbeschreibungen erzählte er G. stolz, daß er die Einzelteile stets abwischte, ehe er sie wieder zusammensetzte, und zum Schluß einen ordentlichen Spritzer eines Mittels zugab, das sich verdächtig nach «Pantene» anhörte. G., der etwas von diesen Dingen verstand, schloß daraus, daß es sich dabei um die Marke eines Schmiermittels handeln mußte. Hier lag das Geheimnis der «Wunder»-Raparaturen verborgen. Und so kam Ronald darauf, daß G. eine Ahnung von Maschinen hatte, und sie vereinbarten, daß Ronald bei erfolgreicher Reparatur der Nähmaschine eine seiner eigenen Maschinen rüberbringen würde, die nicht ganz in Ordnung war. Zumindest konnten sie gemeinsam einen Blick darauf werfen.

G. brauchte fast einen ganzen Tag, um die Nähmaschine zu reparieren, wobei Ronald die ganze Zeit über genau zusah, außer wenn er es für angebracht hielt, eine Zigarette zu rauchen und eine Pause einzulegen, was ungefähr alle zehn Minuten der Fall war. Gelegentlich wurde ich gerufen, um die Nadel einzufädeln. Als die Sonne zu sinken begann und Ronald die zurückströmende Flut mit immer ängstlicher werdenden Blicken verfolgte, stieß G. plötzlich einen triumphierenden Schrei aus: «He, Lulu, ich kann dir jetzt ein Hemdhöschen machen!»
Es funktionierte. Auf einer winzigen Insel inmitten der Torres-Straße, auf einem wackligen Tisch mit vier rostigen Benzinfässern als Beinen, zog G. an der Seite meines zerfetzten Sari-Tuchs eine saubere Maschinennaht hoch. Ronald war offensichtlich beeindruckt. Er sagte, er würde sehr bald wiederkommen.
Innerhalb einer Woche war er wieder da und brachte eine Bootsladung Kinder und einen kleinen, altertümlichen Honda-Generator mit, dazu noch ein rostiges Sammelsurium an Schraubenschlüsseln und einen Hammer, alles eingewickelt in sein Allzweckkopftuch.
«Oh», sagte er, als fiele es ihm gerade ein, «das ist für dich, Lucy», und damit griff er tief ins Boot und holte ein Glas Honig hervor. Er freute sich, daß dieses Geschenk mit solcher Begeisterung in Empfang genommen wurde.
«Ich nicht wissen, welche Sache dir bringen. Vielleicht du Insel-Essen nicht mögen. Aber ich gehört, weiße Frau sagen Honig richtig gut.» Wieder griff er nach unten und reichte mir eine Büchse Backpulver, eine Aufmerksamkeit seiner Tochter Daysy. Mit dem Mehl, das uns die Schwestern gebracht hatten, verfügten wir über die Zutaten für ein perfektes Tee-Picknick.
«Welchen Tag haben wir heute, Ronald?»
«Heute Sonntag. Kinder sind gewesen Kirch'.»
Ich versuchte mir die wilde, kleine Alice in der Kirche vorzustellen. Das Leben auf Ronalds Insel bekam allmählich einen ziemlich formellen Beigeschmack.
«Also gut», verkündete ich, «heute gibt's Sonntagstee.»
Bei der Erwähnung von Tee schaute Ronald recht unschlüssig drein. «Hab' vergessen bringen Zuckah. Nächst Mal.»
Wenigstens mußte er heute nicht unter Salzwasser leiden.
G., dessen vereitertes Bein erste Anzeichen der Besserung verriet, erwartete uns im Camp. Seine blauen Augen leuchteten

auf, als er den alten, roten Generator entdeckte, den Ronald auf der Schulter balancierte. Ronalds Standardkontingent von fünf Kindern hatte sich um vier weitere Neuankömmlinge vermehrt, und ich war erleichtert, daß sie an zusätzliches Wasser gedacht hatten. Bald schon war ich vollauf damit beschäftigt, Feuer und Tee und Brötchenteig zu machen, während G. und Ronald den Generator untersuchten.

Alice war ganz in ihrem Element; sie plapperte in ihrer eigenen Sprache los, während sie die anderen durchs Camp führte. Kühn marschierte sie durch das trockene Flußbett und stand arrogant neben dem Eingang unseres blechverkleideten Zeltes, während sie darauf wartete, daß ihre Anhänger sie einholten. Große Besichtigung, spähende Blicke und deutende Finger; mehrmals wurden die Namen «Deral» und Lucy wiederholt. Dann verschwand die ganze Truppe, mit Ausnahme von Alfie, der sich anscheinend über Alices Spielchen erhaben fühlte, im Zelt. Aufgeregte Schreie und leise Ausrufe, als sie unsere Schlafvorrichtungen untersuchten. Plötzlich merkte Ronald, was da vor sich ging, und brüllte grimmig los. Er mußte was ziemlich Beeindruckendes von sich gegeben haben, denn augenblicklich herrschte totale Stille im Zelt. Kurz darauf tauchten die Kinder in folgsamer Reihe wieder auf und trollten sich ins Küchencamp. Alice begann Zweige fürs Feuer zu sammeln. Ich wollte gern wissen, was Ronald gesagt hatte; für gewöhnlich achteten die Kinder kaum auf seine Kommandos.

«Ich ihnen sagen, Markai von Tuin sie holen.»

«Was ist das?»

«Oh, bißchen wie Teufel.»

Er verzichtete darauf, uns zu sagen, daß er in Wirklichkeit uns damit meinte. In den alten Tagen, der «Zeit davor», glaubte man, alle Weißen wären nicht mehr als Geister. Sie waren bleich, weil sie tot waren. Man hielt sie für bösartig, weil nur unzufriedene Geister oder jene, die Unfug planten, durch die Gegend wanderten. Die anständigen Toten führten ein ruhiges Nachleben auf einer Insel namens Boigu. Da alle weißen Männer, die die Insulaner in jenen Anfangszeiten zu Gesicht bekamen, per Schiff auftauchten, anscheinend verirrt oder auf der Suche nach etwas waren und oft genug Schiffbruch auf den Riffen erlitten, schienen diese Schlußfolgerungen nur logisch. Damals erschienen die Weißen stets bewaffnet und aggressiv oder schwach und halb ertrunken; in beiden Fällen ähnelten sie

einem unheimlichen Teufel und Geist. Man glaubte, wenn man sie erneut tötete, würden sie an ihren angestammten Platz zurückkehren und die Lebenden nicht länger beunruhigen.
Lange blieben die Kinder nicht eingeschüchtert. Meine Methode, in unserer metallenen Waschschüssel Brötchen zu machen, zog sie magisch an. Ich benutzte die Bratpfanne, mittlerweile dünn gescheuert wie ein Blatt, als Deckel, eine Umkehrung der ursprünglichen Anordnung. Bevor Ronald das Backpulver brachte, hatten G. und ich auf einfache Weise ungesäuertes Brot hergestellt, indem wir Mehl und Wasser — Salzwasser war in Ordnung — mischten und den Teig mit unseren Händen zu flachen Formen schlugen, die sich bequem ausbacken ließen. G. machte den ersten Schub Brote, und der Genuß, in Stärkemehl zu beißen, war so überwältigend, daß wir alles aufaßen und ich sofort eine neue Ladung bereitete. Für unser Verdauungssystem muß es ein echter Schock gewesen sein, aber das gesäuerte Brot zeigte die deutlichsten Folgen: wir furzten beide lange und beeindruckend, was das Leben im Zelt erstikkender denn je machte.
Mittlerweile hatten G. und Ronald die Einzelteile des Honda-Generators über den ganzen Tisch verstreut. Er war so verrostet, daß sie mit dem Hammer alle Muttern und Bolzen losschlagen mußten. Ronald wußte auch nicht so genau, wann er zuletzt funktioniert hatte, aber er versicherte G., daß er absolut einwandfrei gearbeitet hatte, als er ihn vor zehn Jahren von Thursday Island nach Badu gebracht hatte. G. war so in die Innereien des Generators vertieft, daß er gar nicht merkte, wie ich einen unserer Metallteller, hoch mit perfekt aufgegangenen Brötchen beladen, auf den Tisch stellte. Die Kinder stürzten sich ohne Vorwarnung drauf, und ich schnappte mir hastig eins und wedelte G. damit vor der Nase herum.
«Wow, Lu!» rief er und riß weit den Mund auf, um das honigtropfende Brötchen in Empfang zu nehmen. «Das ist . . .» — kauend — «verdammt gut.» Ich rettete ihm ein weiteres Brötchen, bevor Victor seine Haare drüberschmieren konnte, wie er es schon bei zwei anderen gemacht hatte. Es war mir egal, wieviel die Kinder aßen, aber ich ertrug es nicht, daß auch nur ein Bissen davon verschwendet wurde. Im Geiste plante ich bereits köstliche Kuchen mit Kokosnuß und Wongai-Frucht, Fischpastete auf Toast, Schildkröteneier und Austernröllchen . . .
Nach dem Tee nahm ich die Kinder mit runter zum Strand, und

wir spielten wieder das Nachahmspiel. Ich fragte Alfie, ob er irgendwelche Lieder kenne, da er oft genug vor sich hin zu summen schien. Sofort führte er eine lebhafte Wiedergabe einer Hymne auf, teils in Englisch, teils in seiner eigenen Sprache. Die Melodie war «Jesus liebt dich», und alle Kinder fielen in den Chor ein, der mit einem geschrieenen «und *dich!*» für jedes Mitglied der Gruppe endete. Alice setzte den Schlußpunkt so heftig, daß zwei der Kleinsten in Tränen ausbrachen, worauf sie die beiden rücklings in den Sand stieß und sie mit unbeweglicher Fratze so lange anstarrte, bis sie still waren. Dann legte sie sich mit geschlossenen Augen hin und streichelte ihren Bauch; ihr buschiges Haar glitzerte sandig von Korallenteilchen. Aus ihrer Ruhestellung heraus fiel sie lauthals ein, als Alfie ein neues Lied anstimmte: «O Jesus, o Jesus, was für ein Wunder du bist». Mit einiger Anstrengung, so dachte ich mir, könnte ich die Melodie auf der Flöte spielen.

Acht kleine, erstaunte Münder klafften in hingerissener Faszination, als ich die glänzenden Teile der Flöte zusammensteckte und das Mundstück an die Lippen führte. Alice hatte sich, Victors Hosen über das Gesicht gezogen, schlafen gelegt, doch beim ersten, überraschend lauten Ton setzte selbst sie sich auf. Ich wollte ihnen nicht all die falschen Töne einer Melodie zumuten, die ich nicht kannte, deshalb legte ich schnurstracks mit *Frère Jacques* los. Mit weit aufgerissenem Mund und riesigen Augen rutschte Patti-Pat auf ihrem Po immer näher, bis ihr Gesicht nur noch ein paar Zentimeter vom Ende der Flöte entfernt war. Victor warf Sand nach ihr, bis sie ein Stück zurückwich und den anderen den Blick frei gab. Als ich die Melodie einmal durchgespielt hatte, begann ein hübsches, stilles Kind namens Relsie scheu zu singen. Alfie sang mit, und nach und nach stimmten alle ein; die den Text nicht richtig konnten, schlugen in den Sand und brüllten.

Das Konzert endete in freudigem Gekreisch, als Victor sich in die Mitte der Gruppe begab und einen ungemein feierlichen, rhythmischen Tanz vorführte, in dessen Verlauf er dreimal voll auf seinen fetten, kleinen Hintern knallte. Jedesmal half man ihm von allen Seiten aus wieder auf die Beine. Obwohl wenig Bewegung in dem Tanz lag — ein Fuß wurde kurz vom Boden abgehoben und dann wieder fest aufgesetzt, damit der andere hochkommen konnte; der Körper blieb vorgebeugt, mit steifen Armen und geballten Fäusten —, war ein rituelles Muster ge-

ordneter Bewegung klar erkennbar. Tanzen mußte eine bedeutende Rolle im Leben der Insulaner spielen, wenn schon solch ein kleines Kind eine allgemeine Vorstellung davon hatte.
Ein lautes, spuckendes Geräusch ließ uns alle aufblicken. Am Camp-Tisch ging irgend etwas Interessantes vor. Alle standen im Kreis um G. herum, als dieser mit meinem Messergürtel als Startseil erste Lebenszeichen aus dem Motor herauskitzelte.
«Vielleicht sollte man's mit einem Tropfen Öl versuchen», murmelte er. Alfie wurde losgeschickt, um in Ronalds Dingi nach einer Flasche Öl zu suchen. Während wir warteten, strahlte G., ganz Schweiß und Schmiere, zu mir herüber:
«Ist wieder in Ordnung, Lu, das Ding wird laufen.»
Nachdem der Tropfen Öl sich am richtigen Platz befand, zog er erneut, und der Motor rülpste und grummelte.
«Jetzt kommt er . . .»
Noch zweimal ziehen, und er war da. Die Kinder sprangen geschlossen zurück, als die kleine rote Maschine hektisch über den Tisch rotierte. G. jagte ihr mit dem Messer nach und versuchte, eine Schraube zu verstellen. Einen Augenblick später stand der Motor wieder still.
«Da hast du dein Problem», sagte G. und zeigte auf eine Öl- und Benzinspur auf der Tischoberfläche. «Dein Ölverschluß ist weg, und ein bißchen Kitt auf diesem Riß im Tank könnt' auch nicht schaden.»
Ronald seufzte voller Bewunderung und setzte sich hin, um eine Zigarette zu drehen.
«Du kennst Maschinen *ordentlich* gut», sagte er, fassungslos den Kopf schüttelnd.
G. zog noch mal am Motor, aber diesmal tanzte dieser so heftig, daß er vom Tisch stürzte und zu Boden fiel.
«Miststück! Könnt' gut ein paar Nägel gebrauchen, um ihn festzumachen.»
«Towi, mein Frau Bruder, hat Nägel für dich. Ich schick' ihn mal.»

Ronald ließ den Honda-Generator bei G., der ihn noch mal durchsehen wollte. Auch die Werkzeuge blieben da. In der nächsten Woche brachte G. jeden Augenblick, in dem wir nicht fischten oder schliefen, damit zu, die verbogenen und zerbrochenen alten Schraubenschlüssel liebevoll zu reinigen. Auch eine Feile existierte, die dermaßen verrostet war, daß man die

Zacken nicht mehr spürte. G. rieb so lange geduldig mit einem schmierigen Fetzen daran herum, bis sie wieder gebrauchsfähig war. Er nahm den Generator noch einmal auseinander und säuberte ihn gründlich von innen und außen. Die Arbeit daran schien ihm echtes, persönliches Vergnügen zu bereiten. Bis jetzt hatte ich keine Ahnung gehabt, daß sich G. für Maschinen interessierte oder etwas davon verstand. Diese ruhige Beschäftigung, die er, bequem im Schatten sitzend, das schlimme Bein hochgelegt, ausführen konnte, paßte ideal zu dem System, das ich eingeführt hatte, um unsere Körper mit Extranahrung und Medikamenten, die uns nun zur Verfügung standen, wieder aufzubauen.

Morgens und abends versorgten wir gewissenhaft unsere Wunden, genau die Anweisungen der Krankenschwestern befolgend. Zuerst behandelte ich G.s tiefes Geschwür, aber weil ich mich nicht traute, tief genug zu bohren, um die Eiterherde zu entfernen, übernahm G. diese Aufgabe bald selbst. G. war der erste, der zugab, daß er eine niedrige Schmerzschwelle besaß, aber wenn er im Fall seines Beines behauptete, es wäre pure «Agonie», so wußte ich, daß er nicht übertrieb. Kalter Schweiß rann ihm übers Gesicht, das trotz der kräftigen Bräune deutlich sichtbar blaß wurde, kaum daß er die Wunde berührte. Zuerst spülte er alle Unreinheiten mit Hydrogenperoxid weg. Dann entfernte er mit einer Plastikpinzette, die Janine für diesen Zweck dagelassen hatte, alle verhärteten Giftklümpchen vom Kern des Geschwürs. Am schlimmsten war es, wenn er dann eine Milton-Lösung in den durch diese Operation offengelegten Krater strich. Selbst G. mit seinem beträchtlichen Vorrat an extravaganten Obszönitäten konnte keinen passenden Ausdruck für diesen degenstichartigen Schmerz finden. Es war eine große Erleichterung, als sich schließlich kein Eiter mehr ansammelte, er ihn nicht mehr herausbohren mußte und ein dünner Hautfilm sich über die offene Wunde legte. Wenn er mit seinen Beinen fertig war, seine Füße mit Anti-Pilz-Puder eingestäubt, Milton auf seinen juckenden Skalp gesprenkelt und Savlon auf seine Hämorrhoiden geschmiert hatte, dann fühlte er sich «fertig rausgeputzt, ohne irgendwohin gehen zu können».

Es erstaunte mich, wie schnell wir durch unsere Zusatznahrung Kraft und Gewicht zurückgewannen. Zum Frühstück gab es nun Reis, mit frischem Wasser zu Porridge gekocht und mit geriebenem Kokosnußfleisch angereichert. Mittags teilten wir uns einen runden Brotfladen oder honigbeschmierte Brötchen; mit dem Honig wollte ich so lange wie möglich auskommen. G. wollte die Büchse Butter aufmachen, aber ich meinte, einmal geöffnet müßte die Butter schnell gegessen werden, bevor sie in der Hitze verdarb. Deshalb wäre es vernünftiger, sie bis zur fischlosen Zeit, wenn der Mond ungünstig stand, aufzuheben; dann konnten wir von Brot, Reis und Butter leben. G. akzeptierte das, murmelte aber irgendwas von knauserigen Schotten. Beim Abendessen genoß ich den Luxus, drei Hauptzutaten zur Verfügung zu haben. Wir hatten in Brot eingeschlagenen Fisch, gebackenen Reis und Fischpastetchen; Reis und Austernstew, gegrillten Fisch und Reis, gedünsteten Fisch und Reis, heiß, kalt, zerquetscht, gerieben, Fisch in jeder Form, auf getoastete Brotfladen gehäufter Fisch, auf Fisch gebröseltes, getoastetes Brot ... Ich muß jede nur denkbare Kombination probiert haben, und G. wußte sie alle zu würdigen. Es lohnte sich, für ihn zu kochen, und ich benötigte einige Selbstbeherrschung, um nicht die Butter aufzumachen und ihn mit gebutterter Korallenforelle und Austern endgültig zu verwöhnen. Ich dachte an all die guten Dinge, die Defoe seinem Crusoe gegönnt hatte: Ziegenfleisch, Gemüse, Mais, Reis, Käse, Milch, Mehl, Rum und Biskuits vom Wrack, süße Früchte ... Bei phantasievoller Verwendung dieser Sachen hätte er wie ein König leben können. Ich hätte ein Restaurant für Schiffbrüchige eröffnet, Reklame per Flaschenpost, zahlbar in der Währung menschlicher Gesellschaft ...

Ich sollte entdecken, daß die gesundheitliche Besserung für mich ein zweischneidiges Schwert war. Als sich meine Hüftknochen unter eine zarte Fleischschicht zurückzogen und meine Brüste ihr scheues zweites Debüt gaben, erwischte ich G. dabei, wie er mich von Zeit zu Zeit nachdenklich betrachtete. Aber wir befanden uns in solch einem Stadium allgemeiner Zufriedenheit, verursacht hauptsächlich durch den ungewohnten Luxus, genügend zu essen haben, und durch die Erinnerung an die knapp zurückliegenden Zeiten, als es uns wirklich schlecht gegangen war und wir einander sanfter behandelt hatten, daß es schon eines anderen jungen Mannes außerhalb der Welt von Tuin als Katalysator bedurfte, um die Wiedergeburt des Verlangens zu einem Problem werden zu lassen.
Der junge Mann tauchte in Form von Titom Nona auf, der nach

Tuin zurückkehrte, um mich wieder zum Krebsfang mitzunehmen, und um zu sehen, ob die Wongai auf unserer Insel schon reif waren. Weil das korallenvergiftete Meer die ganze bisherige Heilung des Geschwürs wieder zunichte machen konnte, blieb G. erneut unter dem Eine-Pflaume-pro-Tag zurück, während Titom, Ubia und ich mit dem Dingi losfuhren. Ausdrücklich fragte ich G., ob er vielleicht irgendwas dagegen hätte, aber das war nicht der Fall. Bei dieser Fahrt gab es keine sexuellen Spannungen, zumindest keine fühlbaren.

Ich hoffte immer noch, daß ich eine Chance bekommen würde, nach Art der Insulaner das Tauchen zu lernen. Wie es der Zufall wollte, war der Krebsfang an diesem Tag recht armselig; Titoms und Ubias gewaltige Tauchanstrengungen wurden so wenig belohnt, daß es rücksichtslos von mir gewesen wäre, sie darum zu bitten, mit der Unterrichtung einer Anfängerin noch mehr Zeit zu verschwenden, die dann auch noch unzweifelhaft den einzigen kostbaren Krebs in der Gegend verfehlen würde. Als ich jedoch Titom gegenüber später beiläufig erwähnte, daß ich gern mal das Tauchen probieren würde, sagte er sogleich:

«Ich lern dir.»

Ich hatte keine Ahnung, daß G. es für «unklug» halten würde, ein solches Angebot anzunehmen. Wegen der Disharmonie, die dadurch entstehen würde, verfolgte ich die Angelegenheit nicht weiter; aber das Wissen, daß ich wegen seiner Einstellung etwas unterließ, was ich gern getan hätte, erinnerte mich auf unangenehme Weise daran, daß ich nicht frei und unabhängig war. Mir war jedoch bewußt, daß nicht all seine Begründungen auf einer Art Eifersucht fußten, weil er mich nicht selbst unterrichten konnte und weil es bedeuten würde, daß ich viel Zeit in der Gesellschaft attraktiver junger Männer zubringen würde. Durchaus vernünftig wies er außerdem darauf hin, daß die Insulaner es nicht gewohnt waren, daß eine kaum bekleidete, junge, weiße Frau unter Wasser mit ihnen herumspielte. Es wäre närrisch, zusätzlichen Ärger herauszufordern.

Nach einigen Stunden hatte Titom die fruchtlose Taucherei satt. Mürrisch zickzackte er mit dem Dingi herum, verlangsamte dann das Tempo und saß eine Minute in nachdenklichem Schweigen da. Er sagte: «Kann dir was zeigen.»

Eine Feststellung.

Und wieder flitzten wir los.

Gestern erwies Titom mir die Ehre, mir etwas zu zeigen, was möglicherweise kein Nicht-Insulaner zuvor gesehen hat. Meiner Meinung nach hatte ich dieses Privileg größtenteils der Tatsache zu verdanken, daß G. und ich von den Insulanern nun als «Tuingal» — Einwohner von Tuin — anerkannt wurden.
«Das Insulaner Sach, von Zeit davor», erklärte mir Titom, während das Dingi sich kühn zwischen den Riffen hindurchschlängelte und auf eine kleine Insel zuhielt, für meine Augen nicht zu unterscheiden von den vielen anderen verstreuten Inseln. Abgesehen von zwei Worten, «Sobai» und «Wahei», gab Titom keine weitere Erklärung ab, was er mir zeigen wollte. Als ich ihn nach dem Namen der Insel fragte, erwiderte er knapp:
«Das geheim Sach.»
Wir banden das Boot an einem Felsen fest und liefen unter vorragenden, gewaltigen Felsblöcken einen schmalen Strandstreifen hoch; meine Neugier nahm zu. Titom begann stetig aufwärts zu klettern. Ich folgte vorsichtig, setzte meine Füße in seine Spuren. Ich war fest entschlossen, nicht schimpflich in eine der tiefen Felsspalten zu rutschen und mir dann von diesem stolzen Sohn einer winzigen Inselrasse heraushelfen zu lassen, der im Begriff stand, mich in ein Geheimnis einzuweihen, das für ihn und sein Volk bedeutsam war. Aufblikkend sah ich ihn schweigend auf einem hervorspringenden Sims stehen, ungefähr drei Meter über mir. Ohne ein Mißgeschick gelangte ich an seine Seite; die Szenerie, die sich meinen Blicken bot, raubte mir den Atem. Eine riesige Felsplatte überragte den Sims, auf dem wir standen. Unter diesem ungeheuren, schwarzen Baldachin lag eine tiefe, weit zurückweichende Senke, die eine natürliche Höhle bildete. Ganz hinten in der Höhle konnte ich weiße Gegenstände erkennen, die sich bleich von dem dunklen Gestein abhoben. Sie erhoben sich auf einer weiteren Platte, anscheinend ein gewaltiger Felssockel, mindestens vier Meter breit und tief in die Seite des Hügels hineinreichend. Titom nahm meinen Arm und zog mich in die Höhle. «Sobai und Wahei», sagte er. «Krieger aus Zeit davor.» Und da waren sie: zwei offensichtlich geehrte Krieger, bestattet in einem prachtvollen, natürlichen

Grab. Die Skelette schienen vollständig zu sein, obwohl sich einige Knochen in merkwürdigen Stellungen befanden und einer der Schädel sich seitwärts neigte. Ich war versucht zu fragen, ob ich die Knochen anfassen dürfte, in der Hoffnung, einen Hinweis auf ihr Alter zu bekommen, spürte aber, daß so was unpassend gewesen wäre. Als hätte er meine Gedanken gelesen, sagte Titom:
«Mein Vaddah sie gehalten, Kopf gehören Sobai und Wahei.»
«Wer waren sie?» fragte ich. «Lebten sie hier?»
«Sie Häuptling, gehören zu Badu-Kämpfer. Töten viel Burschen von Ort im Norden. Sie diese Platz hier gestorben.» Er zeigte hinter sich in Richtung Meer. «Letzter Kampf mit Kanu.»
Lange Zeit standen wir beide schweigend vor den Knochen. Schließlich wandte sich Titom dem Meer zu, und wir starrten hinaus auf das von der sterbenden Sonne über die dunklen Wogen ausgebreitete silberne Glitzern.
«Wunderbarer Ort für eine Beerdigung», murmelte ich, weil mir die richtigen Worte fehlten.
Auf dem Rückweg nach Tuin fragte ich Titom, wie viele Leute von dem Kriegergrab wußten. Seiner Antwort entnahm ich, daß zwar eine Anzahl Insulaner wußten, daß es sich bei den Skeletten um mehr als eine Legende handelte, daß aber nur wenige wirklich wußten, wo sie sich befanden. Titom wirkte auf einmal recht nervös und besorgt.
«Du niemand sagen, ich bringen dich diese Ort. Vielleicht andere weiße Mann kommen von Süden, nehmen Knochen mit.»
Ich versprach ihm, daß ich niemandem gegenüber das Geheimnis ausplaudern würde, der den Frieden von Sobai und Wahei stören könnte.
«Haben Wongai dort Tuin?» fragte er, das Thema wechselnd.
«Viele, auch gute.»
«Komm ich dort Morgenzeit», und damit setzte er mich wieder auf Tuin ab, ohne Krebse diesmal, aber mit einer guten Story, die ich G. im Zelt erzählen konnte. Ich bin mir sicher, daß ich der Versuchung, die Heiligkeit des Grabes zu stören, widerstehen kann, da ich niemals den Weg zu dieser kleinen Insel finden würde.

Titoms Rückkehr nach Tuin am nächsten Morgen rührte den alten Ärger zwischen G. und mir wieder auf. Eine Wolke hing am Himmel, die Möglichkeit von Regen. G. bastelte ein Fach für Ronalds Honda-Generator aus einem Stück Wellblech und zwei Benzinfässern. Er wollte dafür ein sicheres, geschütztes Plätzchen in dem Schuppen bauen. Jetzt, da wir den Besitzer kennengelernt hatten und seine Billigung besaßen, nahmen wir den Schuppen mehr in Anspruch. Gedankenlos machte ich mich mit Titom auf den Weg, um ihm die Wongai auf der anderen Seite der Insel zu zeigen. Für G. mußte es eine schmerzliche Erinnerung an jene andere Gelegenheit gewesen sein, als ich in Gesellschaft zu einem Rundgang um die Insel aufgebrochen war.

Titom und ich genossen den Ausflug wie fröhliche Kinder, kletterten auf Bäume und stopften Wongai-Früchte in uns hinein. Wir waren so beschäftigt, daß mir kaum der Temperatursturz und der sich verfinsternde Himmel auffielen, aber Titom schien den Regen förmlich zu riechen, denn ein paar Augenblicke zuvor ließ er sich plötzlich aus dem Baum fallen, den wir gerade geräubert hatten, und kroch unter den Schutz einiger buschiger Mangroven. Als die erste Regensalve die Blätter wie eine Kesselpauke erdröhnen ließen, kroch ich zu ihm hinein. Ganz plötzlich war es kalt. Zusammengekauert saßen wir schweigend in der Dunkelheit der Mangroven und warteten auf das Ende des Regenschauers. Meine Gedanken waren bei G.; ich stellte mir vor, wie er die Position des großen Fasses kontrollierte, damit es auch soviel Wasser wie möglich auffing.

«Ich denken, dein Poo-Poo-Vogel gerufen.»

Diese Feststellung von Titom blieb mir zuerst ein Rätsel. Es war klar, daß Ronalds Sippschaft genaue Berichte vom Leben auf Tuin nach Badu geliefert hatte. In den kommenden Wochen sollte ich erfahren, was Titom gemeint hatte: Der Poo-Poo-Vogel rief, wann immer Regen unmittelbar bevorstand. Er erwies sich als recht zuverlässig.

Eine Aura von Körperwärme strahlte von Titom aus, obwohl wir uns nicht berührten. Er schaute auf seine Hände, die aus den Mangrovenschoten Boote mit kleinen Männern darin bastelten; Zweige und Wongaikerne stellten die Figuren dar.

«Kinder machen so auf Insel», sagte er.

Dann wischte er mit einer ungeduldigen Bewegung alles beiseite und sagte:

«Du denken diese Kerl dumm.»
«Nein», sagte ich. «Nein.»
Ich mußte ganz dringend pinkeln, und da ich nicht daran gewöhnt war zu warten, kroch ich ein Stückchen zur Seite und ließ es plätschern, wobei mir gerade noch einfiel, die Hosen runterzuziehen; es war immer noch ein merkwürdiges Gefühl, welche zu tragen. Als der Regen aufhörte und wir uns auf den Rückweg machten, über Long Beach und durch das Innere, sagte Titom:
«Du wollen ich dir eins geben.»
Ahnungslos fragte ich: «Was geben?»
Mit unzweideutiger Geste schlug er den gebeugten Arm nach oben. Diesmal war es ein Angebot. Er schien auf irgendeine Antwort zu warten. Nur zu gern würde ich behaupten, ich hätte eine potentiell peinliche Situation mit einer ausgewogenen, vernünftigen Erwiderung entschärft, aber ich sagte nur ziemlich matt:
«Nein, ich glaube, das tun wir besser nicht.»
Als nachträglichen Einfall fügte ich hinzu: «Du hast mir erzählt, du hättest viele Freundinnen.»
«Ja, viele», sagte er genußvoll. «Wir machen ihnen Sachen ganze Zeit. Wenn Frau haben Mann, wir nichts sagen, dann kein Ärger. Ihr gefallen sehr gut.»
Ohne beleidigt zu sein, schien er hinzunehmen, daß ich nicht dafür zu haben war, und als wir durch die Kokosnuß-Straße gingen, kletterte er auf einen Baum und schnitt mir ein paar Peepas ab. Aber er begleitete mich nicht ganz bis zum Camp, sondern bog am Strand ab und schwamm zu seinem Dingi hinaus, ohne G. zu begrüßen oder auf Wiedersehn zu sagen.
Die folgenden wütenden und bitteren Beschuldigungen rührten in uns beiden all die Haßgefühle wieder auf, die zuerst nach Abfahrt der Katamaran-Jungs geweckt worden waren. G. beschuldigte mich, mit Titom «gefickt» zu haben, und ich beschuldigte ihn, besessen und schmutzig und gemein zu sein. Als er weiterredete, so als ob es eine unbestrittene Tatsache wäre, daß ich mich den ganzen Vormittag lang vorsätzlich lüsternen Aktivitäten hingegeben hätte, geriet ich dermaßen in Wut, daß ich nicht mehr antworten konnte. Statt dessen schnappte ich mir die Axt und ließ meinen Zorn an einem kräftigen Ast aus, der neben dem Holzstoß lag und nur auf einen derartigen Energieanfall wartete. Zwischen den einzelnen Hieben hörte ich G. sagen:

«Das ist nicht nur Neid auf meiner Seite, Lu. Ich glaub' einfach, du bist dumm, dich so an junge Kerle wegzuwerfen. Eines Tages wirst du Ärger kriegen.»
Da außer den krachenden Axthieben, die an einem halben Dutzend verschiedener Aststellen landeten, keine Antwort kam, versuchte er es anders:
«Wie würd's dir gefallen, wenn ein hübsches Mädchen auf die Insel käme, und ich würd' den ganzen Morgen über mit ihr verschwinden?»
Ich legte eine Pause bei meinen Axtangriffen ein und schlug grausam mit Worten nach ihm:
«Es würde mir überhaupt nichts ausmachen. Ich wünschte, es würde eine kommen, mir wär's egal, was du mit ihr tust. Reagier deine Spannung ab, und laß mich damit in Ruh!»
«Und was glaubst du, welcher Platz dir noch zusteht, wenn ich was zu ficken hab'?»
«Ich brauch' keinen Platz bei dir, ich komm' mit Tuin sehr gut zurecht.»
Das stimmte nicht ganz und stellte vielleicht die schlimmste Art dar, das zum Ausdruck zu bringen, was ich schon bei anderen Gelegenheiten nicht hatte in Worte fassen können. Nie habe ich es geschafft, G. die seltsame und für mich wunderbare Beziehung, die ich zu Tuin unterhielt, angemessen zu erklären. Seit die Besuche angefangen hatten und es offensichtlich geworden war, daß G. den elenden Kampf ums Überleben satt hatte, war jede Hoffnung in mir erloschen, daß er sich, so wie ich es getan hatte, wirklich der Insel hingeben würde. Aber um ehrlich zu sein, muß ich zugeben, daß ich mich in einem Stadium befand, in dem ich meine einsamen Aufenthalte in den Tiefen von Tuin dermaßen genoß, daß mir G., sollte er mich plötzlich begleiten wollen, wie ein Eindringling vorgekommen wäre. Ich war Tuin gegenüber besitzergreifender, als ich es je einem Mann gegenüber gewesen war.
Wir stritten und knurrten uns einige Tage lang an, dann hakten wir das Thema ab und behandelten uns wieder wie die Gefährten, zu denen wir mittlerweile geworden waren, trotz der ungelösten Probleme unseres nicht existierenden Sexlebens.

Kurz darauf begannen sich die Ereignisse derartig zu überstürzen, daß uns gar keine Zeit mehr blieb, irgendwelche Energien auf häusliche Streitereien zu verschwenden. Eines Abends, als wir uns gerade für die Nacht bereitmachten, hörten wir das inzwischen vertraute Knattern eines Außenbordmotors, diesmal aus der entgegengesetzten Richtung, aus der Ronalds und Titoms Boote zu kommen pflegten. Begleitet vom sporadischen Aufheulen des Motors schien es sich zuerst zu nähern und dann wieder von der Insel zu entfernen, durchbrochen von einem uns eindeutig nicht vertrauten Klang — einem tiefen, langgezogenen, einzelnen Ton, als würde Luft durch ein mit Flaum gefülltes Metallrohr geblasen. In schweigender Verwirrung starrten G. und ich uns durch die graue Dunkelheit des Zeltes hindurch an. Jetzt fuhr das Boot langsamer und steuerte zweifellos die Camp Bay an. Und plötzlich klärte sich auch das Rätsel um den merkwürdigen Klang: ein mächtiges *basso profundo* Summen. Jemand summte glücklich und zufrieden vor sich hin. Dann gab es einen abrupten Wechsel im Motorengeräusch und das Summen ging in ein abgehacktes Grollen über, das in dem lautesten Rülpser gipfelte, den wir je gehört hatten.

«Wer immer das ist», sagte G. im Tonfall eines Mannes, der Bescheid weiß, «er ist besoffen. Und jetzt halt dich einmal in deinem Leben zurück, Lu, und überlaß mir die Sache.»

«Mach' ich; ich wickle mir nur schnell diesen Kittel rum. Hast du Hosen an?»

«Ja. Ich geh' runter und seh' nach, was los ist. Du kommst mit aus dem Zelt, hältst dich aber im Hintergrund, bis ich Entwarnung geb', okay?»

«Okay.»

Wir gingen bis oben zum Strand, wo G. offen stehenblieb, während ich in der Nähe hinter einem Busch lauerte. Der Mond spendete genügend Licht, so daß wir die Szenerie in der Bucht gut erkennen konnten. Eine riesige Gestalt versuchte sich sehr langsam aber entschlossen vom Boot zu lösen. In der Mitte des Dingis balancierte — wie eine massive Skulptur aus runden schwarzen Felsen — eine noch gewaltigere Gestalt. Nummer eins stand inzwischen bis zur Taille im Wasser, wenn man davon absah, daß er keine Taille besaß; nie zuvor hatte ich einen Mann zu Gesicht bekommen, der so haargenau einem Faß ähnelte. Er ließ den Bootsrand los und streckte seine Arme der Gestalt im Boot entgegen, die ihm etwas hinüberreichte. Aber Nummer eins hatte das Gleichgewicht verloren. Im Zeitlupentempo, die Arme immer noch ausgestreckt, um das Bündel in

Empfang zu nehmen, lehnte er sich immer weiter nach hinten, bis er plötzlich in der Mitte wegknickte und unter Wasser tauchte. Sein Kopf, mit breitem, plattem Wuschelhaar, tauchte Sekunden später wieder auf und trieb wie abgetrennt vom Körper auf der Oberfläche. Selbst aus dieser Entfernung ließ das Mondlicht das Weiß seiner Augen und ein wunderbares, zu einem fröhlichen Grinsen verzogenes Gebiß aufleuchten. Wieder versank er. Als er erneut auftauchte, protestierte sein Gefährte mit sanfter Stimme und gab sich damit als weibliches Wesen zu erkennen; sie beugte sich vor und schlug ihm eine dunkle Tuchrolle über den Kopf. Seine Hand schoß aus dem Wasser und schnappte danach. Er richtete sich auf und zog das Boot näher ans Ufer. Aus dem Bug hob er einen großen Anker, den er, als würde er nicht mehr als ein Kieselstein wiegen, ein gutes Stück in die Bucht warf.
Leise drang G.s Stimme an mein Ohr:
«Bist du da, Lu?»
«Ja, ja.»
«Beweg dich nicht.»
«Der Mann schaut zu glücklich aus, um unfreundlich zu sein.»
«Egal, verhalt dich ruhig, bis wir wissen, was sie wollen.»
Der Mann hatte das Boot wieder losgelassen und schien nun in ein Paar Shorts klettern zu wollen. Im Augenblick war er mit der Standard-Uniform bekleidet, Gingham-Unterhosen, die ihm halb über die gewaltigen Hinterbacken hingen. Jedesmal, wenn er ein Bein in den Shorts hatte und den anderen Fuß hob, fiel er um. Das passierte mehrfach. Schließlich zerrte er sie sich in sitzender Stellung über. Wie ein monströser Seehund plantschte er zu dem Boot zurück und streckte wieder die Arme aus; diesmal schaffte es die Frau, ihm das Bündel zu reichen. Er hob es mit einer Hand auf seine Schulter und marschierte aus dem Wasser und den Strand hoch. Einmal drehte er sich um und rief der Frau etwas zu, aber die Bewegung war zuviel für sein Gleichgewicht und er setzte sich hart in den Sand; das Bündel auf seiner Schulter wurde unsanft durchgerüttelt und stieß einen Quietscher aus.
«Guter Gott», flüsterte ich G. zu. «Es ist ein Baby.»
Wieder auf den Beinen, taumelte der riesige Mann weiter und hielt schwankend ein paar Meter vor G. an.
«Meester Deral?»
G. trat einen Schritt vor und sagte hallo. Er streckte seine rechte

Hand aus. Das verursachte einige Verwirrung. Der Besucher verlagerte das Baby auf die andere Schulter und tätschelte höflich G.s Handfläche mit seiner linken Hand.
«Mein Name Nicht Mehr», verkündete er rätselhaft, «un' das ist ein meine Söhne, Sarls Torres. Das mein Frau Enid.» Er deutete vage hinter sich, und der Satz endete in einer langen und offensichtlich unkontrollierbaren Wiederholung des Rülpsers, den wir zuvor schon gehört hatten.
«Oh», sagte er bekümmert, «'Tschuligung.»
G. erkundigte sich vorsichtig, woher er denn käme.
«Bamaga», lautete die Antwort. «Ich un' Enid un' Sarls Torres sind gekommen von Bamaga.»
«Das ist ein weiter Weg.» Bamaga ist eine kleine Siedlung von Insulanern und Aboriginals an der Spitze der Kap York Halbinsel.
«Ja, weit Weg. Ich hab' bringen Stubbies viel für dich, aber all kaputt auf weit Weg.» (Ein «Stubby» ist eine Flasche Bier.)
Diese Erklärung erhielt zusätzliches Gewicht durch die Art, in der seine Beine unerwartet nachgaben und er sich wieder schwer in den Sand setzte. Sarls Torres klammerte sich fest, die winzigen Fäustchen tief im Korkenzieherhaar seines Vaters vergraben. Mr. Nicht Mehr verdrehte den Kopf, um zu G. aufsehen zu können.
«Onkel Ronal' sagen, ich kommen Tuin. Morgenzeit ich gehn bringen Maschine. Heute ich kommen von Bamaga, stop für machen Party, aber Stubby weg.» Angesichts dieser Tragödie leuchteten seine Augen einen Moment lang kummervoll auf. «Kaputt.»
Das war der Zeitpunkt, wo ich hinter meinem Busch hervortrat. Nicht Mehr krabbelte auf die Füße, Sarls mit einer gewaltigen Hand stützend.
«Oh, hallo, Tuinlady, 'schuligung, Meesus Deral.»
«Du kannst Lucy zu mir sagen.»
«Ja. Du sagen Ronnie zu mir. Mein Name Ronnie Nicht Mehr.»
Grinsend betrachtete er mein mageres Gesicht, dann wandte er sich an G.
«Ich bringen viel Fressalien. Lucy werden fett wie Inselfrau.»
Kurz darauf schaute Ronnie aufs Meer hinaus, wedelte mit der Hand in der ungefähren Richtung seiner eigenen Insel und verkündete, daß er besser fahren würde. G. fragte, ob sie bei dem

armseligen Licht auch gut durch die Riffs kämen. Ronnie lachte entzückt.
«Jedes Wasser mein Freund. Kennen jeden Fels. Keine Sorge.»
Wir gingen sie verabschieden, und ich watete ins Wasser, um Enid zu begrüßen, die sehr scheu ihre plumpe Hand ausstreckte und mit den Fingern wackelte. Sie sagte kein Wort, bekam aber lauter Grübchen, als Ronnie ihr das Baby zurückgab und ich das kahle Köpfchen streichelte.
«Bis später», sagte Ronnie, kletterte in den Bug und zog das Dingi am Ankerseil in tieferes Wasser. Beim dritten Versuch sprang sein Motor an, und sie zickzackten über die indigofarbenen Wellen in die Nacht.
«Das», sagte ich zu G., als wir uns zum zweiten Mal für die Nacht zurechtgelegt hatten, «war der goldigste Betrunkene, den ich je gesehen hab'.»

Ronnie erschien nicht am nächsten Tag, sondern tauchte mit Enid und Sarls Torres erst am dritten Morgen nach seinem nächtlichen Besuch auf. Er entschuldigte sich, nicht eher gekommen zu sein, und erklärte, er hätte einen langen Schlaf gehabt. («Nicht überraschend», murmelte G. mir zu.) Im Dingi lag ein Mariner-Außenborder, ein 28-PS-Motor, in äußerst bedenklichem Zustand. Ronnie hob ihn leicht hoch und balancierte ihn auf einer massiven Schulter. Enid saß mit einem großen Plastikmülleimer und Sarls Torres auf ihren Knien im Boot. Für beide war reichlich Platz. Sie machte keine Bewegung, Ronnie zu folgen, also ging ich zu ihr und munterte sie mit Gesten auf; sie hatte bis jetzt noch nichts gesprochen, und ich hatte keine Ahnung, ob sie überhaupt Englisch verstand.
«Komm bitte hoch und setz dich zu uns ins Camp» brachte bis auf ein unsicheres Lächeln keine Reaktion; «Tasse Tee?» mit entsprechenden Handbewegungen war erfolgreicher. Sie ließ den Eimer im Boot, klemmte sich Sarls kleines Körperchen unter einen schenkeldicken Arm und folgte mir langsam auf überraschend zierlichen Füßen. Ronnies Fußspuren, die neben denen von G. den Strand hochführten, waren fast ebenso breit wie lang, und der Abdruck in der Mitte deutete darauf hin, daß seine Füße total platt waren.
Ronnie lehnte den Motor gegen den Eine-Pflaume-pro-Tag und kehrte zum Dingi zurück, um ein grobes Holzgestell und den

Eimer zu holen. G. hatte die Abdeckung des Motors gelöst, noch ehe Ronnie ihn auf das Gestell gesetzt hatte.
«Jesus», murmelte er, «wenn ich nur anständiges Werkzeug hätte.»
Ronnie, der in nüchternem Zustand ungeheuer scheu war, hob den Deckel des Eimers und nahm einen Sack heraus, den er G. ehrerbietig hinhielt; G.s sandfarbene Augenbrauen schossen in die Höhe, als er entzückt den Inhalt erspähte. Ich stellte gerade unsere Tassen und ein paar flache Brötchen, die ich am Morgen gemacht hatte, auf den Tisch.
«Könntest du das Zeug mal kurz wegräumen, Lu?»
Das tat ich, und G. kippte verschiedene Schraubenzieher auf den Tisch, ein paar große Schraubenschlüssel, ein halbes Dutzend gebrauchte Zündkerzen, ein handliches neues Startseil und — er legte eine Pause ein und betastete liebevoll die Schachtel — einen fast vollständigen Satz Steckschlüssel. Zum Schluß kam eine Milchbüchse mit alten, aber sicherlich verwendbaren Nägeln.
«Onkel Ronal' mir sagen, du keine Nägel.»
Ich goß Tee vom Kessel in zwei Tassen und reichte sie Ronnie und Enid. Sarls saugte begeistert an einer Flasche mit hellgrüner Flüssigkeit. Ronnie sagte etwas zu Enid, worauf sie aus dem Eimer zwei große rote Tassen fischte, die sie ihm entgegenstreckte.
«Das für Lucy un' Deral», sagte Ronnie. Außerdem gab es noch einen weiteren Beutel Reis für uns.
«Ich wollen kaufen viele andre Sach, aber Dollar kaputt weg. Wenn Krebs kommt, ich un' Enid viel einkaufen mal.»
Wir versuchten Ronnie klarzumachen, daß er uns nichts mitbringen mußte und dankten ihm ausgiebig, aber er lächelte lediglich und blickte scheu in seine Tasse. Er machte es G. nach, nahm ein Brötchen und bot zu meiner Freude auch Sarls eins an; dazu sagte er:
«Nehm, kleines kahl Kopf, Tuin Brot ordentlich gut.»
Ich konnte sehen, daß es G. in allen Fingern zuckte, mit dem 28er Mariner anzufangen. Als er vom Tisch aufstand, rieb er sich tatsächlich erwartungsvoll die Hände.
«Also dann, Ronnie», sagte er im Geschäftston. «Was ist das Hauptproblem mit ihm?»
«Er nicht gehn.»
«Ah.»

Mit Steckschlüsseln und Schraubenschlüsseln machte er sich ans Werk. Ronnie stand mit einem beliebig herausgegriffenen Schlüssel daneben; offensichtlich wollte er unbedingt helfen, hatte aber nicht die geringste Ahnung, wo er anfangen sollte. Während G. die verschiedenen Teile abmontierte, baute Ronnie sie vorsichtig in einer Reihe auf dem Tisch auf. G. hatte Mühe, die Mutter des Schwungrades zu lösen. Er knirschte mit den Zähnen, und vor lauter Anstrengung, den großen Schraubenschlüssel zu drehen, legte er sich eine weitere Schweißschicht zu. Schüchtern griff Ronnie zu und drehte den Schlüssel herum, als würde er nur mit einem Löffel durch Schlagsahne fahren.
«Praktisch, unser Ronnie, nicht wahr, Lu?» Hinter Ronnies glänzendem, breiten Rücken verdrehte G. in gespieltem Entsetzen die Augen.
Während sie den Motor auseinandernahmen, setzte ich mich zu Enid und versuchte ohne jeden Erfolg, ein Gespräch in Gang zu bringen. Ihr großer, runder Kopf, auf einem pollergleichen Hals sitzend, neigte sich von Zeit zu Zeit sanft nach vorn, aber nie sagte sie ein Wort. Sarls, der bequem auf einer gewaltigen Brust saß, die wiederum bequem auf Enids Schoß ruhte, griff nach oben und bohrte ihr gelegentlich seinen Finger in die Nase. Das löste ein winziges, kleines Kichern aus, das aus ihrem riesigen Leib klimperte. Sarls Name war das einzige, was sie bestätigte.
«Heißt er Charles?»
Zustimmendes Neigen des Kopfes. Bei der Erwähnung des Namens seines Sohnes blickte Ronnie kurz vom Motor auf.
«Sarls», sagte er zart, und dann mit besonders bemühter Aussprache: «Shearles Torres Nicht Mehr.»
Die Sonne stieg in ihren Zenit, und der Motor wurde weiter entblättert. Enid lag im Schatten auf dem Rücken und döste friedlich, ein Kontinent für sich. Sarls saß auf einem Fuß seines Vaters und umklammerte mit den Händen die große Ferse. Diese Anordnung ließ Ronnie leicht hinken, aber ansonsten schien sie beiden zu passen. Es war Zeit für eine weitere Tasse Tee, aber das Wasser im Faß war fast aufgebraucht; ich hätte für Ronnie und Enid das unappetitliche Bachwasser nehmen müssen. Der einzige Regenschauer bei Titoms Besuch, im Faß aufgefangen, hatte uns einen streng rationierten Vorrat für vier Tage geliefert, und ich hatte extra einen Kessel davon aufgehoben, um für Ronald Tee zu machen, wenn er uns wieder besuchte. Das war nun

für Ronnie und Enid aufgebraucht worden, so daß wir bis zum nächsten Regen wieder auf das übliche Wasser angewiesen waren. Als Kompromiß schlug ich Peepa-Saft für alle vor. Ronnie, deutlich erleichtert, für ein paar Minuten im Schatten sitzen zu können, köpfte zwei Peepas, die ich in der Kühle eines Busches aufbewahrt hatte, und goß den Saft in Tassen. Er kratzte ein bißchen von dem gelatineartigen, noch unfertigen Fleisch der Nußinnenseite zusammen und fütterte Sarls damit, der ärgerlich die Augenbrauen zusammenzog, als Ronnie aufhörte.

«Nicht gut Kleines essen viel. Macht Bauch laufen», grinste er und zwickte unglaublich zart Sarls winzige Knopfnase mit riesigen Fingern. Dann stand er auf und ging, offensichtlich immer noch durstig, zu unserem Faß.

«Haben anderes Fässer?» fragte er unschuldig.

Als wir ihm die Wassersituation erklärten, runzelte er in tiefer Anteilnahme die Stirn, schaute dann plötzlich mit strahlendem Gesicht hoch und sagte: «Wir gehn Yaza!»

Anscheinend war das ein Ort mit einer dauerhaften Quelle. Das bedeutete für uns alle eine Bootsfahrt.

«Na mach schon», sagte G. leise zu mir, «bei diesem Wetter ist es am besten draußen auf dem Meer.» Ganz sicher sah es sehr einladend aus.

Tagebuch

Das Wasser war wie ein See. Keine klare Trennungslinie zwischen dem Blau der See und dem Blau des Himmels am Horizont. Hitzeschleier verwischten die Entfernungen um uns herum. Das Boot schien ein winziges, emsiges Ding, das sich in einem Chaos stiller, lautloser Hitze bewegte.

G. und ich saßen auf dem Vordersitz; unsere vereinigten Leichtgewichte hatten keinerlei Auswirkung auf den Bug, der unter dem Ballast der «Nicht Mehrs» im Heck hoch aus dem Wasser ragte. Doch als wir die Riffs und Sandzungen hinter uns ließen, steigerte Ronnie das Tempo und das Boot begann zu gleiten. G. und ich hielten im gemeinsamen Rausch der Geschwindigkeit Händchen.

Ein symmetrischer, runder Inselbuckel waberte in den Hitzeschleiern.

«Hier Death Adder Island», rief Ronnie uns zu. «Wir gehn

weiter Soldier Point», und er winkte in Richtung der Landmasse einer größeren Insel, die rechts von uns auftauchte.
Zeit war ein Fremdwort. Die Fahrt des Bootes war erkennbar an dem weißen Kielwasser und den wechselnden Umrissen des Landes. Große, langsame Wolkeninseln hingen in einer anderen Dimension.
Soldier Point fiel einem sofort auf. Auf einer Masse rauher Felsen an einer hervorspringenden Spitze der Inselküstenlinie stand eine einsame «Gestalt», schlank und gerade, steif und aufrecht. Nur schwer konnte man sich die gewaltigen Zuckungen von Land und Meer vorstellen, die diesen schlanken Felsen auf ewig als blinden Wachposten aufgeworfen hatten, ein Markierungszeichen für die wenigen Navigatoren der Straße. Ohne uns miteinander abzusprechen, salutierten G. und ich. Ronnie lachte vergnügt. Weitere Küstenstriche, Felsen, langgezogene Strände, Palmen, dann:
«Yaza!» rief Ronnie und wir landeten in der Krümmung einer sandigen Bucht.
Die Quelle auf Yaza verband sich für die Insulaner mit der Legende eines Baduleega, der weit von Zuhause und ohne Wasser seinen Speer tief in den sandigen Boden gestoßen hatte, worauf das Wasser einer Quelle hochgeschossen war. Anscheinend steckte noch ein bißchen mehr hinter dieser Geschichte, als Ronnie enthüllen wollte: «Klein bißchen rauhe Sach», sagte er verschämt, und Enid kicherte. Als wir Ronnie durch eine tunnelartige Öffnung ins dicht bewachsene Innere folgten, fiel mir als erstes auf, daß die Vegetation hier im Vergleich zu Tuin wunderbar üppig war. Die Blätter der Büsche und Bäume leuchteten saftig grün, und Palmen standen da, wie ich sie nie zuvor gesehen hatte, mit zierlich gebauschten Kronen farnartiger Wedel. Ronnie wandte sich um und breitete die Arme aus, um anzudeuten, daß wir die Quelle erreicht hatten. Er trat beiseite, und ich starrte in das klare Wasser eines Dschungelteiches. Ein langer, schwarzer Aal glitt träge zwischen die hohen Binsen auf der gegenüberliegenden Seite. Ronnie schob sich sanft in den Teich, um den Boden nicht aufzuwühlen. Er schöpfte mit beiden Handflächen Wasser und schlürfte jeden Tropfen genußvoll und mit sinnlichem Vergnügen. Als er fertig war, seufzte er tief, den Mund weit und glänzend. «Yaza Wasser», sagte er mit tiefer Befriedigung und winkte G. und mir, ebenfalls trinken zu kommen.

Es war das herrlichste Wasser, das ich je gekostet habe, und vornübergebeugt tauchte ich mein Kinn ein und trank direkt aus dem Teich, um es besser genießen zu können. Als sich mein Gesicht über das Wasser neigte, stieg mir mein Spiegelbild entgegen, aber der Drang zu trinken war stärker als der Drang zu schauen. Nachdem der Durst gestillt war, betrachtete ich kurz die gebräunte Fremde, die sich in der gewellten Wasseroberfläche schaukelte. Ganz sicher niemand, den ich kannte.

Wie immer Sklaven der Flut, konnten wir nicht lange auf Yaza bleiben, obwohl G. und ich sicherlich die Nacht hier verbracht hätten, wären wir allein gewesen, bloß um all diesem frischen Wasser nah zu sein und die Sicherheit auszukosten. Aber Ronnie schob das Boot bereits wieder hinaus. Mit unseren gefüllten Behältern kletterten wir hinein; G. hüpfte durch die Seichtstellen, um sein Bein trocken zu halten.

Auf einmal schrie Enid aufgeregt, packte Ronnies Arm, zeigte ins Wasser und stieß einen Wortschwall aus. Ich konnte nichts weiter sehen als eine Sandwolke, die sich im Seichtwasser ausbreitete. Vom Boden des Bootes nahm Ronnie einen langen Speer mit drei Zinken und beschlich, trotz seiner Körpermasse katzengleich auftretend, völlig lautlos sein Opfer. Doch wieder schrie Enid auf, und jetzt sprang Ronnie ins Boot und startete heftig den Motor, ihn so weit hochkippend, daß die Schraube sich nicht in den Sand wühlte. Enid beugte sich über den Bootsrand; die Spannung machte plötzlich die Masse ihres Körpers beweglich und kompakt zugleich. Mit ausgestrecktem Arm zeigte sie Ronnie, wohin er steuern mußte. Da war es, das Ding, hinter dem sie herjagten, eine dunkle, ovale Form, die unter der Wasseroberfläche wie ein großer, flacher Drachen dahinflog. Ronnie ließ das Boot einen Satz nach vorn machen und zog es dann in einem langen Bogen herum. Dann war er über Bord, in großen Wellen teilte sein gewaltiger Körper das Wasser, als er vorwärts stürmte, den Speer hoch erhoben in der rechten Faust. Und dann stieß er mit einem wuchtigen, tödlichen Stoß nieder. Mit beiden Händen bohrte er die Zinken des Speers fest hinein und grinste mich und G. im Boot an.

«Gut essen», sagte er.

Er deutete mir an, ihm einen großen Haken am Ende eines Seils zu geben; das war, wie wir erfuhren, sein Schildkröten-

haken. Damit durchbohrte er der Kreatur die schweineähnlichen Nasenlöcher und zerrte sie so weit hoch, daß sie am Bootsrand baumelte. Es war ein großer, brauner Rochen. G. gab ihm ein Messer und Ronnie schlitzte dem Rochen den Bauch auf, um, wie er uns später erklärte, nachzusehen, ob er genügend Fett hatte. Sein Gesicht verzog sich, als er widerstrebend entschied, daß dieser Rochen nichts taugte. Aber Enid war schon wieder auf den Beinen und zeigte erneut. Schnell wie der Blitz packte Ronnie seinen Speer und machte sich an die Verfolgung. Er schien genau zu wissen, welche Bahn der Rochen einschlagen würde, denn diesmal hatte ich freies Blickfeld und sah deutlich, wie er mit dem Speer knapp vor seine sich schnell bewegende Beute zielte. Er schleuderte den Speer mit solcher Wucht, daß er den Rochen festnagelte und das gebundene Bambusende sich in die dicke Haut grub. Wieder kamen Schildkrötenhaken und Messer zum Einsatz; nun aber folgte Triumph statt Enttäuschung. «Wir gehn machen Picknick Tuin, das gut Essen.»
Er warf den Rochen mit dem Bauch nach oben, weil sein Rücken mit scharfen Stacheln bedeckt war, mitten auf den Bootsboden, und G. und ich hatten den ganzen Rückweg nach Tuin unsere Füße in einer Pfütze dicken Blutes stehen. Kaum hatten wir unseren Heimatstrand erreicht, da begann die lange und sorgfältige Arbeit, den Rochen tafelfertig zu machen. Zuerst weichte Ronnie den ausgenommenen Körper im Meer ein, dann schnitt er die fette Leber aus einem Hohlraum im Bauch des Rochens. Er säbelte die Schwingen ab und hackte das Fleisch in große Stücke und gab so viele nur hineinpaßten in eine riesige Pfanne, die Enid aus den anscheinend unerschöpflichen Tiefen des Plastikmülleimers hervorgeholt hatte. Das Fleisch wurde in Salzwasser gegart, bis es zart war. Dreimal füllten wir die Pfanne, bis alle eßbaren Teile des Rochens gekocht waren, so groß war er. Jetzt wurden von jedem Stück Knochen und Haut entfernt und das Fleisch in einen Eimer mit Meerwasser gegeben. Dreimal wechselte Ronnie das Wasser und rührte dabei die Fleischstücke mit den Händen um. Dann wurde es rausgeholt und wie nasse Wäsche ausgewunden, bis jeder Wassertropfen entfernt und das Fleisch so trocken war, daß es sich zu wolligen Bällchen formen ließ, die wir in einem natürlichen Felsbekken auftürmten. Ronnie kontrollierte alle Bällchen, die Enid

und ich machten, und wrang mit seinen mächtigen Händen immer noch einen letzten Tropfen Feuchtigkeit aus ihnen heraus. Dann folgte das Zerschnitzeln. Um die Waschschüssel herumsitzend, bauten wir langsam einen schneeigen Berg von aus den Bällchen gezogenen Fleischfäden auf. Schließlich war alles bereit für den endgültigen Kochvorgang.
Während Ronnie das Leberfett in der Pfanne schmolz, machte ich ein zweites Feuer und kochte einen Kessel mit Reis. In das brodelnde Fett rührte Ronnie das zerfaserte Fleisch und drückte und wendete es, bis alles Fett aufgesogen war. «Fertig jetzt», sagte er stolz.
Es schmeckte köstlich und war sehr sättigend. Jeder von uns aß zwei Portionen, aber als Sarls seine kleine Hand ausstreckte, um sich direkt was aus der Pfanne zu holen, hinderte ihn Ronnie daran; normalerweise sehr nachsichtig mit dem Kind, ließ er nicht zu, daß er was berührte, doch von seinem Teller durfte er mit den Fingern essen. Ronnie warf nun einen ängstlichen Blick zum Himmel hoch, um zu prüfen, ob der Mond schon aufgegangen war.
«Mond sehen Essen, er macht viel schlimm. Gleiche Sach, wenn Hand berührt. Ich bring Essen mit für Onkel Ronal'. Besser jetzt zudecken.»
Er drängte mir einen reichlichen Anteil für morgen auf und achtete darauf, daß ich es unter den Tisch stellte, außer Sicht des Mondes. Den Rest deckte er sehr sorgfältig zu, um ihn mit nach Badu zu nehmen.
Ich ging mit hinunter an den Strand, um ihnen zum Abschied nachzuwinken, glücklich und schläfrig und satt. Als ich ins Camp zurückeilte, wußte ich, was ich vorfinden würde: In der Dämmerung wie ein Reiher vornübergebeugt, das schwache Licht verfluchend, widmete sich G. erneut der Herausforderung des Mariner-Motors.

G. arbeitete an dieser Maschine, als würde sein Leben davon abhängen, und in gewisser Weise traf das auch zu. Nicht in der uns mittlerweile so vertrauten Existenzform von Entweder-Fischen-oder-Verhungern, sondern im Rahmen der neuen Lebensart, entstanden durch das Auftauchen der Insulaner. Der auf Neugierde begründete und durch Freundschaft ausgebaute Kontakt konnte durch die Entdeckung einer Ware auf unserer Insel zementiert werden, deren Wert für die Baduleegas groß

genug war, daß sie weiterhin unseren gehobenen Lebensstandard mit Gütern wie Reis und Mehl unterstützten, die für uns ansonsten nicht erhältlich waren.
Beide hatten wir die Bewunderung in Ronalds alten und die Ehrfurcht in Ronnies jungen Augen gesehen, als G. mit geschickten Händen zuversichtlich an ihren Maschinen hantierte, jedem verschiedenen Einzelteil einen Namen gab und wußte, wie all die komplizierten kleinen Teilchen zusammenpaßten. Wollten wir ein Tauschhandelssystem aufbauen, so würde G.s handwerkliches Geschick unsere Tauschware sein. Aber keiner von uns hegte derart weitreichende Absichten, als am Tag nach dem Yaza-Trip G. von Sonnenaufgang bis weit nach Sonnenuntergang schuftete und schwitzte, fest entschlossen, den 28er zum ersten Test bereit zu haben, wenn Ronnie zurückkam. Ich war sehr angetan und beeindruckt. Diese Seite von G. hatte ich nie zuvor kennengelernt.
Am schlimmsten war es, die Kolben herauszukriegen. Sie waren so fest eingerostet, daß er sie nur unter kräftiger Benutzung der Axt lösen konnte. Ich erinnere mich, wie ich morgens vom Holzsammeln zurückkehrte und ihn scheinbar beim Golftraining vorfand. Fast nackt schlenderte er in engem Kreis um den am Boden liegenden Motorblock herum und schlug gelegentlich mit der Axt danach. Ich kniete mich in den Sand und hielt den Block so ruhig wie möglich, während G. es nach und nach schaffte, mit einem Holzscheit als Dämpfung einen Kolben unbeschädigt herauszuschlagen. Von allen Beschäftigungen, die ich mir auf einer unbewohnten Tropeninsel vorgestellt hatte, war dies vielleicht die allerletzte.
Ronald der Ältere war der nächste Besucher, der an unsere Gestade zurückkehrte. Er befand sich auf dem Weg nach einem Platz, wo er mit der Schleppangel Umberfische fangen wollte, und schaute nur mal kurz bei uns vorbei. Als er sah, daß G. den Motor von Ronnie Nicht Mehr bis auf einen unbeweglichen Kolben vollständig auseinandergenommen hatte, beschloß er, mit seinem Tomahawk zu helfen. Leider ging er dabei ein bißchen übereifrig vor; der Kolben fiel in mehreren Einzelteilen heraus. Ronald schaute niedergeschlagen drein.
«Nichts mehr gut jetzt», sagte er traurig.
«Das 'brochen», sagte Alfie überflüssigerweise.
G., der natürlich genau das befürchtet hatte, meinte ohne große Hoffnung:

«Ich nehme an, da liegt nicht zufällig noch ein alter 28er auf deiner Insel rum?»
Ronald schien eine Minute zu überlegen, dann erklärte er uns, daß er zu wissen glaubte, wo noch ein alter Mariner sein könnte. «Oh, ich beinah vergessen», fügte er hinzu, gerade als er aufbrechen wollte, «mein Freund hat geschickt andere klein Maschin'.» Er holte einen 6-PS-Johnson aus seinem Dingi und lehnte ihn gegen Eine-Pflaume-pro-Tag. Dann fuhr er weiter zum Schleppangeln. Später hielt er bei Ebbe am Ende unserer Landzunge und schickte Alfie mit einem großen Umberfisch zu uns hoch.
Obwohl Tage dazwischen lagen, kam es uns so vor, als würde ein Besuch unmittelbar dem anderen folgen. Wir begannen wieder in ein Muster zu verfallen, das unserer alten Alltagsroutine ähnelte, und dann erinnerte uns der Klang eines Außenborders daran, daß wir unsere Welt nicht mehr exklusiv für uns hatten. In Wirklichkeit betraf die Rückkehr zum Tuin-Leben ausschließlich mich. Von dem Augenblick an, wo G. ein Werkzeug in der Hand und eine Maschine vor sich hatte, konzentrierte sich das Inselleben für ihn nur auf das Campgebiet und, genauer ausgedrückt, auf den Teil eines Motors, mit dem er es gerade zu tun hatte. Seine neue Beschäftigung ließ ihn alles andere vergessen, und als ich die Schutzhütte erwähnte, die momentan aus vier eingegrabenen Stützpfosten bestand — ich erinnerte ihn daran, daß wir jetzt sogar Nägel besaßen —, erklärte er mir, ich sollte kein Theater machen, das würde schon erledigt werden.
Wie sich herausstellte, hätte ich mir keine Sorgen zu machen brauchen. Die Insulaner würden uns keinesfalls ohne ordentliche Schutzhütte der Monsunzeit überlassen.
Ronnie selbst brachte den alten Mariner mit, von dem sein Onkel gesprochen hatte. Eine Anzahl Teile fehlten, aber die Kolben waren intakt. Wieder war klar, daß die Nicht-Mehr-Familie den ganzen Tag mit uns verbringen würde, und diesmal hatten sie sehr feste Pläne für den Nachmittag. Vor dem Lunch, der aus Papageifisch als Beitrag von Tuin und einem herrlichen Fladenbrot aus den Tiefen von Enids Eimer bestand, konzentrierten sich Ronnie und G. auf den Motor. Während Ronnie, froh darüber, eine klare Aufgabe zu haben, den «neuen» Block mit G.s Zahnbürste säuberte, schnitt G. eine Anzahl von Dichtungen aus dem Umschlag von *Language Made Plain* von Anthony

Burgess, ein Buch, das leider gleich zu Anfang von den Geckos vernichtet worden war. (Ärgerlich, da ich nur die Grundlagen des halben Internationalen Phonetischen Alphabets aufgeschnappt hatte, bevor es unleserlich wurde. Einsame Inseln sind ausgezeichnete Gegenden, um die Lippenlaute zu üben.)

G. gönnte sich eine kurze Pause vom Motor, um sich eine Zigarette zu drehen, und wir entspannten uns alle im Schatten, da verkündete Ronnie seine Absicht, uns beim Bau unserer Hütte zu helfen. Er sagte, er kenne die besten Plätze für gute, gerade Mangroven und lange Bambusstangen, mit denen man ein Palmblattdach niederhalten konnte; die Plätze stammten aus der «Zeit davor», als seine Ahnen dort noch ihre Baumaterialien geholt hatten.

«Holz auf Tuin», sagte er, «nicht viel gut. Badu auch nicht gut. Wir gehn Carbai.»

Carbai lag auf der uns abgewandten Seite von Moa Island. Es war keine sehr anziehende Gegend, hauptsächlich hohe Sandbänke und Schlamm in den Buchten, aber die roten Mangrovenstämme waren erstklassig; gerade, hochgewachsen und sauber. Ronnie marschierte zuversichtlich in den Wald, ganz beiläufig kleinere Bäumchen entwurzelnd, die ihm im Weg standen. G. versuchte es ihm nachzumachen und wäre beinahe von den zurückschnellenden Bäumen k. o. geschlagen worden. Wenn er solche Witze machte, mochte ich ihn unheimlich gern; da kam eine weitaus liebenswertere Seite von ihm zum Vorschein als sein blasiertes Als-ich-noch-meinen-Jaguar-hatte.

Wieder auf Tuin, setzten Enid und ich uns in das Flachwasser der Campbucht und schlugen die dicke, rote Borke von dem Dutzend Stämmen, die die Männer gefällt hatten. Mit dem Tomahawk und einem Stück Hartholz schlugen wir die Borke kräftig an und lockerten sie so, daß sie in langen Streifen abfiel. Das blaue Wasser färbte sich magentafarben, als die Borke langsam wegtrieb. Die wunderbar hellen Äste der entblätterten Stämme schaukelten sanft auf der blitzenden Wasseroberfläche, als wir sie sich selbst reinigen und mit Salz vollsaugen ließen, um die Ameisen zu entmutigen. Ronnie und G. hatten so ungefähr ein Jahrhundert übersprungen und arbeiteten wieder am Motor. Einmal wurde ich hochgerufen, um beim Einpassen der Kolbenringe zu helfen, da G. nicht allzuviel Vertrauen in Ronnies Fähigkeit setzte, die Kolben sanft genug mit dem Hammer einzuschlagen.

Wie stets auf Tuin, neigte sich der Tag viel zu früh zur Neige. Über einer Mahlzeit von zwei großen Schlammkrabben, die G. und Enid auf Carbai gefangen hatten, tat Ronnie fest entschlossen kund, daß wir morgen an der Schutzhütte arbeiten würden. «Bald kommen großer Regen», wiederholte er die Warnung seines Onkels. Ich hätte ihn umarmen können.

Im Zelt redete G. in dieser Nacht vom Motor. Nie zuvor hatte er an einem Außenborder gearbeitet, aber, wie er es ausdrückte, «eine Maschine ist eine Maschine». Und in gewisser Weise hatte G. sein Leben lang an Maschinen herumhantiert. Als kleiner Junge hatte er bei der Garage gespielt, in der sein Vater an einem der ersten Autos arbeitete, die in das Dorf seiner Kindheit gekommen waren. Später hatte er die Landwirtschaftsmaschinen gefahren und sich um sie gekümmert. Selbst als erfolgreicher Verleger hatte er sein eigenes Auto und die Autos seiner Freunde gewartet und repariert. Er liebte ganz einfach Maschinen. Aber warum, so fragte ich mich, hatte er nie etwas von dieser Leidenschaft erzählt? Vielleicht weil es für unser Abenteuer nicht von Bedeutung war, aber das traf auch auf die Herausgabe eines «erzieherischen» Mädchen-Magazins zu. Nein, es war der altmodische Schandfleck, der jener Arbeit anhing, bei der man sich die Hände schmutzig machte, welcher G. daran gehindert hatte, über Dinge zu reden, von denen er wirklich etwas verstand. Sobald er erkannte, daß ich stolz auf seine Fähigkeit war, wurde eine weitere Barriere zwischen uns niedergerissen.

Die Ankunft der Nicht Mehrs am Mittag des nächsten Tages war ein beeindruckender Anblick. Sie waren an einem Strand namens «Old Camp» auf ihrer eigenen Insel gewesen und hatten zehn herrliche grüne Bambusstangen für uns geschnitten. Jede einzelne war über sechs Meter lang, und sie ragten über jede Seite des Dingi wie breite, grüne Schwingen. Unter dem Bambus lagen neun oder zehn Bleche, voller Rost und Löcher, aber alle mehr oder weniger von der gleichen Länge. Das war der Beitrag eines Freundes von Ronald, der den 6-PS-Johnson geschickt hatte. Unter den Blechen verbargen sich ein großer, mit Wasser gefüllter Behälter und der kleine Sarls Torres, der blinzelte, als er plötzlich wieder dem Sonnenlicht ausgesetzt war. Als endgültigen Beweis, daß er an alles gedacht hatte, präsentierte Ronnie eine Säge und die Nachricht, Onkel Ronald hätte gesagt, wir könnten ruhig die alten Bretter benützen, die wir in seinem Schuppen fanden. Es gab eine kurze Debatte, ob

wir zuerst den Motor testen oder uns sofort an die Hütte machen sollten. Ich wußte, daß G. soviel Anstrengung und Mühe in den Mariner investiert hatte, daß er den Augenblick der Wahrheit kaum erwarten konnte. Ronnie traf die Entscheidung für uns:
«Klein bißchen Hütte, klein bißchen Test Maschin'.»
Eine Seite der Hütte schoß in die Höhe, während die Sonne noch hoch am Himmel stand. Sie nahm die Form meines ursprünglichen T's an. Wir hatten gerade genug Bleche, um die Westwand abzudecken, nachdem eine ausreichende Anzahl Bleche für das Dach, wo sie als tragende Teile für das Palmblattdach Verwendung finden würden, beiseite gelegt worden waren. Ronnie erklärte uns, daß er später, wenn es darum ging, das Dach festzubinden, noch Draht bringen würde. «Nordwest-Zeit viel wild», erklärte er. Als die Schutzhütte sich ihrer Vollendung näherte, konnten G. und ich die Bleche entfernen, die jetzt noch das Zelt abdeckten, und sie für die Rückwand und Teile der Ostwand verwenden. Das gelbe Segeltuch, jetzt noch bei der alten Unterkunft, würde dann die offene Stelle an dieser Seite abdecken.
Nun, da die Hütte in ihren Grundzügen stand — mit dem Mangrovenskelett und der einen zackigen Wand wirkte sie wie eine Mischung aus Kletterrahmen und Windbrecher —, wandte sich die allgemeine Aufmerksamkeit dem Motor zu. Während Ronnie den Außenborder an seinem Dingi entfernte, zog G. am Mariner ein letztes Mal alle Schrauben fest. Zuvor hatte er mir gesagt, was dieser Maschine wirklich fehlte: eine neue Membrane für die Pumpe, ein neuer Vergaser, neue Kolbenringe, ein neuer Keilriemen und ein ganzer Satz neuer Dichtungen. Außerdem schienen Block und Kolben, die er von dem alten Motor, den Ronald aufgetrieben hatte, übernommen hatte, ein klein bißchen größer als das Original. Die Zündkerzen waren verdächtig alt, aber in der Dämmerung des gestrigen Abends, als er mich zu Hilfe gerufen hatte, hatte ich deutlich Zündfunken gesehen. Eine Aushilfsmembrane hatte er aus einem Stück vom Reisbeutel geschnitten, und anstelle einer Drahtspange sicherte eines meiner Haarbänder das Rohr an der Pumpe. Der Motor mußte mit einem Seil am Boot festgebunden werden, da die Schrauben in den Klampen fehlten. Anstatt des Einstelleisens für den Neigungswinkel benützte G. einen Speerzacken.
Als Ronnie das Boot aus dem Seichtwasser hinausstakte, rief

G.: «Heh, warte! Können doch nicht ohne die alte Lu los. Komm schon, Scheißhaus, und bring den großen Schraubenzieher mit.»
Weil Enid und Sarls nicht allein auf der Insel zurückgelassen werden konnten — «sie Angst vor Markai» — kamen auch sie mit.
«Mein Gott, Lu», sagte G. leise und blickte die Maschine besorgt an, «ich hoffe bloß, das alte Miststück geht.»
Die Verbindung zum Tank wurde hergestellt und die Handpumpe betätigt. Da solche Feinheiten wie eine anständige Startautomatik nicht existierten, mußte ein Seil um das Schwungrad gewickelt werden. G. zog ein paarmal, aber er konnte nicht genug Kraft hineinlegen. Ich wurde mit dem Speer in den Bug geschickt, um dafür zu sorgen, daß wir nicht in die Felsen trieben, und Ronnie ging nach hinten, um G. zu helfen. Er stand da, die massiven Beine leicht gespreizt, und wand das Seil durch die Rillen, wie er es bei G. gesehen hatte. Vornübergebeugt saß G. angespannt daneben, in der einen Hand das Ruder, in der anderen einen Schraubenzieher.
Ein Zug von Ronnie, und der Motor hustete, zwei, und er räusperte sich kräftig, drei — und wir waren unterwegs. Der Vorwärtsgang klemmte, und das Boot schwankte wie verrückt, als G., mit dem Rücken zu einer Felsengruppe, auf die wir zuschossen, verzweifelt den Rückwärtsgang einzulegen versuchte.
«Links!» kreischte ich. «Links!» Das Boot drehte gerade noch rechtzeitig bei und zischte im Kreis herum. G. hatte das Glück, von den schrecklich deutlichen Felsen dicht unter der Wasseroberfläche nichts mitzubekommen. Als er es geschafft hatte, das Jaulen des Motors zu einem sanften Dröhnen zu dämpfen, schaute er mit aufgeregtem Lächeln hoch: «Das alte Miststück funktioniert!» und stieß ein unartikuliertes Gurgeln puren Vergnügens aus.
Wir fuhren nicht weit; da G. nun gesehen hatte, daß die Maschine tatsächlich funktionierte, wollte er noch eine Anzahl Feinabstimmungen im Stillstand vornehmen. Außerdem arbeitete das Kühlsystem nicht einwandfrei. G. erklärte Ronnie, er müßte zumindest einen neuen Keilriemen aufzutreiben versuchen. Das lag durchaus im Bereich der Möglichkeiten, da Ronnie Gelegenheit hatte, auf einem Logger zu arbeiten, den sein Schwager Bul-Bul führte. Am Ende der Fahrt würden sie Thursday Island anlaufen, um ihre Krebse zu verkaufen. Wenn G. es

ihm aufschrieb, konnte Ronnie einen Mechaniker auf Thursday Island bitten, das notwendige Ersatzteil aus dem Süden kommen zu lassen.
Ronnies großes Gesicht leuchtete vor Stolz und Respekt. Abwechselnd tätschelte er die Maschine und G.
«Du mein gut Bruder, Deral. Wenn wiederkommen von Krebsfang, wir machen Hütte gut fertig un' ich un' Enid gehen kaufen für euch.»
Als sie abgefahren waren, schüttelte G. den Kopf und meinte, mit dem Motor wäre noch eine ganze Menge nicht in Ordnung, was er ohne Ersatzteile nicht richten könnte. Egal, sagte ich, er habe ihn zum Laufen gebracht und ich sei «ordentlich stolze Messus Deral, jawohl».
Die Nachrichten von G.s Erfolg mit dem 28er breiteten sich schnell unter den Baduleegas aus, die bis jetzt nur von unserer Existenz auf Tuin gewußt hatten. Der Mann, der den Johnson-6 und das Wellblech geschickt hatte, stellte sich als Titoms Vater heraus, Philamon. Nun schickte er einen Dunlite-Generator, mit vollständiger Vorauszahlung in Form von Mehl, Trockenmilch, Tee und Zucker. Ronald tauchte mit einem 9-PS-Mercury auf und der Nachricht, der Häuptling von Badu würde einen Kawasaki-Generator rüberschicken, sobald seine Söhne von einer langen Krebsfangfahrt zurück wären. Ronalds eigener 20-PS-Mariner mußte repariert werden, und um weiterhin in der Rangordnung an erster Stelle zu bleiben, behielt er G.s Tabakkonsum für sich. Da Ronald eine Büchse in anderthalb Tagen rauchte, überschätzte er G.s Kapazität, und bald schon hatte G. einen Vorrat für einige Monate angelegt.
Wir hatten nun soviel Reis und Mehl auf Lager, daß ich gar nicht mehr an Rationierung dachte und massenhaft Brot machte, an dem ich dann den lieben langen Tag herumpickte. Mit Trockenmilch und Zucker konnte ich sogar Pudding machen, den G. mit seiner Sucht nach Süßem wie ein Schuljunge verschlang. Drei Wochen nach dem Besuch der Krankenschwestern konnte er den Verband vom Bein nehmen und schützte die verletzliche neue Haut, die sich über dem Krater gebildet hatte, lediglich mit einem Pflaster. Meine Adern standen weniger hervor und meine Gedärme fielen mir auch nicht mehr im unglücklichsten Moment heraus.
Nachdem G. mit Ronalds aufmerksamer Hilfe den Johnson-6 repariert hatte, konnten wir uns vorübergehend von den Auf-

merksamkeiten der Außenwelt erholen. G. hatte erklärt, daß er zu Testzwecken eine Batterie benötigte, um vernünftige Arbeit an den Generatoren leisten zu können. Das war eine harte Nuß für die Insulaner, ließ sich aber machen, als G. sagte, er könnte es auch mit sechs an den Enden zusammengebundenen, gewöhnlichen Taschenlampenbatterien schaffen. In der Zwischenzeit benutzte G. ausgiebig die Säge, weil er wußte, daß sie ihm nur leihweise bis zur Rückkehr von Ronnie Nicht Mehr zur Verfügung stand.

Als erstes machte er eine handfeste Werkbank. Das einzige Vierkantholz im Camp ließ sich wie Eisen sägen, und allein für die Oberflächenbretter mußte er stundenlang schwitzen. Das Endresultat war eine sehr ordentliche Arbeit; ich betrachtete es neiderfüllt und meinte, das wäre die ideale Alternative zum Brotteigkneten in der Waschschüssel. Aber G. hatte bereits andere Pläne für mich. Vor der Schutzhütte konstruierte er einen Küchenarbeitsplatz auf zwei Ebenen; eine flache Arbeitsfläche und darunter ein Lagerbord. Links davon baute er ein niedriges Regal, wobei er für die Oberfläche ein Stück abgebrochenes Blech benützte, da er Ronalds Planken aufgebraucht hatte. Ein weiteres Blech, an die Stützpfosten der Arbeitsfläche genagelt, machten das zu einer feuersicheren Ecke, wobei uns vorschwebte, daß wir hier auch im Haus kochen konnten. Ein vom Boden bis zur Decke reichendes Regal war geplant, aber ehe G. eine Chance hatte, damit fertig zu werden, ging es wieder mit den Maschinen los. Ich beendete es selbst, indem ich hübsche, abgeschälte Mangrovenstämmchen als Lamellen benutzte. Ohne eine Wand dahinter wirkten diese eingebauten Einheiten recht attraktiv; wahrlich nach allen Seiten offen. Als Ronald uns seine alte Bratpfanne schenkte, hängte ich sie sofort neben meinen Fischheber und mein Sieb an einen Nagel. Plötzlich begann alles einen erstaunlich zivilisierten Eindruck zu machen. Als ich G. auf meine ungeschickte Art und Weise beizubringen versuchte, wie nett es doch von ihm war, all diese Dinge einzubauen, um mir das Leben leichter zu machen, wischte er meine Dankbarkeit beiseite.

«Hör zu, Scheißhaus, ich hab' für eine Frau Küchen gebaut, mit Kieferntäfelung, Einbauschränken, Kachelböden, Tiefkühltruhe und einem Westinghouse-Herd, und das hat sie immer noch nicht zufriedengestellt. Ich habe einen Bankettisch mit solider Eichenplatte gebaut, Mahagonitäfelung an den Wänden

des Speisezimmers, und hab' nicht mehr zu hören gekriegt als ein kritisches ‹Hm›. Ich bau' dir dieses Stück Scheiße, und du überschlägst dich vor Begeisterung.»
«Ja, aber . . .»
«Oh, ich weiß, ich weiß. Du vögelst nicht, und wozu ist eine Möse nutze, die nicht vögelt? Aber du bist ein verdammt guter Kumpel, das gesteh' ich dir zu, Lu. Es gibt keine andere Frau, die ich lieber auf dieser Insel hätte.»
Warum «vögelte» ich nicht mit G. nach all der Zeit, nach allem, was wir als Paar durchgemacht hatten? Die schlichte, ehrliche, grausame Antwort lautete: Ich konnte mich nicht für ihn begeistern.
Aber war, so begann ich mich zu fragen, dieser Grund noch gut genug?

10. Kapitel
Kompromisse

Tagebuch

Tuin verändert sich. Andere Geräusche in der Nacht und Lebewesen, die wir zuvor nicht gesehen haben, machen sich bemerkbar. Als ich gestern in dem formellen Ballsaal des Weißbaumwäldchens tanzte — all diese steifen, galanten, grauen Begleiter —, entdeckte ich einen neuen Typ von Hängenest, nicht größer als meine Faust. Das Nest war ordentlich aus winzigen Zweigen und dünnen grauen Borkenstreifen gewebt, mit einem Einstiegloch in der Mitte für den Vogel. Als ich in meiner träumerischen Tanzstimmung den Blick nach oben richtete, sah es aus wie eine bleiche, in der heißen Luft hängende Träne. Weitere Nester baumelten graziös von den knochigen Armen des Baumes.

Auch um das Camp herum gibt es Neues zu sehen. Seit die Flughunde sich in den Mangroven hinter der Krokodilbucht eingenistet haben, bleibe ich jeden Abend noch ein bißchen vor dem Zelt, um sie beim Start zu ihren nächtlichen Ausflügen zu beobachten. Tagsüber sind sie manchmal ein schnatternder Haufen, wenn sie nicht gerade fest schlafend in ihrer Kolonie hängen, aber nachts sind sie still und anmutig und stoßen nur gelegentlich einen Pfeifton aus. Als ich eines Abends durchs Camp schlenderte und auf ihren Anflug wartete, trat ich über etwas Langes, Dünnes im Sand nahe der Wäscheleine. Ich erinnerte mich nicht, zuvor dort etwas gesehen zu haben, also ging ich zurück, um es mir noch einmal genauer anzuschauen. Es bewegte sich ein bißchen, als ich mich näherte. Eine Schlange. G.s Machete lehnte am Eine-Pflaume-pro-Tag. Ich wußte nicht, was ich am besten tun sollte, aber zaudern war das Schlechteste, also hackte ich ihr den Kopf ab. Kopf und Rumpf befestigte ich an der Leine, damit wir sie am nächsten Morgen inspizieren konnten. Als

Ronald das nächste Mal kam, identifizierte er sie als junge Rautenschlange. In den Büschen gab es ein ganzes Nest voll von ihnen. Diese Kleinen waren ziemlich harmlos, und auch die Größeren machten selten Ärger, aber er warnte uns vor ein paar sehr großen Burschen, die in den Bäumen am Nordhügel lauerten. Auf seiner Insel hatten sie sich schon fallenlassen, ihr volles Gewicht um das Genick eines Mannes gewickelt und ihn erwürgt. Auf die gleiche Weise töteten sie wilde Schweine, die sie dann auf einmal hinunterwürgten. Ich war mir nicht sicher, ob er von der gleichen Schlangenart sprach. Egal, jedenfalls ging man ihnen besser aus dem Wege. Im Inneren von Tuin gibt es jetzt auch Spinnen mit knolligem Körper, die aber anscheinend harmlos sind, was mich ungemein erleichtert, denn ich hänge mehr denn je an meinen Spaziergängen und Ausflügen.

Unser Freund Ronald steckt voller Überraschungen. Letztesmal kam er an, das Boot randvoll mit Menschen. Er hatte seine Nachbarn mitgebracht, Olandi und Kales Aragu, ein älteres Paar, das uns zeigen sollte, wie man aus Palmwedeln Matten und Wandabdeckungen webt. Natürlich hatten sie ein umfangreiches Kontingent an Enkeln und Freunden bei sich. Auch Ronalds Tochter und ihr kleines Baby waren dabei, wobei der Kinderwagen schon eine Menge Platz im Dingi für sich beanspruchte. Anscheinend ist es der einzige Kinderwagen auf Badu, und sie sind sehr stolz auf ihn. Viel gewebt wurde nicht – es war einfach zu heiß, um Palmwedel zu holen –, aber jeder amüsierte sich großartig. Die jüngeren Partygäste gingen angeln, und Kales und ich grillten die Fische, kaum daß sie gefangen waren. Sie beherrschte so gut wie kein Pidgin, war aber ungemein freundlich und zeigte einen großartigen Tanz ums Feuer herum, mit schlurfenden Füßen und wackelnden Hüften. Jedesmal, wenn ich ein Wort zu ihr sagte, kreischte sie vor Vergnügen auf. Olandi, alt, krummbeinig, schmal am Kopf und sich dann wie eine Rübe verbreiternd bis zu einem gewaltigen, wabbelnden Hinterteil, machte sich absichtlich zum Clown der Gruppe und brachte mit der Zunge seinen einzigen Zahn zum Wackeln, damit das Baby aufhörte zu weinen. Er redete non-stop in atemlosem, unverständlichem Pidgin.

Ein andermal brachte Ronald, nachdem er mit G. Armeegeschichten ausgetauscht hatte, eine rostige, zwölfkalibrige Schrotflinte mit einer traurigen Geschichte mit. Er sagte, wenn G. in der Lage wäre, sie zu reparieren, dann könnte er sie auf Tuin behalten. Ronald meinte, wir sollten wegen der Krokodile ein Gewehr haben, obwohl wir immer noch keinen festen Beweis für ihre Existenz auf der Insel besaßen. «Sie schwimmen sehr gut», warnte er, «besser aufpassen.» Ich brauchte nicht länger nach Sammy, dem Hai, Ausschau zu halten; seit die Boote der Baduleegas kamen, hatte er mich verlassen.
Zuerst fand G. nicht heraus, was die Schrotflinte blockierte. Der Lauf war mit einer merkwürdigen, klebrigen Substanz gefüllt. Er fragte Ronald, was das wäre. Ronald legte sein Gesicht in spröde Falten.
«In meinem Haus», sagte er, «gibt eine Python. Ich glauben, sie nimmt Gewehr für Toilett'.»
«Du meinst, das Ding ist voller Schlangenscheiße?» fragte G. ungläubig.
«Gewehr dort vielleicht fünf, zehn Jahr. Python sitzen gleiche Platz jede Jahr.»
«Heilige Scheiße!» sagte G. nicht ganz angemessen.
Nachdem G. die Schrotbüchse gründlich gesäubert hatte, befand er sich wieder auf vertrautem Grund und Boden. Schon in jungen Jahren hatte er Schrotflinten und Gewehre kennengelernt und in der Armee später die entsprechende Ausbildung bekommen. Nun setzte er alles dran, einen Buschvogel zum Abendessen zu schießen. Der Gedanke an ein Stück Fleisch, das nicht vom Fisch stammte, machte die Vorstellung für uns beide unwiderstehlich. Aber wir besaßen nur drei Patronen, und eine von ihnen mußte benutzt werden, um die Büchse zu testen. G. wollte keine Explosion durch einen blockierten Verschluß riskieren.
Auf der anderen Seite des Baches stand ein passender, gegabelter Baum. Dort befestigten wir die Büchse und banden am Abzug ein langes Seil fest. G. und ich duckten uns in das trockene Bachbett, er stieß meinen Kopf hinunter und riß am Seil. Ein langes, peinliches Schweigen, dann fiel die Büchse aus dem Baum.
«Los, Lu, diesmal binden wir das Ding ordentlich fest.»
G. richtete den Lauf auf einen großen Ameisenhügel, und wir sprangen wieder in den Bach.

«Fertig?»
«Ja.»
Bang!
«Es funktioniert!»
Sehr früh am nächsten Morgen führte ich G. zu einem Platz direkt auf der anderen Inselseite, wo sich, wie ich wußte, weiße Tauben und Buschvögel aufhielten. Es war wunderschön, auf Jagdmission gemeinsam durch den dichten Tau zu gehen. Wir unterhielten uns leise, sagten, daß es bald regnen müßte, die Luft war so schwer und nun dieser Tau . . . G. meinte, daß er heute seine preisgekrönte Tomatenpflanze nicht wässern müßte, und wir kicherten beide; die Pflanze trug eine einzige winzige Frucht, stumpfgrün, geschrumpft und hart wie eine Marmel.
Für G., der so selten das Campgebiet verließ, bot das Innere einige Überraschungen. Ihm war nicht bewußt gewesen, daß sich die flache Ebene in der Inselmitte so weit erstreckte. Er sagte, falls er sich entschließen würde, für immer auf Tuin zu bleiben, würde er wahrscheinlich sein Haus hier bauen. Natürlich wäre dann alles ganz anders, weil er dann «wieder Geld haben» würde. Es gäbe einen anständigen Garten und ein umfangreiches Wasserauffangsystem. Er hätte eine Bibliothek und ein Büro, ein ordentliches Badezimmer und ein großes Doppelbett mit Seidenbezügen. Und einen Eisschrank voll mit kaltem Bier und Wein.
«Wie würde dir das gefallen, Lu?»
«Es klingt herrlich, aber ich wäre schon glücklich, wenn das Dach auf unserer augenblicklichen Hütte ist.»
«Ja, schon, aber ich rede davon, wenn das hier alles vorbei ist, wenn die Schiffbrüchigen-Situation nicht mehr existiert, wenn ich mein Buch geschrieben hab'. Oder willst du abhaun, sobald das Jahr vorüber ist?»
«Darüber hab' ich noch nicht nachgedacht.»
Das Thema blieb offen und war bald vergessen, als wir uns dem Gebiet der Buschvögel näherten, gleich beim Wongai-Dickicht. Für diesen Trip in der Morgendämmerung hatten wir beide unsere Kleiderfetzen angezogen. Als ich durch die Blätter kroch, konnte ich den modrigen Stoff riechen, der sich mit dem unaussprechlichen Duft des frühen Tuin-Morgens vermischte. G. trug seine unglaublich heruntergekommenen, einst gelben Kordhosen. Plötzlich erinnerte ich mich ganz deutlich an den Tag, an

dem ich ihn das erstemal darin gesehen hatte. Es war auf einer Party, dem einzigen gesellschaftlichen Ereignis, dem wir, abgesehen von unserer Hochzeit, beiwohnten. Die Kordhosen stellten eine eindeutige Verbesserung dar gegenüber den Kavalleriehosen, die er bei vorangegangenen Begegnungen getragen hatte. In dieser Nacht zog er sie aus, bevor wir zum erstenmal miteinander ins Bett gingen. Als ich um halb sechs am nächsten Morgen wieder aufstand und mit einem Taxi zurück in meine Bude in Kew fuhr, kommentierten das G.s Freunde mit einem «Sie ist ein totales Rätsel». Für sie war ich natürlich bloß ein weiteres Mädchen, das auf G.s Annonce geantwortet hatte. Aber nach dieser Nacht traf er sich mit keinen anderen Mädchen mehr, und am folgenden Tag, der zufällig auf meinen fünfundzwanzigsten Geburtstag fiel, trennte ich mich von meiner einzigen anderen Liebschaft, denn ich hatte mich nun mit Leib und Seele dem Inseljahr verschrieben.

«Da ist einer», zischte ich, eine Hand auf G.s Schulter. Bloß eine vage Bewegung im Gebüsch. G. erhob sich leise, machte einen Schritt nach vorn und erlegte den Vogel mit einem sauberen Schuß. Ich galoppierte in die Büsche, um ihn zu holen, und noch bevor ich wieder auftauchte, knallte es zum zweitenmal, und eine kleine Taube stürzte vom hohen Ast eines Wongai-Baumes. Ich war ganz aufgeregt und wiederholte ständig:

«Das ist wunderbar; zwei Patronen, zwei Vögel!»

Auf dem Rückweg über Long Beach rupfte ich die kleine Taube während des Gehens, da G. mir erklärt hatte, es wäre einfacher, solange der Vogel noch warm war. Vom Federkleid befreit, sah sie nicht größer als eine Wachtel aus.

Wieder im Camp, setzte ich mich hin, um die dunklen Federn des Buschvogels zu rupfen. Ich hatte das noch nie zuvor gemacht, aber der tote Vogel stellte eine angenehme Abwechslung vom Fisch dar, und die Federn lösten sich leicht. Ich wünschte, es hätte Bananenblätter auf der Insel gegeben, das wäre ein idealer Ersatz für Stanniolfolie gewesen. Ronald hatte uns mit einem uralten, schweren Eisenpott ausgerüstet, der einen einwandfreien Campofen abgab, wenn man ihn über ein gleichmäßiges Feuer stellte und brennende Scheite auf den Deckel türmte. Innen und außen war er vom Rost verkrustet. Ich konnte nicht direkt darin kochen, sondern mußte das Essen auf eine Platte geben. Aber es neigte immer noch dazu, am Boden festzukleben, und so wandte ich einen Trick an, den G. vorgeschlagen hatte, und balancierte die Platte auf drei oder vier flachen Steinchen am Boden des «Ofens». Das funktionierte ausgezeichnet, und ich bereitete den Buschvogel auf diese Weise zu; gelegentlich wendete ich ihn und bedeckte ihn mit den größten Blättern, die ich finden konnte, als er knusprig zu werden begann. Obwohl ich aus der Zähigkeit des Fleisches schloß, daß es sich um eine Großmutterhenne handelte, gab es doch eine verdammt gute Mahlzeit ab; wir nagten alles bis auf die Knochen ab und bissen dazwischen in heißes, frisches Fladenbrot. Die kleine Taube bot ein paar interessante Happen als Horsd'œuvres.

Als Ronald wiederkam, prahlte ich mit G.s Geschick im Umgang mit der Schrotflinte, und es dauerte nicht lang, da besaßen wir ein Luftgewehr und eine 22er. Unglücklicherweise fehlte dem Luftgewehr eine wichtige Schraube für Kimme und Korn, und für die 22er gab es bloß ein halbes Dutzend Patronen, aber da wir nicht die Absicht hatten, das wenige Wildgeflügel der Insel auszurotten, enttäuschten uns diese Handicaps nicht übermäßig. Als jedoch Ronald ausrichtete, daß seine Tochter anfragen ließ, ob der «Markai von Tuin» ihr einen weißen Reiher schießen könnte, da sie die Federn für ein Tanzkostüm benötigte, hätten wir uns doch ein paar Patronen mehr gewünscht. Bei Ebbe thronte jeden Tag ein weißer Reiher auf den Sandhügeln direkt am Meer, aber wenn er sich auf diese Entfernung seitlich abdrehte, was er unweigerlich tat, wenn wir auf ihn zielten, wurde er schmaler als ein Stück Schnur. Später gestanden G. und ich einander, daß wir recht froh waren, ihn nicht erwischt zu haben. Ohne das kleine, elegante Bild da draußen am Rande des leuchtenden Meeres wäre der Tag nicht mehr derselbe gewesen.

Noch vor der Zeit, als Reis und Brot unser Aussehen bemerkenswert veränderte, besuchte Titom ein letztesmal die Insel. Diesmal begleiteten ihn drei weitere Männer. Sie kamen von Norden her angeknattert, gerade als G. und ich uns auf dem Rückweg zum Camp befanden; nackt kletterten wir die zerklüftete Uferlinie des Papageifischfelsens entlang. G.s Gesicht wurde kalt, als er Titom sah, doch er sagte jovial:

«Na, dein Freund ist wieder zurück, Lu.»

In einen Hemdfetzen hatten wir Fisch eingewickelt. Ich kippte ihn in unseren Eimer und band mir den Fetzen um die Lenden, als sich das Boot den Felsen näherte. G. verdeckte mit dem Eimer ein bißchen das Männlein von Tuin-West. Die vier im Boot betrachteten uns in einem langen, allmählich nervtötenden Schweigen. Drei Augenpaare richteten sich auf meine Brüste, der vierte Mann starrte G. an. Einen endlosen Moment lang schien es unmöglich, daß es irgendeine Form der Verständigung zwischen gleichmütigen, schwarzen, untersetzten Männern im Boot und den beiden weißen Vogelscheuchen am Ufer geben könnte. Kein Gesicht zeigte auch nur den Schimmer eines Ausdrucks, nur starrende Augen. Ich machte einen nervösen Schritt nach vorn, mit einem Arm meine Brüste bedeckend, und quetschte ein Hallo heraus.

Es war, als hätte jemand mit den Fingern geschnippt. Titom murmelte eine Begrüßung, und die anderen Männer rückten auf den Sitzen zusammen, um Platz für G. und mich zu machen. Die Flut stieg schnell, und indem sie uns mit dem Boot zu unserer Bucht brachten, ersparten sie es uns, durchs Wasser waten zu müssen.

G. und ich entdeckten überrascht in der Campbucht ein kleines Dingi, kleiner als alle, die wir bis jetzt zu Gesicht bekommen hatten, hochgezogen am Strand liegend. Keine Fußspuren führten von ihm in Richtung Camp. Ich blickte Titom fragend an.

«Mein Vaddah euch borgen dies Dingi», sagte er.

G. und ich konnten diese Neuigkeit kaum glauben. Sobald ihr Boot auf Sand lief, sprangen die Männer heraus und schlenderten hoch zum Camp. G. und ich liefen los, um was zum Anziehen zu finden. Die Männer saßen auf Benzinfässern um den Tisch herum. Ein dicker Mann mit einem schlimm deformierten Bein wie ein verkohlter Eichenstumpf holte eine große Flasche aus einem Sack. Er schwenkte sie zu G.

«Du mögen Moselle?» fragte er.

«Und ob! Heh, Lu, hol' ein paar Tassen.»

Der große Mann schenkte ein. Ich wurde in die Runde nicht eingeschlossen. G. nahm einen kräftigen Schluck.

«Danke», sagte er, «das ist großartig. Hast du nichts, Lu? Hier, nimm was von mir.»

Er reichte mir die Tasse.

«Sie trinken Moselle?» Alle schienen überrascht.

«Oh, sie liebt ein kleines Tröpfchen, nicht wahr, Lu? Nur zu, nimm einen Schluck.»

Ich trank und gab die Tasse zurück. Der kleine, grauhaarige Mann, der G. angestarrt hatte, trank seine Tasse auf einen Zug leer und augenblicklich breitete sich ein Grinsen auf seinem Gesicht aus, das sich den ganzen Nachmittag dort hielt. Titom trank keinen Wein und bat um Tee. Ubia war der vierte. Er war so still wie immer, doch nach zwei Tassen Moselle sagte er zu mir so leise, daß ihn sonst niemand hören konnte:
«Wir traurig sein, wenn dich anschaun. Du dünn, als ob krank.» Lange zeigte sich ein Ausdruck von Besorgnis und Ratlosigkeit auf seinem Gesicht, während er blindlings in Richtung des Holzstoßes starrte.
«Was habt ihr beiden da zu flüstern?» sagte G., mittlerweile recht fröhlich. Er reichte mir erneut die Tasse, und als wir uns zulächelten, wandte er sich an die anderen und sagte:
«Sie ist gar nicht übel, das alte Mädchen, versteht ihr. Seht ihr das ganze Holz dort? Hat Old Lulu alles selber gemacht. Ihr solltet sie mit einer Axt umgehen sehn. Sie ist in Ordnung. Und ihr solltet sie beim Fischen sehn, ein wundervolles kleines altes Mädchen . . .» und er begann mir direkt ins Gesicht ein Lied zu singen, das wir beide kannten.
So reizend das auch sein mochte, ich hatte das Gefühl, daß dies nicht ganz der richtige Augenblick für persönliche Loblieder war. Ich beschäftigte mich mit der Zubereitung von Titoms Tee. Als ich an den Tisch zurückkam, knieten G. und Titom im Sand und machten sich fertig für einen Wettkampf im Armdrücken. In diesem Moment wurde mir klar, wie ungemein ironisch diese Erfindung der Natur namens Romanze sein konnte. Als ich die zitternde Entschlossenheit, unter der sich jede Sehne spannte, in G.s geschwächtem Körper und das starre Lächeln auf seinem Gesicht bemerkte, da stieg jedes bißchen Willenskraft wie ein Gebet aus meinem Herzen auf, und obwohl ich hinter den Insulanern stand und mit ihnen lächelte, stählte dieser Wille seinen Arm wie einen Schraubstock. Titom war jung, in meinem Alter; er war in Form, hatte glatte Muskeln und den Körper eines Tauchers. G. war doppelt so alt wie er und erholte sich gerade erst von einigen Hungermonaten. Hinter ihm lagen Jahre, in denen er zuviel getrunken und geraucht hatte, doch noch weiter zurück lag das harte Training des Fallschirmjägerregiments; aber all diese kriegerischen, physischen Elemente wurden von dem verzweifelten Stolz eines Mannes übertroffen. Das war es, was endlich — endlich —, lange nachdem das Lächeln gebannter Kon-

zentration gewichen war, Titoms Arm krachend auf den Tisch niederbrachte.
Alle Spannung löste sich innerhalb von Sekunden auf. Falls Titom bekümmert war, so machte er sich davon frei, indem er in übertriebener Erschöpfung über den Tisch rollte und sich dabei ausgiebig den Nabel kratzte, genau so wie die kleine Alice es getan hätte. Der dicke Mann grinste und schlug G. so kräftig auf den Rücken, daß dieser beinahe an seinem Wein erstickt wäre. Ubia lächelte sanft. Der kleine, alte, grinsende Hosia erhob sich und schlug lautlos seine Handflächen über dem Kopf zusammen, wie ein spanischer Tänzer in einem Stummfilm.
Später am Abend, als die Jungs verschwunden waren, die Wirkung des Weines nachließ und G.s Stimme heiser war von dem Ein-Mann-Konzert, das er ungefähr vier Stunden lang für mich aufgeführt hatte, erzählte ich ihm, wie stolz ich auf ihn sei, daß er den Wettkampf gewonnen hatte.
«'türlich hab' ich gewonnen. So 'n junges Kerlchen hat doch kein Gramm anständige Muskeln dran.»
Langes Schweigen. Dann sagte er:
«Aber ich bin froh, daß es dieser verdammt dicke Bursche nicht auch versuchen wollte.»
Und er keckerte und schmunzelte vor sich hin.

Am Morgen dann der aufregende Versuch, zum erstenmal mit dem Dingi in See zu stechen. In meinen Mädchenjahren hatte ich mir angewöhnt, wichtigen Besitztümern, die mir viel bedeuteten, Namen zu geben; sehr jung noch war ich durch Europa gereist, in Begleitung von Beverly, Amelia und Harold — Rucksack, Schlafsack und Wasserflasche. Nun taufte ich automatisch unsere wertvolle neue Hilfe für das Tuin-Leben auf den Namen Isobel. Sie war elf Fuß lang, mit flachen Rändern, und ihr Aluminiumboden war mit schwarzem Zeug gesprenkelt, mit dem man die Löcher zugestopft hatte. Sie besaß keinen Spundzapfen der üblichen Sorte, doch die Insulaner hatten aufmerksamerweise einen weichen Stock durch das Loch am Heck gesteckt, wo er hingehört hätte. Wir beschlossen, unseren langgehegten Ehrgeiz zu verwirklichen und zu dem winzigen Felseninselchen vor Tuin zu fahren, um dort zu fischen. Mit weitläufig aufragenden Felsen auf der einen Seite und einem dazwischen verlaufenden tiefen Kanal schien es ein ausgezeichneter Fangplatz zu sein.

Das Wetter zeigte erneut Anzeichen einer Veränderung. Nun gab es, launisch eingestreut zwischen glühendheißen Tagen, ganze Vor- oder Nachmittage, die ziemlich bewölkt und kühl waren, da der Wind drehte und die Palmen auf dieser Seite der Insel zauste. Wir stellten fest, daß die Angelei von den Felsen der Flachküste kaum was einbrachte, wenn der Sand von Wasserturbulenzen aufgerührt wurde. Im tieferen Wasser mußte es besser sein. Aufgeregt trafen G. und ich unsere Vorbereitungen für den Trip. Während er unter Verwendung des unnützen Motorblockes von Ronnies 28er einen Anker bastelte, machte ich mich auf die Jagd nach brauchbaren Paddeln. Zwei Spaten wären ideal gewesen, aber da wir keine zwei Spaten besaßen, mußte einer von uns ein sperriges Stück Holz benützen. Den Speer nahmen wir als Stange zum Staken mit. Über die Felsen zu kommen, schien nicht schwierig zu sein, da die Flut hoch stand und das Wetter ruhig war. Womit wir nicht gerechnet hatten, waren die tückischen Strömungen der Straße.
Die erste erwischte uns auf halbem Wege zwischen dem Ende unserer Landzunge und unserem Ziel, dem kleinen Felseninselchen. Wir hatten ruhig gepaddelt, eingelullt von dem herrlichen Gefühl, auf blitzendem Meer unter sonnigem Himmel zu treiben. Wir kamen still und gleichmäßig voran, legten kaum Kraft in unsere Ruderbewegungen mit Spaten und Holz, und im nächsten Augenblick begann Isobel ohne jede Vorwarnung ausgesprochen hysterisch überzuholen und zu kreiseln.
«Was zum Teufel machst du, Lu?»
Wie jeder Mann, den ich bis jetzt in einem Boot erlebt hatte, war G. dem Kapitän-Syndrom zum Opfer gefallen. Was immer auch passierte, es war ein Fehler der unfähigen Crew, die in regelmäßigen Abständen angeknurrt werden mußte, damit sie auf Posten blieb. Aber Isobels plötzlicher Charakterwandel hatte mit uns beiden nichts zu tun.
Hätte ich zu der Zeit das gewußt, was ich nun weiß, ich glaube nicht, daß wir je den Versuch gemacht hätten, die relative Sicherheit der Camp Bay in einem Boot zu verlassen, egal ob mit Segel oder Maschinenkraft. Die Strömungen und Wirbel der Torres-Straße sind berüchtigt. Zusammen mit den schicksalsträchtigen Korallenriffen sind sie die Ursache für unzählige Wracks. Die Wasser des Prince-of-Wales-Kanals, so heißt es, bilden die stärksten Strömungen jeder eingezeichneten Route der ganzen Welt; und dieser Kanal war keine fünfzig Meilen

von uns entfernt. Wäre das Wasser nicht noch flach genug gewesen, um mit dem langen Bambusspeer den Grund zu erreichen, dann wären G. und ich hilflos in die Weite der Arafura-See abgetrieben worden. Später erfuhren wir, daß oft genug Insulaner mit Maschinenschaden auf diese Weise ihr Leben verlieren.

Mit Speer und Spaten kämpften wir verzweifelt gegen den zerrenden Sog der Unterwasserströmung und schafften es, uns aus der stärksten Strömung herauszuarbeiten. Dabei stellten wir fest, daß wir dem Felseninselchen näher waren als unserem Heimatstrand; anstatt die üble Stelle erneut in Angriff zu nehmen, riskierten wir es, weiterzufahren. Bei Ebbe hatten wir von Land aus gesehen, daß es bis zum Inselchen keine weiteren Kanäle gab. Falls notwendig, konnten wir mit der Heimfahrt so lange warten, bis das Wasser tief genug gefallen war und dann die ganze Strecke staken.

Sowohl G. als auch ich waren von unserem Erlebnis mehr aufgekratzt als erschrocken. Wir hatten eine Flasche mit Frischwasser im Boot und Angelleinen. Wir wußten, wäre es zum Schlimmsten gekommen, wir hätten gut und gern einige Tage überleben können. Allerdings waren wir erleichtert, das nicht auch unter Beweis stellen zu müssen; wer weiß, wie es geendet hätte.

Von dem Inselchen aus ließ sich so gut fischen, wie wir es uns erhofft hatten. Während G., der im Werfen wesentlich besser war als ich, von dem winzigen Strand mit Blick auf Tukupai Island aus angelte, kletterte ich auf einen hohen Vorsprung hinauf, der über den Kanal ragte, und ließ einen verlockenden Köder mit frischen Schnecken ins tiefe Wasser baumeln. Gleichzeitig stießen wir ein Triumphgeheul aus. Er fing nacheinander zwei Papageifische und einen Korallendorsch und ich den größten Blaufisch, den wir bis jetzt gesehen hatten. Danach tauften wir das Inselchen Blaufischfelsen. Doch während wir angelten, bekam der Tag eine ganz andere Färbung. Fetzen lokkerer, grauer Wolken verdeckten die Sonne, und die Hitze verschwand so schnell wie in der Wüste, wenn die Nacht hereinbricht. Innerhalb weniger Minuten war G. und mir schrecklich kalt. Ich kletterte von meinem Felsen runter und gesellte mich zu G. an seinen taschentuchgroßen Strand. Als einzige Kleidungsstücke hatten wir lediglich ein halbes Hemd und einen fadenscheinigen Sari-Streifen dabei. G. band seine Hemdzipfel über der Brust zusammen wie Brigitte Bardot. Ich wickelte den orangefarbenen Sari als Turban um meinen Kopf, weil es mich dort am meisten zu frieren schien. Als es zu regnen begann, jaulte ich wie eine siamesische Katze los. G. wurde fürchterlich militärisch. «Rechts um, Männer. In Reihe. Brust raus. Eins zwo drei vier . . .» Er jagte uns durch eine Anzahl körperliche Verrenkungen, die er 1952 in der Kälte Koreas gelernt hatte. Danach war uns etwas wohler zumute, aber vor dem Regen gab es keinen Schutz. Meine Blicke kehrten immer wieder zu der Köderbüchse zurück, die zu den Behältern gehörte, in denen uns die Krankenschwestern Wasser gebracht hatten. Einst hatte sie gemahlenen Kaffee enthalten. Kaffee jeglicher Art war zusammen mit Winteräpfeln der einzige eßbare Luxus, den ich mir gelegentlich von der Zivilisation ersehnte. Wie gern hätte ich in diesem Augenblick meine Hände um eine Tasse dampfenden Kaffees gelegt. Wieder auf Tuin, würde es auch eine Tasse Tee tun, aber wie sollten wir jetzt rüberkommen?

Mit dem Regen kamen heftige Windböen. Die Wellen zwischen dem Blaufischfelsen und Camp Bay würden jetzt glatt über die Seiten von Klein-Isobel spülen, und es bestand nicht die geringste Aussicht, diesen gefährlichen Kanal sicher zu durchqueren. Wir konnten nichts weiter tun, als die Zeit mit gelegentlichen Gymnastikeinlagen totzuschlagen, auf die eine Ruhepause folgte, bis unsere Glieder wieder zu erstarren begannen. Der Regen hielt nicht lange an, aber der Wind frischte weiter auf, und nirgendwo war ein Loch in der Wolkendecke zu sehen. Das Kältegefühl war so fremdartig, daß es mir fast Angst einjagte. Der Tag zog sich hin, und die verdammte Flut ging nicht merklich zurück. Uns war kalt, mit zunehmendem Hunger schwand unser Mut. Als ich vorschlug, während der Pausen zwischen den Übungen «Botticelli» zu spielen, sagte G.:

«Oh, Lu, kannst du nicht mal einfach stillsitzen und dich elend fühlen wie ich?»

Ab und zu schaute einer von uns nach Isobel, um zu sehen, wie weit das Wasser gefallen war. Aber es reichte nie, um einen aussichtsreichen Fluchtversuch zu starten. Das nächste Problem würde die Dunkelheit sein. Eine weitere, unmeßbare Zeitspanne verstrich. Wir konnten nicht mal erkennen, wo sich die Sonne befand, so dicht waren die Wolken, aber wir wußten, daß es langsam spät wurde. Der Gedanke, die Nacht hier auf diesem Felsen verbringen zu müssen, war reichlich deprimierend. Wir tauschten einen Blick und brauchten nichts weiter zu sagen. Von allem anderen abgesehen wollte ich verdammt sein, wenn wir den besten Fisch, den wir je gefangen hatten, roh verspeisten.

Allein Isobel ins Wasser zu schieben, war schon eine knifflige Angelegenheit. Dichte, hohe Felsansammlungen umlagerten die Einfahrt zur Miniaturbucht des Blaufischfelsens, und die Wellen gaben sich Mühe, das Dingi dorthin zu schleudern. Zweimal warf mich das Wasser um, als ich das Boot festzuhalten versuchte, während G. den Bug in Richtung des besten Kanals zwischen den Felsen hindurch zu drehen suchte.

«Okay, Lu, gib ihr einen verdammt kräftigen Schubs und spring rein.»

Den ersten Teil dieser Operation brachte ich erfolgreich hinter mich, beim zweiten versagte ich kläglich. Einen Augenblick lang konnte sich G. nicht um den Bug kümmern, während er mich am Heck an Bord zerrte; ich verfluchte die Tatsache, daß ich überhaupt noch Brüste besaß.

Kaum hatten wir vom Blaufischfelsen abgelegt, da erwischte uns eine starke Strömung, in der Spaten, Holz und Speer wie Streichhölzer wirkten. Schnell trieben wir in Richtung Wia Island.

«Na, wenigstens können wir dort Krokodile streicheln», sagte ich. Auf Wia gab es einen Sumpf, der von Krokodilen nur so wimmeln sollte.

«Lu», mahnte G. streng, «jetzt ist nicht der richtige Zeitpunkt für Witze.»

Dann fing es wieder an zu regnen. Kalter, grauer, unschöner Regen in kalter, grauer, unschöner See.

«Scheiße», sagte G., «ich muß pissen.»

Der Seegang war viel zu rauh, als daß er hätte aufrecht stehen können, also gab ich ihm die Köderbüchse. Typisch: Anstatt tapfere Abenteuergedanken zu denken, während die Wogen uns herumwarfen und die Strömung uns weiter und weiter von Tuin abtrieb und der Regen aufs Boot trommelte und G. in die Blechbüchse pinkelte, begannen wir beide zu lachen.

«Das», sagte G. und umfing die ganze Absurdität der Situation mit einer weitschweifigen Geste, «ist die Geschichte meines Lebens.»

Eine Weile schwiegen wir hilflos. Als die Strömung uns an einem Punkt dem Papageifischfelsen entgegenzutreiben schien,

versuchten wir es wieder mit Spaten und Holz, richteten aber mit unseren schwächlichen Bemühungen nicht das geringste aus. Dann, vom Regengeräusch fast verdeckt, glaubte ich einen Motor zu hören.
Ich irrte mich nicht. Erneut erschienen die Insulaner zu unserer Rettung. Monate waren dahingegangen, ohne daß eine einzige Seele vorbeigekommen wäre, und nun, wo wir so dringend Hilfe nötig hatten, brummte ein Boot voll mit gewaltigen Gestalten durch den Regen auf uns zu. Wir glaubten drei gigantische Männer vor uns zu haben, doch in Wirklichkeit bestand die Figur in der Mitte aus drei Kindern, in ein Tuch gewickelt. Schweigend reichten uns die Fischer über Isobels Bug hinweg ein Seil, und G. band es fest. Langsam, um unser Dingi nicht zu überschwemmen, in dem bereits das Wasser herumschwappte, brachten uns die unbekannten Insulaner zurück nach Tuin. Sie wußten, wohin wir gehörten. Als der Steuermann, nachdem er uns sicher ans Ufer befördert hatte, sein Boot wieder drehte, warf er uns ein paar fette Meeräschen zu. Als Gegenleistung und kleine Dankesgeste warf ich ihm meinen Blaufisch zu.

Bevor Isobel vornehm wurde und sich ein Paar fast passender Ruder zulegte, benutzten wir sie mit großer Vorsicht und lediglich an windstillen, heißen Tagen. Gelegentlich schaukelten wir mit ihr behutsam hinaus zu den tiefen Stellen, die George, unser automatischer Fischer, nun nicht mehr erreichen konnte, da ihn ein Hai entführt hatte. Oder wir stakten uns sacht in die friedvollen grünen Gewässer der Krokodilbucht, wo wir Krabben und Rochen jagten. G. sehnte den Tag herbei, wo sie vielleicht einen Motor bekommen würde.
Wir fragten uns, ob die Sturmbö, die uns auf dem Blaufischfelsen erwischt hatte, ein Vorläufer des Nordwesters gewesen war, aber Ronald, der in der darauffolgenden Woche rüberkam, versicherte uns, daß dies nichts gewesen war im Vergleich zu den Stürmen, die wir erleben würden, wenn diese Zeit wirklich ihren Anfang nahm. Wir befanden uns am Ende von «Naigai», der ruhigen Zeit, in der sich die Fünfzehn- oder Sechzehn-Fuß-Dingis der Insulaner bis Daru wagen konnten, eine Insel vor der Küste von Papua-Neuguinea, vielleicht sogar bis Neuguinea selbst, so man Verwandte dort hatte. Letzteres kam jedoch selten vor. Wir hörten nur von einer Heirat zwischen einer Papua

und einem Torres-Straßen-Insulaner. Für die Insulaner standen die Kiwais oder Neuguinea-Männer nur eine Stufe über den australischen Eingeborenen, den Aboriginals, die sie verächtlich als «verdammt schwarz Wilde» bezeichneten. Einer der Haupteinwände gegen die Aboriginals war, daß sie «verdammt alles essen; komisch Piiisch, Goanna (Leguane), Schlange, alles, haben keine Benehmen.» Entsetztes Schweigen, als ich mal beiläufig erwähnte, daß manche Weiße Frösche aßen. «Du lügen», lautete das allgemeine Urteil, und ich wurde nachsichtig wie ein mutwilliges Kind getätschelt.

Ronald hatte Philamon mitgebracht, der uns das Boot geliehen und den Dunlite-Generator und das Essen geschickt hatte. Er war mächtig gebaut und offensichtlich einst sehr stark gewesen, aber seine massigen Beine waren nun von einer Art Rheumatismus oder Arthritis gekrümmt. Er war sehr scheu und kicherte anfangs nur, wenn G. oder ich etwas zu ihm sagten. Ronald übersetzte die Fragen in «Lingo», die G. wegen des Generators stellte, aber Philamon konnte in keiner Sprache viel darauf antworten. Nach einer Weile entschied G., daß es sinnlos war, Leuten, denen jedes Wissen, wie eine Maschine funktionierte, fehlte, auch nur die allereinfachsten Fragen zu stellen, und zerlegte automatisch jede zu ihm gebrachte Maschine in alle Einzelteile. So verschwendete er keine Zeit, den einen Schaden zu reparieren, den der Besitzer kannte, bloß um dann anschließend zu entdecken, daß ein halbes Dutzend wesentlich ernsterer Dinge kaputt waren.

Ronald war der schlimmste Übeltäter in dieser Hinsicht. Er sagte mit der Miene eines Mannes, der Bescheid wußte: «Oh, ich haben den selber geschaut. Nur kleine Sach. Muß Gaser sein, denk' ich.» Und damit hob er die Abdeckung eines Motors hoch, bei dem die meisten lebenswichtigen Teile fehlten, und der von Salz und Rost verkrustet war. «Gaser», ein Kosename für Vergaser, war ein Wort, das er auf Thursday Island aufgeschnappt hatte; er verwendete es in jedem Satz, wenn es um das Thema Maschinen ging. Zu meiner gewaltigen Erheiterung war das möglicherweise das einzige Wort der englischen Sprache, das G. erzittern ließ; die übelste Obszönität war durchaus akzeptabel, aber eine Verballhornung des geheiligten Namens eines Maschinenteils — niemals.

Während G. und Ronald den Dunlite-Generator inspizierten, machte ich Philamon eine Tasse Tee. Als ich ihn drängte, sich

mit Milch und Zucker zu bedienen, warf er mir unter seinen Wimpern hervor einen Blick zu:
«Ihr haben viel?»
Ich neckte ihn, indem ich sagte, er wüßte genau, daß wir viel hätten, weil er es uns selbst geschickt hatte, und seine grau werdenden Augenbrauen schossen vor Vergnügen rauf und runter. Als ich mich vorsichtig erkundigte, ob er wegen seiner Beine einen Doktor aufgesucht hätte, schaute er verlegen drein und schob seine großen, knorrigen Zehen in den Sand. Schließlich sagte er:
«Brauchen keine Doktor. Fett von Dugong machen alles okay.»
Er erzählte mir, daß er zwei ganze Krebsfangsaisons lang — über ein Jahr — nicht in der Lage gewesen war, sich aus seinem Haus zu bewegen. Dann hatte seine Frau massenhaft Dugongfett genommen, ihn von Kopf bis Fuß damit eingerieben und es mehrere Tage draufgelassen. Danach hatte er aufstehen und ohne Schmerzen laufen können. Er zeigte auf G.s nicht einwandfrei geheiltes Geschwür und erklärte mir genau, was ich zu tun hatte, falls es wieder schlimm wurde. Um «Schlechtes holen» (das Gift herauszuziehen), mußten die Blätter der Winde gekocht werden, bis sie weich waren, und dann in abgekühltem Zustand mit der Rückseite auf das Geschwür gelegt werden. Um die Kur zu vervollständigen, mußte man von einem Schraubenpalmenblatt den Mittelstiel nehmen und das Ende schaben, bis eine klebrige Flüssigkeit austrat. Das Abgeschabte mußte mit dem Saft verdrückt, auf die Wunde geschmiert und anschließend mit einem Blatt oder einer Bandage abgedeckt werden. Das sollte Heilung innerhalb von drei Tagen bringen. Dauerte es länger, dann waren Kräfte «jenseits von Menschenmacht» am Werk. Er erwähnte eine andere Naturmedizin, das pure Fleisch des Flughundes, gegen «Kurzatmigkeit».
«Ich manchmal kurzatmig», fügte er hinzu, und ein Plan formte sich in meinem Kopf.
Philamons Generator brachte für G. unüberwindbare praktische Probleme mit sich. Er benötigte mehrere Spezialwerkzeuge und Testinstrumente, um ordentliche Arbeit leisten zu können. Der blinde Glaube der Insulaner an seine Fähigkeiten lastete schwer auf ihm, und vor allem wollte er diese Maschine erfolgreich in Angriff nehmen, weil Philamon solch ein vertrauensvoller, sanfter Mensch war. Aber er konnte, wie er vergeblich zu erklären suchte, keine Wunder vollbringen. Als wir wieder al-

lein auf der Insel waren, grübelte G. unentwegt über den gelben Dunlite nach. Nachts lag er wach und überlegte, ging im Kopf sämtliche inneren Mechanismen durch. Verließen wir zu unserem nächtlichen Pinkeln gemeinsam das Zelt, so sinnierte er draußen im Mondschein weiter; konnte es sein, daß der Magnet ermüdet war? Fehlte etwas in der großen Kupferdrahtwicklung?

Eines Morgens, als er die Maschine in alle Einzelteile zerlegt hatte und sich unglücklich am Kopf kratzte, schlug ich vor, daß wir versuchen sollten, einen Flughund zu erlegen. Es war ein schrecklich heißer Tag, aber es würde sich in Grenzen halten, wenn wir mit Isobel herumfuhren und von hinten durch die Krokodilbucht wateten. Wir nahmen die 22er und stakten durch das stille, klare Wasser, abwechselnd den Speer wie ein Gondoliere benutzend. Zu dieser Tageszeit verhielten sich die Hunde ruhig, zweifellos ermüdet von ihren nächtlichen Expeditionen. Einzeln hingen sie, wie makabre Weihnachtsdekorationen, in den höchsten Ästen der dunkelgrünblättrigen Mangroven. Wir machten Isobel an einer Mangrove fest und wateten vorsichtig zwischen den verwickelten Wurzeln hindurch, bis wir freies Blickfeld durch die Bäume hatten. Mit einem sauberen Schuß durch den Kopf holte G. einen Flughund herunter. Unter seinen Gefährten entstand nur geringe Aufregung, ein leichtes Flattern, dann beruhigten sie sich wieder und schliefen weiter. Er schoß noch einen, der aber mit einem Fuß an einem Zweig hängenblieb. Mit einem zweiten Schuß holte ich ihn herunter, und wir beschlossen, es dabei zu belassen, da es ein recht armseliger Sport war, diese unschuldig schlafenden Kreaturen abzuknallen. Als ich die geschossenen Tierchen einsammeln wollte, bemerkte ich an einem der Körper eine rührende Bewegung. Ich wollte gerade nach einem Stein greifen, um es aus seinem Elend zu erlösen, da entdeckte ich, daß es sich um ein winziges Flughund-Baby handelte, das sich an die Brust seiner toten Mutter klammerte. Falls möglich, war G. noch entsetzter über seinen Irrtum als ich. Schnell tötete er das Baby, das ansonsten bloß qualvoll langsam gestorben wäre. Es war merkwürdig, wie sehr wir beide uns, ansonsten ungerührt von den Todeskämpfen von Fisch und Vogel, von den Flughunden bewegen ließen.

Wir brachten sie zurück ins Camp, wo ich sie unabsichtlich, in einer traurigen Parodie des Lebens, in den Eine-Pflaume-pro-Tag hängte. Später am Tag erschienen Ronald und seine Kinderschar, und ich bat ihn, Philamon was von den Flughunden mitzubringen, gegen seine Kurzatmigkeit. Ich dachte, die Kinder würden gern das Baby sehen. Sie liebten es geradezu. Alice breitete die winzigen Flügel aus und sauste damit herum und gab Flugzeuggeräusche von sich. Victor versuchte es roh zu essen, Kopf zuerst, und als er es nicht nach seinem Geschmack fand, gab er es Alice zurück, die es kurzerhand ins Feuer warf. Ronald erhob Einwände und erklärte uns, daß er ihr beizubringen versuchte, daß dies nicht die richtige Art der Zubereitung wäre. Zuerst mußte es gekocht und dann gehäutet und gebakken werden. In unseren Hungerzeiten hätten G. und ich das nur zu gern ausprobiert, aber nun bestand keine Notwendigkeit dafür, und außerdem wirkten die Gesichter der Flughunde erschreckend menschlich.

Wann immer es ein paar Stunden lang kühl war, baute G. an der Hütte weiter; er legte eine dünne Haut rostiger Bleche über das Gerüst aus Balken und Sparren und nagelte sie schnell fest, bevor der Wind sie forttragen konnte. Ich stand ständig bereit, um ihm zu helfen, aber er hatte deutlich gemacht, daß er es vorzog, die Schufterei mit den Blechen und das Annageln persönlich zu besorgen. Er war überzeugt davon, daß ich mich an einem vom Wind geschüttelten, groben Blechrand schneiden würde, und natürlich passierte genau das; das einzige Mal, als er oben auf den Balken stand und ein Blech unkontrolliert wegrutschte, befand ich mich zufällig am falschen Platz, und es riß mir im Fallen eine tiefe Schnittwunde in den Knöchel. Während ich die Wunde versorgte, entdeckte ich eine weitere Verwendungsmöglichkeit für all die Heftpflaster, die uns die Krankenschwestern dagelassen hatten. In jedem Blech gab es Dutzende von Löchern, manche waren sogar so altersschwach, daß fast die ganzen Rinnen, wo das Wasser während der vergangenen Regenzeit gestanden haben mußte, aufgebrochen waren. Einen ganzen Tag lang verpflasterte ich sie sorgfältig.
Als die «Nicht Mehrs» zurückkehrten, war die Schutzhütte bereit für das Palmdach, aber zuvor tauchte plötzlich von unerwarteter Seite eine wasserdichte Abdeckung auf. Der Häuptling von Badu hatte sich über G.s Reparatur seines kleinen Kawasaki-Generators so gefreut, daß er sofort wieder seine Söhne mit einer sechs Fuß breiten Rolle Polyäthylen zurückschickte, die haargenau über die Dachbleche paßte und mein Flickwerk et-

was überflüssig erscheinen ließ. Ich schloß daraus, daß die Fortschritte von «Deral» und «Tuinlady» reichlich Unterhaltungsstoff auf Badu lieferten.
Ronnie hatte bei seinem Krebsfang gut abgeschnitten und war getreu seinem Versprechen für uns im Laden von Badu gewesen. Er brachte Mehl, Trockenmilch, eine Flasche Himbeerlikör und eine Büchse Marmelade. Außerdem hatte er zu G.s Entzükken einen brandneuen Satz Zündkerzen erwischt und einen weniger zernagten Keilriemen als den an seinem 28er. Enid hatte den Eimer diesmal nicht dabei. Statt dessen trug sie einen Reisebeutel voll mit Ersatzhöschen für Sarls, der keines länger als fünf Minuten anhatte. Auf ihrem Kopf balancierte sie eines ihrer köstlichen, eimerdeckelgroßen Fladenbrote, das wir verputzten, während wir den neuesten Nachrichten lauschten.
«Ich vermissen euch», sagte Ronnie mit gewinnender Ehrlichkeit. «Ich sagen Enid nächst Mal wir machen neues 'aus auf Tuin, wir machen Nachbarn mit Lucy un' Deral.»
Ich bemerkte, daß eine Seite von Ronnies Unterlippe geschwollen war, und fragte, ob er einen Unfall gehabt hätte. Er erzählte uns eine beunruhigende, traurige Geschichte. Anscheinend hatte er «klein bißchen Kampf» gehabt, während er auf Thursday Island war. Weil die Regierung Alkohol auf den äußeren Inseln verboten hatte, ging die allgemeine Tendenz dahin, sich vollaufen zu lassen, wann immer ein Fischer die Chance hatte, Thursday Island zu besuchen. Kein Wunder, daß Titoms Freunde froh gewesen waren, ihren illegalen Wein auf Tuin trinken zu können. Ronnie war mit einem Ex-Baduleega in einer Bar gewesen. Sie hatten sich fast einen ganzen Karton «Stubbies» geteilt. Aus irgendeinem Grund hatte Ronnie angefangen, von seinen Freunden auf Tuin zu reden. Sein Begleiter hatte sich hämisch und verächtlich geäußert, so ungefähr in der Richtung, wenn wir Weiße seien, dann taugten wir auch nichts. Verwirrt und wütend hatte Ronnie ihn zu Boden geschlagen — «ich ihm klein Klaps geben, und er legt sich hin» —, worauf dessen Freunde sich auf ihn stürzten. Ronnie erzählte uns das mit gefurchten Brauen und einer Mischung von Verwirrung und Aufrichtigkeit in seinem Ton. Plötzlich schaute er auf.
«Ihr haben schwarz Kerl in Englan'?»
«Mein Doktor», sagte G., «war ein Schwarzer.»
Das Gespräch verlor seinen Ernst, als Ronnie fröhlich grinste über das, was er für eine höfliche Lüge hielt.

«Du Nummer-eins-Kerl», sagte er, «un' du Meesus. Essen Inselfraß, machen Maschine ganz. Wir bald machen Dach.»
Der Trip, um die Palmwedel für das Dach zu holen, zählt zu jenen zauberhaften Erlebnissen, die mir immer im Gedächtnis bleiben werden; das Schwappen des durchsichtigen Wassers, als Ronnie die beiden Dingis zu einer Öffnung in den Mangroven brachte, die bis zur Kokosnuß-Straße führte; der stille Anblick von Enid, die geduldig im Boot saß und Sarls mit einem gewaltigen schwarzen Schirm vor der Sonne schützte, ein Monument majestätischer Mütterlichkeit; Ronnies glänzender Rücken und sein konzentrierter Gesichtsausdruck, als er mit seinem Beil die besten Wedel für uns abschlug. G. und ich zerrten sie zu großen, grünen Haufen zusammen, und dann trugen wir sie, Ronnies Beispiel folgend, auf dem Kopf bis zu dem dunklen Tunnel des Mangrovenpfades. Hier teilten wir uns zu einer Drei-Mann-Kette. Ich stand draußen und reichte vier oder fünf Wedel in schweren Bündeln weiter an G., der sie dann Ronnie übergab, der sie schließlich in den Dingis verstaute. Die langen, grünen Wedel wuchsen um Enid herum in die Höhe, bis nur noch der schwarze Schirm und ein Stückchen von ihrem Gesicht zu sehen waren. Isobel war so vollgestapelt, daß ich mich obendrauf legen mußte, um die Wedel festzuhalten. Den ganzen Weg zur Campbucht zurück lag ich mit dem Rücken im raschelnden Grün und genoß den blauen Himmel, die grünen Blätter und die heiße Sonne. Dann machten wir das Dach der Hütte fertig.
G., der am besten wußte, auf welche Balken man sich unter der gebrechlichen Blechabdeckung stellen konnte, rollte zuerst das Polyäthylen des Häuptlings aus und zog dann gleichmäßig das Palmdach hoch, wobei Ronnie ihm die Wedel von unten reichte und Enid und ich sie von den Booten zu Ronnie brachten. Obenauf kamen in Gitterform die zehn großen Bambusstangen, zusammengehalten von dem Draht, den Ronnie nicht vergessen hatte. Am Ende des Tages schwankte G. vor Hitze und Müdigkeit, aber er war stolz und glücklich über die geleistete Arbeit. In der Schutzhütte mußte jetzt nur noch der Platz vorbereitet werden, wo das Zelt aufgebaut werden sollte. Aber Ronnie war fest entschlossen, uns ein Küchenabteil im Stil der Insulaner-Häuser zu bauen, ein Stück entfernt vom Hauptgebäude. Das schien sehr vernünftig angesichts der Tatsache, daß ein Schornstein durch Bleche, Polyäthylen und Blätter hindurch nicht

leicht zu bewerkstelligen sein würde. Außerdem hatte ich mich so daran gewöhnt, im Freien zu kochen, daß ich den Einfall dankbar begrüßte.

Nach einigen Tagen kam die Familie wieder und brachte noch mehr Essen mit; während G. Verbesserungen am 28er vornahm, baute Ronnie meine Küchenecke. Nur ein Windschutz auf drei Seiten, ganz simpel, und ein halb gedecktes Dach, um das Feuer vor dem Regen zu schützen. Enid schlich mit dem Speer herum und spießte Meeräsche oder Tintenfisch auf, unsere Mahlzeit zusammen mit Brot und Reis, den ich kochte; ich war abwechselnd damit beschäftigt, einen süßen Reispudding für Sarls zu ersinnen, den 28er festzuhalten, während G. die Kompression testete, und Ronnie Nägel zu reichen, damit er auf dem Blechdach weiterhämmern konnte. Als die Sonne zu sinken begann, brachen sie auf; beim Ablegen vom Ufer riefen sie vielmals: «Yahvoh!» das Insulaner-Wort sowohl zur Begrüßung als auch zum Abschied. Dann kam die Zeit, wo Ronnie wieder zum Krebsfang aufbrach und wir sie eine Weile nicht mehr sahen.

Wir stellten fest, daß Ronald uns nicht besuchte, wenn die «Nicht Mehrs» da waren – später entdeckten wir, daß ihr richtiger Name Nomoa lautete, aber «No More», «Nicht Mehr» hielt sich hartnäckig. Da er uns als erster «entdeckt» hatte, stellte er Besitzansprüche und wollte unsere Aufmerksamkeit für sich allein haben, wenn er vorbeischaute. Obwohl er, mit Ausnahme von Titom, den Kontakt der Insulaner mit uns erst hergestellt hatte, hielt er sich in ihrer Gegenwart zurück oder wartete ab, bis er uns wieder allein wußte. Auf seine Weise war Ronald recht eingebildet und schaute verächtlich auf seine Insulaner-Genossen herunter, die nie auf Thursday Island gewesen waren oder nie was von einem Gaser gehört hatten. Er war unendlich stolz darauf, eine erwachsene Tochter unten im Süden auf der Schule zu haben, die lesen und schreiben konnte, «gleich wie weißes Mädchen». Während ihrer Ferien brachte er sie mit, ein hübsches, gesprächiges Mädchen, abgemagert, um den Schönheitsmaßstäben einer Kultur zu entsprechen, die nicht die ihre war. Sie war ein begeisterter Fußballfan und erzählte mir, daß sie hier am meisten die Fußballspiele im Fernsehen vermißte. Entzückt schrieb sie «Dalglish» und «Liverpool» in den Sand und sagte, sie hätte diese geheiligten Worte in alle Palmen in der Nähe des Hauses ihres Vaters auf Badu geschnitzt. Sie beschrieb das Leben auf Badu als «öd und langwei-

lig»; deutlich erkennbar sehnte sie sich danach, zwischen den strahlenden Lichtern unten im Süden zu leben.
Anhand der widersprüchlichen Informationsschnipsel, die wir von unseren Besuchern sammelten, konnten wir nur schwer abschätzen, wie weit der westliche Einfluß bei den Insulanern reichte. Einerseits schienen sie recht modern mit Besitztümern wie Außenbordmotoren und Kinderwagen, aber es existierte auch eine andere Seite, von der wir nur gelegentlich einen Blick erhaschten; diese Seite glaubte trotz der Arbeit der Missionare immer noch an die alten Lehren der Vor-Zeit, und darin existierte die Welt des weißen Mannes auf einer anderen Ebene, mysteriös und unerreichbar.
Eine der Schönheiten des Tuinlebens bestand darin, daß wir ausschließlich — mit Ausnahme jener Momente, in denen ein Mensch der «dritten Welt» die Segnungen des Fortschritts mit uns teilte — von den Gesetzen des Überlebens regiert wurden. Organisation und Verwaltung lagen in den Händen von Sonne und Gezeiten. Weil das lebenswichtige Wasser fehlte, wäre es ohne die Hilfe anderer Menschen mit dem Leben auf Tuin vielleicht zu Ende gegangen, aber als im Lauf der Zeit die Wohltäter aus der dritten Welt uns immer enger an ihre eigene Einflußsphäre fesselten, wurde deutlich, daß das Leben in der Form, in der es bestanden hatte — die Dimension der «vierten Welt» auf Tuin —, unter dem Druck des Fortschritts sterben würde, wenn nicht etwas unternommen wurde, um es am Leben zu halten. Und zumindest fünfzig Prozent der Bevölkerung von Tuin waren dafür, sich die Unabhängigkeit zu bewahren.

Tagebuch

Ich weiß nicht, was mit mir geschieht. Während der letzten Wochen habe ich mich mit solcher Schnelligkeit innerlich und äußerlich verändert, daß ich mein wahres Ich nicht mehr erkenne, an das ich mich klammern könnte. Es ist, als würde sich der Kern, der mein Innerstes während der mageren Tage der Isolation zusammengehalten hat, unter dem Druck der Fülle auflösen. Ich kann nicht aufhören zu essen, und doch löst der mit klebrigem Reis gefüllte Mund keine Freude mehr aus, genauso wie die Bataillone weißer, pappiger Brötchen, die ich zu endlosen Tassen Tee backe, die ich für die mit ihren

Maschinen ankommenden Insulaner zubereite. Wir haben massenhaft Vorräte, und die Nahrungsmengen scheinen plötzlich meinen Körper nicht mehr auf gesunde Weise aufzubauen. Arme und Beine sind schwer geworden von einer Schicht muskellosen Fleisches, und Brust und Rücken, zuvor glatt und rein, sind nun von Pickeln übersät. Mein Energieniveau ist tiefer gesunken, als es je während der mageren Zeiten der Fall war. Ich fühle mich plump, nicht in Form, und eine seltsame Angst beschleicht mich.

Zum Glück merkt G. von alldem nichts. Er blüht auf unter den vielen Kohlehydraten und genießt immer noch seine Zigaretten. Meine Bewunderung für sein Geschick im Umgang mit Maschinen wächst täglich. Das Camp ist nun mit rostigen Haufen übersät; Schwungräder mit abgebrochenen Zähnen, Stücke von verbeulten Motorabdeckungen, abgelegte Propeller, Maschinen ohne Wellen, Wellen ohne Maschinen. Und aus diesem abgewrackten Wirrwarr schafft G. es, Dinge zusammenzubauen, die tatsächlich funktionieren. Aus dem Karton der Schachteln, in denen die Insulaner häufig die Überbleibsel nicht zusammenpassender Maschinenteile angeschleppt bringen, fertigt er Dichtungen. Nie gibt er auf, so lange auch nur der Hauch einer Chance besteht, neues Leben aus einer anscheinend hoffnungslos kaputten Maschine herauszukitzeln.

Immer wieder sagt er, wie gern er mich in Campnähe hat, er mag meine Gesellschaft. Vor allem wenn die Insulaner kommen, möchte er mich bei sich haben. Bin ich nicht da, so erkundigen sie sich unweigerlich nach meinem Verbleib. Kurz bevor die Maschinen gebracht wurden, hat er eine wunderbare Schleuder gebastelt, aber er ist nie damit losgezogen und hat sie benutzt, weil er sich ständig in der Nähe des Strandes aufhält, «für den Fall, daß Leute kommen». Alfie hat nun die Schleuder. Es ist gut zu sehen, wie bei G. Vertrauen und Selbstachtung zurückkehren. Eigentlich hatte ich ihn bloß «down» erlebt. Er hatte noch genügend Schwung in sich, um das Inselprojekt zu verwirklichen, als wir uns kennenlernten, war aber nichtsdestoweniger sehr niedergeschlagen. Nachdem er viel verloren hatte, war das alles, woran er sich klammern konnte. Jetzt aber kann ich den Mann in ihm erkennen, der zu sein er bis jetzt immer nur behauptet hatte. Er hat etwas wiederentdeckt, das ihn fasziniert, das ihn fordert und das ihm als Belohnung nicht nur einen gesicherten Vorrat an Tabak und Reis schenkt, sondern auch noch das befriedigende «Wumm!», das jeder Motor von sich gibt, wenn er schließlich auf die tagelangen Aufmerksamkeiten reagiert. Er ist so vertieft, daß er beinahe vergißt, mich an die Nutzlosigkeit «einer Möse, die nicht vögelt» zu erinnern; beinahe, aber nicht ganz. Nicht ganz. Und da die Geschenke der Insulaner mich in zunehmendem Maße als Jägerin/Sammlerin überflüssig machen, beginne auch ich diese Nutzlosigkeit zu spüren.

Nach einem Vorfall, der sich vor ein paar Tagen ereignete, kochte diese ganze Verwirrung in mir über.

Ronald war da. Frühmorgens war er rübergekommen, und anstatt sich sofort ins Camp zu setzen und sich augenblicklich in ein Gespräch über den letzten Motor, den er gebracht hatte, zu stürzen, verkündete er, daß er ein Stück Boden von Gebüsch befreien und dort Wassermelonen pflanzen würde, sobald der erste große Regen kam. Ich ging mit ihm, begierig zu erfahren, was Ronald für den fruchtbarsten Boden auf Tuin hielt, und half unter seiner Anleitung, das Gebüsch niederzubrennen.

Danach bereitete ich eine Brotzeit für G. und Ronald zu, die sich den restlichen Tag mit Maschinen beschäftigen würden, und beschloß dann, angeln zu gehen. Das Wasser war aufgewühlt, und der Wind wechselte, aber die Sonne stand hoch und warm am Himmel und der Wasserstand war gerade so niedrig, daß ich zum Papageifischfelsen hinauswaten konnte. Ronald sagte, das wäre jetzt bestimmt der beste Platz zum Fischen, und bei Flut würde er mich dann mit seinem Dingi abholen.

Draußen auf dem Felsen, wo ich das häßliche halbe Hemd und die inzwischen zu engen Höschen ausziehen konnte, meine gesamte Bekleidung, um eine längst nicht mehr jungenhafte Figur zu bedecken, empfand ich ein Gefühl der Erleichterung, das Wiederaufblühen der schlichten Zufriedenheit, in der Sonne zu sein. Ich hatte Glück und fing zuerst einen recht passablen Korallendorsch und dann eine wunderschöne gefleckte Korallenforelle, G.s Lieblingsfisch. Den kleinen Papageifisch, der zwischendurch biß, schnitt ich zu Köderbissen. Kurz darauf hörten die Fische zu beißen auf. Bei diesem Gezeitenstand, dem Mond im ersten Viertel und genügend Fischen konnte es dafür nur eine Erklärung geben: Hai. Irgendein großes, altes Monster kreuzte herum und verscheuchte den Rest unseres Abendessens. (Ich wollte Ronald einige der besten Fische für seine Familie mitgeben, deshalb brauchte ich einen umfangreichen, vielfältigen Fang.)

Die Sonne funkelte so grell auf dem Wasser, daß ich meine Leine unter der Oberfläche nicht sehen konnte. Ein heftiger Ruck an der Leine überraschte mich völlig, und ehe ich wußte, was passiert war oder ans Loslassen denken konnte, wurde ich vom Felsen gezerrt; im Fallen verstreute ich die Fische, die ich gefangen hatte. Ein zweiter Ruck riß mir die Leine aus den verbrannten Fingern, und als mein Kopf die Wasseroberfläche wieder durchstieß, sah ich, wie das steile Dreieck einer Flosse wendete und auf mich zugeschossen kam, einen langen, sauberen Pfeil durch das Wasser ziehend.

Der Felsen war schlüpfrig und ich war verschrammt und hustete keuchend, krabbelte aber schneller auf den Sims, als ich es je für möglich gehalten hätte. Ich drehte mich gerade noch rechtzeitig um und bekam so mit, wie der Hai seine schnelle Fahrt mit eleganter Wende wegnahm und meine beiden herrlichen Fische verschlang. Ich war blaß und zitterte; ich hatte Leine, Köder, Fisch und Fassung verloren. Die Flut stieg schnell und ich konnte nicht an Land zurück, ohne daß mich die Strömung fortgetragen hätte. Ich konnte nichts anderes tun als auf Ronald zu warten.

Es dauerte lange, bis er kam; in der Zwischenzeit hatte sich die Sonne hinter Wolken versteckt. Ich saß ruhig da, eine ziemliche Leere in mir, und als ich ihn schließlich in die Camp Bay einbiegen sah, mußte ich mich aufraffen, um zu winken. Als ich erklärte, wie ein Hai meine Angelschnur entführt hatte, gab er mir eine neue und deutete an, daß es unter Wasser auf der Rückseite des Felsens Schnecken gab, die man als Köder verwenden konnte. Er sagte, er würde später wiederkommen, wenn ich was gefangen hätte, und brummte zurück zu G. Ich war wie jede andere Insulanerfrau behandelt worden.

Bis er außer Sicht war, stand ich bewegungslos auf dem Felssims, die brandneue Leine auf ihrer Plastikspule in den Händen. Dann sah ich den vertrauten Schatten träge durch das Wasser gleiten, ein Stück vom Felsen entfernt. Hilflose Wut stieg in rauhem Schluchzen in mir auf, und ich schleuderte jedes verfügbare Wurfgeschoß nach dem Untier, bis kein Stein mehr auf dem Felsen übrig war. Dann schleuderte ich Eimer und Spule hinterher. Mein Mund verkrampfte sich, mein Gesicht drohte in sich zusammenzufallen. Und dann war es plötzlich vorbei mit der Beherrschung und ich stand da und schrie und brüllte. Als die Tränen kamen, würgte ich verstümmelte Wörter heraus und wütend über das sich verdunkelnde Wasser starrend, gab ich mich einem kindischen Anfall von Selbstmitleid hin; ich ächzte und stöhnte und verfluchte mich, G. und die Welt im allgemeinen. In diesem einmaligen «Sich-Gehenlassen» lag schließlich eine wollüstige Erleichterung.

Natürlich versiegten die Tränen nach und nach, und ich widmete mich praktischen Dingen und sammelte erst mal Eimer, Messer und Spule wieder ein, die vom Wasser gegen den Felsen geklatscht wurden; zum Glück hatte sich das Messer am Eimergriff verfangen. Ehe das Wasser zu hoch stieg, suchte ich auf der Rückseite des Felsens nach den Meeresschnecken, die Ronald erwähnt hatte.

Als sich ein warmer, orangefarbener Streifen durch den grauen Himmel über Tukupai zog, der Fisch längst verschwunden und das Wasser so hoch gestiegen war, daß ich auf der obersten Felsspitze thronte, kamen Ronald und G. vorbei, um mich einzusammeln. Ich hatte gerade zwei Papageifische, und G. bemitleidete mich:

«Arme, alte Lu, das ist alles? He, wir haben die Maschine zum Laufen gebracht!»

Ich war ausgebrannt und ruhig und mußte über seinen Enthusiasmus lächeln. Der nicht gerade appetitanregende Papageifisch spielte keine Rolle, weil Ronald, wie es seine Gewohnheit war, in letzter Minute einfiel, daß er uns eine Büchse gebackene Bohnen mitgebracht hatte.

Zum Schluß, als wir den Motor noch einmal testeten, sagte G.: «Ist mit dir alles in Ordnung, Lu? Dein Gesicht ist ein bißchen rot.»

«Muß die Sonne gewesen sein.»

Als wir in dieser Nacht im Zelt lagen, glaubte ich ständig, merkwürdiges Klicken und flüsternde Geräusche zu hören. Ich glaubte, einen Schatten zu sehen, der sich außerhalb des Zeltes zwischen Blechen und Terylene bewegte. Ich schloß die Augen.

Als der Schatten gegen die Seite meines Kopfes knallte, ruckte ich hoch und schrie. G. bewegte sich, und beide sahen wir deutlich die Umrisse des gestörten Eindringlings. Es war lediglich der gute alte Poo-poo, unser Regenvogel, auf nächtlichem Irrpfad. Aber als ich in der Morgendämmerung aufstand und die rote, funkenstiebende Linie südlich vom Camp sah, fragte ich mich, ob Poo-poos Besuch vollkommen unbeabsichtigt gewesen war. Das Feuer von Ronalds Melonengarten fegte über die Taille von Tuin.

Es bestand keine unmittelbare Gefahr. Die glühende, rauchende Linie schob sich nur sehr langsam voran. Von Zeit zu Zeit schien ein Flammenball wie ein Leuchtturm in der Luft zu hängen, wenn der Funkenflug die Krone einer Schraubenpalme entzündete. Die Flut war weit, weit weg, und wir besaßen einen Eimer, eine Waschschüssel und einen Feldkessel. Sand war die offensichtliche Antwort, Sand und Bleche. Wir hofften nicht, das Feuer in ganzer Länge ausschlagen zu können, uns blieb nur der Versuch, die Holzbauten im Campgebiet zu retten und das erst kürzlich getrocknete Palmdach vor Funken zu schützen. Den ganzen Morgen hindurch kroch das Feuer in gleichmäßigem Tempo näher und näher.

G. war ruhig. Er wußte, was er zu tun hatte, falls der Wind die größeren Flammen in unsere Richtung blies. Als Vorsichtsmaßnahme brannte er einen Flecken hohen, trockenen Schilfrohres nahe bei der Hütte unter «kontrollierten Bedingungen» ab und stand mit Spaten und einem Eimer Sand daneben. Dann fuhr er fort, einen Satz Ventile peinlichst genau zu säubern. Ich entfernte von der Nordseite des Zeltes einige Bleche und baute ihnen mit Hilfe von Sand einen Wall entlang der grasigen Bachseite, wo die Gefahr fliegender Funken am schlimmsten sein würde. Ich konnte nicht widerstehen, dem sich nähernden Flammenband ein Stück entgegenzugehen; beim Laufen dachte ich, daß ich in nächster Zeit nicht mehr darauf achten mußte, wohin ich meine Füße in dem dichten Unterholz setzte. Ich dachte an die Eidechsen und Leguane und an die Spinnen, die ihre Netze in Trichterform auf dem Boden webten. Gott sei Dank hatte das Feuer nicht weiter hinten begonnen; die Hängenester in dem Papierborkenwäldchen waren in Sicherheit.

Ich zog mich von der berstenden Front zurück und schloß mich wieder G. an, der nun mit der Axt bereit stand, um die kleinen Bäume auf der anderen Bachseite umzuschlagen, falls von ihnen Funken auf unser Dach fliegen sollten. Er fällte sie schnell, während ich noch mehr Sand um das Zelt herum häufte, wo es zum Glück kaum Unterholz und Gebüsch gab. Als das Feuer dann auf gleicher Höhe mit dem Camp war, ging alles sehr schnell. Mit Spaten, Blechen und Sand erstickten wir den Teil der Feuerlinie, der unser Territorium bedrohte. Der Rest des Feuers rückte weiter vor und erstarb schließlich zwei Tage später um die Spitze des Nordhügels herum.

Es dauerte eine Weile, ehe Ronald wiederkam, aber die Nachricht von dem Feuer wurde ihm von anderen Insulanern zugetragen. Das allgemeine Urteil lautete, daß es gut für den Boden wäre. Dies mochte zweifellos zutreffen, doch ich beklagte das neue, kahle Gesicht von Tuin.

Natürlich war Tuin nun nicht vollkommen kahl; der Ausdruck ist relativ, der Schock dramatisiert die ersten Eindrücke. Es war mehr so, als würde man einen gelockten Liebhaber plötzlich geschoren erleben. Das arme Tuin war reichlich mit Schwarz geteert. Lief man jetzt nur ein kleines Stückchen ins Innere, so war es ohne Schwierigkeiten möglich, bis zur Ostseite zu sehen. Manchmal wirken Verunstaltungen oder Krankheit in einem geliebten Gesicht zerstörerisch, weil es der Geheimnisse, die Leidenschaft hatten entstehen lassen, entkleidet ist. Nun, da die Maske von Tuins Wundern abgerissen war und meine eigene Sinnlichkeit schlief, fühlte ich mich verloren und machtlos, den eingetretenen Zustand geistiger Schwäche zu überwinden.

G. betrachtete den Auflösungsprozeß meines Charakters als einen sanften Reifevorgang. Jetzt, wo Nahrung und Wasser gesichert waren und es nur noch darum ging, die Zeit totzuschlagen, sah er mich endlich langsam weich werden, sah, daß ich ein zugänglicheres, fraulicheres Wesen wurde. Natürlich stand das in Zusammenhang mit meiner Figur, die gerundete Üppigkeit, die er so verlockend fand. Die «dürre, alte schottische Vettel», die ich in der Vergangenheit in seinen Augen gewesen war, hatte sich sexuell leichter ignorieren lassen. Wäre der Verlauf unseres emotionalen Wohlergehens in einer graphischen Darstellung festgehalten worden, dann hätten sich jetzt unsere individuellen Linien geschnitten; meine auf dem Weg nach unten, seine nach oben. So wie ich in den Tagen der Unsicherheit und des Unglücks aufzublühen schien und G. das Opfer von Depression und Schmerz wurde, so steckte nun G. voller Enthusiasmus, und ich wurde zum Hemmschuh. Die Reparatur von

Maschinen war nun eine mehr oder weniger etablierte Beschäftigung für G., und sein Glück hatte nur einen blinden Fleck — und das war ich; denn obwohl ich sanft und weich wurde, war ich in dem einen Punkt, auf den es ihm am meisten ankam, immer noch absolut unnachgiebig.

Die Nachricht von G.s Fähigkeit, bei Reparaturen Wunder vollbringen zu können, breitete sich aus, und die Dinge nahmen ihren vorhersehbaren Gang. Eines Tages erreichte uns die Botschaft von einer Maschine auf Badu, die für den Transport nach Tuin zu groß war. Die Tatsache, daß es sich dabei um den Traktor des Häuptlings handelte, verlieh der Sache zusätzliche Bedeutung. Tuin stand, obwohl es vor unserer Ankunft eine unbewohnte Insel gewesen war, unter der Schirmherrschaft des Badu Island Council, wie die weißen Australier den Häuptling und seinen Ältestenrat bezeichneten. Obwohl die Insulaner keine echte Macht besaßen, was ihre eigene Verwaltung anbelangte, wurden die Häuptlinge aus reiner Höflichkeit stets davon in Kenntnis gesetzt, wenn irgend etwas auf ihrem Territorium vor sich ging. Deshalb mußten wir auch trotz der garantierten, dokumentierten Erlaubnis, für ein Jahr auf einer Insel der Wasserstraße leben zu dürfen, die Formalität durchstehen, das zuständige Island Council in Gestalt ihres Repräsentanten auf Thursday Island zu konsultieren. Dieser Mann hatte uns mit ziemlich deutlichen Worten informiert, daß wir «schnell dahin sein würden», falls wir versuchen würden, auf Hawkesbury zu leben, der ursprünglich für das Projekt ausgesuchten Insel. Diese Insel, so erzählte er uns, wurde von drei Zwanzig-Fuß-Salzwasserkrokodilen bewohnt, besaß eine sehr zweifelhafte Frischwasserquelle und soweit bekannt keinen fruchtbaren Boden. Sie rühmte sich einer einzigen Palme mit einer Kokosnuß. G. und ich aßen die Kokosnuß zum Lunch, nachdem uns ein Hubschrauber dort abgesetzt hatte, damit wir überprüfen konnten, ob es wirklich so unmöglich war, wie es klang. Bei Tuin gab es keine Vorprüfung, da gingen wir einfach nur auf Empfehlung der Insulaner hin. Niemand wußte, daß es ein außergewöhnlich trockenes Jahr werden würde.
Obwohl bei G. unzweifelhaft eine Spur von Respekt vor den Wünschen der Insulaner vorhanden war, als er in das Boot kletterte, das ihn nach Badu bringen sollte, machte in Wirklichkeit

die Vorstellung, an das Innere eines Traktors heranzukommen, diese Fahrt für ihn unwiderstehlich. Ich begleitete ihn nicht; ich hatte die Absicht gehabt, ein Jahr auf einer unbewohnten Insel zu verbringen und wollte diese Isolierung nicht durchbrechen, indem ich vor Ablauf dieses Jahres den Fuß auf bewohntes Territorium setzte. Bald schon sollte sich zeigen, daß dies tatsächlich das einzige Prinzip war, das mir noch geblieben war, und deshalb bekam dieser Punkt für mich vielleicht eine übersteigerte Bedeutung.

Allein auf Tuin, war ich den ganzen Tag unterwegs, machte mich wieder mit Gebieten vertraut, die ich während meiner Wochen im Camp als Gastgeberin vermißt hatte, und suchte neue Gegenden, die ich ins Herz schließen konnte, jenseits des verkohlten Landes in der Mitte und im Norden. Ronald hatte zwei Mangobäume erwähnt, die auf dem höchsten Punkt des Nordhügels wachsen sollten, das Versteck der großen Pythons. Eingedenk der Schlangen rüstete ich mich mit der Machete aus und machte es mir für diesen Tag zur Aufgabe, die Mangobäume aufzuspüren.

Jetzt war es wesentlich einfacher, den Nordhügel hinaufzulaufen, als vor dem Feuer; der größte Teil des Gebüschs war verbrannt. Aber nahe dem Gipfel waren die großen Gummibäume und die anderen Bäume, deren Namen ich nicht kannte, unbeschädigt geblieben. Während ich vorwärts trottete — welch ein Unterschied zu den Tagen des Tanzens —, warf das dichter werdende Geflecht der Zweige dunkle Schatten; ich passierte die letzten Gerippe verkohlter Gebüsche und betrat einen Wald mit rostrot gepuderten Stämmen und gleichmäßigen Borkenkanten. Versteinerte Lianen griffen in trockenen, würgenden Spiralen danach.

Schließlich entdeckte ich die Mangobäume, weil ich mit nach oben gewandtem Gesicht Ausschau nach Schlangen hielt. Am Stamm hätte ich die Bäume nicht erkannt, erinnerte mich aber an die Form ihrer Blätter, die man mir in Australien gezeigt hatte. Zurzeit trugen die Bäume keine Früchte. Um sicher zu gehen, nahm ich einige Blätter mit, um sie Ronald zu zeigen. Ich sah nur eine einzige Schlange, die ausgesprochen hübsch und keineswegs furchterregend groß war.

Der Tag verging schnell. Ich gab mich immer noch vagen Träumereien hin, irgendwo am Nordufer, als ich das phut-phut eines langsam laufenden Motors hörte. Es war G., allein, in Ronalds

Dingi. Sorgfältig folgte er dem Weg zwischen den Riffen hindurch, den Ronald stets einschlug. Ich rannte hinunter zum Strand, um ihn zu begrüßen; obwohl es bedeutete, daß ich mein «anderes» Inselleben wieder abschotten mußte, freute ich mich doch aufrichtig, sein komisches, eifriges und doch merkwürdig verschlossenes Gesicht zu sehen. Niemand hat mich je so spontan zum Lächeln gebracht wie G.

«'allo, Lulu! Weißt du was? Ich habe dich kein bißchen vermißt, du alter Bastard. Ich hab' dir Unmengen zu erzählen. Schau, was ich dir mitgebracht hab'!»

«Guter Gott!»

Ein eigenartiges, halb panisches Gefühl packte mich, als ich die beiden Gegenstände drehte, die er mir in die Hände gelegt hatte. Im Boot stand eine ganze Kiste voller Zeug, und G. redete schnell. Ich erhielt ein gefrorenes Hähnchen: «Das ist speziell für dich vom Häuptling von Badu, Crossfield Ahmat» — und ein großes Bündel Briefe. «Die sind alle für dich, du kleines Scheißhaus, kein einziger für mich.» Ich schob die Entscheidung, um was ich mich zuerst kümmern sollte, hinaus und legte Hähnchen und Briefe in eine mit einem Seil am Eine-Pflaume-pro-Tag befestigte Kokosnußschale; dann machte ich eine Tasse Tee für G. Ich hoffte, er würde nicht zu hungrig sein, weil ich nicht gefischt hatte. Er sagte, er könnte keinen Bissen runterbringen und beschrieb begeistert in allen Einzelheiten das wunderbare Essen, das er auf Badu aufgetischt bekommen hatte.

«Gleich bei der Ankunft ging's los, Lu. Ich ging zuerst zu Ronalds Hütte hoch, er war am Strand gewesen, und setzte mich mit ihm draußen auf eine Art Veranda, und seine Tochter, du weißt schon, die mit dem kleinen Baby, brachte diese verflucht große Platte voller Sandwiches, mit Dosenfleisch und Tomatensauce und *Butter* drauf und eine Tasse Kaffee mit soviel Zucker drin, es war wie Sirup. Ich trank gleich noch eine.»

«Kaffee!» echote ich schwach.

Er beschrieb weiter, was alles an diesem Tag passiert war. Er hatte einige Zeit in einem Schuppen zugebracht, den Ronald am Strand hatte und der eine Art Schrottplatz für jeden kaputten Maschinenteil auf Badu zu sein schien. Dann waren sie zum Lunch gerufen worden.

«Gott! Du hättest dabei sein sollen, Lu. Es gab Dugong und Reis und dann eingemachte Birnen ...»

«Wie war das Dugong?»
«Genau wie Fleisch, eine Art Stew, aber am Nachmittag mußte ich zweimal scheißen, drüben auf dem Klo vom Häuptling. Oooh, die Maden, Lu ... große, wabernde Haufen ... Aber du hättest den Traktor sehen sollen! Sie nennen ihn Red Rose.»
Er berichtete mir, daß er mit dem Dingi, das Ronald ihm geliehen hatte, morgen frühzeitig mit der Flut zurück mußte. Er kannte den Weg, sie hatten ihn ein Stück begleitet, bis Tuin in Sicht war. Wollte ich denn meine Post nicht lesen?
O ja, die Post. Ungefähr acht Briefe waren von meiner Mutter, alle ziemlich alt. Sie war in ein neues, kleines Haus gezogen, sehnte sich danach, daß ich dort bei ihr wohnte, hatte einige Probleme mit dem Eisschrank gehabt ... Meine Großmutter hatte geschrieben, sehr korrekt, sehr schottisch: «Du hast uns nicht viel von deinem G. erzählt, Liebes. Wenn ich recht verstanden habe, war er zweimal verheiratet. Ich hoffe, du hast eine weise Entscheidung getroffen ...» Zwei Briefe von einem Geliebten mit Fotos von seinem neuen Haus: «Es wird sehr gemütlich werden ... Ich baue Gemüse an ... Geht's dir gut? Kommst du jemals zurück?» Briefe von meiner französischen Großmutter, von einer behinderten Dame, die ich in Kew besucht hatte, von Kindern, bei denen ich den Babysitter gespielt hatte, von einem befreundeten Maler, dem das Geld für Leinwände ausgegangen war und der für sein Meisterwerk die Kleiderschranktür eines Hotels benutzt hatte. Man hatte ihn geschnappt, als er mit der Kleiderschranktür unter dem Arm aus dem Hotel marschierte — der Brief kam aus dem Gefängnis von Brixton ... Weitere Briefe von Freunden und schließlich noch warmherziges, liebevolles Gekritzel von meinem Vater, der ein halbes Dutzend Haifischhaken und zwei Kaninchenschlingen beilegte.
Ich las G. die Briefe laut vor, aber selbst lautes Lesen machte sie nicht wirklicher als irgendeinen irrelevanten, widersinnigen Tagtraum. Nur die Greifbarkeit der Schlingen und Haken fühlte sich irgendwie nach einem soliden Beweis der Gedanken aus einer anderen Welt an. Tage später begann ich die Briefe erneut zu lesen, aber ich war damit noch nicht weit gekommen, als ich abrupt stoppte und sie zum Feuerholz legte.
Ich erinnere mich, wie sich das Hähnchen anfühlte. Es war immer noch halb gefroren; wenn ich es gegen meine Backe drückte, verursachte es einen köstlichen kalten Schmerz. Mor-

gen würde G. den ganzen Tag am Traktor arbeiten, weshalb begleitete ich ihn nicht nach Badu? Jeder hatte nach mir gefragt. Aber weil G. auf seine Weise seine Loyalität zum Inselprojekt nicht vollkommen aufgegeben hatte, akzeptierte er meine Gründe, weshalb ich auf Tuin bleiben wollte.

Mehrere Tage hintereinander fuhr er nach Badu. Die lange Reise hin und zurück und die ständige Beobachtung der Gezeiten beeinträchtigte die Freude, die er bei der Lösung der Probleme von Red Rose empfand, löschten sie aber keineswegs aus. Die Arbeit war hart, aber er versicherte mir, daß er ständig viele hilfsbereite Kräfte zur Verfügung hatte und daß ihm von den Damen häufig Erfrischungen gebracht wurden. Die Insulaner standen Schlange, um ihm von ihrem Ärger mit ihren Maschinen zu berichten. Am Ende eines jeden Tages schürte ich das Feuer und kochte Wasser ab, sobald der ferne Fleck von G.s geborgtem Dingi im Westen von Wia Island auftauchte. Er sagte, ich bräuchte mir nicht die Mühe zu geben, eine Mahlzeit bereitzuhalten, da er immer schon reichlich gegessen hätte, doch jedesmal lagen noch mehr Reis, noch mehr Mehl oder Pakete mit süßen Biskuits auf dem Boden des Bootes.

Mit jedem Tag, den G. fort war, wurde meine Rückkehr zur inneren Welt von Tuin vollständiger; wenn G. zurück war, mußte ich mich wieder in eine andere Realität befördern, was mir mehr und mehr so vorkam, als würde ich in eine Rolle schlüpfen. Aber unter der Oberfläche meiner schlaffen Tageszufriedenheit lagen die Verwirrung und die Unruhe eines Gefühls, überflüssig zu sein. Und an den frühen Morgen, wenn G. noch heiß von einem erotischen Traume erwachte und der Blick seiner frustrierten Augen auf meinen freundlichen, aber unnachgiebigen Gesichtsausdruck traf, dann lag plötzlich eine schmerzliche Spannung in der Luft.

Unweigerlich kam es dann zu Szenen wie der folgenden:

«Ich weiß gar nicht, warum ich mir die Mühe mache, zurückzukommen. Es ist ja nicht so, daß du eine richtige Ehefrau wärst. Ich mein', schau dir doch bloß mal das ganze Zeug an, das ich für dich angeschleppt bring'! Ich verlang' ja nicht von dir, daß du dankbar bist, Lu . . .» Wenn jemand das sagt, dann verlangt er genau das von einem. Und da lag die Ursache meiner Verwirrung. Ich war nicht dankbar. Ich wollte nicht von den Dingen leben, die er als Gegenleistung für die Arbeit an den Maschinen bekam. Dankbar war ich, und zwar mehr, als ich je ausdrücken

konnte, für die ursprüngliche Hilfe, die uns davor bewahrt hatte, an Durst und Unterernährung einzugehen, aber das alles war außer Kontrolle geraten; mit Ausnahme der Momente, wo ich tief verloren im Herzen der Insel weilte, war jedes Gefühl von Unabhängigkeit aus dem Tuin-Leben verschwunden. Wenn G. weiter so nach Badu pendelte, dann wurde unser «Überleben» auf Tuin schnell zur Farce.
Und da war noch etwas anderes, äußerst Wichtiges: G. entdeckte sich selbst wieder als Mann; ein lebensfroher, kräftiger, zuversichtlicher Mann, von anderen respektiert. Das war etwas von dauerhafterem Wert als ein bloßes Projekt. Auf meine wirrköpfige Art und Weise kam ich zu einem Entschluß. Ich wollte G. glücklich und vorwärtsstrebend sehen, aber ich wollte nicht, daß sein erfolgreicher Wiedereintritt in die Welt der anderen Männer den Tod von Tuin bedeutete. Also mußte irgendwie, irgendwo ein Kompromiß gefunden werden.

Tagebuch

Auf einer Insel gibt es viel Zeit, die nicht meßbar ist, wo man über all die Dinge nachdenken kann, die man hätte sagen oder tun sollen. All die Leute, die man vielleicht nie wieder sieht. Verpaßte Chancen, wo man so leicht hätte Wärme spenden können, Schmerzen lindern, und man hat es nicht gesagt oder getan, obwohl man vielleicht daran dachte, aber irgendwas stand im Weg, Stolz oder Berechnung. Das Zivilisationsgefüge ist komplexer als das hier auf Tuin, jedes zusätzliche Bewußtsein ist ein potentiell gegensteuerndes Schiff, jedes gesprochene Wort, jede Bewegung steht der Fehlinterpretation offen. Drähte überkreuzen sich in allen Richtungen.
Und doch, hier ist G., und hier bin ich, und trotzdem scheine ich nicht in der Lage zu sein, das zu tun, was ihn glücklich machen würde. Tuin hat viel dazu beigetragen, das Konzept von Rechten und Gründen aufzulösen. Wünschen, einfaches umkompliziertes Wünschen, ist dick unterstrichen; nenne es Sehnsucht, nenne es Bedürfnis, es ragt deutlich heraus. G. weiß, was er will. Er will in meinen Körper eindringen. Mein Widerstreben, nein, meine vollständige Zurückweisung seines Körpers ist ein Schlag aufs Auge, ein Tritt in die Eier.

Nicht zu wollen fängt an, kleinlich, grundlos zu scheinen. Ich sehne mich nach etwas, das ich nicht benennen kann. Er sehnt sich nur nach einer so furchtbar leicht zu verwirklichenden Sache. Ich weiß nur, daß ich jetzt nicht getrennt werden möchte von was immer es auch sein mag; durch Geräusche und Berührungen, fast spüre ich es durch die Erde hindurch, lehrt Tuin mich etwas. Ich kann dieses *Nichtwollen* als mein Wünschen bezeichnen.
Niemals habe ich meinen Körper zum Sex benutzt, ohne den Mann zu wollen. In einer Welt, wo man die Wahl hat, spielt das eine Rolle. Hier zählt sogar, daß es keine Rolle spielt.
«Würd' dir ja wohl nicht weh tun. Und überhaupt, was ist so Besonderes an diesem Ding zwischen deinen Beinen?»
Ja, ja. Aber jenseits von all dem, was schließlich nur Gerede ist, grobe, aus dem Schmerz heraus gesprochene Worte, liegt aufrichtige Anteilnahme, denn ich glaube, so wie ich mich um ihn sorge, so sorgt sich G. auch um mich. Der Jammer ist, daß dies nicht auf die gleiche Art geschieht. Seine Liebe ist in jeder Hinsicht die eines Mannes zu einer Frau. Bei mir ist es Wärme, geboren aus dem gemeinsamen Kampf, eine Sache, die langsam wächst und die mich manchmal in den merkwürdigsten Momenten packt, wenn ich nicht auf der Hut bin, die sich trotz allem, was zwischen uns geschehen ist, vielleicht auch gerade deswegen, fest in mir eingenistet hat und mich, wie ich glaube, nie mehr loslassen wird. Welches Unglück, daß es sich dabei nicht um die Liebe einer Frau zu ihrem Mann handelt.
Und was ist mit jenen Tagen in London, als ich mit ihm schlief? Und ich war diejenige, die am Strand von Sex geredet hat. Tuin ist in meinen Körper eingedrungen. Es war Tuin, irgendein Tuin, das mir vorschwebte, als ich G.s rötliches Haar auf dem Kopfkissen betrachtete und wußte, daß wir gemeinsam auf eine Insel gehen würden. Hätte er nur die Insel so heftig begehrt wie eine Frau. Hätte ich ihn nur so heftig begehrt wie die Insel. Oh, zur Hölle mit Hätte, Wenn und Aber. Kein Wunder, daß er mich eine kleine Hure genannt hat.
Eine Frau ist ein Schiff. Viel Glück für alle, die mit ihr segeln.

Diese Gedanken gingen mir unentwegt kreuz und quer durch den Kopf, während ich am Ufer der Long Beach auf und ab schlenderte. Am Morgen hatte es Ärger gegeben. G. hatte mit recht deutlichen Worten erklärt, daß er eben wieder mit einem «verdammten Ständer» aufgewacht sei. Der Anblick, wie ich mich ruhig vornüberbeuge und ganz beiläufig nackt herumrenne, mache ihn verrückt. Er wußte, daß meine Perioden wieder angefangen hatten. «Mit dir ist alles in Ordnung, jetzt gibt's keine Ausreden mehr.» Wir fühlten uns beide glücklich, als er nach dem Frühstück nach Badu aufbrach.

An irgendeinem Punkt während des Spaziergangs zurück zum Camp faßte ich einen Entschluß. Die Verwirrung in mir schaffte sich ein letztes Mal Luft, bevor die Umwandlungsvorbereitungen in der neuen Frau ihren Lauf nahmen, die G. bei seiner Rückkehr von Badu vorfinden würde. Die letzte, stolze Beute, die G. durch seine Arbeit errungen hatte, war ein Karton mit vierundfünfzig Biskuitpaketen. In typisch weiblicher Manier hatte ich es nicht geschafft, die Finger davon zu lassen, trotz der Tatsache, daß mich allein ihre Anwesenheit auf der Insel ärgerte, da sie all das zu symbolisieren schienen, was für reines Überleben überflüssig und unwichtig war. Von meiner entschlußfreudigen Wanderung wieder im Camp angelangt, fühlte ich mich automatisch von dem verachteten Karton angezogen. Aber anstatt ein Paket herauszunehmen, packte ich ohne nachzudenken das ganze Ding und trug es runter an den Strand, wo ich es auf einem Felsen aufbaute. Ich ging zurück und holte das fehlerhafte Luftgewehr und die Tabakbüchse mit den Kugeln. Langsam im Kreis um ihn herumgehend, durchlöcherte ich den Karton sechsundzwanzig Mal. Es muß so um meinen Geburtstag herum gewesen sein.

11. Kapitel
Der große Regen

Hat ein Mann während der ersten acht oder neun Monate deiner Beziehung zu ihm stets mit dem Rücken zu dir geschlafen, Gesicht und Geist abgewandt, und dreht er sich dir plötzlich zu, den ganzen Schlaf hindurch, und erwacht mit einem Lächeln in den Augen, dann weißt du, du hast entweder etwas sehr Gutes oder sehr Falsches getan. Was ich getan habe, mag sehr falsch gewesen sein, aber nach G.s Urteil war es auch sehr gut. Nie habe ich bei einem Menschen einen solch radikalen Wandel erlebt. Jetzt, wo er die Freiheit besaß, seine Wärme in der von ihm am meisten ersehnten Art und Weise auszudrücken, benahm sich G. die ganze Zeit über friedfertig. Er pfiff, seine Augen zwinkerten mir zu, und er war mit mir einer Meinung, daß der Reparatur-Tauschhandel eine moderne Möglichkeit zum Überleben darstellte, aber nicht so weit ausgedehnt zu werden brauchte, daß er das Tuin-Leben ruinierte. Er war durchaus zufrieden, mit mir auf Tuin zu bleiben und sich die Maschinen bringen zu lassen. Die für den Transport zu großen Geräte mußten eben bis zum Ende des Tuin-Jahres warten.

Die Regenzeit stand nun unmittelbar bevor. Wir bauten aus zwei großen Hartfaserplatten — ein weiterer Beitrag des Häuptlings von Badu — ein Podium für das Zelt innerhalb der Schutzhütte. Damit waren wir vor Sandfliegen und möglicherweise durchweichtem Boden sicher. Ich war froh, daß wir endlich unser Bett im Haus hatten, keinen Moment zu früh, wie sich bald zeigte. In der Nacht, in der wir einzogen, trommelte der erste große Regen auf unser Dach. Es war aufregend, dazuliegen und dem Strömen und Prasseln des Wassers zu lauschen, während wir vollkommen trocken blieben. Die Hartfaserplatten gaben keine ideale Unterlage für die neuen Zeltspielchen ab, aber mittels strategischer Anordnung von Polstern kamen wir zurecht.

G.s Veränderung berührte mich sehr stark auf zwei verschiedenen Ebenen. Zum einen schämte ich mich, daß ich die ganze Zeit über die Macht gehabt hatte, sein Leben auf Tuin um so vieles erfreulicher zu gestalten und es ihm verweigert hatte. Und zweitens überkam mich die Erkenntnis wie ein Schock, daß ich überhaupt über irgendwelche Macht verfügte, was mir ein ganz neues Blickfeld nach innen eröffnete. Die Tage der goldenen Gazelle waren längst dahin; ich war jetzt bloß Mrs. Fettbauch Tuin, nun aber die begehrenswerte Mrs. Fettbauch Tuin, und G. ließ keinen Zweifel daran, daß er mich ständig begehrte. Ich wünschte, ich könnte das Wissen verdrängen, daß meine Hingabe mehr kalkuliert als spontan erfolgt war. Aber ich konnte es genausowenig vergessen wie mein Körper. G. war nun so liebenswert, daß es nicht schwierig war, die Beine als Verlängerung liebender Arme zu öffnen. Ich wünschte nur, ich hätte nie den schmerzlichen Jubel meines eigenen Körpers als Antwort auf einen anderen Körper gespürt. Wegen der warmen anderen Liebe, die ich für ihn empfand und die nichts mit den fremden Handlungen meines Körpers zu tun hatte, erfüllte mich der Anblick seines Vergnügens mit Unbehagen.

Wie kann man einem Menschen, den man liebt, sagen, daß man ihn liebt, aber nicht als Geliebten? Das geht nicht, also lügt man. Man liegt da in dem vollen Bewußtsein, daß mit jedem mißverständlichen Atemzug das Aufdämmern der Wahrheit um so grausamer sein wird. Wo der Geist kompromißbereit ist, da geht der Körper nur bis dahin und nicht weiter, und mein Körper sprach lauter als mein Geist und strafte die «kleine Frau» in mir Lügen, die keinen Grund sah, warum sie sich nicht dem Mann hingeben sollte, der sie liebte, wenn das Bedürfnis danach bei ihm erwachte.

Aber das waren Nachtgedanken. Die Geckos und die Leguane, die rot-schwarzen Spinnen und der Mond wußten nur, daß zwei auf Tuin nie so glücklich gewesen waren.

G. hatte Ronald versprochen, einen letzten kleinen Job auf Badu zu erledigen. Er würde rüberfahren, das schnell besorgen und dabei gleich dem Häuptling erklären, daß er sich um seine eigene Arbeit auf Tuin kümmern müßte; gern würde er die Maschinen reparieren, die die Leute ihm gelegentlich brachten, sobald er mit dem Hauptteil seines Buches fertig war.

In den leuchtenden Morgenstunden, die den Regennächten

folgten, erwachte inzwischen bei G. und mir allmählich wieder das Interesse an unserem «Projekt», das hinter unserem Leben auf der Insel stecken sollte.

«Und jetzt, Lulu», pflegte G. zu sagen und drückte sich dabei liebevoll gegen mein Hinterteil, während ich Brotteig knetete, «sollten wir eine Landkarte anfertigen, verstehst du. Heh! Warum nehmen wir nicht Isobel, wir können gleichzeitig fischen und ein Picknick machen.»

Die gute Absicht war vorhanden, aber G. war jetzt viel zu sehr mit körperlichen Dingen beschäftigt. Ich dämmerte sanft vor mich hin, und so fehlte es einfach an der Organisation. Papier, Bleistift, Picknick und teilnehmende Personen wurden ins Boot geladen. G. stakte uns mit dem Speer recht wirkungslos um die Felsen, während ich zwischendurch immer wieder raussprang und uns ganz undamenhaft mit reiner Kraft zu ziehen versuchte. Unsere gemeinsamen Anstrengungen brachten Isobel schließlich so weit aus dem Seichtwasser der Sandhügel heraus, daß wir anfangen konnten zu rudern, nur um dann feststellen zu müssen, daß wir etwas Wichtiges vergessen hatten. Paddel zum Beispiel. Philamon hatte von unseren Eskapaden gehört und uns Paddel geschickt. Nach einiger Übung konnten G. und ich ziemlich gut mit den Absonderlichkeiten unserer heimatlichen Gewässer umgehen. Solange wir nicht versuchten, gegen die Strömung anzukämpfen, hielten wir uns recht wacker; wir saßen nebeneinander, jeder mit einem Paddel, und ruderten im Takt. Auf diese Weise gelangten wir zu einigen ausgezeichneten Angelplätzen, die Ronald uns empfohlen hatte.

Aus dem Einfall mit der Karte wurde nichts, bis wir schließlich Jemima und Dolores in Dienst nahmen, das heißt einen 6-PS-Johnson und einen sehr exzentrischen Mariner 20, die der Mechaniker auf Thursday Island zurückgewiesen hatte, die unter G.s geduldiger Pflege aber zu sporadischem Leben erwacht waren. Ihr Probelauf endete beinahe mit einer Katastrophe. G. hatte den 20er von Crossfield, dem Häuptling, bekommen, der gemeint hatte, wenn er irgendwas damit anfangen könnte, dürfte er ihn behalten. Das stellte für G. eine unwiderstehliche Herausforderung dar. Nach drei Tagen Arbeit brannte G. derart ungestüm auf einen Probelauf, daß er es versäumte, den Motor ordentlich an Isobels winzigem Heck zu befestigen. Auf halbem Weg zwischen Tuin und Wia Island sprang er einfach auf und davon und sank mit immer noch wirbelnder Schraube graziös durch das blaue Wasser, um mit einem letzten Zucken in einem Strom von Luftblasen auf dem Meeresgrund zu landen. G. und ich waren entsetzt. Wieder trieben wir schnell ab. Wir paddelten bis zur Erschöpfung und schafften es schließlich bis zum Papageifischfelsen; der Tag war gerettet, als Ronnie Nicht Mehr erschien und nach dem 20er tauchte.

Auf einer Handfläche brachte er ihn hoch und hievte ihn über die Seite des Dingis, als wäre er nicht schwerer als ein Krebs. G. machte sich sofort mit Dieselöl und Schmiermittel drüber her, und innerhalb von vierundzwanzig Stunden war Dolores erneut betriebsbereit.

Mit Dolores sollten G. und ich, eine Karte im Sinn, um Tuin herumtuckern, aber das lag noch in der Zukunft. Nun begann eine Reihe von Ereignissen, die sich geradezu lustig zu machen schienen über meine Entschlossenheit, auf Tuin zu bleiben.

Als G. hinüberfuhr, um wie versprochen mit Hilfe von Ronalds Generator ein Beleuchtungssystem zu installieren, bedrängten mich Ronald und er mitzukommen, und wenn es nur für die Bootsfahrt war. Angesichts der warmen Herzlichkeit, die G. und mich nun verband, und seines aufrichtigen Stolzes auf mich, wäre es geradezu lächerlich kleinlich gewesen, wenn ich darauf bestanden hätte, zurückzubleiben, vor allem weil es der letzte Besuch auf Badu vor Ablauf des Tuin-Jahres war. Die Nachricht, daß Tuin-Mann die Tuin-Lady dabei hatte, verbreitete sich schnell vom Strand des Badu-Dorfes aus, zuerst zu den Damen von Ronalds Haus und dann zu dem größeren Komplex der Häuptlingssiedlung.

Da ich nichts Anständiges mehr anzuziehen hatte, trug ich meine übliche Gesellschaftskleidung, halbes Hemd und ausgefranste Hosen. Die erste Frau, die mich am Strand entdeckte, Ronalds Tochter, gab mir augenblicklich ein riesiges Kleid im Stil von Mutter Hubbard. Sie führte mich zu G. und Ronald, die an einem Tisch vor Ronalds Haus selbstgedrehte Zigaretten rauchten, und innerhalb weniger Minuten kam eine Botschaft von Crossfield mit der Einladung, bei ihm zu essen. Eine große Gefolgschaft neugieriger Kinder begleitete uns, als wir uns zum «Dorfzentrum» begaben, wo der Häuptling wohnte. Der Hauptgrund für diese Einladung war der, daß Crossfield dadurch Gelegenheit bekam, eine weitere, wesentlich wichtigere und formellere Einladung auszusprechen. Er bat uns, einer offiziellen Graberöffnungszeremonie in ungefähr zwei Wochen

beizuwohnen. Er würde Nachricht mit dem genauen Datum nach Tuin schicken und uns von einem Boot abholen lassen. G. sagte, letzteres würde nicht notwendig sein, da wir Philamon Nonas kleines Dingi hatten und den 6-PS-Motor, der in Ronalds Schuppen darauf wartete, daß wir ihn heute mit zurück nach Tuin nahmen.
«Huh», sagte der Häuptling überschwenglich. «Vielleicht könnte ich euch geben ein Dingi noch besser. Ihr meine Gäste jetzt.»
Ich erinnerte mich noch genau an Crossfields Gesicht, als wir uns vor vielen Monaten auf unserem Weg nach Tuin zum erstenmal begegnet waren. Er war ein gut aussehender Mann, hellhäutiger als die durchschnittlichen Torres-Straße-Insulaner, da er zu einem Teil Malaienblut in sich hatte. Er hatte eine herrlich direkte Art, sich auszudrücken.
«Nun, hallo, Meesus Governor von Tuin, ich hab' schon kennengelernt deine Mann, Governor von Tuin. Ich glaub', ich dich nicht kennen von zuvor, andermal du warst ordentlich weiß Lady. Jetzt du kommen wie Inselfrau. Du hast versucht Inselessen? Ich denke, du mal versuchen.»
Zu den Dingen, die uns bei den Insulanern am beliebtesten machten, gehörte vor allem die Art und Weise, wie wir uns hinsetzten und ohne jedes Zögern ihr Essen teilten. Crossfield gesellte sich nicht zu uns an den Tisch, sondern setzte sich etwas abseits, eine gewaltige Tasse Tee vor sich. Das Essen auf dem Tisch hätte für ein Dutzend Leute gereicht, aber bevor nicht G. und ich jeder einen Teller mit Schildkrötenfleisch verspeist hatten, setzte sich niemand hin. Dann schlossen sich acht oder neun junge Männer an. Frauen reichten ihnen Tassen mit Tee und blieben stehen, um die Fliegen vom Tisch zu wedeln. Ein Kind mit sehr ernstem Gesichtsausdruck schien die Sonderaufgabe bekommen zu haben, alle Fliegen von meinem Gesicht oder Nacken fernzuhalten. Ein paarmal während des Essens spürte ich die kleine Hand schüchtern mein Haar streicheln, aber wenn ich mich umdrehte und lächelte, floh das kleine Mädchen.
«Ha, ha, sie Angst vor Tuin Markai, weg mit dir, du kleines Bastard!» Spaßeshalber versuchte Crossfield das Kind zu packen und rührte mit den Händen in der Luft herum.
«Diese Kinder! Ich hab' viel Kinder, dies alles meine Söhne» — er deutete auf die schweigsamen Esser —, «wenn ihr kommt

Grabmalöffnung, ihr sehen ganze Ahmat-Familie. Sie kommen von überall; Thursday Island, Mabuaig, Süden unten, und ihr kommt von Tuin.»

Das Reden und Zusammensein mit einer großen Anzahl Menschen war für mich so ungewohnt, daß ich von diesem Kurzbesuch auf Badu nicht viel mitbekam. Nach dem Lunch zeigte mir G. Red Rose, den Traktor, der auf Ersatzteile wartete, und dann beendete er die Verdrahtung in Ronalds Haus, ehe wir uns auf den Rückweg nach Tuin machten. Ich wurde mit einem Fußballmagazin und einer Menge Kinder um mich herum unter einem Baum an den Verandatisch gesetzt. Ronald gab mir ein paar Melonensamen zum Einpflanzen, da nun der Boden vom ersten großen Regen erfrischt worden war. Bevor wir ihm auf Wiedersehen sagten, erkundigte ich mich mal probeweise bei ihm, ob er auf Badu jemand kannte, der bereit gewesen wäre, mir Geschichten aus der Vor-Zeit zu erzählen. Da nun, wie es schien, unser Leben mit den Baduleegas verstrickt war, wollte ich mehr tun als nur Fußballmagazine lesen, so lange ich mich auf ihrem Heimatboden befand.

Wieder auf Tuin, schienen nur wenige Tage vergangen zu sein, als uns die Nachricht erreichte, daß die Grabmalzeremonie bald beginnen sollte. Der Gedanke, die Nacht fern von Tuin zu verbringen, löste ein merkwürdiges Gefühl in mir aus, aber je näher der Zeitpunkt rückte, desto mehr freuten wir uns darauf, daß wir an den traditionellen Festlichkeiten teilnehmen durften. Zu Ehren des Ereignisses wusch sich G. von Kopf bis Fuß mit Shampoo, und ich spülte sorgfältig das Kleid, das man mir gegeben hatte, und wusch meine Haare im Meer und spülte sie mit Frischwasser nach. G. saß auf einem Felsen in der heißen Sonne und sah zu, wie ich es auskämmte.

«Stell dir vor», sagte er, «du hättest ein paar echte Seidenhöschen. Welche Farbe würdest du wählen?»

«Blau.»

«Das hat's geschafft. Schau, Lulu, das Männchen von Tuin-West hat sich erhoben, um seine Kundschaft zu begrüßen.»

Tatsächlich. G. versuchte die verlorene Zeit gutzumachen.

Am Tage der Grabmalzeremonie brachen wir kurz nach dem Frühstück auf, da man uns gesagt hatte, die Festlichkeiten würden am frühen Nachmittag beginnen. Isobel, angetrieben von Jemima, dem 6-PS-Motor, war zuverlässig, wenn auch nicht schnell. Die harten, kurzen Wellen und die unerwarteten Wirbel

der Strömung nahm sie für so ein kleines Dingi bemerkenswert gut. Philamon führte das auf die Tatsache zurück, daß er sie gesegnet hatte, bevor er sie uns schickte.
Als ich heute morgen den Kessel im Meer abspülte, hatte ich bemerkt, daß die Luft ungewöhnlich kalt war; zwar waren im Westen von Wia Island, wo die ungeschützteste Fahrtstrecke begann, keine großen Wellen zu sehen, aber die Wasseroberfläche war von einem seltsam straffen, kleinen Wellenmuster aufgewühlt. Jetzt, wo ich im Bug kniete, um G. zu helfen, sicher durch die von Riffen durchsetzten Gewässer um den Papageifischfelsen herum zu steuern, sah ich, daß sich jenseits der Nordspitze von Tuin das Meer anscheinend endlos dunkel und finster ausbreitete. Moa Island, für gewöhnlich deutlich sichtbar, wurde von einer gewaltigen schwarzen Wolke total ausgelöscht.
«Herrje», sagte ich. «Schaut so aus, als ob da ganz schön was rauskommt.»
«Wovon redest du?»
«Die Wolke da, glaubst du, die kommt auf uns zu?»
«Das will ich verdammt nicht hoffen, ich habe gerade mein Haar frisch gelegt», und er drehte und wendete sich herrlich affektiert hin und her.
Als wir das Ende von Wia Island passierten, sahen wir, daß sich auch Badu langsam verhüllte. Das winzige Wellengekräusel schien fast zu zittern, so als würde ein großer Druck darunter stecken. Urplötzlich dann erstreckte sich vor uns eine absolut glatte Wasserfläche. Niemals, weder auf Fluß, See oder Teich habe ich eine derart totale Unbeweglichkeit der Oberfläche eines tiefen Gewässers gesehen. Und das Wasser war stumpf und undurchsichtig. Den dunklen Wolken entströmten blasse Nebelbänke, die uns von allen Seiten einhüllten, die kräftige, gleichmäßige Farbe des Wassers zerbrach, es schien der tiefhängenden Wolkendecke einen Dunst aus milchiggrünen Partikeln entgegenzuschicken.
G. drosselte den Motor. Wir sahen kein Land, weder vor, hinter, noch seitlich von uns. Die kleinen Wellen, von der Vorwärtsbewegung des Bootes ausgelöst, schienen riesig und laut in der Stille. Dann schwoll aus Richtung Moa ein kreischendes Pfeifen an, das sich innerhalb einer Sekunde von pianissimo zu forte steigerte. Myriaden von Regenpfeilen trafen gleichzeitig das Wasser und prallten gute zwei Fuß von der Oberfläche zu-

rück. Zwischen dem Meer und dem tanzenden Saum des Meeres schimmerte ein phosphorisierender grüner Nebel. Wie betäubt saßen wir einen Moment lang da, durchnäßt, von Ehrfurcht ergriffen. Dann begannen wir zu schöpfen.
Unter dem Hochdruckzischen des Monsun-Platzregens war es unmöglich, sich verständlich zu machen, aber es war mehr als ratsam, so schnell wie möglich Land zu gewinnen. Isobel füllte sich in erschreckendem Tempo. Ich schöpfte weiter, während G. den Motor wieder anwarf und wir uns langsam vorwärts tasteten. Obwohl der Regen den Nebel allmählich fortschwemmte, konnte man Land immer nur einen Lidschlag lang erspähen, da der Regen blind machende Wassermasken über unsere Gesichter goß. Indem er fast nur das Kielwasser beobachtete, schaffte es G. irgendwie, Kurs zu halten, bis wir parallel zur Küste von Badu liefen. Wir erhaschten einen kurzen Blick auf den groben, ins Meer ragenden Stockzaun, der einst Teil einer Einzäunung gewesen war zu der Zeit, als man eine Schildkrötenzucht auf Badu begonnen hatte. Die «Palisade» als Wegweiser benützend, schoben wir uns näher heran, bis wir einen Ort erreicht hatten, den die Insulaner «Dogai» nannten, nach einem weiblichen Geist mit bis zu den Füßen herabhängenden Ohren, der darauf lauerte, begehrenswerten jungen Männern ihre Männlichkeit auszusaugen. Da wir es nicht wagten, der Küstenlinie weiter zu folgen, verließen wir hier die unheimlich grüne Sintflutwelt des Meeres und flüchteten uns wie ein Paar ertrunkene Gespenster an Land.
Es war kein weiter Marsch bis zum Dorf, doch ehe wir die ersten Häuser erreichten, hatte das Wetter umgeschlagen. Als die Wolke sich von den Westhügeln Badus wälzte, um anderswo auf ihrem Weg nach Papua-Neuguinea weitere grüne Wunder zu schaffen, zwinkerte uns eine nasse, gelbe Sonne aus allen Mulden und Pfützen des Sandweges entgegen. Auf beiden Seiten tropfte sonnengebleichte Vegetation, und glitzernde Regenrinnsale liefen über von der Trockenheit immer noch zusammengerollte Blätter. Als wir uns den völlig verriegelten Häusern näherten, ertönte ein Ruf und pflanzte sich fort, bis wir zu Ronalds Haus kamen, wo die Türen bereits zu unserer Begrüßung geöffnet waren.
Die Mehrheit der Insulanerhäuser stand auf Pfählen, entweder aus Holz oder bei moderneren Bauten aus Beton oder Zement. Obwohl man bei einigen traditionelle Mangrovenpfosten vor-

fand, bestanden sie in der Hauptsache aus Wellblechen; die Räume im Inneren waren mit Hartfaserplatten unterteilt. Wir begriffen bald, daß es nicht Sitte war, Besucher sofort ins Haus zu bitten. Die Einladung des Häuptlings zum Lunch stellte eine außergewöhnliche Ehrung dar. Wie jedoch bereits erwähnt, war auch Ronald selbst so etwas wie eine Ausnahme in bezug auf die Tradition der Insulaner. Er begrüßte uns von der obersten Stufe der Treppe aus wackeligen Planken, die zu seinem Haus führten. Zu Hause trugen die Insulaner nur selten Hosen, sondern bevorzugten die bequemeren, traditionellen Lava-Lava oder Kattuntücher. Diese wurden nur von Männern getragen und bestanden aus einem breiten, einfarbigen Streifen schweren Kattuns, zusammengefaltet und wie ein Rock um die Hüften gewickelt. Vorn wurde das Ganze besonders gebunden, um die Stickerei am Saumrand vorführen zu können. Als Hintergrundfarbe bevorzugte Ronald ein schreiendes Pink. G. bekam etwas in grellem Blau, das er gegen seine durchweichten Cordhosen tauschte. Es dauerte eine Weile, bis er den Frontverschluß meisterte, und ich mußte ihn ständig auf die aufdringliche Gegenwart des Männchens von Tuin-West aufmerksam machen. Ich bekam vorläufig ein weiteres, um die Taille gebauschtes Mutter-Hubbard-Kleid; man erklärte mir, ein «Sulo» sei für mich für das Fest bereitgelegt worden.

Da wir offizielle Gäste des Häuptlings waren, ermunterte man uns, sein Haus aufzusuchen, ehe G. von irgendwelchen Baduleegas mit Maschinenproblemen abgelenkt werden konnte. Bei Annäherung ans Dorfzentrum war deutlich zu erkennen, daß die Vorbereitungen für das Fest in vollem Gange waren. Ein langgezogener Bau, eine Seite auf den gesäuberten Platz hin offen, war aus Blechen errichtet worden, die die ganze Insel zusammengetragen hatte. Gestelle und Böcke aus Mangrovenstämmen und Hartfaser waren in Doppelreihe bis zur Mitte aufgebaut worden. An einem Ende war eine Erdbank aufgeschüttet und seitlich mit Blechen abgegrenzt worden. Darüber hatte man zwei ungefähr sechs Meter lange Eisenrohre gelegt, unter denen eine lange, ununterbrochene Feuerbahn schwelte. Geschwärzte Benzinfässer, die als große Töpfe dienten, dampften und brodelten auf den Rohren, und so etwas wie ein gewaltiger Fischschwanz rauchte einsam an einem Ende. Große Frauen in Mutter-Hubbard-Kleidern oder formlosen Blumenkitteln hantierten am Feuer herum.

«Woa-o!» erschallte Crossfields Stimme zu unserer Begrüßung. Umgeben von zahlreicher Sippschaft saß er auf einem Tisch aus soliden Fässern und Planken. Seine Frau, Teliai Ahmat, belegte einen weiteren Tisch. Sie war so proportioniert, wie es der First Lady eines Inselvolkes zukommt, bei dem Schönheit in Pfunden gemessen wird. Auf ihrem breiten Gesicht lag ein etwas scheues, warmes Begrüßungslächeln. Eine Gruppe erwachsener Töchter stand neben ihr. Crossfield machte die offizielle Vorstellung in Englisch.

«Dies Teliai, meine Meesus, First Lady von Badu. Dies Lucy, Meesus Deral, First Lady von Tuin. Nun ihr euch setzen un' nehmen Tasse Tee. Und wie geht's Mister Deral, Governor von Tuin? Wir machen nach un' nach Lichter fürs Fest. Ich hab' viel gekauft. Ich denk', ich dir geben Arbeit wie verdammt Nigger, bevor andere Kerle dich holen für Motor!»

Seit G. sich Crossfields ewige Achtung erworben hatte, indem er die Innereien der geliebten Red Rose enthüllt und mit einfachen Worten erklärt hatte, was fehlte, um den Traktor wieder funktionieren zu lassen, standen die beiden Männer auf vertrautem Fuß.

Bald schon verschwanden Crossfield und G. in Richtung des Schrägdachs, das den Dorf-Generator beherbergte, und mich überließ man den Aufmerksamkeiten der Damen. Teliai war mir auf Anhieb sympathisch, auch wenn sie zuerst nur sehr zögernd mit ihrem Englisch umging. Als sie dann redete, war ihre Stimme leise und klar und ihre Aussprache vorsichtig. Wieder auf Tuin übte ich die Art und Weise, wie sie «Kokosnuß» sagte, einfach weil es so hübsch klang. Sie teilte mir die Namen all ihrer Kinder mit, die anwesend waren, und zählte dann all jene auf, die noch rechtzeitig zur Zeremonie kommen würden, die zu Ehren ihres Vaters abgehalten wurde. Bei fünfzehn Kindern hörte ich auf mitzuzählen und verlor den Faden. Während wir uns unterhielten, schob sich eine Gruppe junger Mädchen, die jede meiner Bewegungen beobachtet hatten, immer näher heran. Darunter war das Kind, das mir die Fliegen ferngehalten hatte. Nun trat sie besitzergreifend vor, berührte mein noch feuchtes Haar und sagte etwas zu den anderen.

«Sie sagen», erklärte Teliai, «du haben lang 'aar. Sie wollen machen wie Inselfrau. Mädchen hat gemacht Bad für dich.»

Plötzlich stieß sie in ihrer eigenen Sprache ein überraschend lautes Kommando aus, und eine hinkende Frau mit noch weni-

ger Zähnen als der Durchschnitt humpelte los, um etwas zu holen. Am Stummel der letzten Zigarette zündete sich Teliai eine neue an und ließ sich noch tiefer in eine weitere Schicht majestätischen Fettes sinken. Ein winziger, nackter Junge kam schreiend in die Hütte und ließ sich von keiner der Frauen trösten, die ihn aufhoben. Teliai machte ein Zeichen und er wurde ihr in die Arme gelegt.
«Psst, psst, mein klein Bastard.»
Mit den Fingern wischte sie seine Rotzfahne ab und setzte ihn in der Weite ihres Schoßes ab, wo er zufrieden im Schatten ihres gewaltigen Busens liegen blieb.
Ein Schrei ertönte nicht weit vom Haus entfernt, und ich wurde von der hinkenden Frau und einem Haufen Kinder zu meinem Bad geleitet. Auf halbem Weg wurden all die kleinen Jungs in der Gruppe von den älteren Mädchen zurückgejagt. Die Frau, die ihr Gesicht hinter einem Arm versteckte und nervös kicherte, versuchte offensichtlich eine Frage zu formulieren. Ein selbstbewußtes Mädchen im Schulalter sprach für sie. Sie wollte wissen, ob ich mein Bad im Badeschuppen oder im Fluß nehmen würde. Ich fragte, wo die Damen für gewöhnlich badeten; zu dieser Jahreszeit im Fluß, bekam ich zur Antwort.
Deutlich erkennbar hatte es auf Badu schon beträchtlich mehr geregnet als auf Tuin, denn zwischen die braunen, verdorrten Gräser schoben sich bereits einige frische Spitzen, und der kurze «Rasen» unter den Mangobäumen war gleichmäßig grün. Der Fluß zog sich jenseits der Mangobäume zwischen dichtem Schilfrohr dahin. Unten auf einem Stein schrubbte eine Frau Wäsche. Plötzlich mußte ich über die Ironie lächeln, daß ich viele Monate ohne Frischwasserwäsche hatte auskommen müssen und nun an einem einzigen Tag gleich zweimal gebadet wurde. Mein Lächeln löste bei den Mädchen Rippenstöße und Grinsen aus.
«Schau. Sie glücklich.»
Sie wechselten einige schnelle Sätze. Dann nahm mich ein Mädchen von ungefähr acht Jahren bei der Hand und führte mich, immer noch mit Kleid, ins Wasser. Ich bekam ein Stück Seife gereicht. Mehrere Mädchen folgten uns hinein. Als sie bis ans Kinn untergetaucht waren, zogen sie ihre Kleider aus. Ich machte es ihnen nach und erntete zustimmendes Quietschen. Zwei kleine Mädchen tauchten unter Wasser, um meinen seltsam weißen Körper besser sehen zu können; als sie wieder

hochkamen, gaben sie den anderen eine lebhafte Schilderung. Die Kinder planschten und spielten eine Weile; in ihren wilden Haaren perlten glänzende Wassertropfen, ihre straffen, kleinen Körper waren so geschmeidig wie Fischleiber. An einem Ende des Teiches saß eine große, schwarze Eidechse ruhig im Schlamm und schaute gelangweilt zu.

Eingewickelt in viel Stoff — dies war mein «Sulo» — wurde ich durch den Mango-Obstgarten zurück zu einem Tisch gebracht, der unter einem einzelnen Baum mit breiter Krone direkt in der Mitte des Hofgeländes stand. Hier entfernten ein Dutzend emsiger Hände die Nadeln und Bänder aus meinem zusammengedrehten Zopf; dann flochten sie das Haar, das in langen, lockeren Wellen getrocknet wurde, um meinen ganzen Kopf herum. Kleine Finger kämmten durch das Chaos und teilten es in ungleiche Abschnitte auf, vorn, hinten und seitlich. Neunzehn Zöpfe wurden geflochten und auf jedes Ende draufgespuckt, damit es zusammenhielt. Meine Stylistinnen waren mit der Art, wie die Zöpfe herabhingen, gar nicht zufrieden, deshalb ringelten sie sie übereinander und steckten sie mit Nadeln fest, von denen sich ein paar geradewegs in meinen Schädel zu bohren schienen. Dann wurde mir gezeigt, wie das blaßblaue, seidene «Sulo» auf traditionelle Weise gebunden wurde, damit es anmutig von den Achselhöhlen bis zu den Waden hing; über der Brust wurde es so geknotet, daß es in blütengleichen Schnecken abfiel. Amadan, die kichernde Frau, die mich zum Bad geleitet hatte, lauerte im Hintergrund und schwenkte unschlüssig eine mit geheimnisvoller, dicker Flüssigkeit gefüllte Sojasaucen-Flasche, als sie meinen Blick auffing. Als die Kinder mit meinem Haar fertig waren, näherte sie sich und hielt mir die Flasche unter die Nase, wobei sie mit schwankenden, sinnlichen Bewegungen andeutete, wie köstlich das war. Tatsächlich verströmte die Mixtur einen starken, üppigen, sinnlichen Geruch: reines Kokosnußöl, zu süßer, schwerer Emulsion konzentriert. Als ich es mir bereitwillig über Gesicht, Nacken, Rücken und Arme streichen ließ, brach Amadan in ekstatische, erwartungsvolle Begeisterung aus.

«Mmm, mmm», stöhnte sie, die Lippen zusammengepreßt, mit verschränkten Händen und rotierenden Hüften. «Deral dich viel lieben, dich viel lieben», und damit brach sie, von meinem Grinsen ermuntert, in kreischendes Gelächter aus und hämmerte mit der Faust auf meiner Schulter herum.

Wieder unter dem Schutzdach bei den Ahmat-Damen, die mich kritisch begutachteten, sah ich zu, wie drei Frauen sich abmühten, Teliais Füße in ein Paar Schuhe zu rammen. Es waren brandneue, cremefarbene Plastikschuhe, extra für dieses große Ereignis «unten im Süden» gekauft. Bedauerlicherweise war die Sache aussichtslos. Selbst als die Schuhe hinten flach gehämmert und die Seiten aufgeschnitten wurden, wirkten ihre massiven Beine auf die Schuhe, als sie darin zu stehen versuchte, wie ein Baumstamm auf einen Eierbecher. Schließlich gab man die Bemühungen auf, und Teliai wohnte der Zeremonie bequem mit nackten Füßen bei. Ihr Kleid, ein elegantes Zelt in Pink und Purpur mit ellbogenlangen Ärmeln, jeder von der Größe eines normalen Rockes, besaß eine gewisse Ähnlichkeit mit dem, was die Königinmutter zu einer Gartenparty tragen würde.

Als Crossfield in einem frischen, grünen Lava-Lava, gekrönt von einem ungemein dekorativen Hemd, erschien, gab ich angemessene Komplimente von mir, wie großartig er aussah.

«Du schauen deinen Mann», sagte Crossfield und deutete hinüber, wo G. gerade aus dem Badeschuppen auftauchte. «Er nun anständig Inseljunge.» G.s ohnehin schon schlanke Beine steckten in einer schmalen, grellrosa Röhre, so eng und vorn so züchtig geschlossen, daß er Schwierigkeiten hatte, ein Bein vor das andere zu setzen. Die Farbe betonte nur noch seine Bräune, genauso wie das eisblau gestreifte Hemd, das er oben drüber trug. Sein Haar war sorgfältig gescheitelt und gekämmt. Sehr langsam kam er näher, wegen des engen Rockes fast zu Trippelschritten gezwungen. Als er mich mit nackten Schultern und spezieller Frisur sah, legte sich ein herzliches, warmes Lächeln über sein Gesicht.

«Du siehst wunderbar aus, Lu», sagte er, als er sich vorsichtig neben mich setzte, und dann zischelte er lauthals: «Der Jammer ist, sie haben mir mit den Hosen meine Unterhosen weggenommen, ich hab' nichts mehr drunter an!»

Ein mutwilliges, kleines Teufelchen ritt mich:

«Ich schon», prahlte ich, «und zwar aus rosa Seide.»

«Sag so was nicht, Lulu, sag so was nicht. Du weißt, was dann mit mir passiert.»

Ich kicherte und sah ihm lächelnd in die Augen.

«Schaut euch Tuin-Liebespaar an», dröhnte Crossfields Stimme, und gehorsam richteten sich alle Blicke auf uns. Ama-

dans schriller Paarungsschrei in Form eines Lachens schallte irgendwo aus dem Hintergrund.
Den ganzen Mittag über kamen Bootsladungen von Insulanern an, die vom Strand hochschlenderten und ihre Verwandten begrüßten. Wegen des Platzregens waren die Besucher von Thursday Island aufgehalten worden, und man hatte den offiziellen Beginn der Zeremonie verschoben. Neuankömmlinge machten es sich unter den Mangobäumen oder entlang der Außenseite des langen Festbaus gemütlich. Ganze Reihen von Kokosnußmatten wurden hinten auf dem Sand ausgebreitet und nach und nach schichtweise mit kleinen Kindern und Babys bedeckt. Diejenigen Mütter und Tanten, die von der langen Fahrt mit dem Dingi ermüdet waren, streckten sich aus und schliefen friedlich ein, während um sie herum die Vorbereitungen auf vollen Touren liefen. Meine Neugier wurde durch etwas erregt, das in einer überfüllten Ecke des Mango-Gartens vor sich ging, und ich fragte höflich, ob noch genügend Zeit wäre, um es mir anzuschaun.
«Mein 'aus, dein 'aus», sagte Crossfield großartig. «Geh!»
G. saß eine Weile still in seinem Glanz da, dann murmelte er was von einigen letzten Handgriffen in Verbindung mit der Beleuchtung für den Abend. Als er davonmarschierte, heimlich sein Lava-Lava lockernd, trottete ich ihm nach, um ihn in typisch weiblicher Manier zu ermahnen, sich die Kleidung nicht mit Öl zu verschmieren. Er parierte, indem er mir empfahl, keine schwarzen Fingerabdrücke auf meinen rosa Seidenhöschen zu sammeln.
Unter den Mangobäumen fand großes Schweineschlachten statt. Ein hilfreicher, alter Mann befahl einem Schwarm faszinierter Kinder zurückzutreten, damit die Tuinlady gutes Blickfeld hatte. Er erklärte, daß die vier großen Schweine, die zusammengebunden auf dem Boden lagen, etwas ganz anderes wären als die kleinen, schwarzen, wilden Schweine, die sie an gewöhnlichen Tagen aßen; die großen Schweine wären besonders für dieses spezielle Fest gemästet worden. Die Schildkröten, meinte er bedauernd, wären bereits getötet worden und garten nun unter Hügeln, die ich zuerst für zufällig aufgehäufte Erde gehalten hatte. Dies waren die traditionellen «Kapmaurie»-Öfen der Insulaner, eine uralte Kochmethode, die noch, anders als einige der Sitten, die wir noch zu sehen bekommen sollten, aus der Zeit vor Ankunft der ersten Missionare herrührte, die ja die In-

sulaner der Wasserstraße «zivilisiert» hatten. Einer der Öfen war noch nicht bedeckt worden, und ich sah ihn mir näher an. Auf der glühenden Asche eines ziemlich heruntergebrannten Feuers lag ein großer Schildkrötenpanzer, gefüllt mit grob gehacktem Fleisch und sauberen, weißgeringelten Innereien.

«Das Eingeweide», sagte Walter Nona, mein Führer. «Sehr gut.»

Auf diesen natürlichen Kochkessel wurden Bananenblätter und weitere glühende Asche gehäuft. Einige Steine hielten die Blätter an Ort und Stelle. Dann wurde Erde und Sand über dem Ganzen aufgetürmt, und man ließ es langsam garen.

«Wie lange?» fragte ich naiv.

«Oh, bis wir fertig zum Essen, wenn wir haben gegessen anderes.»

Wir gingen an einigen Öfen vorbei, deren Inhalt offensichtlich schon einige Zeit kochte. Der letzte Ofen, größer als die anderen, ungefähr fünf Quadratfuß, war nicht mit Erde, sondern nur mit einer dicken Schicht rauchender Blätter bedeckt. Unter den Blättern lagen Laibe frisch gebackenen, ungesäuerten Brotes, jeder einzelne Laib sorgfältig in Palmblätter eingewickelt. Eine Gruppe von Damen saß auf einer Plane und flocht weitere Hüllen; ein riesiger Mann in einem rutschenden Lava-Lava knetete den Teig, und ein Kind reichte die fertigen Brote an die Verpakkungsmannschaft weiter. Zahnlücken grinsten mich von allen Seiten an. Ein aufgeregter kleiner Junge rollte wie ein Teppich vor meine Füße, rutschte seitlich weg und kreischte schrill: «Tuinlady! Tuinlady!»

«Diese Phoebe», sagte Walter nachsichtig, «sie nicht wissen, ob Junge oder Mädchen.»

Ein entsetzliches Quietschen erhob sich über den allgemeinen Lärm, stieg empor wie Dampf, der unter großem Druck entweicht. Es ging weiter und weiter, nahm an Intensität noch zu, als würde das Tier, das gerade getötet wurde, mit jedem Blutstoß, der aus seiner aufgerissenen Kehle schoß, an Stärke zunehmen, anstatt schwächer zu werden. Eilig steuerte mich Walter zu meiner guten Aussichtsposition zurück. Pawnee Ahmat, Crossfields ältester Sohn und ein Koloß von einem Mann, dem die Sinnlichkeit nur so aus allen Poren dampfte, hatte die Rolle des Chefschlächters übernommen. Der gierige und doch merkwürdig ferne Ausdruck seiner Augen ließ nicht erkennen, ob er nun den Liebesakt vollzog oder einen Mord beging; das verrie-

ten nur seine Hände, die den Blutstrahl der quietschenden Kreatur in einen von einer knienden Frau gehaltenen Kochtopf richteten. Drei andere Männer hielten mit ihrem Gewicht das Schwein in seinem Todeskampf nieder. Die Worte eines Weißen auf Thursday Island schossen mir durch den Kopf: «Langschwein, so nannten sie früher das Menschenfleisch, Langschwein.»
Die Erregung des Tötens brachte selbst die Kinder zum Schweigen.

Die Prozession hinunter zum Friedhof, wo das Grabmahl enthüllt werden sollte, besaß keinerlei Ordnung, aber ihr langsamer Schritt und das Schweigen verliehen ihr Würde. G. und mir war keine bestimmte Position zugewiesen worden, und so marschierten wir hinter Crossfields Gesellschaft her. Als wir durch das Dorf kamen, schlossen sich immer mehr Leute an, bis die gesamte Bevölkerung der Insel einschließlich aller Gäste von außerhalb eine lange Reihe mit jeweils sechs Personen nebeneinander bildete. Insgesamt waren es ungefähr 300 Menschen. Teliai hatte mir zuvor erklärt, worum es bei der Zeremonie ging, da sie in der Sprache der Insulaner abgehalten wurde. Es war eine einheimische Erweiterung der christlichen Beerdigungstradition. War ein Mensch begraben worden, so sparten seine Verwandten das ganze nächste Jahr über, um ihm einen Grabstein zu kaufen. Die Ausmaße und die Pracht des Steines hingen von der Stellung ab, die der Verstorbene in der Gemeinschaft eingenommen hatte, sowie von der Größe seiner Familie. Manchmal mußte zwei Jahre gespart werden, damit es für einen Stein reichte, der groß genug war, um den Toten zu ehren. Partys wurden zu Ehren des Toten anläßlich christlicher Feste wie Weihnachten oder Ostern gegeben, damit man sich während des ersten Jahres nach seiner Beerdigung bei jeder Gelegenheit an seinen Namen erinnerte. Die Enthüllung des Grabsteins stellte eine Bestätigung dar, daß er schließlich zur Ruhe gebettet worden war und man alle Ehrungen erfüllt hatte. Zeitlich gesehen stimmte das zufällig mit dem alten Glauben überein, wonach der Geist eines Menschen jetzt seine endgültige Form angenommen hatte und sich nicht mehr als Totem-Bestie, beispielsweise als Hai oder Krokodil, herumtrieb.
Auf den offiziellen Teil der Zeremonie wurde eindeutig keine überflüssige Zeit verschwendet. Einige Gebete wurden gespro-

chen, die Gesichter in ernste Falten gelegt, und dazu sang man noch ein paar «Hymnen» mit viel Gepfeife und Gestampfe von seiten eines halbblinden Mannes mit breiten, feuchten Lippen, der so was ähnliches wie der Klagesänger des Dorfes zu sein schien. Er war es, der die Versammlung am Grab beendete und die Insulaner dann mit fröhlichen, weitschweifigen Gesten entließ, damit sie sich um das kümmern konnten, worum es eigentlich ging: das Feiern.

Auf dem Rückweg zum Dorfzentrum traf die Prozession, nun schnell und lautstark, auf eine Truppe kostümierter Gestalten, die eine große, freie Fläche mit Beschlag belegten. Auf einer Seite saß ein alter Mann, der eine lange Trommel liebkoste, die wie eine doppelbödige Vase geformt und an einem Ende mit Haut bespannt war. Zu beiden Seiten von ihm saßen Frauen mit Benzinfässern und schlagbereiten Bambustrommelstöcken auf dem Boden. Die Prozession zerfächerte zu einer stehenden Menge, und die ersten Noten, die der alte Mann mit der Handfläche schlug, ließen das geräuschvolle Geschiebe der Menschen verstummen. Der langsame, hohle Klang hielt einige Augenblicke an, dann fielen die Metalltrommler ein und verdoppelten den Grundrhythmus. Eine winzige Frau mit weißem Haar und von irgendeiner Krankheit verunstalteten, verkrüppelten Händen produzierte einen erstaunlich lauten und kräftigen Ton, der aus den tiefsten Tiefen des Lebens, das noch in ihr steckte, hervorzubrechen schien. Sie wurde unterstützt von zwei jüngeren Frauen neben ihr, die den Ton aufnahmen; nach und nach stimmte jeder anwesende Baduleega ein, mit Ausnahme jener, die nun zu tanzen begannen.

In fünf langen Reihen bewegten sie sich auf die Menge zu. Die größten Männer und die besten Tänzer waren vorn. Dann kamen die zweitbesten, gefolgt von einer Reihe jüngerer Männer. In der vorletzten Reihe standen die heranwachsenden Jungs und ahmten mit ihren leichteren Körpern die gewichtigen Bewegungen der Männer vorn nach. Die hinterste Reihe der Tänzer bestand aus sämtlichen männlichen Kindern, angefangen von geübten Jungs in Alfies Alter bis hinunter zu Kleinkindern, deren Lava-Lava nicht größer als Taschentücher waren. Alle Tänzer trugen schwingende Röcke über ihren roten Lava-Lavas, aus der blassen Innenseite einer speziellen Palmwedelsorte hergestellt. Auf ihren Köpfen saßen hohe, bemalte Masken, die Clansymbole, ausgeprägt wie Heraldik auf einem Schild. Um

ihre dunklen Fußknöchel hatten sie sich weiße Bandagen geschnürt – «Maka-Mak» – die beim rhythmischen Heben der Füße den Eindruck vermittelten, als wären all die Tänzer eine einzige Kreatur, die sich wie ein Geist knapp über dem Boden bewegten. Einige der Vortänzer hielten Rasseln, aus der Bohnensorte gemacht, die ich auf Tuin gesehen hatte; diese schüttelten sie im Rhythmus des Tanzes.
Ich erfuhr, daß zwar die Tänze auf einer bekannten Folge traditioneller Bewegungen basierten, jedoch ganz individuell von dem alten Mann choreografiert worden waren, damit sie zu dem Wortlaut eines Liedes paßten. Jeder Insulaner konnte in den Monaten vor einer Festlichkeit, bei der getanzt wurde, zu ihm kommen und sagen, er hätte gern ein Lied über ein Thema, das ihm am Herzen lag. Angenommen, so erklärte Ronald mir, er vermisse beispielsweise seine Tochter Reuben, während sie unten im Süden in der Schule war, so konnte über dieses Thema ein Lied und ein Tanz entworfen werden, worin das Gemisch aus Traurigkeit und Glück zum Ausdruck kam, wenn man jemand vermißte und sich gleichzeitig auf dessen Rückkehr auf die Insel seiner Geburt freute. In den alten Zeiten waren ähnliche Lieder über Familien geschaffen worden, die ihre jungen Männer vermißten, die für lange Zeit fort waren, um auf anderen Inseln auf Kopfjagd zu gehen oder bei den Papuas Kanuholz einzutauschen.
Nach dem Tanz der Männer kam eine Darbietung der Frauen und Mädchen, alle in königsblauen Mutter-Hubbard-Kleidern mit weißer Einfassung an Ärmeln und Rändern. Aber diese Nachmittagstänze bildeten lediglich das Vorspiel zu dem «großen Tanz», der später folgen würde. Damit wurde nur die Tatsache unterstrichen, daß das Fest begonnen hatte. Einmal angefangen, hörten die Trommeln drei Tage und drei Nächte nicht mehr auf zu dröhnen. In dem Augenblick, in dem der alte Anführer des Tanzes in seinem Schlag nachließ, wurde er von jemand anderem abgelöst. Allmählich konnte man sich das Leben auf Badu ohne die ständige Gegenwart der Trommeln gar nicht mehr vorstellen, manchmal verstärkt vom Klicken gespaltener Bambus-«Palgas», von Stampfen, Singen oder Tanzen, stets aber in der ursprünglichsten Form, der gleichmäßige, fordernde Herzschlag der Leittrommel. Obwohl illegalerweise vorhanden, versteckt hinter Büschen und Blechschirmen, war Alkohol überflüssig; die Insulaner besaßen das uralte Rausch-

mittel der rhythmischen Massenbewegung, das stärker als jeder Wein wirkte.
Eine weitere Formalität mußte durchgestanden werden, bevor die Leute die Zügel ihrer Feier in eigene Hände nahmen. Das waren die Reden vor Ausgrabung des ersten Essens. Zurück bei Crossfield, versammelte sich die ganze Gesellschaft in der Gegend der langgestreckten Hütte. Zuerst sprach Joey Nona, ein Repräsentant des Badu Island Councils. Er hielt seine gesamte Rede in der Insel-Sprache. Dann wurde das Podium für Crossfield freigemacht, der mit dem Selbstbewußtsein eines frei gewählten, beliebten Häuptlings zu seinem Volk sprach; ganz zum Schluß ging er zögernd zu Englisch über, aber immer noch mit hallender Stimme, die auch die entferntesten Ohren der Versammlung erreichte.
«Hier wir sind, alles Inselvolk von weit, unsere Familie un' Freunde. Meine Familie von Mabuaig un' die zwei von Tuin. Von T.I. (Thursday Island), von unten im Süden. Wir alle Inselvolk hier zusammen zum Feiern. Okay.»
G. und ich waren ungemein gerührt, daß wir in diese Rede eingeschlossen wurden; schließlich stammten wir aus einer anderen Welt und beschäftigten uns mit einem für die Insulaner unverständlichen Projekt. Außerdem diente es als Massenvorstellung für jene in der Menge, die uns sehen konnten; von da an wurden wir ohne jede Scheu als Deral und Tuinlady begrüßt. Im Laufe unserer länger anhaltenden Bekanntschaft wurde ich Lucy gerufen, in der Insel-Sprache aber stets als Tuinlady bezeichnet. Nach und nach schnappte ich ein paar Worte auf und fühlte mich geschmeichelt, als ich hörte, daß man von mir als «Capu caz» sprach, eine schmeichelhafte Bezeichnung für einen guten Menschen. Als ich viel später zu erklären suchte, daß ich zwar die Inseln liebte, aber trotzdem mein Heimatland vermißte und nach Ablauf des Jahres abreisen würde, lächelten sie und versicherten mir, daß ich zurückkommen würde, denn ich hätte Wongai gegessen, und wer Wongai aß, würde stets zu den Inseln der Torres-Straße zurückkehren.
Nachdem die offiziellen Ansprachen vorüber waren, breitete der Klagesänger und Ausrufer des Dorfes, der auf den Namen Yopele hörte, seine langen Arme weit aus, als wollte er jede einzelne anwesende Person umarmen; er richtete seine rheumatischen alten Augen über die Köpfe der Menge, rief den Segen des Christengottes auf sie herab und forderte sie dann zum Es-

sen auf. Dies schien ein wohlbekannter Scherz zu sein; als die Leute nicht sofort zum Essen stürzten, stampfte Yopele auf und brüllte, halb in «Yarca» (der einzige Name, den er mir für die westliche Insel-Sprache nennen konnte) und halb in Englisch: «Kommt, los, nicht scheu sein, füllt euch den Bauch, füllt Teller zweimal, dreimal! Ayey wal!»
Und auf einmal taten alle genau das, was er gesagt hatte. Schubkarren voll mit dampfendem Schildkrötenfleisch wurden von den Kapmaurie-Öfen rübergebracht; große Platten mit gekochtem und gegrilltem Dugong wurden über die Gestelle verteilt, zwischen Bergen von Reis, Süßkartoffeln und Yams, mit Kokosnuß gekocht; zentimeterdicke Scheiben gerösteten Schweinefleisches wurden neben orangefarbenem Kürbis und zusammengerollten Eingeweiden auf die Platten gehäuft. Kleine Teller mit rohen Pfefferschoten wurden neben jeden Reisberg gestellt, um die Leute zu ermuntern, mehr zu essen. Als ich mich bedienen wollte, füllten hilfreiche Hände von allen Seiten unsere Teller mit dem besten Teil vom Dugong, dem Fett. Messer und Gabeln lagen auf den Tischen, aber nur wenige Leute nahmen davon Notiz. Beim zweiten oder dritten Nachschlag häuften sie sich neben ihren Fleischbatzen einen in Kakaopulver und Kokosnuß gerollten Biskuitkuchen auf die Teller, ihre Version des australischen Lamington. Andere Süßigkeiten waren Pudding und Sago, aus Trockenmilch zubereitet. Auch Früchte aus der Dose gab es, aber ich stürzte mich auf frische Wassermelone, wobei ich im Vorbeigehen einer gewaltigen Frau, die sich ebenfalls bediente, erklärte, daß es für so was auf unserer Insel noch nicht genügend Wasser gäbe; meine Melonensamen steckten gerade erst in der Erde.
«Wa», sagte sie, ein Echo von Titoms Worten, «kleine Insel komisch Ort.»
Drohende Anzeichen bevorstehenden Regens konnten das Festmahl nicht verderben. Donner, «Duyoum», und Blitz, «Panipan», wurden mit zustimmender Begeisterung begrüßt. Die Feuchtigkeit kam spät dieses Jahr; sollte es regnen, würden die Tänzer sich davon nicht stören lassen. Als die Dunkelheit kam, wurden die verwüsteten Tische zurückgeschoben, und die Menschen entspannten sich sitzend oder streckten sich zufrieden im Sand aus. Überall lagen die Körperchen kleiner Kinder herum, manche mit so vollgestopften Bäuchen, daß sie bereits schnarchten. Bemerkenswert, daß niemand getreten wurde. Die

Tänzer hatten sich inzwischen in ihren Prachtstaat geworfen. Dröhnende Begeisterung, als mit dem Anspringen des Generators G.s Beleuchtungssystem aufflammte. Teliai erhob sich und führte die Frauen in einen wunderbaren Tanz, der deutlich erkennbar vom Meer handelte. Reihen blaugekleideter schwankender Frauen wogten vor und zurück, geschmückt mit weißen Reiherfedern, die wie weißer Schaum auf den Wogen wirkten, wenn sie im gleichen Takt geschwenkt wurden. Es folgte ein «Pussycat»-Tanz mit erheiternden schwarzen und weißen Katzenmasken, die aus der verschatteten Tanzfläche vorstießen und sich in grimmig vorgetäuschtem Kampf gegenüberstanden. Vielleicht aber war der Pfeil-und-Bogen-Tanz der aufregendste von allen. Eine große Anzahl von Männern nahm daran teil; jeder einzelne führte einen gewaltigen Bogen mit sich, größer als er selbst, und einen einzigen, grell bemalten Pfeil. Die kleinsten Jungs hatten ihren «Bunera» und «Tiak» in entsprechender Verkleinerung. Bei diesem Tanz wurde das Geräusch, das beim Abschuß der Pfeile entsteht, sehr wirkungsvoll gegen den Grundrhythmus der Trommeln eingesetzt. Die Pfeile wurden nicht tatsächlich abgefeuert, sonst wäre der größte Teil des Publikums tot gewesen.
Waren die Insulaner schon zuvor recht nachlässig mit der Zeit umgegangen, so erfuhren wir nun, daß während einer Feierlichkeit die Zeit als Begriff vollkommen aufhört zu existieren. Das Singen und Tanzen ging den ganzen Tag und die ganze Nacht hindurch weiter. Brach eine Gruppe von Darstellern vor Erschöpfung zusammen, so wurde sie fortgeschafft, und andere nahmen ihren Platz ein. Irgendwann, nachdem der Regen eingesetzt hatte, begannen G. und ich, daran gewöhnt, bei Sonnenuntergang zu Bett zu gehen, uns vage zu fragen, wo wir schlafen sollten, und ob man für uns überhaupt Schlaf eingeplant hatte. Schließlich brachte uns eine von Crossfields Töchtern zu dem Mango-Obstgarten, wo für uns ein Zelt errichtet worden war. Wer immer es aufzubauen versucht hatte, war damit anscheinend nicht ganz zurechtgekommen; ein kleiner Umbau im strömenden Regen war nötig, ehe wir reinkriechen konnten. Mittlerweile war es uns längst egal, wo wir untergebracht waren, Hauptsache, wir konnten unsere Köpfe irgendwo niederlegen, was auch unser Glück war, denn das Zelt erwies sich als hundertprozentig nicht wasserdicht; man mußte schon ziemlich müde sein, um mitten im Monsun auf einer fremden Insel bei

unaufhörlichem Eingeborenengesang, der mit dem Regen konkurrierte, schlafen zu können.
Erstaunlicherweise schliefen wir tatsächlich, vielleicht weil wir so vollgestopft waren mit Essen und Eindrücken. Als wir morgens erwachten, hatte der Regen aufgehört, aber wir hätten genausogut draußen schlafen können. Auf einer Seite war das Zelt total eingefallen, und auf dem Boden hatte sich eine Wasserpfütze gebildet; wir beide lagen in den tiefsten Wassergräben. Steif und stöhnend krochen wir hinaus, wie ein «Greisenpärchen», wie G. es treffend formulierte, und starrten auf die Wasserwelt von Badu.
Drüben bei der langestreckten Schutzhütte führte eine anscheinend unermüdliche Frau einen Solotanz zum Rhythmus der Trommel auf. Ihr durchweichtes Kleid klebte an ihrem großen zuckenden Körper; ihre Augen waren geschlossen, während ihr Mund sanft die Worte eines Liedes formte. Jenseits des Hofgeländes hatten sich kleine, reißende Wasserströme gebildet. Das Küchengebiet der Hütte, auf das G. und ich tropfend zutrabten, war knöcheltief in schlammschwarzem Wasser versunken. Amadan paddelte herum, um für über hundert Seelen Frühstück zu machen, die die Nacht in der Umgebung des Dorfzentrums verbracht hatten. Eine große Blase stark riechenden Fettes platzte mit dem Ton eines Furzes von einem soliden Stück Dugong, das über dem Feuer röstete.
«Beherrsch dich, Lu», sagte G., und ich klatschte ihm auf sein nasses Hinterteil.
«Ah», sagte er und hielt vor einem schwarzen Gebirge, das den Weg zu dem einzigen trockenen Sitz blockierte, der nicht von einem schnarchenden Körper belegt war, «ich wollte dich schon die ganze Zeit vorstellen, Lu; das ist Yaya, er hat mir bei Crossfields Traktor geholfen.»
Yayas riesiger runder Kopf, das Haar genau wie meins oben korkenzieherartig angespitzt, rollte in einer Pfütze herum. Seine fetten, dunklen Lippen, im Schlaf vorgeschoben, küßten den Schlamm in unschuldiger Obszönität. Amadan, ein dreckiges Tuch gegen ihren kichernden Mund gestopft, schubste mehrmals mit dem Fuß gegen seinen Bauch. Als er sich endlich rührte, sprang sie mit einem Satz hinter einen Tisch; aber sie hätte sich keine Sorgen zu machen brauchen, es dauerte noch einige Zeit, bis Jung-Yaya geistig wieder da war. Er hatte letzte Nacht mit einer Flasche Alkohol mit Methanolzusatz, angerei-

chert mit einer grünen Essenz zum Kuchenfärben, gefeiert; die gleiche Mixtur verwendeten Inselfrauen, wenn sie ein Kind abtreiben wollten.

Während G. und ich eine Begrüßungstasse Tee schlürften, begannen sich nach und nach die Körper um uns herum zu rühren. Pawnees hübsche Frau Lily löste sich von ihrer schlafenden Brut und spuckte lauthals aus, ehe sie sich die Nase in ihren Kleidersaum schneuzte. Als sie durch Schlamm und zwischen Kindern hindurch an uns vorbeiwatete, schenkte sie uns trotzdem ein herrlich schläfriges Grinsen. Pawnee tauchte aus anderer Richtung auf und schaute vorübergehend gesättigt drein. Geistesabwesend tätschelte er Lilys Hintern, als er gähnend an ihr vorbeiging, und sie gab ihm mürrisch eins auf die Nase. Hinter ihrem Rücken vollführte Amadan für mich eine boshafte Pantomime eines doppelten Ehebruchs. Verwuschelte Kinder rappelten sich hoch und zerrten ihre kleineren Brüder und Schwestern zu Frühstück und Hinternputzen zu den Tischen. Meine kleinen Begleiterinnen beim gestrigen Bad lächelten mir trübe zu.

Die Tänzerin, die die ganze Nacht durchgehalten hatte, kniete jetzt, aber ihr Körper bewegte sich noch immer zum Rhythmus der Trommel. Neben dem Schlagmann schien jemand zu erwachen. Seine Hände suchten eifrig die zwei Stöcke, mit denen er vorher das Benzinfaß bearbeitet hatte, und er begann augenblicklich zu spielen. Sogleich richtete sich eine Frau auf, fing an zu singen, und Worte und Rhythmus wurden über die ganze Länge der Hütte hinweg aufgenommen. Das Fest begann von neuem, als wäre es nie kurz vor der Morgendämmerung unterbrochen worden.

Hinter jeder Begegnung steckt eine Geschichte, das Leben eines Mannes drückt sich in jedem Satz aus, den er äußert, die Geschichte einer Nation verbirgt sich in den Handlungen eines Kindes. Die plötzlich aufkommenden Nordwestwinde und das vielfältige Konzert des Regens machten jede Rückkehr nach Tuin momentan unmöglich; gefangen auf Badu Island, lernten G. und ich viele Leute kennen und hörten viele Geschichten. Wir erfuhren von dem starken Glauben an «Purri-Purri», die geheimnisvolle, dunkle Kraft, die unter dem Kommando gewisser Männer stand und über die Macht zum Töten verfügte. Ein junger Mann war auf der Dugong-Jagd von einem Harpunenseil auf tückische Art stranguliert worden. Er war natürlich nicht das Opfer eines Unfalls: Er hatte sich am Tag zuvor geweigert, mit seinen Handflächen die Handflächen des Purri-Purri-Mannes zu berühren. Die Vögel, die nachts kreischend tief über die Häuser flogen, waren natürlich keine Vögel, sondern wütende Teufel mit Flügeln. Ein Mann war als Zauberer von der Insel verbannt worden, weil man gesehen hatte, wie er sich mit dem Gesicht über die Erde beugte und Flammen aus seinem After schossen. Mein respektloser Vorschlag, daß er vielleicht nur zuviel Wongai-Früchte gegessen hatte, löste nur mühsam unterdrücktes Gelächter aus, aber der Glaube war nichtsdestoweniger real und fest in einer Kultur verankert, die zwar von der im Jahre 1871 eingetroffenen «Erleuchtung» künstlich überdeckt, aber nie vollkommen ausgelöscht worden war.

Anfangs wurde ich von den Baduleegas, die noch nie auf Tuin gewesen waren, mit Vorsicht behandelt, und bis der Groschen fiel, daß ich «Tuinlady gehören Deral» war, nannten mich viele automatisch Schwester, in der Annahme, daß ich entweder eine Krankenschwester war oder irgendwas mit der Kirche zu tun hatte. Yopele, der Dorf-Ausrufer, ein alter Mann mit vielen interessanten Geschichten, ließ sich nur schwer davon überzeugen, daß ich, obwohl ich aus England kam, der Heimat der ursprünglichen Londoner Missionsgesellschaft, nicht auch notwendigerweise eine Sonderbotschafterin des Herrn war. Versuche, ihn über die Vor-Zeit zum Reden zu bringen, wurden oft unterbrochen von einer seiner jaulenden Ansprachen über die Liebe Gottes und die Güte des weißen Mannes. Im gleichen Atemzug erzählte er mir, daß er als Junge eingesperrt worden war, weil man ihn auf dem gleichen Pfad gesehen hatte, auf dem auch eine weiße Frau ging. Eines Tages schloß ich einen Handel mit ihm ab: Erzählte er mir eine wahre Geschichte aus der Vor-Zeit, dann würde auch ich ihm eine wahre Geschichte aus der britischen Vor-Zeit erzählen, aus der Zeit vor der gegenwärtigen «Missus Quin». Unglücklicherweise war er von meinem detaillierten Bericht der Ehegeschichte von Henry VIII so gefesselt, daß er seine Geschichte nur so herunterrasselte und sich dann an die Übersetzung meiner Geschichte machte und sie in «Yarca» erzählte. Er berichtete mir jedoch, daß der alte Doroky, ein Verwandter von ihm, als erster Mann Zeuge einer

Taufe auf Mabuaig geworden war und die Sitte dann selbst auf Badu eingeführt hatte, mit der kleinen Verfeinerung, daß die getaufte Person schwer kämpfen mußte, so lange sie sich unter Wasser befand, und der «Priester» den Betroffenen untertauchen mußte, bis er keinen Widerstand mehr leistete. Leicht verlegen informierte er mich auch, daß «Tamate» die letzte bekannte Person gewesen war, die man aufgefressen hatte; er hatte das schimpfliche Schicksal erlitten, an den Gestaden von Goaribari Island zu Beginn des zwanzigsten Jahrhunderts mit Sago gekocht zu werden. Später erfuhr ich, daß «Tamate» ein gewisser Reverend Chalmers gewesen war. Nachdem er mir das erzählt hatte, erkundigte er sich sofort, was aus «den anderen» auf Tuin geworden war. Ich vermutete, er meinte damit die Fotografin, die mit uns zusammen vor all den Monaten im Dingi gesessen hatte. Jetzt fiel mir auf, daß eine Anzahl von Insulanern mir diese mysteriösen Wörter nachgerufen hatten, als ich an ihren Häusern vorbeigegangen war:
«Wie gehn dies andere Frau?»
Ich hatte stets angenommen, es handle sich dabei um mutwillige Anspielungen in Verbindung mit den weiblichen Blicken, die in G.s Richtung geworfen wurden, aber jetzt hatte ich die echte Erklärung dafür entdeckt. Weil die junge Fotografin offensichtlich von keinem Boot abgeholt worden war, hatte man vermutet, daß sie entweder gestorben war oder irgendeine andere Verwendung gefunden hatte ... Der alte Yopele brüllte vor erleichtertem Gelächter, als ich ihm erzählte, der Hubschrauber hätte sie gleich am ersten Tag sicher aufgenommen. Ich erfuhr, daß der von den Insulanern längst aufgegebene Kannibalismus bei weitem nicht das grausige Schauspiel einer im Kochtopf schreienden Gestalt, wie man sich gemeinhin vorstellt, sondern in Wirklichkeit eine hoch ritualisierte und in vielen Fällen ehrerbietige Sitte gewesen war. Für gewöhnlich wurde lediglich das Fleisch aus der Stirngegend tapferer, junger Männer verspeist, in dem Glauben, daß ihre Stärke und ihre bewundernswerten Eigenschaften auf den Esser übergehen würden. Die getrockneten Hände und Füße von verehrten Verstorbenen trugen die Trauernden um den Hals; in bestimmten Fällen wurde der Schädel sorgfältig gesäubert, mit Wachs modelliert und diente dann als Anbetungsobjekt. Sachen dieser Art hört man von «zivilisierten» Kriegen nicht. Mittlerweile hatte ich begriffen, daß Not einen Zustand potentieller Gewalt-

tätigkeit in einem Individuum erzeugt, aber es bedarf schon der Gewalttätigkeit einer verfeinerten Zivilisation, um Not unter Tausenden zu erzeugen.

Die Nacht in dem durchweichten Zelt war kein reines Vergnügen gewesen. Weil man wußte, daß wir auf Tuin ständig im Zelt schliefen, sogar unser Zelt ins Haus gebracht hatten, war man stillschweigend davon ausgegangen, daß für uns nur diese Form der Unterbringung in Frage kam. Als dieses Mißverständnis aus dem Wege geräumt war, wurde es sofort gemütlicher. Wir erhielten ein Zimmer in Crossfields Haus mit einer Doppelmatratze; alle Kinder, die tagsüber den Fußboden belegt hatten, wurden regelmäßig entfernt, bevor wir zu Bett gingen, obwohl sie durch ein Fenster in der Trennwand aus Hartfaser alle interessanten Aktivitäten genau beobachten konnten. Nach Einbruch der Dunkelheit tauchten kleine, stechende Viecher auf, aber der Luxus einer dünnen Matratze machte diese Unbequemlichkeit mehr als wett. G. mit seinem immer noch knochigen Rücken befand sich auf der Matratze im siebenten Himmel. Ich hatte nicht so sehr unter dem harten Bett auf Tuin gelitten; dafür gewöhnte ich mich nur schwer wieder an die Geräusche anderer menschlicher Wesen in der Nähe. Wenn G. schlief, winkte ich manchmal zu den kleinen, spähenden Gesichtern am Fenster hoch. Yaya war aufgrund seines unerträglichen Geschnarches, das noch in hundert Meter Entfernung den Tisch im Mango-Garten erzittern ließ, aus dem Haus verbannt. Crossfield schlief zusammen mit einem Haufen Kinder und Enkelkinder auf dem Fußboden vor unserem Zimmer, und Teliai wechselte zwischen einem Bett im Haus und ihrem Tagestisch drüben in der langen Schutzhütte.
Mit jedem Tag, der verging, wurde G. für die Insulaner immer wertvoller. Eine winzige Frau, der man trotz ihres kleinen Wuchses widerwillig Respekt entgegenbrachte, schickte eine Nachricht, daß ihr Sohn ihr unten im Süden einen modernen Ventilator gekauft hätte, um ihrem sterbenden Mann die letzten Tage zu erleichtern, aber sie besäße keinen Strom dafür. Fast eine Woche lang besuchten wir jeden Tag ihr Haus, und dann hatte G. ihr aus allem möglichen auf der Insel herumliegendem Abfallmaterial einen Generator gebastelt. Ihre Dankbarkeit war überwältigend, und über einen Monat später, als ihr Mann

starb, schickte sie uns auf der Stelle eine Sonderbotschaft mit der Bitte, «die zwei von Tuin» möchten die Totenwache mit ihr halten. Der alte Mann, der dreiundzwanzig Jahre lang Häuptling von Badu gewesen war, bevor ihn der Stich eines Teufelsfisches ans Bett fesselte, pflegte dazusitzen und mit einem sanften Lächeln reinen Vergnügens zu lauschen, wenn ich ihm erzählte, wie sehr das Volk von Badu uns geholfen hatte. Er hatte eine große Anzahl von Kindern, darunter zwei Teenager-Töchter, die beide auf vollkommen unterschiedliche Art und Weise sehr sexy waren. Sprach er von ihnen, dann erhob er seine verkrümmten Hände in einer Geste, in der die ganze Verwirrung der älteren Generation über das Benehmen der Jugend zum Ausdruck kam. Peena, die ältere, war wie ihre Mutter außergewöhnlich schlank, und man hätte sie als hübsch bezeichnen können, hätten nicht ihre Vorderzähne gefehlt. Ihr stolzester Besitz war ein großer Kassettenrecorder, auf dem sie nur ein Lied spielte: «If I said you had a beautiful body, would you hold it against me?» Als G. und ich da waren, spielte sie es einmal zweiunddreißig Mal hintereinander, liebevoll das Gerät streichelnd, aus dem die Töne kamen. Das jüngere Mädchen, Olita, spazierte mit ihrem üppigen Körper durch die Gegend, mit nichts weiter bekleidet als einem spitzenbesetzten Halbunterrock aus Nylon, der ihr von der Brust bis zu den Kniekehlen reichte. Sie besaß riesige, warme, träge Augen und ein Lächeln, das alles andere als scheu war. Vielleicht war es ganz gut, daß der liebe alte Vater Nona praktisch blind war.

Ich war ungeheuer stolz auf G.s Reparaturerfolge, und während der Wochen, die wir auf Badu festhingen, wurde mir klar, wie leicht er hier für sich eine Zukunft aufbauen könnte. Auf der ganzen Insel standen die Beweise seines Fleißes und seines Könnens. Red Rose funktionierte nun wunderbar, und nachts markierte eine Lichterkette vom Dorfzentrum bis nach Dogai seine erfolgreichen Basteleien an Generatoren. Nachdem all die dringenden Arbeiten getan waren, wühlte er tagelang in Crossfields Garage herum, bis er in irgendeiner Ecke auf ein Ersatzteil stieß, das er mit einem anderen Teil verbinden und so zu einer funktionierenden Maschine zusammensetzen konnte. Crossfield war ungemein beeindruckt und verbrachte viele Stunden damit, ihm zuzusehen und zu helfen. Yaya war G.s

ständiger Begleiter und vertraute ihm bald all seine persönlichen Probleme an. Er wünschte sich verzweifelt ein Mädchen, aber da sich keine der Badu-Frauen wegen seines schrecklichen Geschnarches und seines gewaltigen Körperbaus in seine Nähe wagte, mußte er sich gelegentlich mit kleinen Jungs abgeben; der Jammer dabei war, daß sie manchmal mehr als nur eine Büchse Coca-Cola wollten, und Onkel Crossfield gab ihm kein Geld mehr. In einer geheimen Ecke hatte er sich einen Spiegel und einen dreizackigen Kamm aufgehängt und brachte Stunden damit zu, sein großflächiges, aufgedunsenes Spiegelbild anzustarren und vergebens an seinem Haar herumzustriegeln.
Ich verbrachte die meiste Zeit damit, auf einem Benzinfaß bei G. in der Garage zu sitzen und ihm Schraubenschlüssel zu reichen oder den Damen unter dem Hammond-Baum Gesellschaft zu leisten. Zwar hinderte mich niemand daran, allein loszuspazieren und Ronald, Yopele oder die Nicht Mehrs zu besuchen, aber ich war mir bewußt, daß diese Selbständigkeit als exzentrisch angesehen wurde. Es war neu für mich gewesen, die Lebensweise der Insulaner zu beobachten und zu teilen, aber dieser Reiz des Neuen ließ zwangsläufig nach, und ich begann die Einschränkungen zu spüren, die das Leben auf Badu mir auferlegte. Dazu gesellte sich die wachsende Erkenntnis, daß die milden Wetterabschnitte zwischen Wind und Regen immer länger wurden; hätte G. genauso sehr wie ich nach Tuin zurückgewollt, wir hätten längst fahren können.
Es gab viel vages Gerede über die Zukunft. Crossfield war begeistert von G.s Idee, eine Mechanikerschule für junge Insulaner zu eröffnen, und pflegte zu sagen:
«Wenn du fertig auf Tuin, du Buch geschrieben hast un' alles, du kommst hier nach Badu. Dann wir lassen die Kerle zahlen, wenn du Maschin' machst. Nix mehr Fressalie, nur Dollar!»
Es war eine Möglichkeit, die G. sehr ernsthaft in Betracht zog; wenn wir nachts auf unserer nach Urin duftenden Matratze lagen, dann sprach er voller Wärme und Optimismus von dem Leben, daß wir uns hier gemeinsam einrichten konnten. Es wäre so leicht gewesen, in die Wogen seiner Begeisterung einzustimmen und mich nicht mehr als die Lucy zu sehen, die ich kannte — die entschlossene Frau, die eine einmal begonnene Sache bis zum Ende durchstand, egal wie —, sondern so, wie mich jeder hier sah, als «Ipeca gehört Deral», Derals Frau, so, wie G. mich haben wollte.

Verwirrt und voller Schuldgefühle — befand ich mich nicht schon wieder in einer Position, wo ich als einzige G.s Glück beeinträchtigen konnte? — ertappte ich mich dabei, daß ich fast nachgegeben und das träge, satte Leben als Mechanikerfrau auf Badu als mein Schicksal akzeptiert hätte. Ich besaß keine Vorstellung mehr davon, daß ich über irgendwelche Fähigkeiten, über Charakter oder Geisteskraft verfügte. Intellekt war für mich nutzlos; er sah meine Sehnsucht nach Tuin als unlogisch an, für die es keinen vernünftigen Grund gab, ja sogar als Verrücktheit. Aber mein Herz und mein Körper besaßen eine laute Stimme, und in ihnen steckte eine Macht, die ich immer noch mit meinem wirklichen Ich in Verbindung bringen konnte; deshalb gehorchte ich ihrem Befehl.

Jeden Tag trugen mich meine Füße zum Strand hinunter, wo ich über die grauen Wellen starrte und einen Blick auf Tuin zu erhaschen hoffte. Außerdem überprüfte ich, ob Isobel bereit war, sollte der Wind plötzlich ganz einschlafen. Aber es gab auch absolut windstille Tage, und mir war nur zu klar, daß G. einen stichhaltigen Grund für eine Verschiebung finden würde, falls ich vorschlug abzufahren. Ich wollte das nicht hören und sagte deshalb nichts. Ich schmachtete lediglich weiter vor mich hin. Es war verständlich, weshalb G. einer Rückkehr zur Insel so widerwillig gegenüberstand: dort mußte er sich in der ungemütlichen Schutzhütte einrichten und mit dem Buch beginnen, das die Geschichte des Inseljahres erzählen sollte, und dieses Jahr dauerte nur noch einige wenige Monate. Was würde dann mit uns geschehen?

In einer geheimen Ecke seines Herzens, in die er nur selten einen Blick warf, wußte G. stets, so glaube ich, daß trotz unseres jetzt liebevollen Verhältnisses unsere Ehe für mich nur um des Projektes willen bestand. Er wußte, sobald das Jahr vorüber war, würde ich ihn verlassen, und deshalb mußte er sich um seine Zukunft kümmern. Aber er wollte es nicht glauben, und gerechterweise muß ich zugeben, daß ich es ihm auch nicht ins Gesicht sagen konnte. Auf die gleiche Weise, in der er sich an die Hoffnung klammerte, daß es für uns als Paar eine Zukunft jenseits von Tuin geben würde, glaubte ich, genauso blind wie er, immer noch, daß G. zurückgehen und endlich sein Buch schreiben würde. Aber abgesehen von diesem Glauben sang jeder Pulsschlag meines Körpers eine Hymne des Heimwehs nach Tuin, und während ich so neben Isobel stand, wußte ich, daß ich ihn irgendwie zur Rückkehr bewegen mußte, und zwar schon bald.

Ohne Selbstvertrauen und voller nervöser Ungewißheit waren meine anfänglichen Bemühungen, G. zur Insel zurückzusteuern, mehr als schwächlich. Er hatte recht, wenn er sagte, der Hauptteil des «Überlebens» wäre geschafft, aber ich hatte meine Bedenken, als er mir versicherte, daß das Buch sich von selbst schreiben würde. Da Vernunftgründe keine Wirkung zeigten, nahm ich Zuflucht zu dem uralten weiblichen Mittel, meine Gunstbeweise einzuschränken. Das «Heilmittel» dagegen, um es mal so auszudrücken, lag stets jenseits des nächsten Hügels oder in dem Fall jenseits des Meeres, natürlich auf Tuin. Es war sicherlich keine feinsinnige List, und wir fühlten uns beide nicht wohl dabei, aber allmählich zeigte sich der gewünschte Effekt, zumindest in Form von Versprechungen, daß wir bald fahren würden. Aber trotzdem fuhr er fort, tagelang in der Garage zu sitzen, also unternahm ich jede Anstrengung, die Routine zu durchbrechen und etwas zu tun, was mehr auf meiner Linie lag.

Ich ging mit meinem einsamen Entschluß in den Badu-Busch. Solange ich hier festsaß, wollte ich so nah wie möglich mit den Dingen, die ein Gefühl in mir auslösten und mir Stärke vermittelten, in Berührung bleiben. Zuerst wurden diese Ausflüge auf halboffizieller Basis durchgeführt; Crossfield stellte mir einen seiner Schwiegersöhne, Albert, als Führer zur Verfügung. Mit ihm zog ich vor Anbruch der Morgendämmerung los, angeblich um Fotos zu machen, und genoß im üppigen Inneren die scharfen Düfte, die der schwere Nachtregen hatte aufsteigen lassen. Albert war ein guter Führer und ein angenehmer Begleiter, doch immer noch sehnte ich mich danach, ganz allein zu sein; ich wollte meine Kleider abwerfen und frei in dem Stärkungsmittel der gesetzlosen Luft baden. Ich hatte ja keine Ahnung, daß ich eine Situation heraufbeschwor, die unsere Abreise von Badu noch dringlicher machte.

Eines Nachmittags, als kaum ein Lüftchen wehte und die Sonne den ganzen Tag über den schwammigen Boden getrocknet hatte, ging ich allein in den Busch. Ich folgte dem tiefen Fluß, der das Dorf mit Wasser versorgte, weit hinein ins Innere von Badu, fort von den Spuren der Schweinejäger. Teliai hatte mir nach dem Fest ein glänzendes Stück Stoff gegeben, aus dem ich ein schlichtes Wickelkleid gemacht hatte. Dies trug ich nun, und es fühlte sich heiß und überflüssig an. Während des Gehens löste ich es langsam, und es war, als würde die fruchtbare Hitze des feuchten Bodens wie Lebenssaft in meine nun nicht mehr eingeengten Glieder steigen. Mein Herz schlug schneller vor Freude über diese nackte Freiheit in Einsamkeit, die zugleich so lohnend und so leer ist. Ich fand einen flachen Felsen neben dem Bach, der sich hier zu einem ruhigen, bräunlich glänzenden Fluß verbreiterte. Mit geschlossenen Augen lehnte ich mich nieder und ließ die Sonne ihre reinigenden Wunder vollbringen. Feurig und treu umschloß sie mich und entführte meinen Geist. Ich hörte das Geräusch einer Schlange, die ganz in der Nähe durchs Gras raschelte, aber ich fühlte mich so heiter und ruhig, daß ich mir nicht die Mühe machte aufzuschauen. Als die Schlange sich jedoch leise in meine Richtung bewegte, öffnete ich die Augen.

Die Pupillen des Jungen waren erweitert, so daß seine glänzenden Augen, Spiegelbilder des dunklen Flusses, fast schwarz erschienen. Er hatte die Lippen nach innen gezogen, um seinen schnellen Atem zu kontrollieren, denn er war gerannt. Sein Haar war an den Rändern schweißgetränkt. Seine Augen, ganz feucht vor intensiver Anspannung, waren auf mein Gesicht gerichtet. Keiner von uns blinzelte. Es war sehr still.

Endlich bewegte sich mein Arm langsam, um das Wickeltuch zu suchen. Ich zog es über meinen Körper und setzte mich auf. Zur gleichen Zeit kauerte er sich auf seine Fersen nieder, das Gesicht dem Boden zugewandt, so daß ich nur sein wolliges Haar sehen konnte.

«Albert, du bist gerannt», sagte ich leichthin.

«Wa, wa, ich lieben das, rennen.» Er fuhr sich mit der Hand über das gesenkte Gesicht, von den Brauen zum Kinn, als würde er sich waschen. Dann sprang er auf und stellte sich lässig hin.

«Ich fühlen mich heiß jetzt. Ich schwimmen.»

«Wo schwimmst du?»

«Ich dir zeigen, komm.» Er wandte sich ab und lief los. Ich folgte ihm, dabei das Tuch festbindend.

Der Flußabschnitt, zu dem er mich führte, war breit und tief. Reißendes, weißes Wasser stürzte über glattgeschliffene Felsen. Oberhalb des Wasserfalls strömte der Fluß langsam und träge;

die anmutigen, überhängenden Zweige blasser Bäume spiegelten sich in dem vollkommen klaren Wasser. Unterhalb breitete sich ein runder Teich aus, auf dem glänzende, dem Getöse des Wasserfalles entronnene Blasen schwammen.
«Nicht der», sagte er und zeigte auf den unteren Teich, «könnte Krokodil sein.»
Seine schwarzen Unterhosen abstreifend, tauchte er oberhalb des Falles ein. Kleine, braune Wellen leckten am Ufer hoch und klatschten gegen die Wurzeln eines Baumes. Sein Kopf tauchte auf der anderen Seite wieder auf, das unsichtbare Öl in seinem Haar ließ glitzernde Tropfenketten fliegen.
«Schwimm!» rief er. «Schwimm!»
Ich schritt über die wenigen trockenen Felsen und ließ meinen Körper, als würde er von einer unwiderstehlichen Macht herabgezogen, ins Wasser fallen. Ich stieß mich aus dem Sog des Wasserfalles und legte mich auf den Rücken; um mich herum schwammen die Falten meines Wickelkleides. Es war, als würde man in flüssiger Seide schweben; an meinem nackten Rücken spürte ich den streichelnden Widerstand des Wassers.
Aufspritzend erschien Alberts Kopf an meiner Seite.
«Kleid ausziehn.»
«Nein.»
Meine Beine sanken nach unten, und ich trat Wasser, das Gesicht ihm zugewandt.
«Zieh es aus. Ich wollen es mit dir machen.»
Meine paddelnden Beine hatten das Kleid bereits halb runtergezerrt. Ich drehte mich weg, wickelte mich, mit dem Körper unter Wasser bleibend, ganz heraus und hängte es über einen Zweig. Albert verschwand, und ein paar Augenblicke später umklammerten mich seine Arme von hinten. Langsam wandte ich mich um, mit den Händen sanft seine Schultern wegdrükkend. Seine Hände packten meine Hüften, hoben meinen Oberkörper aus dem Wasser, so daß sein Gesicht zu mir hoch schaute.
«Du haben Angst?»
«Nein.»
Einer meiner Daumen lag in der Mulde seines Schlüsselbeins. Ich schüttelte den Kopf; wie aus weiter Ferne war ich mir bewußt, daß ich die Wahrheit sagte.
«Nein», wiederholte ich, und das bedeutete nein zu allem.
«Bitte.»

«Nein, laß mich los. Schwimmen wir.»
Seine Augen baten inständig, aber er ließ mich los, mir vorher schnell noch einen Kinderkuß auf einen Mundwinkel drükkend.
Er tauchte unter, blieb sehr lange unter Wasser und schwamm dann mit kräftigen Zügen flußauf und wieder zurück. Ich kletterte hinaus und holte mein nasses Kleid.
Auf dem Rückweg war er schweigsam und nachdenklich. Einmal sagte er:
«Was ist, wenn ich dich vergewaltigen?»
«Jeder wüßte Bescheid, weil du überall Narben hättest.»
Darüber mußte er leicht lächeln.
«Ich nicht wirklich meinen, ich fühlen mich nur bißchen wild. Welche Zeit du gehen nach Englan'?»
«Ende Mai.»
«Deral gehn mit dir?»
«Nein.»
«Ich gern nach England gehn.»
Als wir uns wieder der Siedlung näherten, bat er mich sehr eindringlich, weder G. noch seiner Familie etwas von dem zu erzählen, was vorgefallen war.
Ich sagte ihm, ich würde ihn nicht verpfeifen, er dürfe mir aber nicht noch einmal folgen.
Es wäre idiotisch gewesen, danach erneut allein in den Busch zu gehen, da ich wußte, daß der Junge mich beobachtete; trotz allem, was gesagt worden war, hätte es wie eine Einladung ausgesehen. An ein paar Morgen jedoch, als ich sicher sein konnte, daß er woanders beschäftigt war, konnte ich nicht widerstehen, zu dem Teich zurückzukehren; als er dies über allgemeine Gespräche bei Tisch herausfand, schaute er mich sehr vorwurfsvoll an. Er war nicht in der Lage, seine Gefühle zu verbergen, und es dauerte nicht lange, da wurde die Situation unerträglich. Er suchte mich bei jeder nur denkbaren Gelegenheit allein zu erwischen und flüsterte mir drängend zu, daß er mich liebte. Er wußte, daß ich mich für Bücher interessierte, weil er gehört hatte, wie ich Crossfield fragte, ob er welche besaß, also brachte er mir Comic-Bücher von der Schule mit, sie als Vorwand benützend, um in mein Schlafzimmer kommen zu können, als er mich allein wußte.
Als er begann, nachts draußen zu warten, bis ich zum Pinkeln hinaus mußte, sagte ich ihm, das müßte aufhören, sonst wäre

ich gezwungen, G. alles zu erzählen, der sich ohne Zweifel bei Crossfield darüber beschweren würde. Es hörte nicht auf, und ich mußte es G. mitteilen, der mich anfuhr, ich sollte den Jungen zum Teufel jagen und nicht so dämlich sein, allein herumzuspazieren.
Von dieser Zeit an war ich mehr denn je an G.s Seite gefesselt, und die Sehnsucht nach Tuin wuchs wie ein Schmerz in mir.

Vierter Teil

Flucht zurück

Seekühe

12. Kapitel
Kreise

Für G. war meine Hartnäckigkeit, mit der ich auf der Rückkehr zur Insel beharrte, schmerzhaft. So schmerzhaft wie ein Stachel im Arsch.

«Du und deine verdammte Insel», brummelte er. «Ich weiß gar nicht, warum ich mich darauf eingelassen hab', wirklich nicht.»

Aber als wir durch die sprühenden Wogen pflügten, in unserem wie verrückt rollenden, überladenen kleinen Boot, vorbei an Wia Island und dem Blaufischfelsen, vorbei an all den geliebten, vertrauten Plätzen, da sprang einiges von meiner Heimkehrlust auf ihn über. Ronnie Nicht Mehr hatte ihm eine illegale Sechser-Packung Bier geschenkt, weil er ihm einen Kerosin-Kühlschrank repariert hatte; jetzt riß er die Packung auf und schlug am Bootsrand die Kappen von ein paar Flaschen ab. Beide waren wir ungemein empfänglich für die kleinste Menge Alkohol, da wir so lange keinen mehr genossen hatten. Wir fühlten uns sehr ausgelassen und verbrachten nach der Rückkehr unseren ersten Tag und unsere erste Nacht in horizontaler — oder meist horizontaler — Lage. Und in meiner Freude und Dankbarkeit darüber, daß ich wieder sicher an den Ort meiner Wünsche zurückgekehrt war, genoß ich unsere Berührungen, und als G. meinen Blick suchte, waren meine Augen nicht verschleiert vom Wissen um Schmerz und Schuld, das zuvor so oft ein Gefühl der Einsamkeit in mir ausgelöst hatte, wenn es vorüber war. Falls mir bewußt war, daß der zu bezahlende Preis am Ende um so höher sein würde, je stärker die Gefühle waren, so weigerte ich mich, das jetzt zu berücksichtigen. Meine List auf Badu hatte mich bedrückt, momentan dominierte das Gefühl «zur Hölle mit der Vorsicht», und war G. guter Laune, so teilte er diese Einstellung. Was immer vor uns lag, wir würden das beste aus der gemeinsamen Zeit machen, die uns noch auf der Insel verblieb.

Es dauerte mehrere Tage, bis ich wieder in die richtige Tuinwelt eindringen konnte, denn die zahlreichen Ausrüstungsgegenstände der Zivilisation, die wir auf Badu erworben hatten, mußten einen Platz in unserem Heim finden. Aus Angst, daß wir auf unserer kleinen Insel wieder in den skeletthaften, primitiven Zustand verfallen könnten, in dem wir vor der Regenzeit entdeckt worden waren, hatten die Baduleegas uns mehr als reichlich mit Vorräten versorgt, ehe wir ihre Ufer verlassen hatten. Verschwunden waren jegliche Gefühle der Art, daß wir so was wie eine Dose Bohnen auf der Insel «nicht haben» sollten; derartige Einstellungen waren ein Anachronismus. Die grundlegende Überlebensvoraussetzung für einen Schiffbrüchigen ist Anpassungsfähigkeit; er muß positive Veränderungen seiner Umwelt genauso hinnehmen wie negative und ganz allgemein mit der Zeit gehen.

Ein Kerosin-Ring änderte unser häusliches Leben in der Schutzhütte am stärksten. Die Frau vom verkrüppelten Vater Nona hatte ihn uns geschenkt. Er war ungemein verrostet, und sein antiker Wert war vielleicht größer als sein Nutzen in einer Küche. Mit viel Geschüttel und Geklopfe konnte man ihn jedoch überreden, in Funktion zu treten, obwohl für mich ein Lagerfeuer stets zuverlässiger war. Ein weiteres Geschenk war ein brandneuer Kessel, den ich gedankenlos geradewegs aufs Feuer setzte; dann schrubbte ich das Geschwärzte alles mühsam wieder ab. Ich hatte vergessen, wie kompliziert das Leben mit vielen Besitztümern sein konnte. Es war ein aufregendes neues Spiel für mich, all unsere Habseligkeiten auf den Regalbrettern zu ordnen, die G. gemacht hatte; eine ständige Ecke für Tee, Trockenmilch und Zucker zu haben, erschien mir als der Gipfel des zivilisierten Lebens, und als ich zwischen den Vorratsgeschenken der Baduleegas ein paar Gläser mit eingemachtem Käse fand, verspeisten wir den Inhalt schnell, damit ich die Behälter als richtige Gläser auf das Bord stellen konnte. Wasser aus einem Glas zu trinken, kam uns sehr nobel vor.

Wir holten aber wesentlich mehr als Haushaltartikel aus Isobel heraus. Da war die Hülle eines 40-PS-Johnson-Außenborders und eine Kiste voller rostiger Teile, die dazu gehörten oder auch nicht. Es gab verschiedene Ersatzteile für Dolores und mehrere Reisbeutel voller Muttern, Schrauben und Bolzen, die nach und nach sauber sortiert in Milchbüchsen landen würden. Geplant war, daß G. gelegentlich an diesen Maschinen herumbastelte, um sich vom Schreiben seines Buches zu erholen.

Wir waren gegen Ende der Regenzeit nach Tuin zurückgekehrt, eine der spätesten und kürzesten Regenzeiten seit Jahren, wie man uns später erzählte. Wären wir ein Jahr danach gekommen, dann hätten wir überhaupt kein Wasser vorgefunden. Die inzwischen gefallenen Monsunregen, die weiterhin nachts den Boden aufweichten, hatten jedoch das Gesicht von Tuin verändert.

Tagebuch

Wieder daheim! Zurück in einer ganz neuen Welt der Gerüche, Berührungen und Geräusche. Und was für Anblicke! Sofort bei unserer Rückkehr rannte ich los, um nach meinen Wassermelonen zu sehen. Es gibt so viel frisches grünes Gras und Unterholz, daß ich lange danach suchen mußte. Die Ranken sind nach allen Richtungen gewandert, manche sind schlammbedeckt ertrunken, aber jene, die vom Fluß weg in Richtung des Holzstoßes geklettert sind, blühen und gedeihen; es existieren bereits drei gesund aussehende Melonen, und andere kommen nach. Das kleine Tuin ist also doch nicht ganz so unfruchtbar.

Als zweites entdeckte ich, als ich den neuen Kessel am Wasserfaß füllen wollte, einen toten Gecko, der mit dem Bauch nach oben auf dem Wasser trieb. Vor dem Regen wäre das schlimm gewesen, da der arme, kleine, aufgedunsene Körper wahrscheinlich das ganze Faß verseucht hätte, aber bei dem vielen Wasser jetzt können wir es wegkippen oder zum Waschen verwenden. G. hatte in Crossfields Garage einen Haufen alter Lumpen entdeckt und einige davon zum Putzen der Maschinen mitgebracht, aber ein paar lassen sich zur Polsterung unseres Zeltbodens und Verbesserung unserer Kopfkissen abzweigen. Nach der Matratze auf Badu haßt G. den harten Boden. Mit Dungongfett und Brotfladen habe ich soviel Gewicht zugelegt, daß ich kein äußeres Polster mehr brauche.

Poo-poo tauchte an unserem zweiten Abend wieder auf. Er hat nun eine Gefährtin, ein verängstigtes, mausartig aussehendes kleines Ding, das keinen Piepser von sich gibt. Jeden Abend, ehe der Regen einsetzt, macht Poo-poo seine Poo-poo-Geräusche.

Mich wundert, woher die Frösche im Bach kommen. Wo haben sie sich während der Trockenheit versteckt? G. machte mich auf einen Neuankömmling aufmerksam, einen kleinen schwarzen Vogel, der senkrecht in der Luft hängt, mit so schnell schlagenden Flügeln, daß man es mit dem Auge gar nicht mehr verfolgen kann, und schwärmende Insekten fängt. Auch eine neue Schlangengattung gibt es; eine leuchtend grüne Peitschenschlange, die sich vollkommen dem frischen Gras anpaßt. Soviel wir wissen, sind sie nicht giftig. Aber die rot-schwarzen Spinnen sind es, und unsere Hütte und deren Umgebung wimmelt geradezu von ihnen. Es gibt so viele, daß eine Totalausrottung unmöglich erscheint, deshalb haben wir beschlossen, sie einfach in Ruhe zu lassen. Sie scheinen vor uns genauso viel Respekt zu haben wie wir vor ihnen.
Vor ein paar Nächten bekam ich einen ziemlichen Schock, als ich mich im Zelt auf etwas Hartes, Stechendes rollte und ein neues, schreckliches Insekt entdeckt zu haben glaubte. Es schien einen großen, glitschigen Körper und vorn zwei scharfe Hörner zu besitzen. G. pinkelte gerade draußen, als er mich schreien hörte. Zu meiner Verblüffung nahm er das Ding auf und steckte es sich in den Mund. Es handelte sich um seine beiden Vorderzähne. Ich fand es rührend, daß er sich die Mühe gemacht hatte, sie die ganze Zeit über vor mir zu verstecken, als wäre diese Sache in irgendeiner Form wichtig. Aber ich besaß genügend Einfühlungsvermögen, um zu merken, daß dies für ihn etwas sehr Privates und Persönliches war, deshalb brach ich ausnahmsweise mal nicht in Gelächter aus, zumindest nicht, bevor er lachte. Jetzt, wo ich über seine Zähne Bescheid weiß, steckt er sie sich gar nicht mehr in den Mund. Ich fürchte, sie sind irgendwo im Sand verloren gegangen.

Ich war ganz aufgeregt, Hausfrau spielen zu können und hatte ironischerweise ein etwas distanzierteres Verhältnis zu Tuin, weil ich mich G. so nah fühlte; erst bei einem langen, einsamen Ausflug auf der Suche nach einem angeblich vorhandenen Mangobaum im Süden nahm ich die Veränderungen richtig wahr.

Heute morgen berührte mich das durchnäßte Tuin zum erstenmal richtig. Der Schimmelgeruch in der Hütte traf mich, sobald ich eintrat; der käsige Moderdunst, die muffigen Klamotten. Aber irgendwie war das ein bedeutsamer Geruch, der zusammen mit den flockigen, grünen Linien des Schimmels weggewischt werden mußte, die auf meinem Brotbrett gewachsen waren, hinausgeworfen mit dem verrottenden Tuch, das einst mein bestes Hemd gewesen war, wie die Termitenpfade fortgewaschen mit Strömen von Meerwasser.
Tuins eigener feuchter Geruch stieg mir allmählich in die Nase wie der spezielle Duft eines geliebten Körpers. Er brachte mich dazu, niederzuknien, ganz still im feuchten Gras, und nur zu riechen. Und dann die Berührungen. Jeden Morgen sind die zusammengerollten Gräser mit Wasser gefüllt. Finde ich einen Halm in der richtigen Größe, dann kann ich ihn im Stehen oder Knien an die Zunge setzen, und es ist wie die endgültige Rückkehr zu meinen sinnlichen Sehnsüchten: Ich liebe es, wenn das verschüttete Wasser mir über Kehle und Brust läuft. Ich liebe es.
Der Weißbaum-Hain, zuvor so steif und grau und trocken, ist nun ein schwarzer Sumpf. Ich erkenne ihn kaum wieder als den gleichen Ort, wo ich, im Tanz mich drehend, die flockigen Stämme dieser Bäume streifte, die nun hüfthoch im Wasser stehen. So viel Wasser, und so dunkel und still. Können die Stämme genügend Wasser aufsaugen, um all ihren Verzweigungen Leben für den Rest des Jahres zu ermöglichen?
Wie schnell das Gras im tiefen Inneren emporgeschossen war! Jahrein, jahraus wiederholt sich das, gleichgültig gegenüber Beobachtern, ob es geliebt oder gehaßt wird, oder ob es unbemerkt bleibt, das spielt keine Rolle. Und der Mangobaum, den ich alleinstehend auf flachem, feuchtem Grund im Süden gefunden habe, hat Früchte getragen und sie fallen lassen, um den dunklen Torf unter dem runden Schatten seiner Äste anzureichern.

«Los, Scheißkopf, komm, Test für Zündkerzenfunken.»
«Wart einen Moment, meine Hände sind voll Teig.»
«Ich brauch' nicht deine Hände, Möse, ich brauch' deine Augen.»

«Schon gut, ich komme.»
«Wenn nicht heut', dann morgen.»
Das passiert jetzt häufig. Irgendeiner der Außenbordmotoren ist testbereit. Jetzt muß nur dafür gesorgt werden, daß zwei am besten zueinander passende Zündkerzen funktionieren. G. zieht am Starterseil, während ich nach Funken Ausschau halte. Über den Motor hinweg blickt er mich einladend an:
«Wie wär's mit einem Vergnügungstrip, Lu?»
«Oh, nein!» Ich mache ein gequältes Gesicht. Die Bezeichnung «Vergnügungstrip» ist ein spezieller Witz zwischen uns wegen der Pannen, die fast unvermeidlich beim ersten Test der alten Motoren passieren. Nachdem ich mich jedoch auf das schlimmste gefaßt gemacht habe — beispielsweise nach Papua abgetrieben zu werden —, bereite ich mich einfach darauf vor und packe zu G.s Shorts (Geschenk von Crossfield) und meinem Wickelkleid noch zwei Flaschen Wasser, Angelzeug und Brot.
Als G. Crossfields 40-PS-Motor an dem Zwölf-Fuß-Dingi ausprobierte, kam es zu einem der denkwürdigsten Testläufe. Als die neue Krebsfangsaison begann, mußten wir Isobel wieder Philamon zurückgeben, aber getreu seinem Versprechen versorgte uns Crossfield mit einem besseren Dingi. Der Jammer dabei war, daß es im Grunde alles andere als besser war. Es war das eigensinnigste kleine Boot, das G. und ich je zu Gesicht bekommen hatten, vorne so krumm, daß es nie eine gerade Linie fuhr, und hinten am Heck so verbeult, daß es drei verschiedene Kielwasser hinter sich herzog.
Irgendwie schleppten G. und ich den kräftigen Johnson zum Strand. Es war eine üble Schufterei, und wir fluchten beide. Beim Boot angekommen, das die Ehre eines eigenen Namens nicht verdiente, hatte ich die Aufgabe, den Bug niederzuhalten, damit das Gewicht des Motors nicht das ganze Ding nach hinten umschlagen ließ. Als der Motor sicher festgezurrt war, zog G., im Wasser stehend, das Starterseil, da er in dem wackligen Boot niemals das Gleichgewicht hätte halten können. Zum Glück hing kein Gang drin und er konnte noch einsteigen, ehe wir losflitzten. Zu unserem Entsetzen wie auch Entzücken funktionierte der Motor einwandfrei, und das Boot begann in geradezu hektischer Manier zu gleiten. Wir schossen in Richtung Tukupai davon. Mit aller Kraft darum bemüht, das Ding auf Kurs zu halten, krähte G. mir über das Motorengedröhn hinweg zu:

«Mmm – schau!»
Der Aluminiumboden des Dingis zitterte und flatterte, als wäre er aus Papier.
«Oh, mein Gott!» jammerte ich. «Langsamer, stopp!»
«Kann nicht, ich habe die Haltedrähte nicht drangemacht.»
«Du Irrer!»
«Aber fahren tut er gut, was? Okay, wir haben nicht viel Sprit. Macht's dir Spaß?»
«Ja! Ja! Das weißt du genau, du dämlicher alter Furz!»
Es stimmte. Ich liebte all die verrückten kleinen Fahrten, die wir machten, und es scherte mich nicht, wenn Propeller abfielen und Bolzen sich lösten und wir stundenlang antriebslos dahintrieben, oft genug auf Felsen zu oder ins offene Meer hinaus. Am Ende brachte G. uns immer heil nach Hause, selbst wenn ich dabei als Segel herhalten mußte. Als ich viele Monate später vor der Küste von Monte Carlo in einem eleganten Motorboot mit defekter Maschine festsaß, in Begleitung von leichtfertigen Großschnauzen, die nichts von Reparaturen verstanden, da hätte ich wer weiß was drum gegeben, wenn ein grinsender G. mit einem Schraubenschlüssel aufgetaucht wäre.
In jenen Tagen wurde mir klar, wie sehr ich G. liebte. Dies geschah, sobald ich aufhörte, an Vergangenheit oder Zukunft zu denken und über Schuldgefühlen zu brüten, weil meine Liebe der seinen nicht gleichwertig war; sobald ich die Erkenntnis verdrängt hatte, daß es in unserem Leben weite innere Räume gab, die wir nie miteinander teilen würden; in gewisser Weise, sobald ich aufhörte, überhaupt nachzudenken. In den klaren, blauen Tagen nach der Regenzeit, als das Leben auf Tuin nur aus Booten und Sonne und G. bestand, der sich über eine Maschine beugte, während ich mich genüßlich im Bug aalte, gab es genügend Dinge, die wir miteinander teilen konnten und teilten. Gemeinsam gingen wir mit der Schleppangel auf Fang, mit einer von Crossfield gesegneten, «glücklichen» Leine. G. steuerte das Boot, und ich hielt die Leine, beide in angespannter Erwartung, als der Köder durch das sonnenfunkelnde Wasser jagte. Schwärme weißer Vögel stiegen von einem Felsen auf und kreisten über uns, auf der Suche nach kleinen Silberfischen. Biß ein Königsdorsch mit kräftigem Ruck an der Leine, dann stieß ich einen Schrei aus, und G. verlangsamte das Tempo. Gemeinsam holten wir den Fisch ein. Unser Lächeln und unsere Begeisterungsrufe verschmolzen und waren doch frei und unabhän-

gig, denn da draußen auf dem großen Meer unter einem noch größeren Himmel träumte ich nicht von einem Geliebten, der meine Musik teilen und die Ursprünge meiner Sinne berühren konnte, und G. träumte nicht von den wirren Realitäten einer Zukunft, an der ich vielleicht teilhatte, vielleicht auch nicht.
Weil es uns an die Sackgasse in unserer Beziehung erinnerte, redeten wir nach einer Weile überhaupt nicht mehr über die Zukunft, höchstens mal ganz beiläufig, und das hatte dann kaum etwas mit den Realitäten zu tun, denen wir uns früher oder später stellen mußten. Im Zelt war es ein paarmal zu schmerzlichen, nutzlosen Wortgefechten gekommen, bei denen wir uns irrelevante Sachen an den Kopf geworfen hatten. Aber meistens schlichen wir um den Kernpunkt herum wie die Katze um den heißen Brei. Es war für uns beide qualvoll. G.s wuchtige Hiebe trafen ins Ziel, und ich stach mit spitzen Sätzen zurück. Die bösartigen Bälle sprangen hin und her, verletzten uns beide und halfen keinem. Sehr selten nur stritten wir tagsüber, und wenn doch, so wurde das durch irgendwelche Besuche der Außenwelt ausgelöst, ein deutliches Zeichen, wie dünn die Schicht unserer Harmonie war. Einmal brachte Ronald einen weiteren Packen Post für mich mit, und darunter waren auch Briefe von einigen Männern, die ich in jenem anderen Leben gekannt hatte. Bei einem riskierte ich es, ihn auf der Stelle G. vorzulesen, wie ich es mit allen anderen auch tat, denn ich wußte, wenn er irgend etwas Schlüpfriges enthielt, dann mit einem humorvollen Unterton. Den anderen Brief wagte ich nicht einmal zu öffnen. Jetzt erscheint es wahnsinnig übertrieben, aber damals wollte ich um jeden Preis einen weiteren Streit mit G. vermeiden, und so verbrannte ich den Brief, ohne ihn zu lesen. Natürlich kam das G. erst recht verdächtig vor und lieferte den Anlaß für einen weiteren bitteren Wortwechsel.
So ungefähr um diese Zeit herum gestand mir G., daß er im ersten Teil des Jahres ernstlich geglaubt hatte, ich hätte auf der anderen Seite der Insel einen geheimen Liebhaber, möglicherweise sogar einen irgendwie von England eingeschmuggelten Mann. Als er mir das erzählte, beichtete ich ihm, in welcher Geistesverfassung ich mich zu der Zeit befunden hatte, die bösartigen Gedanken über den Haifischkanal, und wie ich ihn wegen Bemerkungen wie «ein ordentlicher Tritt in den Bauch» gehaßt hatte. Er sagte, auch ihm wären in der Zeit der größten Abneigung und Anspannung ein paar gewalttätige Ideen durch den

Kopf gegangen. Daß wir jetzt darüber lächeln konnten, löste ein enges Zusammengehörigkeitsgefühl bei uns aus. Es gab jedoch immer noch enorme und grundsätzlich unversöhnliche Unterschiede in der Art und Weise, in der wir unsere Beziehung betrachteten. Als G. geradeheraus sagte, daß er mich schwängern wollte, oder wie er es ausdrückte:
«Komm, Lu, machen wir ein Baby», da rührte er damit all meine Verwirrung auf, und ich tat so, als ob es sich um einen Scherz handelte. Natürlich war es für mich kein Scherz. Der Fortpflanzungstrieb sitzt in mir genauso tief wie in jeder anderen Frau auch, und als der Wunsch zum Nestbau bei mir besonders ausgeprägt war, machte ich den Fehler, meinen Gefühlen Ausdruck zu verleihen. Die Wärme zwischen uns schmolz alle Selbstkontrolle, wir beide enthüllten unsere empfindlichsten Stellen und gaben sie späteren Verletzungen preis.
G.s Methode, mit Schmerzen fertig zu werden, bestand darin, sich in Gleichgültigkeit zu hüllen. Zu sehen, wie sich jemand, den man mag, hinter einem Schild versteckt, ist eine schmerzliche Angelegenheit. Und wieviel schmerzhafter muß es für die betroffene Person sein! Ein Mann mit einer rauhen Schale besitzt keinen Anspruch auf zarte Behandlung, und doch ist er ein sehr empfindsames Wesen, das nur schwer zarten Gefühlen nachgeben kann. Es dauerte sehr, sehr lange, bis G.s Art, seine Liebe zu zeigen, mir verständlich wurde. Ich erinnere mich, wie er mit soviel Wärme, daß seine Stimme ganz rauh klang, beschrieb, was sein jüngster Sohn zu ihm zu sagen pflegte, wenn sie miteinander Dart spielten und G. die Pfeile immer ins Schwarze warf:
«Dad, du Scheißhaus», oder nur, mit stiller Betonung, «Scheißhaus». Doch einen Monat vor Ablauf unserer Zeit auf Tuin wurde ich immer noch wütend, wenn er mich mit diesem Wort belegte oder mich «Möse» nannte. Als ich einmal ein Boot, bei dem wir gerade das Wasser ausgeleert hatten, ziemlich ungeschickt hochhielt, sagte er:
«Hör zu, Möse, kannst du das verdammte Ding nicht ordentlich halten?» Er war total verwirrt, als ich plötzlich diese Behandlung, wie gut sie auch gemeint sein mochte, satt hatte und das Boot schlicht und einfach flach in den Sand fallen ließ und wortlos davonmarschierte. Zu der Zeit benützte ich die gebräuchlichsten Obszönitäten genauso häufig wie er, weshalb ihm mein Benehmen recht unvernünftig erschienen sein mußte.

Später sollte ich entdecken, was für einen nachhaltigen Effekt es auf meine Gefühle als Frau haben sollte, daß ich ein Jahr lang als «Möse» bezeichnet worden war. Weil das alles war, was ich für G. sein konnte, hatte ich im Endeffekt das Gefühl, daß ich nur das und nicht mehr war.
Jede Münze hat zwei Seiten. Wenn ich, sorgfältige Analyse mal beiseite, glaubte, für G. nicht mehr als eine Möse sein zu können, was glaubte er nach all der Zeit für mich zu sein?
«Eine Insel, das ist verdammt alles, was ich für dich bin, eine verfluchte Insel.» Die darin liegende Wahrheit führte dazu, daß ich mich selbst als Möse sah.
Doch den Mann, der über eine Zeitungsannonce eine «Frau» für ein Jahr auf einer Tropeninsel suchte, und die Frau, die den Job bekam, verband gegen Ende dieses Jahres viel mehr als es bloße Gedanken über Mösen und Inseln hätten ahnen lassen. Doch das Enthüllendste, was G. jemals zu mir sagte, als ich mich eines Nachts gegen einen zweiten Sex-Überfall ohne irgendein vorangegangenes Streicheln wehrte, war dies:
«Aber wie kann ich, wie kann ich dich richtig lieben Lu, wenn ich weiß, daß du wahrscheinlich gehst?»
Ärgerlich warf er sich auf seine Seite des Zeltes zurück. Da begriff ich, warum er sich so benahm, und war bis ins Innerste gerührt.

G.s Schreibabsichten verblaßten nicht völlig, wurden aber genau wie die Zukunft zu einem Thema, über das man nicht sprach. In gewisser Weise stellte es für ihn zu der Zeit eine unmögliche Aufgabe dar, weil es so eng mit der Zukunft verbunden war. Für ihn war die Insel die Frau, und wenn die Frau ging, dann zog das der Geschichte den Boden unter den Füßen weg. Nur gelegentlich, wenn er glücklich war und sich selbst davon überzeugt hatte, daß ich nicht gehen, sondern nach Ablauf des Jahres mit ihm auf Badu weiterleben würde, berichtete er mir davon, daß ihm ein guter Anfang eingefallen war. Aber gute Anfangszeilen haben, genau wie gute Schlußzeilen, wenig mit den echten Geschichten des Lebens zu tun. Wäre das Leben eine ordentliche Angelegenheit, die sich wie Romane in Buchseiten packen ließe, so müßte ich jetzt nicht die wirren Ereignisse auflisten, die in der Zeit passierten, die unser letzter Monat auf Tuin hätte sein sollen.
Irgendwann ging G. der Tabak aus, und es gab auch keine Do-

senbutter mehr, die wir auf unser Brot schmieren konnten. Außerdem besaßen wir nur noch wenige Moskitospiralen. Auf Badu waren wir verdorben worden; die Insulaner brannten spezielle Holzspäne ab, deren Geruch die Moskitos fernhielt, aber auf Tuin existierte dieses spezielle Holz nicht. Eine am Fuß des Zeltes langsam abbrennende Spirale war das ideale Mittel, obwohl es nie für die ganze Nacht reichte und ich sicher sein konnte, in den frühen Morgenstunden durch einen von G.s Vernichtungsfeldzügen geweckt zu werden. Das erinnerte mich an die ersten Nächte auf Tuin, als wir am Strand von Sandfliegen geplagt worden waren. Das Geräusch eines Moskitos im Zelt ließ G.s ganzen Körper vor angespannter Wut erstarren, die sich immer heftiger in ihm aufstaute, während er anhand des hartnäckigen, irren Summens den Standort auszumachen versuchte. In der grauen Dunkelheit konnte ich nur die rollenden Bewegungen seiner weit aufgerissenen Augen sehen. Für die verschiedensten Putzzwecke hielten wir uns einen alten Lappen im Zelt, an manchen Stellen schon knochenhart, den G. zu seiner Vernichtungswaffe machte. In meinen tiefsten Schlaf drang plötzlich aus einigen Zentimetern Entfernung sein rauhes Flüstern:
«Wo ist der Lappen, Lu? Der kleine Bastard sitzt dort drüben.»
Mit der Waffe in der Hand warf er sich dann mit der Energie eines Wahnsinnigen auf den Feind, drosch gegen Decke, Rückfront, Boden und Seiten des Zeltes, bis unmöglich noch irgendwas am Leben sein konnte. In seliger Erleichterung sank er dann nieder und sagte schläfrig:
«Nacht, Lulu.»
Dreißig Sekunden später schoß sein Kopf wieder hoch, um den neuen Quälgeist aufzuspüren. Es half, wenn er im Zelt eine Zigarette rauchte, aber dann ging ihm der Tabak aus. Er mußte einfach einen Trip nach Badu machen. Außerdem mußten einige Maschinen zurückgebracht — und zweifellos ein paar abgeholt werden.
Seit unserer Rückkehr nach Tuin hatten wir nur wenige Besucher gehabt, da allgemein bekannt war, daß wir uns auf unsere eigenen Angelegenheiten konzentrieren wollten, aber ein paar Leute hatten nicht widerstehen können, unter ihnen ein besorgter kleiner Mann namens Timao, der in Panik geriet, als die Ebbe kam und er glaubte, er müßte die Nacht mit Tuin Markai verbringen. Er versetzte sich selbst in hysterischen Schrecken,

indem er uns die Geschichte erzählte, wie er einmal bei den Riffen jenseits von Mabuaig Island gefischt hatte und dabei auf Sarbi gestrandet war, einem Ort mit bösem Ruf. Er war so von der Existenz eines todbringenden Geistes auf der Insel überzeugt, daß er sein Boot mit dem defekten Motor im Stich ließ und auf einem Baumstamm aufs Meer hinauspaddelte. Am nächsten Morgen war er von Fischern aus Badu in einem fast katatonischen Zustand aufgelesen worden und hatte tagelang kein Wort von sich gegeben. Er war so furchterfüllt, ihm könnte auf Tuin ein ähnliches Erlebnis widerfahren, daß ich mich verpflichtet fühlte, sein Boot mit ihm zusammen über Meilen von Sandhügeln zu schleppen, wobei er ununterbrochen eine Pidgin-Version des Vaterunsers murmelte; gleichzeitig warf er ängstliche Blicke in Richtung des Nordhügels, jeden Moment gewärtig, von Teufeln der alten Religion befallen zu werden. Nach seinen Blicken zu urteilen rechnete er auch damit, daß ich mich selbst in eine Bestie meines Totem-Clans verwandeln und ihn verschlingen würde.

Unser bedeutendster Besucher war ein Fremder von Moa Island. Er war ein Bulle von einem Mann mit fast pflaumenschwarzer Haut und einem Gesicht, das aus strengen Falten und Graten bestand, wie grob gehäufter Schlamm. Sein Name war Osa, und er war der Häuptling der Niederlassung von Kubin auf Moa. Was Manieren und Sprachbeherrschung anbelangte, so kam Osa bei weitem nicht an Crossfield heran, aber seine Sorge um seine Leute war unübersehbar, als er uns in gebrochenen Sätzen von ihren Problemen erzählte. Die Regierung hatte die Bewohner von Kubin mit einem Gemeinschaftskühlschrank ausgerüstet, der mit einem Dieselgenerator betrieben wurde. Das ermöglichte es ihnen, ihre Krebse zu lagern, bis die Ladung groß genug war, um ohne großen Gewinnverlust durch die anfallenden Benzinkosten für Einzeltransporte nach Thursday Island befördert zu werden. Die Kühltruhe funktionierte nun schon seit einiger Zeit nicht mehr, und seit Beginn der neuen Krebsfangsaison hatte Osa die lange Reise nach Thursday Island häufig unternehmen müssen. Er hätte nun von G.s genialen Fähigkeiten gehört; könnte er mitkommen und sich die Sache einmal anschauen? Die Bewohner von Kubin wären nur zu glücklich, uns von ihrem Laden soviel Sprit, Nahrung und Tabak zu geben, wie wir nur wollten. Also kein Grund mehr für die Fahrt nach Badu.

G. packte einige Werkzeuge in einen Reisbeutel, und weg war er. In der Annahme, daß es zukünftig noch viele Gelegenheiten geben würde, Kubin zu besuchen, zog ich es vor, auf Tuin zu bleiben. Auf irgendeine Weise fanden die Baduleegas heraus, daß G. an diesem Tag nach Moa gefahren war.

Es war uns nicht in den Sinn gekommen, daß in diesen fortschrittlichen Tagen des guten Willens nach allen Seiten immer noch die Saat einer uralten Feindschaft unter der Oberfläche lauern könnte. Anhand späterer Lektüre informierte ich mich, daß bis zum Zeitpunkt der «Erleuchtung» die Beziehungen zwischen Badu und Moa, an der schmalsten Stelle weniger als ein halbes Dutzend Meilen voneinander entfernt, stets nur in Form von Überfällen, Kopfjägerei und Krieg auf allen Ebenen stattgefunden hatten. Der hohe Gipfel von Moa, der sich weit über den Rest der Insel erhob, war der Ort, wo ursprünglich die «Bu»-Muschel geblasen wurde, der Trompetenruf, mit dem alle Männer der beiden Inseln aufgefordert wurden, sich auf den Krieg vorzubereiten. Die Heirat zwischen einem Baduleega und einer Moa-Frau wäre zu jener Zeit ebenso skandalös und unwahrscheinlich gewesen wie zwischen einem Weißen und einer Schwarzen im viktorianischen England. Selbst nachdem die Missionare all die Kultgegenstände der alten Kultur verbrannt und die mörderischen Überfälle zwischen den Inseln gestoppt hatten, konnte man das Verhältnis der beiden Völker zueinander nicht gerade als herzlich bezeichnen. Schwere Verletzungen bei Prügeleien in Bars auf Thursday Island waren häufig Folge dieser alten Inselkämpfe, und tatsächlich gab es auf Thursday Island eine strenge gesellschaftliche Unterteilung: Weiße, die in einer Bar für sich blieben, Mischlinge in einer anderen, Baduleegas und Männer von Mubaig, die in einer Ecke einen Clan bildeten, Männer von Moa und Insulaner der östlichen Inselgruppe in einer anderen. Durch alle Reihen hindurch lief eine leicht entzündbare Feindschaft zwischen jenen, die für die Perlenfischerei waren und jenen, die dagegen waren. Außerdem litt dieser Außenposten ohnehin schon durch die hohe Konzentration an unvereinbaren Gefühlen und Lebensstilen unter einer spannungsgeladenen Atmosphäre. Wir jedoch befanden uns nicht auf Thursday Island, sondern auf Tuin, das zufällig mitten zwischen Badu und Moa lag. G.s unschuldiger Irrtum hatte uns in einen diplomatischen Zwiespalt gebracht, von dem wir bis zu unserem nächsten Besuch auf Badu nichts ahnten.

Begeistert kam G. von Kubin zurück, vollbeladen mit Sprit und Vorräten, einschließlich Moskitospiralen und Tabak. Um die Unzahl der Maschinen zu reparieren, die ihn bei seiner Ankunft erwartet hatten — die Kühltruhe war nur ein Job von vielen —, benötigte er lediglich ein paar Dinge aus Crossfields Garage. Selbst wir erkannten, daß die Gesetze der Höflichkeit erforderten, zuvor alle Arbeiten auf Badu abzuschließen, ehe sich G. ernsthaft auf die Moa-Maschinen stürzte, also planten wir dementsprechend. G. fing damit an, Crossfields 20er in Schuß zu bringen. Mittlerweile hatte ich akzeptiert, daß er zwar mit mir auf Tuin nicht unglücklich war, früher oder später aber dorthin zurückzugehen wünschte, wo es eine weiche Matratze und vielleicht sogar ein Bier gab. Da für mich der Gedanke an die Tage, an denen ich nur endlos in der Garage auf Badu gesessen hatte, unerträglich war, einigten wir uns auf den Kompromiß, lediglich Tagesausflüge zu machen, so daß ich G. nicht begleiten mußte, wenn ich nicht wollte. Bei der ersten Fahrt nach der langen Pause wirkte es sich diplomatisch vielleicht vorteilhaft aus, wenn wir gemeinsam kamen.
Während der Überfahrt hatten wir Crossfields Leine an der Schleppangel und machten einen guten Fang, Königsdorsch und Umberfisch. In Badu angekommen, brachten wir unsere Beute schnurstracks ins Dorfzentrum; am Anfang war uns gar nicht bewußt, daß die freundlichen Begrüßungen fehlten. Crossfield saß am Ende der langen Schutzhütte, umgeben von seinem Rat und seiner Familie. Als wir vor ihm standen, ohne gleich zum Sitzen aufgefordert zu werden, wanderte sein Blick von den mitgebrachten Fischen zu G.s Gesicht und wieder zurück, sein Gesicht unergründlich hinter der traditionellen Insulaner-Maske der Ausdruckslosigkeit. Schließlich sagte er:
«Du haben Fressalien gehabt? 'ier gut Fressalie, aber vielleicht ihr schon gegessen andere Platz drüben.» Er sprach nicht einmal den Namen von Moa aus, wenn es sich vermeiden ließ.
«Oh, was meinst du mit drüben in Moa?» sagte G. wie der Elefant im Porzellanladen. «Nein, wir kommen gerade von Tuin, haben unterwegs die Fische hier für euch gefangen.»
Kein Ausdruck erhellte Crossfields Züge.
«Wie gehen auf Tuin, Lucy?»
«Tuin ist gut, aber», fügte ich gezielt diplomatisch hinzu, «wir vermissen Badu und dich und deine ganze Familie.»
«Yarga . . .» Hinter dem Rücken ihres Mannes sprach Teliais

sanfte Stimme das Insel-Wort, das alles mögliche bedeuten konnte, angefangen von «geben» und «teilen» bis zu «sorry» oder «lieben». Auf ein Signal hin trat Lily hervor und nahm uns die Fische ab. Wir wurden zu einer Tasse Tee eingeladen.
«Rat mal, mit welchem Motor wir hergekommen sind?» neckte ich und lächelte Crossfield zu.
«Welche Maschin'?» fragte er mißtrauisch.
«Deine 20er, ist wunderbar gelaufen, nicht wahr, Gerald?»
«Was? O ja, bloß ein paar Kleinigkeiten sind noch nicht ganz in Ordnung. Ich hab' mir überlegt, Crossfield, du hast doch in deiner Garage ein paar große Muffen. Die könnte ich gebrauchen, zusammen mit ein paar anderen Sachen, drüben auf Moa.»
«Du willst nehmen die Sach für die Kerle? Weg! Ich geben nichts für die!»
«Na ja, eigentlich wollt' ich nur borgen . . .»
«Sie gehn rüber, sie kommen nie zurück.»
«Ich sorg' dafür, daß alles zurückkommt. Ich könnte Lucy damit rüberschicken, sobald ich fertig bin, ja? Osa würde uns ein Boot leihen.»
«Wozu du brauchen Boot von Osa? Ich hab' andere Boot hier für euch, sechzehn Fuß ordentlich Boot.»
Auf dieser Ebene plätscherte die Unterhaltung eine Weile dahin; Crossfield war deutlich besorgt, daß G. von ihm fortgelockt werden könnte. Der entscheidende Faktor war die Erwähnung von Geld.
«Verstehst du», sagte G. und kratzte sich vorsichtig am Ohr, «da drüben haben sie mir gutes Geld versprochen, und ich muß langsam an meine Zukunft denken.»
Crossfield ging zu Gegenangeboten über:
«Nächstmal du bleiben hier auf Badu, ich geben dir Geld. Du machst Maschin', all die Kerle geben dir Geld.»
Die Zeit des «keine Fressalie, nur Geld» war schneller als erwartet gekommen, obwohl wir trotzdem momentan bei dem freiwilligen Tauschhandel blieben, mit dem einen Unterschied, daß ich bei größeren Arbeiten von dem «Kunden» ermutigt wurde, ihm zu sagen, was wir aus dem Laden brauchten, anstatt das Risiko eingehen zu müssen, von allen das gleiche zu bekommen. Crossfield wurde überredet, G. das Werkzeug zu leihen. Obwohl Teliai sehr zustimmend geschnalzt hatte, als ich ihr erzählte, daß ich auf Tuin geblieben war, als G. Moa zum erstenmal besuchte, bekam ich nun die «Erlaubnis», ihn zu begleiten,

mußte allerdings buchstäblich versprechen, daß es mir keinen Spaß machen würde. Nach einem halben Tag auf Moa querte ich den Kanal zwischen den beiden Inseln in einem von Osas ältestem Sohn gesteuerten Boot, bemannt mit seinen finster blickenden Kumpeln. Sie warteten im Boot, während ich zu Crossfields Haus hochging. Mit listig übertriebener Behutsamkeit legte ich ihm die geborgten Werkzeuge in die Hände und wurde mit einem Lächeln belohnt.

«Oh!» rief er und umklammerte seinen Bauch. «Oh! Meesus gut zu die Sach. Oh, ho, ho, und machen Tee!» Mit einer zweiten Ladung geborgter Gegenstände kehrte ich zum Strand zurück und wurde von meiner Begleitung nach Moa zurückgeschafft.

Hatten wir da, so fragte ich mich, unwissentlich gewisse Veränderungen eingeleitet? Es dauerte nicht lange, da sahen wir anläßlich einer Kirchenversammlung auf Badu Crossfield und Osa nebeneinanderstehen und über die einzige Sache reden, die sie neben einem Lippenbekenntnis zum Christentum gemeinsam hatten: G.

Wieder hatte sich unser Horizont beträchtlich erweitert. G. besaß nicht nur das Versprechen, daß er für alle mechanischen Arbeiten auf Moa zuständig war, sondern auch die Gewißheit, daß er sich nach unserem Jahr auf Tuin seinen Lebensunterhalt verdienen konnte, falls er die Herausforderung annehmen wollte. Die Möglichkeiten eines Mechanikerbetriebs gingen weit über Moa hinaus; die ganze Torres-Straße stand ihm offen, die östlichen Inseln und die Zentrums-Gruppe, die sich bis zur Küste von Papua-Neuguinea hinzogen. Wenn er ein Boot als fahrbare Werkstatt ausrüsten konnte, sich vielleicht einen seiner Söhne aus England zu Hilfe holte, dann wäre er ein «gemachter Mann», wenn es das war, was er wollte; und mit der richtigen Frau an seiner Seite wäre er das wohl auch gewesen. Statt dessen war er mit einem träumerischen Wesen belastet, das ganz verrückt nach einer Insel war. Ausgerüstet mit der neuen Macht einer potentiell profitablen Zukunft befand G. sich in einer starken Position; er schwankte zwischen der Idee, Tuin ganz aufzugeben und sich schnurstracks in sein neues Leben zu stürzen, oder großzügig meinem Wunsch zu entsprechen und bis zum Ende des Jahres hauptsächlich auf Tuin zu bleiben.

Stolz und Furcht verboten unwiderrufliche Entscheidungen und führten zu Kompromissen. G. wußte, daß ich, sobald es mir paßte, abreisen würde, falls er Tuin ganz verließ und auf Dauer nach Badu übersiedelte. Es war bereits klargestellt worden, daß Crossfield mir keinesfalls erlauben würde, allein auf Tuin zu bleiben. G. brauchte nur anzudeuten, daß dies nicht seinen Wünschen entsprach, und die Sache war vom Tisch. Widersetzte ich mich öffentlich meinem Ehemann, so würde das seinen Status ernsthaft untergraben. Ein Versuch in dieser Richtung wäre für mich keinesfalls vorteilhaft gewesen, abgesehen von der Tatsache, daß meine wahren Gefühle für G. derartiges niemals zugelassen hätten. Ich würde alles tun und mich mit jedem Plan einverstanden erklären, solange ich mich nur nicht vor Ablauf des Jahres von Tuin trennen mußte.

Fast auf den Tag genau, an dem ich zu dem Schluß kam, daß ich durch Unterwerfung meine Wünsche am nachdrücklichsten durchsetzen konnte, wurde mir die Sache aus den Händen genommen. Wir waren drüben auf Badu, und Crossfield erwähnte, daß er am nächsten Tag nach Thursday Island fahren wollte. Würde G. gern mitkommen? G. begleitete ihn, angeblich, um sich über die Preise der Mechaniker auf Thursday Island zu orientieren und Crossfield bei der Auswahl einiger Ersatzteile zu helfen, in Wirklichkeit aber, weil nichts dagegen sprach. Im Rückblick erscheint nun meine Reaktion absurd und sogar melodramatisch, aber in dem Moment, als ich ihn so beiläufig zustimmen hörte, schoß mir nur ein Wort durch den Kopf: «Verräter». Die ganze Zeit hatten wir uns auf Tuin abgekämpft, hatten zu wenig Nahrung und kaum Wasser gehabt, und nichts in der Welt hätte einen von uns dazu verleiten können, aufzugeben. Jetzt, wo alles um so vieles leichter war, schienen sich die Grenzen von Entschlossenheit und Zielstrebigkeit verwischt zu haben, und überhaupt, was spielte es schon für eine Rolle?

An dem Tag, an dem er in der «Stadt» war, bestach ich einen Insulaner mit dem Versprechen, ich würde ihn fotografieren, wenn er mich nach Tuin brächte und den Tag über dort ließe. Vor Sonnenuntergang sollte er mich am Ende der Landzunge wieder abholen. Während des Tages, unfähig, mich vollständig in der Innenwelt von Tuin zu verlieren, sinnierte ich darüber nach, wie sehr sich die Dinge in letzter Zeit verändert hatten.

Bewege ich mich jetzt über Tuins Körper, so ist mir, als würden die Eindrücke durch zwei verschiedene Garnituren Sinne in mich eindringen. Betrachte ich es bewußt, so fühle ich mich fern; ich habe etwas verloren.

Nackte Gefühle lassen sich nicht bequem mit Kompromissen vereinbaren; sie passen nicht in die Routineannehmlichkeiten. Mir zu sagen: «Heute morgen koche ich und bin da, um G. zu helfen, falls er mich braucht, nach dem Lunch dann mache ich allein einen Spaziergang und bin rechtzeitig wieder zurück, um den Tee zu bereiten» — das funktioniert nicht. Ich mache einen Spaziergang und damit hat sich's auch schon. Ich kann mich nicht vertiefen, fühle mich nicht aufgesogen. Die Anstrengung, sich ein Quantum spontaner Gefühle für den Tag zu sichern, ist zu offensichtlich. G. verlangt nicht, daß ich da bin, um ihm sämtliche Mahlzeiten zuzubereiten, aber wäre ich es nicht, dann würde sich der stillschweigende Vertrag, der uns hier hält, in Nichts auflösen. Mein Beitrag besteht darin, anwesend zu sein. G. ist nicht bereit, auf Tuin zu bleiben, bloß um dann den ganzen Tag allein gelassen zu werden, während ich meine ziellosen Wanderungen unternehme, als wäre er gar nicht auf der Insel. Nein, ich kann meine Rolle nicht bloß halb spielen, aber genausowenig kann eine geteilte, halbherzige Person in die Welt von Tuin eindringen.

Definition und Spontaneität — wobei Spontaneität meine Annäherung an den Begriff Freiheit ist — verbinden sich nicht leicht miteinander, doch existiert zwischen beiden kein Gleichgewicht, so sieht man sich Verwüstung oder ausgefahrenen Geleisen gegenüber, zumindest was Beziehungen anbelangt. In gewisser Weise bin ich überrascht, wie ernst ich meine Rolle als Ehefrau nehme. Ich glaube, auch G. wäre überrascht. Das schließt sogar Treue ein. Vermutlich werde ich deshalb so wütend, wenn er mich beschuldigt, mit anderen Männern «herumzuvögeln». Er begreift nicht, daß ich für dieses Jahr ihm gehöre. Da Tuin meine Definition des Ortes, meine Ortsbestimmung ist, von allen Seiten vom Meer eingeschlossen, seine Horizonte meine Horizonte, so ist er meine Definition, meine Grenze, mein Mann. Selbst als ich ihn verachtete, mich seiner schämte und nicht mit ihm schlief, hätte

ich diese Sphäre unserer Bindung nicht verlassen, indem ich mich einem anderen Mann hingegeben hätte.
Aber das Gefühl, daß Freiheit nur innerhalb klar definierter Grenzen existieren kann, ist immer noch vorhanden. Von all meinen Überzeugungen, von denen ich nie etwas geahnt hatte, und die ich dann entdeckte und wieder aufgab, hat sich dieser Glaube erneut bestätigt. Das Ausmaß der Mobilität eines Menschen ist zu gewaltig, also reduziert er es entweder bewußt durch Entscheidungen oder indem er einfach dem Weg folgt, der direkt vor seiner Nase liegt. Für jene, die ihre eigenen Entscheidungen treffen, ist es ein beruhigender Gedanke, daß der Zufall oder Gott die Hand im Spiel hat; für einen allein ist die Verantwortung zu groß.
Heute habe ich nicht mehr getan, als über die trocknende Erde zu gehen und den Ranken der Passionsfrucht nachzuspüren, die geblüht und erneut Früchte getragen hat. Ich habe ein paar gegessen, aber dieses Jahr schmecken sie nicht so süß. Vielleicht liegt es daran, daß wir Marmelade besitzen. Mein schläfriger Körper drückte das hohe Gras nieder, aber ich blieb nicht lange liegen und ließ mich treiben. Dreimal schon habe ich die Sandhügel überquert und bin die Landzunge abgegangen. Zuerst wich die Flut zurück, eine Lücke klaffte auf dem glatten Seehundsrücken der Zunge, als die überlappenden Wellen anrollten, dann aber nicht mehr in schäumender, weißer Schlangenlinie zusammenstießen. Dann war das Wasser verschwunden, und ich patrouillierte zweimal die lange, jetzt trockene Sandbank auf und ab. Jetzt steigt das Wasser erneut. Ich hoffe, es schlägt wieder über meinen Zehen zusammen, bevor ich abgeholt werde.

G.s Gesicht war warm und trocken von Sonne und Salzwind, als er von Thursday Island nach Badu zurückkehrte. Er hatte ein paar Dollars für die Reparatur einer Maschine bekommen und mir ein Geschenk gekauft. Ich war erstaunt. Es war sogar in farbiges Papier eingepackt. Während ich Tee einschenkte und ihm Essen auf den Teller häufte, hielt ich es ständig in der Hand. Die Badu-Damen forderten mich immer auf, meinen und G.s Teller vor den anderen zu füllen. Jetzt beobachteten sie mich alle. Ich öffnete das Päckchen, nachdem ich mich hingesetzt hatte. Drinnen waren zwei Stück Seife und ein hübscher Kamm. Eine der Seifen duftete nach Apfel.

«Ich dachte, das würde dir gefallen. Es gab rosafarbene und blaue Kämme, aber ich dachte, der Schildpattkamm wäre genau das richtige für dich. Paß auf, du hast was übersehen.»
Im Papier eingewickelt lag ein hölzerner Dorn, wie ihn einige der Insel-Damen im Haar trugen. Augenblicklich steckte ich ihn durch meinen Zopf. Obwohl ich lächelte und danke sagte, konnte ich gar nicht richtig zum Ausdruck bringen, wie überrascht und gerührt ich war; selbst bei der Wahl des Kammes hatte er ins Schwarze getroffen, so gut kannte er mich.
Am nächsten Tag fuhren wir zurück nach Tuin, aber — und welche Ironie lag darin angesichts von G.s «verräterischem» Tagesausflug — innerhalb von zehn Tagen wurde ich per Luftfracht von Badu aus ins Krankenhaus nach Thursday Island gebracht, wo ich eine Woche blieb. Von Zeit zu Zeit hatte ich in meinem Unterleib krampfartige Schmerzen gehabt, den Gedanken daran, daß man sich darum kümmern mußte, aber verdrängt. Ich vermutete, es könnte mit dem Wiederbeginn meiner Periode und meinem veränderten Gewicht in Zusammenhang stehen. Es war eine Infektion, verursacht von der Empfängnisverhütungsspirale, die man mir eingesetzt hatte, ehe ich England verließ. Allein der Gedanke daran, daß ich die ganze Zeit über nackt herumgelaufen war, daß mein treuer Körper so schnell die Schwäche und die Narben der Tage, in denen wir ums Überleben gekämpft hatten, überwunden hatte — und nun mußte dieses Ding, dieses Überbleibsel verantwortungsbewußter Zivilisation, das ich in mir herumgeschleppt hatte, entfernt werden, wodurch gleichzeitig auch ich von Tuin entfernt wurde. Mir ging es zu schlecht, um viel von der Reise mitzubekommen oder mich über die Merkwürdigkeit von weißen Gesichtern in dem kleinen Krankenhaus zu wundern. Ich wurde gefragt, ob ich ein Einzelzimmer wünschte, aber ich wußte es selbst nicht, es war mir egal. Nachdem der Infektionsherd entfernt worden war, ich eine Weile geschlafen hatte und der Schmerz verschwunden war, erwachte ich vom sanften Klang einer Frauenstimme, die meinen Namen murmelte und ab und zu in ein Kichern ausbrach; es war Amadan. Ich richtete mich auf und rief laut ihren Namen. Der gelbe Vorhang an meinem Bett wurde zurückgeschoben, und ihr strahlendes, zahnloses Gesicht tauchte auf. Auch sie lag im Bett; wir waren Zimmergenossinnen. Sie vermißte all die Leute von Badu, und ich konnte ihr den letzten Stand der Dinge erzählen. Obwohl sie es nicht

wußte, rettete sie ihrerseits mich davor, mich der erschreckenden Leere zu stellen, die ich in mir spürte; ich wußte nicht, wer der plumpe, gebräunte Körper war, der auf dem weißen Laken meines Krankenbettes lag, und als der Doktor mich besuchte, war ich unfähig, mich auszudrücken, wie eine Schwachsinnige. Er gab eine Reihe von trockenen Kommentaren ab, daß ich, abgesehen von dem Spiralen-Problem, recht fit schiene, wenn man berücksichtigte, daß ich das Leben einer Schiffbrüchigen geführt hatte. Er hatte von G. und den Maschinen gehört und glaubte wahrscheinlich, wir hätten das ganze Jahr auf Badu zugebracht. Ich sagte nichts, weil ich wußte, daß nur ein Schluchzen herauskommen würde, sobald ich den Mund öffnete. Nachts weinte ich einmal, nicht sehr lange, still vor mich hin. Am Abend hatte ich geduscht und hinterher mein Gesicht im Spiegel betrachtet; der einzige Ausdruck, den ich darin finden konnte, war eine Art zerbröckelte Entschuldigung. Was war mit dem stolzen, goldenen Mädchen der Insel geschehen? Wer war diese fette, ängstlich dreinschauende Hausfrau? Nach dem befreienden Weinen lag ich ruhig da und faßte einen Entschluß.

G. wurde auf Badu während meiner Abwesenheit gut versorgt. Über Verwandte auf Thursday Island, die Amadan und mich besuchen kamen, schickte Crossfield Botschaften; ich sollte ihm Bescheid geben, sobald es mir wieder gut ging, und er würde mich mit einem Dingi abholen lassen. Er hatte darauf bestanden, daß ich nicht ganz ohne Geld nach Thursday Island gehen sollte, und mir zwanzig Dollar mitgegeben, die ich in einer Tabakbüchse aufbewahrte. Ich wurde wie eine seiner eigenen Leute behandelt, denn auch Amadan schickte er Geld. In dem winzigen Krankenhauskiosk kaufte ich ein paar Süßigkeiten, die ich mit meinen Inselbesuchern teilte; fast den gesamten Rest gab ich für Briefmarken und Schreibpapier aus. Es wäre zwar kein ebenso hübsches Geschenk gewesen, wie G. es mir mitgebracht hatte, aber ich hoffte, es würde noch genügend Geld für ein paar Verhütungsmittel übrigbleiben. Es reichte nicht, aber das spielte keine Rolle, da G. in dem Dingi, das mich abholen sollte, nach Thursday Island kam und mit Reparaturen einiges Geld verdient hatte. Das meiste davon gab er mir für den «Haushalt», und ich ging in einen Laden und gab es für Lebensmittel aus, so wie es sich für ein richtiges Ehepaar gehört. Den Rest verpraßten wir mit einer halben Flasche Champagner, den wir warm aus Pappbechern in einem mit betrunkenen Insulanern übersäten Park tranken. In den Anfangszeiten hatten wir davon gesprochen, wie wir feiern und den Luxus der Zivilisation genießen würden, wenn wir am Ende des Jahres Tuin verließen. So wie in unserer Phantasie war es nicht gekommen, aber ich war G. für diese Geste dankbar, und während ich ihm an dem Holztisch gegenübersaß und in sein liebes, leicht angeheitertes Gesicht schaute, wußte ich, daß die Trennung von ihm alles andere als leicht sein würde. Mit seiner früheren Vermutung hatte er recht gehabt; sobald das Jahr vorbei war, würde ich «abhauen», und jetzt mußte ich es ihm sagen, ein für allemal, und dafür sorgen, daß er es als Realität akzeptierte.

Als kleines Kind teilte ich mit meiner Schwester ein Dreirad. Es war sehr groß, zumindest kam es uns damals so vor, und besaß hinten einen nützlichen Gepäckträger. Da meine Schwester älter und folglich der Boß war, mußte ich in dem Kasten sitzen. Über das Pflaster fuhren wir an den Nachbarhäusern vorbei, und meine Aufgabe war es, Heckenblätter über die verzierten Mäuerchen ihrer Vorgärten zu streuen. Ob das nun eine Segnung oder bloß eine Herausforderung darstellen sollte, weiß ich nicht mehr, aber was geschah, als ich einmal zu weit warf und ein Haufen giftiger Blätter in Mr. Browns Goldfischteich landete, ist mir noch glasklar in Erinnerung. Ohne daß wir es merkten, hatte er schon die ganze Straße lang unsere Fortschritte beobachtet und sich in eine ordentliche Sonntagsmorgenwut gesteigert, als wir in Höhe seines Gartens waren. Die Blätter in seinem Teich gaben den letzten Tropfen ab, der das Faß zum Überlaufen brachte. Meine Schwester, beweglich und reaktionsschnell, war wie der Blitz vom Dreirad runter und hinter unserem eigenen Gartenzaun. Ich wollte ihr folgen, stellte aber zu meinem Entsetzen fest, daß ich mich nicht bewegen konnte; mein Hinterteil steckte in dem Kasten fest, und in dieser schmählichen Lage mußte ich das ganze Ausmaß von Mr. Browns Zorn über mich ergehen lassen. Schließlich wendete sich die Situation zu meinen Gunsten, indem ich im Bemühen, mich aus meinem Sitz zu befreien, das Gefährt umkippte. Versehentlich Goldfische zu vergiften mag ein Verbrechen sein, aber kleine Mädchen auf Dreirädern aufzuregen ist unendlich viel schlimmer; Mr. Brown beruhigte sich und bemühte sich, nett zu sein, aber damals schwor ich mir, immer mein eigenes

Dreirad zu fahren und nie mehr in eine Situation zu geraten, aus der es kein Entrinnen gab.
Nachdem ich vor der Rückkehr nach Tuin den Entschluß gefaßt hatte, mich zusammenzureißen und meine Identität um jeden Preis zurückzugewinnen, fuhr ich nun, bildlich gesprochen, auf meinem eigenen Dreirad; allerdings mußte ich noch begreifen, daß keines der Räder unter mir in die gewünschte Richtung fuhr. Vor langer Zeit hatte ich von G. gelernt, daß ein gefaßter Entschluß noch nicht gleichbedeutend mit seiner Verwirklichung ist, und diese Inkonsequenz hatte sich später auch in meinem eigenen Benehmen gezeigt. Ich hatte in so vielen Angelegenheiten meinen Standpunkt geändert und so viele persönliche Verhaltensmaßregeln im Laufe eines Jahres gebrochen; auf welcher soliden Basis persönlicher Glaubwürdigkeit konnte ich meine Überzeugung aufbauen, daß das, was ich plante, weder unmöglich noch notwendigerweise kriminell war, wo all die Einflüsse um mich herum das Gegenteil behaupteten? Ich mußte etwas finden, an das ich mich als Beweis meiner eigenen Integrität klammern konnte. Nur meine Entschlossenheit, das Jahr auf Tuin durchzustehen, hatte nie geschwankt, und nun diente mir das Wissen um diese Beständigkeit dazu, mich daran zu erinnern, daß ich die Kraft besaß – ich mußte nur daran glauben –, mich aus diesem Sumpf der Selbstzweifel, in den ich gefallen war, herauszuziehen. In den ersten Monaten war ich Zeuge der Anpassungsfähigkeit des Körpers geworden; später dann hatte sich die Notwendigkeit der Anpassung in den Bereichen Geist und Gefühlswelt ergeben, und hier irgendwo hatte ich den Faden verloren, was nun Wirklichkeit und was nun Kompromiß war.
«Nie wieder werd' ich mit dir schlafen!» hatte ich G. über den Bach hinweg entgegengekreischt. Diesen Vorsatz hatte ich fallengelassen. «Ich will mich nicht für Meckereien und sinnlose Streitereien hergeben», hatte ich mir eingehämmert. Welche Einbildung. Ganz sicher hatte ich auch hier mein Wort nicht gehalten. Nichts, was im Kopf entsteht, ist unveränderbar. Es sind diese Dinge jenseits der Worte, die in keinem Zusammenhang mit dem Intellekt stehen, die als treibende Kraft hinter den Schritten stecken, die man unternimmt.
Ich war erleichtert, wieder auf Tuin zu sein, und wir verfielen problemlos wieder in die Routine, die wir vor dem Krankenhausunterbruch entwickelt hatten. Trotzdem stellte ich einige

feine Unterschiede in meiner Haltung und meinem Benehmen der Insel gegenüber fest. Ich fing sofort wieder damit an, die Landzunge auf und ab zu laufen, nach Long Beach hinüber zu spazieren, mich in die heiße salzige Erde des Südostens zu kauern, aber anstatt darauf zu warten, daß die Sonne und die Düfte mich gefangennahmen, wie es früher immer der Fall gewesen war, merkte ich, wie sich bewußte Reflektionen einschlichen. Ich war mir bewußt, wieder ein Wesen mit einem Willen zu sein, also dachte ich. Es war sowohl ein Verlust als auch ein Gewinn.

G. fuhr jetzt recht häufig wegen irgendwelcher Reparaturen nach Badu und Moa, und gelegentlich begleitete ich ihn. Handelte es sich um eine umfangreiche Arbeit, dann blieben wir für ein oder zwei Nächte. Meist aber blieb ich auf Tuin. Die Tage waren sehr kurz, genau wie vor einem Jahr, als wir nur mühsam alle Arbeiten, die das bloße Überleben sicherten, während des Tageslichts erledigen konnten. Um G. zu helfen, nach Sonnenuntergang den Heimweg zu finden, zündete ich ein Leuchtfeuer oben am Strand der Campbucht an. Jetzt, wo ich physisch wieder gekräftigt war, konnte ich große Äste heranschleppen für ein Feuer mit hohen Flammen. Ich stand knapp außerhalb des flackernden Lichtscheins bei einer grauen Felspyramide. Die langen Schatten der Flammen tanzten hektisch über den Sand, und heiße, rote Funken schossen hoch in die Nachtluft. In seiner leuchtenden Herausforderung, den grauen Dunst des Meeres und der Inseln zu durchbrechen, schien das Feuer wie ein wilder Schrei des Lebens.

Da ich die Überfahrt nur zu gut kannte, begleitete ich in Gedanken G. manchmal; ich sah ihn vor mir, wie er sich von Badus kiesigem Schlammstrand abstieß, durch das Seegras manövrierte, das wie strömendes grünes Haar wogte, und dann hinter der alten Schildkrötenzucht das Gas aufdrehte. Dann richtete er das Dingi aus, damit es parallel zu den beiden Inseln vor Wia lief, verrenkte sich den Hals, um ein Auge auf das hinterlistige Felsentrio zu haben, das bei Flut knapp unter Wasser lag, und dann entspannte er sich, nachdem der Gefahrenpunkt passiert war und er schnurstracks auf die drei Palmen Kurs nehmen konnte, die unser Ziel abgaben, sobald Tuin in Sicht kam. Und wenn es schon zu dunkel war, dann leitete ihn mein Leuchtfeuer. Manchmal mußte ich lange warten, die Flammen erstarben und mußten neu gefüttert werden. Während ich nach-

legte, wandten sich meine Gedanken den drei Hauptgebieten meines Dilemmas zu.
Mit meinen eigenen Gefühlen gegenüber G. kam ich am schwersten zurecht. Mir war klar, daß ich ihm ein großes Unrecht angetan hatte, als ich ihn heiratete, nur um mir das Inseljahr zu ermöglichen. Er hatte stets gewußt, daß ich die Sache nur als vorübergehend betrachtete. Doch das spielte jetzt keine Rolle mehr. Es war keine Entschuldigung, und hinter G.s Meinung, daß meine Rückkehr nach England nach Ablauf des Jahres einer Fahnenflucht gleichkam, stand die ganze öffentliche Bedeutung der Ehe. Aber von all dem abgesehen blieb die schlichte Tatsache, daß mir G.s Wohl am Herzen lag und ich auf keinen Fall wollte, daß er verletzt wurde. Aber Sorge und Besorgnis um ihn war nicht genug. Was war denn das für eine Liebe, so drückte es G. aus, wenn ich bereit war, auf und davon zu gehen, wo ich doch genau wußte, daß er mich lieber bei sich gehabt hätte? Ich hätte ihm wenigstens eindeutig zusagen können, daß ich wiederkommen würde. Sicherlich war diese Liebe schwer erklärbar und ist es immer noch.
Neben der sorglosen Hingabe der Flammen schienen diese Überlegungen kompliziert und allzu menschlich, aber sie gingen weiter und weiter.
Da war der Sog der Insel selbst, und dazu kam nun noch, verbunden mit der geheimen Macht, die Tuin über mich besaß, meine Begeisterung für den Lebensstil der ganzen Torres-Straße und die Wärme und Achtung, die ich für einzelne Inselbewohner empfand. Es bekümmerte sie, daß ich weggehen wollte, wo mir doch ein fester Platz als G.s Missus auf Badu offenstand, und meine Gründe dafür verwirrten sie einigermaßen. Einige der Frauen, die vorsichtig nachbohrten, hatten mit einem fragenden Unterton in der Stimme gesagt:
«Nee migi ipeca, pakai (du bist eine kleine Frau, ein Mädchen), er klein bißchen alt Bursche.» Das sahen sie als möglichen Fingerzeig. Außerdem war da, sehr zur Enttäuschung von Yopele, der behauptete, er bete täglich darum, daß ich von dreiundvierzig Kindern entbunden würde, die geheimnisvolle Tatsache, daß ich keine Babys hatte. Teliai, die meinem Gefühl nach eine spezielle Weisheit und Heiterkeit des Gemüts besaß, wenn auch nur aus dem Grund, daß sie für so viele Mutter, Großmutter, Urgroßmutter, Tante und Schwester war, gehörte zu jenen, denen ich es gern hätte erklären wollen.

Eines Morgens, als wir drüben waren, schenkte ich ihr meine preisgekrönte Melone von Tuin. Teliai und Crossfield besaßen überall auf Badu Melonengärten, aber Teliai behielt die Melone, die ich ihr gegeben hatte, den ganzen Morgen über auf ihrem Schoß, und nachdem sie sie dann feierlich geteilt hatte, als Crossfield zum Lunch kam, erklärte sie allen Kindern, sie sollten den Samen aufbewahren, denn «diese ordentlich gut Melone gehören Tuin». Als ich am Nachmittag mit ihr Tee trank, führten wir ein merkwürdiges Gespräch.

«Ist wahr du gehn Englan', Deral bleiben 'ier?»

«Ja.»

«Wir dich sehr vermissen. Wann du kommen zurück?»

«Ich weiß nicht. Ich würde sehr gern wiederkommen und euch alle besuchen.»

«Du kommen wieder machen 'aus mit Deral 'ier Badu. Du un' ich gehn holen Pfiisch.» Sie krauste ihre hübsche, platte Nase und lächelte mir überzeugt zu. Ich versuchte, eine negative Antwort zu vermeiden, indem ich über Fischfang redete, aber sie wußte, daß ich auswich. Sie sah mir ganz offen in die Augen und sagte:

«Du un' Deral fertig?»

«Ich liebe Deral, aber ich möchte nicht ewig mit ihm leben.»

Es klang genauso schwach, wie es war.

«Mehr besser du nicht Heirat», sagte sie ruhig.

Mehr besser ich nicht Heirat. Ich suchte immer noch nach ein paar simplen Worten, die irgendwie erklären würden, daß mein Wunsch zu gehen nicht ganz schlecht war, aber ich war wohl selbst nicht ganz davon überzeugt.

Das dritte Problem, das mich von meinem Entschluß abzubringen drohte, war rein praktischer Natur. Ich besaß nicht die Mittel zur Abreise. Ich hoffte auf Bezahlung für einen Artikel, den ich vor längerer Zeit geschrieben hatte, um mit dem Geld nach England zu fahren, aber ich wußte nicht, wann es ankommen würde. Der Jahrestag unserer Ankunft auf Tuin kam und ging, und nichts rührte sich.

Eines Abends beim Strandfeuer hatte ich, zum erstenmal allein auf der Insel, Angst; vielleicht lag es daran, daß ich so sehr mit mir beschäftigt war. Es war kurz nach Einbruch der Dunkelheit, aber ich hatte das Feuer schon seit einiger Zeit brennen, weil es mir Spaß machte, Holz nachzulegen, und ich gern zusah, wie es nach Sonnenuntergang zum Brennpunkt des Lichts in einer

grauen Welt wurde. Angestrengt suchte ich mit meinen Blicken die dunklen Gewässer bei Wia Island ab und entdeckte bald schon die Bewegungen eines Dingi. Zuerst nahm ich an, daß es sich um G. handelte und setzte den Kessel aufs Feuer. War er nahe genug heran, rief ich ihm gewöhnlich eine Begrüßung entgegen, die er erwiderte. Als aber das Dingi sich in Höhe des Blaufischfelsens befand und Kurs auf unseren Heimatstrand nahm, tauchten bei mir die ersten Zweifel auf. Die Gestalt im Boot war zu groß und breit, um G. zu sein. Es mußte jemand sein, der mich holen sollte, weil G. sich entschlossen hatte, auf Badu zu übernachten. Ich ging bis ans Wasser und rief ein Hallo. Keine Antwort. Die Flut stand nicht hoch, und das Wasser in der Campbucht war so flach, daß der Fremde den Motor hochziehen und das letzte Stück schieben mußte. Nachdem das Motorengeräusch erstorben war, rief ich erneut in das Schweigen hinein. Immer noch keine Antwort. Das Boot kam näher und näher. Ich stellte mich in den Feuerschein und winkte. Die hochgewachsene Silhouette im Boot reagierte nicht.
Mir wurde mulmig zumute, und ich rannte zur Hütte, um das Gewehr zu holen. Für die 22er gab es nur noch eine Patrone, und da das richtige Magazin fehlte, war es mühsam, die Waffe zu laden. Ich fummelte herum, die Patrone verklemmte sich, und ich mußte den steifen Bolzen zurückziehen, um sie wieder auszuwerfen. Eine Auswahl aus G.s Fluchrepertoire murmelnd, klaubte ich sie aus dem Sand und schaffte es endlich, das verdammte Ding reinzubringen. Unten am Strand hatte die Gestalt das Boot verlassen und kam langsam und schwerfällig durch den Sand hochmarschiert. Sie sah monströs aus und hatte doch irgendwie nicht die richtige Form für einen Insulaner. Ich stieß noch einen freundlichen Ruf aus, und als immer noch keine Antwort kam, kroch ich hinter einen Felsen und nahm das Gewehr in Anschlag. Plötzlich merkte ich, daß ich Angst hatte; Angst vor einem unbekannten Mann, der kein Insulaner war und deshalb nicht zu einer vertrauten Gruppe von Leuten gehörte. Im Krankenhaus hatte ich nicht mit dem Arzt und den weißen Schwestern umgehen können, obwohl ich wußte, daß sie zu den «Guten» gehörten, aber wie sollte ich mit jemandem fertig werden, der nicht mal freundlich genug war, um einen Gruß zu erwidern? Ich verfolgte die näherkommende Gestalt mit Kimme und Korn und ließ dann überrascht das Gewehr sinken, als sie sich in zwei Teile auflöste: Die obere Hälfte flog in

den Sand, die untere stieß einen lauten Fluch aus. G.s Stimme trieb kläglich vom Strand hoch.
«Lu, wo steckst du? Komm her und hilf mal.»
Wieso erreichte mich seine Stimme, meine aber nicht ihn? Als ich am Feuer vorbeiging, um ihm zu helfen, den in ein Tuch eingeschlagenen Motor zu schleppen, sah ich des Rätsels Lösung. Die Funken, die vom Feuer hochzischten, tanzten einen wilden Fandango; der Wind, so rätselhaft wie die Gezeiten in diesem Gebiet, hatte auf Nordwest gedreht und wehte in heftigen Böen vom Meer her. G. lachte über die Sache mit dem Gewehr und meinte, ich könnte in der Zivilisation auch nicht jeden Fremden hinter der Deckung eines Felsens hervor mit dem Gewehr empfangen.
Die Zeit verging mit Bootsfahrten, Abendessen beim Feuerschein und langen Nächten im Zelt; der Wind blies der Jahreszeit gemäß aus der richtigen Richtung, die Sandfliegen kehrten in Massen zurück, und all das erinnerte uns daran, daß wir diese Saison zum zweitenmal auf der Insel erlebten. Ich betrachtete G. und erkannte, wie sehr er sich verändert hatte. Trotz seines inneren Schmerzes, der sich hauptsächlich als Abscheu äußerte, gelegentlich auch in aufrichtigem Erstaunen darüber, daß ich angesichts des Glückes, das wir miteinander teilten, so dumm sein konnte, «abzuhauen», bewies G. seine Liebe zu mir, indem er nicht darauf beharrte, die Insel zu verlassen und nach Badu überzusiedeln, nun, da die festgesetzte Zeit für unseren Aufenthalt auf Tuin abgelaufen war. Er würde umziehen, nachdem ich gegangen war. Ein Vorfall, wieder verursacht durch die Launen des Windes, öffnete mir die Augen über die Tiefe seiner Gefühle zu mir und Tuin.
In einer der darauffolgenden Nächte, als ein unerwartet heftiger Wind über die Insel tobte und mächtig an unserer Hütte rüttelte, flog der größere Teil unseres hübschen Palmwedeldaches davon, und der Segeltuchabschnitt der Wand wurde oben abgerissen. G. zeigte keinerlei Interesse, die Sache zu reparieren, und, traurig wie es war, begriff ich auch warum. Es hatte keinen Sinn mehr, jetzt wo das Jahr vorüber war. Nach meiner Abreise würde die Hütte nicht mehr bewohnt werden, mit Ausnahme von rotrückigen Spinnen und Geckos, und G. hätte keinen Grund mehr, Tuin zu besuchen. Ich zerrte einige der Wedel wieder an Ort und Stelle und beschwerte sie mit ein paar massiven Steinen. Dann fuhr ich fort, G. beim Einpacken

all der Maschinenteile, die im Camp herumlagen, zu helfen. Er erklärte, nach meinem Abschied würde er nicht mehr herkommen, da für ihn die ganze Insel eine einzige Erinnerung an mich sei. Manchmal ist es die Hölle, wenn Menschen ehrlich sind. Er war so ganz anders als der mürrische, orientierungslose Mann, der den lieben langen Tag auf dem grünen Handtuch zu liegen pflegte. Ich hoffte bloß, daß ich mich ebenso weit von der «dürren schottischen Vettel» entfernt hatte, von der er in vergangenen Tagen mit Schmähungen überschüttet worden war.

Als sich die Wochen zu Monaten dehnten, schwächte sich meine Angst vor einer physischen Trennung von Tuin bis zu einem gewissen Grad ab. Da mein Entschluß gefaßt war, hatte sich mein Herz teilweise gegen einen zu engen Kontakt mit jenen Bereichen von Tuin gestählt, die mir am meisten bedeutet hatten. Diese Tage, von denen jeder der letzte sein konnte, waren keineswegs nur von Zank und Schmerz bestimmt; es gab Momente der Freude und immer noch gemeinsames Gelächter. Es war ungerecht vom Schicksal, daß ich seit Entfernung der Spirale mich nicht mehr voll und uneingeschränkt hingeben konnte, wie ich es mir gewünscht hätte. Zärtlichkeiten bedeuteten wenig, wenn mit brutaler Deutlichkeit erkennbar war, daß ich verzweifelt zu verhindern suchte, schwanger zu werden. Obwohl wir darüber scherzten, stellte es für uns beide kein Vergnügen dar, «Pariser» verwenden zu müssen. Aber wir fanden Wege, um die mechanische Seite des Problems zu überwinden, und als unser Vorrat an «J. B.s» zu Ende ging, ließ der Hubschrauber von Thursday Island aufgrund einer dringenden Botschaft via Badu eine Familienpackung fallen.

13. Kapitel
Fliegen

Auf Tuin bricht die Morgendämmerung nie plötzlich an, und der Ruf des Buschvogels muß auch nicht unbedingt ertönen. Aber wenn man über ein Jahr lang die subtilen Anzeichen des Herannahens durch schlafende Ohren und durch die Haut aufgenommen hat, dann weiß man, noch bevor man die Augen aufschlägt, wann sie da sein wird. In dieser Nacht verließ ich zweimal das Zelt, erst um zu pinkeln, dann um in der Luft zu baden. Es war so still, daß ich den Sand und die feinen Muschelteilchen zwischen meinen Zehen knirschen hörte.

Noch vor dem ersten hellen Lichtband war ich unten am Strand, gerade noch rechtzeitig, um die letzten Sterne blinken und verschwinden zu sehen. Ohne eine direkte Lichtquelle schienen die Felsen seltsam substanzlos; in der körnigen Dunkelheit sehen sie aus, als würden sie davontreiben, wenn man sie anstößt.

Das Dingi trieb weit draußen vor Anker, wo wir es am Abend zuvor absichtlich zurückgelassen hatten. Wir mußten frühzeitig los, um die Flut zu erwischen. Einen Augenblick lang tauchte ich in das Seichtwasser, um die Sandfliegen loszuwerden; als ich mich herumrollte und landeinwärts schaute, stieg ein blasser Schimmer über den Nordhügeln empor und verkündete, daß es an der Zeit war. In der Schutzhütte machte ich Tee, strich Marmelade aufs Brot und wanderte dann noch einmal kurz hinaus, um nach der Flut zu sehen. Vom Zelt her kam die strenge Frage: «Wo ist mein Tee?»

Ich schob die rote Tasse durch das zerrissene Moskitonetz. G.s Kopf war oben und ich konnte mehr hören als sehen, daß er grinste, als er hallo sagte. Er lag unter einem einst weißen Laken, das unzweideutig in der Mitte emporragte. Er deutete darauf:

«Was soll ich damit anfangen, Lulu?»

«Im Moment nicht viel, fürchte ich, die Flut fließt schnell ab.»

«Was? Schon? Ist das Boot in Ordnung?»

«Ja, ich wollte es gerade noch ein Stück weiter rausbringen. Werd' ich jetzt machen. Wir müssen los.»
Ein Stöhnen von G., der vor übertriebener Eile einen ganz speziellen Horror hatte.
«Komm noch auf eine Minute ins Zelt, Lu.»
«Ich muß wirklich los und mich um das Boot kümmern. Außerdem bin ich ganz naß und sandig. Hier, fühl mal!» Ich berührte sein Bein mit einem feuchten Arm.
«Uh! Hinweg! Verfluchte alte Kuh!»
Die Flut zog sich in alarmierendem Tempo zurück. Es wäre vernünftig gewesen, gestern abzufahren und die Nacht auf Badu zu verbringen, aber ich hatte auf Tuin bleiben wollen. Ich zerrte das Boot ein ganzes Stück weiter raus, aber wir würden es über die Landzunge tragen müssen. Wir durften keine Zeit mehr verlieren. Ich rannte zur Schutzhütte zurück und wünschte mir, während meine Brüste auf und ab wogten, sehnlichst einen Büstenhalter. G. stand in der Nähe des Eingangs und pinkelte lange und schläfrig vor sich hin. Er gähnte und lächelte.
«Diese verdammte Flut», keuchte ich, «wenn wir's schaffen, dann haben wir Schwein gehabt. Ich bring' schon das Gepäck runter.»
«Nur zu, Scheißhaus.»
Als unsere Sachen zum Einladen bereitstanden, zwei sehr heruntergekommene Koffer, bei denen Termiten und Käfer deutliche Spuren hinterlassen hatten, und mehrere Kisten mit Maschinenteilen und Werkzeugen, lag das Boot auf dem Trockenen. Wir schufteten wie verrückt, mit Ausnahme eines gelegentlich gekeuchten Fluches völlig schweigend. Wir hängten den Außenborder ab und schafften es so, das Dingi in mehreren Etappen über den Buckel der Landzunge zu wuchten. In kurzen Schüben kämpften wir uns vorwärts und machten dann eine Verschnaufpause. Während einer dieser Pausen sagte G. mürrisch:
«Geschieht dir verdammt recht, wenn du dein Flugzeug versäumst, bloß weil du unbedingt deine letzte Nacht auf diesem Arschloch von einer Insel verbringen mußt. Ich weiß wirklich nicht, warum ich immer auf dich höre.»
«Oh, ich weiß, ich weiß, das ist ziemlich scheußlich, aber wir können's schaffen. Los, packen wir's wieder.»
Wir waren schon auf halbem Weg zum Blaufischfelsen, als das Boot endlich richtig auftrieb. Ich raste zurück, um Kamera und

Schreibmaschine zu holen, während G. den Motor wieder festmachte. Meine Blicke flogen hastig über die Hütte und blieben an der kleinen schwarzen Schüssel stehen, die ich immer mit Wongai und Passionsfrüchte gefüllt hatte. Ich ließ sie stehen, packte aber das kleine Messer mit dem roten Griff, das ich bei mir hatte, seit ich sechzehn geworden war. Gemeinsamer Besitz, der aufgeteilt werden mußte, war nicht vorhanden; die restlichen Pariser hatte ich bereits in G.s Koffer geschoben.
Der Motor knatterte beim vierten Startversuch los. Ich saß ganz vorn im Bug, um die Schraube so weit wie möglich aus dem Sand herauszuhalten. Ich suchte krampfhaft nach Felsen, aber dann kam ein offenes Wasserstück, wo ich hätte wegschauen können. Ich betete innerlich, daß G. nicht sagen würde:
«Drehst du dich nicht um zu einem letzten Blick, Lu?»
Ich war so froh, daß er es nicht tat. Bevor er Gas gab, tauchte ich noch mal schnell ins Meer und nahm dann meine übliche Position auf dem Bugsitz ein. Hinter Wia Island gab es üble Strömungen, und G. hatte alle Hände voll zu tun, uns in sicherer Entfernung von den Felsen zu halten. Auf der Höhe der Schildkrötenzucht zogen wir unsere Kleidung an, und ich machte mein Haar ein bißchen zurecht, wozu ich vorher keine Zeit gehabt hatte.
Wir ließen Boot und Gepäck in Dogai zurück und holten es später mit Red Rose, dem Traktor. Weil die Insulaner meist die Zündung anließen, bis die Batterie leer war, hatte G. ein spezielles Licht gebastelt, das blinkte, bis alles korrekt abgeschaltet war. Unglücklicherweise wirkte dieser Trick derart faszinierend, daß die Batterie meist schon tot war, weil man das blinkende Lämpchen zu lange bewundert hatte. Mit einem kräftigen Stoß von Yaya sprang der Traktor jedoch an, und bald schon befand sich mein Koffer in einem kleinen Wagen, bereit, zum Flughafen gekarrt zu werden, und G. saß in dem Zimmer, das er in Crossfields Haus bekommen hatte. Mit Teliai und Crossfield ließen wir uns zu einem zweiten Frühstück nieder, und nach einer Weile entschuldigte sich G., um einem dringenden Ruf der Natur zu folgen.
Ich wollte noch von einigen Leuten Abschied nehmen, also entschuldigte ich mich auch und sagte, ich würde gleich wieder zurück sein.
«Besser nicht spät», rief Alberts Frau Leah, «ich glauben Deral gehn purri-purri dies Flugzeug.»

Lily und Teliai scherzten weiter:
«Deral dich vermissen!»
«Badu dich vermissen!»
«Klein Insel dich vermissen!»
«Deral viel weinen!»
Ihre hellen Vogelstimmen flatterten mir bis zum Mango-Garten nach. Ich durchquerte den Fluß, um zu Ronalds Haus zu kommen; die Garage mied ich, da ich vermutete, Albert könnte dort lauern.
Ronald, zu dessen Fähigkeiten auch die Kunst des Rasierens und Haareschneidens gehörte, war in voller Aktion. Er saß auf seinem Verandatisch, der Schoß seines rosafarbenen Lava-Lava schon überquellend von geschorenen Locken, deren Farben von Schwarz bis zu einem messingartigen Kastanienbraun reichten, und starrte durch das eine zerbrochene Glas seiner Brille in höchster Konzentration auf den Schädel, den er vor sich hatte. Dieser Kopf war bereits fast kahl; es war das Läusegewimmel, das nach der Rasur übrigblieb, das ihn reizte. Die Oberlippe einziehend, arbeitete er mit kräftigen, quetschenden Fingerbewegungen und schob dann das Kind beiseite. Die in der Schlange Wartenden quietschten auf und drängten sich dichter zusammen. Alice war als nächste dran. Ich trat einen Schritt vor, in der Hoffnung, daß mein Erscheinen das Ende der herrlichen Afro-Frisur, die ihr so gut stand, um einige Minuten hinauszögern könnte. Das schmierige Messer, mit dem er die Operation bewerkstelligte, war schon gezückt, als Ronald mich bemerkte. Er zögerte für den Bruchteil einer Sekunde. Alice, deren kleines Gesicht wütend verzerrt war, tauchte unter den Tisch und quetschte sich auf der anderen Seite wieder hervor, von Kopf bis Fuß mit dem Dreck verschmiert, der sich unter dem Tisch angesammelt hatte. Den Rest meines Abschiedsbesuches brachte sie damit zu, hinter dem Rücken ihrer Schwester hervor unreife Hammond-Früchte nach mir zu werfen.
«Oh!» schrie Ronald auf, der stets übertrieb, sobald er sich einmal zu einer Reaktion entschlossen hatte. «Lucy!»
Wie aus der Pistole geschossen kamen seine Anweisungen an zahlreiche weibliche Familienmitglieder, und im nächsten Moment saß ich schon bequem da, flankiert von einem Likör und einer Tasse Tee, in der sich, soweit ich das beurteilen konnte, eine ganze Büchse Kondensmilch befand. Das Getränk ließ sich nicht schlürfen, sondern klebte als Klumpen gegen meine Lip-

pen, und so benützte ich es, um die angebotenen Crackers einzutunken.
«Nun», sagte er und zog das Wort weit auseinander, «heute du gehn. Welche Zeit du zurück?»
Diese Frage stellte mir jeder Insulaner, der mir auf Wiedersehen sagte. Als ich am Haus von Olandi und Kales Aragus vorbeikam, riefen sie es mir von der Veranda zu, als ich auf dem Rückweg zu Crossfield unter den Mango-Bäumen entlangging, sprang ein Haufen Kinder von den Ästen runter und tanzte um mich herum:
«Welche Zeit du gehn?»
«Ich gehn mit dir!»
Es zerriß mich fast, ihnen allen vage und verschwommene Antworten geben zu müssen. Patti-Pat mit den vernarbten Beinen und den riesigen Augen konnte immer noch kein Pidgin, aber als ich schließlich ihre kleinen Hände von meinem Haar löste und sie verließ, rief sie mir nach:
«Nee melaca?» (Wohin gehst du?)
«Ngai moode ka» (Ich gehe heim), antwortete ich ergeben.
«Tuin?» rief sie. «Tuin?»

Die Maschine sollte morgens um zehn Uhr landen. G. und ich waren wieder in der langgestreckten Schutzhütte. Crossfield besaß eine Uhr. Um neun Uhr fünfzig sagte G.:
«Lu, würdest du mal eine Minute rauskommen?»
Wir traten hinaus ins Sonnenlicht und gingen ein paar Schritte beiseite. Obwohl ich mich seit der Schufterei mit dem Boot gewaschen und schon viel heißere Tage erlebt hatte, waren meine Achselhöhlen feucht, und ein Klumpen zusammengepreßter Gefühle lag wie ein Stein hinter meinem Brustbein. Er verbarg es zwar ausgezeichnet, aber ich wußte, daß auch G. litt. Sein schweißgetränktes Haar klebte flach an der Stirn, und die Haut unter seinen Augen sah zart und empfindlich aus. Mit erhobenem Kopf, die Hände in die Seiten gestemmt, so stand er vor mir. Als er zu sprechen begann, schob sich eine Hand nach oben und rieb langsam die Seite seines Kopfes, eine überspielende Geste, die ich nur zu gut kannte.
«Hör zu, Liebes, ich ertrag' keinen langen Abschied. Ich werd' nicht mit dir zur Landebahn kommen, stört dich doch nicht, oder?» Seine Hand verließ sein Gesicht und näherte sich mir.

«Schau, ich weiß, daß du gehen mußt, Liebes. Herrgott, du bist erst sechsundzwanzig, dein ganzes Leben liegt vor dir. Aber ich möchte, daß du dich an eins erinnerst: Falls du nicht all die Monate Theater gespielt hast, dann hast du hier ein bißchen Glück gefunden, und Glück ist gar nicht so leicht zu finden. Wenn du dich entschließt, was ich ja vermute, nach ein paar Monaten in der Zivilisation wieder zurückzukommen, dann wird bei mir für dich immer ein Plätzchen sein, du alter Bastard.» Und damit zog er mich an sich. Unsere Gesichter berührten sich zu einem kurzen Kuß. Wir hatten uns so selten aus reiner Zuneigung heraus berührt, daß es fast schien, als wüßten wir nicht recht, wie wir es anfangen sollten.

«Bye, Lu», sagte er und löste sich, «in Crossfields Garage wartet noch ein alter Mariner-20. Ich hol' ihn mir raus auf den Bock und schau' ihn mir mal an. Soweit es mich betrifft, bist du jetzt weg, dein Flugzeug wird in einer Minute da sein. Ich muß mich um mein eigenes Leben kümmern.»

«Ich weiß», sagte ich, und er nickte einmal heftig, als wollte er den Kopf frei kriegen, und marschierte dann davon.

Teliai klopfte neben sich auf den Tisch, damit ich dort wieder Platz nahm. Noch mehr Tee. Um elf Uhr kam Titom, zu dessen Aufgaben das Mähen der Landebahn gehörte, zu Crossfield und sagte ihm, daß jemand weiter unten ein Melonenfeld abbrannte und daß die Maschine nicht landen könnte, bis der Rauch sich verzogen hatte.

«Ho, ho!» lachte Crossfield. «Das Purri-Purri damit du bleiben, Lucy.» Zum zweitenmal hörte ich diesen Scherz; ich begann mich zu fragen, ob das Schicksal genauso wie alle anderen gegen meine Abreise war. Amadan hatte eine weitere Kanne Tee zubereitet und schenkte G. eine Tasse ein. Sie zögerte, bevor sie die Tasse zur Garage rüberbrachte, und Teliai machte ihr Zeichen, worauf sie mir den Tee in die Hand gab. Es war eine Verschwörung. Amadan, die seit ihrer Rückkehr aus dem Krankenhaus sehr damit beschäftigt gewesen war, von ihrem Freund Tierri «zu fangen eine Kind», hielt sich den Mund zu und kicherte wie eh und je, wobei sie mich kräftig in Richtung Garage stieß.

«Du bist also immer noch hier?» sagte G., ohne von dem Motor aufzublicken. «Ach was, kannst dich genausogut nützlich machen, gib mal den Zwölfer-Schlüssel rüber, ja? Und dreh eine Zigarette.» Es war das beste, was er sagen konnte. Ich reichte

Schraubenschlüssel und drehte Zigaretten, bis schließlich das ferne Dröhnen eines Flugzeugs zu hören war, das sich aus Richtung Moa näherte. Ich berührte kurz seinen Arm und ging los, um meinen Platz in dem Karren einzunehmen.

Ich war nicht der einzige Passagier. Da waren noch ein sehr alter Mann mit einem Holzbein und eine riesige, schwangere Frau. Crossfield und Teliai, die zwar verwirrt waren, daß G. nicht zur Landebahn mitkam, aber meine Erklärung, wir hätten uns schon verabschiedet, akzeptierten, erwiesen mir die Ehre, mich den ganzen Weg zu begleiten. Der Karren, gezogen von Red Rose, rumpelte unter dem lauten Chor von «Yahvohs» der Frauen aus der Hütte aus dem Dorfzentrum; mehrere Kinder rannten neben ihm her, bis Crossfield sie anbellte. Als wir an der Garage vorbeifuhren, erhaschte ich einen letzten Blick auf G.s über den Motor gebeugten Rücken, dann versperrten die Bäume die Sicht.

Der Lärm des Traktors und das Rumpeln des Karrens machten jede Unterhaltung unmöglich, aber gerade an dem Punkt, wo wir ganz langsam fahren mußten, um einen breiten Fluß zu durchqueren, erschallte eine unmißverständliche, laute Stimme. Es war Yopele. Blind wie er war, hatte er Ronnie Nicht Mehr postiert, um ihm Bescheid zu geben, sobald der Karren mit der Tuinlady kam.

«Hah! Tuinlady, wo bist du?»

Seine langen Arme ruderten in der Luft herum, bis er eine Hand von mir fand und sie mit seinen knorrigen Pranken umschloß. Aufgereiht standen Ronnie Nicht Mehr mit Sarls Torres und Enid da. Überall gewaltiges Lächeln.

«Jetzt ich berühre klein Hand gehören Tuinlady zu sagen yahvoh», dröhnte Yopele. «Sie gehn viel Meilen, weit weg von Badu-Volk, aber sie nicht vergessen Inselsache. Ich ihr lernen Inselwort, sie nicht vergessen. Jetzt sie gehn Englan', sie gehn alle Leute erzählen Story von Badu und der Tag sie kommt wieder wir alle glücklich. Nun ich gebe dir Yahvoh.»

«Yarga, Yopele, ka-i esso, Yahvoh!»

«Sie reden Inselwort, sie sagen danke! Yarga! Yarga! Yahvoh!»

Er tanzte in den Sandspuren auf und ab, als der Traktor weiterfuhr, und sein gelber Lava-Lava flatterte um seine langen, krummen Beine. Die Nicht Mehrs winkten und winkten, und ich winkte zurück.

Das kleine Flugzeug war bereits gelandet. Ich sollte neben dem

Piloten sitzen, da dies die beste Position für eine Luftaufnahme von Tuin war. Er sagte, es wäre für ihn kein Problem, direkt über die Insel zu fliegen, wenn ich ihm zeigte, welche es war. Ich sagte, das könnte ich sicher. Kurz bevor ich einstieg, gab Teliai mir ein Päckchen. Darin war ein Lava-Lava, den sie ganz speziell für meinen Bruder gemacht hatte, und eine volle Flasche mit wertvollem Kokosnußöl für mich.
«Das machen von gut Kokosnuß von Gaobuut» (ein Ort auf der anderen Seite von Badu). «Ich un' andre Fraun, wir machen drei Tage lang für dich.»
«Teliai», sagte ich und beugte mich vor, damit nur sie mich hörte, «ich danke dir viel, vielmals.» Ich zögerte, dann wurde mir klar, daß ich es versuchen mußte, und ich flüsterte: «Bitte versteh, ich bin keine *schlechte* Frau, weil ich Gerald verlasse.»
Sie lächelte, als hätte sie darauf gewartet, daß ich etwas in der Art sagen würde. Dann meinte sie sehr sanft:
«Vielleicht ich wissen. Yahvoh, Lucy.»
Ich gab Crossfield die Hand, der nun sehr offiziell geworden war.
«Bis später», waren seine letzten Worte, so was wie ein Befehl.

Fort, fort über die rosafarbenen Riffe. Goodbye, Badu. Ein Logger pflügte nach Norden Richtung Mabuaig. Das Meer war hier problemlos, aber zwischen Kubin und Wia würde es übel werden, so wie immer. Wann würde ich die Umrisse sehen? Behielten wir diesen Kurs bei, dann hätten wir den Blick von der Seite. Das runde Büschel, das Death Adder Island war, hatte ich bereits entdeckt. Ich deutete an, daß Tuin links vor uns lag, und richtete die Kamera auf Tukupai, um eine Aufnahme zu machen. Plötzlich merkte ich, daß wir Höhe verloren und nach Osten abdrehten. Der Pilot wollte mich ganz nah heranbringen. Da lag Wia Island, oben flach, wo die Krokodile ihren Sumpf hatten, ein Spritzer Weiß, wo die Wellen an der Ostseite gegen die Felsen schlugen. Und da war Tuin. O mein Gott, halt, halt, nicht so schnell.
Die grüne Düsternis des Nordhügels, wo ich herumgeklettert war und mir den Nacken verrenkt hatte, um die Mangobäume zu finden; der Wald der Grünen Ameisen, wo wir die Stützpfosten für die erste Schutzhütte gefunden hatten und wo G. das Blaue vom Himmel heruntergeflucht hatte; Papageifischfelsen,

Blaufischfelsen in der Ferne, die geschwungene Linie der Campbucht und hinter den Bäumen unser Camp; der erste Fischfelsen fast unter Wasser, die Palmbucht nur ein schmaler Streifen, die Flut steigt. Aber hier direkt unter uns, die andere Seite. Die niedrige, flache Estrade aus den Tagen der goldenen Gazelle nur ein winziges Tablett aus grauem Fels; das geheime Schraubenpalmendickicht, in dem die toten Überreste eines Frauenidols lagen; weniger als eine Sekunde, um die Länge von Long Beach zu überwinden, jede Fußspur dort meine eigene Spur; die Muscheln wie griechische Urnen; der Wongai-Hain; mein Tagebuchfelsen, die Südspitze ... Das Weißbaumwäldchen hab' ich verpaßt, aber da steht die Palme ohne Krone über der Krokodilbucht ohne Krokodile. Zu schnell, zu schnell, zu viel — ich will nur noch ein einziges, letztes Mal jeden Felsen und jeden Grashalm berühren ...
Das Flugzeug zog weg, damit ich eine Gesamtaufnahme der Insel machen konnte. Es war ein vollkommener Anblick, aber die Kamera fing an zu zittern und die Szenerie begann zu verschwimmen. Ich wünschte mir nichts sehnlicher als hinunterzugreifen, meine Arme um Tuins herrliche Taille zu schlingen und mein tränenüberströmtes Gesicht an dem dichten, grünen Brusthaar zu verbergen. Ich wußte, daß ich nie, nie wieder diese ersten wilden, wundervollen Tage einfangen konnte, dort unten, wo ich einst so vollständig hingehört hatte.
Der Pilot, eingeschlossen in der Welt seiner Kopfhörer, bemerkte nichts von meinem Zusammenbruch, doch die schwangere Frau auf dem Sitz hinter mir lehnte sich vor und tätschelte mir sanft die Schulter.
«Yarga», sagte sie, «weinen wegen Abschied.»
Dann faßte sie alles in einem einzigen Satz besser zusammen als ich es jemals könnte:
«Kleine Insel komisch Ort.»
Und Tuin war verschwunden.

Lese-Abenteuer

Steven Callahan
Im Atlantik verschollen
Der 76tägige Überlebenskampf eines schiffbrüchigen Seglers. Aus dem Amerikanischen von Werner Waldhoff. 288 Seiten. SP 1798

Rüdiger Nehberg
Abenteuer am Blauen Nil
216 Seiten mit 17 Abbildungen. SP 1796

Mark Jenkins
Infernalische Reise
Mit dem Fahrrad quer durch Sibirien. Aus dem Amerikanischen von Ulrike von Puttkammer. 281 Seiten mit 19 Abbildungen. SP 1778

Ron Hall / Nicholas Tomalin
Die sonderbare Reise des Donald Crowhurst
Aus dem Englischen von Barbara Schaden. 372 Seiten. SP 1925

Tété-Michel Kpomassie
Ein Afrikaner in Grönland
Mit einem Vorwort von Jean Malaurie. Aus dem Französischen von Anna Müther. 313 Seiten. SP 1523

Rüdiger Nehberg
Über den Atlantik und durch den Dschungel
Eine Rettungsaktion für die Yanomami. 352 Seiten mit 18 farbigen Fotos von Christina Haverkamp und Rüdiger Nehberg. SP 1952

Bettina Selby
Ah Agala!
Eine Frau erfährt Afrika. Mit dem Fahrrad durch die Wüste. Aus dem Englischen von Jürg Wahlen. 338 Seiten mit 19 farbigen Abbildungen und 4 Karten. SP 1257

Joe Simpson
Sturz ins Leere
Mit einem Vorwort von Chris Bonington. Aus dem Englischen von Jürg Wahlen. 243 Seiten mit 15 farbigen und 7 Schwarzweißabbildungen. SP 1247

Leosch Schimaneck / Cestmir Sebesta
Durch die Wildnis zum Eismeer
Ein Jahr auf abenteuerlicher Flußfahrt durch Nord-Kanada. 282 Seiten mit 55 Abbildungen, einer Vorsatzkarte und einer Nachsatzkarte. SP 1578

Lese-Abenteuer

Jean-Yves Domalain
Panjamon
Ich war ein Kopfjäger.
Aus dem Französischen von
Renate Meissner.
310 Seiten mit 35 Abbildungen.
SP 1383

Yossi Ghinsberg
Amazonas
Vier Männer in der Falle.
Aus dem Amerikanischen von
Werner Waldhoff.
292 Seiten. SP 1992

Gernot Spielvogel-Herrmann
2000 Meilen Freiheit
Im Kajak durch Alaska.
346 Seiten. SP 1697

Harry E. Rieseberg
Ich tauche nach Schätzen
Aus dem Amerikanischen von
Fritz Helke.
279 Seiten. SP 1688

Bettina Selby
Timbuktu!
Eine Frau in Schwarzafrika allein
mit dem Fahrrad unterwegs.
Aus dem Englischen von
Jürg Wahlen. 285 Seiten mit
21 Abbildungen.
SP 1724

Rüdiger Nehberg
Überleben in der Wüste Danakil
235 Seiten mit 33 Abbildungen.
SP 1809

Lucy Irvine
Eva und Mister Robinson
Aus dem Englischen von
Werner Waldhoff.
258 Seiten mit 6 Abbildungen.
SP 1274

Gérard d'Aboville
Allein im Ruderboot über den Pazifik
Aus dem Französischen von
Wolfgang Ferdinand Müller.
164 Seiten mit 13 Abbildungen.
SP 1905

Peter Lourie
Schweiß der Sonne, Tränen des Mondes
Chronik einer Schatzsuche.
Aus dem Amerikanischen von
Viky Cevallos. 315 Seiten.
SP 2053

Mario Richner
Urwald, Gold und Indios
Mit dem Fahrrad durch
Amazonien. 300 Seiten mit
16 farbigen Abbildungen.
SP 1474

SERIE PIPER

Lese-Abenteuer

Bettina Selby

Himalaja

Mit dem Fahrrad durch Nepal, Kaschmir und Sikkim. Aus dem Englischen von Jürg Wahl. 289 Seiten mit 23 Abbildungen. SP 1609

Olivier de Kersauson

Die Fahrt über den Ozean

Aus dem Französischen von Brigitte Schenker. 153 Seiten. SP 1484

Peter Fleming

Brasilianisches Abenteuer

Aus dem Englischen von Hans Bütow. 420 Seiten mit 15 Schwarzweißabbildungen und 2 Karten. SP 1436

Michael Asher

Zu zweit gegen die Sahara

Aus dem Englischen von Hanna van Laak. 351 Seiten mit 36 Fotos von Mariantonietta Peru. SP 1710

Rollo Gebhard

Seefieber

Allein über die Ozeane. 288 Seiten mit 32 schwarzweißen und 16 farbigen Tafeln. SP 1647

Reinhold Messner

Antarktis

Himmel und Hölle zugleich. 397 Seiten mit zahlreichen farbigen und Schwarzweißabbildungen. SP 1711

Herbert Rittlinger

Ich hatte Angst

Meine gefährlichsten Expeditionen. 299 Seiten mit 25 Abbildungen. SP 1340

Arved Fuchs

Im Faltboot um Kap Hoorn

Die erste gelungene Winterumrundung im Serien-Faltboot. 269 Seiten mit 16 Seiten Farb- und 60 Schwarzweißabbildungen. SP 1327

Reinhold Messner

Die Freiheit, aufzubrechen, wohin ich will

Ein Bergsteigerleben. 369 Seiten mit zahlreichen farbigen und Schwarzweißabbildungen. SP 1362

Lust am Abenteuer

Ein Lesebuch. Herausgegeben von Ulrich Wank. 350 Seiten. SP 2153

Strapazen Nebensache

Abenteuerliche Frauen reisen. Herausgegeben von Susanne Aeckerle. 230 Seiten. SP 2211

Biographien

Brigitte Hamann

Elisabeth

Kaiserin wider Willen. 660 Seiten mit 57 Fotos. SP 990

Das übliche süße Sisi-Klischee wird man in diesem Buch vergeblich suchen: Elisabeth, Kaiserin von Österreich, Königin von Ungarn, war eine der gebildetsten und interessantesten Frauen ihrer Zeit; eine Königin, die sich von den Vorurteilen ihres Standes zu befreien vermochte. Häufig entfloh sie der verhaßten Wiener »Kerkerburg«, weil sie nicht bereit war, sich von den Menschen »immer anglotzen« zu lassen. Statt dessen war sie monatelang auf Reisen, lernte Sprachen und trieb – im Rittersal der Hofburg! – Sport. Schon vor dem Attentat war sie eine legendäre Figur geworden.

Meine liebe, gute Freundin!

Die Briefe Kaiser Franz Josephs an Katharina Schratt aus dem Besitz der Österreichischen Nationalbibliothek. Herausgegeben und kommentiert von Brigitte Hamann. 560 Seiten mit zahlreichen Abbildungen. SP 2228

Rudolf

Kronprinz und Rebell. 534 Seiten mit 35 Abbildungen. SP 800

»... ein Buch, das keineswegs nur historisch interessierte Leser fesseln kann, sondern auch eine reiche Fundgrube für psychologisch Interessierte bedeutet, weil Rudolfs späteres unglückliches Schicksal hier ganz klar und eindeutig aus den katastrophalen äußeren Umständen seiner Kindheit und Erziehung erklärt wird.«

Wochenpresse, Wien

Kronprinz Rudolf »Majestät, ich warne Sie...«

Geheime und private Schriften. Herausgegeben von Brigitte Hamann. 448 Seiten. SP 824

Diese Schriften geben einen aufschlußreichen Einblick hinter die Kulissen der k.u.k. Monarchie.

»Hier kommt der Kronprinz unmittelbar zu Wort... Es spricht ein erschütternd wirkender Zeuge für eine sich ausweglos abzeichnende Lage, die der sensible Prinz offenbar schon sehr früh erkannt hatte und nicht ändern konnte.«

Die Presse, Wien

Biographien

Thea Leitner

Habsburgs verkaufte Töchter

272 Seiten mit 16 Abbildungen. SP 1827

Thea Leitner bringt in ihrem Bestseller eine unbekannte Seite der europäischen Geschichte zur Sprache, nämlich die Biographien Habsburger Prinzessinnen, die schon im Kindesalter der Politik verschrieben wurden. Ihre Wünsche und Gefühle hatten keinen Platz. Obwohl von Kindesbeinen an über sie verfügt wurde, waren sie als erwachsene Frauen keineswegs passive Opfer ihrer Herkunft. Im Gegenteil, unter ihnen gab es eine Reihe brillanter Politikerinnen, teils klüger und geschickter als die Herren des Hauses Habsburg.

Habsburgs vergessene Kinder

288 Seiten mit 34 Abbildungen. SP 1865

Thea Leitner verfolgte die Spuren von Nachkommen des Erzhauses, die von der Geschichtsschreibung bislang kaum beachtet wurden. Dabei stieß sie auf Menschen »mit ihren Ängsten und Leidenschaften und Verstrickungen, ihren heroischen Höhepunkten und ihren abgrundtiefen Nöten«.

Skandal bei Hof

Frauenschicksale an europäischen Königshöfen. 320 Seiten. SP 2009

Vor dem Hintergrund europäischer Politik eröffnen diese erschütternden Tragödien ein Gesellschaftsbild, das die Skandale heutiger gekrönter Häupter als harmlose Geschichten erscheinen läßt.

Fürstin, Dame, Armes Weib

Ungewöhnliche Frauen im Wien der Jahrhundertwende. 352 Seiten mit 38 Abbildungen. SP 1864

Die sechs hier porträtierten Frauen aus dem Wien der Jahrhundertwende stammen aus höchst unterschiedlichen sozialen Kreisen. Kennzeichnend für sie ist jedoch die Tatsache, daß jede dieser Frauen das ihr vorgezeichnete Lebensmuster modifizierte oder sogar sprengte – auch um den Preis der Gefährdung der eigenen Person.

Biographien

Vincent Cronin
Katharina die Große

Biographie. Aus dem Englischen von Karl Berisch. 423 Seiten. SP 2319

Vincent Cronin porträtiert die schillernde Persönlichkeit der russischen Kaiserin, ihr ereignisreiches Privatleben und ihre großen Leistungen als Regentin – gerade auch bei der Verwirklichung weitreichender Sozialreformen.

Im Jahre 1762 bestieg die deutsche Prinzessin Sophie Friederike von Anhalt-Zerbst in Moskau den Thron der russischen Zaren und wurde Katharina II. Die Geschichte verlieh ihr den Beinamen »die Große«. Bis zu ihrer Thronbesteigung hatten erschreckende Brutalität, derbe Ausschweifungen und Günstlingswirtschaft das Leben am Zarenhof geprägt. Doch dann lenkte Katharina während einer glänzenden Regierungszeit von mehr als dreißig Jahren ihr Land mit politischem Weitblick. Das russische Volk verdankt ihr Reformen in Justiz und Verwaltung, die Verbesserung der sozialen Wohlfahrt und die Neuordnung des Bildungswesens. Katharina die Große war es auch, die 32000 deutsche Bauern an der Wolga ansiedelte und ihnen je 142 Morgen Land gab. Unter Verwendung neuer Quellen korrigiert Vincent Cronin ein falsches Geschichtsbild und läßt vor dem Hintergrund von Katharinas widerspruchsvollem Leben die bewegte Epoche der europäischen Aufklärung und des höfischen Rokoko lebendig werden.

»Cronins Werk ist *das* Musterbeispiel einer geglückten Lebensbeschreibung überhaupt.«

Die Welt

Prinz Roman Romanow
Am Hof des letzten Zaren

1896–1919. Herausgegeben von Prinz Nikolai und Prinz Dimitri Romanow. Aus dem Dänischen von Lothar Schneider. 480 Seiten mit 32 Seiten Abbildungen. SP 2460

Eine interessante Innenansicht der prächtigen, streng abgeschirmten, fast mystischen Welt der Zarenfamilie.

Biographien

Burkhard Nadolny

Louis Ferdinand

Das Leben eines preußischen Prinzen. 332 Seiten. SP 1741

Louis Ferdinand, kunstsinniger Liebling der Frauen und weitblickender Politiker, fiel 1806 im Alter von 34 Jahren im Krieg gegen Frankreich. Laut Nadolny war der schöne Prinz der erste Star der neuen Geschichte. Eine überzeugende Deutung des Lebens und Wesens Louis Ferdinands.

Heinz Ohff

Der grüne Fürst

Das abenteuerliche Leben des Hermann Pückler-Muskau. 327 Seiten mit 30 Abbildungen. SP 1751

Ein luxusverwöhnter, exzentrischer Snob, der Duelle focht und mehr Liebschaften hatte als Casanova; ein Abenteurer, der zu Pferd halb Afrika durchquerte, von höchstem Adel, aber republikanisch gesinnt, begabter Autor, genialer Gartenarchitekt: So jemanden wie den Fürsten Pückler-Muskau hat es im Deutschland des 19. Jahrhunderts nicht noch einmal gegeben.

Heinz Ohff

Ein Stern in Wetterwolken

Königin Luise von Preußen. Eine Biographie. 493 Seiten mit 34 Abbildungen. SP 1548

Zahllose Legenden ranken sich um das Leben Königin Luises von Preußen, die schon zu ihren Lebzeiten außergewöhnliche Popularität genoß: Schön und lebenslustig, charmant und wenig gebildet mußte sie bereits als junge Frau zusammen mit ihrem Mann, Friedrich Wilhelm III., in schwierigen Zeiten den Thron besteigen und starb mit vierundreißig Jahren in der Blüte ihres Lebens. Bedeutende Zeitgenossen wie Kleist und von Arnim waren ihre Bewunderer, und Napoleon nannte sie respektvoll seine »ärgste Feindin«. Heinz Ohff zeichnet in seiner Biographie das Bild einer Frau zwischen Legende und Historie und vermittelt zugleich einen lebendigen Eindruck der damaligen Zeit.

»Ein lesenswertes, kluges Buch.«

Die Presse

Biographien

Dirk Van der Cruysse

»Madame sein ist ein ellendes Handwerck«

Liselotte von der Pfalz – eine deutsche Prinzessin am Hof des Sonnenkönigs. Aus dem Französischen von Inge Leipold. 752 Seiten. SP 2141

Ein unvergleichliches Bild ihrer Zeit hat Liselotte von der Pfalz in ihren 60000 Briefen hinterlassen. In diesen Universalreportagen beschreibt sie ihr Leben am Hof ihres Schwagers, des Sonnenkönigs Ludwig XIV., freimütig, spöttisch, oft derb. Die Intrigen und Ränkespiele, die politischen Krisen und die glänzenden Feste bei Hof fanden in »Madame«, der Tochter des Kurfürsten Karl Ludwig von der Pfalz, eine kluge und geistreiche Beobachterin.

»Van der Cruysses Werk berichtet so frisch, wie es seinem Objekt zukommt.«

Die Zeit

»Dirk Van der Cruysse gelang es in bravouröser Weise, diese ungewöhnliche Frau zu rehabilitieren.«

Die Welt

Friedrich Weissensteiner

Franz Ferdinand

Der verhinderte Herrscher. 246 Seiten mit 77 Abbildungen. SP 1532

Eine bekannte Figur auf der geschichtlichen Bühne ist Franz Ferdinand vor allem durch seinen Tod. Die Schüsse von Sarajewo haben den Plänen ein gewaltsames Ende gesetzt, die dieser markanteste Kopf der ausgehenden Donaumonarchie für sein Land entworfen hatte.

Friedrich Weissensteiner

Die rote Erzherzogin

Das ungewöhnliche Leben der Tochter des Kronprinzen Rudolf. 228 Seiten mit 27 Abbildungen. SP 1527

Friedrich Weissensteiner

Reformer, Republikaner und Rebellen

Das andere Haus Habsburg-Lothringen. 320 Seiten. SP 1954

Die »anderen« Habsburger, das sind die Aufklärer und Liberalen im Erzhaus seit Joseph II.